MUNA SHEHADI
Die Wintertochter

Weitere Titel der Autorin:

Die Sommertochter

Titel auch als Hörbuch erhältlich

Über die Autorin:

Muna Shehadi wuchs im amerikanischen Princeton in New Jersey auf, lebt inzwischen aber in Wisconsin. Sie besitzt selbst ein heißgeliebtes Sommerhaus an der Küste von Maine. Das alles und ihre lebenslange Liebe zum Schreiben inspirierte sie zu den Büchern rund um die drei Braddock-Schwestern Olivia, Rosalind und Eve.

MUNA SHEHADI

DIE WINTERTOCHTER

Roman

Aus dem Englischen von
Sonja Rebernik-Heidegger

lübbe

Dieser Titel ist auch als E-Book erschienen

Vollständige Taschenbuchausgabe

Deutsche Erstausgabe

Titel der englischen Originalausgabe: »Hidden Truths«
Originalverlag: Headline Review, an imprint of Headline Publishing Group

Textredaktion: Ulrike Strerath-Bolz, Augsburg
Umschlaggestaltung: Birgit Gitschier, Augsburg, unter Verwendung von Motiven von
© shutterstock: gostua | Craig Sterken | charmphoto | siam sompunya | ValekStudio
Satz: hanseatenSatz-bremen, Bremen
Gesetzt aus der Adobe Garamond Pro
Druck und Verarbeitung: GGP Media GmbH, Pößneck
Printed in Germany
ISBN 978-3-404-18099-8

2 4 5 3 1

Sie finden uns im Internet unter
www.luebbe.de
Bitte beachten Sie auch: www.lesejury.de

Für Mark: Ehemann, der mein bester Freund und eine wunderbare Gesellschaft ist

Ich danke meiner wundervollen Lektorin Kate Byrne von Headline Publishing, deren unermüdliche Beifallsrufe und sicheres literarisches Urteilsvermögen die Arbeit mit ihr zur reinsten Freude machen. Und meinem Helden Nathaniel Alcaraz-Stapleton, der die Trilogie über die Braddock-Schwestern in zahlreiche Länder verkauft hat.

Besonderer Dank gilt der talentierten Architektin Meg Baniukiewicz, die mir nicht nur bei diesem Buch geholfen, sondern auch einen wunderschönen Anbau für unser Haus geplant hat.

Danke an Charlotte Lukes, die mir unzählige Fragen zu Washington Island beantwortete, und an Cindy Kasper, die mir Unmengen an Informationen zum Thema »technisches Schreiben« lieferte, die ich in diesem Buch dann allerdings leider doch nicht verwenden konnte.

Kapitel 1

4. September 1970 (Freitag)

Liebes Tagebuch, ich schreibe dir mittlerweile seltener, denn jetzt habe ich ja Daniel und brauche dich nicht mehr so dringend. Ja, ich gebe zu, ich habe dich betrogen! Ich schreibe dir, weil heute ein ganz besonderer Tag ist. Daniel und ich sind inzwischen genau sechs glückselige, wunderbare Monate verheiratet – und das ist längst noch nicht alles. Ich, Jillian Croft, geborene Sylvia Moore, aus einem Kaff namens Jackman im weit entfernten Maine, habe eine Rolle in einem Film mit Steve McQueen bekommen! Es gibt sogar einen Text: »Ist das alles, Sir?« Wie du siehst, kann ich ihn bereits auswendig.
Ich habe einen Agenten und werde so oft zu Castings eingeladen, dass ich meine Zeit großteils im Flugzeug oder in LA verbringe. Daniel und ich lieben New York, aber LA ist nun mal die Filmstadt schlechthin, und ich habe beschlossen, meine Karriere dort voranzutreiben und erst wieder ans Theater zurückzukehren, wenn ich mir einen Namen gemacht habe. Also werden wir umziehen! Daniel sucht bereits nach einer Stelle als Schauspiellehrer. Er ist so bekannt und erfolgreich, dass er sicher bald etwas

finden wird. Vielleicht an der UCLA oder am CalArts. Ich finde ja, er sollte seine eigene Schauspielschule eröffnen, doch er meint, er sei noch nicht so weit.
Wenn wir das nächste Mal in Kalifornien sind, machen wir uns auf die Suche nach einem Haus, und zwar in ... Beverly Hills! Ich kann es immer noch nicht glauben. Daniel meint, es wäre sinnvoll, uns gleich ein größeres Haus zu leisten, denn wir werden für seine Wohnung in New York einen Haufen Geld bekommen und sparen eine Menge Steuern, wenn wir es gleich in eine neue Immobilie investieren. Er ist so schlau!
Und ich bin so aufgeregt! Ich habe meinen Eltern geschrieben und ihnen erzählt, dass wir umziehen und ich sie vielleicht einmal besuchen kommen werde. Sie haben nicht geantwortet – und ich habe ehrlich gesagt nichts anderes erwartet. Zwei Jahre, und trotzdem hat mir meine Familie noch nicht verziehen. Abgesehen von meiner Schwester. Manchmal tut es so weh, dass ich keine Luft mehr bekomme. Welche Mutter löscht ihr Kind einfach aus ihrem Leben, als hätte es nie existiert?
Falls ich einmal ein Baby bekomme, wollen sie es sicher kennenlernen. Ich weiß zwar nicht, wie ich das mit meinem wertlosen, deformierten Körper hinkriegen soll, aber ich schwöre bei Gott, dass mir etwas einfallen wird. Ich sehne mich so sehr danach, meinen Kindern das zu geben, was meine Mutter mir nie geben konnte!
Ich schätze, wir alle leben, um die Dinge wiedergutzumachen, die uns in unserer Kindheit widerfahren sind.
Alles Liebe,
Ich

»Happy Birthday!«, riefen Eve und die anderen Gäste, die sich um den mit einem blauen Tischtuch gedeckten Esstisch versammelt hatten. Der Tisch war eigens zum achtzigsten Geburtstag ihres Vaters in das kleine Häuschen im Seniorenzentrum gebracht worden, in dem er und ihre Stiefmutter mittlerweile wohnten. Obwohl Daniel Braddock genau genommen erst seinen *zwanzigsten* Geburtstag feierte, da er an einem 29. Februar zur Welt gekommen war. Eve, ihre beiden älteren Schwestern und ihre Stiefmutter hoben ihre Champagnergläser zu Ehren des Familienoberhaupts.

»Ich danke euch allen!« Der geliebte Tyrann hatte den Großteil des Gewichts wieder zugelegt, das er vergangenen Sommer verloren hatte, und auch seine sprachlichen Fähigkeiten hatten sich enorm verbessert; trotzdem hatte der Schlaganfall den Alterungsprozess deutlich beschleunigt. »Ich war mir nicht sicher, ob ich das hier noch erleben würde.«

Seine Frau Lauren, die gerade sechzig geworden war, nippte an ihrem Champagner. Wahrscheinlich würde sie das Glas bald beiseitestellen und den Rest des Abends nichts mehr trinken, denn sie behauptete immer, dass der Alkohol teuflische Seiten an ihr zum Vorschein brachte. Angesichts ihrer Persönlichkeit konnte sich Eve allerdings nur ein kleines Teufelchen vorstellen, das vielleicht absichtlich vergaß, die letzte Teetasse zu spülen.

»Du machst jeden Tag Fortschritte, Daniel«, erklärte Lauren und tätschelte ihm liebevoll die Schulter. »Noch ein paar Monate, und du bist wieder der Alte.«

»In ein paar Monaten bin ich höchstens *älter*.« Er hob sein Glas und nickte seinen Töchtern zu. »Danke, dass ihr gekommen seid, meine Mädchen. Es ist schön, wieder in dieser Runde zusammen zu sein.«

»Hört, hört.« Olivia, die älteste Schwester, bedachte ihren

Vater mit einem bewundernden Lächeln. Sie wirkte müde und dünner als sonst, obwohl sie wie immer makellos gekleidet und geschminkt war. »Ich wette, du schaffst auch noch den einundzwanzigsten Geburtstag. Dann darfst du offiziell Alkohol trinken.«

»Darauf freue ich mich jetzt schon.« Ihr Vater kicherte liebevoll. »Rosalind, ich wollte dich schon die ganze Zeit fragen, wie es dem jungen Mann an deiner Seite geht.«

»Gut!« Rosalinds Gesicht strahlte. Ihre Haare waren zu einem schmeichelnden Pixie geschnitten, der ihre hübschen Augen betonte. Sie hatte aufgehört, die Haare in allen möglichen seltsamen Farben zu färben, doch sie trug immer noch ihre selbst entworfenen Klamotten, die perfekt zu ihrer schrägen Lebenseinstellung passten. »Er arbeitet gerade an einer Skulptur von mir.«

»*Bekleidet*, hoffe ich?« Ihr Vater schaffte es, dass die Frage wie eine Drohung klang.

»Aber natürlich, Daddy.« Rosalind setzte ein engelsgleiches Lächeln auf und klimperte mit den Wimpern. »Ich würde *niemals* zulassen, dass Bryn mich nackt sieht.«

Der ganze Tisch brach in schallendes Gelächter aus. Rosalind war schon immer stark gewesen, doch seit sie im vergangenen Herbst ihre leibliche Mutter ausfindig gemacht und Bryn kennengelernt hatte, hatte sich ihre Stärke von einer stoischen Gleichgültigkeit in eine unwiderstehliche Selbstsicherheit verwandelt. Zur Abwechslung war der selbst ernannte Kolibri derzeit die gefestigtste und zufriedenste der drei Schwestern.

»Sorgen bereitet mir nicht unbedingt das, was *er* zu sehen bekäme.«

»Seine Arbeiten sind sehr geschmackvoll.« Rosalind griff nach der Hand ihres Vaters. »Die Skulptur hat maximal eine FSK zwölf.«

»Hmpf.« Ihr Vater stellte sein Glas beiseite und deutete energisch in ihre Richtung. »Ich würde gerne noch erleben, wie du den Mann heiratest. Deine Mutter wäre sicher auch mit ihm einverstanden gewesen. Sie wollte unbedingt, dass ihr glücklich seid, sesshaft werdet und eigene Kinder bekommt. Ihr habt ihr so viel Freude bereitet.«

»Das ist lieb von dir. Danke, Dad.« Rosalinds Gesicht wirkte mit einem Mal verschlossen, genauso wie Eves und auch Olivias. Kurz nach dem Schlaganfall ihres Vaters hatten die Braddock-Schwestern zufällig herausgefunden, dass ihre Mutter – Jillian Croft, Leinwandgöttin und Inbegriff der Weiblichkeit – unter einer kompletten Androgenresistenz gelitten hatte, was bedeutete, dass sie ohne weibliche Fortpflanzungsorgane geboren worden war. Trotz ihrer öffentlich zelebrierten und in Familienfotoalben sowie in der Boulevardpresse dokumentierten Schwangerschaften hatte sie keine ihrer drei Töchter selbst zur Welt gebracht.

Im letzten Herbst hatte Eve mit Interesse Rosalinds mutige Suche nach ihrer leiblichen Mutter verfolgt. Sie war erleichtert gewesen, als alles gut ausgegangen war, doch sie hatte trotzdem keine Ambitionen entwickelt, nach ihrer eigenen Mutter zu suchen. Olivia hatte beschlossen, alles zu verleugnen, und sich von Anfang an geweigert, überhaupt darüber zu sprechen.

»Olivia.« Lauren ließ den Blick langsam über den Tisch wandern, wandte sich aber im nächsten Moment auch schon wieder ab. Es war eine seltsame, schüchterne Geste, als könnte sie es nicht ertragen, Olivia zu lange in die Augen zu schauen. »Wie läuft es mit deiner Show?«

Eve erstarrte. Olivia hatte ihren Schwestern gegenüber erst vor Kurzem zugegeben, dass ihre Fernseh-Kochshow anfangs zwar viele Zuschauer angelockt hatte, die alle neugierig auf die Tochter der Filmlegende gewesen waren, doch in letzter Zeit brachen die Einschaltquoten in sich zusammen wie ein misslungenes Soufflé. *Haha.*

»Ich überlege, wieder als Schauspielerin zu arbeiten.« Typisch Olivia. Sie gab sich ihrem Vater gegenüber niemals verletzlich und spielte vor allem Lauren gerne etwas vor. Sie hatte es ihr nie vergeben, an die Stelle ihrer heiß geliebten Mutter getreten zu sein. »Mein Agent hat drei Rollenprofile, für die ich infrage komme. »Cougar, alte Jungfer und MILF.«

»Was bedeutet MILF?«, fragte Lauren.

Dad grinste. »Das erzähle ich dir, wenn du älter bist.«

Olivia lehnte sich nach vorne, als wollte sie Lauren über den Tisch hinweg ins Gesicht springen. »Es steht für ›Mutter, die ich gerne …‹«

»… flachlegen würde.« Eve schenkte ihrer Schwester ein zuckersüßes Lächeln, während Olivia sich auf die collagengefüllten Lippen biss. Sie hätte Lauren nur zu gerne das F-Wort ins Gesicht geschleudert.

Ihre Stiefmutter verzog angewidert ihr rosiges Gesicht. »Das ist ja ekelhaft.«

»Ja, vielleicht.« Olivia trank ihr Glas leer und griff nach der Flasche. »Aber mit achtunddreißig bekommt man nichts anderes mehr.«

»Du wirst bald neununddreißig«, erwiderte Lauren.

»Oh, *danke.*« Olivia füllte ihr Glas und vermied jeglichen Blickkontakt. »Das hätte ich fast vergessen.«

»Wir sollten auch auf dich trinken, Lauren. Auf deinen sechzigsten Geburtstag!« Frieden zu stiften war normalerweise Rosalinds Job, doch dieses Mal übernahm Eve.

»Den sie zu Hause an meinem Bett verbracht hat, anstatt wie geplant auf einer Kreuzfahrt durchs Mittelmeer.« Daniel starrte missmutig ins Leere. »Ich schulde dir noch etwas, Lauren.«

»Du schuldest mir, dass du hart daran arbeitest, wieder der Alte zu werden.« Lauren betrachtete ihren Mann liebevoll. »Das Mittelmeer ist ja noch länger da.«

»Warst du mit *Mom* nicht auf einer Kreuzfahrt nach …«

»Eve, sag doch mal«, unterbrach Rosalind klugerweise Olivias neuerlichen Versuch, für Ärger zu sorgen. »Wie läuft es denn mit dem großen Auftrag in Wisconsin? Ist er noch aktuell?«

Eve spürte, wie sie die Aufregung packte. Das passierte immer, wenn die Sprache auf dieses Thema kam. Die Chance, ein Haus zu entwerfen – und war es noch so klein – und mit einer Klientin anstatt mit Kommilitonen zu arbeiten, um am Ende zu sehen, wie ihre Visionen gebaut und nicht nur benotet wurden, war überwältigend. Seit sie nach ihrem Studium an der Harvard *School of Design* im Planungsbüro Atkeson, Shifrin & Trim angefangen hatte, beschränkte sich ihre Arbeit auf Hotelbadezimmer und Aufzugschächte, was ziemlich frustrierend war.

Sie ließ sich noch etwas Champagner nachschenken, obwohl sie eigentlich bereits genug hatte. Sie wollte heute nicht vernünftig sein. »Keine Ahnung. Es ist Wochen her, seit ich etwas von ihr gehört habe. Offenbar war Shelley krank, und dann …«

»Dann gab es Probleme mit der Finanzierung. Die Banken sind heutzutage furchtbar kleinlich«, erklärte Lauren. Shelley Grainger war eine enge Freundin aus Machias, Maine, wo die beiden aufgewachsen waren. »Ich wollte es dir persönlich sagen, Eve. Shelley hat mich vor ein paar Tagen angerufen. Sie hat einen neuen Antrag gestellt, und dieses Mal scheint es zu klappen. Sie gibt mir Bescheid, sobald sie etwas Näheres weiß.«

»Wirklich?« Eve hob die Augenbrauen. Zu der Aufregung kam auch noch die Angst, sich zu übernehmen. Shelley Grainger besaß ein Haus mit sechs Schlafzimmern auf Washington Island, einem winzigen Fleck auf der Landkarte, ganz an der Spitze der Halbinsel Door County, die in den Lake Michigan ragte. Sie wollte, dass Eve ein kleines Haus entwarf, in das sie flüchten konnte, wenn ihre Kinder samt Familien zu Besuch kamen oder wenn sie das große Haus im Sommer an Touristen vermietete, um ihre Rente aufzubessern. Außerdem hatte Shelley auch noch eine Freundin, die sich einen Wintergarten für ihr Haus wünschte.

Lauren hatte Eve im vergangenen Herbst zum ersten Mal darauf angesprochen. Eves Freund Mike hatte alles andere als begeistert auf die Aussicht reagiert, dass sie vielleicht mehrere Wochen unterwegs sein würde, und ihrem Arbeitgeber würde es vermutlich ähnlich ergehen. Eve jedoch hatte die Vorstellung gefallen, etwas Dauerhaftes zu entwerfen, doch sie wusste nicht, ob sie schon bereit dazu war. Als Shelley die Sache immer wieder verschoben hatte, hatte Eve sie vorerst erleichtert, aber auch mit schlechtem Gewissen zu den Akten gelegt.

Nun war das Angebot zwar erneuert worden, doch es gab eine neue Komplikation: Am Freitag hatte man ihr erklärt, dass ihr unmittelbarer Vorgesetzter gekündigt hatte. Sie wartete schon seit ihrer Einstellung vor zwei Jahren auf seinen Posten, und sie konnte die Beförderung kaum annehmen und anschließend um ein einmonatiges Sabbatical bitten, um in einem anderen Bundesstaat an einem privaten Projekt zu arbeiten.

»Es ist eine tolle Chance.« Ihr Vater nahm sich noch ein Stück Kuchen und ignorierte Laurens tadelnden Blick. »Vor allem für eine Anfängerin.«

»Eve hat seit der Highschool in verschiedenen Planungsbüros gearbeitet und ihren Master in Harvard gemacht«, brauste Rosalind auf. »Ich würde sie nicht als Anfängerin bezeichnen.«

»Und was hat sie bis jetzt *gebaut*? Sie *ist* eine Anfängerin.« Ihr Vater fixierte seine mittlere Tochter mit seinen braunen Augen.

Ihre Mutter hatte ihre Töchter immer mittels Worten und der entsprechenden Lautstärke zurechtgewiesen, doch Dad brauchte dazu nur seinen unbeugsamen Blick und die ewig währende Drohung »Sonst …«

Er war mittlerweile zwar älter und schwächer, aber er war immer noch Daniel Braddock.

»Es wäre eine Herausforderung«, gab Eve zu.

»Aber eine Herausforderung wäre doch gut. Das wolltest du doch«, meint Olivia. »Du steckst seit dem Abschluss in dieser Firma fest und planst Waschtische und Toiletten.«

»Ja, das stimmt.« Eve spielte mit dem Kuchen auf ihrem Teller; ihr Herz klopfte seltsam schnell. Sie hatte noch niemandem von der Beförderung erzählt – das war zwar abergläubisch, aber ihr gutes Recht. Außerdem würde Olivia ihre Versagensängste sowieso nicht verstehen. Ihre ältere Schwester hatte seit jeher vor nichts Angst. Wenn sie beschloss, etwas zu tun, war sie ihrer Meinung nach im nächsten Moment auch hundertprozentig qualifiziert dafür. Eve hatte dieses Selbstbewusstsein nicht von ihrer leiblichen Mutter geerbt – wer auch immer sie gewesen war. Sie kämpfte gegen ihre Schüchternheit an und gewann auch ab und zu, aber es war jedes Mal ein übler Kampf.

»Und Nord-Wisconsin ist im Frühling sicher mit nichts zu vergleichen, was?« Ihr Vater sprach mit übertriebenem Wisconsin-Akzent, seine Stimme triefte vor Sarkasmus. »Da sind sicher noch alle beim Eisfischen, oder was sie sonst noch so treiben. Käse essen vielleicht.«

»Und Bratwurst«, verkündete Olivia. »Und Pasties.«

»Was ist denn ein Pasty?« Rosalind nahm sich ein beinahe durchsichtiges drittes Kuchenstück.

»*Eine* Pasty. Das ist eine mit Fleisch und Gemüse gefüllte Teigtasche. Pasties kommen ursprünglich aus England – genauer gesagt aus Cornwall – und wurden für die Minenarbeiter gekocht, damit diese ihr Mittagessen aus der Hand essen konnten.«

»Danke, Miss Oberschlau«, seufzte Eve.

»Sehr gerne.« Olivia schenkte ihr ein strahlendes Lächeln. »Willst du auch wissen, was ein Hühner-Booyah ist?«

»Nein, ganz sicher nicht.«

»Wie wär es mit Fischfond?«

»Ist das ein Gericht oder eine ansteckende Krankheit?«

»Mann, Olivia, du lässt echt nicht locker, was?«, fragte Rosalind.

»Ich mache nur meinen Job, Ma'am.« Olivia hielt die Flasche hoch. »Will noch wer Champagner? Dad?«

»Ich glaube, er hatte genug.«

»Darf ich vielleicht selbst antworten?« Daniel warf seiner Frau einen bösen Blick zu. »Ich hätte gerne noch ein Glas, Olivia.«

Lauren schüttelte ergeben den Kopf. »Du wirst am Ende noch am Tisch einschlafen.«

»Nein, werde ich nicht. Heute ist mein Geburtstag, und den werde ich genießen.« Er streckte Olivia trotzig sein Glas entgegen, und sie schenkte ihm großzügig nach.

Zehn Minuten später lag Daniel schnarchend neben seinem halb aufgegessenen Kuchenstück, und Lauren musste ihn wecken, damit sie ihn ins Bett bringen konnte. Seine Töchter wünschten ihm noch einmal alles Gute und übernahmen anschließend das Aufräumen und den Abwasch. Sie lachten und unterhielten sich, und als der letzte Teller in der Spülmaschine und die letzte Champagnerflöte gespült und getrocknet war, war Eve nicht einmal annähernd bereit, den Abend enden zu lassen. Dabei war sie als introvertierteste der drei Töchter normalerweise die Erste, die nach Hause wollte.

»Das hat richtig Spaß gemacht«, meinte Rosalind.

»Es ist noch nicht mal neun.« Eve trocknete ihre Hände ab. »Sollen wir ins Marlintini's auf einen Drink? Von mir aus auch einen Kaffee?«

»Auf jeden Fall.« Olivia schlüpfte aus den Plastikhandschuhen, die sie zum Schutz ihrer manikürten Nägel getragen hatte. »Aber das mit dem Kaffee vergiss mal lieber. In LA ist es erst sechs. Dort fängt der Abend gerade erst an.«

»Rosalind?« Eve hob hoffnungsvoll die Augenbrauen.

»Ich bin dabei. Auf einen *Kaffee.*« Rosalind streckte die Hand aus. »Also her mit dem Autoschlüssel.«

Sie packten zusammen und fuhren die kurze Strecke – hier in Blue Hill, Maine, gab es keine langen Strecken – im Auto, während Olivia sich über das kalte Wetter beschwerte. Dabei war das wirkliche Problem, dass ihr Mantel nicht warm genug für einen richtigen Winter war. Eve machte sich ausnahmsweise nicht über sie lustig, sondern riet ihr bloß, die Heizung im Auto hochzudrehen.

Sie bogen auf den Parkplatz ein, der aus dem allgegenwärtigen Birken- und Nadelwald geschlagen worden war. Olivia trat in den eisigkalten Abend hinaus, rieb sich die Arme und breitete sie dann weit aus, als wollte sie die Welt umarmen. »Seht euch das an! Bäume. Überall Bäume. Mir fällt immer erst auf, wie satt ich die braunen Hügel, die Dürre und die Palmen habe, wenn ich zurück in den Osten komme, wo alles so grün ist. Sogar zu dieser absolut grauenhaften Jahreszeit.«

»Du solltest öfter kommen«, meinte Eve, überrascht, dass sie es tatsächlich ernst meinte. Olivia und sie hatten sich dieses Mal auffallend gut verstanden. An Weihnachten waren auch die Partner der Schwestern beim Familientreffen dabei gewesen, und es war furchtbar gelaufen. Dad hatte Rosalinds Freund Bryn sofort ins Herz geschlossen, doch Olivias Mann Derek und Eves Freund Mike konnte er nun mal nicht leiden, und dementsprechend hatte er auch nichts Nettes zu den beiden zu sagen gehabt.

Derek und Mike war es deshalb natürlich ebenfalls schwergefallen, von sich aus ein nettes Gespräch zu beginnen, und die Stimmung war schrecklich angespannt gewesen, sodass am Ende alle erschöpft nach Hause gefahren waren.

Weshalb die Männer dieses Wochenende zu Hause geblieben waren.

»Ich wünschte, ich könnte öfter herkommen. Manchmal bereue ich es, dass wir das Haus am Candlewood Point verkauft haben.« Olivia drehte sich glücklich im Kreis. »Ich liebe es.«

»Was meinst du?« Eve musste angesichts ihrer ungewohnt albernen Schwester grinsen. »Maine oder den Champagner-Schwips?«

Olivia starrte sie mit in die Hüften gestemmten Händen an. »Ich bin ganz sicher nicht …«

»Wer zuerst beim Eingang ist!« Rosalind sprintete in Richtung Restaurant davon.

Eve folgte ihr und überholte ihre kleine, stämmige Schwester dank ihrer langen Beine kurz vor der Tür zu dem langen braunen Gebäude, dessen Fassade von einer Reihe weißer Fenster aufgelockert wurde. Sie wandten sich keuchend zu Olivia um, die lachend immer noch beim Auto stand und hüpfend versuchte, sich ihren widerspenstigen Stöckelschuh vom Fuß zu streifen.

Eve legte einen Arm um Rosalinds Schultern. »Sieh sie dir an. Sie ist verrückt.«

Rosalind seufzte. »Ich mache mir Sorgen um sie. Sie ist viel zu dünn. Ich glaube, sie hat echte Probleme.«

»Ja, ich auch. Aber du kennst sie ja. Sie muss erst komplett zusammenklappen, bevor sie zugibt, dass sie Hilfe braucht.«

»Genau wie Mom. Sie sind sich so ähnlich.«

»Wenn ich nicht mit Sicherheit wüsste, dass Jillian sie nicht zur Welt gebracht haben kann …«

Sie sahen schweigend zu, wie Olivia endlich aus ihrem Schuh schlüpfte und in Strümpfen auf sie zueilte. »Echt peinlich. Dabei habe ich sonst *immer* gewonnen«, kicherte sie.

»Manolo Blahnik hat dir das Genick gebrochen.« Eve rubbelte ihrer zitternden Schwester den knochigen Rücken. »Wenn man sich für solche Schuhe entscheidet, muss man den Preis dafür zahlen.«

»Und der ist in diesem Fall ziemlich hoch.« Rosalind öffnete die Tür und winkte die beiden hinein.

Die Bar war gut besucht, doch die drei Frauen ergatterten einen Tisch, der gerade frei geworden war. Olivia bestellte ein Glas Pinot Noir, Rosalind einen koffeinfreien Kaffee und ein Glas Wasser, während Eve zunächst zögerte und sich dann für ein Glas Sam Adams Lager entschied. Eigentlich hatte sie schon genug getrunken, aber sie fühlte sich unbekümmert und aufgekratzt. Vielleicht war es die Aussicht auf eine Beförderung. Oder die Tatsache, dass sie bald entscheiden musste, ob sie die Jobs in Wisconsin annahm. Vielleicht genoss sie aber auch nur die tolle Zeit mit ihren Schwestern. Zu Hause in Boston waren solche Stunden in letzter Zeit sehr selten geworden.

»Dad scheint es gut zu gehen.« Rosalind nahm ihren pinkvioletten Schal ab und sah sich in der Bar um. »Sogar noch besser als an Weihnachten.«

Eve nickte. Sein Zustand erschreckte sie immer noch, aber angesichts der Tatsache, dass er beinahe gestorben wäre und ernsthafte bleibende Schäden sehr wahrscheinlich gewesen waren, war sie auch unglaublich dankbar. »Wir haben Glück, dass er es so weit zurückgeschafft hat.«

»Der Arzt meint, die Genesung wird noch weiter voranschreiten.« Olivia benutzte ihre »Die Älteste weiß immer alles besser«-Stimme, die Eve in den Wahnsinn trieb, seit sie alt genug war, um sie zu verstehen. »Die schnellsten Fortschritte werden im ersten Jahr verzeichnet, doch auch in den Jahren danach sind noch einige Verbesserungen messbar. Und es ist ja erst fünf Monate her.«

»Sechs«, korrigierte Eve. »Ende Juli bis Ende Februar.«

»Okay, dann sechs. Der Punkt ist, dass sich sein Zustand noch weiter verbessern wird.«

Die Kellnerin brachte die Getränke und ließ die Rechnung am Tisch zurück.

»Genau *das* ist der Punkt, da hast du vollkommen recht.« Eve hob ihr Glas und fragte sich, wann sie Olivia zum letzten Mal recht gegeben hatte. »Auf Dad.«

Die drei Schwestern stießen an, nippten an ihren Getränken und stellten sie dann beinahe gleichzeitig wieder ab. Eve suchte genau die Mitte des Untersetzers – ein alberner Aberglaube, den sie sich als Kind angewöhnt hatte. Sie war fest davon überzeugt gewesen, dass die Erde ins Wanken geriet, wenn sie zu weit von der Mitte abwich.

»Olivia, möchtest du wirklich wieder als Schauspielerin arbeiten?« Rosalind betrachtete ihre ältere Schwester besorgt. »Beim letzten Mal warst du doch so unglücklich damit.«

»Ach, ich weiß es nicht.« Olivia senkte das Kinn in ihre Hände und ihre langen, kastanienbraunen Haare fielen ihr ins Gesicht. »Ehrlich gesagt, stehen die Dinge schlechter, als ich vorhin zugeben wollte. Die Quoten sind mies, und ich habe keine Ahnung, was wir ändern können. Genauso wenig wie die anderen im Team. Ich sage euch jetzt mal was, aber nur, weil ich viel zu viel Champagner getrunken habe. Es ist beschissen, die

Tochter der erfolgreichsten Frau im Showbiz zu sein und total zu versagen.«

»Du hast doch nicht versagt.« Rosalind deutete mit dem Finger auf ihre Schwester. »Das bildest du dir bloß ein.«

Olivia richtete sich auf und warf sich gleichzeitig die Haare über die Schultern. Eine für ihre Schwester typische Bewegung, die Eve tausend Mal nachahmen konnte und dabei vielleicht ein einziges Mal genauso cool aussah. »Du willst mich nur aufheitern.«

»Aber nein, sie hat recht. Du musst dich auf das konzentrieren, was du erreicht hast, nicht darauf, was dir nicht gelungen ist. Keine von uns wird wie Jillian Croft sein.« Eve rang sich ein Lachen ab und spürte, wie die alte Wut wieder an die Oberfläche drängte. »Und das ist auch gut so.«

»Das war jetzt nicht nett«, fauchte Olivia.

»Komm schon, Olivia.« Eve wusste, dass sie sich nicht mit ihrer Schwester anlegen sollte, aber es war ihr egal. »Unsere Mutter kämpfte gegen Dämonen, gegen die die Gespenster anderer Leute wie Disney-Prinzessinnen aussehen.«

»Ja, okay, du hast recht.« Olivia untermalte ihren überraschenden Rückzug mit einem dramatischen Seufzen. »Wenn ich bloß schwanger werden könnte! Dann hätte ich wenigstens *ein* Ziel im Leben erreicht.«

Eves Ärger verwandelte sich in Mitleid. Sie hatte gehofft, dass es diesen Monat endlich gute Nachrichten geben würde, doch obwohl es weder bei Olivia noch bei Derek irgendwelche Hindernisse gab, klappte es einfach nicht. »Es wird bald so weit sein.«

Sie wünschte, sie hätte überzeugter geklungen.

»Vielleicht, wenn du aufhörst, dir so viele Gedanken darüber zu machen?«, fragte Rosalind. »Viele Frauen werden erst schwanger, nachdem sie die Hoffnung aufgegeben haben.«

Olivia schnaubte. »Ja, klar. Aber ich glaube nicht, dass es funktioniert, wenn man sich einredet, dass man aufgibt, nur um dann eine bessere Chance zu haben, dass es doch klappt.«

»Da hast du recht«, meinte Rosalind betrübt. »Es tut mir echt leid, dass du das durchmachen musst.«

»Ich hätte nicht davon anfangen sollen. Wir wollten doch Dads Geburtstag feiern.« Olivia winkte ab und ließ ihren Blick durch die Bar schweifen. »Reden wir von etwas anderem. Politik vielleicht?«

»Nein!«, erwiderten Rosalind und Eve wie aus einem Mund.

»Okay, dann eben nicht.« Olivias Blick huschte wieder zur Bar. »Wie wäre es mit …«

»Was gibt es Neues bei den Allertons, Rosalind?« Eve konnte der Versuchung, Olivia ein wenig zu ärgern, nicht widerstehen. Die Feindseligkeiten ließen sich nicht vollständig einstellen, dafür reichten die Konflikte zu tief.

Olivia fuhr zum Tisch herum. »Bei wem?«

»Bei meiner anderen Familie«, erklärte Rosalind und bedachte Eve mit einem missbilligenden Blick. »Sie meint meine Halbschwester Caitlin und meine leibliche Mutter Leila. Die, von denen du nichts wissen willst.«

»Du hast recht, das will ich wirklich nicht.« Olivia schob den Stuhl zurück. »Während ihr euch unterhaltet, gehe ich mal schnell auf die Toilette. Und danach werde ich mich an den hinreißenden Kerl dort drüben ranmachen.«

Rosalind schnappte nach Luft, bevor sie sich umdrehte. »Du hast doch nicht vor … oh, der ist ja süß.«

»Aber echt.« Der elitäre Look war zwar nicht nach Eves Geschmack, aber sie riskierte trotzdem noch einen Blick.

Olivia grinste und fuhr Rosalind beim Vorbeigehen durch die Haare. »Wünscht mir Glück.«

»Das würdest du dich nie trauen.«

»Stimmt. Obwohl Derek mich gar nicht verdient.« Sie schlängelte sich elegant zwischen den anderen Gästen hindurch zur Toilette und zog dabei natürlich die Blicke des fraglichen Mannes auf sich. Olivia brachte die Männer reihenweise zu Fall, das war schon immer so gewesen. Eve selbst erregte zwar auch genug Aufmerksamkeit – wenn Olivia nicht dabei war –, doch dank ihrer Mutter hatte sie gelernt, unerwünschte Kontakte auf Distanz zu halten. Ein Talent, das viele Celebritys entwickelten. Bloß, dass Jillian mit offenen Armen auf ihre Fans zugetreten war und die Technik lieber gegenüber ihrer Familie – und dabei vor allem gegenüber ihrer jüngsten Tochter – angewandt hatte.

»Den Allertons geht es gut, danke der Nachfrage.« Rosalind fuhr sich mit den Fingern durch die Haare. »Caitlin studiert ab Herbst Wirtschaft. Ihr Ex-Verlobter tourt noch immer auf dem Motorrad durchs Land und schreibt ihr mittlerweile nicht mehr so oft. Ich hoffe, dass sie bald von ihm loskommt. Leila singt im Sommer an der Oper in Princeton und im Herbst in Seattle. Sie ist glücklich. Ich bin glücklich. Das Leben ist schön.«

»Das sieht man dir an.« Eve streckte die Hand über den Tisch und drückte Rosalinds Arm, wobei sie den aufkommenden Neid rasch unterdrückte. »Ich freue mich für dich. Glaubst du, es gibt bald einen Antrag?«

Rosalind zuckte mit den Schultern, doch ihr breites Lächeln und die leuchtenden Augen verrieten sie. »Dafür ist es noch zu früh.«

»Ich wette trotzdem, dass es bald so weit sein wird.«

»Vielleicht.« Rosalind steckte die Nase in ihren Kaffee und versuchte vergeblich, ihre Freude zu verbergen. »Was ist mit dir? Irgendetwas sagt mir, dass du noch immer nicht glücklich bist. An Weihnachten hast du gemeint, dass Mikes Depressionen nach der Therapie besser geworden sind. Aber du zögerst nach wie vor, die beiden Jobs in Wisconsin anzunehmen. Macht Mike denn immer noch Probleme?«

Eve zögerte. Sie wünschte, sie hätte Rosalind letzten Herbst nicht erzählt, dass Mike überzeugt war, sie würde den Job nur annehmen, um von ihm loszukommen. Ein kleiner, tief versteckter und angsterfüllter Teil in ihr machte sich Sorgen, dass genau das der Fall war. »Er nimmt es nach wie vor persönlich.«

»*Willst* du denn von ihm loskommen?«

Wut stieg in ihr hoch. *Vielleicht.* »Nein, natürlich nicht!«

Rosalinds Augen wurden schmal. »Okay … und was war deine instinktive Reaktion auf das Angebot?«

»Verwirrung.« Eve wollte nicht darüber reden. Sie wollte über gar nichts Reales oder Ernstes reden. Sie wollte tanzen. »Es gibt kein Richtig oder Falsch. Es sind bloß zwei mögliche Wege – gehen oder bleiben.«

»Damit könntest du recht haben.« Rosalind nippte vorsichtig an ihrer Tasse und verzog das Gesicht. »Warum habe ich koffeinfreien Kaffee bestellt?«

»Weil du nicht die ganze Nacht wach liegen willst?«

»Das wäre es wert gewesen …« Rosalind stellte die Tasse ab. »Weißt du, Bryn hat mir klargemacht, dass ich aus Angst gezögert habe, etwas in meinem Leben zu verändern. Glaubst du, dass es bei dir genauso ist?«

»Ob ich Angst habe, dass es nicht die passende Zeit und der passende Ort für meinen ersten eigenen Auftrag ist? Ja, die hab ich.« Eve stellte ihr Glas in die Mitte des Untersetzers. »Außerdem ist es schon ein wenig seltsam, dass Shelley genug Geld hat, um ein zweites Haus zu bauen, aber trotzdem eine total unerfahrene Architektin damit beauftragen will.«

»Sie hat doch dein Portfolio gesehen, oder?«

»Ja. Aber … ich habe so etwas noch nie ganz allein gemacht.«

»Ich finde, du bist paranoid. Und du unterschätzt dein Talent.«

Olivia setzte sich wieder zu ihnen und warf sich die Haare über die Schulter. Die Geste erinnerte erstaunlich an ihre Mutter. »Warum bist du paranoid?«

»Weil ich es seltsam finde, dass Shelley Grainger und ihre Freundin jemanden wie mich engagieren wollen.«

»Das ist überhaupt nicht paranoid.« Olivia griff nach ihrem Glas. »*Ich* würde dich nicht engagieren.«

Eve deutete auf Rosalind, die ihr einen entnervten Blick zuwarf. »Siehst du?«

»Ehrlich.« Olivia ließ den Wein im Mund umherwandern, bevor sie ihn schluckte. Alles, was sie tat, wirkte wahnsinnig sinnlich. »Ich bezweifle nicht, dass du es kannst. Ich weiß sogar, dass du es kannst. Aber an ihrer Stelle würde ich trotzdem jemanden mit reichlich Erfahrung und reichlich Referenzen nehmen – und du hast keines von beidem.«

»Genau.« Eve schlug triumphierend mit der Faust auf den Tisch. »Es *ist* seltsam.«

»Was glaubst du, wie viele Architekten es dort oben auf dieser Insel gibt?«, fragte Rosalind. »Du bist paranoid. Mach es, Eve. Das sage ich dir schon, seit du im letzten Herbst das erste Mal von dem Angebot erzählt hast.« Sie schob den Kaffee von sich. »Du brauchst eine Veränderung. Mike muss endlich über seinen Schatten springen.«

»*Das* stimmt auf alle Fälle«, stimmte Olivia ihr zu.

»Lass Mike in Frieden, sonst bitte ich Rosalind um ihre Derek-Imitation«, fauchte Eve.

»Niemand kann meinen Mann besser imitieren als ich.« Olivia hielt ihre Haare nach hinten, und ihr schönes Gesicht fiel in sich zusammen. Ein geistloser Ausdruck machte sich darauf breit. »Haben wir kein Bier mehr? Ich kann jetzt kein neues holen, es ist das vierte Viertel. Bitte, Baby? Nur dieses eine Mal. Biiiiiitteeee?«

Eve und Rosalind brachen in schallendes Gelächter aus. Olivia hatte Dereks tiefe Stimme, das schleppende Tempo und den Tonfall perfekt getroffen.

»So schlimm ist er auch wieder nicht«, meinte Rosalind.

»Natürlich nicht. Aber ich bin trotzdem gut, oder?«

»Du hast es auf den Punkt gebracht.« Eve hob die Hand, um die anderen abzuklatschen, auch wenn sie das normalerweise hasste. Heute war eben einer dieser Abende …

»O mein Gott.« Olivia setzte ihr Fernsehlächeln auf und sprach, ohne die Lippen zu bewegen. »Er kommt rüber.«

»Wie machst du das mit deinem Mund?«, fragte Eve fasziniert.

Das Lächeln blieb ungerührt. »Jahrelange Übung, wenn du Leute verfluchst, obwohl du gerade auf Sendung bist.«

»Wer kommt rüber?« Rosalind wandte sich suchend um.

»Der süße Typ von der Bar.«

Adrenalin schoss durch Eves Adern, als sie den Blick hob. Er kam tatsächlich auf den Tisch zu und sah ihr direkt in die Augen.

»Hey.« Er hatte dunkle Haare, war gepflegt und vermutlich Ende zwanzig. Am Tisch angekommen wandte er sich an Olivia. Eve war daran gewöhnt. Ihre Schwester sah nicht nur umwerfend aus, sondern betonte es auch noch. Eve hingegen versuchte, möglichst zurückhaltend aufzutreten. Sie trug kaum Make-up, fasste ihre langen blonden Haare meistens zu einem Pferdeschwanz zusammen und streckte nicht bei jeder Gelegenheit ihre nur notdürftig bedeckten Brüste von sich. »Hey, ich bin Chez.«

Natürlich hieß er Chez. Und sein BMW parkte draußen.

»Hallo, Chez«, säuselte Olivia.

Chez schenkte Eve ein atemberaubendes Lächeln, die cool blieb, obwohl sie das Kribbeln schockierte, das sein offensichtliches Interesse in ihr auslöste.

»Hören Sie, ich …« Er wandte sich wieder an Olivia. »Das klingt jetzt echt wie der älteste Anmachspruch *ever*, aber Sie kommen mir bekannt vor …«

»Ah.« Sie legte sich bescheiden eine Hand auf ihre gar nicht so bescheidene Oberweite. »Ich bin international bekannt, also überrascht mich das nicht.«

Rosalind und Eve schnaubten amüsiert, und Chez betrachtete die beiden verwirrt. »Echt?«

»Nö.« Olivias Fernsehlächeln wich einem natürlichen Grinsen. »Das hab ich mir gerade ausgedacht. Ich bin Olivia.«

»Olivia!« Sein Gesicht hellte sich auf. »Olivia Croft. Aus der Kochshow!«

Olivia sah ihn erstaunt, aber eindeutig erfreut an. »Dann sind Sie also aus LA?«

»Ja. Ich besuche hier nur ein paar Freunde.« Er deutete mit dem Kopf in Richtung Bar. »Na ja, eigentlich die Familie meiner Freundin. Sie liebt Ihre Show.«

»Oh, das ist ja nett.« Olivia sah sich um. »Ist sie hier?«

»Also … nein. Ich bin gerade ein wenig in Ungnade gefallen.« Er warf Eve einen verlegenen Blick zu. »Darf ich Sie auf einen Drink einladen? Ähm … Sie alle drei?«

»Natürlich dürfen Sie das«, erwiderte Rosalind spitz. Sie war ein nettes Mädchen, aber Eve und Olivia zogen seit jeher sämtliche männliche Aufmerksamkeit auf sich. Männer waren nun mal ziemlich geistlose Kreaturen.

Doch diese geistlose Kreatur hier stellte etwas mit Eve an.

Da war plötzlich dieses draufgängerische Gefühl, von dem sie eigentlich gedacht hatte, dass sie es Mitte zwanzig verloren hätte. *Ein* Drink schadete doch sicher nicht, oder?

»Wissen Sie, Chez, das ist echt süß, aber wir führen gerade eine ziemlich wichtige Unterhaltung.« Olivia tätschelte seine Schulter, um ihn rasch loszuwerden.

»Okay, klar, tut mir leid. Aber … na ja, meine Freundin bringt mich um, wenn ich ihr kein Autogramm mitbringe. Wären Sie vielleicht so nett?«

»Kein Problem.« Olivia zog einen Stift aus ihrer Tasche, ohne lange danach suchen zu müssen. »Wie heißt sie?«

»Jessie.«

»Für Jessie … Ihr … Freund Chez … ist zu … bezaubernd … um ihm … nicht zu verzeihen.« Am Ende setzte sie schwungvoll ihre Unterschrift auf die Serviette. »Gut so? Und zu Ihrer Information: Die hübsche blonde Frau, die Sie die ganze Zeit anstarren, ist meine Schwester Eve.«

Seine Wangen begannen zu glühen. »Hi, Eve.«

Sie musste unwillkürlich lächeln. Er war wirklich bezaubernd. »Hi, Chez.«

Er trat einen Schritt auf sie zu, und degradierte ihre Schwestern zu Statistinnen. Panik stieg in ihr hoch. Er war jünger, als er anfangs gewirkt hatte. Kaum Mitte zwanzig, während sie im Mai dreißig wurde. Sein Green-Day-T-Shirt hatte einen Fleck, und man roch deutlich, dass der Koch nicht mit dem Knoblauch gespart hatte.

Eve hatte sich einer lächerlichen Fantasie hingegeben. Sie wollte nicht Chez. Sie wollte … etwas anderes.

»Was machen Sie denn so, Eve? Sind Sie auch im Fernsehen?«

»Nein, nein, ich bin Architektin.«

»Hey, das ist cool. Wie lange sind Sie …?«

»Und das ist meine zweite Schwester.« Olivia streckte die Hand aus und drehte ihn herum. Fort von Eve. »Rosalind.«

»Hi, Rosa…« Chez' Augen wurden groß. Er deutete auf die drei Frauen. »Moment, Sie sind alle Schwestern?«

Olivia hob eine perfekt geformte Augenbraue. »Ja, genau.«

Eve stöhnte leise. Sie hatte gewusst, dass so etwas kommen würde. Deshalb hatte sie auch den Mädchennamen ihrer Mutter – Moore – angenommen. Rosalind war bei Braddock geblieben, während sich Olivia für Jillians Künstlernamen entschieden hatte, da er die meiste Aufmerksamkeit einbrachte.

»Heilige Scheiße, dann sind Sie ja Jillian Crofts Töchter!«

»Schhh.« Eve legte sich einen Finger auf die Lippen. Sie musste ihn zum Schweigen bringen, bevor er noch mehr Aufmerksamkeit erregte. »Das soll niemand wissen.«

»Tut mir leid.« Er schlug sich eine Hand vor den Mund. »O mein Gott, Sie sind ihre Töchter.«

»Ja, das sind wir.« Olivia legte ihre rot lackierten Fingernägel auf seinen Arm und drückte sanft zu. »Und wir sitzen hier privat zusammen, also sollten Sie jetzt besser gehen.«

Eve war dankbar, dass Olivia das Ruder übernahm, trotzdem fragte sie sich bitter, ob ihre Schwester Chez auch so schnell losgeworden wäre, wenn er *sie* angemacht hätte.

»Okay, bin schon weg.« Chez trat den Rückzug an und hob winkend die Serviette. »Danke für das Autogramm. Tut mir leid, dass ich Sie belästigt habe.«

Nachdem er sich abgewandt hatte, meinte Eve zu Olivia: »Sieh mal an, du bist sogar in Blue Hill berühmt.«

»Ja, was sagt man dazu.« Olivia steckte den Stift zurück in ihre Tasche, ohne einen Blick darauf zu werfen. Eve hörte, wie er zu Boden fiel und spürte eine kaum merkliche Genugtuung, für die sie sich sofort schämte. »Aber er ist total *auf dich* abgefahren, Eve.«

Dem wollte Eve auf keinen Fall zustimmen. »Er nimmt eben alles, was er kriegen kann.«

»Vielleicht hätte ich ihn nicht fortschicken sollen. Vielleicht wäre eine kleine Affäre drin gewesen.«

»Ja, klar, ein bisschen unkomplizierter Spaß«, schnaubte Eve und war wütend auf sich selbst, dass sie es überhaupt in Erwägung gezogen hatte. Aus irgendeinem Grund tickte sie heute ganz anders als sonst. »Worüber haben wir vorhin gesprochen?«

»Über dich und den Job in Wisconsin«, erklärte Rosalind geduldig. »Ich wollte gerade sagen, dass wir dir nicht vorschreiben werden, was du tun sollst, aber …«

»Natürlich tun wir das!«, mischte Olivia sich ein.

»Aber du solltest die Aufträge annehmen.« Rosalind beugte sich drohend nach vorne, und ihre braunen Augen blitzten. »Sonst … muss ich dich als hoffnungslosen Mega-Waschlappen beschimpfen.«

»Nein, bitte nicht!« Eve presste sich eine Hand aufs Herz. Als Kind war das Rosalinds ultimative Beleidigung gewesen, die natürlich sehr oft ihrer jüngeren Schwester gegolten hatte.

»Das wäre zu grausam«, meinte Olivia tadelnd.

Eve hob ihr Bier. »Sonst …«, meinte sie in Erinnerung an ihren Vater.

»Sonst!« Die drei stießen an und tranken.

Eve lachte mit ihren Schwestern, und sie unterhielten sich über dies und das, doch die Ereignisse des Abends und ihre ungewöhnlichen Gedanken hatten sie tief getroffen. Das Wochenende mit ihrer Familie war ein Vergnügen gewesen, obwohl es ihr bis jetzt immer kompliziert und ermüdend erschienen war. Und die Aufmerksamkeit eines attraktiven Fremden hatte sie als aufregend und belebend empfunden, nicht als Ärgernis, wie sonst.

Sie dachte an die seltenen Gelegenheiten, wenn Mike und sie zusammen ausgingen, und daran, dass sie mittlerweile oft getrennt unterwegs waren. Sie dachte an den Job in Boston, der sie eher aufhielt als weiterbrachte. Im Grunde erschien ihr nicht einmal die Beförderung sehr verlockend. Und plötzlich waren die Jobs in Wisconsin, die sie eigentlich ablehnen wollte, wieder auf dem Tisch. Verlockend und furchteinflößend zugleich.

Nachdem sie die nächste Runde ausgetrunken hatten – Eves zweites Bierglas war noch halb voll –, fuhr Rosalind sie zurück ins Blue Hill Inn, wo sie sich zum Abschied umarmten. Sie kicherten, als sie an die gemeinsam erlebten Stunden zurückdachten, und versprachen, sich zu einem frühen Frühstück bei Dad und Lauren zu treffen, bevor sie nach Hause flogen. Eve nach Boston, Olivia nach LA und Rosalind nach New York City.

Eve kroch in das fremde Bett und lag dann lange wach. Sie machte sich Sorgen, überlegte, warf sich hin und her.

Um drei Uhr morgens schwirrte ihr Kopf noch immer, doch plötzlich traf sie die Erkenntnis wie ein Blitz.

Es hatte bereits zwei Mal eine Zeit in ihrem Leben gegeben, in der sie sich derart untypisch verhalten hatte.

Das erste Mal war – verständlicherweise – in dem Jahr nach dem Tod ihrer Mutter gewesen. Eve war damals mitten in der Pubertät gewesen und hatte begonnen, mit seltsamen Leuten abzuhängen und ihre Gewohnheiten zu übernehmen. Schwarze Haare, schwarzer Lippenstift und Nagellack, schwarze Klamotten, Leder und Nieten. Drei Jahre später hatte sie als Einzige der drei Schwestern noch bei ihrem Vater gelebt, der beschlossen hatte, wieder zu heiraten. Laurens ruhige Ausstrahlung hatte Eve gezeigt, dass ihre Zugehörigkeit zur Gothic-Kultur nicht rebellisch und cool war, sondern bloß ein schlecht sitzendes Kostüm, in das sie unbedingt passen wollte. Das und die Tatsache, dass beide ähnlich zurückhaltend waren, hatte sie ihrer Stiefmutter nähergebracht als ihre beiden Schwestern, die mehr mit ihrer überschwänglichen Mutter gemeinsam hatten.

Beim zweiten Mal, als Eve ihr gewohntes Territorium verließ, war sie nach LA zurückgekehrt und arbeitete nach dem Abschluss der Cornell University in derselben Firma, in der sie schon während der Highschool als Praktikantin gejobbt hatte. Sie hing mit denselben Freunden ab und besuchte dieselben Lokale. Sie trank zu viel und machte zu oft Party, und am nächsten Morgen schleppte sie sich müde ins Büro und fühlte sich mies. Was sie allerdings nicht davon abhielt, die ganze Sache am Abend zu wiederholen.

Irgendwann setzten Dad und Lauren sich mit ihr an einen Tisch und warfen ihr vor, ihr Leben wegzuwerfen. Nachdem am selben Tag auch ihr Vorgesetzter mit ihr gesprochen und eine weiterführende Ausbildung empfohlen hatte, hatte Eve erkannt, dass das Partygirl genauso wenig zu ihr passte wie die schwarzen Klamotten, und sie hatte sich das Versprechen gegeben, von jetzt an immer ehrlich zu sich zu sein und sich nicht zu verstellen.

Bis heute Abend war sie überzeugt davon gewesen, genau das getan zu haben.

Um drei Uhr fünfzehn musste sie jedoch – schmerzlich und zögernd – zugeben, dass ihre Schwestern recht hatten. Sie konnte die Warnzeichen nicht mehr länger ignorieren. Beförderung hin oder her, Washington Island hin oder her. Etwas in ihrem Leben musste sich ändern.

Kapitel 2

11. Februar 1971 (Donnerstag)

Heilige Muttergottes, vor zwei Tagen gab es hier ein Erdbeben. Es war furchteinflößend. Schrecklich. Ich wäre am liebsten sofort nach Maine zurückgerannt. Daniel meinte, die Erde hätte sich nur neu ausgerichtet und es werde kein weiteres schweres Beben geben, solange wir hier wohnen, aber ich bin mir da nicht so sicher. Ich fiel auf die Knie und betete zu Gott, dass mir nichts passieren würde – was im Nachhinein ziemlich schwachsinnig war. Ich meine nicht das Beten. Ich hätte vielmehr schnell das Haus verlassen sollen! Aber Gott ließ mich nicht sterben, obwohl ich so dumm bin, und das ist immerhin etwas. Unser Haus! Es ist unglaublich. So wunderschön, elegant und rosarot! Christina glaubte mir kein Wort, als ich ihr erzählte, wo ihre große Schwester jetzt wohnt. Ich muss ihr ein Foto schicken. Wir haben einen Pool und echte Palmen am Grundstück. Ich fühle mich wie eine Königin. Daniel gibt mir das Gefühl, eine Königin zu sein. Er meinte immer, dass ich ihm das Gefühl gebe, ein Prinz zu sein. Und das Wetter! Sagen wir mal so: Es ist nicht die Art Februar, die ich gewöhnt bin. Daniel wird an der UCLA

unterrichten. Wir werden wirklich hier sesshaft. Nun müssen wir nur noch neue Freunde finden, dann sind wir endgültig angekommen.
Ich habe eine weitere Nebenrolle in einem Mel-Brooks-Film ergattert. Aber ich will mehr, mehr, mehr! Größere und immer größere Rollen! Daniel meint, dass ich Geduld haben muss und dass ich alles richtig mache. Aber ich bin nicht geduldig. Das war ich nie. Ich will das, was ich will, und zwar wann ich es will. Ich klinge vielleicht wie eine verwöhnte Göre, aber in mir ist vor allem eine tief verwurzelte Angst, dass die Dinge nicht so laufen werden, wie ich es gerne hätte. Und je früher sie es doch tun, desto besser und ruhiger fühle ich mich.
Abgesehen davon kann ich keine verwöhnte Göre sein, wenn man bedenkt, unter welchem Fluch ich geboren wurde und wie hart ich für mein derzeitiges Leben arbeiten musste. Die einzige Ausnahme ist Daniel. Ihn zu treffen war reines Glück. So großes Glück …
Ich habe gerade in dieser Sekunde einen Anruf von meinem Agenten erhalten! Ich soll für eine große Nebenrolle in einem Film über die geheime Familie eines Gangsterbosses vorsprechen. Meine erste große Rolle! Ich halte es kaum aus. Ich will es unbedingt.
In Liebe,
Ich
PS: Ich habe beim Vorsprechen alles gegeben, was ich hatte, und sofort gemerkt, dass sie mich großartig fanden. Als ich nach Hause kam, rief mein Agent mit dem Termin für ein weiteres Vorsprechen an. Ich bin so aufgeregt, dass ich durchs Haus schwebe. Ich tanze,

ich springe, ich drehe mich im Kreis, ich kreische vor Freude. Ich glaube, mein Leben wird in nächster Zeit sehr hektisch werden.
Ich bin bereit!

Eve nahm die Weinflasche von der Arbeitsfläche in der Küche und schenkte sich ein Glas ein. Die Flasche war vermutlich schon zu lange offen, als dass der Wein noch gut schmecken würde. Ihr Flug aus Maine war aufgrund eines kurzen, aber heftigen Schneesturms verspätet gelandet – es gab kaum etwas Unerfreulicheres als einen Wintereinbruch kurz vor Frühlingsbeginn. Sie hatte ihren Koffer die schneebedeckte Auffahrt hochgeschleppt, und je nasser ihre für das Wetter viel zu dünnen Schuhe geworden waren, desto tiefer war ihre Stimmung in den Keller gesunken. Normalerweise war es eine Erleichterung, nach Hause in ihr gewohntes Bett und zu den alltäglichen Abläufen zurückzukehren, ganz zu schweigen von ihrem besten Freund Marx, ihrem Hund, der bereits ungeduldig hinter der Eingangstür auf sie gewartet und mit seinem flauschigen, lohfarbenen Schwanz gewedelt hatte. Marx hatte nie schlechte Laune. Sein Leben war herrlich unkompliziert.

Er stupste sie in die Seite und erinnerte sie daran, dass sie ihm als Wiedergutmachung ein ganzes Wochenende ungeteilte Aufmerksamkeit schuldete.

»Ich hab dich auch vermisst.« Sie ging in die Knie, um ihn ordentlich zu umarmen, ließ ein paar schlabberige Hundeküsse über sich ergehen und ging mit dem Weinglas ins Wohnzimmer. Das Haus fühlte sich leer, aber friedlich an. Mike war am Sonntagabend beim Basketball und würde bald wieder da sein.

Sie öffnete die Tür zu ihrem neuen Wintergarten und trat hinaus, ohne das Licht anzumachen. Sie wollte den Druck der

Reise und des mit Sozialkontakten vollgestopften Wochenendes loswerden und kämpfte gegen die Wut darüber an, dass sie die Schneefräse durch den nassen, schweren Schnee schieben musste, obwohl sie so müde war. Der schneebedeckte Garten vor dem Fenster war im Winter ein zauberhafter Anblick. Im November kalt und zauberhaft, im Dezember fröhlich und feierlich, im Januar okay – es war ja immerhin *Winter* –, und im Februar bereits ziemlich nervtötend. Im März löste er jedoch bloß noch einen klaustrophobischen Anfall aus.

Und trotzdem spielte sie mit dem Gedanken, noch weiter in den Norden zu reisen. Gab es in Wisconsin nicht von Oktober bis Mai eine geschlossene Schneedecke? Das musste sie unbedingt nachlesen.

Auch wenn Mike keine Bedenken geäußert und keine Beförderung im Raum gestanden hätte, wäre es einfacher, hierzubleiben. Es wäre einfacher, sich den negativen Gedanken zu ergeben und sich einzureden, dass es nicht funktionieren konnte. Dass ihr die Arbeit zu viel werden würde; dass sie mit Shelley nicht klarkommen könnte; dass sie ihrer Beziehung mit Mike irreparablen Schaden zufügte, wenn sie ging.

Trotzdem gab es unzählige Dinge, die ihr unerbittlich den Weg wiesen. Lauren, Shelley, ihr Vater, ihre Schwestern, ihr lebenslanger Ehrgeiz und das kreative Feuer, das durch ihre Zeit am College und an der Universität weiter angeheizt, durch die engen Grenzen ihres derzeitigen Jobs allerdings fast gelöscht worden war. Und dann war da noch der vergessene Samen, den Rosalind letzten Sommer in der Küche ihres ehemaligen Hauses am Candlewood Point gepflanzt hatte und der gestern, während einer schlaflosen Nacht im Blue Hill Inn ganz unverhofft zu sprießen begonnen hatte.

Sie brauchte Veränderung.

Eve hasste Veränderung. Sie wollte ihre Hände zu Fäusten ballen, die Zähne zusammenbeißen und die Füße in den Boden stemmen wie ein zorniges Kleinkind. *Du … kannst … mich … nicht … zwingen!* Vielleicht hatte sie deshalb an diesem Job festgehalten – vielleicht hatte sie gehofft, dass sie die Leiter hochgeschubst würde, anstatt sich selbst darum bemühen zu müssen.

Sie hörte, wie die Haustür geöffnet wurde, und warf einen Blick auf die Uhr. Mike war offenbar gleich nach dem Spiel nach Hause gefahren.

Ihr Herz schlug schneller, doch gleichzeitig stieg auch Zorn in ihr hoch. Es war ein Inbegriff dessen, wie sie sich in letzter Zeit angesichts so vieler Dinge fühlte. Und es sah ihr gar nicht ähnlich. Die Mutter ihrer Mutter – Grandma Betty, die immer noch in Jackman lebte – nannte es *Wischiwaschi*. Sie war ein unentschlossener Angsthase.

»Hi, Mike.«

»Hey.« Er trat mit ausgebreiteten Armen durch die Tür in den Wintergarten. »Was machst du hier im Dunkeln?«

»Ich stehe nur so rum.« Sie stellte sich auf die Zehenspitzen, um ihn zu küssen, schlang die Arme um seinen breiten Oberkörper und war froh, dass sich ihr anfängliches Zögern in Luft aufgelöst hatte. Mike hatte sich in der Sporthalle geduscht und rasiert, er roch sauber und sexy. »Schön, dich zu sehen.«

»Ebenfalls. Danke, dass du die Auffahrt gefräst hast. Tut mir leid, dass es an dir hängen geblieben ist.«

»Kein Problem. Wie war dein Spiel?«

»Echt gut«, erwiderte er stolz. »Ich habe zwanzig Punkte gemacht.«

»Zwanzig! Beeindruckend.«

»Danke.« Er ließ sie los und schaltete das Licht an. »Hattest du ein schönes Wochenende?«

»Ja. Drei Tage ohne eine einzige Szene.«

»Ebenfalls beeindruckend.« Seine sandfarbenen Locken waren immer noch feucht und seine Wangen nach der körperlichen Anstrengung gerötet, sodass seine irisch-blauen Augen deutlich hervorstachen. »Ist Rosalind immer noch aus dem Häuschen wegen ihres neuen Freundes und ihrer neuen Familie?«

»Anscheinend. Aber sie mag uns offenbar trotzdem noch.«

»Und Olivia ist wahrscheinlich immer noch eine nervtötende Diva, die allen auf die Ei…«

»Jap.« Eve runzelte die Stirn. »Obwohl sie mir ziemlich neben der Spur vorkam.«

»Neben der Spur? Olivia? Miss ›Ich-bin-der-Mittelpunkt-des-Universums‹?«

»Haha.« Sie hob tadelnd den Finger. »Sie ist immerhin meine Schwester.«

»Halbschwester.«

Eve presste die Lippen aufeinander, und ihr Magen zog sich zusammen. Sie wollte jetzt nicht darüber nachdenken. Aber Mike hatte natürlich recht. »Das ist wohl wahr.«

»Deinem Dad geht es gut?«

»Ja.«

»Und Lauren?«

Eve dachte an die Neuigkeiten von Shelley und senkte den Blick. »Lauren ist Lauren und wird immer Lauren sein.«

»Was ist passiert?«

Ihr Kopf fuhr hoch. »Wie meinst du das?«

»Dein ganzer Körper wirkte plötzlich wie erstarrt. Da war etwas mit Lauren.«

Sie seufzte. Sie war nicht in der Stimmung für eines von Mikes Kreuzverhören. Seine Unsicherheit war süß – und hielt ihn davon ab, arrogant zu werden –, aber sie war auch ziemlich anstrengend. »Nichts Schlimmes.«

»Okay, aber …« Er trat vor und legte ihr die Hände auf die Schultern. »Du kannst es mir trotzdem sagen.«

»Es tut mir leid, Mike, aber ich will jetzt nicht darüber reden.«

Seine Liebenswürdigkeit verschwand. »Wir haben doch schon mal darüber geredet. Es ist nicht fair, wenn du mich ständig ausschließt.«

»Es ist auch nicht fair, wenn du mich zwingst, über etwas zu reden, obwohl ich noch nicht bereit dafür bin.« Sie hätte am liebsten losgeheult. Wie lange war er zu Hause? Maximal fünf Minuten, und sie stritten sich bereits.

Er ließ sie los, ging durchs Zimmer und drehte sich dann mit in die Hüften gestemmten Händen zu ihr um. »Dann soll ich also nur herumsitzen und warten, bis du die Bombe platzen lässt?«

»Wie kommst du darauf, dass es eine Bombe ist?«

»Ist es das nicht?«

»Von einer Bombe kann keine Rede sein.«

»Worauf wartest du dann? Dann kannst du es mir doch auch gleich sagen.«

Eve hatte keine Ahnung, wie es so weit gekommen war. Wohin war die entspannte Partnerschaft der letzten Jahre verschwunden? Ihre ersten beiden Beziehungen waren äußerst schwierig gewesen und hatten abrupt geendet, nachdem ihre um einige Jahre älteren Freunde ihren Abschluss gemacht hatten – Sam an der Highschool und Dale am College. Das Leben mit Mike war anfangs viel einfacher gewesen.

Hatte er sich verändert? Oder war sie es? Warum vertraute er ihr nicht mehr? Sie hatte ihm nie einen Grund gegeben, es nicht zu tun. Doch in den letzten Monaten hatte er sie immer mehr unter Druck gesetzt, ihm ihre innersten Gedanken zu offenbaren – wodurch sie ihre Gefühle nur noch tiefer in sich vergraben hatte. Die schlimmste Reaktion in einer solchen Lage.

Sie waren seit drei Jahren ein Paar und wohnten seit einem Jahr zusammen, und ihrer Meinung nach sollte nach einer so langen Zeit das Fundament einer Beziehung so gefestigt sein, dass solche Unterhaltungen nicht mehr nötig waren.

Ich bin noch nicht bereit, es dir zu erzählen.

Alles klar. Ich bin da, falls du mich brauchst.

Trotzdem gab sie nach – wie schon so viele Male zuvor. Sie dachte, wenn sie so ehrlich wie möglich wäre, hätte er keinen Grund, ständig nachzuhaken.

War es nicht eines der ersten Anzeichen für eine psychische Störung, wenn man immer wieder dasselbe tat und trotzdem ein anderes Ergebnis erwartete?

»Laurens Freundin aus Wisconsin – Shelley Grainger – ist scheinbar wieder gesund, und ihr Kredit wurde bewilligt. Sie will immer noch, dass ich hinaufkomme und den Auftrag übernehme. Und den von ihrer Freundin.«

Mike presste missbilligend die vollen Lippen aufeinander. »Ich dachte, wir hätten das geklärt.«

»Nein.« Sie versuchte, ruhig zu bleiben und nicht zu barsch zu klingen. »Du hast gesagt, dass du nicht willst, dass ich es mache, und dann sah es so aus, als würde ohnehin nichts daraus, also habe ich es nicht mehr angesprochen.«

»Aber du hast doch gesagt …«

Sie hob die Hand. »Mike, Liebling, ich will jetzt nicht darüber reden. Es ist Sonntagabend, ich bin erschöpft von der Reise und wahnsinnig glücklich, weil ich ein schönes Wochenende mit meiner Familie verbracht habe. Ich will eine Weile über die

Sache nachdenken und vielleicht morgen im Büro nachfragen, ob und wann ich mir eine Auszeit nehmen kann.«

»Du lässt deine Vorgesetzten entscheiden, wie es mit unserer Beziehung weitergeht? Ohne es zuerst mit mir abzuklären?«

Er *bettelte* geradezu darum, dass sie ihn in ihrer Entscheidung überging. Sie konnte sich diese Veränderung nicht erklären. »Wenn ich mir nicht freinehmen kann, ist meine Entscheidung nicht ...«

»*Unsere* Entscheidung.«

Sie atmete tief durch und stellte verärgert fest, dass ihre Knie zitterten.

»Nein, Mike, es ist meine. Wenn du beschließen solltest, die Schule zu wechseln, läge die Entscheidung darüber auch nicht bei mir. Ich würde mich da nie einmischen.«

»Das ist nicht dasselbe. Wenn ich die Schule wechsle, komme ich immer noch jeden Abend zurück in dieses Haus.«

»Du brauchst doch keinen Babysitter.« Sie trat auf ihn zu und legte ihm eine Hand auf die Wange. Sie wollte das Gespräch wieder auf eine liebevolle Ebene bringen. »Also, worum geht es hier wirklich?«

Er hielt ihrem Blick stand. »Du verlässt mich. Stück für Stück. Wisconsin ist nur ein Puzzleteil.«

Eve widerstand dem Drang, ihn anzuschreien. Sie ließ die Hand auf seine breite Brust gleiten und sah zu ihm hoch – er war der einzige Mann, mit dem sie bisher zusammen gewesen war, bei dem das nötig war. »Es gibt nur einen Weg, dir zu beweisen, dass das nicht stimmt. Ich muss gehen und wieder zu dir zurückkommen.«

»Wenn du gehst, kommst du nicht wieder.«

Eve seufzte entnervt. Sie konnte sich nicht mehr zusammennehmen. »Du kannst mir doch nicht erklären, was ich tun werde und wie ich mich fühle! Das ist unsinnig. Und ziemlich melodramatisch.«

»Eigentlich sehe ich die Situation sehr klar und bleibe trotzdem vollkommen ruhig – im Gegensatz dazu, wie es in meinem Inneren aussieht.«

»Wie *sieht* es denn in deinem Inneren aus?«

»Es fühlt sich an, als wärst du neuerdings aus Sand oder Wasser und würdest mir durch die Finger rinnen. Egal, wie sehr ich versuche, dich an einer Stelle zurückzuhalten, es quillt auf der anderen Seite hervor.«

Schlechtes Gewissen stieg in ihr hoch. War es wirklich so? »Ich liebe dich, Mike. Aber es macht mich fertig, dass du ständig darauf beharrst, dass ich dich nicht genug liebe – oder nicht auf die richtige Art. Oder was auch immer du glaubst, dass ich …«

»Das tue ich doch gar nicht!«

Sie hob die Hand und ließ sich nicht unterbrechen. »Dieses Thema kommt jedes Mal, wenn wir uns streiten, und das tun wir viel zu oft. Ich weiß nicht, wie ich dagegen angehen kann. Vielleicht tut uns die Pause ganz gut.«

Bei dem Wort »Pause« zuckte Mike zusammen, als hätte sie ihn geschlagen. Panik stieg in ihr hoch. Warum hatte sie das gesagt? Sie liebte ihn. Ihre Beziehung war es wert, dafür zu kämpfen. Trotzdem war es einfach passiert. Es war, als müsste sie sich selbst immer noch überzeugen.

»Du brauchst also eine Pause«, meinte er langsam und triumphierend. »Genau das habe ich gemeint.«

»Es ist nicht so, wie du denkst. Nicht so, wie es geklungen hat.« Er sah sie skeptisch an, und sie wandte sich ab, um sich nicht ablenken zu lassen. Es hatte wieder zu schneien begonnen, und dicke, fette Schneeflocken segelten langsam auf die Veranda und den Rasen. Es war hier selten so windstill, dafür befanden sie sich zu nahe am Meer. Draußen war es vermutlich unglaublich ruhig und friedlich.

»Ich will nur sagen, dass ich das Gefühl habe, als würden wir uns in letzter Zeit gegenseitig in den Wahnsinn treiben. Vielleicht liegt es auch nur an der verdammten Jahreszeit. Es schneit und ist bitterkalt, obwohl wir den Frühling herbeisehnen. Ich weiß auch nicht. Aber willst du nicht, dass das aufhört? Den Motor ausmachen, damit er abkühlt, bevor wir ihn erneut warmlaufen lassen? Damit wir frisch und gestärkt wieder aufeinanderstoßen und versuchen können …«

»Nein.«

Sie drehte sich um und hob ergeben die Hände. »Was willst du dann?«

Mike biss die Zähne zusammen und stand breitbeinig und mit verschränkten Armen vor ihr. Unbeugsam. »Ich will, dass du hierbleiben *willst.*«

Eve seufzte und legte sich eine Hand auf die Stirn. »Es tut mir leid. Ich kann dieses Gespräch nicht schon wieder führen. Wir drehen uns ständig im Kreis. Ich gehe ins Bett.«

Er ließ sie ohne einen weiteren Kommentar gehen. Als sie sich noch einmal umdrehte, sah sie ihn mit mürrischem Gesicht und zu Fäusten geballten Händen im Wintergarten stehen. Marx beschnupperte sein Bein und folgte ihr schließlich die Treppe hoch.

Sie packte ihren Koffer aus, duschte, putzte sich die Zähne und legte sich in das gemeinsame Bett. Sie dachte an den Traum, den sie im Flugzeug gehabt hatte. Mike war ihr wie früher an der Tür entgegengekommen und hatte sie aufs Sofa getragen, während sie quietschte und kicherte. Dort hatten sie sich leidenschaftlich geliebt, um die vielen verlorenen Stunden wieder aufzuholen.

Warum taten sie das nicht mehr? Nicht ein einziges Mal in so langer Zeit? Vielleicht hätte sie ihn sofort verführen sollen, sobald er zur Tür hereingekommen war. Vielleicht war es ihr Fehler gewesen. Vielleicht hatte er recht und sie war schuld an der Gefühlskälte, die zwischen ihnen herrschte.

Sie drehte sich auf den Rücken und starrte an die Decke, obwohl es zu dunkel war, um etwas zu erkennen. Ganz egal, wie sehr sie ihren Gedanken und Gefühlen vertraute und wie sorgfältig sie ihre Argumente zurechtlegte, es passierte immer öfter, dass er in ihr das Gefühl weckte, sich nicht mehr auf ihren Instinkt verlassen zu können.

Hatte es letzten Sommer begonnen, nachdem ihr Dad den Schlaganfall erlitten und sie die Wahrheit über Jillian herausgefunden hatte? Mikes Depression war damals auf dem Höhepunkt gewesen. Sie fragte sich, ob ihr Schock alles noch schlimmer gemacht hatte oder ob sie irgendwelche unbewussten emotionalen Veränderungen durchgemacht hatte.

Genauso gut war es aber auch möglich, dass Mikes Ängste und seine Bedürftigkeit nach dem Beginn der Therapie zugenommen hatten. Immerhin ging es dabei vor allem um das Problem, Vertrauen zu haben – und um seine Eltern, die ihrem jüngsten Sohn Pessimismus als Kunstform beigebracht hatten. Vielleicht überspielte er diese Verletzlichkeit mit einer neu erwachten Kontrollsucht. In diesem Fall schuldete sie ihm hundertprozentige Unterstützung. Die Art Unterstützung, die Lauren Eves Vater nach dessen Schlaganfall geschenkt hatte. Ihre Stiefmutter war jederzeit für ihren Dad da gewesen und hatte seine schrecklichen Launen und die Frustration auf dem langen Weg zur Genesung ertragen, während er seinem Zustand hilflos ausgeliefert gewesen war. Eve musste dasselbe für Mike tun, während er gegen seine inneren Dämonen kämpfte.

Sie drehte sich stöhnend auf den Bauch. Genau deshalb hatte sie heute Abend keine Lust gehabt, darüber zu reden. Sie war viel zu aufgebracht, um Schlaf zu finden, doch sie brauchte morgen früh bei dem Gespräch mit ihrem Vorgesetzten einen klaren Kopf, um herauszufinden, ob sie tatsächlich befördert wurde, und die Möglichkeit einer Auszeit für den Auftrag in Wisconsin auszuloten.

Sie hatte sich immer für die vernünftigste der drei Schwestern gehalten. Die einzige Tochter, die mit beiden Beinen im Leben stand. Sie hatte von Anfang an gewusst, dass sie Architektin werden wollte, und es auch durchgezogen. Und sie hatte zwei Jahre gewartet, bis sie sicher war, und Mike erst dann bei sich einziehen lassen. Sie war nicht wie Rosalind, die sofort mit jedem Mann eine Beziehung anfing, der auch nur ein bisschen Interesse an ihr zeigte, und die die Stadt verließ, wenn es ihr zu langweilig wurde. Sie war auch nicht wie Olivia, die sich drei Wochen nach dem Kennenlernen mit Derek verlobt und sich seitdem kein einziges Mal gefragt hatte, ob es vielleicht ein Fehler gewesen war. Nicht einmal jetzt, nach so vielen Jahren, wo es offensichtlich war, dass sie die falsche Entscheidung getroffen hatte.

Eve hatte alles richtig gemacht. Im Vollbesitz ihrer geistigen Kräfte. Mithilfe ihres Verstandes.

Aber wie geistig gesund und vernünftig war sie noch, wenn sie nicht mehr beurteilen konnte, ob sie egoistisch war, weil sie das Jobangebot in Erwägung zog, oder ob Mike egoistisch war, weil er sie davon abhalten wollte?

Nachdem sie sich noch eine Weile wütend von einer Seite auf die andere geworfen und sich gefragt hatte, ob Mike wohl nach oben kommen oder im Wintergarten schlafen würde, fiel sie schließlich in einen unruhigen Schlaf und erlebte einen ihrer Wut-Träume.

In den Zwanzigern hatte Jillian Croft in diesen Träumen seelenruhig vor dem Spiegel gesessen und Make-up aufgelegt, während ihre Tochter versucht hatte, ihr etwas sehr Aufwühlendes mitzuteilen. Sie hatte nicht einmal so getan, als würde sie zuhören, ganz egal, wie laut Eve gebrüllt und gebettelt hatte.

Dieses Mal übernahm Mike die Hauptrolle. Er spielte Basketball und warf einen Korb nach dem anderen. Einige Bälle flogen sogar durch Eve hindurch, während sie schrie und tobte. Er würdigte sie keines Blickes; es schien beinahe so, als würde sie gar nicht existieren.

Als der Wecker klingelte, quälte sie sich aus dem Bett und unter die Dusche. Das zerknüllte Laken auf Mikes Seite verriet ihr, dass er irgendwann doch ins Bett gekommen war. Er hatte also noch weniger Schlaf gekriegt als sie. Vermutlich war er gerade joggen, denn das tat er jeden Morgen gleich nach dem Aufstehen.

Eve stand ebenfalls gerne früh auf, allerdings nicht *so* früh. Normalerweise lief sie danach auch eine Runde, und anschließend frühstückten sie gemeinsam, bevor sie zur Arbeit gingen. Heute wählte sie allerdings den feigeren Weg und beschloss, das Laufen ausfallen zu lassen. Sie verließ das Haus früher als üblich, um ihm nicht zu begegnen.

Böse, böse Eve.

Aber sie wollte nun mal unbedingt das Gespräch mit ihrem Vorgesetzten hinter sich bringen, bevor sie mit ruhigem Gewissen eine Entscheidung treffen und Mike erneut gegenübertreten konnte. Sonst fragte er sie womöglich noch, ob sie derart wichtige Dinge neuerdings im Schlaf beschloss.

Sie fuhr zum Bahnhof und anschließend mit der Newburyport/Rockport Line bis zur North Station, von wo aus sie nicht wie sonst üblich zu Fuß weiterging, sondern die U-Bahn bis in die Park Street nahm. Sie stieg an der Station Boston Common aus und überquerte die Straße, um zu dem Bürogebäude zu gelangen, in dem sich Atkeson, Shifrin & Trim Architects eingemietet hatte. Ihre Nervosität setzte so viel Energie frei, dass sie zu Fuß in den dritten Stock lief, statt mit dem Aufzug zu fahren.

Sie begrüßte die Empfangsdame, die erst seit drei Wochen hier war. Eve hatte ihren Namen vergessen, und mittlerweile schämte sie sich, die Frau noch einmal danach zu fragen. Ihr L-förmiger Schreibtisch befand sich in einem hellen, offenen Großraumbüro, in dem Privatsphäre ein Fremdwort war. Außer den hohen Tieren, deren Büros außen um den zentralen Raum angeordnet waren, verfügte hier niemand über eine Tür, Wände oder ein eigenes Fenster.

Eve setzte sich und startete den Computer. Sie fühlte sich kribbelig, gleichzeitig war ihr Kopf wie in Watte gepackt. Sie rief den Badezimmerplan auf, an dem sie gerade arbeitete, und starrte blicklos auf den Bildschirm, bis ihr Vorgesetzter, Frank Trim, seine Bürotür öffnete, was bedeutete, dass er gerade einen Anruf beendet hatte und nun wieder zur Verfügung stand.

Los!

Sie stand auf, zog den Saum ihrer olivfarbenen Tunika über ihrer schwarzen Hose glatt – von der sie vermutlich zehn Exemplare besaß –, und machte sich auf den Weg zu Frank, bevor ihr jemand zuvorkam. Sie musste dieses Gespräch hinter sich bringen, dann würde die Anspannung endlich ein wenig nachlassen. Das hoffte sie zumindest.

»Guten Morgen.« Sie tat, als würde sie an den Türrahmen klopfen. »Haben Sie eine Minute?«

»Hey! Ja, sicher.« Er winkte sie zu sich. »Nehmen Sie Platz.«

Frank war einer dieser Männer mittleren Alters, deren Gesicht sich weigert, Falten zu bekommen, deren Wangen niemals nach unten hängen und deren Mitte immer ordnungsgemäß schlank bleibt. Immerhin stammte er aus einer alteingesessenen Familie aus Long Island, und solche Menschen hielten aus Prinzip nichts vom Älterwerden. Als Eve angefangen hatte, für ihn zu arbeiten, hatte sie etwa zwei Minuten lang für ihn geschwärmt – bis er zum ersten Mal den Mund aufgemacht hatte.

Sie setzte sich auf den Besucherstuhl, der vermutlich deshalb so niedrig war, weil er wollte, dass der Besucher zu ihm aufblicken musste. Selbst Eve mit ihren beinahe einen Meter achtzig erging es nicht anders. »Schönes Wochenende gehabt?«

»Geht so.« Er lehnte sich zurück, stützte die Ellbogen auf den Armlehnen ab und drehte seinen Stift zwischen den Fingern. »Und Sie?«

»Sehr schön. Ich war mit meiner Familie in Maine. Dad hat seinen achtzigsten Geburtstag gefeiert.«

»Ja?« Es war offensichtlich, dass Frank das herzlich egal war. Etwas anderes hatte Eve auch nicht erwartet, doch sie wollte nicht sofort mit der Tür ins Haus fallen, bevor sie seine Laune eingeschätzt hatte. »Hoffentlich werden wir auch einmal so alt.«

»Wem sagen Sie das.« Sie lächelte verkniffen und war froh, dass sie niemandem im Büro erzählt hatte, wer ihr Vater war. Es war ein angenehmes Gefühl, über ihre Eltern sprechen zu können, ohne dass das Gegenüber große Augen machte und aufdringliche Fragen stellte. »Ich wollte mit Ihnen sprechen.«

»Offensichtlich.«

Sie beschloss, seinen Kommentar zu ignorieren. »Ich habe ein Jobangebot in Wisconsin.«

Er hob ruckartig die Augenbrauen, und sie erkannte zu spät, wie das gerade geklungen hatte.

»Nein, nein, nichts Dauerhaftes. Es geht um ein einmaliges Projekt für eine Freundin meiner Stiefmutter. Und deren

Freundin. Ich überlege, ob ich hinauffahren und es versuchen soll.«

»Wann?«

»Anfang April.«

»Wir können hier nicht auf Sie verzichten.«

»Ich habe noch einige Urlaubstage ...«

»Tut mir leid.« Er schüttelte den Kopf.

»Okay, aber ... wir haben gerade nicht so viel zu tun. Vielleicht könnte ich ja etwas Arbeit mitnehmen, und ...«

»Sie wurden eingestellt, um hier in diesem Büro zu arbeiten. Wir sind ein Team. Wir arbeiten als Team. Das ist kein Heimarbeitsplatz.«

»Okay. Gut.« Sie sah ihn abwartend an. Er verscheißerte sie doch. Bedeutete das, dass sie die Beförderung bekam, er es ihr aber noch nicht sagen konnte? »Tim hat gekündigt.«

»Jap.« Er verzog keine Miene, bloß der Stift drehte sich schneller.

»Als ich eingestellt wurde, hat man mir gesagt, dass ich schnell die Leiter nach oben klettern würde.« Sie wollte das Offensichtliche aussprechen – *»Aber das ist nicht passiert«* –, entschied sich dann aber dagegen. »Nachdem sein Posten nun frei wird, hatte ich gehofft, dafür vorgesehen zu sein.«

»Jaaa.« Frank richtete sich auf. »Ich dachte mir schon, dass Sie ins Rennen einsteigen wollen.«

Sie wartete. Er sah sie an. Das Arschloch ließ sie zappeln. Trotzdem stieg ihre Hoffnung. »Und?«

»Die Stelle geht an Robert.«

»Robert?« Eve starrte ihn mit großen Augen an. Sie traute ihren Ohren nicht. »Er wurde erst letzten Monat eingestellt!«

»Ja, das ist richtig.«

»Wurde ich überhaupt in Betracht gezogen?«

»Für diese Stelle nicht, nein.«

»Warum nicht?«

»Er ist qualifizierter.«

Eine plötzliche, kochend heiße Wut stieg in ihr hoch. Robert war ein ekelhafter Schleimer, der gerade genug Talent besaß, um seine Arbeit zu erledigen, aber keine wirkliche Bedrohung für Frank darstellte, der Eves Meinung nach das schwächste Glied in der Firmenpartnerschaft war.

»Meine Arbeit ist genauso gut wie seine, wenn nicht besser, und ich bin länger dabei. Was ist der wahre Grund?«

»Er kommt gut mit unseren Kunden klar.«

»Ich etwa nicht?«

»Ich hebe Sie mir für etwas Größeres auf.«

»Und was soll das sein? Wann ist es so weit?« Sie stand auf und zitterte am ganzen Körper. Die leise Stimme der Vernunft riet ihr, sich zu setzen und den Mund zu halten. Oder das Büro zu verlassen, bis sie sich beruhigt hatte.

Sie tat nichts dergleichen.

»Als Sie mich eingestellt haben, sagten Sie, ich wäre zu gut für den Job. Sie meinten, ich wäre spätestens in einem Jahr auf einer Stufe mit Tim. Aber das ist nie passiert. Ich wurde eingestellt, um …«

»Sie wurden eingestellt, weil wir eine Frau ins Team holen mussten.«

Sie sah ihn mit offenem Mund an und war einen Moment lang sprachlos. Doch es dauerte nicht lange, bis sie sich wieder im Griff hatte. »Sagen Sie mir, dass Sie das gerade nicht gesagt haben. Sie *mussten* eine Frau einstellen? Was ist denn das für eine Steinzeit-Scheiße?«

Er lächelte herablassend und umklammerte seinen Stift, sodass die Knöchel weiß hervortraten. »Das ist kompliziert.«

»Nein, eigentlich ist es ganz einfach. Ich kann es Ihnen erklären.«

»Aber ich will es nicht hören.« Er legte den Stift weg und faltete die Hände, die genauso ruhig und regungslos waren wie sein gruselig junges Gesicht.

»Egal. Sie mussten eine Frau ins Team holen? Dann müssen Sie sich jetzt eine andere suchen.« Eve lehnte sich über den Tisch und klopfte mit dem Finger auf seine Schreibtischunterlage. »Ich kündige.«

Im nächsten Moment richtete sie sich schockiert auf. Was zum Teufel hatte sie da gerade getan?

»Nein, das tun Sie nicht.« Frank hatte den Anstand, angemessen nervös auszusehen. »Das meinen Sie nicht ernst.«

Natürlich meinte sie es nicht ernst. Das hier war ihr Job. Ihre Lebensgrundlage.

Andererseits brauchte sie das Geld gar nicht.

Und für ihre Karriere war die Stelle ebenfalls nicht förderlich.

Es war bloß ein Job. Ein Job, den sie plötzlich unglaublich satthatte.

Und genauso plötzlich ergriff eine Ruhe von ihr Besitz und sie war sich ihrer Sache vollkommen sicher.

»Ich schicke meine Kündigung direkt an die Personalabteilung. Es war mir *keine* Freude, mit Ihnen zu arbeiten.« Sie lächelte freundlich und machte sich auf den Weg zu ihrem Schreibtisch.

»Hey, Eve!«, rief Frank ihr nach. »Würden Sie bitte zurückkommen?«

»Nö.« Sie machte ihren Computer aus, öffnete die Schreibtischschublade und griff nach ihrer Tasche. »Ich arbeite hier nicht mehr.«

Ihre Kollegen wandten sich schockiert zu ihr um. Eve war die

Ruhige im Büro, die niemals ihre Stimme erhob. Die Letzte, von der sie eine Szene erwartet hätten. Was machte sie da? Was war passiert?

»Eve!« Seine Stimme klang streng. Als Autoritätsperson musste er vor seinen Untergebenen das Gesicht bewahren.

Sie schnappte sich das Foto von ihrem Vater, Lauren und ihren Schwestern, das sie vor ein paar Jahren an Thanksgiving gemacht hatten und das sie als einzigen persönlichen Gegenstand mit ins Büro genommen hatte. Es war beinahe so, als hätte sie unbewusst nie wirklich Wurzeln schlagen wollen.

Offenbar musste sie erst mit dem Kopf gegen die Wand donnern, bevor sie sie überhaupt sah.

Sie ging mit großen Schritten auf Frank zu, und seine Gesichtszüge entspannten sich. Seine Lippen verzogen sich zu einem schleimigen, triumphierenden Lächeln. Eve war kaum einen halben Meter von seinem glänzenden, zu engen blauen Anzug entfernt, als sie sich abrupt abwandte und direkt zum Ausgang schritt.

Kapitel 3

22. August 1971 (Sonntag)

Ich bin so erschöpft, ich würde mich am liebsten in meinem stockdunklen Zimmer einsperren und schlafen, schlafen, schlafen. Warum lässt mich die Welt nicht in Ruhe, damit ich genau das tun kann? Ich will keine Schauspielerin mehr sein, bloß eine normale Ehefrau und Mutter. Ich weine und weine, weil ich niemals Kinder bekommen werde, und ich bin auch keine gute Ehefrau. Welchen Sinn hat es, eine Frau zu sein, wenn man nicht das tun kann, wozu man geboren wurde? Warum bin ich mit diesem grauenvollen, abnormalen Körper gestraft? Daniel will mich überreden, einen Psychiater aufzusuchen. Bin ich jetzt auch noch verrückt?

Eve stieg aus dem Zug und ging zu ihrem Auto. Sie hatte den Tag in der Stadt verbracht und war zuerst gedankenverloren durch das *Museum of Fine Arts* geschlendert, bevor sie sich im Lesesaal der öffentlichen Bibliothek ein Buch über die Entwicklung der Stadthäuser im Bostoner Stadtteil Back Bay angesehen hatte. Nachdem sie ohne großen Appetit zu Mittag gegessen hatte, machte sie sich auf in die Newbury und die Charles Street, doch das Shoppen machte keinen Spaß und sie fand nichts Passendes – was wohl vor allem daran lag, dass sie nicht wusste, wonach sie eigentlich suchte.

Mittlerweile war sie wieder zurück in Swampscott, doch Mike erwartete sie um diese Uhrzeit noch nicht, und sie hatte auch keine Lust, direkt nach Hause zu gehen. Erstens würde Mike außer sich sein, wenn er erfuhr, dass sie ihren Job hingeschmissen hatte. Er verstand immer noch nicht, dass sie ein Drittel von Jillian Crofts Vermögen geerbt hatte und es nicht gleich den finanziellen Ruin bedeutete, wenn sie arbeitslos war. Er war kein Fan von plötzlichen Veränderungen und würde ihr vorwerfen, übereilt und unverantwortlich gehandelt zu haben – was vielleicht sogar stimmte. Trotzdem verspürte sie bis jetzt kaum Reue. Abgesehen davon, dass sie sich vor Mikes Reaktion fürchtete, war sie vor allem erleichtert, und das war ein sicheres Zeichen dafür, dass sie das Richtige getan hatte.

Zweitens gab es nach der Kündigung bei Atkeson, Shifrin & Trim keinen Grund mehr, die Aufträge auf Washington Island nicht anzunehmen. Außer, dass Mike dagegen war.

Sie hatten also zwei gute Gründe, um den Streit vom Vorabend fortzusetzen.

Als sie schließlich zur letzten Kreuzung vor ihrem Zuhause kam, fuhr sie einfach weiter. Sie wollte den Wind im Gesicht spüren, der vom Meer hereinzog. Sie wollte im feuchten Sand stehen, den Wellen zusehen und sich den Hintern abfrieren.

Zehn Minuten später bog sie in die Beach Street ein, die ihrem Namen alle Ehre machte, und fuhr auf den beinahe leeren Parkplatz am Devereux Beach in Marblehead. Eine Bö riss ihr beinahe die Autotür aus der Hand. Sie warf sie zu, zog sich die Kapuze ihrer marineblauen Jacke über den Kopf und machte sich auf den Weg zum Strand.

Die Wellen rollten auf sie zu, und schaumige Gischt stob auf. Das Meer zog sich langsam zurück. Die Flut hatte eine Spur aus Seetang hinterlassen, die sich etwa einen halben Meter über der derzeitigen Wasserlinie befand. In der Ferne war ein Mann mit seinem Hund unterwegs. Er war der einzige Mensch weit und breit.

Eve verschränkte die Arme und sah aufs Meer hinaus, während der Wind sie umfing. Ihr Blick wanderte über die weißen Schaumkronen zum Horizont, und sie lauschte dem Rauschen der Wellen, die auf den Strand trafen. Es wurde langsam dunkler, bald würde die Sonne untergehen, die sich allerdings ohnehin hinter dicken Wolken versteckte.

Okay.

Sie hatte also ihren Job gekündigt.

»Ha!«, rief sie, doch es war über das beständige Wogen des Wassers kaum zu hören.

Die reife und vernünftige Erwachsene in ihr war immer noch bestürzt.

Das Mädchen, das sich an der väterlichen Autorität wund gescheuert und sich gegen den Willen der dominanten Mutter für eine eigene berufliche Laufbahn entschieden hatte, war unglaublich stolz auf sie.

Eve atmete tief ein, und plötzlich wusste sie mit einer ungeheuren Bestimmtheit, was sie tun würde.

Wenn es ihr gelang, Mike davon zu überzeugen, würde sie nach Wisconsin fliegen. Ihr war die Möglichkeit in den Schoß gefallen, echte und bedeutungsvolle Arbeit zu leisten, und zwar auf einem Gebiet, auf dem sie seit jeher arbeiten wollte. Es wäre verrückt gewesen, das Angebot abzulehnen, bloß weil sie Angst hatte. Im schlimmsten Fall leistete sie miese Arbeit für wenig Geld, und Shelley musste einen anderen Architekten beauftragen, der ihr ein Haus plante, das ihr gefiel. Die Veränderung würde Eve guttun. Vielleicht sogar ihnen beiden – ihr und Mike. Ihre Beziehung hatte so wunderbar begonnen, aber mittlerweile waren sie in einer schrecklichen Sackgasse gelandet.

Als sie mit dem Studium in Harvard begonnen hatte, hatte sie nicht vorgehabt, sich auf Partnersuche zu begeben. Nachdem Dale sie sitzengelassen hatte, hatte sie ihr Abschlussjahr an der Cornell University alleine verbracht, und auch wenn sie einsam gewesen war, war es ihr doch sehr viel leichter gefallen, die Kurse und ihre außerlehrplanmäßigen Aktivitäten – Theatertechnik, Universitätsfußball, Radfahren und das Bauen von billigen Häusern für Bedürftige – unter einen Hut zu bringen. Nach dem Abschluss machte sie der Gedanke, bald in Harvard zu studieren, so nervös, dass sie beschloss, Single zu bleiben, bis sie ihren Master in der Tasche und ihre Karriere auf die Schiene gebracht hatte.

Berühmte letzte Worte, wie ihr Dad zu sagen pflegte.

Nachdem sie das erste Jahr überlebt hatte, feierte sie mit Freunden in dem exquisiten und sehr beliebten Retro-Lokal *Trina's Starlite Lounge* in Somerville. Vollgestopfte Bars waren eigentlich nichts für Eve, aber ihre Freunde fanden es offenbar toll, wenn man dicht an dicht mit anderen Menschen in einem engen Raum stand und sich gegenseitig anschrie, um die lauten Gespräche der anderen Gäste und die dröhnende Musik zu übertönen. An diesem Abend war sie jedoch so guter Laune, dass sie sich einbilden konnte, nichts gegen den Lärm und das Gedränge zu haben.

Sie redete gerade mit ihren Freunden und erklärte einen überaus wichtigen Sachverhalt – so wichtig, dass sie sich mittlerweile nicht mehr daran erinnern konnte –, bei dem auch eine ausladende Handbewegung notwendig war. Doch genau in diesem Moment rannte jemand gegen ihren ausgestreckten

Arm, und der Großteil ihres Bierglases ergoss sich über Mikes Rücken.

Ebenso erschrocken wie überschwänglich entschuldigte sie sich bei ihm und versuchte, der Bescherung mit einer winzigen Cocktail-Serviette zu Leibe zu rücken. Sie stellte sich auf eine wütende Zurechtweisung ein, doch stattdessen grinste er nur, zuckte mit den Schultern und sah ihr tief in die Augen. »Das trocknet doch wieder.«

Eve war es gewohnt, dass Kerle sie anmachten. Sie war blond und sah exotisch genug aus, um den Männern sofort ins Auge zu springen – und bis zum vergangenen Sommer hatte sie gedacht, sie hätte ihr Aussehen von ihrer atemberaubenden Mutter und ihrem gut aussehenden Vater geerbt. Sie erwartete zwar kein Mitleid, weil sie hatte, was sich viele Frauen wünschten, aber die übertriebene männliche Aufmerksamkeit stieß sie ab. Es war, als dächten die Kerle, sie würde mit jedem, der sich ihr näherte, sofort ins Bett gehen. Mit anderen Worten: Sie hielten sie für einen Mann.

Sie bestand darauf, Mike als Entschuldigung auf einen Drink einzuladen, und erwartete, dass er sich wie ein stolzer, paarungsbereiter Pfau präsentieren und ihr den Hof machen würde. Doch nichts dergleichen geschah.

Sie unterhielten sich und brachten sich gegenseitig zum Lachen. Sie erkannten, dass sie vieles gemeinsam hatten – sie hassten dieselben Filme und mochten dieselben Restaurants –, dass sie aber auch genauso vieles voneinander unterschied. Als ihre Freunde in die nächste Bar weiterziehen wollten, schob er ihr ein Stück Papier mit seiner Telefonnummer und dem Satz »Wenn dir mal danach ist« zu und verabschiedete sich höflich. Und als sie sich beim Hinausgehen noch einmal umdrehte, um nachzusehen, ob er auf ihren Arsch starrte, fiel ihr Blick lediglich auf seinen mittlerweile beinahe vollständig getrockneten Rücken.

Später sagte sie oft, Mike wäre eine echte Überraschung gewesen.

Eve nahm den Zettel mit seiner Telefonnummer eine Woche lang immer wieder zur Hand und überlegte sich Gründe, ihn anzurufen oder es lieber sein zu lassen. Schließlich gab sie sich geschlagen. Sie hatte das erste Jahr in Harvard abgeschlossen und würde den Sommer über in einer mittelmäßigen Firma in Cambridge als Praktikantin arbeiten – ein kleiner Sommerflirt konnte also nicht schaden. Im Herbst, wenn ihre Kurse wieder begannen, würde sie Mike sagen, dass sie keine Zeit für eine Beziehung hatte. Es hätte sie gefreut, ihn kennenzulernen, aber jetzt müsse sie sich leider verabschieden.

Doch dazu kam es natürlich nie.

»Schöner Abend, nicht wahr?«

Sie wandte sich überrascht um. Sie hatte über das Rauschen der Wellen hinweg gar nicht gehört, dass ein Mann mit Hund neben sie getreten war, und ihn wegen ihrer Kapuze auch nicht gesehen. »Nein, nicht wirklich.«

»Zumindest gut zum Brüten.«

Sie hatte nicht vor, sich auf etwas einzulassen. »Huhn oder Pinguin?«

Er sah sie verwirrt an, dann hellte sich sein Gesicht auf. Sie schätzte ihn auf etwa vierzig, vielleicht auch ein wenig jünger. Sein Gesicht war so unscheinbar, dass es vermutlich in der Pubertät seltsam ausgesehen hatte, doch je reifer er wurde, desto attraktiver wurde er. »Ah, jetzt verstehe ich. Brütende Henne, brütender Pinguin-Vater. Ich bin heute scheinbar schwer von Begriff.«

»Schon okay.« Sie wandte sich ab und hoffte, dass er den Wink verstehen würde.

Aber das tat er nicht. Er blieb neben ihr stehen, und sein Hund schnupperte misstrauisch an ihrer Jacke. Wahrscheinlich roch er Marx.

Eve seufzte. Sie stand mit verschränkten Armen bei miesem Wetter auf einem menschenleeren Strand – war es nicht offensichtlich, dass sie allein sein wollte?

»Es wird schon wieder.«

Sie sah ihn verblüfft an. »Wie bitte?«

»Ich sagte: Es wird schon wieder. Sie überstehen das, und dann ist alles wieder gut.«

»Wovon reden Sie?«

»Keine Ahnung.« Er grinste, und der Wind wehte ihm die lockigen Haare ins Gesicht. »Ich dachte, das wollten Sie vielleicht hören.«

»Woher wollen Sie wissen, dass ich nicht hier bin, um einen gigantischen Erfolg zu feiern?«

»Dazu fährt man nach Preston. Nach Devereux kommen die Verzweifelten.«

Sie musste unwillkürlich lächeln. »Das wusste ich gar nicht.«

»Wurden Sie sitzen gelassen? Gefeuert? Sind Sie unheilbar krank?«

»Stellen Sie Fremden immer so persönliche Fragen?«

»Immer.« Seine blauen Augen blitzten amüsiert auf, was ihn noch attraktiver machte, auch wenn sie den Verdacht hatte, dass er schwul war. Andererseits konnte sie diesen Verdacht nicht logisch begründen. »Ich bin Therapeut.«

Eve begann zu lachen. Es war das erste richtige Lachen an diesem Tag, und sofort fiel etwas Druck von ihr ab. »Dann kommen Sie also hierher – an den ›Strand der Verzweiflung‹ –, um nach Leuten Ausschau zu halten, die vielleicht ins Wasser gehen wollen?«

»O Gott, nein. Ich gehe nur mit dem Hund spazieren.«

Sie lachte erneut, und dann standen sie nebeneinander und betrachteten die Wellen, die an Land rollten, brachen und sich schließlich in Schaum auflösten.

»Ich habe heute Morgen meinen Job gekündigt.« Warum erzählte sie ihm das? »Es war nicht geplant. Ich habe es einfach getan.«

»Und wie fühlen Sie sich damit?«

»Ein bisschen entsetzt. Aber nicht allzu schlimm.«

»Blicken Sie nach vorne oder zurück?«

»Nach vorne. Man hat mir einen vorübergehenden Job in einem anderen Bundesstaat angeboten. Ich soll dort ein Haus und einen Wintergarten planen.« Die Worte kamen ihr leicht über die Lippen, und mit ihnen kam der Stolz. Sie wandte sich zu ihm um und musste ihre Kapuze festhalten, damit der Wind sie ihr nicht vom Kopf wehte. »Das mit der Kündigung habe ich noch nicht mal meinem Freund erzählt. Sie haben therapeutische Superkräfte.«

»Es ist immer leichter, einem Fremden eine große Neuigkeit zu erzählen. Wir stehen in keinerlei Verbindung, und es hat keine Folgen für Sie. Ich bin in …«, er warf einen Blick auf die Uhr, »… zwei Minuten wieder weg. Ich weiß im Grunde zwar nicht viel über Ihre Situation, aber für mich klingt es, als hätten Sie eine weise und mutige Entscheidung getroffen. Wird Sie Ihr Freund dabei unterstützen?«

Eve zuckte aus Loyalität zu Mike mit den Schultern, schluckte etwaige lobende Worte aber hinunter.

»Haben Sie Angst vor ihm?« Der fremde Therapeut musterte sie eindringlich. »Gibt es Gewalt in ihrer Beziehung?«

Eve zuckte zurück. »Nein. Mein Gott. Absolut nicht.«

»So etwas kommt vor, wissen Sie?«

Wut stieg in ihr hoch. Sie wollte, dass er mitsamt seinen durchdringenden Augen endlich verschwand. »Er würde mir nie etwas tun.«

Er holte eine Karte aus seiner Geldbörse. »Falls Sie noch mal jemanden zum Reden brauchen. Sonst werfen Sie sie einfach weg.«

Auf einer Seite der Karte war eine Eiche zu sehen, auf der anderen eine Weide. Sein Name stand in der Mitte. *Joseph Simington.*

»Danke.« Eve steckte die Karte ein. Sie würde sie ganz sicher wegwerfen. »Auch für Ihre ... Freundlichkeit.«

»Klar doch. War nett, Sie kennenzulernen.«

Sie sah ihm nach und fragte sich, wie er es aushielt, sich den ganzen Tag die Probleme anderer Leute anzuhören. Und wie er es geschafft hatte, dass sie sich ihm gegenüber auch nur ein klein wenig geöffnet hatte.

Langsam wurde es tatsächlich dunkel. Sie nahm einen letzten Atemzug der salzigen, frischen Luft, bevor sie sich ebenfalls auf den Weg zum Parkplatz machte. Joseph fuhr gerade los.

Nach der Zeit am Wasser fühlte sie sich um einiges befreiter und fuhr mit dem Vorsatz nach Hause, ein freundschaftliches Gespräch mit Mike zu führen und nicht wieder zuzulassen, dass er sie in den Wahnsinn trieb.

Als Eve in ihre Straße bog und die Autos in der Auffahrt sah, war ihre gute Laune dahin. Das hatte sie ganz vergessen. Heute war der erste Montag im Monat. An diesem Tag traf sich Mikes Pokerrunde, und heute war er der Gastgeber. Ihr Haus war voll mit seinen Freunden. Männer, die jeder für sich ganz okay waren, die sich in der Gruppe jedoch verhielten wie Spätpubertierende aus einem miesen Hollywoodstreifen.

Angst stieg in ihr hoch, auch wenn es keinen Grund dafür gab: Sie waren laut, aber harmlos. Sobald sie die Tür öffnete, hörte sie auch schon das Gejohle. Die Männer hatten sich im Esszimmer um einen Laptop versammelt, auf dem gerade ein Video lief.

Sie trat einen Schritt zur Seite und erhaschte einen Blick darauf. Eine Frau kniete auf allen vieren auf einem Couchtisch. Sie war nackt bis auf ein mit Stacheln besetztes Hundehalsband und die dazugehörige Leine. Hinter ihr stand ein Mann in einem schwarzen Anzug. Er hatte die Hose bis zu den Knöcheln nach unten gelassen. Als Eve erkannte, was die beiden trieben, wich sie rückwärts aus dem Zimmer und hoffte, dass sie unbemerkt geblieben war.

Die Kamera fuhr zurück; der Altersunterschied des Paares war klar zu erkennen. Der Mann war in den Fünfzigern, und als die Frau den Kopf drehte, sah Eve, dass sie jünger war, als sie angenommen hatte. Kein Mädchen, aber auch noch keine richtige Frau. Zu jung jedenfalls.

Eve schnappte nach Luft, auf keinen Fall laut genug, um das Johlen der Männer zu übertönen. Trotzdem entdeckte sie einer von Mikes Freunden – Bill, glaubte sie. Der Ausdruck wilder, beinahe brutaler Verzückung auf seinem Gesicht machte deutlichem Entsetzen Platz. Er streckte die Hand aus und klappte den Laptop zu. Die Protestrufe der anderen verstummten, als sie erkannten, wer ihre kleine Party gestört hatte.

»Eve!« Mike hatte den Anstand, peinlich berührt auszusehen. »Das ist nicht … wir machen das sonst nicht … es ist einfach nur …«

»Ekelhaft, wolltest du sagen. Es ist einfach nur ekelhaft. Wenn ihr in meinem Haus Poker spielen wollt, seid ihr gerne willkommen. Aber wenn ihr euch diesen *Dreck* …«, Eve deutete verächtlich auf den Laptop, »… ansehen wollt, dann geht woandershin!«

Sie rannte mit vor Zorn glühenden Wangen aus dem Zimmer,

stieg die Treppe hoch und konnte sich nur allzu gut vorstellen, dass die Männer sofort nach ihrem Verschwinden über sie herzogen, um das eigene Ego wieder auf Vordermann zu bringen. Sie hoffte nur, dass Mike auf ihrer Seite war.

Kerle waren eben einfach Kerle, das wusste sie. Vor allem Kerle in größeren Gruppen. Sie hoffte, dass keiner der Männer dort unten sich solche Dinge alleine zu Hause ansah. Oder wenigstens nicht alle. Trotzdem konnte sie ihr Entsetzen und ihre Wut nicht mit vernünftigen Begründungen eindämmen.

Zumindest nicht weit genug.

Ihr Kopf dröhnte, als sie das Schlafzimmer betrat. Sie hatte sich große Mühe gegeben, es sowohl ihren als auch Mikes Vorstellungen entsprechend einzurichten. Gedämpfte Farben, klare Linien, traditionelle Deko.

Mit zitternder Hand nahm sie drei Ibuprofen und spülte sie mit zwei Gläsern Wasser hinunter, wobei sie die letzte Hälfte kaum mehr schlucken konnte. Ihr wurde plötzlich eiskalt, und im nächsten Moment hatte sie das Gefühl, als würden ihre Knie unter ihr nachgeben.

Ihre Atmung und der Herzschlag beschleunigten sich.

Verdammt!

Es war so lange her, dass sie die Symptome nicht gleich erkannt hatte, aber sie wusste Gott sei Dank noch, was sie tun musste.

Es ist alles in Ordnung mit mir. Ich bin nicht in Gefahr. Mir geht es gut.

Ihr war klar, dass sie recht hatte, doch der Rest ihres Körpers war weniger überzeugt.

Es ist niemand sonst hier oben. Die Männer sind unten. Bei Mike.

Langsam atmen. Entspannen.

War da nicht noch etwas gewesen?

Nimm etwas in den Arm.

Sie rannte zum Bett, griff nach einem Kissen, drückte es an sich, schloss die Augen und redete leise und wie eine Verrückte auf sich selbst ein.

Es ist alles in Ordnung mit mir. Ich bin nicht in Gefahr. Mir geht es gut.

Sie hörte, wie die Männer das Haus verließen. Sie hatte ihre Party gesprengt, doch es tat ihr nicht im Geringsten leid. Abgesehen davon, dass Mike bald nach oben kommen würde.

Er durfte sie nicht so sehen. Sie wollte es ihm nicht erklären, obwohl es schlimmere Dinge gab als die Tatsache, dass sie manchmal unter Panikattacken litt.

Zum Beispiel zuzugeben, warum das so war.

Ihre Kündigung wäre zwar eine praktische Erklärung gewesen, aber wenn sie ihre derzeitige Verfassung darauf schob, konnte sie es kaum als positiven Schritt verkaufen.

Atmen.

Sie drückte die Stirn in das angenehm weiche Kissen und ließ Mund und Nase frei, während sie sich weiter versicherte, dass alles okay war. Das hier war ein schmutziger Trick ihres Körpers, mehr nicht.

Verdammt, sie hatte gedacht, sie hätte diese verrückte Sache schon vor Jahren überwunden.

Fünf Minuten später war die Attacke so weit vorüber, dass sie sich wieder unter Kontrolle hatte. Ihr Herz klopfte immer noch zu schnell, aber Eve war überzeugt, dass sie wieder relativ normal wirkte.

Kurz darauf hörte sie Mikes schwere Schritte auf der Treppe. Er ging auffallend langsam. Vermutlich freute er sich genauso wenig auf die Konfrontation wie sie.

Eve hob den Kopf. Es würde bald vorbei sein. Alles würde gut werden. Der heutige Trigger war eine Ausnahme gewesen. Sie hatte das Problem ohne Hilfe in den Griff bekommen. Alles war in Ordnung.

Mikes hochgewachsene Silhouette erschien im Türrahmen. Er hatte das zusätzliche Gewicht, das er über den Sommer am Höhepunkt der Depression zugelegt hatte, wieder verloren. Zwar hatte er in den letzten Wochen erneut etwas zugenommen, aber er sah immer noch gut aus. »Hey, Eve. Tut mir leid, dass du das sehen musstest.«

»Aber nicht, dass du es dir angesehen hast?«

Er hob ratlos die Hände. »Dennis hat es angemacht. Es ist nicht mein Fall, aber ich wäre wie ein Idiot dagestanden, wenn ich etwas gesagt hätte. Wir sind Männer, und Männer sind Arschlöcher. Wir können nichts dagegen tun.«

»Das ist alles? Das rechtfertigt all die ekelhaften Dinge, die ihr so treibt?« Sie ließ die Hand auf das Kissen sinken und ermahnte sich, Ruhe zu bewahren. Er durfte keinen Verdacht schöpfen. »Wir Frauen machen Witze darüber, dass Männer schwanzgesteuert sind, und egal wie viel dafürspricht, hoffen wir immer noch, dass es nicht stimmt.«

»Es war ein harmloser Spaß.«

»Harmlos? Hast du den Altersunterschied gesehen? Die war doch kaum volljährig.« Ihre Beine begannen erneut zu zittern, doch sie presste sie zusammen und erinnerte sich daran, dass alles okay war. Sie musste sich nicht so aufregen.

»Okay. Ich habe es dir gerade erklärt. Was willst du denn noch? Es war ekelhaft, und ich werde es nie wieder tun, Mommy? Und wo wir gerade dabei sind: Ich habe dich schon mal gebeten, das hier vor den Jungs nicht als *dein* Haus zu bezeichnen, als würde ich hier als Gefangener leben.«

Eve starrte ihn mit offenem Mund an. Seine Wut erstaunte sie, obwohl sie sie schon einige Male erlebt hatte, wenn er getrunken hatte oder sich gedemütigt fühlte. In diesem Fall spielte wohl beides eine Rolle.

Ihre Wut verebbte, die Vernunft übernahm das Ruder. Mike hatte recht. Er hatte sie gebeten, nicht zu erwähnen, dass das Haus ihr gehörte. Eve war einverstanden gewesen, doch in der Hitze des Gefechts hatte sie es vergessen. Es war eine Kleinigkeit, und wenn ihn eine Entschuldigung beruhigte, nahm er die restlichen Neuigkeiten vielleicht besser auf. »Ja, das hast du. Es tut mir leid.«

»Danke.« Er stemmte die Hände in die Hüften und sah sie stirnrunzelnd an. Er war so attraktiv. Ihr großer Ire. Sie wollte die wärmende Liebe spüren, die sich bei seinem Anblick normalerweise in ihr breitmachte, doch heute war da kaum etwas. Vielleicht ein kleines Kribbeln. »Also, wie war es heute? Wurdest du befördert?«

»Nein.« Sie legte das Kissen wieder aufs Bett, fühlte sich aber sofort nackt und drückte es eilig wieder an sich. »Ich habe gekündigt.«

Mike sah sie ungläubig an. »Sag mir, dass das ein Scherz ist.«

»Nein, das ist kein Scherz. Ich wurde bereits zum zweiten Mal übergangen.«

»Aber du kannst doch nicht einfach so kündigen!«

»Natürlich kann ich das, Mike. Ich bin keine Sklavin.« Ihre Stimme brach. Seit wann war er nicht mehr auf ihrer Seite? Wann hatte er sie das letzte Mal in einer Sache verteidigt? »Ich hatte diese Stelle verdient. Warum bist du wütend darüber, dass ich gekündigt habe, statt dich zu ärgern, dass sie mich nicht befördert haben?«

»Oh, tut mir leid.« Er lachte bitter. »Ich bin wieder mal nicht der Partner, den du dir wünschen würdest.«

Sie blinzelte. Woher kam diese Feindseligkeit? Hatte er ein schlechtes Gewissen, weil er bei der Sache im Erdgeschoss mitgemacht hatte? Sie wollte ein einziges Mal sagen, was sie dachte: *Muss es eigentlich ständig um dich gehen?*

Stattdessen sagte sie, was sie immer sagte: »Es tut mir leid.« Dabei tat es ihr nicht leid. Wann war dieser Satz so bedeutungslos geworden? Man sollte ihn doch nur verwenden, wenn man es tatsächlich ernst meinte, und sich für solche Gelegenheiten etwas anderes überlegen. *Okay, Liebling, ich bin ein Arschloch.*

»Die Tatsache, dass du gekündigt hast, hat mich mehr getroffen als die Neuigkeit, dass du nicht befördert wurdest, weil es einfach ein viel größerer Schock war, okay? Ich bin kein schlechter Mensch, Eve.«

Aber er gab ihr das Gefühl, *sie* wäre es. Wieder einmal. »Ich weiß.«

»Komm schon.« Er setzte sich neben sie und nahm ihre Hand. Hoffentlich merkte er nicht, wie feucht sie war. »Ich will mich nicht streiten.«

»Ich auch nicht.« Sie legte das Kissen beiseite, doch ihr Körper war immer noch eiskalt. Kalt und taub. Es war vermutlich ein Mechanismus, der ihr half, die Attacke zu verarbeiten.

»Ich schätze, jetzt spricht nichts mehr dagegen, dass du den Auftrag in Wisconsin annimmst.«

Eve entzog ihm ihre Hand und stand auf. Sie fühlte sich ein wenig wackelig auf den Beinen, aber sonst ganz okay.

»Ich habe heute einen Mann getroffen. Am Devereux Beach.«

»Und jetzt verlässt du mich seinetwegen?«

»Haha.« Sie verschränkte die Arme vor der Brust und schaffte es, ihn anzusehen. »Er meinte, ich hätte eine weise und mutige Entscheidung getroffen. Das hat mir gutgetan.«

»Aber er war ein Fremder.«

»Er ist Therapeut.«

»Der keine Ahnung hat, was für ein Kerl du bist.«

»Was für eine *Frau.*« Ein albernes Kichern entfuhr ihr.

»Das ist nicht witzig.«

»Ich weiß. Tut mir leid.« Da war es wieder. Es war immer dasselbe. Sie erinnerte sich an ihre ersten gemeinsamen Nächte. Sie hatten viel gelacht, und ihnen war schwindlig vor Glück gewesen. Glück, wie sie es bis dahin nicht gekannt hatte.

Wenn sie damals »Es tut mir leid« gesagt hatte, war seine Antwort immer dieselbe gewesen: »Du musst dich bei mir für absolut nichts entschuldigen.«

Sie trat vor, sodass ihre Beine seine Knie berührten. »Können wir noch mal von vorne anfangen?«

»Ja.« Er fuhr sich mich der Hand durch die Haare. »Ja. Komm her. Wir fangen noch mal an. Du bist gerade nach Hause gekommen …«

Eve kletterte auf seinen Schoß und schlang die Arme um ihn. Sie versuchte, nicht angewidert zurückzuweichen, als sie den Alkohol roch. »Hey, Mike, es sah gerade so aus, als hättest du dir einen Porno angesehen.«

»Die Jungs wollten das Video sehen. Ich fand es ekelhaft. Ich hätte es rechtzeitig beenden sollen. Aber als du ins Zimmer kamst, hast du mich angesehen, als würdest du mich gar nicht kennen. Das hat wehgetan.«

»Als ich das Video gesehen habe, ist bei mir eine Sicherung durchgebrannt.« *Weil ich als Mädchen von einem Fünfzigjährigen missbraucht wurde …* Es wäre so einfach gewesen. Aber sie brachte es trotzdem nicht über die Lippen. Hatte es noch nie über die Lippen gebracht.

»Und wie war es heute im Büro, Liebling?« Er klang albern und gekünstelt.

»Ich wurde nicht befördert, also habe ich gekündigt.«

»Sie haben dich nicht *befördert*!?« Seine Entrüstung war so übertrieben, dass sie lachen musste. »Das ist ja *schrecklich*. Ich *verstehe*, dass du gekündigt hast.«

»Aber es gefällt dir nicht.«

»Nein.« Er wurde ernst und streichelte ihr über die Haare, obwohl es so wirkte, als müsste er damit vor allem sich selbst beruhigen. »Es macht mir Angst.«

»Warum?«

»Keine Ahnung. Vielleicht, weil mein Dad so oft arbeitslos war und die ganze Familie darunter gelitten hat.«

»Aber wir werden nicht darunter leiden.«

»Das weiß ich. Theoretisch.« Er küsste sie sanft und zärtlich und so lange, bis sie spürte, wie das Leben in sie zurückkehrte, und sie den Kuss erwiderte. Sie drückte ihn aufs Bett und kletterte auf ihn.

Sie liebten sich langsam und zärtlich, so wie sie es am liebsten hatte, mit Händen und Lippen, die niemals ruhten und die Freuden des anderen genossen. Danach drückte er sie fest an sich – und obwohl sie diese Art von Nähe noch nie gemocht hatte, war es so schön, einmal nicht zu streiten, dass es ihr dieses Mal egal war.

»Eve?«

»Hmmm?«

»Sag mir, warum du nach Wisconsin möchtest.«

»Es ist seltsam.« Sie zeichnete seine Brustmuskeln mit dem Finger nach. »Es ist, als hätte ich keine andere Wahl. Es gibt da einige Dinge, über die ich mir klar werden muss.«

»Du klingst wie deine verrückte Schwester.«

Sie schnaubte. »Welche?«

»Rosalind. Worüber musst du dir denn klar werden?«

»Ob ich einen Job wie diesen schaffe. Wie ich alleine zurechtkomme.« Sie legte ihm beruhigend die Hand auf die Wange. »Beruflich, meine ich. Nicht ohne dich.«

Obwohl das vielleicht auch eine Rolle spielt.

»Okay. Dann solltest du gehen.«

Sie hob den Kopf und musterte ihn. »Wirklich? Meinst du das ernst? Es ist okay für dich?«

»Es wäre nicht fair, dich davon abzuhalten.«

Sie hörte die Stimme seiner Therapeutin und fragte sich, ob er sie nach dem gestrigen Streit angerufen hatte. »Bist du dir sicher?«

»Nein, ich bin mir *nicht* sicher. Es macht mich immer noch verrückt.«

Jede andere Antwort hätte sie ihm nicht abgenommen. »Ich habe ewig nur Badezimmer und Aufzugschächte geplant, Mike. Ich will eine Herausforderung. Meine Zeit sinnvoll nutzen. Ich will sehen, wie gut ich bin. Ich will Fehler machen und sie wieder ausbügeln. Direkt mit meinen Klienten zusammenarbeiten, mir ihre Vorstellungen anhören und versuchen, das Haus oder den Anbau entsprechend zu planen. Ich werde etwa zwei oder drei Wochen fort sein. Vielleicht auch länger, ich weiß es nicht genau.«

»*Wis-Kahn-Sin*, eh?« Er ahmte den schleppenden Akzent recht gut nach, auch wenn die Bostoner in dieser Hinsicht kein Recht hatten, sich über jemanden lustig zu machen.

Sie lachte, und dann kam ihr eine Idee: »Hey, falls es doch etwas länger dauert, bin ich vielleicht auch während der Frühjahrsferien dort. Dann könntest du deinen Bruder in Florida besuchen. Das wünschst du dir doch schon so lange. Golf spielen, am Pool abhängen …«

»Ich weiß nicht.« Sein hoffnungsvolles Gesicht passte nicht

zu dem zweifelnden Tonfall. »Eigentlich wollte ich auf ein neues Auto sparen.«

Eve seufzte entnervt. »Wie oft muss ich dir das noch sagen? Wenn du an meiner Stelle wärst, würdest du mir doch auch ein Auto kaufen, oder?«

»Ja, aber …«

»Nichts aber. Sei nicht so ein Neandertaler.«

Er grunzte steinzeitlich, rollte sie auf den Rücken und grunzte noch einmal. Das waren die Momente, in denen sie perfekt waren. Die lustigen Momente.

Die einfachen Momente.

»Mach schon.« Er nahm ihr Telefon vom Nachttisch und gab es ihr. »Du weißt, dass du es willst.«

»Was? Wovon redest du?«

»Ruf Lauren an und sag ihr, dass du es machst.« Er grunzte erneut und klang dabei ziemlich mürrisch. »Bevor dein Neandertaler seine Meinung doch noch ändert.«

Kapitel 4

2. Juni 1975 (Montag)

Liebes Tagebuch,
ich schreibe dir wieder, weil mein Seelenklempner meinte, dass ich meine Gedanken und Gefühle zu Papier bringen soll. Jawohl, Herr Doktor. Natürlich, Herr Doktor. Die Verrückte macht, was man ihr sagt. Brave Verrückte! Das nächste Mal bekomme ich sicher ein Sternchen dafür! Sind das nicht tolle Neuigkeiten? Abgesehen von meinem unfruchtbaren, zur Hälfte männlichen Körper habe ich also auch noch einen psychischen Knacks. Ich bin manisch-depressiv. Bipolar. Klingt grauenvoll, oder? Daniel nennt mich »kompliziert« – das klingt besser.
Er ist der Grund, warum ich die Medikamente nehme und die grauenhaften Nebenwirkungen ertrage – außer, wenn ich gerade drehe. Wenn ich vor der Kamera stehe, kann ich keine zugedröhnte Stepford-Version meiner selbst sein. Ich muss ich sein, in all meiner strahlenden Pracht.
Einerseits erreicht mein Erfolg Sphären, die ich mir niemals erträumt hätte, andererseits stehe ich unter einem schrecklichen, schändlichen Fluch.

Der Herr hat mir gegeben, aber er hat mir im selben Atemzug mit beiden Händen genommen, dieser gierige Mistkerl.
Abgesehen von der Liebe eines wunderbaren Mannes – den ich in Daniel gefunden habe – wollte ich lediglich zwei Dinge vom Leben: die Chance, mein Talent auf der Bühne und auf der Leinwand zu präsentieren; und die Möglichkeit, wenigstens einen kleinen Teil dessen wiedergutzumachen, was mir meine Eltern angetan haben. Ich wollte meine Kinder großziehen und lieben, wie es jede Mutter tun sollte, und sie nicht ständig verurteilen und von mir schieben. Ich wollte meinen Kindern beim Erwachsenwerden zusehen und ihnen nicht das Gefühl geben, sie hätten meine Erwartungen nicht erfüllt.
Ich verstehe nicht, was Gott sich dabei gedacht hat. Wäre es nicht sinnvoller gewesen, diesen nutzlosen Körper einer Frau zu geben, die Kinder hasst? Und diesen verrückten Geist einem Menschen, der im Verborgenen arbeitet, wo es keine so große Rolle spielt?
O Herr, verdammt seist du für diese unbarmherzige Scheiße!

Die Fahrt von Swampscott nach Washington Island dauerte drei Tage. Nach einem peinlichen, aber auch schmerzhaften Abschied von Mike stieg Eve am 25. März in ihren geliebten waldgrünen Mercedes, den sie sich vor elf Jahren fürs College gekauft hatte, und fuhr los. Davor war sie zwei Wochen in Teilzeit ins Büro zurückgekehrt, um offene Projekte abzuschließen oder an ihre Kollegen zu übergeben, und hatte sich anschließend eine einwöchige Auszeit genommen, in der sie mit Marx lange Spaziergänge am eisigkalten Strand unternommen, ein paar Bücher fertig gelesen, romantische Abendessen für Mike gekocht und sich über die Bauvorschriften in Wisconsin und den Baustil auf Washington Island schlaugemacht hatte.

Marx war ein angenehmer Reisegefährte, der zufrieden in seiner Transportbox saß und dessen Pinkel- und Wasserpausen Eve davon abhielten, zu lange an einem Stück hinter dem Steuer zu sitzen. Am ersten Tag schaffte sie es bis nach Buffalo, am zweiten fast bis zur Grenze zwischen Indiana und Illinois. Es war eine landschaftlich wenig ansprechende Strecke, auf der sie unter anderem auch an der *RV/Motor Home Hall of Fame* an der Route 80 vorbeikam, wobei sie sich auch mehrere Kilometer danach noch fragte, aus welchem Grund bestimmten Wohnwagen oder Wohnmobilen beziehungsweise deren Besitzern die Ehre zuteilwurde, dort Erwähnung zu finden. Ging es darum, wie lange man das Fahrzeug besessen hatte? Oder um die zurückgelegten Kilometer?

Auf der Interstate 94 in Wisconsin war deutlich weniger Verkehr, und so war sie schon bald darauf in Milwaukee. Die Stadt war um einiges kleiner und hübscher als erwartet; Eve brachte das Stadtgebiet und die Außenbezirke in überraschend kurzer Zeit hinter sich. Die Fahrt führte durch flache Felder und Birkenwälder. Nachdem sie Sheboygan hinter sich gelassen hatte, gelangte sie schließlich nach Green Bay, die Heimatstadt der *Packers*, eines bekannten Footballteams.

Sie konnte der Versuchung nicht widerstehen und legte einen kleinen Zwischenstopp ein, um zu Mittag zu essen und sich das Footballstadion anzusehen, wo sie einige Fotos schoss, um Mike damit aufzuziehen, der ein leidenschaftlicher Fan der *New England Patriots* war. Danach fuhr sie ein kleines Stück zurück auf die Route 57, die die Door County Halbinsel entlangführte.

Der erste Blick auf den Lake Michigan versetzte sie in Staunen. Er war so groß! Beinahe wie am Meer. Als sie sich zu Hause in Swampscott die verschiedenen Reiserouten angesehen hatte, war sie unter anderem auf eine Schnellfähre gestoßen, die allerdings erst im April ihren Betrieb wieder aufnahm. Das Schiff überquerte den langgezogenen See von Michigan nach Milwaukee mit einer Geschwindigkeit von vierunddreißig Knoten und brauchte dafür zweieinhalb Stunden.

Wie gesagt, der See war wirklich groß.

Eve überquerte die Harbor Bridge in Sturgeon Bay, der ersten größeren Stadt der Halbinsel, und fuhr auf die Route 42, um an die dichter besiedelte Nordküste zu gelangen. Der ländliche Highway wurde von Plakattafeln gesäumt: Werbung für Apfel- und Kirschplantagen, Marktstände, Restaurants, Eisdielen, Antiquitätenläden und andere Attraktionen, die allerdings fernab der Hauptsaison allesamt geschlossen hatten. Eve nahm an, dass es auf der beinahe menschenleeren Straße während der Frühlings- und Sommermonate von Touristen wimmelte, und war froh, dass sie um diese Jahreszeit gekommen war, auch wenn es Ende März kühler und die Landschaft einigermaßen karg war.

Sie fuhr durch ein Städtchen nach dem anderen, die in ihrer sommerlichen, malerischen Seltsamkeit alle gleich aussahen. Zumindest in ihren Augen. Egg Harbor, Fish Creek, Sister Bay, Gills Rock. Je näher sie dem Northpoint Pier kam – der Endstation am äußersten Punkt der Halbinsel, wo sie auf die Fähre nach Washington Island steigen würde –, verschwanden sämtliche Anzeichen für Zivilisation, doch der Highway schlängelte sich aus keinem ersichtlichen Grund trotzdem durch die Landschaft, anstatt gerade zu verlaufen. Es war fast so, als hätten die Straßenplaner zu viel Door-Couny-Kirschbrandy getrunken.

Am Ende der schmalen, zweispurigen Straße kam Eve schließlich hinter einer Reihe Autos zum Stehen, war sich aber nicht sicher, ob es ein Problem gab, oder ob die anderen Fahrer ebenfalls zur Drei-Uhr-Fähre wollten. Es gab keine Hinweisschilder, auch der See war nicht zu sehen, obwohl er sich laut Eves Navi-App direkt vor ihr befand. Auf der Website der Fährgesellschaft hatte sie gelesen, dass die Plätze auf der Fähre nach dem Eintreffen der Autos vergeben wurden, aber sie hatte keine Ahnung, wie viele Fahrzeuge vor ihr in der Reihe standen und wie viel Platz die Fähre bot.

Sie stellte den Motor ab und stieg aus. Es war um einiges kühler als in Green Bay, wo sie Marx zum letzten Mal aus der Box geholt hatte. Sie schlenderte an den anderen Autos entlang und zählte fünfzehn Fahrzeuge, bevor die Schlange auf einem asphaltierten Parkplatz endete, in dessen Mitte sich ein kleiner Ticketautomat befand. Dahinter sah sie den Pier und die Fähre, von der gerade die letzten Fahrzeuge und Passagiere kamen.

Eve kaufte ein Hin-und-Rückfahrt-Ticket und nahm sich dann trotz der feuchten Kälte einen Moment Zeit, um den Wellen zuzusehen, die gegen die steinernen Wellenbrecher schwappten. Ihr Blick fiel auf mehrere grau-weiße Möwen. Die Vögel waren ihr sehr vertraut, allerdings eher als Meeresbewohner. Und auch sonst gab es Ähnlichkeiten mit Maine, obwohl die Landschaft aufgrund der blätterlosen Laubbäume wirkte, als befände sie sich gerade in der Mauser. Die Luft war frisch, kühl, sauber und seltsam geruchlos. Es war wie ein steriler Abklatsch des Atlantiks, den sie so sehr liebte. Nirgendwo Seegras, Muscheln oder Hinweise auf andere Meeresbewohner.

Sehr enttäuschend.

Der eiskalte Wind trieb Eve schließlich zurück zu ihrem Wagen, wo sie Marx streichelte, der aufgeregt die Nase in die Luft reckte. Sie hoffte inständig, dass sie es auf die Fähre schaffte und nicht noch zwei bange Stunden warten musste, bis sie Shelley gegenüberstand und endlich loslegen konnte. Die Wartezeit war nervenaufreibender als der Gedanke an den Auftrag selbst.

Die Rücklichter der Autos vor ihr erwachten zum Leben, als die Fahrer ihre Motoren starteten. Eve folgte ihnen und kam überraschend schnell voran. Die Männer auf der Fähre verstanden ihren Job, und so schaffte es nicht nur Eve, sondern auch noch die drei Autos hinter ihr auf die Fähre.

Sie hatte sich unnötig Sorgen gemacht.

Das war ihr Spezialgebiet.

Sie stellte den Mercedes ab und ging mit Marx an Deck, um die Fahrt an der frischen Luft zu genießen. Zumindest so lange, bis sie die Kälte nicht mehr ertrugen. Die Fähre bog aus dem ruhigen Hafen, und die Wolkendecke riss gerade genug auf, sodass ein einzelner Sonnenstrahl durchbrechen konnte und die Insel wie ein Leuchtfeuer erhellte, das sie willkommen hieß. Eve grinste. Normalerweise war es Rosalind, die in allem ein gutes Omen sah.

Die Fahrt über das bemerkenswert unruhige Wasser dauerte weniger als eine halbe Stunde. Eve sah zum weiten Horizont hinaus und musste sich immer wieder in Erinnerung rufen, dass sie sich nicht auf dem Meer befand. Sie hatte bis jetzt nicht viel über die fünf großen Seen der Vereinigten Staaten gewusst, abgesehen von den Dingen, die sie in der Schule gelernt hatte.

Nach einer Weile bog die Fähre ins ruhigere Gewässer einer großen Bucht im Südwesten der Insel ab. Eve und Marx kehrten frierend, aber erfrischt zu ihrem Auto zurück. Das Entladen ging auch dieses Mal rasch über die Bühne. Eve erlaubte dem begeisterten Marx, neben ihr auf dem Beifahrersitz Platz zu nehmen, während sie Shelleys Wegbeschreibung folgend die beinahe menschenleeren Straßen entlang nach Norden fuhr. Sie kamen durch dichte Wälder, bogen am Ende nach rechts auf die Lakeview Road ab und überquerten die Insel bis zur Ostküste, von wo aus sie dem Hemlock Drive in Richtung Süden folgten. Kurz darauf sah sie Shelleys Zufahrt und den Briefkasten mit dem auffallenden roten Kopf eines Kanadakranichs.

Sie hatte es geschafft.

Eine nervenaufreibende Nervosität packte sie, ihre Hände schwitzten, und ihr Herz klopfte. Mein Gott, sie war doch nicht auf dem Weg zum Schafott! Lauren hatte ihr versichert, dass Shelley zwar wortkarg, aber liebenswürdig und umsichtig war. Nachdem Eve die ständige Kommunikation über Lauren als Mittelsfrau kindisch erschienen war, hatten sie sich einige kurze Mails geschrieben, und sie wusste mittlerweile, was Lauren mit »wortkarg« gemeint hatte. Shelleys Mails waren knapp und ruppig gewesen, was Eve dazu gebracht hatte, in ihren Antworten übermäßig viele Ausrufezeichen zu verwenden. Dass Shelley auch »liebenswürdig und umsichtig« war, musste sie erst noch beweisen.

Shelleys Zufahrt war genauso wie die Zufahrten zu den Nachbarhäusern nicht asphaltiert und führte ein gutes Stück durch den Zedernwald. Keines der Häuser war von der Straße aus zu sehen, und dank des dichten Waldes sah man auch nicht von einem Haus zum anderen, was den Bewohnern wertvolle Intimität und die Illusion verschaffte, hier draußen allein zu sein.

Eve bog um eine Kurve und gelangte schließlich auf einen Parkplatz an der Rückseite des Hauses, das in Richtung See blickte. Sie stieg aus und erwartete auch dieses Mal die berauschende Duftmischung aus Nadelbäumen, Salzwasser und Meerestieren, die sie aus Maine kannte. Doch sie wurde erneut enttäuscht. Die Luft war zu rein, zu unverfälscht. Der See roch nach … Wasser.

Marx stürzte aus dem Auto. Seine Aufregung angesichts des unbekannten Ortes konnte es durchaus mit Eves Nervosität aufnehmen. Er suchte schnüffelnd nach einem Baum, mit dem er Bekanntschaft schließen konnte, während Eve ihren Koffer und eine kleine Tasche mit Marx' Habseligkeiten aus dem Kofferraum hob. Ihren Computer und den Drucker würde sie später holen. Sie schloss den Kofferraumdeckel und ging auf das Haus zu. Eine Frau trat aus der Tür. Eve nahm an, dass es Shelley war.

Shelley lächelte nicht, woraufhin Eve noch breiter grinste, als könnte sie eine Reaktion erzwingen, wenn sie es nur vehement genug versuchte.

Es funktionierte genauso wenig wie die Ausrufezeichen in den Mails.

Ihre Klientin war kleiner, als Eve es sich vorgestellt hatte, und etwas rundlich, auch wenn sie sich behände vorwärtsbewegte. Sie hatte mit weißen Strähnen durchzogene, kurz geschnittene Haare und trug eine Drahtgestellbrille, eine karierte Bluse und ausgebleichte Jeans.

»Shelley?«

»Eve.« Die Stimme war überraschend tief, und sie sprach den Namen aus, als hätte sie gerade erst beschlossen, die junge Frau, die ihr gegenüberstand, so zu nennen. Ihr Blick war so unnachgiebig, dass Eve sich zwingen musste, sich nicht abzuwenden. »Ja, ich bin Shelley.«

»Schön, Sie kennenzulernen.« Eve stellte den Koffer ab, um Shelley die Hand zu schütteln. »Ihr Haus ist herrlich.«

Shelley drehte sich um, als hätte sie vergessen, dass sich hinter ihr ein Gebäude befand, dann richtete sie ihren stechenden Blick wieder auf Eve. »Ja.«

Marx kam schwanzwedelnd auf sie zu und steckte seine Nase genau dorthin, wo sie nichts verloren hatte.

»Marx.« Eve hielt den Atem an. Shelley hatte zwar geschrieben, dass sie Hunde mochte, aber jeder hat seine Grenzen, und Marx lotete gerade eine davon aus.

»Du bist aber ein freundlicher Kerl.« Shelley drückte die Schnauze des Hundes bestimmt von sich und tätschelte ihm die goldene Flanke.

»Das ist Marx. Er ist eigentlich gut erzogen. Sie werden kein Problem mit ihm haben.«

Shelley sah hinunter in Marx' freundliches Gesicht, und Eve war froh, ihrer Inspektion einen Augenblick lang entkommen zu sein. »Ich habe kein Problem mit Hunden.«

Die kaum merkliche Betonung des letzten Wortes warf in Eve die Frage auf, ob Shelley womöglich ein Problem mit *Menschen* hatte. »Das ist gut. Marx ist ein toller Hund.«

»Kommen Sie rein.« Shelley wandte sich abrupt ab. »Ich zeige Ihnen das Haus.«

»Danke.« Eve folgte ihr die Treppe hoch in eine kleine, nichtssagende Diele. Shelley ging eilig vor ihr her und brachte sie in die Küche, die offensichtlich schon einmal modernisiert worden war. Der Raum war sauber und gepflegt, kühl und dezent eingerichtet. Die vorherrschenden Farben waren Weiß und Grau, die Geräte aus Edelstahl. Auf der dem See zugewandten Seite gab es eine kleine Frühstücksecke mit einem Tisch und vier Stühlen, und dahinter erstreckte sich die verglaste Veranda, die auch im Winter genutzt werden konnte. Ein kurzer Blick ins Esszimmer zeigte einen gemütlichen, minimalistisch eingerichteten Raum mit herrlichem Blick auf den See.

Neben der Küche befand sich das Wohnzimmer, das durch die gedeckten Farben – Oliv, Beige, Taupe – einen ebenso distanzierten Eindruck machte wie die Küche. Es war genauso spärlich möbliert wie das Esszimmer; außer dem Sofa, einem Lehnstuhl und dem Couchtisch gab es lediglich ein Klavier, das an der Wand stand.

Als Eve sich umsah, wurde ihr mit einem Mal klar, dass sie ihr Haus großteils in denselben Farben eingerichtet hatte. Sie hatte damit eine dezente Raffinesse erwirken wollen, doch jetzt fragte sie sich, ob Besucher es ebenfalls als kalt empfanden.

Sie versuchte, ihre Umgebung aus einem anderen Blickwinkel zu sehen. Vielleicht wirkte Shelleys Haus nur deshalb langweilig, weil sie sich unter einem Haus am See etwas Helleres, Sommerlicheres vorgestellt hatte?

Shelley marschierte immer noch schweigend an einem Zimmer mit einem großen Schreibtisch vorbei auf eine Holztreppe zu. Sie stiegen ins Obergeschoss hoch, wo sie in eines der Schlafzimmer traten. Es war in sonnigem Gelb und Königsblau gehalten und bot einen starken Kontrast zu den gedämpften Farben im Erdgeschoss. Auf dem Bett lagen eine blau-weiß gepunktete Tagesdecke und eine gelbe Überdecke am Fußende, daneben befand sich eine große Gaube mit einer gepolsterten Fensterbank. Es war der ideale Ort, um Platz zu nehmen und auf den See hinauszublicken.

»Das ist Ihr Zimmer. Es gehört meiner Tochter.« Shelley betrachtete ausdruckslos die beiden gelben und die beiden blauen Wände. »Ihre Farben, ihr Zimmer. Sie hat darauf bestanden, dass Sie es bekommen.«

»Das ist nett von ihr.«

»Sie ist ein netter Mensch.«

Eve musste sich erst an Shelleys Art gewöhnen, die immer so klang, als hätte man sie gezwungen, etwas Unangenehmes zuzugeben. »Es ist auch ein hübsches Zimmer.«

»Außerdem gehört Ihnen das Büro im Erdgeschoss. Wir sind vorhin daran vorbeigekommen. Brauchen Sie sonst noch etwas?

Handtücher sind hier.« Sie deutete auf einige gelbe Handtücher auf einem weißen Stuhl. »Suchen Sie sich eines der Badezimmer aus.«

»Danke.«

Shelley machte sich auf den Weg zur Tür, dann hielt sie noch einmal inne. »Wir essen um halb sechs zu Abend. Im Esszimmer.«

Um *halb sechs*? Zu Hause aßen Eve und Mike frühestens um sieben. Gott sei Dank hatte sie nicht zu viel zu Mittag gegessen. »Kann ich Ihnen helfen?«

»Ruhen Sie sich erst mal aus. Helfen können Sie mir morgen.«

»Okay. Oh …« Sie deutete auf Marx. »Gibt es irgendwelche Regeln, die Marx befolgen sollte? Zimmer, in denen er nichts verloren hat?«

»Er ist schon in Ordnung.« Shelley stemmte die Hände in die fülligen Hüften und sah auf den Hund hinunter. »Sie können seinen Napf in die Küche stellen.«

»Danke.« Eve lächelte ihrer Gastgeberin zum Abschied zu, gab es aber sofort wieder auf. Shelley war ein harter Brocken. Sie stammte wie Lauren von der Küste nördlich von Bar Harbor, und Eve hatte genug Zeit in New England verbracht, um zu akzeptieren, dass einige Leute die für diese Gegend bekannte Verschlossenheit zu ihrem Lebensmotto erhoben hatten.

Andererseits.

Konversation zu betreiben zählte nicht gerade zu Eves Stärken, und offensichtlich ging es Shelley nicht viel anders. Eve konnte sich nicht vorstellen, dass sie sich irgendwann beim Abendessen wie zwei alte Freundinnen unterhalten würden. Vermutlich nicht einmal dann, wenn sie sich tatsächlich angefreundet hatten.

Wenn Gott gnädig war, servierte Shelley wenigstens eine Flasche Wein zum Essen. Wein half immer, schüchterne Zungen zu lockern.

Und wenn er noch gnädiger war, konnte Shelley womöglich annehmbar kochen.

Eve griff nach ihrem Handy, um Mike anzurufen, wie sie es auch die letzten beiden Abende getan hatte. Er hatte jedes Mal trübsinnig geklungen und ihr vorgejammert, wie er durch das leere Haus streifte und Marx und sie vermisste. Mike war ein extrovertierter Mensch, der sich unwohl fühlte, sobald er nicht mit einem anderen Menschen in direktem Kontakt stand. Eve hingegen war gerne allein. Es hatte eine Zeit gedauert, bis sie die richtige Balance gefunden hatten. Gott sei Dank hatte Mike Pläne für die Zeit, die sie unterwegs sein würde, auch wenn er immer noch keine Neigung zeigte, nach Florida zu fliegen.

»Ich bin gut und heil angekommen. Und Marx auch.«

»Wie ist es dort?«

»Es ist ein sehr schönes Haus. Es gibt mehrere Anbauten, und es wurde vor nicht allzu langer Zeit zumindest teilweise renoviert. Es hat eine herrliche Veranda mit Blick auf den See, und der ist auch herrlich. Und groß. Warst du schon mal an einem der großen Seen?«

»Klar. Bei der Schwester meiner Mom in Chicago. Sie sind echt riesig.«

»Ja, *gewaltig*! Ich meine, das wusste ich natürlich. Man sieht es ja auf der Landkarte. Aber wenn man davorsteht, und da ist nichts als Himmel auf der anderen Seite … da bekommt man erst eine Vorstellung davon.«

»Jaaa.« Sie hörte, wie er sich streckte und sah vor sich, wie er mit einer Flasche Bier vor dem Fernseher saß. »Wie ist Shelley so? Habt ihr schon über die Arbeit gesprochen? Und über ihre Freundin?«

»Ich bin gerade erst angekommen. Shelley … sie ist ganz nett, glaube ich. Man merkt … man merkt, dass sie aus Maine kommt, wenn du weißt, was ich meine. Sie sagt nur das, was gesagt werden muss, und lächelt nur, wenn etwas wirklich witzig ist …«

»Typisch für New Hampshire und Vermont.«

»Genau.« Eve sank aufs Bett. Sie war plötzlich sehr müde und sehnte sich nach ihrer vertrauten Umgebung. »Was machst du so?«

»Na ja, mal überlegen.« Er richtete sich ein wenig auf. »Ich sitze vor dem Fernseher. Und nachher werde ich ein paar Arbeiten korrigieren. Das Übliche. Ich vermisse dich.«

»Ich dich auch.« *Gewissermaßen.* »Aber die Zeit vergeht so schnell. Und dann bin ich wieder da.«

»Ja.« Er klang nicht überzeugt. Nachdem er ihr geraten hatte, den Job anzunehmen, hatten sie drei unglückselige Wochen miteinander verbracht. Eve war nervös gewesen, Mike mürrisch. Er bereute seine Entscheidung, aber nicht genug, um sie zu revidieren. Was ohnehin keinen Unterschied gemacht hätte, nachdem Eve Shelley bereits zugesagt hatte.

»Ich muss jetzt Schluss machen.« Sie warf einen Blick auf die Uhr. »Hier gibt es bald Abendessen, und ich habe noch nicht einmal ausgepackt.«

»Abendessen? Ist es bei euch nicht eine Stunde früher?«

»Hmm.« Sie wartete lächelnd, während er nachrechnete.

»Moment, und es gibt *bald* Abendessen? Wann denn?«

»Halb sechs.«

»Abendessen um halb sechs.« Er lachte. »Willkommen im Mittleren Westen, Schatz. Was gibt es denn? Frittierte Thunfischkasserolle?«

Eve verdrehte die Augen. Leute aus Kalifornien mochten

ein wenig versnobt sein, was den Mittleren Westen betraf, aber die Leute aus dem Nordosten waren noch schlimmer. »Du bekommst einen ausführlichen Bericht.«

»Rufst du morgen wieder an?«

Sie verdrehte gereizt die Augen und hatte sofort ein schlechtes Gewissen. Sie unterhielten sich zu Hause doch auch jeden Tag, es war also keine ungewöhnliche Frage, und ihr Tagesablauf wurde dadurch auch nicht wesentlich gestört.

Die leise Stimme in ihr, die sie schon eine ganze Weile hörte, wurde langsam lauter: Entweder trennten sie sich tatsächlich, oder sie gingen gemeinsam zum Therapeuten und gaben ihr Bestes, um ihre Beziehung wieder in Schwung zu bringen.

Eve nahm sich vor, eine Entscheidung zu treffen, wenn sie nach Hause kam. In der Zwischenzeit war sie – welche Erleichterung! – erst einmal raus aus dem Haus und fort von der ständigen Anspannung.

Sie verabschiedete sich und packte anschließend ihren Koffer aus, in dem sich ohnehin hauptsächlich Jeans, Tops und Pullover befanden. Soweit sie gelesen hatte, gab es hier um diese Jahreszeit oft große Temperaturschwankungen, und von einem Hauch Frühling bis zu einem neuerlichen Wintereinbruch war alles möglich. Das einzige elegantere Outfit – eine schwarze Hose und eine langärmelige, in blauen Wellen gemusterte Tunika, die ihre Augen betonte und die sie mit einem Pullover auch an kälteren Tagen tragen konnte – hängte sie in den Kleiderschrank, obwohl sie immer noch nicht so recht wusste, für welchen Anlass sie es eingepackt hatte.

Offensichtlich konnte sie sich dem Einfluss ihrer Mutter doch nicht ganz entziehen. Nicht lange, bevor Jillian Croft gestorben war, hatte sie ihre Töchter in ihr Schlafzimmer geholt, wo sie gerade den Koffer für einen Wochenendtrip gepackt hatte. Sie hatte sich in einer Phase befunden, in der es sie nach Publikum verlangte, und so hatte sie ihren Töchtern anhand des aktuellen Beispiels erklärt, wie man die richtigen Outfits auswählt und Platz spart. Eve war damals elf gewesen, und es hatte sie nicht die Bohne interessiert, ihrer Mutter dabei zuzusehen, wie sie Strümpfe in ihre Schuhe stopfte, um Platz zu sparen, und die Gürtel außen am Kofferrand verteilte … es war erstaunlich, dass sie sich überhaupt daran erinnerte.

Das letzte Lernobjekt war ein mit Pailletten besetztes kleines Schwarzes gewesen, das Jillian Croft sorgfältig gefaltet zuoberst in ihre praktische Reisetasche von Louis Vuitton gelegt hatte. Dabei hatte sie ihren Töchtern geraten, immer mindestens ein elegantes Outfit einzupacken. Immerhin konnte es jederzeit passieren, dass man sich für einen Gentleman in Schale werfen musste.

Olivia hatte Jillian wie immer mit leuchtenden Augen zugehört, und Rosalind hatte sich freundlich interessiert gegeben, obwohl sie sich offensichtlich nichts daraus machte, während Eve sich in diesem Moment geschworen hatte, sich niemals für irgendjemanden schick zu machen, außer für sich selbst. Schon gar nicht für irgendeinen *Mann.*

Keine zwei Wochen später hatte die jährliche Weihnachtsparty ihrer Eltern stattgefunden, die diese jedes Jahr zwischen Weihnachten und Neujahr veranstaltet hatten. Ihre Mutter hatte sie in ein für ihr Alter viel zu aufreizendes Kleid gesteckt, und ein berühmter Hollywoodproduzent – der ekelhafterweise ausgerechnet Mr Angel hieß – hatte sie die Treppe hochgeführt, während Jillian untätig danebengestanden hatte.

Kommst du mit? Bitte, Mom? Ich will nicht mit ihm alleine sein.

Eve atmete scharf ein und schloss den Kleiderschrank, um ihre Klamotten und die Erinnerungen darin einzusperren. Es gab jetzt wichtigere Dinge, über die sie sich Gedanken machen musste. Zum Beispiel, welches Badezimmer sie benutzen sollte.

Sie entschied sich für das nähere der beiden Bäder. Es war ein hübscher Raum mit blauen und weißen Fliesen und einer weißen Tapete mit kleinen goldenen Segelbooten. Eve fragte sich, ob Shelleys Tochter auch hier ihre Finger im Spiel gehabt hatte.

Marx wartete vor der Tür, während sie eine Dusche nahm, um ihre Lebensgeister nach der langen Fahrt wieder zu wecken. Sie föhnte sich die Haare und band sie zu ihrem üblichen Pferdeschwanz zusammen. Danach schlüpfte sie in eine frische Jeans und einen pinkfarbenen Pullover und beschloss, auf Make-up und Schmuck zu verzichten. Nachdem auch Shelley sehr natürlich auftrat, machte es ihrer Gastgeberin/Klientin sicher nichts aus.

Sie kehrte in ihr Zimmer zurück und hatte vor, noch ein wenig mit Marx loszuzuziehen und die Gegend zu erkunden, doch ein Blick auf die Uhr verriet ihr, dass es beinahe Zeit fürs Abendessen war.

Mein Gott! Sie würde sich eine ganze Menge Small-Talk-Themen einfallen lassen müssen, um dieses erste gemeinsame Essen zu überstehen. Danach würden Shelley und sie sich hoffentlich wohler in der Gegenwart der jeweils anderen fühlen.

Sie nahm Marx' Wasser- und Futternapf und seinen Futtersack und machte sich auf den Weg die Treppe hinunter, wobei sie schnuppernd die Nase in die Luft reckte. Roch es hier etwa nach Fisch? Auch wenn sie Angst vor dem Essen hatte, merkte sie, dass sie hungrig war.

Vor der Küchentür hielt sie noch einmal einen Moment inne, während Marx ungeduldig mit der Schnauze gegen seinen Napf stieß.

Komm schon, Eve. Je früher sie Shelley besser kennenlernte, desto weniger seltsam würde ihr Aufenthalt werden.

Sie bog mit einem breiten Lächeln um die Ecke. »Ich bin so weit fertig. Das Zimmer ist großartig, vielen Dank.«

Shelley stand am Herd und nickte knapp.

Eve machte ein paar Schritte auf sie zu und rief sich in Erinnerung, was ihre Mutter so oft zu ihr gesagt hatte: Halte dich gerade und sei stolz auf deine Größe. Zieh nicht die Schultern hoch, als wärst du am liebsten gar nicht hier. »Das riecht lecker.«

»Weißfisch.« Die tiefe Stimme überraschte Eve erneut. »Eine lokale Spezialität.«

»Gibt es davon nicht auch einen Mayo-Salat?« In einer anderen Form hatte sie den Fisch noch nie gegessen.

»Ja. Aber dafür wird er geräuchert. Der hier ist frisch.«

Eve sah sich in der Küche nach einem abgelegenen Plätzchen um, wo sie Marx füttern konnte. »Darf ich Marx' Napf dort drüben in der Ecke abstellen? Neben der Spülmaschine?«

»Sicher.« Shelley holte eine Pfanne heraus und regelte die Temperatur. »Ich nehme an, Sie trinken Alkohol?«

Unbedingt.

»Ja … manchmal.« Eve gab Marx' Futter in den Napf und ging zur Spüle, um noch etwas Wasser zu holen. Das klang nicht gerade, als hätte Shelley einen gut bestückten Weinkeller, den sie unbedingt mit ihrem Gast teilen wollte. »Aber ich komme gut auch ohne zurecht.«

»Ich habe eine Flasche Wein gekauft. Für alle Fälle.« Shelley streifte sich ihre Ofenhandschuhe über, die ihr bis zu den Ellbogen reichten, und holte ein Backblech mit in Folie gewickelten Päckchen aus dem Ofen. »Pinot Grigio.«

»Trinken Sie auch ein Glas?« Eve beugte sich zu Marx hinunter, der einen Moment zu fressen aufhörte, um neugierig die Nase in die Luft zu recken.

Shelley legte jeweils ein Päckchen auf die Teller und öffnete es mit einem scharfen Messer, sodass duftender Dampf entwich. Marx schnupperte eingehender. »Ja.«

Danke, lieber Gott. »Dann hätte ich auch gerne eines. Danke.«

»Die Gläser stehen dort oben.« Shelley deutete auf einen Küchenschrank.

Eve nahm zwei Gläser heraus. Sie waren klobig und schwer und mit einem riesigen, verschnörkelten G in Gold verziert.

»Ein Hochzeitsgeschenk. Von meinen Schwiegereltern.«

»Oh.« Sie gab sich Mühe, höflich zu bleiben. »Sie sind …«

»Abscheulich.«

»Na ja, vielleicht ein bisschen.« Eve trug die Gläser zum Esstisch, den Shelley bereits mit zwei Tischsets mit einer Karte der Insel gedeckt hatte. Außerdem gab es einen Brotkorb mit in Scheiben geschnittenem Weißbrot.

»Ich benutze sie nur selten.« Shelley warf einen vorsichtigen Blick in die Pfanne, machte den Herd aus und löffelte anschließend grüne Bohnen in Soße auf die beiden Teller. »Ich hatte noch keine Zeit, neue zu kaufen.«

»Und nach dem zweiten Glas ist es sowieso egal, nicht wahr?«

Shelley erstarrte und presste die Lippen aufeinander.

Eve zuckte zusammen. Da hatte sie wohl etwas Falsches gesagt. Sie würde darauf achten, in Shelleys Gegenwart nicht mehr als ein Glas zu trinken. Zu Hause war es in letzter Zeit ohnehin zu viel geworden. Sie hatte getrunken, um Mike Gesellschaft zu leisten – und ehrlich gesagt auch, um die Anspannung zwischen ihnen zu ertragen. Es konnte nicht schaden, sich etwas zurückzuhalten.

»Das Essen ist fertig.« Shelley nahm die beiden Teller. »Könnten Sie die Butter mitnehmen?«

»Klar.« Eve öffnete den Kühlschrank und durchsuchte alle Fächer, doch sie fand sie nicht. »Ich sehe sie nur leider nicht.«

»Direkt vor Ihnen. Der rote Becher.« Eve griff betreten nach der Margarine und trug sie zum Tisch, wo Shelley gerade zwei halbe Gläser Wein einschenkte. Die Flasche hatte eines dieser niedlichen Etiketten, die normalerweise darauf hindeuteten, dass der Inhalt grässlich schmeckte. Auf diesem hier war eine grinsende Katze zu sehen.

Eve breitete die Serviette auf ihrem Schoß aus. »Das sieht alles sehr lecker aus.«

»Ich nehme an, dass Sie ab und zu auch alleine essen wollen.«

»Ähm …« Sie erstarrte. Wollte *Shelley*, dass Eve alleine aß? Oder glaubte sie, dass Eve kein Interesse hatte, mit ihr zu essen? »Mal sehen. Ich würde jedenfalls auch gerne einmal etwas für Sie kochen. Sie müssen mich nicht jeden Abend bewirten.«

»Das ist das Mindeste, was ich tun kann. Es ist mir klar, dass Sie kaum genug berechnen, um Ihre Ausgaben zu decken.«

»Das ist kein Problem. Der Job ist eine wunderbare Erfahrung für mich.« Sie wollte nach der Gabel greifen, erkannte dann aber gerade noch rechtzeitig, dass Shelley sich noch nicht gerührt hatte, und zog die Hand eilig wieder zurück. Hoffentlich hatte ihre Gastgeberin nichts bemerkt. Denn normalerweise überließ man dieser den Vortritt, oder? Aber vielleicht war Shelley da anders und wartete darauf, dass Eve den Anfang machte?

Sie streckte erneut die Hand aus.

»Sie beten nicht vor dem Essen?«

Verdammt! Eve verzog entschuldigend das Gesicht. »Nein … normalerweise nicht. Aber wenn Sie möchten …«

»Ich bete auch nicht.«

»Oh.« Eve nickte einige Male zu häufig. »Okay, gut. Dann sind wir uns einig.«

»Ja.« Shelley nahm die Gabel und hob den Fisch aus der Folie und auf den Teller.

Eve tat es ihr nach. Das Fischfilet war mit Pfeffer gewürzt und lag unter einer Schicht Zitronenscheiben. Es schmeckte saftig, locker und intensiv. »Der Fisch ist herrlich.«

»*Mann's* hat ihn nicht immer, aber heute schon.«

»Mann's? Ist das der Fischmarkt?«

Shelleys Lippen verzogen sich zu einem kaum merklichen Lächeln. »Mann's ist der einzige Laden hier. Wenn Sie etwas wollen, was gerade nicht vorrätig ist, müssen Sie es entweder bestellen oder auf die Fähre springen und es auf dem Festland kaufen.«

»Wie viele Menschen leben das ganze Jahr über hier?«

»Etwa siebenhundert.«

Wow. Das war für Eves Geschmack etwas zu intim. Hier kannte sicher jeder jeden und wusste, was gerade los war. Swampscott war um einiges größer, beinahe groß genug, um vollkommen darin unterzugehen, und außerdem gab es noch die totale Anonymität der Großstadt ganz in der Nähe. »Das ist winzig.«

»Ja.«

Eve nahm einen weiteren Bissen Fisch und überlegte, ob er ihr wohl den ganzen Abend über im Magen liegen würde. Oder vielleicht sogar den ganzen Monat.

Shelley räusperte sich, und Eve hob hoffnungsvoll den Blick, doch ihre Gastgeberin war noch immer in ihr Essen vertieft.

»Ist der Fisch aus dem See?« Eve deutete zum Fenster hinaus.

»Eher aus dem Lake Superior. Dann wäre er sauberer.«

»Sauberer?«

»Weniger mit Umweltgiften belastet.«

»Ah.« Eve probierte die Bohnen, die Shelley gekauft und bloß aufgewärmt hatte. Das Essen war nicht gerade raffiniert und der Wein für ihren Geschmack zu leicht, aber sie war zu nervös und hungrig, um sich darüber Gedanken zu machen.

»Also, Shelley. Ich bin neugierig, wie Sie sich Ihr neues Haus vorgestellt haben.«

»Morgen. Draußen.«

»Oh.« Eve nickte erneut mehrmals hintereinander. »Okay. Ja, das ist sicher sinnvoll.«

Verdammt noch mal! Das war ihr Ass im Ärmel gewesen, um das Gespräch doch noch zu retten.

Messer und Gabeln kratzten über die Teller. Die schweren Gläser wurden auf dem Tisch abgestellt.

»Lauren hat erzählt, dass Sie sich seit der Grundschule kennen?«

Eine Gabel voll Bohnen. Kauen. »Ja.«

»Und sie waren beste Freundinnen?«

»Ja.« Shelley nahm sich eine Scheibe Brot und schob den Korb in Eves Richtung.

»Danke.« Sie verteilte etwas von der gelben Margarine auf dem weichen Sandwich. Es war zwar nicht gerade *köstlich*, aber dank der Kombination aus Salz, Fett und Kohlehydraten schmeckte es trotzdem lecker. Sie durfte nur nicht an die frischen Vollkornbrötchen aus ihrer Lieblingsbäckerei und die fette europäische Butter denken, die Mike und sie sich leisteten.

Noch ein Bissen Fisch und ein Schluck Wein. Ihr Glas war beinahe leer, während Shelley ihres kaum angerührt hatte. Nach Shelleys Reaktion auf den Scherz in der Küche würde sie allerdings nicht um Nachschub bitten. Stattdessen nahm sie noch eine Gabel Bohnen. »Wie lange wohnen Sie schon hier?«

»Ich rede nicht gerne während des Essens.«

Eve hätte beinahe überrascht nach Luft geschnappt. Ein schneller Blick auf Shelleys beunruhigtes Gesicht zeigte ihr jedoch, dass ihr das Geständnis nicht leichtgefallen war. Trotzdem errötete Eve wie ein kleines Kind, das man gerade ausgeschimpft hatte.

»Okay. Das ist in Ordnung.«

»Ich will Ihnen nur die Mühe ersparen.«

»Gut. Klar. Danke.« Sie aßen den Rest des Fisches, die Bohnen und das Brot in peinliches Schweigen gehüllt, das hoffentlich wenigstens Shelley als angenehm empfand.

Eve hatte seit frühester Kindheit gelernt, dass ein gemeinsames Essen nicht nur der Nahrungsaufnahme diente, sondern auch der Unterhaltung und der Stärkung von Sozialkontakten. Natürlich hatte ihr Familientisch immer wieder einem Schlachtfeld geglichen, doch auch das war zumindest *irgendeine* Art der Interaktion gewesen. Mike und sie bemühten sich jeden Tag um eine Unterhaltung beim Abendessen, auch wenn sie noch so müde waren. Zumindest Eve bemühte sich. Und wenn sie es nicht schafften, beschlossen sie gemeinsam, es nicht weiter zu versuchen und sich stattdessen vor den Fernseher zu setzen.

Kein Wunder, dass Shelley ein Haus für sich alleine wollte. Sie hatte drei erwachsene Kinder, die ebenfalls alle eigene Kinder hatten. Es musste ein Albtraum für sie sein, wenn die ganze Familie hier war.

Shelley legte ihre Gabel quer über den leeren Teller, und Eve schaufelte eilig den Rest in sich hinein und tat es ihr anschließend nach. Sobald ihre Gabel das Porzellan berührt hatte, sprang Shelley auf und nahm beide Teller mit in die Küche.

Eve erhob sich ebenfalls eilig und trug das Brot und die Margarine hinterher. »Ich kann gerne den Abwasch übernehmen.«

»Dann wollen Sie also keinen Nachtisch?«

»Oh! Doch, natürlich. Sehr gerne. Ich wusste nicht … Danke.« Sie stöhnte innerlich. Selbst wenn sie mitten in der Nacht aufwachen und kurz vorm Verhungern sein sollte – sie wollte keine Sekunde länger hier sitzen bleiben.

Sie richtete sich kaum merklich auf, als ein Teller Brownies vor ihr auftauchte, doch leider war es nur eine Backmischung aus dem Supermarkt, sodass der Kuchen zwar angenehm weich war, aber nur ansatzweise nach Schokolade schmeckte.

Ja, sie war verwöhnt, was gutes Essen anging.

Ihre Mutter hatte großen Wert auf natürliche Zutaten gelegt, und das bereits Jahrzehnte, bevor es zum allgemeinen Trend geworden war, regional einzukaufen. Allerdings war es auch nicht allzu schwierig gewesen, denn erstens hatten sie einen eigenen Koch gehabt, und zweitens konnte sich Jillian alles leisten, worauf sie Lust hatte, ganz egal, wo es angebaut oder produziert wurde. Eve war also mit hausgemachten Desserts und Kuchen und qualitativ hochwertigen und gesunden Nahrungsmitteln aufgewachsen. Es hatte viel Obst, Gemüse und Vollkornprodukte gegeben, und auch in der Schule hatte sie immer frisch zubereitetes Essen dabeigehabt und auf ihren Karotten und dem Vollkornsandwich mit Ziegenkäse, Prosciutto und Oliven herumgekaut, während sie die anderen Kinder um ihre Erdnussbutter- und Marmeladenbrote beneidet hatte. Nachdem die anderen immer sehr viel schneller fertig waren als sie, war sie nach fünf Minuten jedes Mal allein mit ihrer halb aufgegessenen Lunchbox zurückgeblieben.

Eve und ihre Schwestern hatten natürlich regelmäßig um Schokoriegel, Limonade, Bonbons oder ein Essen vor dem Fernseher gebettelt, doch solche Dinge waren nur während der Sommermonate in Maine erlaubt gewesen. Oder an den seltenen Abenden, wenn ihre Eltern unterwegs gewesen waren und ihre Töchter einem Babysitter überlassen hatten. Eve erinnerte sich, dass sie sich geschworen hatte, als eigenständige Erwachsene all die bösen Dinge zu essen, die ihr als Kind verwehrt worden waren.

Letzten Endes hatten die Ernährungsgewohnheiten ihrer

Mutter aber natürlich trotzdem auf sie abgefärbt, obwohl sie manchmal mit Mike – der mit Fast Food und Fertiggerichten groß geworden war – um der alten Zeiten willen über die Stränge schlug.

Nachdem sie den Brownie fertiggegessen hatte, beschloss Eve abzuwarten, bis Shelley den nächsten Schritt machte. Sie wollte nicht wieder alles vermasseln.

Sie musste nicht lange warten. »Wir können uns ja nach dem Abwasch ein wenig auf die Veranda setzen, wenn Sie sich unterhalten möchten.«

Eves Herz wurde schwer. Sie hatte an diesem Abend bereits mehr Minenfelder umrundet, als sie sich hatte vorstellen können, und hier war auch schon das nächste. Wollte Shelley sich wirklich unterhalten, oder dachte sie nur, sie wäre es Eve schuldig, nachdem sie sie während des Essens abgewimmelt hatte?

Eve beschloss, das Risiko einzugehen. »Gerne. Aber ich sollte zuerst mit Marx spazieren gehen. Er hat den ganzen Tag im Auto verbracht.«

»Machen Sie nur. Wir haben genügend Zeit für beides.«

Ja, das stimmte wohl. Das Abendessen war bereits vorüber, und es war erst Viertel nach sechs!

Allerdings beantwortete das wenigstens ihre Frage. Shelley wollte tatsächlich reden. Also würde Eve es noch einmal versuchen.

Der Abwasch dauerte nicht lange, denn Shelley stellte alles in die Spülmaschine: Töpfe, Pfannen, Küchenmesser und – o Gott! – sogar Küchenhelfer mit Holzgriffen. Alles, was Eve sonst sorgfältig von Hand spülte.

Allerdings musste sie zugeben, dass es so wesentlich schneller voranging.

»Können Sie mir einen netten Spaziergang empfehlen?«

Shelley zuckte mit den Schultern. »Es gibt hier nicht viel Aufregendes – dafür aber auch keine grässlichen Gegenden. Es ist egal, wo Sie hingehen. Es ist überall schön.«

»Okay, dann bleibe ich heute Abend erst einmal in der Nähe. Danke.«

Sie ging nach oben und holte Marx' Leine aus seiner Tasche, woraufhin er vor Aufregung beinahe den Verstand verlor. Neue Gerüche! Neue Bäume! Neue Eichhörnchen! *Ogottogottogott!*

Sie machte sich auf den Weg zur Treppe, und er schoss wie der Blitz an ihr vorbei und wartete schwanzwedelnd im Erdgeschoss, während Shelley mit verschränkten Armen regungslos neben ihm stand.

»Okay, dann los.« Eve befestigte die Leine am Halsband und stemmte beide Beine fest in den Boden, damit Marx sie nicht durch die Tür nach draußen zog. Sie hatte keine Ahnung, ob Shelley noch etwas sagen wollte oder ob sie bloß hier war, um sich zu verabschieden. »Wir sind gleich wieder da.«

»Lassen Sie sich Zeit.«

»Danke.« Sie nahm es als Erlaubnis, das Haus zu verlassen, schlüpfte in ihre Jacke und ließ sich durch die Tür ziehen.

Die Kälte war durchdringender als vorhin, denn mittlerweile war die Sonne am Untergehen, auch wenn es sicher noch eine Stunde dauern würde, bis sie ganz verschwunden war. Am Ende der Zufahrt warf Eve einen Blick auf die Karte auf ihrem Handy und entdeckte einen kleinen Rundweg, der sie wieder zu ihrem Ausgangspunkt zurückführen würde. Er war etwas länger als drei Kilometer; sie würden etwa eine halbe Stunde brauchen, wenn sie ein flottes Tempo vorlegte. Eve nahm an, dass das fürs erste Mal durchaus reichte, denn immerhin wusste sie nicht, wann Shelley zu Bett ging, und wollte sie nicht zu lange warten lassen.

Sie wandte sich nach links und ging am Rand der verwaisten

Straße entlang, während Marx die neuen Gerüche in sich aufsaugte. In Swampscott blühten bereits die Krokusse, und die Narzissen scharrten in den Startlöchern. Bald schon würden die kahlen Äste erste Knospen zeigen, obwohl es länger dauerte, je näher man dem Meer kam, das noch die Kälte des Winters in sich trug. Hier auf Washington Island mussten die Menschen sicher noch länger auf den Frühling warten.

Ein Dickicht aus Baumstämmen, Zweigen und Nadelbäumen – auch hier zum Großteil Zedern – versperrte ihr den Blick auf den See, doch sie hörte das Rauschen des Wassers, das hier allerdings ruhiger war als bei der Überfahrt mit der Fähre.

Während Marx schnüffelnd und suchend hin und her eilte, atmete Eve tief die klare, kühle Luft ein und begann sich langsam zu entspannen. Das erste Treffen mit ihrer Klientin war zwar einigermaßen verwirrend verlaufen, aber Shelley und sie würden das schon auf die Reihe bekommen. Es würde jeden Tag ein wenig einfacher werden, vor allem, sobald Eve mit der Arbeit begonnen hatte.

Sie bog auf die Old Mill Road, bei der es sich lediglich um einen sandigen Feldweg handelte, und folgte ihr, bis sie wieder auf die Hauptstraße gelangte und sich nach Süden wandte, um zu Shelleys Haus zurückzukehren. Nachdem sie bis jetzt kein einziges Auto gesehen hatte und Marx gut erzogen war, ließ sie ihn von der Leine. Falls sie gegen irgendein strenges Hundehaltergesetz verstieß, würde sie ihre Unwissenheit als Gast auf dieser Insel geltend machen.

Auf dieser Seite gab es mehr Zufahrten zu anderen Häusern, die jedoch von der Straße aus ebenfalls nicht zu sehen waren. Sie ließ den Blick gedankenverloren eine Zufahrt entlangwandern, als sie plötzlich einen Mann entdeckte, der mit einem Müllsack auf sie zukam. Eve hatte sich mittlerweile so an die Einsamkeit gewöhnt, dass sie beim Anblick eines anderen menschlichen Wesens überrascht zusammenzuckte. Als sie auf Höhe der Zufahrt war, sah der Mann sie ebenfalls und winkte ihr breit grinsend zu. Offenbar verwechselte er sie mit jemandem. Eve ging weiter, ohne auf ihn zu reagieren, doch kurz darauf hörte sie Schritte hinter sich.

Das würde peinlich werden.

Sie nickte ihm kurz zu, ohne stehen zu bleiben, und ging davon aus, dass er seinen Fehler bemerken würde, sobald er ihr Gesicht gesehen hatte.

Doch nichts dergleichen geschah. Seine Augen wurden größer, genauso wie sein Grinsen, und er kam weiter mit dem Müllsack in der Hand auf sie zu. »Hi.«

»Hi.« Sie legte eine Extradosis New-England-Arroganz in diese eine Silbe und wurde nicht langsamer.

Er war groß und vermutlich in etwa so alt wie sie. Dunkle Haare und Augen und eine um eine Spur zu lange Nase, um noch als attraktiv zu gelten. Seine Zähne erinnerten ein wenig an ein Pferd. »Wohnen Sie zufällig bei Shelley?«

Sie war so überrascht, dass sie innehielt. Woher wusste er das? »Ja.«

»War nur geraten.« Er hob entschuldigend den Müllbeutel, an dem Marx interessiert schnupperte. »Ich bin Clayton Marshall.«

Sie machte einen Schritt zurück, um ihm zu zeigen, dass sie weitergehen und sich nicht mit ihm unterhalten wollte. »Hi.«

»Haben Sie Zeit für einen Drink? Wir könnten uns ein wenig näher kennenlernen, und ich könnte Ihnen mein Haus zeigen.«

Eve sah ihn mit offenem Mund an. Funktionierte das in Wisconsin zwischen Männern und Frauen etwa so? Bei ihr zu Hause war das definitiv nicht der Fall. »Nein, danke.«

»Okay. Klar. Gut.« Er schien überrascht, dass sie so abweisend reagierte. »Ich schätze, es passt gerade nicht. Aber morgen wäre auch okay. Wäre das besser?«

Morgen? Wie kam er auf die Idee, dass sie *irgendwann* mit ihm etwas trinken wollte? Wut und Adrenalin schossen durch ihre Adern, und sie setzte sich wieder in Bewegung. »Ich habe kein Interesse an einem Drink mit Ihnen.«

»O-kay.« Er klang schwer beleidigt, als hätte *sie* ihn von seinem Spaziergang abgehalten.

Offenbar hatte er keine Ahnung, was er falsch gemacht hatte.

Eve ging schneller und widerstand der Versuchung, loszulaufen. Ungewollte Avancen hatten sie schon immer aus dem Konzept gebracht, auch wenn sie ihr ganzes Leben lang damit zu kämpfen hatte.

Die Entspannung war dahin, und als sie schließlich Shelleys Zufahrt erreichte, hatte sie keine Lust mehr auf eine angespannte Unterhaltung auf der Veranda. Sie wollte bloß in ihr Zimmer und in einem Buch versinken. Oder sich Gedanken darüber machen, was sie morgen zum Abendessen mit ihrer schweigenden Gastgeberin kochen sollte.

Sie trat ins Haus, schloss die Tür hinter sich und fühlte sich ein wenig sicherer, nachdem sie abgeschlossen hatte. Marx rannte in die Küche – der schlaue Hund wusste bereits, wo seine Näpfe standen – und trank etwas Wasser. Eve schlenderte ins Wohnzimmer und sah Shelley auf der Veranda. Sie holte sich ein Glas Wasser und fragte sich einen Moment lang, ob sie Gott bitten sollte, es in Wein zu verwandeln. Oder noch besser in Gin. Dann trat sie zu Shelley nach draußen.

Die Veranda verlief die ganze Hausseite entlang, und es gab Holzschaukelstühle, ein Weidensofa und mehrere Couchtische, die alle einen herrlichen Blick auf den wunderschönen, aber langsam im Dunkeln versinkenden See boten. Eve behielt ihre Jacke an und setzte sich in den Schaukelstuhl rechts neben Shelley.

»Hatten Sie einen schönen Spaziergang?«

»Ja. Allerdings hatte ich auf dem Heimweg eine Begegnung mit einem seltsamen Kerl, der mich in sein Haus auf einen Drink einladen wollte.«

»Wirklich?« Shelley musterte sie interessiert. »Wie sah er denn aus?«

Eve dachte an den Mann zurück. »Groß. Dunkel. Mein Alter. Große Nase. Er wohnt drei Zufahrten weiter.«

Shelleys Gesicht hellte sich auf. »Das war Clayton. Er wollte nur nett sein.«

Nett? Offensichtlich lief das hier in Wisconsin tatsächlich so ab. »Gut. Aber dort, wo ich herkomme, ist es nicht *freundlich*, jemanden in sein Haus einzuladen, den man gar nicht kennt. Es ist unheimlich.«

»Unheimlich?« Shelley wirkte ehrlich verwirrt. »Das verstehe ich nicht. Sie werden doch für ihn arbeiten.«

Eve blinzelte, und ihr Magen zog sich zusammen. »Ich werde für ihn arbeiten?«

»Ja, für Clayton Marshall. Er ist Ihr zweiter Klient. Er will einen Wintergarten für sein Haus. Ich dachte, ich hätte Ihnen davon erzählt.«

Eve schloss leise stöhnend die Augen. »Ja, aber Sie haben nie seinen Namen erwähnt. Und aus irgendeinem Grund dachte ich, er wäre eine Frau.«

»Na ja, jetzt wissen Sie jedenfalls Bescheid.«

Eve schüttelte reumütig den Kopf. »Ich muss mich bei ihm entschuldigen.«

»Warum?«

»Ich dachte, er wollte …« Sie wurde rot.

»Sie dachten, er wollte Sie anmachen!« Shelley brach in schallendes Gelächter aus, das so hoch war, wie Eve es bei dieser tiefen Stimme nie erwartet hätte. »Tja, so ist das wohl, wenn man so hübsch ist wie Sie. Man glaubt, dass einem alle Männer bloß an die Wäsche wollen.«

Eve atmete tief ein, um nicht zu aufbrausend zu reagieren. »So was kommt vor.«

»Genau das habe ich gemeint. Es passiert ständig.«

Sie ließ die Luft entweichen, denn offenbar hatte Shelley sich kein Urteil erlaubt, sondern bloß eine Feststellung gemacht. »Er hat nichts von dem Job gesagt. Er hat mich nur in sein Haus eingeladen.«

Shelley schüttelte immer noch grinsend den Kopf. »Der arme Clayton. Ich muss ihm sagen, was Sie dachten.«

»Nein!«, rief Eve laut und schämte sich im nächsten Moment so sehr, dass sie erneut rot wurde. »Nein, danke. Ich rede selbst mit ihm.«

»Er findet es sicher witzig.« Shelleys Stimme klang mit einem Mal liebevoll. »Clayton ist ein guter Kerl, aber er hatte Pech mit den Frauen. Er ist mittlerweile geschieden. Das Haus gehört seiner Familie. Ich glaube, es ist eine Art Zufluchtsort für ihn. Er kann seine Arbeit hierher mitnehmen.«

»Ah.« Eve wollte Shelleys bisher längste Rede nicht unterbrechen, aber sie wollte sich auch nicht über Clayton unterhalten – zumindest nicht, bevor sie die Peinlichkeit mit einer Entschuldigung aus der Welt geschafft hatte. »Wie lange wohnen Sie eigentlich schon hier?«

»Etwas mehr als ein Jahr. Ich richte mich immer noch ein. Mein Onkel hatte keine eigene Familie und vermachte es seinem Bruder – meinem Vater.« Shelley klang wieder genauso emotionslos wie immer. »Der hat es meiner Schwester geschenkt, doch die ist vor ein paar Jahren gestorben …«

»Oh, das tut mir schrecklich leid.« Eve konnte die Trauer in ihrer Stimme nicht verbergen, die sie bei dem Gedanken daran überkam, Olivia oder Rosalind könnte etwas zustoßen. Sie konnte sich kaum vorstellen, wie tief Shelleys Schmerz ging.

»Sie hatte es nicht anders verdient.«

Eve erstarrte und umklammerte ihr Glas. Sie hatte keine Ahnung, wie sie reagieren sollte. »Oh.«

»Ich habe ihren gesamten Besitz geerbt, und dazu gehörte dieses Haus. Nachdem ich in Rente gegangen war, bin ich hierhergezogen.«

»Hmm.« Eve schaffte es, das Glas an die Lippen zu setzen und einen Schluck zu trinken. Sie schluckte und stellte es wieder ab. »Und vorher waren Sie …«

»Ich war Trainerin in der betrieblichen Weiterbildung und musste mir meine Rente selbst verdienen. Jeden Penny.«

»Okay.« Eve zwang sich, nicht mehr als höfliches Interesse zu zeigen. Es ging sie nichts an, warum Shelley der Meinung war, ihre Schwester hätte den Tod verdient gehabt. Wobei ihr trotzdem sofort mehrere grauenhafte Gründe einfielen. »Lauren hat erzählt, dass Sie davor als Lehrerin gearbeitet haben.«

»In der Grundschule in Machias.«

Eve nickte. »Das war Ihre Heimatstadt, nicht wahr? Ihre und Laurens.«

»Ja.« Shelley presste die Lippen aufeinander, verschränkte die Arme und starrte aufs Wasser hinaus. »Es war nett, dass Lauren Sie mir empfohlen hat.«

»Ich wüsste nur gern, warum Sie jemanden mit so wenig Erfahrung engagieren wollen.«

Shelley wandte sich zu ihr um. »Sie haben keine Erfahrung?«

»Ich … nein … ich meine, ich habe nicht …« *Verdammt noch mal!* Am besten sie ging nach oben, packte ihren Koffer, nahm Marx und verschwand von hier.

»War nur ein Scherz. Sie hätten Ihr Gesicht sehen sollen.« Shelley kicherte erneut. »Lauren hält Sie für brillant, und ich kann mir Ihr Honorar leisten. Das sind Gründe genug.«

»Oh.« Eve lehnte den Kopf zurück. Der Tag hatte sie ihre letzte Kraft gekostet. »Danke. Ich hoffe, ich finde etwas, das Ihnen gefällt.«

»Sie müssen nicht hier herumsitzen.« Shelley klang beinahe sanft. »Wenn Sie so sind wie ich, dann ist menschlicher Kontakt sehr kräftezehrend für Sie, vor allem mit Fremden.«

»Ich bin wirklich müde.« Es war seltsam beruhigend, dass Shelley sie verstand, obwohl sie so unterschiedlich waren. Mike machte es nichts aus, jeden Abend mit neuen Leuten um die Häuser zu ziehen, während Eve sich nach ein paar Stunden am liebsten verkriechen wollte. »Danke fürs Abendessen. Morgen koche ich. Ich verbringe gerne Zeit am Herd.«

»Da sage ich nicht Nein. Ich lege nicht so viel Wert darauf. Das Frühstück können Sie sich selbst nehmen. Toast, Eier, Müsli, was auch immer Sie finden. Und morgen reden wir dann über mein neues Haus und ich stelle Sie Clayton vor, wenn das einfacher für Sie ist. Sie können auch gerne die Insel erkunden, obwohl es nicht viel zu sehen gibt.«

»Danke.« Eve erhob sich und ließ die Schultern kreisen, die nach der langen Autofahrt ganz steif waren.

»Ach ja.« Shelley klopfte sich auf ihren ausladenden Oberschenkel. »Ein Päckchen ist für Sie angekommen. Ich wollte es eigentlich aufs Bett legen, bevor Sie Ihr Zimmer bezogen haben, aber ich habe es vergessen. Das habe ich mittlerweile nachgeholt.«

»Danke.« Eve hatte keine Ahnung, von wem das Päckchen sein konnte. Außer ihrer Familie und Mike wusste niemand, dass sie hier war. Vielleicht hatten sich ihre Schwestern einen Scherz erlaubt und ihr einen Käsekopf-Hut oder einen Hundepullover mit dem Logo der Packers geschickt. Wisconsin-Kitsch eben.

Sie sah ein letztes Mal auf den dunklen Himmel über dem See hinaus, dann machte sie sich gefolgt von Marx auf den Weg nach oben. Sie würde sich mit Shelley anfreunden, die Sache mit Clayton klären und sich in die Projekte stürzen, deretwegen sie hierhergekommen war – und mit der Zeit würde sie sich vielleicht an die ganze Situation gewöhnen.

Auf ihrem Bett lag tatsächlich ein in braunes Packpapier gewickeltes Päckchen. Es gab keinen Absender, aber es stammte aus Saratoga Springs, New York. Eve kannte niemanden aus dieser Gegend.

Doch da war plötzlich ein Gedanke, der sie nicht mehr losließ. Irgendetwas war mit dieser Stadt.

Sie öffnete das Päckchen und starrte ungläubig auf ein blaues, in Leder gebundenes Buch hinunter, auf dem in goldenen Buchstaben das Wort *Tagebuch* stand.

Und plötzlich wusste sie es wieder. Rosalind hatte ebenfalls ein solches Päckchen bekommen. Ohne Absender. Mit dem Poststempel von Saratoga Springs.

Ein Päckchen mit dem Tagebuch ihrer Mutter.

Kapitel 5

4. Juni 1977 (Samstag)

Daniel und ich sind jetzt seit fast sieben Jahren verheiratet, und ich sehne mich nach einem Baby. Ich will ein fester Bestandteil einer Familie sein, ein Faden, der den Stoff zusammenhält, nicht so wie in meiner Familie, zu der ich nie dazugehört habe. Ich habe nie verstanden, wie meine Schwester und meine Eltern so wenig Gefühl zeigen konnten – so wenig Freude, Leidenschaft und Liebe. Wie konnten sie mit ihrem beengten Leben in dieser beengten Stadt zufrieden sein? Ich will Kinder, die eine Erweiterung von Daniel und mir sind und unsere Ehe bereichern, indem sie ein Teil des Glücks werden, das wir bereits jetzt empfinden. Ein Kind ist das wertvollste Geschenk überhaupt, doch das grausame Schicksal verwehrt es mir.

Mein Seelenklempner meint, dass diese Art der Trauer normal ist und wir ein Kind adoptieren sollten. Aber wenn wir das tun, wird jeder erfahren, dass ich keine Kinder bekommen kann. Einige werden Daniel die Schuld geben, aber die meisten Leute werden annehmen, dass es an mir liegt. Da bin ich ganz sicher. Die Schande würde

mich umbringen. Ich kann die Hoffnung, irgendwann eigene Kinder zu haben, nicht aufgeben, auch wenn es vollkommen unmöglich ist. Ich glaube trotzdem, tief in meinem Herzen, dass wir eine Möglichkeit finden werden. Warum sonst kann ich das Unausweichliche nicht akzeptieren? Vielleicht will Gott mir etwas damit sagen. Vielleicht bin ich aber auch verrückter, als ich ursprünglich dachte.
Dieser Gedanke macht mir Angst.
Ich weine und kann nicht mehr damit aufhören. Daniel war gerade hier und hat mich angefleht, meine Medikamente zu nehmen. Er ist immer so sanft und liebevoll, auch wenn er mich vermutlich am liebsten packen und sie mir in den Hals stecken würde. Nur noch zwei Drehtage, dann werde ich sie wieder nehmen. Versprochen.
Diese Hölle muss irgendwo enden – auf die eine oder andere Weise.

Eve schlug ruckartig die Augen auf und betrachtete die ungewohnt weiße Zimmerdecke. Nachdem sie das Päckchen mit dem Tagebuch ihrer Mutter geöffnet hatte, hatte sie sich die ganze Nacht angsterfüllt von einer Seite auf die andere geworfen. Eigentlich hätte sie am liebsten Lauren angerufen, sobald ihr klar geworden war, worum es sich handelte. Doch dann hatte sie es doch nicht getan. Lauren hätte bloß alles abgestritten. Natürlich hätte sie das getan – warum hätte sie sich sonst die Mühe machen sollen, es von einer anonymen Adresse in New York abzuschicken? Außerdem reagierte sie jedes Mal wütend und abwehrend, sobald die Sprache auf Jillian Croft kam.

Als Rosalind vor einigen Monaten das Tagebuch erhalten hatte – das, wie sich jetzt herausstellte, nur einer von mehreren

Bänden gewesen war –, hatte es irgendwie zur Situation gepasst. Immerhin hatte sie sich kurz davor auf die Suche nach ihrer leiblichen Mutter gemacht und wollte alles über die Umstände ihrer Empfängnis und Geburt erfahren. Auch wenn es unter mysteriösen Umständen in ihre Hände gelangt war, hatte es durchaus Sinn ergeben.

Doch Eve wollte nichts über ihre leibliche Mutter wissen, sie hatte keinerlei Fragen gestellt und sich auch nicht überlegt, wie sie mit möglichen Antworten umgehen würde.

Eve sah Jillian als einen Zug, der zu breit für die Schienen gewesen war und alles mit sich gerissen hatte, das ihm zu nahe gekommen war. Und als Jillians jüngste Tochter hatte sie die schlimmsten Kämpfe ihrer Mutter gegen ihre psychische Erkrankung und ihre Medikamentensucht hautnah miterlebt. Olivia hatte getan, als wäre alles in Ordnung, Rosalind hatte immer nach einer Lösung für jedes Problem gesucht, und Eve war mit der Situation klargekommen, indem sie nichts davon an sich herangelassen hatte. Bis sie auf der Weihnachtsparty ihrer Eltern Mr Angel begegnet war und ihren persönlichen Albtraum erlebt hatte. Im Grunde hatte sie es sogar geschafft, dieses Erlebnis weit von sich zu schieben. Das Video, das Mike und seine Freunde sich angesehen hatten, hatte zwar alles wieder an die Oberfläche befördert, doch meistens hielten sich die Erinnerungen und die Wut auf ihre Mutter artig im Hintergrund.

Vor dem Einschlafen hatte Eve das Tagebuch aus dem Karton genommen und es lange Zeit betrachtet. Die golden glänzenden Buchstaben, den weichen Ledereinband. Sie hatte sich gefragt, was wohl in dem Buch stand, und sich gewünscht, den Inhalt zu kennen, ohne ihn tatsächlich lesen zu müssen. Sie hatte Angst, noch einen weiteren Teil der Persönlichkeit dieser verwirrenden und kräftezehrenden Frau kennenzulernen, die sie geliebt und zugleich gefürchtet hatte. Einer Frau, die ihre Tochter verraten und eine Woche später den Tod gefunden hatte, wodurch sie ihr jede Möglichkeit genommen hatte, ihre Entscheidungen zu verstehen.

Ich kann nicht mit dir nach oben kommen, Eve. Ich muss mich um die anderen Gäste kümmern. Sei nicht so schüchtern und albern. Mr Angel tut dir doch nichts.

Schließlich hatte Eve das Buch zurück in den Karton gelegt und diesen in ihrem leeren Koffer verstaut, den sie ganz hinten im Schrank aufbewahrte. Vielleicht wollte Rosalind das Tagebuch lesen.

Sie wollte nicht mehr weiter darüber nachdenken.

Doch so einfach war es natürlich nicht gewesen. Sie hatte die ganze Nacht über kaum geschlafen, und daran waren nicht nur das fremde Bett und die unbekannten Geräusche in dem nächtlichen Haus schuld. Jillian Croft war von ihrer langen, friedvollen Reise zurückgekehrt, um sie heimzusuchen. Die legendäre Schönheit ihrer Mutter, ihr unglaubliches Talent als Schauspielerin und ihr ebenso unglaubliches Versagen als Mutter. Man nehme einen Spritzer bipolare Störung, eine Prise Narzissmus, einen Schuss Alkoholismus und einen gehäuften Teelöffel Valium-Abhängigkeit – und was bekommt man?

Ganz sicher keine Vorzeigemutter.

Eve schlug die blau-weiße Decke zurück, ging ins Badezimmer, spritzte sich kaltes Wasser ins Gesicht und griff nach den Laufsachen, die sie am Vorabend bereits zurechtgelegt hatte, damit sie am nächsten Morgen ein schlechtes Gewissen bekam, wenn sie sie doch nicht benutzte. Marx war bereits abmarschbereit – er versuchte nie, sich rauszureden. Sie schlüpfte in ihre Kompressionshose, einen Sport-BH, mehrere Oberteile und eine Fleecejacke gegen die Kälte und Feuchtigkeit und fasste ihre

Haare zum Pferdeschwanz zusammen. Anschließend machte sie sich in der Küche auf die Suche nach Orangensaft und verzog das Gesicht, als sie den Tetrapak mit dem Saft aus Konzentrat entdeckte. Mike und sie waren den Entsafter im nahe gelegenen Supermarkt gewöhnt, der frisch gepressten Orangensaft zu einem erschwinglichen Alltagsluxus machte.

Eve schenkte sich ein Glas ein und stürzte es in einem Zug hinunter. Der Zucker war notwendig, um in die Gänge zu kommen. Sie sah sich noch einmal in der Küche um, doch sie konnte keine Bananen entdecken – ein ebenso beliebter frühmorgendlicher Snack. Sie nahm sich vor, später im Laden welche zu kaufen. Sie öffnete ein paar Küchenschränke und nahm sich eine Handvoll Rosinen, die fürs Erste eine ähnliche Wirkung hatten.

»Komm, Marx.«

Sie überlegte, Shelley eine Nachricht zu schreiben, entschied sich dann aber dagegen und verließ leise das Haus. Sie würde gerade mal zwanzig Minuten unterwegs sein. Shelley würde vermutlich denken, dass sie noch im Bett lag.

Sie nahm dieselbe Strecke, die sie am Vorabend entlangspaziert war, und nach drei Minuten gab sie den Versuch auf, ihr übliches Tempo zu laufen, und joggte stattdessen gemütlich die Straße entlang. Sie hatte keinen guten Tag, es fühlte sich an, als würde sie einen schweren Stein mitschleppen. Irgendwann würden Experten vielleicht herausfinden, welche Verbindung es zwischen der Psyche und der körperlichen Leistungsfähigkeit gab, denn darin lag Eves Überzeugung nach der Schlüssel zu einem effektiven Funktionieren. Hätte sie gestern das Tagebuch nicht bekommen, hätte sie einen Kilometer in fünf Minuten geschafft.

Als sie zurück auf den Hemlock Drive bog, hielt sie nervös nach Clayton Ausschau. Womöglich war er ebenfalls Frühaufsteher. Sie schuldete ihm eine Erklärung, aber es war ihr lieber, ihm nicht keuchend und schwitzend gegenüberzutreten.

Der großgewachsene Mann war aber nirgendwo zu sehen; stattdessen entdeckte sie einen Jungen im Teenageralter in einem roten Hoodie, der mit verschränkten Armen an der Straße stand. Er hatte wohl ihre Schritte gehört, denn er warf einen schnellen Blick in ihre Richtung, wandte sich dann aber eilig ab und ging vor ihr die Straße entlang.

Sie überholte ihn kurz darauf. »Morgen.«

»Hi.« Die sanfte Stimme überraschte sie. Von einem Jungen in diesem Alter hätte sie sich ein raueres Timbre erwartet.

Nach einigen Metern bemerkte Eve, dass sie allein war, und wandte sich überrascht um. Marx ließ sich von dem Jungen streicheln, der eigens stehen geblieben war und sich zu ihm herunterbeugte.

»Marx!« Er hetzte auf sie zu. »Du würdest nicht mal merken, wenn ich tot umfallen würde, oder? Solange nur jemand da ist, der dich streichelt …«

Anstatt angemessen beschämt auszusehen, schoss Marx davon und wartete vor Shelleys Zufahrt auf sie, als wäre er sich nicht sicher, ob er hier richtig war.

Eve fühlte sich um einiges besser, als sie leise die Tür aufschloss – was einer der Gründe war, warum sie sich auch dann zum Laufen zwang, wenn sie keine Lust hatte. Sie zog die Schuhe aus und ging auf Zehenspitzen nach oben, um zu duschen. Danach wollte sie frühstücken, mit Shelley über das neue Haus reden, sich bei Clayton entschuldigen und mit der Arbeit beginnen.

Als sie erfrischt und mit wesentlich besserer Laune nach unten kam, stand Shelley bereits in der Küche und strich Erdnussbutter auf ihren Toast. Eve sah sich nach der Kaffeemaschine um, doch stattdessen fiel ihr – als Kaffeesnob vollkommen entsetzter – Blick auf eine Dose Instantkaffee.

Noch etwas, das sie unbedingt im Laden besorgen musste.

»Guten Morgen, Shelley. Ich hoffe, Marx und ich haben Sie nicht geweckt.«

»Nein.« Shelley deutete auf die Dose. »Wollen Sie Kaffee?«

»Ja.« Eve betrachtete das braune Granulat misstrauisch. Konnte man das überhaupt Kaffee nennen? Sie hatte schon früh einen ausgeprägten Kaffeegeschmack entwickelt, denn Dad hatte sie immer an seiner Tasse nippen lassen, obwohl ihre Mutter missbilligend die Augen verdreht hatte. Er war ebenfalls ein Kaffeesnob und kaufte ausschließlich Bohnen aus Tansania, Nicaragua und Sumatra.

»Es gibt ein paar Cafés hier auf der Insel. Im *Red Cup* ist es recht nett. Der Instantkaffee sollte Sie so lange über Wasser halten. Oder möchten Sie lieber Tee? Den trinke ich am liebsten.« Shelley deutete auf einen Karton Lipton, und Eve nahm sich vor, als Dankeschön eine Packung ihres Lieblingstees zu bestellen, wenn sie wieder zu Hause war.

»Nein, ist schon in Ordnung.« Sie machte sich ebenfalls etwas Toast und bestrich ihn dick mit Erdnussbutter, denn nach dem Laufen und dem kargen Abendessen war sie am Verhungern. Das Schweigen war bereits deutlich angenehmer als am Vorabend. Es war zwar noch nicht entspannt, aber wenigstens nicht mehr so quälend. Eve hatte ihr Handy dabei, um die Onlineausgabe der *Boston Globe* zu lesen, anstatt bloß herumzusitzen und nicht zu wissen, wo sie hinschauen sollte.

»Gut.« Shelley setzte ihre Teetasse ab. Offenbar hatte sie ausgetrunken, und Gespräche waren wieder erlaubt. »Wann wollen Sie über das Haus sprechen?«

»Jetzt gleich, wenn Sie möchten.« Eve stand auf und trug

ihren Teller und den Kaffeebecher zur Spülmaschine. »Ich hole meinen Notizblock, und dann können wir erst einmal über die grundlegenden Dinge reden, bevor wir uns die Stelle ansehen, an die Sie gedacht haben.«

Sie half Shelley, die Küche sauber zu machen, und eilte anschließend nach oben, um einen Stift und Papier zu holen, wobei sie am Treppenabsatz einen Moment lang innehielt und den Gedanken genoss, dass sie nach so vielen Jahren Theorie schon bald ihr erstes großes Projekt starten würde. Wenn sie es nicht vermasselte, konnte sie nächstes Jahr wiederkommen und ein Haus besuchen, das aus Shelleys Wünschen und ihrer Vorstellung entstanden war. Eine reale Manifestation des Talents, das sie schon als Kind in sich gespürt hatte, als sie lieber Bilderbücher über Häuser als über Tiere angesehen und sich eher für Barbies Zuhause interessiert hatte, als dafür, was die Puppe den ganzen Tag vorhatte.

Wenn sie Erfolg hatte, würde sie vielleicht genug Selbstvertrauen tanken, um weitere, größere Projekte in Angriff zu nehmen. Vielleicht sah sie irgendwann auf diesen Augenblick als Beginn ihrer Karriere zurück.

Oder sie wünschte sich, sie wäre nie nach Wisconsin gekommen.

Shelley hatte die Heizung auf der Veranda angemacht, und sie setzten sich in dieselben Stühle wie am Vorabend.

»Ich habe eine Liste mit Fragen. Es geht dabei hauptsächlich um Ihre Vorlieben, Ihre Gewohnheiten und Ihre Erwartungen. Aber zuerst würde mich interessieren, was Sie sich vorgestellt haben.« Eve wartete mit gezücktem Stift, und das Adrenalin schoss durch ihre Adern. Im Idealfall hatte Shelley sich schon Gedanken darüber gemacht, was sie wollte, und konnte ihre Vorstellungen gut in Worte fassen. Im schlimmsten Fall …

»Ich würde gerne Ihre Ideen sehen.«

»Klar.« Eve setzte ein selbstbewusstes Lächeln auf. »Aber beginnen wir zuerst mit den Fragen. Wie viel Zeit wollen Sie in dem neuen Haus verbringen?«

»Die ganze Zeit. Deshalb will ich es ja.« Sie hielt die Frage offensichtlich für idiotisch. »Damit ich nicht mehr hier wohnen muss.«

»Okay. Gut.« Eves Selbstbewusstsein geriet leicht ins Wanken, doch sie kritzelte dennoch etwas Bedeutungsloses in ihren Block und machte weiter. »In welchen Räumen werden Sie die meiste Zeit verbringen?«

Shelley kratzte sich stirnrunzelnd am Ellbogen. »Ich schätze, ich esse in der Küche und schlafe im Schlafzimmer.«

»Genau.« Eve spürte, wie ihre Achseln feucht wurden. »Was ist mit den anderen Räumen? Gibt es ein Wohnzimmer? Eine Veranda?«

»Ja.«

Ja. »Sind Sie Frühaufsteherin oder ein Nachtmensch?« Sie seufzte. Sie kannte die Antwort auf diese Frage bereits. »Wenn gestern Abend und heute Morgen der Normalzustand waren, dann sind Sie Frühaufsteherin, richtig?«

»Und ich gehe früh zu Bett.«

»Dachten Sie an ein zweistöckiges Haus?«

»Ich mag keine Bungalows.«

Das war zumindest etwas. »Wollen Sie zwei klassische Geschosse mit einer Treppe, wie in diesem Haus? Oder eher ein offenes Wohnkonzept?«

»Ich weiß es nicht.« Shelley rieb sich die fülligen Oberschenkel. »Planen Sie am besten mal beides, dann kann ich mich besser entscheiden.«

»Ich kann … es versuchen.« Aber es bedeutete eine Menge

Arbeit und würde ewig dauern. »Wie sieht es mit dem Äußeren aus? Soll es zum Haupthaus passen?«

»Ich denke schon. Vielleicht. Zumindest sollte es nicht fehl am Platz aussehen.«

Nicht fehl am Platz. Okay. »Offener Kamin?«

»Ja.«

»Klimaanlage?«

»Das wäre aufgrund des Klimawandels wohl sinnvoll. Ich kann nicht schlafen, wenn es zu heiß ist.«

Eve kam eine Idee. »Gibt es hier auf der Insel Häuser, die Ihnen gut gefallen und die ich mir ansehen könnte?«

Shelley runzelte die Stirn und dachte nach, während Eve in Gedanken die Finger überkreuzte. »Nicht wirklich.«

»Okay.« Eve machte sich weiter Notizen und versuchte, die Panik niederzuringen. Shelley und sie würden eine Lösung finden, dessen war sie sich sicher, aber je schwieriger es war, ihrer Klientin Antworten zu entlocken, desto länger würde es dauern. Und sie wollte nicht mehr Zeit als unbedingt notwendig auf dieser seltsamen Insel und bei dieser seltsamen Gastgeberin verbringen.

Nach einigen weiteren Fragen und wenig hilfreichen Antworten nickte Eve bedächtig, als wüsste sie ganz genau, wie das Haus einmal aussehen würde. Vielleicht half es, den zukünftigen Standort zu sehen. »Sollen wir uns den Platz einmal ansehen?«

Zumindest darauf hatte Shelley eine eindeutige Antwort und sie wusste auch genau, wo ihr neues Zuhause einmal stehen sollte. Sie traten auf eine kleine, natürliche Lichtung, die dank der Bäume vom Haupthaus aus nicht zu sehen war, aber immer noch nahe genug lag.

Sofort schwirrten die ersten Ideen in Eves Kopf herum. Das zukünftige Haus sollte den herrlichen Ausblick voll und ganz auskosten und äußerlich dem Haupthaus ähneln. Sie dachte an mehrere Gauben und in etwa dieselbe Farbe. Im Inneren sollte es heimeliger, einfacher und vielleicht auch etwas altmodischer werden. In etwa so, wie Shelley selbst war.

Eve stellte mit einiger Erleichterung fest, dass der Platz perfekt geeignet war.

Damit war die erste Besprechung mit ihrer neuen Klientin beendet, und sie brauchte einen anständigen Becher Kaffee. Dank Google fand sie sofort den Weg zum *Red Cup Café*, das ganz in der Nähe des Hafens lag. Sie hatte genug Zeit, um eine Weile dort zu sitzen und sich Gedanken über das Projekt zu machen, bei Mann's einzukaufen und sich bei Clayton zu entschuldigen, und würde trotzdem bis zum Mittagessen zurück sein.

Das einzige Problem war, dass sie Marx nicht mitnehmen konnte. Im Café waren Hunde nicht erlaubt, und im Laden hatte man vermutlich ebenfalls keine Freude an ihm. Natürlich konnte sie ihn im Auto lassen, aber …

Glücklicherweise hatte Shelley nichts dagegen, dass Marx bei ihr im Haus blieb.

Es nieselte leicht, als Eve auf den unbefestigten Parkplatz vor dem *Red Cup Café* bog. Sie griff nach ihrem Block und ihrem Laptop und eilte zu der überdachten Veranda vor dem mit braunen Holzschindeln verkleideten Haus, über dessen Tür eine riesige, rote Kaffeetasse baumelte. Kurz darauf betrat sie das kuriose Café mit den bunten Wänden und den bequemen Sofas, Stühlen und Tischen, in dem auch lokale Kunst und Handwerksgegenstände zum Verkauf angeboten wurden.

Die Speisekarte auf der Tafel hinter der Theke listete eine Auswahl an Sandwiches, Quiches und anderen Frühstücksspezialitäten auf, und Eve schnupperte begeistert. Es roch nach leckerem Speck, aber die Scones sahen ebenfalls köstlich aus …

Sie entschied sich für einen Johannisbeeren-Scone und einen

Kaffee mit einem einfachen Espresso, der sie hoffentlich die nächsten paar Stunden überstehen ließ, bis sie Shelley eine ordentliche Kaffeemaschine besorgt hatte.

Der Scone war herrlich saftig und der Kaffee definitiv echt. Sie suchte sich einen Tisch im vorderen Teil des Cafés in der Nähe eines Regals mit Töpferwaren und einem Schaukasten mit verschiedenen CDs aus. Die Sofas wirkten einladend, aber ein gemütlicher Vormittag auf dem Sofa war nicht sehr produktiv. Sie wollte sich lieber Gedanken über Shelleys zukünftiges Haus machen und vielleicht ein wenig im Netz recherchieren.

Die Tür ging auf, und ein weiterer Kunde betrat das Café. Sein rotes Oberteil erregte Eves Aufmerksamkeit, und ihr Blick fiel auf den Jungen, dem sie vorhin begegnet war. Er bestellte mit seiner sanften Stimme ein Frühstückssandwich und Kaffee, doch erst als er sich umdrehte und Eve das mädchenhafte Gesicht sah, erkannte sie ihren Fehler.

Er war eine sie. Oder … vielleicht auch nicht. Vielleicht …

Egal.

Sie beugte sich wieder über ihren Laptop und merkte nur am Rande, dass das Mädchen/der Junge sich an den Nebentisch gesetzt hatte, obwohl noch eine Menge anderer Tische frei waren. Sie hoffte nur, dass er/sie/es – die *Person* – sich nicht mit ihr unterhalten wollte.

Die Person stürzte sich auf das Sandwich, als hätte sie seit Tagen nichts mehr gegessen.

Eve loggte sich in eine Online-Community für Architekten ein und sah sich ein wenig um. Sie rief mehrere Innen- und Außenansichten auf, scrollte nach unten, musterte dies und das und schrieb Ideen nieder, die ihr ins Auge sprangen.

»Wie heißt denn Ihre Hündin? Ich habe Sie heute Morgen mit ihr laufen gesehen.«

»Es ist ein er. Marx.« Eve hob nur eine Sekunde den Blick, doch es war lange genug, um die Person als weiblich zu identifizieren. Außerdem war sie jünger, als Eve ursprünglich angenommen hatte. Vielleicht fünfzehn? Oder sechzehn? Je älter Eve wurde, desto schwerer war es einzuschätzen. Als sie fünfzehn gewesen war, hatte sie mitten in ihrer Grufti-Phase gesteckt und sich in der Nacht aus dem Haus gestohlen, um mit ihrer besten Freundin Cornelia einen Joint zu rauchen. Sie hatte sich jedem überlegen gefühlt, der ihr gepasst hatte, und war mit einem missmutigen Gesicht herumgelaufen, doch sie hätte sich trotz der übertriebenen Coolness nie getraut, eine Unterhaltung mit einer Fremden zu beginnen.

Und wenn sie so darüber nachdachte, war es als Erwachsene nicht anders.

»Marx? Wie der Philosoph? Oder wie die Marx Brothers?«

Eve hielt den Blick auf ihren Laptop gerichtet. »Jap.«

»Welche Rasse ist es denn? Sitzt er draußen in Ihrem Auto?«

»Ein Schäfer-Collie-Mischling vermutlich. Und er ist im Haus geblieben.« Sie beugte sich übertrieben geschäftig nach vorne und betrachtete eingehend ihren Bildschirm. Hoffentlich verstand das Mädchen den Wink.

»Wie alt ist er?«

»Fünf.«

»Haben Sie ihn schon als Welpen bekommen?«

»Ja.« Sie knirschte mittlerweile praktisch mit den Zähnen, auch wenn es im Grunde ihre Schuld war, weil sie dem Mädchen nicht von Anfang an zu verstehen gegeben hatte, dass sie zu tun hatte. Es war zu schwer – zumindest für sie. Rosalind wäre ein witziger Spruch eingefallen, um es dem Mädchen begreiflich zu machen, und Olivia hätte dem Kind ins Gesicht gesagt, dass es sich verziehen sollte. Eve konnte weder das eine noch das andere.

»Ich liebe Hunde.«

Eve hob nun doch den Blick und erkannte, dass das Mädchen ziemlich hübsch war. Ihre kurzen Haare mit den zotteligen Stirnfransen passten zu ihrem Elfengesicht mit den immer noch kindlichen Rundungen. Sie wirkte verletzlich und ein wenig traurig.

Eve gab nach. »Hast du auch einen Hund?«

»Nein.« Das Mädchen verzog das Gesicht und richtete den Blick auf ihr Frühstück. Ihr linkes Bein zuckte. »Mein *Stiefvater* erlaubt es nicht.«

»Das tut mir leid.« Eve schnitt eine mitleidsvolle Grimasse. »Vielleicht später, wenn du ausgezogen bist und deine eigene Wohnung hast.«

Das Mädchen presste die Lippen aufeinander und zog die Schultern hoch.

Weinte sie etwa?

Na toll! Das war mehr, als Eve ertrug.

Sie wandte sich wieder ihrem Laptop zu. Das Mädchen wirkte verzweifelt und trotz ihrer maskulinen, betont lässigen Art irgendwie süß.

Okay, okay …

Eve schob den Laptop ein paar Zentimeter von sich. »Wohnst du hier auf der Insel?«

»Mein Dad hat hier ein Haus.« Sie verzog erneut das Gesicht. »Also, mein *echter* Dad.«

Eve zuckte innerlich zusammen. Die Frage, was einen *echten* Dad ausmachte, war in ihrem eigenen Leben nur allzu präsent. Daniel Braddock war ihr Dad, aber es war noch immer nicht geklärt – und würde vielleicht auch nie geklärt werden –, ob er auch ihr *leiblicher Vater* war. Selbst wenn Rosalind herausgefunden hatte, dass sich ihre Eltern drei Leihmütter ausgesucht hatten, die ihre Töchter zur Welt gebracht hatten. Nachdem ihr Vater sie geschwängert hatte.

Igitt.

»Dann bist du also zu Besuch hier?«

»Frühlingsferien.« Das Mädchen legte den Kopf seltsam schief, als wollte es Eve ansehen und zugleich ihrem Blick ausweichen. »Ich bin übrigens Abigail.«

»Eve.«

»Wohnen Sie hier?«

»Ich bin auch zu Besuch.«

»Bei wem?«

»Bei einer Klientin. Stellst du immer so viele Fragen?«

»Ja.« Abigails Gesicht hellte sich zum ersten Mal ein wenig auf. »Sind Ihre Antworten immer so knapp?«

»Ja.« Sie lächelten beide. »Ich schätze, du willst wissen, wer meine Klientin ist und was ich für sie mache.«

Das Grinsen des Mädchens mit den leicht schiefen Zähnen war herzerweichend. »Jap.«

Eve seufzte übertrieben. »Ihr Name ist Shelley. Ich soll ein Haus für sie entwerfen.«

»Sie sind Architektin! Das ist ja cool«, rief Abigail, doch dann verpuffte ihre Freude mit einem Mal. »Das wollte ich auch mal machen. Ich zeichne gerne. Meine … Freundin und ich … wir wollten …«

Eve richtete sich auf. Abigail gab sich große Mühe, nicht noch einmal in Tränen auszubrechen. In solchen Situationen hätte Eve gerne die natürliche Herzenswärme ihrer Schwestern oder Mikes Freundlichkeit besessen. Letzten Endes war es egal, ob sie so geworden war, weil sie als Kind keine Emotionen zulassen wollte, oder ob sie bereits so geboren worden war. Das Ergebnis war dasselbe. Und es war einer der Gründe, warum sie vor langer

Zeit beschlossen hatte, keine eigenen Kinder zu bekommen. Der Gedanke an Nachwuchs rief nicht dieselben starken Muttergefühle in ihr hervor, wie es bei anderen Frauen der Fall war, und sie konnte sich auch nicht vorstellen, jahrelang den Wünschen eines so kleinen Lebewesens mit derart großen Bedürfnissen und Wünschen gerecht zu werden und dabei selbst glücklich zu sein. Angesichts ihrer selbstverliebten, komplizierten Eltern war sie nicht sicher, ob sie selbst eine gute Mutter sein würde. Und Muttersein war kein Job, den man zwischendurch mal ausprobieren konnte.

»Alles okay?« Die Worte klangen genauso verkrampft, wie ihr Körper sich gerade anfühlte; sie hätte es am liebsten noch einmal versucht.

»Jaja, alles klar.« Abigail versuchte so zu tun, als wäre sie von sich selbst angewidert, doch der Schmerz war noch deutlich zu hören. »Ich wollte nur sagen, dass meine Freundin und ich uns total für Architektur interessieren. Bei ihr geht es aber eher in Richtung Landschaftsarchitektur, und ich glaube, ich würde gerne Stadtplanerin werden.«

»Cool.«

»Darf ich Ihnen bei der Arbeit zusehen?«

»Nein.«

Abigail lächelte erneut und nippte an ihrem Kaffee. »Nur damit Sie es wissen: Normalerweise bin ich nicht so. Aber mein Leben ist im Moment ziemlich durcheinander.«

»Ah.« Eve nickte höflich und hatte Angst davor, gleich die ganze Geschichte zu hören zu bekommen. »Das tut mir leid.«

»Es ist … egal.« Abigail starrte auf ihren Teller, auf dem nur noch ein paar Krümel lagen. »Mir ist langweilig. Es gibt hier rein gar nichts zu tun. Keine Ahnung, warum mein Dad ausgerechnet auf dieser Insel ein Haus hat.«

»Hmm.« Eve nahm einen genüsslichen Schluck Kaffee, um nicht mehr darauf sagen zu müssen.

»Also dachte ich mir … ob Sie vielleicht wieder mal ins Café kommen.« Sie machte eine ausladende Handbewegung. »Oder falls Sie woanders arbeiten, ob ich dann vielleicht … na ja, zusehen könnte. Ich würde gerne so viel wie möglich lernen.«

Eve stellte ihren Becher vorsichtig genau in die Mitte ihrer Serviette und überlegte, wie sie Abigail höflich, aber bestimmt zu verstehen geben konnte, dass sie das unter keinen Umständen wollte.

Doch dann erinnerte sie sich daran, wie sie in diesem Alter gewesen war. Sie hatte im Sommer als Praktikantin in einem Architekturbüro in LA gearbeitet und war den Architekten auf Schritt und Tritt gefolgt. Sie hatte sich vorgenommen, so viel wie möglich in sich aufzusaugen, und war vollkommen aufgelöst gewesen, als die Besitzerin – Kathryn Blue – sie eines Tages zum Mittagessen eingeladen hatte. Sie hatte kaum glauben können, dass Kathryn ihre wertvolle Zeit tatsächlich mit ihr verbringen wollte, doch Eves erste und fähigste Mentorin war überaus großzügig gewesen, was ihre Zeit und ihre Ratschläge anbelangte.

Offensichtlich war Eve nicht Kathryn.

»Ich weiß, dass es seltsam klingt. Sie kennen mich nicht und … Aber ich dachte trotzdem, dass es ja nicht schaden kann, mal nachzufragen.« Abigails Stimme brach. »Ich bin Ihnen auch nicht im Weg. Ich meine, ich werde den Mund halten und so …«

So viel Schmerz in einem so jungen Menschen. Eve wusste noch ganz genau, wie sich das anfühlte.

»Vielleicht.«

Das Gesicht des Mädchens hellte sich auf. »Echt?«

»Aber zu *meinen* Bedingungen.«

Abigails sah zur Seite, als wollte sie einen missmutigen Blick mit einer imaginären Freundin wechseln. »Okay, *na gut.*«

Eve lachte und traf eine spontane Entscheidung, von der sie annahm, dass sie sie später zweifelsohne bereuen würde. »Wenn du mir versprichst, mir nicht allzu sehr auf die Nerven zu gehen, kann ich dir etwas von der Software zeigen, mit der ich arbeite, und dir erklären, wie die Planung Schritt für Schritt abläuft.«

Sobald sie wusste, in welche Richtung sich diese Planung entwickeln würde.

»Wow, danke!« Abigail grinste so breit, dass Eve sich mies fühlte, dass sie überhaupt gezögert hatte. »Wann fangen wir an?«

Eve imitierte Olivias bösen Blick so gut es ging. »Nicht jetzt.«

»O Mann! Okay.« Abigail grinste noch immer.

»Wie lange bleibst du auf der Insel?«

Abigail wandte den Blick ab, und ihr Lächeln verschwand. »Keine Ahnung.«

»Ich dachte, du hättest Frühjahrsferien.«

»Stimmt. Also … eine Woche vermutlich.«

Vermutlich? Das Mädchen wusste nicht, wie lange die Ferien dauerten? Eves Argwohn kehrte zurück. Sie würde sich probeweise mit Abigail treffen und abwarten, wie es lief. »Ich würde sagen, wir treffen uns morgen wieder hier. Um dieselbe Zeit, also so gegen zehn. Okay?«

»Ja! Cool, danke.«

»Aber jetzt …« Eve deutete auf ihren Computer.

»Schon klar.« Abigail sprang auf, als könnte sie vor Freude nicht länger stillhalten. »Bis morgen. Und danke!«

Eve blieb noch eine halbe Stunde sitzen, doch sie konnte sich nicht konzentrieren. Abigail war nicht ihr Problem, aber sie fragte sich trotzdem, was hier los war und warum sie das Gefühl nicht loswurde, dass das Mädchen nicht ganz ehrlich gewesen war. Eve war zum Teil auch deshalb auf die Insel gekommen, um ihren eigenen Problemen zu entfliehen. Sie brauchte nicht auch noch die Probleme eines anderen Menschen in ihrem Leben.

Und wo sie schon dabei war: Nachdem sie sich nicht konzentrieren konnte, konnte sie genauso gut ihre Einkäufe erledigen und anschließend die gefürchtete Entschuldigung bei Clayton hinter sich bringen.

Mann's war ein kleiner, altmodischer Supermarkt mit abgetretenen Holzdielen, dunkelblauen Wänden, einer scheinbar originalen Zimmerdecke aus Zinntafeln und weiß gestrichenen Zierleisten. Für seine Größe war er erstaunlich gut bestückt, und Eve fand alles, was sie für ein einfaches Abendessen brauchte, und außerdem noch Zutaten für ein Frühstück und Mittagessen, das eher ihrem Geschmack entsprach als Shelleys Vorräte.

Was bedeutete, dass sie schon kurz darauf zu Clayton unterwegs war. Ihr Herz klopfte bis zum Hals; sie hoffte inständig, dass Shelley recht hatte und Clayton tatsächlich ein netter Kerl war, der ihr ihre Fehleinschätzung verzieh.

Sie bog auf seine bekieste Zufahrtsstraße und parkte nach wenigen Metern am Fahrbahnrand. Die Wälder waren so friedlich und ruhig, und sie ertrug den Gedanken nicht, dass die Autogeräusche Clayton aufschreckten, wenn sie bis zu seinem Haus fuhr. Zu Fuß wirkte es lockerer und nachbarschaftlicher.

Sie folgte dem Weg und gelangte zu einer Lichtung mit einem ausladenden Haus im Stil einer Ranch, das genauso grau war wie die Baumstämme. Die düstere Farbe wurde allerdings von einer blaugrünen Eingangstür und einer Reihe großer, blaugrüner Diamanten aufgelockert, mit denen die schwarzen Fensterläden verziert waren.

Clayton war vor dem Haus und trug eine rostige Metallkonstruktion über den Schultern, die aussah wie das Lenkrad und die Radachsen eines altersschwachen Gokarts. Als er sie sah, blieb er stehen und wartete, bis sie auf ihn zukam. Wie eine Schuldige, die ihr Urteil erwartet. Er war größer, als sie ihn in Erinnerung hatte. Sicher einen Meter neunzig, schlank und mit einem derzeit überaus ausdruckslosen Gesicht.

Eve blieb etwa einen Meter vor ihm stehen und räusperte sich. »Ich möchte mich für gestern entschuldigen.«

Er beugte sich nach unten, legte das Metallgestell ab, richtete sich wieder auf und stemmte die Hände in die Hüften. »Ja, das war ziemlich eigenartig.«

»Wissen Sie … mir hat niemand gesagt, wie mein zweiter Klient heißt.« Sie errötete unter seinem strengen Blick. »Ich wusste nicht, wer Sie sind. Und als Sie sich vorstellten und mich zu sich nach Hause einluden …«

Seine dunklen Augenbrauen wanderten nach oben, dann stieß er ein schallendes Gelächter aus, das sie zusammenzucken ließ. »Sie dachten, ich wollte Sie anmachen!«

»Ja.«

»Das ist ja *echt* unheimlich.«

»Ja.« Eve war unglaublich froh, dass er es nicht als Beleidigung empfand, sondern sich darüber amüsierte.

»Aber auch saukomisch.«

Sie zog die Nase kraus. »Gestern Abend war es alles andere als das. Und es wurde noch schlimmer, als Shelley mir sagte, wer Sie wirklich sind, und mir klar wurde, wie unhöflich ich mich verhalten hatte.«

»Dann beginnen wir am besten von vorne. Ich bin Clayton Marshall, und ich bin ausschließlich an Ihrem Können als Architektin interessiert.« Er streckte ihr seine schmierige Hand entgegen, ballte sie aber sofort zur Faust, als er den Schmutz sah.

»Das holen wir nach, wenn ich mir die Hände gewaschen habe. Ich bringe nur noch diesen Müll hier zu meinem Pick-up, und dann zeige ich Ihnen das Haus und wir reden darüber, was ich damit vorhabe.«

»Klar.« Sie beäugte das rostige Metall argwöhnisch. »Kann ich Ihnen helfen?«

»Nein, das geht schon.« Er hob es wieder über die Schulter. »Ich räume die Garage leer. Das Gerümpel liegt schon jahrzehntelang dort herum. Vermutlich war es schon da, als mein Großvater das Haus gekauft hat. Es wäre schön, wenn ich die Garage sinnvoller verwenden könnte. Für mein Auto zum Beispiel. Warten Sie hier, ich bin gleich wieder da.«

»Okay.« Der kalte Nieselregen hatte wieder eingesetzt, und Eve verschränkte fröstelnd die Arme vor der Brust, während Clayton mit großen Schritten um die Ecke verschwand, hinter der er vermutlich seinen Wagen geparkt hatte. Die Begegnung mit ihm hatte sie durcheinandergebracht, obwohl sie keine Ahnung hatte, warum. Er war sehr freundlich und wirkte aufrichtig. Vielleicht litt sie noch immer unter dem Schock ihrer ersten Begegnung.

Ein metallisches Krachen verriet ihr, dass Clayton das Gokart auf die Ladefläche gehievt hatte. Sie blickte auf den See hinaus, damit sie einander nicht anstarren mussten, während er wieder auf sie zukam.

»Kommen Sie rein.« Er ging an ihr vorbei auf die blaugrüne Tür zu.

Eve folgte ihm und betrachtete das Haus genauer. Sie war kein großer Fan des Ranch-Stils, denn diese Häuser sahen immer so aus, als wären sie nicht fertig geworden. Als hätte jemand nur eine Tortenschicht gebacken.

»Mein Großvater väterlicherseits hat das Haus neunzehnhundertneunundsechzig gekauft. Ich bin der Einzige in der Familie, der es nutzt. Mom und Dad sind nach Spanien gezogen, und meine Schwestern leben in Seattle und Portland. Ich dachte mir, ich räume ein wenig auf und renoviere ein bisschen, solange ich hier bin.«

»Klingt gut.«

Sie trat in die Diele und fragte sich, warum er um diese eiskalte, trostlose Zeit im Jahr hier war, doch einen Moment später wurde sie von der unerwartet eleganten Einrichtung aus ihren Gedanken gerissen. Eine grünmelierte Tapete, Eichenvertäfelungen, ein Steinfliesenboden. Auf einem antiken Tisch stand eine große schwarze Vase mit cremefarbenen und ziegelroten Seidenblumen, und ein Blick in die benachbarten Räume zeigte eine ähnliche Eleganz – gedämpfte Farben und teure Möbel. Offensichtlich hatte die Familie nicht nur jede Menge Geld, sondern auch den dazugehörigen guten Geschmack, der eher Eves Vorstellungen entsprach als ihr ehemaliges Elternhaus. Die rosafarbene Villa im Mittelmeerstil war eine Mischung aus alt und modern gewesen, und Jillian und Daniel hatten von ihren vielen Reisen um die ganze Welt immer wieder Andenken mitgebracht, ohne sich darüber Gedanken zu machen, wie diese zusammen in einem Raum aussahen. Herausgekommen war eine protzige Mischung aus allen möglichen Stilrichtungen.

»Das ist ein sehr schönes Haus.«

»Finden Sie?« Er schien wenig überzeugt. »Ich würde gerne einiges verändern. Für meinen Geschmack ähnelt es zu stark einem Museum, vor allem für ein Sommerhaus am See. Aber deshalb sind Sie nicht hier.«

Er führte sie an die Rückseite des Hauses, die dem See zugewandt war. Von dem Wohnzimmer mit den deckenhohen Fenstern führten mehrere Glastüren auf eine Terrasse, die beinahe die ganze Länge des Hauses einnahm. »*Deshalb* brauche ich Sie – die Terrasse ist groß genug für all die riesigen Partys, die wir nie veranstalten werden. Ich würde den Teil vor dem Wohnzimmer gerne verglasen, damit er das ganze Jahr über genutzt werden kann. Ich wünsche mir ein sommerliches Ambiente mit gemütlichen Sitzgelegenheiten und vielleicht sogar einer Hängematte. Zusätzlich zum Glas sollen Fliegengitter im Sommer für maximale Luftzirkulation sorgen. Es sollen ein Deckenventilator, eine Heizung und eine Klimaanlage installiert werden. Und was Sie sonst noch vorschlagen.«

Eve öffnete eine der Glastüren und trat hinaus auf die Terrasse, um sich umzusehen. »Haben Sie schon mal überlegt, den Wintergarten nicht in der Mitte, sondern nördlich oder südlich zu positionieren?«

»Nein.«

Sie warf ihm einen schnellen Blick zu. Derartige Vorschläge waren eine heikle Sache. Man wusste nie, ob der Klient beleidigt reagierte. Sie deutete in Richtung Süden. »Welche Räumlichkeiten befinden sich dort?«

»Das Schlafzimmer.«

»Und dort?« Sie deutete in die andere Richtung.

»Die Küche.«

»Darf ich sie mir ansehen?«

»Klar.« Er führte sie durchs Wohnzimmer – in dem sogar ein kleiner, mit aufwendigen Schnitzereien verzierter Flügel stand – und durch ein kleines Esszimmer mit Kronleuchter in die geräumige Küche. Eine große Kücheninsel in der Mitte, Hartholzboden, Küchenschränke aus dunklem Holz, schwarze Küchengeräte.

Auch wenn es zweifellos elegant war, wirkte es alles andere als unbeschwert. Und auf keinen Fall wie ein entspannter Rückzugsort.

»Was halten Sie davon?«

Eve warf einen Blick durch die Tür, die von der Küche auf die Terrasse führte. »Wie viel wollen Sie ausgeben?«

»Wie viel ich ausgeben *will*? Nichts. Was können Sie mir dafür anbieten?«

»Mal sehen ...« Sie tat, als müsste sie nachrechnen. »Meine Heimreise.«

»Das dachte ich mir schon.« Er legte den Kopf schief und kratzte sich hinterm Ohr, sodass er sie einen Moment lang an Marx erinnerte. »Das Haus ist mehrere Hunderttausend Dollar wert. So viel sollte es nicht kosten.«

»Okay.« Sie holte ihr Handy heraus. »Dann nehme ich erst einmal Maß, mache ein paar Fotos und überlege mir etwas. Und anschließend sagen Sie mir, was Sie davon halten.«

»Klingt vernünftig.«

Sie trat auf die Terrasse hinaus und registrierte überrascht, dass er ihr folgte.

»Wie gefällt Ihnen Washington Island?«, fragte er.

»Ich habe noch nicht viel davon gesehen.« Sie hob das Handy und machte ein paar Fotos.

»Es gibt auch nicht viel zu sehen. Schöner Strand, schöner Hafen, eine norwegische Holzkirche, und das war's auch schon.«

»Ihr Großvater muss etwas in der Insel gesehen haben.«

»Ruhe. Frieden. Tradition. Familie.« Er trat ans Geländer und blickte auf den See hinaus. »Ich liebe es hier genauso wie er und komme hoch, sooft ich kann.«

Sie fotografierte weiter und hörte ihm nur mit halbem Ohr zu. Dieses Projekt würde eine Herausforderung werden. Wenn sie den Wintergarten vor dem Wohnzimmer positionierte, wie er vorgeschlagen hatte, blieben zwei unzusammenhängende Terrassenteile übrig. »Hoch? Von wo kommen Sie denn?«

»Aus Chicago. Ich bin technischer Redakteur, das heißt, ich kann überall arbeiten. Meine Wohnung wird gerade saniert. Ich hatte einen riesigen Rohrbruch, und es werden Böden herausgerissen und Wände und Decken erneuert. Ich bin vor dem Staub geflüchtet.«

»Das ist verständlich.« Es wär sicher besser, den Wintergarten vor der Küche zu positionieren, als die Terrasse in zwei Teile zu trennen oder ihn vor dem privaten Schlafzimmer auf der anderen Seite zu bauen. Allerdings musste sie aufpassen, dass sie dem Haus nicht das Gleichgewicht nahm, wenn sie ihn seitlich versetzte. »Wie sind Sie zur technischen Redaktion gekommen?«

»Ich habe Journalismus studiert, aber das ist kein einfaches Arbeitsumfeld. Ich habe bei der *Chicago Sun Times* begonnen.« Er lehnte sich mit dem Rücken ans Geländer und verschränkte die Arme vor der Brust. »Damals dachte ich, ich würde die Zeitungswelt im Sturm erobern. Zwei Jahre später wurde ich gefeuert.«

»Das tut mir leid.« Sie machte noch ein Foto, holte ihr Lasermessgerät heraus, um Maß zu nehmen, und notierte die Daten auf ihrem Notizblock.

»Und Sie sind aus Boston?«

»Ja.« Sie musste nachsehen, ob das Haus unterkellert war. Vielleicht …

»Haben Sie dort jemanden zurückgelassen?«

Sie drehte sich um, um ihn anzusehen. »*Zurückgelassen*? Sie meinen unabsichtlich?«

Er grinste. Es war ein nettes, zahnreiches Lächeln, das sein ganzes Gesicht zum Strahlen brachte. »Freund? Ehemann? Kinder? Haustiere?«

»Einen Freund, ja. Und einen Hund, aber der ist bei Shelley.« Sie wandte sich enttäuscht ab. Es hatte ihr gefallen, dass er kein persönliches Interesse gezeigt hatte.

»Ich bin geschieden. Seit zwei Jahren … mein Gott, nein, es sind schon drei. Am Anfang wollten wir beide Kinder, doch dann hat sie ihre Meinung geändert. Und das war's mit der Ehe.«

Warum erzählte er ihr das alles? »Das tut mir leid.«

»Ist schon okay. Wir waren ohnehin nicht mehr glücklich miteinander. Ironischerweise bin ich mir mittlerweile gar nicht mehr so sicher, ob ich wirklich eine eigene Familie haben möchte.« Er ließ die Schulter kreisen, als hätte er Schmerzen. Vielleicht von dem Gokart. »Man lernt jemanden kennen, man wird von der ersten Welle der Leidenschaft gepackt, und alles scheint perfekt. Doch wenn die Welle sich zurückzieht, liegt man alleine am Strand mit dem Anzug voller Krabben.«

Eve sah ihn an. »Krabben?«

»Ja genau. Meereskrabben. Die Dinger, die man essen kann. Als Suppe zum Beispiel. Die meine ich.«

»Schon klar.« Er erinnerte sie an John Cusack im Film *Teen Lover*, der auch nicht zu reden aufhören konnte. Er war zwar nicht so attraktiv wie John Cusack, aber er hatte dessen Charisma und Charme.

Sie trat an den Rand der Terrasse und machte noch mehr Fotos. Jenseits des Geländers ging es etwa vier Meter steil nach unten, danach fiel das Gelände wieder flacher ab. »Muss der Wintergarten direkt an das Haus anschließen?«

»Sie meinen, Sie wollen ihn dort draußen bauen?« Er trat neben sie. Er roch nach harter Arbeit und Kräutern, als hätte er sich in Oregano gewälzt.

»Nicht unbedingt. Ich checke nur die Rahmenbedingungen, falls ich eine ausgefallene Idee habe.«

»Keine Ahnung. Aber es könnte funktionieren. Ich würde gerne eine Skizze dazu sehen.«

»Okay.« Sie hatte gedacht, dass Shelleys Haus das schwierigere Projekt werden würde, aber mittlerweile war sie sich nicht mehr so sicher.

»Hören Sie mal, ich wollte eigentlich bald zu Mittag essen. Kann ich Sie überreden, noch ein wenig länger zu bleiben? Mein Kunde muss den ersten Teil meiner Präsentation absegnen, bevor ich weitermachen kann. Ich bin es leid, ständig nur am Telefon oder mit mir selbst zu reden, und um diese Zeit sind hier nicht gerade viele Leute unterwegs. Aber das haben Sie vielleicht schon an der Tatsache bemerkt, dass ich sie hier vollIabere.«

»Oh.« Ihre erste Reaktion war sofortiger Rückzug. »Ich glaube, ich werde erwartet ...«

Sie hatte keine Ahnung, warum sie mitten im Satz abgebrochen hatte. Vielleicht, weil es geklungen hatte, als wäre Shelley ihre Mutter und Eve in etwa so alt wie Abigail.

»Sie sind noch immer nicht restlos überzeugt, dass ich kein Widerling bin, oder?«

»Nein, nein, ich ...« Sie sah in seine freundlichen Augen, die fern jeder Verurteilung waren und ihr die Kraft gaben, die Wahrheit zu sagen. »Ich ... ich fühle mich Fremden gegenüber am Anfang immer etwas unwohl.«

»Verstehe.« Er akzeptierte ihr Geständnis derart unaufgeregt, dass sie sich fragte, warum sie nicht allen Menschen von Anfang an von ihrer Schüchternheit erzählte. »Keine Sorge, mit mir kann man sich ganz zwanglos unterhalten. Und außerdem habe ich gestern eine somalische Hühnersuppe gekocht, die ohne Übertreibung köstlich ist.«

Oh und noch mal oh. Das war ein Argument. Sie hatte sich vorhin im Laden bloß etwas Schinken und eine Dose Thunfisch fürs Mittagessen besorgt, denn in Shelleys Vorratsschrank hatte sie lediglich eine Packung Fleischwurst entdeckt.

Clayton hatte den ganzen Vormittag über keine einzige anzügliche Bemerkung gemacht, und Shelley mochte ihn offensichtlich. Außerdem war das hier der Mittlere Westen, wo die Leute bekannt waren für ihre Freundlichkeit. Es würde sie nicht umbringen, wenn sie mit einem Klienten zu Mittag aß.

Und er hielt sie sicher für eine Idiotin, wenn sie noch länger so hier herumstand.

Also beschloss sie, ein großes Mädchen zu sein, und lächelte. »Danke, Clayton. Mittagessen wäre prima.«

Kapitel 6

4. Oktober 1978 (Mittwoch)

Heute ist es schon wieder passiert. Es passiert andauernd, und es ist so schwer, weiterzulächeln und höflich zu bleiben. Wann gründen Daniel und Sie endlich eine Familie? Ihre Kinder würden sicher toll aussehen. Attraktive Jungen und bildschöne Mädchen.
Verdammt noch mal, natürlich werden wir irgendwann eine Familie gründen! Am liebsten hätte ich gesagt: »Wissen Sie was, ich bekomme ein Kind, wenn Sie dafür endlich die Klappe halten! Ich bringe es gleich hier und jetzt auf dem Bürgersteig auf die Welt. Wäre das gut genug?«
Ich halte die Gerüchte nicht mehr aus, denn ich weiß, dass alle reden. Warum können sie keine Kinder bekommen? Liegt es an ihr? Oder an ihm? Es kann nicht an ihr liegen. Oder doch? Vielleicht doch. Aber was stimmt nicht mit ihr? Wir müssen es herausfinden.
Ich muss mir unbedingt etwas einfallen lassen.
Unser Sexleben ist gut. Es war die Schmerzen und die Scham während der Dehnung wert, denn mittlerweile kann ich Daniel eine angemessene Vagina bieten. Männer

brauchen eine Vagina – tut mir leid, dass ich das so sagen muss. Ich habe nie die Hoffnung aufgeben, dass ich eines Tages sein Ein und Alles sein werde, so wie er schon immer mein Ein und Alles war. Aber dafür brauchte ich eine Vagina, oder zumindest das, was mein verräterischer Körper in dieser Hinsicht zu geben bereit war.
Aber selbst eine Vagina ist nichts wert, wenn nicht auch noch zwei Eierstöcke und eine Gebärmutter dranhängen. Es ist bloß eine Röhre, wie bei einer Gummipuppe.
Alles Liebe und schnulzige Küsse,
Deine immer noch kinderlose Jillian

»Gehen wir in die Küche.« Clayton führte Eve zurück in das angenehm warme Wohnzimmer, und ihr Blick fiel auf die Ölgemälde an den Wänden. Stillleben, Porträts und eine beinahe lebensgroße Geisha in einem Blütenblätterregen, der aussah wie Schnee.

»Das Haus ist unglaublich.« Und je länger sie hier war, desto bedrückender kam es ihr vor.

»Der Stil meiner Eltern. Hatten Sie für den Wintergarten an etwas Ähnliches gedacht?« Er sah sie mit funkelnden Augen an. Wollte er sie absichtlich aus der Reserve locken?

»Es ist alles herrlich durchdacht.« Eve wählte ihre Worte mit Bedacht, während sie in die düstere Küche traten. Ein pinkfarbener Kühlschrank und ein rosa gepunkteter Fußboden hätten hier sicher nett ausgesehen. Als kleine rebellische Geste. »Aber es ist nicht das, was ich mir von einem Sommerhaus am See erwartet hätte. Und um Ihre Frage zu beantworten: Ich glaube, es würde nicht zu einem luftigen Wintergarten passen.«

Er nickte anerkennend. »Ich hasse das Gefühl hier drin. Deshalb will ich ja einiges ändern.«

Vielleicht hätte ihm ein pinkfarbener Kühlschrank tatsächlich gefallen. »Und Ihren Eltern macht das nichts aus?«

»Ich bin derjenige, der hier wohnen wird, also ist mir das herzlich egal. Außerdem werfe ich ja nichts weg.« Er betrachtete stirnrunzelnd ein Gemälde mit einer schwarz-weißen Eule. »Vielleicht miete ich einen Lagerraum an.«

»Haben Sie vor, den Wintergarten vor allem im Sommer zu benutzen? Oder wollen Sie das ganze Jahr über herkommen?«

Er öffnete den düsteren Kühlschrank und warf einen nachdenklichen Blick hinein. »Das ist eine ziemlich komplizierte Frage.«

»Ja?«

»Wissen Sie was? Ich gehe duschen und wasche mir den Gestank ab, während die Suppe auf dem Herd steht. Wenn Sie danach immer noch hier sind, erzähle ich es Ihnen.«

Sie musste unwillkürlich lächeln. »In Ordnung. Kann ich in der Zwischenzeit vielleicht etwas tun?«

»Können Sie Radieschen und Kohl schneiden? Und eine Mikrowelle bedienen?«

»Ja, beides.«

»Dann könnten sie das übernehmen.« Er nahm einen Kochtopf mit Deckel aus dem Kühlschrank und stellte ihn bei geringer Hitze auf den Herd, dessen hellorange Flamme sofort zum Leben erwachte. Danach holte er zwei Radieschen, ein paar Kohlblätter und eine Schüssel Reis heraus. »Schneidebrett … Messer … und dort drüben ist die Mikrowelle für den Reis. Ich beeile mich.«

Und das tat er wirklich. Eve hatte gerade die Radieschen und den Kohl geschnitten, den Reis aufgewärmt und zwei Schüsseln und die dazugehörigen Löffel herausgesucht, als er zurückkam. Er trug Jeans und ein Sweatshirt und war barfuß. Seine lockigen Haare waren feucht, er roch nach Seife und ziemlich männlich.

Es fühlte sich plötzlich zu intim an, mit ihm in seiner Küche zu stehen. Sie hätte seinen Vorschlag ablehnen und stattdessen bei Shelley Thunfisch- und Schinkensandwiches essen sollen.

Nur keine Fleischwurst.

»Sie sind noch da!«

»Ja, sieht so aus.« Sie trat auf die gegenüberliegende Seite der Kücheninsel und pflasterte ein Lächeln auf ihr Gesicht. »Alles erledigt. Ich war gerade auf der Suche nach Servietten.«

»In der Schublade dort.« Er deutete in die entsprechende Richtung und trat erneut vor den Kühlschrank. »Ich habe Soda, Bier und eine offene Flasche Chenin Blanc. Der ist ziemlich mild, falls Ihnen der Alkohol Sorgen bereitet. Und er passt hervorragend zur Suppe.«

»Lieber nicht.«

»Nein?«

Sie holte zwei schwarze Stoffservietten aus der Schublade. »Es würde nicht sehr … professionell wirken.«

Er hob die Augenbrauen. »Ich erzähle es auch nicht weiter.«

Eve legte die Servietten neben die Schüsseln und war wütend auf sich selbst, weil sie sich als verklemmte Laiin geoutet hatte. »Ein halbes Glas. Und ein Glas Soda, bitte.«

»Kommt sofort.« Clayton nahm die Flasche aus dem Kühlschrank und hielt sie hoch, damit Eve sie begutachten konnte. »Ein Underdog aus Südafrika. Ich habe ihn erst vor Kurzem entdeckt.«

»Sie kennen sich mit Weinen aus?«

»Ich kenne einen Weinhändler. Und der kennt sich mit Weinen aus.«

Es gefiel ihr, dass er nicht so tat, als wäre er mehr, als er tatsächlich war. »Mein Dad hat Weine gesammelt.«

»Wirklich? Was hat er beruflich gemacht?«

»Er war Lehrer.« Sie sprach hastig weiter, bevor er weitere Fragen stellen konnte. »Und Ihre Eltern?«

»Wo hat er denn unterrichtet, dass er sich ein solches Hobby leisten konnte? Sicher nicht im Kindergarten, oder?« Clayton schenkte zwei Gläser ein, die mehr als nur halb voll waren, und reichte Eve eines davon.

Sie nahm es zögernd entgegen, auch wenn der Wein erfrischend aussah. Sie musste ja nicht das ganze Glas austrinken. »Am Theater.«

»Wirklich? Wo?«

»Los Angeles.«

»Ich hätte auf New York getippt.«

»Dort hat er angefangen. Was ist mit Ihrem Dad?«

»Mein Dad hat die Werbeagentur seines Vaters übernommen. Dort hat er auch meine Mom kennengelernt. Die beiden haben bereits in den Zwanzigern für die Firma zu arbeiten begonnen. Mom war Kundenbetreuerin. Dad widmete sein ganzes Leben dem Ziel, reich zu werden und es auch zu bleiben. Er machte seine Sache gut. Genau wie meine Mutter.« Er stellte eine Flasche LaCroix vor ihr ab und hob sein Weinglas. »Cheers. Auf unser Projekt.«

Sie stieß mit ihm an und nippte vorsichtig an dem Wein. Er schmeckte frisch und köstlich und um einiges interessanter als der Pinot Grigio vom Vorabend. »Ich weiß nicht, ob Shelley etwas gesagt hat, aber … ich hatte bis jetzt noch nicht viele große Projekte.«

»Ich wurde bereits vorgewarnt.« Er zuckte mit den Schultern. »Aber hier auf der Insel wimmelt es nicht gerade von Architekten, und ich kann Shelley nichts abschlagen. Im schlimmsten Fall gefällt mir Ihr Entwurf nicht und wir arbeiten gemeinsam an einer Lösung.«

»Okay.« Sie wurde rot und ärgerte sich darüber, dass ihr mangelndes Selbstvertrauen so offensichtlich war. Fehler Nummer zwei. »Sie sagten vorhin, dass Ihre Eltern in Europa leben. Arbeiten sie noch?«

»Nein, sie sind in Rente. Wollen Sie hier essen oder im Esszimmer? Hier ist es weniger formell, dafür ist im Esszimmer die Aussicht schöner.«

»Hier ist es okay.«

»Gut. Ich habe im Esszimmer immer das Gefühl, als müsste ich Pumphosen aus Samt tragen.«

Sie lachte und half ihm, den Tisch vor dem Fenster mit kunstvollen Platzdeckchen und verschnörkeltem Silberbesteck zu decken.

Clayton gab einen Löffel Reis in die beiden Schüsseln und goss die beinahe klare Brühe mit reichlich Hühnerfleisch darüber. »Hier ist die Suppe und …« Er eilte zurück zum Kühlschrank und holte zwei kleine Schalen mit einer roten Paste und einer grünen Soße heraus. »Die rote Paste ist eine Art *Berbere*, eine mit Limettensaft vermengte Gewürzmischung. In der anderen Schale ist eine Salsa aus Limetten, Knoblauch, Tomaten und Serrano Chili. Lecker und sehr scharf. Sie können beides in die Suppe geben – je nachdem, wie mutig Sie sind. Und zum Schluss dann die Radieschen und den Kohl.«

Eve lief das Wasser im Mund zusammen. »Das klingt köstlich. Haben Sie Beziehungen zu Somalia?«

Er setzte sich ihr gegenüber. »Ich habe ein Kochmagazin abonniert und daraus habe ich das Rezept, zählt das?«

»Dann sind Sie also Experte.« Eve hielt die Nase über die Suppe und atmete tief ein. Sie roch zitronig. Limette vielleicht? Oder Zitronengras? Sie rührte etwas *Berbere* und Salsa unter und gab eine kleine Handvoll Gemüse dazu. Plötzlich hatte sie einen Bärenhunger. Der Stress und das Frühstück mit wenig Fett und viel Weißmehl hatten zu schnell für einen leeren Magen gesorgt. Sie probierte einen Löffel Suppe und verdrehte verzückt die Augen. Es war eine faszinierende Mischung aus verschiedenen Geschmäckern, und der Kontrast zwischen dem kalten, knackigen Gemüse und der heißen Suppe war phänomenal. Danach konnte man süchtig werden. Am liebsten hätte sie sich die Schüssel an den Mund gesetzt und innerhalb kürzester Zeit geleert. »Das ist *echt* lecker.«

»Danke.« Deutlich erfreut machte er sich über seine Suppe her.

Eine halbe Minute lang waren nur leises Schlürfen und verstohlenes Knuspern zu hören. Eve wünschte, Clayton hätte Heavy-Metal-Musik aufgelegt, und betete, dass ihr Magen nicht gluckerte. Zumindest war das Schweigen nicht so unbehaglich wie am Vorabend bei Shelley.

»Sie wollten mir von Ihrer Familie erzählen?«

»Genau.« Er rührte noch etwas mehr Salsa in seine Suppe. »Ich bin der Jüngste.«

»Ah. Ich auch.«

»Ja? Wie viele Geschwister?«

»Zwei Schwestern.«

»Ich auch. Aber meine sind um einiges älter. Mom hatte Lisa – die Jüngere – gerade aufs College verabschiedet, als sie erfuhr, dass sie noch einmal schwanger war. Meine Schwestern sind wie Tanten für mich.«

»Dann waren Sie also mehr oder weniger ein Einzelkind.«

»Mhm. Ein Einzelkind, das nur zur Welt kam, weil seine Eltern Katholiken sind und nichts von Abtreibung halten.«

Eve sah auf. Er klang nicht verbittert und sah auch nicht so aus. Trotzdem war es sicher eine schlimme Belastung. Die geheimen Machenschaften ihrer Eltern waren zwar ebenfalls abscheulich, aber zumindest mussten Eve und ihre Schwestern nie infrage stellen, ob ihre Eltern sie tatsächlich gewollt hatten. Jillian hatte sich nach eigenen Kindern verzehrt – wenn auch nur, um aller Welt zu beweisen, dass sie welche bekommen konnte. »Das tut mir leid.«

»Ich war eine ziemliche Unannehmlichkeit.« Er grinste trocken und tupfte sich die vollen Lippen mit der schwarzen Serviette sauber. »Sie wollten nach Europa, sobald ihre Töchter aus dem Haus waren. Natürlich waren sie viel zu schlau, um sich von mir ihr Leben ruinieren zu lassen. Sie engagierten eine Nanny, die mich während des Schuljahres mehr oder weniger alleine großzog, während sie über den Ozean hin und her jetteten.«

»Wow.« Eve wusste nicht, was sie sonst darauf erwidern sollte. Es klang, als hätte er kein Problem, darüber zu reden, und das war auch gut so, aber ihr fiel trotzdem keine angemessene Antwort ein. Sie konnte ihm ja schlecht sagen, dass sie seine Eltern für egoistische Drecksäcke hielt.

Er schwenkte den Wein und nippte daran, und es sah unbefangen und geübt aus. Ihr Vater hatte genau dasselbe getan, aber bei ihm hatte es immer so gewirkt, als wollte er jemanden damit beeindrucken. »Es klingt schlimmer, als es war. Ich war sehr oft im Ausland. Fast jeden Sommer.«

»Jetzt tun Sie mir schon nicht mehr so leid.«

»Das geht den meisten so. Was ist mit Ihnen? Ihr Dad war Lehrer. Waren sie oft unterwegs? Ich hatte einen Freund, dessen Vater Professor war, und er nahm sich ständig Sabbaticals und reiste mit der ganzen Familie um die Welt. Eine tolle Art, seine Kindheit zu verbringen.«

»Wir waren auch oft unterwegs. In dieser Hinsicht hatten wir ebenfalls Glück.« Eve nahm einen kleinen Schluck Wein und einen Schluck Wasser und wünschte, Clayton hätte sich nur für sich selbst interessiert, anstatt sie auszufragen. Mit der Zeit hatte sie einen natürlichen Abwehrmechanismus entwickelt, wenn jemand nach ihren Eltern fragte, aber es gab Momente, in denen sie sich wie eine Lügnerin fühlte – und das hier war einer davon. Vielleicht, weil Clayton so entwaffnend ehrlich gewesen war.

»Wo sind Sie aufgewachsen?«

»Los Angeles.« Ihre Standardantwort, wenn sie Beverly Hills aus dem Spiel lassen wollte. »Mittlerweile wohne ich an der Küste von Massachusetts, gleich oberhalb von Boston. Ich brauche das Meer zum Leben.«

Er sah auf den See hinaus, und seine gewölbte Nase trat deutlich hervor. »Man gewöhnt sich daran, bis zum Horizont sehen zu können. Hat Ihre Mom auch gearbeitet?«

»Im Filmgeschäft. In LA kann man dem Showbiz nicht entkommen. Genauso wenig wie den Surfern.«

»Den Surfern? Wirklich?« Er wirkte überrascht. »Ich dachte, das wäre ein Gerücht.«

Eve verschluckte sich beinahe an ihrer Suppe und dachte an die schwarz gekleideten Punkte, die beinahe das ganze Jahr über entlang der Küste zu sehen waren. »Ein Gerücht? Nein. Sie sind wirklich überall.«

»Ich hielt es für ein Klischee.«

»Wie die Behauptung, dass es in Wisconsin Millionen Kühe gibt?« Eve musste grinsen.

»Darüber weiß ich nichts. Ich stamme eigentlich aus *Illinois.*« Er kicherte, als sie ihn verständnislos ansah. »Die typische Rivalität zwischen zwei Nachbarstaaten. Wir nennen sie Käseköpfe, sie nennen uns FIB.«

»FIB?«

»*Illinois Basterds.* Das F dürfen Sie sich gerne selbst dazu denken.«

»Alles klar.« Sie nahm noch einen Schluck Wein. Das kühle Getränk passte hervorragend zu der heißen Suppe. »Haben Sie schon immer in Illinois gewohnt?«

»Ja, in Chicago. In einer Maisonettewohnung direkt am See. Man nennt die Gegend *Gold Coast*.« Er verdrehte die Augen. »Armer reicher Junge.«

Sie zuckte mit den Schultern. »Geld vertreibt nicht den ganzen Schmerz. Man blutet trotzdem. Man wird trotzdem krank. Man muss trotzdem sein Leben leben. Das Schicksal hält für jeden Prüfungen bereit.«

»Klingt, als wüssten Sie, wovon Sie reden.«

»Ja.« Eve hatte nicht vor, mehr zu sagen. »Dann standen Sie Ihrer Familie also nicht sonderlich nahe?«

»Nein.« Er lächelte. »Ich bin wohl ziemlich verkorkst.«

Sie lachte auf. »Das verstecken Sie aber gut.«

»Danke.« Sein Lächeln ließ sie erneut nach dem Wein greifen, auch wenn seine Augen nichts als Freundlichkeit ausstrahlten.

»Meine Familie war auch ziemlich verkorkst«, erklärte Eve und bereute es sofort. Seine Offenheit hatte sie dazu verführt. Und jetzt würden unausweichlich noch mehr Fragen folgen.

»Das tut mir leid. Wir müssen nehmen, was wir kriegen.« Clayton hob die Flasche. »Mehr Wein?«

»Nein, danke.« Sie hatte noch genug.

Er schenkte sich noch ein halbes Glas ein. »Sagen Sie mir eine Sache, die Ihre Familie unmöglich für Sie gemacht hat. Und eine Sache, die sie ermöglicht hat.«

Eve lehnte sich misstrauisch zurück. »Spielen wir Wahrheit oder Pflicht?«

Er warf ihr einen schnellen Blick zu und stellte die Flasche ab. »War das zu persönlich?«

»Keine Ahnung.« Sie tupfte sich verlegen die Lippen sauber.

Die Frage war ungewöhnlich – und interessant. Aber jeder Versuch, etwas über ihre Familie in Erfahrung zu bringen, fühlte sich an wie eine Verletzung ihrer Privatsphäre. Auch wenn sie es herausgefordert hatte. »Vielleicht finde nur ich es zu persönlich.«

Clayton wirkte nicht im Geringsten enttäuscht. »Kein Problem. Wir können gerne über etwas anderes reden. Wollen Sie noch etwas Suppe?«

»Ein wenig, danke. Sie ist wirklich lecker.« Sie war erleichtert, und seine Zurückhaltung berührte sie. Sie dachte über seine Frage nach, während er Reis in ihre Schüssel gab und die Suppe darübergoss. Es war eine Frage, die zum Nachdenken anregte und ihr einen neuen Zugang zu einem alten und oft schmerzhaften Thema ermöglichte. Was hatte ihre Familie ihr ermöglicht? Und was hatte sie ihr unmöglich gemacht?

Clayton stellte die dampfende Schüssel vor Eve ab und nahm sich ebenfalls einen Nachschlag.

Sie rührte etwas rote Paste und grüne Soße hinein, sah zu, wie sie sich zu einem enttäuschenden Braun vermischten, und verteilte anschließend eine Handvoll Radieschen und Kohl auf der heißen Suppe.

Sie nahm einen Schluck Wein, um sich Mut anzutrinken.

»Ich werde versuchen, Ihre Frage zu beantworten.«

»Okay.« Seine unaufgeregte Reaktion bestärkte Eves Vermutung, dass er alles, was sie sagte, akzeptieren würde. Sämtliche Informationen waren Teil des Kennenlernprozesses, ganz egal, ob er ihrer Einstellung zustimmte oder nicht.

Es war so anders als die vorwurfsvollen Unterhaltungen, die sie in letzter Zeit mit Mike geführt hatte. Anders als die Gespräche mit ihrem Vater, den Lehrern in der Schule und auch mit ihren Vorgesetzten. Mit Gesprächspartnern, deren schwaches Ego dazu geführt hatte, dass es ihnen wichtiger war, recht zu haben und den anderen zu übertrumpfen, als zuzuhören und einen respektvollen Meinungsaustausch zu ermöglichen.

»Mal sehen. Meine Familie machte es mir *unmöglich,* eigene Kinder haben zu wollen. Die Probleme, die wir hatten, waren zu gravierend. Meine Familie machte es mir *möglich,* Architektin zu werden. Ich bin der Meinung, dass es mir in die Wiege gelegt wurde. Außerdem brauchte ich etwas, in dem ich gut war und das nichts mit meinen Eltern oder meinen Schwestern zu tun hatte.«

»Interessant.« Er legte seinen Löffel beiseite, stützte die Ellbogen auf dem Tisch ab und faltete die Hände. »Das ist meine Theorie über die Probleme und das Unglück auf dieser Welt. Wir denken zu sehr in Schwarz und Weiß. Jede Charaktereigenschaft hat eine positive und eine negative Seite, und dasselbe gilt auch für die Dinge, die einem zustoßen. Es gibt nichts ultimativ Gutes oder Schlechtes. Der Ansatz ist nicht neu, aber ich bin in letzter Zeit wie besessen davon, ihn auf mein Leben umzumünzen. Es ist sehr befreiend.«

»Wie das?« Eve griff nach ihrem Wein. Sie war jetzt entspannter, es war nicht mehr so wichtig, ob sie ihn austrank oder nicht. Es war ein nettes Mittagessen. Sie fühlte sich nicht zu Clayton hingezogen, und er war nicht hinter ihr her. Sie schleppten kein Gepäck mit sich herum, und es gab keinerlei Erwartungen. Sie waren bloß Klient und Architektin. Zwei Menschen, die sich über alles unterhielten, was sie interessierte. »Geben Sie mir ein Beispiel.«

»Ein Beispiel, okay.« Er sah auf den See hinaus. »Wie Sie sicher schon bemerkt haben, bin ich sehr offen. Ich vergraule Menschen, weil ich zu mitteilsam bin – das ist schlecht. Aber ich komme Menschen dadurch auch schnell näher – das ist gut. Sie hatten eine verkorkste Familie – schlecht. Der Wunsch, sich von der Verrücktheit abzugrenzen, hat Sie zu dem Beruf geführt, der Ihnen in die Wiege gelegt wurde – gut.«

Die zweite Portion Suppe war alle, und sie wünschte, sie hätte Platz für mehr. »Sie suchen also nach dem Silberstreif am Horizont?«

»So in etwa. Eine solche Suche ist eher die Reaktion auf eine schlechte Erfahrung. Das hier geht weiter. Es befreit mich von der Erwartung, dass das Leben gut oder schlecht sein muss. Ich verabschiede mich von jeglicher Kategorisierung und akzeptiere, dass das Leben so ist, wie es ist. Und dann bringe ich es hinter mich.«

Sie runzelte die Stirn. »Ich bin mir nicht sicher, ob das wirklich erbaulich ist.«

»Aber das ist es. Erbaulich und befreiend.« Er grinste, und es kam ihr absurd vor, dass sie sich gerade erst kennengelernt hatten. »Sie finden, dass ich mich rausrede.«

»Nein.« Er sah sie skeptisch an, und Eve zog die Nase kraus. »Na ja, vielleicht.«

Er aß den letzten Löffel Suppe und erhob sich. »Möchten Sie einen selbst gemachten Fruchtriegel? Ich habe sie erst gestern gebacken. Und eine Tasse Kaffee?«

»Ja, beides bitte. Danke.«

»Kommt sofort.« Er bewegte sich konzentriert und mit effektiver Eleganz durch die Küche, offensichtlich in seinem Element. Eve stützte die Ellbogen auf den Tisch – ihre Mutter war ja nicht hier, um sie zu maßregeln – und beobachtete ihn ungeniert. Wasser erhitzen, Bohnen abmessen – es gab richtigen Kaffee! –, Bohnen mahlen, die Fruchtriegel auf den Tisch stellen.

»Brauchen Sie Milch? Oder Sahne? Halb und halb?«

»Schwarz ist super. Erzählen Sie mir mehr darüber, was Sie so machen, wenn Sie hier sind.«

»Ich komme normalerweise im Sommer für eine oder zwei Wochen her.« Er hob den pfeifenden Wasserkessel vom Herd. »Irgendwann schauen Mom und Dad vorbei, und meine Schwestern kommen von der Westküste, wenn sie es einrichten können. Wir machen Fahrradtouren, fahren mit dem Kajak, lesen und kochen. Außerdem komme ich im Herbst öfter für ein langes Wochenende her, oder auch länger, wenn es sich einrichten lässt. Manchmal arbeite ich, manchmal nicht. Aber das ändert sich vielleicht bald.«

»Warum?« Es fiel ihr gar nicht auf, dass mittlerweile sie die viel zu persönlichen Fragen stellte. Es fühlte sich so normal an. Als hätte sie jedes Recht, seine Geheimnisse zu kennen.

»Ich stecke in einer Midlife-Krise«, erklärte er mit fester Stimme.

»Ach, hören Sie auf.« Sie schüttelte den Kopf. »Dafür sind Sie doch noch zu jung.«

»Ich bin fast vierzig.«

Sie hob die Augenbrauen. »Ich hätte Sie jünger geschätzt.«

»Okay, zweiunddreißig.«

Eve lachte los. »Das ist nicht ›fast vierzig‹.«

»Ich weiß, ich weiß.« Er setzte sich und stellte den Kaffee vor sich ab. »Ehrlich gesagt fühle ich mich in letzter Zeit in Chicago ziemlich eingeengt. Als hätte ich schon mein ganzes Leben dort verbracht.«

»Ich dachte, das hätten Sie.«

»Ach ja, genau.« Er grinste verschmitzt.

»Und das hier ist Ihre Alternative? Zu Chicago?« Sie versuchte, nicht abwertend zu klingen, doch es gelang ihr nicht.

»Es ist eine Übergangsphase. Ich musste fort von … jemandem.« Sein Grinsen verschwand. »Ich habe lange daran gearbeitet, sie aus meinem System zu löschen, aber …«

»Sie arbeitet in Ihrem Büro.«

Sein erstaunter Gesichtsausdruck ließ sie beinahe erneut auflachen. »Woher wissen Sie das?«

»War nur geraten. Einen Arbeitskollegen wird man schwer los, es sei denn, man kündigt. Oder man arbeitet von Washington Island aus. Heißt das, Ihre Wohnung wird gar nicht renoviert?«

»Doch, aber es dauert nicht so lange.« Er nippte missmutig an seinem Kaffee. »Nach meiner Scheidung habe ich das Zweitdümmste gemacht und mich mit einer Arbeitskollegin eingelassen.«

»Was wäre das Dümmste gewesen?«

»Mich in die Frau meines besten Freundes zu verlieben.«

»Oh.« Sie verzog das Gesicht. »Ja, das wäre wirklich fatal.«

»Ehrlich gesagt ... Christie war mit ein Grund für die Scheidung, auch wenn ich sie erst um ein Date gebeten habe, als alles vorbei war. Ich habe mich schrecklich in sie verliebt, was offenbar nach einer schlechten Ehe ganz normal ist. Mir war nicht klar, dass es nur ein Symptom ist. Ich dachte, es wäre Liebe.«

»Das tut mir leid.«

Er zuckte mit den Schultern. »Am Anfang war es toll.«

»Das ist es doch immer.« Eve nippte an ihrem Kaffee und stellte erfreut fest, dass sie nicht im Geringsten verbittert geklungen hatte. Außerdem hatte Clayton einen fabelhaften Kaffee gekocht.

»Es war sehr intensiv, aber leider gab es in vielen Aspekten der Beziehung erhebliche Defizite. Das ist zumindest die Kurzfassung.«

»Ich verstehe.« Sie stellte den Becher ab und griff nach einem Fruchtriegel. »Es muss alles zusammenpassen.«

»Genau. Sie ... Na ja, jedenfalls haben wir Schluss gemacht.

Wir trafen uns nicht mehr privat, sahen uns aber trotzdem jeden Tag, und …«

Eve nickte. Sie verstand nur zu gut. »Alles, was Sie an ihr geliebt haben, war noch da, aber Sie mussten sich nicht mehr mit den Macken herumschlagen. Und deshalb mussten Sie fort von ihr, bevor Sie ihr erneut verfielen.«

»Wir haben eine Gewinnerin. Die Dame hier erhält den Hauptpreis.« Er warf die Arme hoch, ließ sie aber abrupt wieder sinken. »Ich langweile Sie sicher zu Tode.«

»Nein, gar nicht.« Nicht einmal ansatzweise. Sie nahm den Rest des Fruchtriegels und genoss den intensiven Geschmack nach Ingwer, Zimt und Nelken. »Die sind übrigens fantastisch.«

»Und echt einfach. Ich kann Ihnen das Rezept geben, wenn Sie möchten.« Er nahm sich ebenfalls einen Riegel. »Aber jetzt müssen Sie mir erst noch so viel wie möglich über sich erzählen.«

»Nein, lieber nicht.« Sie zog die Nase kraus und schüttelte den Kopf. »Ich rede nicht gern über mich. Erzählen Sie mir lieber von Ihrer Zeitungskarriere.«

»Ah, das ist eine traurige Geschichte. Vermutlich wollen Sie sich danach in den See werfen.«

Eve erschauderte. »Viel zu kalt.«

»Im Januar findet in Chicago immer das Eisbärentauchen statt.« Er fröstelte übertrieben. »Die Leute springen einfach in den See. Und in Milwaukee auch. Am Neujahrstag. Es ist völlig verrückt.«

»In Swampscott gibt es so etwas auch.« Eve schluckte eilig. Es war ihr peinlich, dass sie mit vollem Mund gesprochen hatte. »Und ja, es ist echt verrückt.«

»Swampscott? Netter Name.«

Sie verdrehte die Augen. »Sie wollten mir mehr über Ihr trauriges Berufsleben erzählen …«

»Ja, genau.« Clayton nahm eilig einen Schluck Kaffee. »Ich habe an der Northwestern University Journalismus studiert und das Studium zweitausendneun abgeschlossen, was bedeutet, dass ich älter bin als Sie.«

»Woher wissen Sie, wie alt ich bin?«

»Das weiß ich nicht. Ich dachte mir bloß …«

»Geschenkt, ich bin neunundzwanzig. Erzählen Sie ruhig weiter.«

»Mein erster Job war als Reporter bei der *Chicago Sun Times*. Nein!« Er hob die Hand. »Das stimmt nicht. Mein erster Job war als Herausgeber und Besitzer der *Gold Coast Times*. Ich war zwölf und schrieb über die neuesten Ereignisse in der Nachbarschaft. Im Sommer besaß und leitete ich den *Washington Island Herald* mit wunderbaren und tiefschürfenden Artikeln über die Moskitopopulation oder das Treibgut am Strand.«

»Hinreißend.«

»Wussten Sie auch schon so früh, was Sie einmal machen wollen?«

»Ja.« Sie strahlte. Er wusste offensichtlich Bescheid. »Schon als kleines Mädchen habe ich aus Schuhschachteln Häuser gebaut. Meine Mutter hatte schrecklich viele Schuhe, also gab es genug davon. Ich schnitt kleine Fenster aus und deckte die Dächer mit bunten Dachschindeln. Ich war damals schon besessen. Ich dachte, ich wäre mit fünfundzwanzig bereits der nächste I.M. Pei.«

»Und ich wusste, dass ich auf dem Weg zu etwas ganz Großem war, als mich die *Sun Times* nach dem College vom Fleck weg engagierte. Natürlich wusste ich von anderen Journalisten, dass der Job ein ständiger Kampf ist. Aber bei mir würde es anders sein! Ich hatte eine brillante Zukunft vor mir, weil ich einfach *gut* war.« Er verzog spöttisch das Gesicht. »Ich war ein naiver Idiot.«

»Sie waren jung …« Eve stellte den leeren Becher ab. »In diesem Alter ist ein derartiges Selbstvertrauen immens wichtig. Sonst merkt man womöglich eines Tages, dass man keine Ahnung von gar nichts hat, und bleibt einfach zu Hause.«

»Ja, das ist wahr.« Er bot ihr noch einen Fruchtriegel an und stellte den Teller auf die Arbeitsplatte, als sie den Kopf schüttelte. »Zwei Jahre später heiratete ich Felicia, und kurz darauf wurde ich gefeuert.«

»Tolles Hochzeitsgeschenk.« Eve stand auf und nahm ihre Suppenschüssel und den Kaffeebecher.

»Es war keine sehr schöne Zeit. Felicia machte gerade ihren Master in Chicago, weshalb ich die Stadt nicht verlassen wollte. Ein Freund arbeitete als technischer Redakteur für JPMorgan Chase und brachte mich hinein. Es war okay und ich schlug mich gut, und sieben Jahre später bin ich immer noch dabei.«

Eve stellte das Geschirr in die Spüle. »Moment mal, und warum ist das eine traurige Geschichte?«

»Ach, ist es eigentlich gar nicht. Es ist bloß traurig, was in der Zeitungsbranche passiert. Kleine Verlage werden von großen Gesellschaften verschlungen, die nur noch auf Profit und nicht mehr auf Qualität aus sind. Sie beschneiden die Zeitung Stück für Stück, bis sie kaum noch zu erkennen ist. Das ist der Teil des Kapitalismus und der fortschreitenden Technologisierung, den ich am meisten hasse.«

»Aber es ist auch gut, weil …?«

»Oh, ja genau. Das …« Er goss die restliche Suppe in einen kleinen Vorratsbehälter aus Glas. »Dazu ist mir nie etwas Positives eingefallen. Jedes Mal, wenn ich darüber nachdenke, werde ich so wütend, dass mein Verstand aussetzt.«

Eve trat an den Tisch, um auch den Rest in die Küche zu

tragen. »Jeder hat ein Thema, bei dem sich die Vernunft verabschiedet.«

»Was ist es bei Ihnen?«

»Hmm.« Sie stand mit seiner Schüssel und dem Kaffeebecher in der Hand vor ihm und suchte nach einer nichtssagenden Antwort. »Architektonisches Durcheinander. Gegenden mit schlecht konzipierten Gebäuden, bei denen nur eine kleine Veränderung notwendig wäre, um sie nicht nur für sich gesehen zu einem schönen Anblick zu machen, sondern sie auch der Umgebung anzupassen. Ein Stadtbereich, wo wirklich alles zusammenpasst, kann sehr entspannend und eine echte Freude sein. Ich werde schrecklich wütend, wenn herrliche alte und unersetzbare Häuser niedergerissen und durch weitläufige Herrenhäuser mit sämtlichem modernem Schnickschnack, aber ohne Seele ersetzt werden.«

Er neigte den Kopf. »Du sprichst die Wahrheit, Obi-Wan.«

»Kurz gesagt, andere Menschen nerven manchmal gewaltig.« Eve wandte sich ab und trat erneut vor die Spüle. »Ich würde ja als Einsiedlerin in den Wald ziehen, aber ohne Zimmerservice …«

Claytons Lachen erfüllte sie mit einer absurden Zufriedenheit. Er stellte die Suppe in den Kühlschrank. »Themenwechsel. Was macht Ihr Freund beruflich? Ist er auch Architekt?«

»Nein, Lehrer.«

»Ein ehrenwerter Beruf.«

»Er ist sehr engagiert.«

»Ich schätze, das muss man sein.« Er musterte sie eingehend. »Wie lange sind Sie schon zusammen?«

»Drei Jahre.« Sie wandte sich ab und öffnete die Spülmaschine.

»Wie haben Sie sich kennengelernt?«

»Ich habe ihn in einer Bar mit Bier übergossen.«

»Der Klassiker.«

Sie stellte die Becher und Suppenschüsseln in die Spülmaschine und drehte sich zu Clayton um, der sie noch immer anstarrte.

»Was ist?«

»Es geht mich zwar nichts an, aber wenn Sie von Ihrem Freund reden, wirkt Ihr Gesicht plötzlich verschlossen. Ihre Stimme wird leiser, und Sie ziehen sich in sich zurück.«

Eve richtete sich auf, ohne nachzudenken, doch im nächsten Moment kam ihr der Verdacht, dass das genauso sinnlos war, wie langsamer zu fahren, wenn man bereits in eine Verkehrskontrolle geraten war. »Ich habe keine Ahnung, was ich darauf sagen soll.«

Es machte sie fertig, dass sie so reagierte, wenn die Sprache auf Mike kam. Und dass es Clayton aufgefallen war. Hatten es die anderen auch bemerkt? Shelley vielleicht? Ihre Schwestern? Ihre Freunde?

»Tut mir leid. Das war übergriffig.«

Sie zuckte mit den Schultern und wandte sich wieder der Spülmaschine zu. »Sie haben es nun mal bemerkt.«

»Aber es steht mir nicht zu, Sie danach zu fragen.«

»Schon okay.« Sie hatte alles eingeräumt und trocknete sich die Hände. »Danke fürs Mittagessen, aber ich sollte jetzt lieber gehen. Sonst denkt Shelley noch, dass ich nur hier bin, um Wein zu trinken und faul herumzusitzen.«

»Das denkt sie sicher nicht.« Er stemmte die Hände in die Hüften. »Aber wenn Sie wieder einmal Wein trinken und faul herumsitzen wollen, steht meine Tür Ihnen jederzeit offen.«

»Danke.« Sie verschränkte unwillkürlich die Arme und zwang sich, sie locker nach unten hängen zu lassen. »Es war ein nettes Mittagessen.«

»Ja, das finde ich auch.« Er brachte sie zur Tür. »Wenn Sie wieder vorbeikommen wollen, um etwas auszumessen, sich noch mal alles anzusehen, nachzudenken, Fragen zu stellen oder sonst etwas zu tun, was ihr kreativen Köpfe so treibt, dann machen Sie es einfach. Wie lange haben Sie vor, hier auf der Insel zu bleiben?«

»Ein paar Wochen. Oder auch mehr, wenn es notwendig sein sollte.« Sie trat aus der Tür und wandte sich noch einmal zu ihm um. »Ich habe meinen Job gekündigt und kann tun und lassen, was ich will.«

»Das klingt gut. Ich spiele auch gerne den Fremdenführer, wenn Sie mal eine Pause brauchen.« Er winkte ihr zum Abschied und stand groß und lächelnd im blaugrünen Türrahmen.

Eve schlenderte die Zufahrt entlang und checkte die Nachrichten auf ihrem Handy – der Empfang auf der Insel ließ ein wenig zu wünschen übrig. Ihre Wangen glühten noch immer vom Wein, und während ihres Aufenthalts im Haus war die Sonne durchgebrochen. Ihr kam es vor, als würde das Gras sich noch mehr anstrengen, endlich grün zu werden.

Sie summte vor sich hin und ging mit beschwingtem Schritt. Sie war so glücklich und entspannt wie schon lange nicht mehr. Und sogar mehr als das: Sie war aufgekratzt, strotzte vor Selbstbewusstsein und fühlte sich bereit, die Welt zu erobern.

Selbst wenn Clayton und sie nie mehr Gelegenheit haben würden, sich zu unterhalten, hatte sie nach dem Gespräch wieder eine klare Vorstellung davon, was eine Freundschaft ausmachte und was auch in einer Partnerschaft auf keinen Fall fehlen durfte. Eine gleichberechtigte Unterhaltung und nicht der Versuch, den anderen ständig auszustechen. Zuhören und andere Meinungen akzeptieren, ohne ein Urteil zu fällen.

Diese Art von Gesprächen konnte sie mit ihren Schwestern

führen – mit Rosalind auf jeden Fall und auch mit Olivia, wenn diese nicht gerade zu sehr damit beschäftigt war, Olivia zu sein. Und sie hatte auch einige Schulfreunde und ihre Arbeitskollegin Barbara. Mikes Freunde … na ja, die waren nicht so wichtig.

Und Mike …

Sie hatte recht damit gehabt, dass sie Abstand brauchte, um alles in die richtige Perspektive zu setzen. Mike verurteilte andere, weil er ständig verurteilt worden war. Er hatte als Kind unter Legasthenie gelitten, und sein Vater hatte ihn jahrelang lächerlich gemacht und ihm immer wieder gesagt, dass er es zu nichts bringen würde. Eve hätte dem Kerl immer noch am liebsten eine verpasst, wenn sie ihn sah. Als Reaktion hatte Mike wahnsinnig hart gearbeitet und als Erster in seiner Familie das College abgeschlossen. Doch der Schaden war bereits angerichtet gewesen, und er war immer noch in Therapie deswegen. Wer weiß, wie viel er davon überwinden konnte?

Sie steckte ihr Handy fort – es waren nur ein paar Nachrichten ihrer Schwestern zu Olivias Geburtstag am Montag und Rosalinds Ehrentag im April gekommen, die sie aber nicht sofort beantworten musste – und wollte gerade ins Auto steigen, als sie einen roten Punkt am Ende der Zufahrt entdeckte. Ihr wurde kalt.

»Abigail?« Sie ging auf das Mädchen zu. Abigail saß an den Pfosten von Claytons Briefkasten gelehnt am Straßenrand und erhob sich verlegen, als sie Eve hörte. »Was machst du denn hier?«

»Ich habe im Vorbeigehen Ihr Auto gesehen.« Abigail zog den Kopf ein. »Arbeiten Sie für ihn?«

»Für Clayton? Ja. Und?«

»Ich hatte gehofft, Sie würden mich ihm vielleicht vorstellen.« Sie fühlte sich so offensichtlich unwohl, dass es kaum zu ertragen war. »Ich meine, als Ihre Assistentin oder so. Damit ich dabei sein kann, wenn Sie … sich unterhalten. Und das ganze Architekturzeug hören.«

Abigails Wangen waren mittlerweile roter als ihr Hoodie. Irgendetwas stimmte hier nicht.

»Hey.« Clayton joggte mit Eves Messgerät in der Hand auf sie zu. »Sie haben das hier vergessen.«

Abigail schnappte leise nach Luft, und ihre Augen wurden groß, als Clayton auf sie zukam. Sie machte einen schnellen Schritt rückwärts, und dann noch einen.

Hier stimmte etwas ganz und gar nicht.

»Danke, Clayton. Ich kann ganz schön ungehalten werden, wenn ich es nicht bei mir habe.« Eve nahm das Gerät und deutete hinter sich. »Das ist Abigail. Ich habe sie heute Morgen im *Red Cup Café* kennengelernt. Sie will einmal Architektin werden, und irgendwie hat sie mich hier aufgespürt.«

»Ich bin nur vorbeispaziert.« Abigail schaute schüchtern zu Clayton auf und zog dann erneut den Kopf ein. »Schön, Sie kennenzulernen.«

»Ganz meinerseits.« Sein Blick wanderte verwirrt zwischen den beiden Frauen hin und her. »Dann bist du … Eves Azubi?«

»Ja.« – »Nein.«

Sie sprachen beide gleichzeitig, und Eve seufzte. Die Situation war ihr unangenehm. »Ich habe bloß versprochen, ihr ein bisschen darüber zu erzählen, was ich so mache. Aber sie ist kein offizieller Azubi.«

Ein Auto kam auf sie zu und wurde im Vorbeifahren langsamer. Die alte Frau hinterm Steuer sah zu ihnen heraus. Clayton winkte, und sie hob ebenfalls die Hand und fuhr weiter.

»Kommen Sie auch öfter ins *Red Cup*?« Abigail sah Clayton mit einer Mischung aus Hoffnung und Angst an.

»Ähm … nein, nicht wirklich. Aber der Kaffee ist lecker.« Er wandte sich wieder dem Haus zu. »Ich sollte …«

»Aber warum sind Sie dann hier?« Ihr Gesicht wurde noch roter, als sie merkte, dass die beiden Erwachsenen sie anstarrten. »Ich möchte echt gerne wissen, was die Leute an dieser Insel finden.«

»Es ist ruhig.« Er klang freundlich und lächelte, trat aber noch einen Schritt auf das Haus zu. »Und die Leute gehen einander nicht auf die Nerven.«

Abigails Wangen glühten förmlich, und sie senkte den Blick. Sie sah so jämmerlich aus, dass Eve nicht wusste, ob sie sie umarmen oder sich davor fürchten sollte, dass sie gleich wieder zu weinen begann. »Sie meinen mich. Ich gehe Ihnen auf die Nerven.«

»Nein, das war nicht …«

»Hey.« Eve nahm Abigail am Arm und wechselte einen schnellen Blick mit Clayton. »Am besten, wir lassen Clayton jetzt weiterarbeiten, okay? Und wir beide fahren zu Shelley und reden.«

Eve ließ Clayton gehen und zog Abigail in Richtung Auto. Sobald Clayton außer Sichtweite war, riss Abigail sich von Eve los. »Das war echt *das Letzte.* Total. Ich habe es vermasselt. Ich habe *nichts* von dem gesagt, was ich mir überlegt hatte. Es war eine *Katastrophe.*«

Übelkeit stieg in Eve hoch. Clayton war mehr als doppelt so alt wie Abigail. Sie sollte hinter Jungs in ihrem Alter her sein. »Schätzchen, ich glaube, du hast dich da in etwas verrannt.«

»Nein, habe ich nicht. Ich weiß, was ich tue.«

»Okay.« Eve fragte sich langsam, ob Abigail unter psychischen Problemen litt. Es war kein angenehmer Gedanke. »Vielleicht solltest du lieber mit deinem Dad darüber reden?«

Abigail stieß ein kurzes, trockenes Lachen aus. »*Gute* Idee.«

»Ja, ich weiß. Aber ich dachte, er könnte vielleicht …«

»Sie verstehen das nicht.« Abigail blieb stehen und verzog verzweifelt das Gesicht, während Tränen in ihre hübschen Augen stiegen und über ihre Wangen kullerten. »Clayton *ist* mein Dad.«

Kapitel 7

3. November 1978 (Freitag)

Ich bin so aufgeregt. So, so, so aufgeregt. Ich habe eine Idee, und ich weiß, dass sie funktionieren wird. Daniel hält es für verrückt und befürchtet, dass wir spektakulär scheitern werden, aber ich bin überzeugt, dass es klappt. Wir müssen bloß alles ganz genau planen, an alle möglichen Komplikationen denken und auch dafür einen Notfallplan parat haben. Ich muss es einfach schaffen. Die Welt war lange genug unfair zu mir.
Ich weiß, dass ich Daniel überzeugen kann. Er würde alles für mich tun. Genauso wie ich für ihn, aber er will nichts von mir – nur meine immerwährende Liebe. Und Sex, natürlich. Er ist nun mal ein Mann.
Wenn wir nur die richtige Frau finden, dann wird alles gut. Das weiß ich bestimmt. Meine Schwester Christina kann als Hebamme dabei sein und das Kind heimlich zur Welt bringen. Und dann werde ich endlich das Baby in den Armen halten, das ich mir so verzweifelt wünsche. Einen süß duftenden, gurrenden kleinen Schatz, der nur mir allein gehört. Ein Junge oder ein Mädchen, dem wir unsere ganze Liebe und die Aufmerksamkeit

schenken werden, die jedes Kind von seinen Eltern verdient.

Ich habe immer noch kein Wort von meiner Mutter und meinem Vater gehört – keine Antwort auf die Briefe, die ich ihnen seit der ersten Woche nach meinem Abschied schreibe, kein Danke für die Geschenke und das Geld, das ich ihnen seit Jahren schicke. Nur mit meiner Schwester habe ich noch Kontakt, und so weiß ich immerhin, dass beide gesund sind. Ihre Körper, wenn auch nicht ihre Seelen.

Das Band zwischen Eltern und Kinder ist alles, was zählt. Ich denke mir oft, dass Daniel und ich es unbewusst ebenfalls erleben, wenn ich auf seinem Schoß sitze oder er den Kopf auf meine Brust legt. Ich habe gehört, dass sich das Küssen daraus entwickelt hat, dass Mütter ihren Kindern vorgekautes Essen weitergaben. Es ist also nachvollziehbar, dass ich ständig versuche, das Band wiederherzustellen. Auf die eine oder andere Weise.

Wenn ich erst mein perfektes Baby in den Armen halte, werde ich in das traurige, düstere kleine Haus in Maine zurückkehren. Und wenn sie sehen, dass ich ebenfalls Mutter geworden bin, werden sie es nicht mehr wagen, ihrer Tochter den Rücken zuzukehren.

Eve starrte Abigail an, die mittlerweile heulend zusammengebrochen war. Sie dachte, Clayton wäre ihr Vater? Hatte sie nicht vorhin gesagt, dass sie hier auf der Insel bei ihrem Dad wohnte? Entweder war Abigail verrückt, oder Clayton.

Eve tippte auf Abigail.

»Abigail, Schätzchen, du musst mir sagen, wo dein … wo du

wohnst.« Sie musste mit Abigails Vater reden und sie wieder in seine Obhut übergeben. Das hier war absolut nicht ihre Liga.

»Nirgends.«

»Okay.« Das wurde ja immer besser. »Aber wo … wo hast du letzte Nacht geschlafen?«

»Ich hatte ein Zimmer, aber seit gestern Abend ist mein Geld alle«, jammerte Abigail. »Jetzt kann ich nirgendwohin.«

»Also …« Eve wusste nicht, was sie tun sollte. Sie hatte nicht mal ein Taschentuch dabei.

Abigail schniefte und wischte sich mit dem Handrücken über die Augen. »Ich bin hierhergekommen, um meinen Vater kennenzulernen, aber zuerst habe ich Tage gebraucht, um mich überhaupt zu trauen, und jetzt habe ich mich wie eine Vollidiotin benommen. Ich war noch nicht so weit. Er kam auf mich zu … und ich schaffte es einfach nicht.«

»Aber Abigail …« Eve versuchte, so geduldig wie möglich zu klingen. »Wenn Clayton dein Vater ist, warum hat er dann nicht …«

»Er weiß es nicht.« Sie wischte sich erneut die Tränen von den Wangen. »Mom hat es ihm nie gesagt. Sie war bereits schwanger mit mir, als sie Glen heiratete, und ich dachte, er wäre mein leiblicher Vater, bis …«

»Moment.« Eve hob die Hand. Die entspannende Wirkung des Weines und der netten Unterhaltung mit Clayton war dahin. »Das ist zu heftig, um es hier zu besprechen. Wir fahren jetzt zu Shelley, du beruhigst dich, und dann fangen wir noch mal von vorne an, okay? Es ist nur ein paar Häuser weiter.«

Abigail nickte, und Tränen strömten über ihr junges Gesicht.

Eve fuhr sie zu Shelley und hoffte inständig, dass die ältere Frau nicht wütend sein würde, dass sie an ihrem ersten Tag auf der Insel gleich eine obdachlose Pubertierende am Rande des

Nervenzusammenbruchs mit nach Hause brachte. Idealerweise war Shelley unterwegs und kam erst wieder, wenn Abigail vorzeigbarer war.

Doch Shelley war zu Hause. Sie warf einen Blick auf Abigails gerötetes Gesicht, stemmte die Hände in die Hüften und meinte: »Wenn das nicht das Mädchen aus dem Laden ist.«

Abigail nickte, hickste und beugte sich hinunter, um Marx zu streicheln, der offensichtlich eine neue Freundin gefunden hatte.

Shelley wandte sich mit undurchdringlichem Blick an Eve. »Wir sind uns vor ein paar Tagen bei Mann's über den Weg gelaufen.«

»Ich hatte nicht genug Geld dabei.« Abigail errötete. »Ich zahle es Ihnen zurück.«

»Blödsinn. Es waren ja nur zwei Dollar. Die kannst du behalten.«

»Shelley, Abigail. Abigail, Shelley.« Eve verzog entschuldigend das Gesicht. »Sie hat einen schlechten Tag.«

»Das sehe ich. Ich stelle Wasser auf. Tee und Kekse. Und Taschentücher wären auch nicht schlecht.«

»Danke.« Eve hätte sie am liebsten umarmt. Als Mutter wusste Shelley, was in solchen Situationen zu tun war. Sie hatte zweifellos schon einige Teenagerdramen durchgestanden – wenn auch nicht in diesem Ausmaß.

»Ihr könnt hinaus auf die Veranda gehen und reden. Ich bringe euch dann den Tee.«

»Ich helfe Ihnen«, bot Abigail an.

»Nein, nein.« Shelley scheuchte sie vorwärts. »Geht nur. Du kannst mir später beim Abwasch helfen. Eve, machen Sie die Heizung an, falls es zu kalt ist.«

»Danke.« Eve führte das glücklicherweise bereits etwas ruhigere Mädchen auf die kühle Veranda, machte die Heizung an und deutete auf einen Schaukelstuhl, bevor sie zwei Stühle weiter Platz nahm, um Abigail nicht zu bedrängen. »Hübsch hier draußen, oder?«

»Small Talk ist nicht notwendig.«

Das war ihr nur recht. Sogar mehr als das. »Okay. Dann von Anfang an, bitte, denn ich bin einigermaßen verwirrt.«

»Geht mir genauso.«

»Versuch's.«

Abigail lehnte den Kopf zurück, blies die tränennassen Wangen auf und seufzte erschöpft.

»Okay. Also, wir wohnen etwas außerhalb von Milwaukee, in Shorewood, einer ziemlich liberalen Stadt. Mom und Dad sind konservative Christen, die besser nach Waukesha oder in eine andere Christenhochburg passen würden. Aber egal. Die Shorewood Highschool stellte sich als die perfekte Schule für mich heraus, weil ich …« Sie warf einen schnellen Blick auf Eve. Ihre geschwollenen Augen wirkten schrecklich verletzlich. »Ich bin nicht hetero.«

Eve bemühte sich, unbeeindruckt zu bleiben, und nickte, während ihr Herz in zwei Stücke brach. Es war eine Schande, dass dieses hübsche Mädchen Angst davor haben musste, für etwas verurteilt oder verstoßen zu werden, wofür sie nichts konnte.

»Mein Dad hasst Schwule. Und seine Kirche auch. Sie sagen es zwar nicht offen, aber sie verbreiten den Schwachsinn, dass wir geheilt werden können, wenn wir nur genug beten.« Sie seufzte missbilligend und sprach Eve damit aus der Seele. »Als wären wir krank und nicht bloß anders als die anderen.«

»Schon klar.« Eve beobachtete gedankenverloren eine Möwe, die gegen den auffrischenden Wind ankämpfte und dann unsicher am steinigen Ufer landete. »Wenn du sagst, dass dein Dad Schwule hasst … dann meinst du deinen Stiefvater?«

Abigail begann erneut zu weinen. »Bis vor einer Woche dachte ich, dass Glen mein Dad ist. Er und Mom haben nie etwas anderes angedeutet.«

Eve zog die Schultern hoch; Wut stieg in ihr auf. Sie wusste, wie es sich anfühlte, wenn man erfuhr, dass ein Elternteil gar nicht mit einem verwandt war. Objektiv betrachtet war es zwar egal, aber gefühlsmäßig war es, als wäre das ganze Leben aus den Fugen geraten. »Erzähl mir davon.«

»Klopf, klopf. Der Tee ist fertig.« Shelley trug ein Tablett mit zwei dampfenden Bechern, Zucker, Zitrone und Milch, einen Teller Oreo-Kekse und eine Familienpackung Taschentücher auf die Veranda.

»Danke, Shelley.« Eve lächelte dankbar, doch dann erinnerte sie sich, wie Abigail am Morgen das Sandwich hinuntergeschlungen hatte, und sie hätte ihr gerne etwas Nahrhafteres angeboten.

Der Tee war heiß und stark und schmeckte köstlich. Sie beobachtete, wie Abigail vier Oreos in sich hineinstopfte, dann hielt sie es nicht mehr aus.

»Möchtest du vielleicht ein Sandwich, wenn wir uns unterhalten haben?«

»Ja. Bitte. Danke.« Abigail nippte vorsichtig an ihrem Tee, verzog das Gesicht und rührte so viel Zucker in ihren Becher, dass Eve beim Zusehen Zahnschmerzen bekam. »Jedenfalls hatte ich wegen meiner Familie und der Kirche immer wahnsinnige Angst vor dem Coming-out. Ich habe zu Gott gebetet, dass er mich ändert oder mir wenigstens die Kraft gibt, glücklich zu sein, ohne mich zu outen. Ich hielt mich von den offen homosexuellen Mitschülern fern, als könnten sie mich mit dem Wunsch anstecken, doch die Wahrheit zu sagen. Es war echt dumm.«

»Angesichts deiner Erziehung verstehe ich das aber vollkommen.«

»Ja, vielleicht.« Abigail zuckte mit den Schultern, doch Eve kam es so vor, als würde sie die Unterstützung freuen. »Irgendwann kam ich einem Mädchen aus dem Geländelaufteam näher. Als Freunde, nicht als Partner.«

»Das spielt keine Rolle. Erzähl weiter.«

»Nach einiger Zeit outete sie sich mir gegenüber. Ich meine, wir wussten es beide irgendwie, aber es laut ausgesprochen zu hören, war ein tolles Gefühl und eine riesige Erleichterung. Es war unglaublich.« Sie lächelte versonnen und starrte in ihren Tee. »Aber ich war auch richtig wütend auf mich selbst, weil ich so lange gewartet hatte. Mit jemandem zusammen zu sein, der genauso ist wie du, der dich versteht und dich so akzeptiert, wie du bist, ist das schönste Gefühl überhaupt. Ihr Heteros haltet das für selbstverständlich, aber ich hatte endlich nicht mehr das Gefühl, an einer tödlichen Krankheit zu leiden. Ich war nicht mehr dem Untergang geweiht wegen eines Gefühls, mit dem ich geboren wurde.«

»Natürlich bist du nicht dem Untergang geweiht.«

»Ja, klar. Sagen Sie das meinem … Sagen Sie das Glen.« Sie griff nach einem weiteren Oreo, hielt dann aber inne und trank stattdessen einen Schluck Tee. »Jedenfalls habe ich mich dem Mädchen gegenüber ebenfalls geoutet, und es war so einfach, dass ich es auch ein paar anderen Freunden erzählt habe. Je mehr Menschen die Wahrheit kannten und akzeptierten, desto wohler fühlte ich mich in meiner Haut. Ich wurde übermütig und dachte, wenn so viele Leute – die mich nicht halb so sehr lieben wie meine Eltern – mich verstehen, dann ist es sicher auch für Mom und Dad kein Problem. Wäre doch logisch, oder?«

»Mhm.« Eve machte sich innerlich bereit für das hässliche Ende der Geschichte.

»Ich habe mich vorsichtig herangewagt, nach der Kirche, beim Essen, wann immer sich die Möglichkeit ergab. Ich redete davon, dass Jesus alle liebt – Prostituierte, Steuereintreiber, Leprakranke. Sie wissen schon, die alten Geschichten eben. Und sie waren voll auf meiner Seite. Also fragte ich, warum unsere Kirche dann der Meinung ist, dass Homosexuelle nur erlöst werden können, wenn sie ihrer Sexualität abschwören. Natürlich hatten die beiden eine dieser schwachsinnigen Standardantworten parat, dass solche Leute eben gegen ihre Sünden ankämpfen müssen. Ich erzählte ihnen von den homosexuellen Schülern an meiner Schule, die aber alle sehr nett waren. Einige waren sogar strenggläubig, und das verstand ich einfach nicht.

Dad sah mich an, schüttelte den Kopf und meinte, dass diese Leute nicht wirklich bei Gott wären, solange sie das Ungeheuer in sich nicht besiegen konnten. Es klang wie in einem Science-Fiction-Film. Wenn er so redet, wirkt er einen Moment lang wie besessen, als wäre er nicht mehr er selbst, sondern ein anderer Mensch.«

»Er moralisiert.«

»Genau. Aber selbst an diesem Punkt des Gesprächs behielt er noch die Nerven, deshalb erzählte ich meinen Eltern beim nächsten Mal von einer Freundin, die benachteiligten Kindern Nachhilfe gab und selbst nur Einsen schrieb. Ach ja, und sie war ganz nebenbei auch lesbisch. Das war auch noch okay. Sie behaupteten nicht, dass sie in der Hölle schmoren würde, wenn sie sich nicht von anderen Frauen fernhielt oder so. Also gestand ich ihnen ein paar Tage später beim Abendessen, dass ich auch lesbisch bin und dass ich so sehr hoffe, dass es okay für sie ist.« Ihre Stimme brach, und die Tränen begannen erneut zu fließen.

Sie stellte den Tee ab und wischte sich mit beiden Händen über die Wangen. »Aber das war es nicht.«

»Oh, Abigail. Es tut mir so leid.« Eve brachte nur noch ein Flüstern zustande.

Die Tränen glichen einer Sturzflut. Abigail schlug sich die Hände vors Gesicht und beugte sich laut schluchzend nach vorne.

Marx sprang auf, hob den Kopf und begann zu jaulen.

Eve lehnte sich zu ihm und streichelte ihn beruhigend. »Marx, schhh.«

Abigail sah auf, und ein Lachen mischte sich unter die Tränen. »O mein Gott. Das war jetzt echt verrückt.«

»Ich weiß. Tut mir leid. Das hat er noch nie gemacht. Schhh, Marx.« Sie zog ihn näher heran. »Braver Hund.«

»Er ist süß.«

»Du musst nicht darüber sprechen, wenn du nicht willst.«

Abigail richtete sich auf, nahm ein Taschentuch, putzte sich die Nase und tupfte sich die Augen trocken. »Schon okay. Ich will, dass Sie Bescheid wissen.«

Eve nickte und streichelte Marx' weichen Kopf, während sie sich fragte, warum es Abigail so wichtig war, ihr davon zu erzählen. Vielleicht hatte sie seitdem mit niemandem geredet und musste die Geschichte erst einmal laut und in ihren eigenen Worten hören. Für Eve selbst war das unvorstellbar, aber Olivia oder Mike hätten es verstanden. Und Clayton auch. »Dann erzähl weiter.«

»Nachdem ich es meinem … nachdem ich es Glen gesagt hatte, begann er mit mir zu diskutieren. Er dachte wohl, ich wollte ihn ärgern, und er würde mich besser kennen als ich mich selbst. Für ihn war es nur ein rebellisches Auflehnen, wie es alle Teenager versuchen. ›Das ist nur eine Phase‹, bla, bla, bla. ›Die

Leute in der Schule haben einen schlechten Einfluss auf dich‹ und so weiter. Klassische Verdrängung.«

»Und deine Mutter?«

Abigail verdrehte die Augen. »Sie verhielt sich, wie es von einer guten Ehefrau erwartet wird. Sie lächelte, zog den Kopf ein und wünschte sich vermutlich, sie würde im Erdboden versinken. Oder ich.«

Eve biss die Zähne zusammen und drängte die erneut aufsteigende Wut zurück. »Hmm.«

»Als Glen klar wurde, dass ich es ernst meine, hat er total die Nerven verloren und lächerliche Dinge gebrüllt wie: ›Du bist eine Schande für diese Familie, du Missgeburt in den Augen des Herrn‹ und so weiter. Viel schrecklichere Dinge, als ich sie jemals in der Kirche zu dem Thema gehört habe. Am Ende meinte er, dass ich endlich erfahren müsste, dass … dass ich nicht seine Tochter bin.« Ihre Stimme war ungewöhnlich hoch, und Marx sprang auf und beäugte sie besorgt.

»Oh, Abigail.« Eve fiel keine passende Antwort ein. Wie tröstet man jemanden, dem auf diese Weise der Boden unter den Füßen weggezogen worden war? Was hätte sie gebraucht, als es ihr vor einiger Zeit genauso ergangen war?

»Zuerst dachte ich, er würde es nur im übertragenen Sinn meinen. Sie wissen schon: ›Du bist nicht mehr meine Tochter. Für mich bist du gestorben.‹ Aber nein.« Sie zitterte am ganzen Körper, und ihre Stimme wurde immer lauter. »Er machte mir klar, dass etwas so Abscheuliches wie ich niemals aus seinen von Jesus gesegneten Spermien entstehen konnte. Meine Mom wurde von einem Kerl geschwängert, den sie kaum kannte, und Glen hat sich ritterlich zur Verfügung gestellt, sie geheiratet und mich als seine Tochter aufgenommen. Und eine Zeit lang ging auch alles gut. Bis er erkannte, dass er eine Ausgeburt der Hölle zu sich geholt hatte.«

Abigail holte zitternd Luft. »Und wissen Sie, was das Kranke daran ist? *Abigail.* Mein Name. Er bedeutet *Vatersfreude.*«

Sie brach erneut in Tränen aus, und Marx heulte noch einmal los.

Eve nahm ihn am Halsband. Sie war unglaublich wütend, dass Glen einfach immer weitergemacht und mit Worten auf seine Tochter eingeprügelt hatte. Abigails Mutter hätte ihn zum Schweigen bringen müssen, bis er sich wieder unter Kontrolle hatte. »Abigail, das ist so unfair.«

»Und dann hat er mich hinausgeworfen.« Sie schluchzte laut auf, doch aus dem Schluchzen wurde ein Kichern, als Marx auch dieses Mal mit einstimmte. »Marx, du bist … der Hammer.«

»Es macht ihn fertig, dass du so fertig bist.«

»Ja, ich weiß.« Abigail kniete sich neben dem Hund nieder und umarmte ihn, woraufhin er ihr die Tränen vom Gesicht schleckte. »Er ist echt süß.«

»Wie ging es weiter?« Eve lehnte sich zurück und ließ Marx los. »Woher wusstest du, wer dein Vater ist und wo er ist?«

»Ich zog erst mal zu meiner Freundin und ihren Eltern. Ich ging weiter zur Schule und so.« Sie griff nach einem Taschentuch und tupfte sich die Augen trocken. »Nach einer Woche versuchte ich es noch einmal zu Hause. Ich dachte, Glen hätte sich beruhigt, aber er wollte immer noch nichts von mir wissen. Mom hätte sich sicher für mich starkgemacht, aber ich glaube, sie wollte warten, bis er sich wieder beruhigt hat. Dafür erzählte sie mir von Clayton und wo ich ihn finde.«

Sie hätte mit dir hierherkommen sollen. Sie hätte dich beschützen sollen. Es vergingen mehrere Sekunden, bevor Eve ihrer Stimme wieder traute. »Woher wusste deine Mom, dass Clayton hier ist?«

»Das wusste sie nicht. Sie hatte nur ein paar Sekunden Zeit, um mir eine kurze Nachricht zu schreiben, während Glen durchs Haus stampfte und drohte, die Polizei zu rufen, wenn ich nicht innerhalb der nächsten zwei Minuten von seinem Grundstück verschwand. Sie gab mir Claytons Namen und eine kurze Erklärung, was damals passiert ist. Sie schrieb, dass Clayton wie sie aus Chicago stammte und dass seine Familie ein Haus auf Washington Island besitzt. Dann kam Dad zurück, und sie verwandelte sich wieder in die hirnlose Knalltüte, zu der sie in seiner Gegenwart jedes Mal mutiert.«

Die letzten Worte waren bloß noch ein Jammern, was Marx erneut als Stichwort nahm und Abigail mit seinem Geheul sofort wieder zum Lachen brachte. Trotz ihrer Wut kam Eve der absurde Gedanke, dass der Hund ihnen beiden half, die Sache durchzustehen. Vielleicht sollte sie ihn an einen Therapeuten vermieten, der mit hysterischen Patienten arbeitete.

»Und dann?«

»Ich war noch eine Nacht bei meiner Freundin. Ihre Eltern meinten, ich könnte bleiben, solange ich will, aber ich bin nun mal nicht ihre Tochter, und sie hatten in den Frühlingsferien eine Reise geplant. Außerdem wollte ich unbedingt meinen Dad finden.«

»Sie ließen dich *alleine* losziehen?« Eve klang so entsetzt, dass Marx sich besorgt zu ihr umdrehte und den Kopf hob, falls ein erneutes Heulen notwendig sein sollte.

»Ich habe behauptet, ich hätte ihn gefunden und er würde mich bereits erwarten. Sie haben schon so viel für mich getan, und ich dachte, ich würde es alleine schaffen. Ziemlich dumm, oder?«

»Eher mutig.«

»Vielleicht.« Abigail streichelte Marx' Ohren und bekam einen weiteren Kuss. »Ich habe seine Adresse in Chicago aus dem Internet, bin hin und fragte mich durch, bis mir jemand erzählte, dass seine Wohnung renoviert wird und er unterwegs ist. Also dachte ich, ich komme hierher und versuche mein Glück.«

»Unglaublich mutig.«

»Es wäre mutig gewesen, wenn ich gleich am ersten Tag zu ihm gegangen wäre. Aber jedes Mal, wenn ich vor seiner Tür stand, bekam ich Panik und schaffte es nicht. Ich …« Ihr Kinn zitterte. »Ich könnte keine weitere Zurückweisung ertragen.«

»Das verstehe ich.«

»Und Sie waren wie ein Geschenk des Schicksals.« Abigail sah Eve flehend an. Ihre hübschen, haselnussbraunen Augen waren rot und geschwollen, die Haare fielen ihr als verklebte Fransen ins Gesicht. »Ich dachte, Sie könnten mir vielleicht helfen, wenn ich zu ihm gehen und mit ihm reden will.«

Eves Magen zog sich zusammen. »Ich soll dir helfen …«

»Mit meinem Dad zu reden. Mit Clayton. Sie könnten mir helfen, ihm zu sagen, wer ich bin. Ich hoffe, dass er zumindest … keine Ahnung. Vielleicht will er mich ja. Vielleicht wird er irgendwann eine Art Dad für mich sein … ich weiß auch nicht. Vielleicht war es auch eine blöde Idee. Aber das ist alles, was ich habe.«

Eve war wie erstarrt.

»Kommen Sie mit, Eve? Bitte? Ich will das nicht … alleine machen.« Abigail sah sie flehend an.

Kommst du mit mir mit? Bitte, Mom? Ich will nicht mit ihm alleine sein.

Panik stieg in ihr hoch, und sie konnte sich nicht mehr rühren.

Abigails aufgedunsenes Gesicht erstarrte zu Stein.

Eve schloss die Augen und legte sich eine Hand auf die Stirn.

Sie kannte diesen Blick. Sie hatte ihn als Teenager selbst ständig aufgesetzt, wenn jemand ihrem Schmerz keine Beachtung geschenkt hatte.

Es ist alles in Ordnung, Eve. Das sind bloß deine Gefühle. Du hast die Situation immer noch unter Kontrolle.

Verdammt noch mal! Wie lange würde diese eine Stunde, die mehr als zwanzig Jahre her war, noch ihr Leben beherrschen?

»Ist alles okay bei euch?« Shelley stand in der Tür und betrachtete Marx stirnrunzelnd. »Quält ihr den armen Hund etwa?«

»Er ist traurig, weil ich weine.« Abigail rang sich ein schwaches Lächeln ab.

»Na ja, wenn das alles ist. Und euch beiden geht es auch gut?«

Eve wandte sich zu Shelley herum und lächelte gequält. »Sicher.«

»Abigail?«

»Ich komme klar.«

»Na gut, dann nehme ich den Tee mit.« Shelley nahm das Tablett und verschwand, als wäre alles in schönster Ordnung.

Eve stand auf und trat ans Fenster, um die weißen Schaumkronen auf den Wellen zu beobachten. Sie wollte am liebsten dort hinaus aufs Wasser, weit fort von anderen Menschen und ihren Problemen, und mit einem Paddel oder einer Pinne gegen die Wellen ankämpfen.

Sie hörte, wie Abigail sich ebenfalls erhob und neben sie trat.

»Es tut mir leid, Abigail.«

»Was soll denn das heißen?« Die Feindseligkeit war wie ein Schutzpanzer.

»Es soll heißen, dass es mir leidtut.«

»Werden Sie mir helfen?«

»Ich werde es versuchen.«

Abigail brach erneut in Tränen aus, und im selben Moment

drehten sich beide erwartungsvoll zu Marx um und begannen zu kichern.

»Sie wussten echt nicht, dass er so reagiert, wenn jemand weint?«

»Ich hatte keine Ahnung.«

Abigail sah Eve verwundert an. »Haben Sie noch nie vor ihm geweint?«

»Ich weine eigentlich nicht.«

»Nicht?« Abigail wirkte noch erstaunter. »Meine Mom schon. Ich meine, sie weint nicht *ständig*, aber ich habe sie ab und zu gehört.«

»Ah.« Eve wusste nicht, was sie darauf sagen sollte. Sie war immer noch viel zu wütend auf Abigails Mutter, um sich darüber Gedanken zu machen, dass diese vielleicht unglücklich sein könnte. Vor allem, nachdem die Frau es in der Hand gehabt hatte, alles zum Besseren zu wenden. Sie hätte diesen bigotten, engstirnigen Arsch verlassen und für ihre Tochter da sein müssen. »Komm, ich mache dir ein Sandwich.«

»Ich bin viel zu durcheinander, um jetzt etwas zu essen.«

»Ich mache es trotzdem.« Sie ging voraus in die Küche. »Vielleicht änderst du deine Meinung ja. Magst du Thunfisch?«

»Wer mag den nicht?«

Die Zubereitung dauerte in der fremden Küche zwar sehr viel länger als zu Hause, aber Eve schaffte es trotzdem. Als das Sandwich fertig war, legte sie einen der Äpfel dazu, die sie vorhin gekauft hatte, und schenkte Abigail ein Glas Milch ein, während das Mädchen sie mit wachsendem Interesse beobachtete.

Eve trug die Sachen zum Frühstückstisch und setzte sich Abigail gegenüber, während diese sich über das Essen hermachte.

In erstaunlich kurzer Zeit war das Sandwich verschwunden, der Apfel zernagt und die Milch ausgetrunken.

»Besser?«

»Ja.« Abigail seufzte tief. »Ich war langsam echt verzweifelt. Gestern Abend stand ich wieder einmal vor seiner Zufahrt, aber ich brachte es nicht über mich, *noch einmal* vor seinem Haus zu stehen und mich nicht zu ihm zu trauen. Ich hätte mich am liebsten umgebracht.«

»Du meine Güte, nein. Das ist keine Lösung.«

Eves Blut gefror zu Eis, als sie vor ihrem inneren Auge wieder den regungslosen Körper ihrer Mutter auf deren Bett liegen sah. Der Arzt, Dad, Rosalind und Olivia hatten von einem Unfall gesprochen, einer Überdosis, aber Eve wusste ohne Zweifel, dass Jillian sich umgebracht hatte. Sie hatte jahrelang schmerzerfüllt zugesehen, wie ihre Karriere den Bach hinunterging und sie all den anderen in die Jahre gekommenen Hollywoodstarlets ins Abseits folgte. Am Tag vor ihrem Tod hatte sie schließlich erfahren, dass Mr Angel ihre Comeback-Rolle an eine andere Schauspielerin vergeben hatte – obwohl sie Eve mit ihm hatte nach oben gehen lassen.

»Wenn du dich umbringst, hast du keine Möglichkeit mehr, alles wieder auf die Reihe zu bekommen. Es ist für immer vorbei. Du willst es deiner Mutter heimzahlen? Dann musst du …«

»Hä?« Abigail verzog verwirrt das Gesicht. »Was an meiner Geschichte bringt Sie auf die Idee, dass ich es meiner *Mutter* heimzahlen möchte?«

Eve trat einen Schritt zurück. Sie war entsetzt über sich selbst, über die Wut und über die Worte, die aus ihrem Mund gekommen waren. »Deinem Vater, meine ich. Glen.«

Shelley erschien erneut in der Tür. »Möchtest du heute hier übernachten, Abigail?«

Abigails Gesicht hellte sich hoffnungsvoll auf. »Darf ich?«

»Ich hab genug Platz«, erwiderte Shelley, dann hob sie mahnend den Finger. »Aber in meinem Haus bringt sich niemand um. Wenn du das willst, musst du dir etwas anderes suchen.«

Ein kaum merkliches Lächeln umspielte Abigails Lippen. »Ja, Ma'am.«

»Gut. Abgemacht.« Shelley verschränkte die Arme vor der Brust.

Eve fing Abigails Blick auf, und im selben Moment begannen beide aus irgendeinem unerfindlichen Grund zu lachen. Vielleicht war es die Erleichterung. Marx sprang schwanzwedelnd auf.

»Ihr verrückten Hühner.« Shelley schüttelte den Kopf. »Brauchst du irgendetwas, Abigail? Eine Zahnbürste? Ein Nachthemd?«

»Mein Zeug ist noch im Airbnb.«

»Wo ist das?«, fragte Eve.

»Es ist bloß ein Zimmer in der Nähe des Hafens. Ziemlich heruntergekommen, aber billig.«

Eve legte unbeholfen einen Arm um Abigails Schultern und drückte sie. Es fühlte sich falsch an, aber gleichzeitig war es auch eine instinktive Geste – gerade so, als würden sich die Kälte und die Wärme in ihr einen Kampf liefern. »Komm, wir fahren gemeinsam hin.«

Kapitel 8

10. Januar 1979 (Mittwoch)

Heute ist etwas Schreckliches passiert. Jede Frau in Hollywood kennt es. Es ist wie ein Initiationsritus für Starlets, die groß rauskommen wollen. Nachdem ich bereits groß rausgekommen bin, dachte ich, ich hätte diese Hürde überwunden. Ich habe es auf dem Weg nach oben oft miterlebt, habe meine Periode vorgeschoben und auf viele andere Arten versucht, die balzenden Hähne wieder zu beruhigen. Natürlich habe ich Daniel kein Detail verschwiegen, und nachdem er aufgehört hatte, jeden Mann töten zu wollen, der sich mir näherte, konnte ich ihn so weit bringen, dass er es versteht. So funktioniert das Business nun mal. Er weiß, dass ich ihn niemals betrügen würde. Nicht nur, weil ich ihn über alles liebe, sondern auch, weil ich eher am Straßenrand verbluten würde, als dass mich ein anderer Mann als Daniel oder mein Arzt unterhalb der Taille nackt sieht. Auch dieses Mal habe ich es ganz gut auf die Reihe bekommen. Dieser grauenhafte, glatzköpfige Kerl ist genauso breit wie hoch. Warum sind eigentlich immer die hässlichsten Männer überzeugt davon, dass sich alle schönen Frauen nach ihnen verzehren? Und warum bemerken sie selbst nicht, wie ihr Atem stinkt? Aber sein Drehbuch ist nun mal großartig, und so habe ich ihn mit »Mein Gott, ich würde ja sooo gerne …« und »Führen Sie mich nicht in Versuchung, Sie kleines Teufelchen« dazu gebracht, dass er sich beruhigt.

Meine Mutter hat meiner Schwester und mir auf eindrückliche Weise klargemacht, dass wir uns für unsere Körper schämen sollen, und sie hat es uns auch selbst vorgelebt. Wir wurden dazu erzogen, Angst vor den verachtenswerten Dingen zu haben, die Männer mit uns anstellen wollen. Doch sie lag falsch. Gott hätte niemals solche Schönheit und Freude erschaffen, bloß um die Menschheit damit zu quälen. Als ich zum ersten Mal die Aufregung und die Lust spürte und einem Jungen erlaubte, mich zu berühren, sah ich dieselbe Begeisterung auch in seinen Augen, und ich war mir vollkommen sicher: Gott will, dass wir genießen, was er uns geschenkt hat. Warum sollen wir verleugnen, was er erschaffen hat, und uns vor Scham darüber winden?

Wenn ich eine Tochter bekomme – eine echte Frau, nicht so wie ich –, dann werde ich ihr begreiflich machen, wie viel Macht ihr Körper besitzt. Ich werde ihr beibringen, wie man diese Macht nutzt, und dass sie ihren Körper niemals leichtfertig einem Mann schenken soll, der ihn nicht verdient.

Meine Tochter wird ihren Vater und seine Ehrbarkeit, seine Integrität und seinen Respekt vor Frauen sehen, und sie wird wissen, dass es auch gute Männer gibt.

Aber die Schlangen … Sie wird auch auf die Schlangen treffen, denn es gibt keine Frau auf dieser Welt, der *das erspart bleibt. Ich werde ihr so früh wie möglich beibringen, sich nie als Opfer zu fühlen, sondern auf diese armseligen Kreaturen hinabzusehen. Sie kommen zu uns, weil wir Göttinnen sind und sie selbst nichts als Abschaum. Ich werde ihr erklären, wie sie sich verhalten muss, wie sie sich emotional abgrenzt und wie sie ihren wunderschönen und hundertprozentig weiblichen Körper in solchen Situationen als Waffe einsetzt und am Ende triumphiert, ohne sich selbst und ihre Überzeugungen zu verlieren.*

Ich werde ihr zeigen, welche Macht sie in sich trägt.

Abigail legte den Löffel beiseite. Ihr Blick wanderte zu Eve, die ihr gegenüber am Esstisch saß, und anschließend zu Shelley, die den Vorsitz übernommen hatte. Ihre Augen waren immer noch geschwollen, aber nicht mehr so rot, und sie hatte geduscht und ein frisches Paar Jeans und ein blau kariertes Oberteil angezogen. Der Rest ihrer Kleidung steckte in Shelleys Trockner. »Und Sie reden wirklich kein Wort?«

Shelley hob den Blick von ihrer Suppe mit Spinat und Tortellini – das einfachste Essen, das Eve spontan eingefallen war – und sah das Mädchen streng an. »Ihr könnt gerne reden, wenn ihr wollt.«

Eve zuckte zusammen. Auf dem Weg zu Abigails Unterkunft hatte sie ihr von Shelleys Anweisung erzählt, sich während des Essens nicht zu unterhalten.

Abigail wurde rot, als sie Eves Blick sah, und schüttelte sich die fransigen Haare aus der Stirn. »Nein, ist schon okay. Ich habe mich nur gefragt, ob es stimmt. Eve hat mir davon erzählt, aber ich hätte nicht … ich meine, ich hätte nicht erwartet, dass *absolutes* Schweigen herrscht.«

»Ich bin eben introvertiert.« Shelley beäugte misstrauisch den weißen Bordeaux, den Eve relativ günstig erstanden hatte. »Gespräche während des Essens machen mich nervös, und wenn ich nervös bin, kann ich das Essen nicht genießen.«

»Okay. Ich sage ja nicht, dass es schlecht ist. Es ist nur seltsam.«

Shelley nippte am Wein, und ihre Augenbrauen wanderten nach oben. Eve fragte sich, ob es an Abigails Kommentar oder am Wein lag. »Es soll ja kein Maulkorberlass sein. Wenn ihr reden wollt, dann redet. Ich höre euch gerne zu.«

»Ich hätte nichts sagen sollen.« Abigail machte ein mürrisches Gesicht, um ihre Verlegenheit zu überspielen. Eve war der Ausdruck so vertraut, dass sie sich beinahe noch erinnern konnte, wie er sich auf ihrem eigenen Gesicht angefühlt hatte. Sie versuchte, sich nichts anmerken zu lassen. War es ihren Eltern auch so ergangen, wenn sie wieder einmal eine ihrer Launen durchlebte? Sie war außerstande gewesen, mit ihren gesprächigen, temperamentvollen Schwestern mitzuhalten, und hatte ihr Schmollen als Ausdruck von Macht und als Möglichkeit zur Kontrolle erlebt. Mittlerweile merkte sie selbst, wie albern es gewesen war.

»Abigail, wenn du reden willst und es Shelley nichts ausmacht, könntest du uns doch etwas über dich erzählen?« Eve konnte sich nicht vorstellen, dass ein Teenager dieses Angebot ausschlagen würde – und es gab auch einige Erwachsene, die sich so etwas nicht zweimal sagen ließen.

Abigail runzelte noch mürrischer die Stirn. Einen Augenblick lang befürchtete Eve, sie hätte das Mädchen falsch eingeschätzt und es würde aus reiner Sturheit weiter schmollen. Doch dann hellte sich Abigails Gesicht auf. »Ja, warum nicht? Darf ich ein Glas Wein haben?«

»Nein«, antwortete Shelley, ohne den Blick zu heben.

Eve verkniff sich ein Grinsen. »Da hast du deine Antwort.«

»Na gut.« Abigail hatte offenbar nichts anderes erwartet. »Was wollen Sie wissen?«

Eve zuckte mit den Schultern. »Woher du kommst, was deine Familie so gemacht hat. Was du gerne tust … erzähl, was du willst.«

»Okay. Also … ich wurde in Chicago geboren, wo Mom auch aufgewachsen ist. Sie hat mir einmal erzählt, dass sie und Glen – mein *angeblicher* Vater – sich auf den ersten Blick ineinander verliebt hätten. Kurz darauf haben sie geheiratet, und ich wurde, so behauptete sie, in der Hochzeitsnacht gezeugt.« Sie schnaubte. »Alles Lügen. Glen war älter als sie. Er hatte bereits das College und die Universität abgeschlossen, und sie war ein Teenager, der ungewollt schwanger geworden war.«

»So was kommt vor.« Shelley nahm noch einen Schluck Wein.

»Das ist echt hart.« Eve warf ihr einen mitfühlenden Blick zu. Jillian Croft hatte einiges auf sich genommen, um aller Welt zu beweisen, dass sie ihre Töchter selbst zur Welt gebracht hatte. Es gab eine sogenannte Schwangerschaftsbibel für jede von ihnen, detaillierte Geschichten über die drei Geburten und Artikel im *People Magazine* über die ach so glückliche Celebrity-Mutter, die ihr Kind in den Armen hielt. Das Kind einer anderen, ohne dass davon jemand etwas wusste.

»Wir zogen nach Wisconsin, als Glen einen Job bei Northwestern Mutual angeboten bekam. Ich hatte eine relativ glückliche Kindheit, erkannte irgendwann, dass ich lesbisch bin, outete mich und wurde daraufhin rausgeworfen. Ende der Geschichte.«

»Nett.« Shelley zog den Brotkorb heran. Sie griff nach einem

Vollkornbrötchen, das Eve gekauft hatte, nahm aber anschließend doch wieder die Margarine statt der Butter. »Ich würde sagen, dein Dad hat ernsthafte Probleme.«

»Er ist ultra-konservativ und sehr religiös. Er glaubt, ich wäre absichtlich lesbisch geworden, um ihm auf die Nerven zu gehen. Und er ist überzeugt, dass Gott mich jetzt hasst. Aber was weiß er schon? Er trägt sogar zu Hause Anzughosen.«

Shelley schnaubte. »Ein beschränkter Geist ist am schwersten zu öffnen.«

»Ist deine Mom eigentlich auch seiner Meinung?« Eve versuchte, so ruhig wie möglich zu klingen. »Ich weiß, dass sie dich nicht verteidigt hat, aber glaubst du, dass sie tief in ihrem Inneren auch so denkt wie er?«

»Was sie denkt, spielt keine Rolle.« Shelley reichte Eve den Brotkorb. »Sie hätte sich auf ihn stürzen sollen wie eine Löwin.«

Eve nahm sich ein Brötchen und überlegte, ob ihre Mutter auch einmal wie eine Löwin für eine ihrer Töchter gekämpft hatte. Ihr fiel nur das eine Mal ein, als Jillian außer sich gewesen war, weil Olivias Highschool-Direktor einem anderen Mädchen die Rolle der Reno in *Anything Goes* gegeben hatte.

Aber das zählte vermutlich nicht.

»Mom ist keine Kämpfernatur. Nicht, wenn es um Glen geht. Er ist der alleinige Herrscher.« Abigails abfällige Antwort wurde von ihrer brüchigen Stimme zunichtegemacht. »Der allmächtige König auf seinem von Gott gegebenen Thron.«

»Weil deine Mom es zulässt …« Shelley stellte den Wein ab, griff dann aber erneut danach und trank noch einen Schluck. Vielleicht hatte Eve sie von dem billigen Fusel geheilt. »Ich würde mir aber keine allzu großen Gedanken über ihn machen. Er kommt schon wieder zur Vernunft.«

Abigail hielt den Blick auf den dunklen Esstisch gerichtet.

»Darauf kann ich nicht bauen. Ich muss mir überlegen, wie mein Leben ab jetzt aussehen soll.«

»Ach, das ist sicher nicht allzu schwer«, meinte Eve mit einem Augenzwinkern. Abigail sollte in so jungen Jahren nicht so große Verantwortung auf ihren Schultern tragen. »Dafür brauchst du vielleicht zehn, fünfzehn Minuten.«

»Höchstens«, fügte Shelley fröhlich hinzu.

Abigail rang sich ein schiefes Grinsen ab. »Ich danke Ihnen.«

»Mach dir keine Sorgen, du wirst dein Leben bald zurückhaben – nur besser, weil du dich geoutet hast. Du kannst stolz sein, dass du den Mut dazu hattest. Es ist ein Luxus, den deine Generation genießt.« Shelley starrte stirnrunzelnd in ihre Suppe. »Zu meiner Zeit traute sich das niemand. Vor allem nicht dort, wo ich herkomme.«

Abigail und Eve wechselten einen Blick.

»Wollen Sie damit sagen ...« Abigail verstummte, als Eve eilig den Kopf schüttelte.

»Ich will damit sagen ...« Shelley lehnte sich vor und zwang Abigail, ihr in die Augen zu schauen. »... dass deine Mom deinen Dad umstimmen wird. Mütter lassen ihre Kinder nicht im Stich.«

Eve schaffte es gerade noch, nicht laut zu schnauben.

»Bis jetzt hat sie mir nur einen Koffer und ein paar Infos über meinen richtigen Dad in die Hand gedrückt. Weiter wollte sie sich nicht gegen ihn auflehnen.« Abigail wischte sich verächtlich die Fransen aus der Stirn. »Es ist, als wäre sie Dads Eigentum. Die Ehe ist total mittelalterlich.«

»Soweit ich weiß, wünschen sich viele Kerle diese Zeit zurück«, erklärte Shelley säuerlich.

Eve nahm den Schöpflöffel und streckte die Hand nach Abigails Schüssel aus. »Willst du noch etwas Suppe?«

»Was ist mit Ihnen?« Abigail hielt ihr die Schüssel entgegen und sah Eve erwartungsvoll an. »Wie geht Ihre Geschichte?«

»Oh.« Eve tat so, als würde die Suppe ihre ganze Aufmerksamkeit erfordern. Sie hatte zwar vorgehabt, das Thema zu wechseln, aber nicht, wenn sie dadurch ins Zentrum der Aufmerksamkeit rückte. »Mal überlegen. Ich wurde in LA geboren und bin auch dort aufgewachsen. Ich habe zwei ältere Schwestern. Meine Mutter starb, als ich elf war, und mein Dad heiratete eine nette Frau. Nach dem College bin ich nach Boston gegangen, um dort weiterzustudieren. Die Stadt gefiel mir, also blieb ich dort. Ich habe einen Freund und einen singenden Hund.« Sie reichte Abigail die Schüssel und hatte ein schlechtes Gewissen, weil sie ihr so viele wichtige Informationen vorenthalten hatte. »Also nichts Außergewöhnliches.«

Shelley hüstelte. »Sie haben vergessen zu erwähnen, dass Ihre Mutter Jillian Croft war.«

Abigail machte große Augen. *»Jillian Croft?«*

»Und ihr Vater ist der berühmte Schauspiellehrer Daniel Braddock.«

Eve biss die Zähne aufeinander. Natürlich wusste Shelley Bescheid, immerhin war sie mit Lauren befreundet. Wie dumm von ihr, dass sie geglaubt hatte, ihr Geheimnis wäre hier sicher.

»Was ist denn los?«, fragte Shelley.

»Ich rede normalerweise nicht über meine Familie.«

»Warum nicht?«

Eve lachte auf. Wie sollte sie den beiden erklären, dass das Leben, das sich so viele Leute wünschten, in Wahrheit gar nicht so toll gewesen war? »Ich mag das Aufhebens nicht.«

»Wer macht hier ein Aufhebens?«

»Ich!« Abigail starrte Eve immer noch mit großen Augen an. »Das ist so *cool.* Vergessen Sie mein Leben, ich will alles über

Ihres wissen! Sie sind in *Hollywood* aufgewachsen! Ich wette, Sie kannten alle Filmstars persönlich.«

»Nicht wirklich.« Eve klang genauso missmutig und zickig wie zuvor Abigail. Doch die hatte aufgrund ihres Alters wenigstens eine Entschuldigung.

»War Jillian zu Hause ganz normal? Oder genauso glamourös wie im Film?«

Eve zuckte mit den Schultern. »Sie war ein unglaubliches Talent, aber nicht immer eine unglaubliche Mutter. Mehr will ich dazu nicht sagen.«

Einen Moment lang war nur das Klappern des Bestecks zu hören, und Eve tat es leid, dass sie das Gespräch derart an die Wand gefahren hatte.

»Okay, aber warten Sie mal …« Abigails Blick wanderte zwischen Shelley und Eve hin und her und sie runzelte die Stirn. »Wenn Sie als Architektin in Boston leben, wie hat es Sie dann hierher verschlagen?«

»Meine Stiefmutter ist Shelleys beste Freundin.«

»Eve erledigt den Job für einen Pappenstiel. Da konnte ich nicht widerstehen.«

»Oh.« Abigail wirkte immer noch verwirrt. »Kannten Sie sich schon vorher?«

»Nein.«

Abigail lächelte erfreut. »Dann sind wir also alle drei Fremde. Nicht nur ich.«

»Genau«, meinte Eve. »Halte dich bloß nicht für etwas Besonderes.«

»Ich *bin* aber etwas Besonderes.«

Shelley schnaubte. »Das musst du uns jetzt aber erklären.«

»Das hat meine Mommy immer gesagt.«

»Ha! Ich habe es meinen Kindern auch jeden Tag vor dem

Schlafengehen gesagt, dabei sind sie allesamt verdammte Versager.« Es folgte schockiertes Schweigen, während Shelley noch einen Schluck Wein trank und sich mit einem strahlenden Lächeln umsah.

»Das ist jetzt ein Scherz, oder?«, meinte Abigail schließlich.

»Jap.« Shelley legte lachend den Kopf in den Nacken. »Ha! Ihr hättet eure Gesichter sehen sollen!«

Eve musste unwillkürlich grinsen. »Das war abscheulich!«

»Nein, es war urkomisch«, widersprach Abigail. »Wie viele Kinder haben Sie?«

»Drei. Keith junior ist Bauingenieur, Kate ist Krankenschwester, und Kenny ist bei der Navy und auf Kreta stationiert.«

»Keith, Kate und Kenny?« Abigail warf Shelley einen Blick zu.

»Mein Ex-Mann hieß Keith. Es war seine Idee.« Es war deutlich zu hören, was sie von ihrem Ex hielt.

»Wie lange sind Sie schon geschieden?«

Eve räusperte sich leise, und hoffte, dass Abigail den Wink verstand. Sie war viel zu neugierig. Leider hörte sie Eve nicht – oder es war ihr egal.

»Seit Keith beschlossen hat, dass Cheryl Davis ihn glücklicher macht.« Shelley leerte ihr Glas, legte aber entschieden ihre Hand darauf, als Eve ihr nachschenken wollte. »Ich war gerade mit unserem dritten Kind schwanger.«

Abigail schnappte nach Luft und riss entsetzt die Augen auf. »Warum haben Sie diesen Arsch überhaupt geheiratet?«

Shelley schnaubte. »Sagen wir mal so: Deine Mutter war nicht die Einzige, die sich hat schwängern lassen. Damals musste man heiraten, um eine ›ehrbare Frau‹ zu sein. Was eine der dämlichsten Phrasen überhaupt ist.«

»Das tut mir echt leid.« Eve gab es auf, Abigail zurückzuhalten. Shelleys Geschichte interessierte sie mittlerweile genauso. »Ich finde, es gibt keinen schlimmeren Grund, den falschen Mann zu heiraten.«

»Ich frage mich, was wohl passiert wäre, wenn Mom Clayton gesagt hätte, dass sie schwanger ist, und *er* sie geheiratet hätte«, überlegte Abigail. »Ich wette, er hätte mich nicht hinausgeworfen, nur weil ich lesbisch bin.«

»Wenn sie einander geliebt hätten, hätten sie sicher geheiratet«, erklärte Shelley. »Es gibt keinen Grund, sich selbst das Leben schwer zu machen.«

»Ja, wahrscheinlich.« Abigail griff nach der Butter und strich etwas davon auf ihr zweites Brötchen. »Warum haben Sie nicht noch einmal geheiratet, Shelley?«

Shelley sah sie entsetzt an. »Und das alles noch einmal durchmachen? Vergiss es! Ich hatte drei Kinder, das reichte mir vollkommen.«

»Sie hätten ja nicht gleich ein weiteres Kind bekommen müssen.«

Shelley hob eine Augenbraue. »Ich wollte nicht auch noch einen *Mann* dazu.«

Eve stand auf, um das Obst und die Kekse zu holen. Es gefiel ihr, wenn Shelley so gesprächig war.

»Bäh.« Abigail verdrehte die Augen. »Wenn ich das höre, bin ich froh, dass ich lesbisch bin.«

»Die Suppe war köstlich.« Shelley stand auf und servierte die Schüsseln ab. »Abigail, ich kann gar nicht glauben, dass ich so viel geredet habe.«

»Und? Haben Sie das Essen trotzdem gut verdaut?«, wollte Abigail wissen.

»Kein bisschen.« Shelley stellte die Schüsseln auf die Anrichte. »Die Tortellini schwimmen immer noch in einem Stück in mir herum.«

»Kauen Sie Ihr Essen denn gar nicht?«

Shelley warf ihr einen Blick zu und stapelte die Schüsseln auf einem mit Blumen verzierten Tablett, um sie nachher in die Küche zu tragen. »Jetzt bin ich mal mit Fragen an der Reihe, Miss Oberschlau. Was hast du jetzt eigentlich vor?«

Abigail sank in sich zusammen, als hätte ihr jemand die Luft rausgelassen. »Ich werde Clayton sagen, wer ich bin. Dann muss er mir helfen, oder? Ich meine, vom Gesetz her.«

»Keine Ahnung, wie das mit dem Gesetz ist.« Shelley setzte sich wieder und nahm eins der Haferflockenplätzchen, die Eve auf den Tisch gestellt hatte. »Weiß deine Mom, dass du ihn gefunden hast?«

»Nein.« Abigail betrachtete ihren Fingernagel und führte ihn dann an die Lippen. »Sie hat keine Ahnung, wo ich bin.«

»*Was?*« Shelley zog Abigails Hand von ihrem Mund weg. »Seit wann?«

»Ich habe mich ein paar Tage, nachdem ich fort bin, das letzte Mal bei ihr gemeldet.«

»Nein, nein, das darfst du ihr nicht antun!« Shelley deutete in Richtung Küche. »Ruf sie sofort an und sag ihr, dass du nicht tot bist!«

»Das ist ihr doch egal.«

»Nein, ist es nicht.«

»Ich kann nicht.« Abigail schlang die Arme um die Mitte. »Jedes Mal, wenn das Telefon klingelt, will Dad sofort wissen, wer es ist. Er flippt aus, wenn er hört, dass ich angerufen habe.«

»Schreib ihr eine Nachricht, dass es dir gut geht.«

»Sie hat kein Handy.«

Das war so unglaublich, dass es den beiden Erwachsenen einen Moment lang die Sprache verschlug.

»Dann musst du anrufen.«

»Vielleicht hat dein Vater seine Meinung mittlerweile geändert«, gab Eve zu bedenken.

»Wenn er seine Meinung geändert hätte, hätte er mich angerufen oder Mom erlaubt, sich bei mir zu melden. Sie haben keine Ahnung, wie starrsinnig er ist. Und wie schlimm das alles war. Ich bin für sie gestorben. Ich bin nicht mehr länger ihre Tochter. Ich habe vor Gott gesündigt, und daher auch vor ihnen. Ende der Geschichte.« Sie verzog das Gesicht. »Es war schrecklich und gleichzeitig auch wahnsinnig melodramatisch.«

Eve wusste genau, was Abigail meinte. In der Nacht, als ihre Mutter gestorben war, hatte sie die Situation auch viel zu theatralisch gefunden, um real zu sein. Gleichzeitig war es so gewöhnlich und banal gewesen. Beim Abendessen war Jillian Croft noch am Leben gewesen, und dann, kurz vor Mitternacht an Silvester, war sie plötzlich tot. Sie hatte in ihrem Schlafzimmer gelegen, das vertraute Gesicht so schön wie immer, in demselben hübschen blauen Pullover und der Leinenhose, die sie beim Essen getragen hatte. Sie hatte so normal ausgesehen, dass Eve sie angeschrien hatte, endlich aufzuwachen.

»Wer glaubt eigentlich an einen derart intoleranten Gott?«, fragte Abigail leise.

»Zu viele Leute.« Shelley nahm noch ein Plätzchen. »Trotzdem steht es außer Diskussion, dass wir deiner Mutter sagen müssen, dass es dir gut geht. Wenn wir nicht anrufen können, müssen wir uns etwas anderes überlegen. Aber wir haben keine andere Wahl.«

»Sagt wer?«

»Eine Mutter.« Shelley sprach in einem leisen, bestimmenden Ton, der ihren Kindern vermutlich immer noch Angst einjagte. »Und deine leidet gerade sehr. Mehr, als du dir jemals wirst vorstellen können. Es ist sehr viel schlimmer als alles, was dein Vater ihr angetan hat oder antun könnte.«

Abigail ließ die Schultern sinken. »Na gut. Aber ich will nicht mit ihr reden.«

Shelleys Gesicht wurde noch härter. »Das ist nicht …«

»Sie muss doch nicht selbst anrufen.« Abigail und Shelley sahen Eve an. »Hauptsache, ihre Mutter erfährt, dass Abigail in Sicherheit ist. Es spielt keine Rolle, wer es ihr sagt, oder?«

Die beiden Frauen stimmten ihr murrend zu. Offensichtlich hatten sie sich beide bereits auf einen erbitterten Kampf eingestellt. Eve verkniff sich ein Grinsen. Rosalind wäre stolz auf sie gewesen.

»Und wie sollen wir es schaffen, dass sie mit einer Fremden telefonieren darf?« Abigail griff nach einer Banane und sah Eve abwartend an.

»Ähm …« Eve konnte sich nicht erinnern, dass sie angeboten hatte, die Sache in die Hand zu nehmen. »Na ja … mit wem würde dein Vater deine Mutter telefonieren lassen, ohne misstrauisch zu werden?«

Abigail verdrehte die Augen. »Mit Jesus oder dem Heiligen Geist.«

»Das ist es!« Shelley schlug mit der Hand auf den Tisch. »Es muss etwas mit der Kirche zu tun haben.«

»Gute Idee.« Eve nahm eine Clementine und schälte sie, wobei sie darauf achtete, dass die Schale in einem Stück blieb.

»Ich hab's!« Abigails Augen leuchteten. »Mom ist für die neuen Gemeindemitglieder zuständig.«

»Ja, das könnte funktionieren.« Eve steckte sich eine Spalte in den Mund und erkannte im nächsten Augenblick am Schweigen der anderen beiden und an deren erwartungsvollen Blicken, dass sie sich gerade freiwillig für den Anruf gemeldet hatte.

Du meine Güte.

Sie kämpfte die aufsteigende Angst nieder, wischte sich die Hände sauber und schob den Stuhl zurück. Shelley folgte ihr in die Küche, und Abigail nahm den Teller mit den Plätzchen mit.

Eve trat vor das altmodische Telefon an der Küchenwand. »Habt ihr eine Anruferkennung?«, fragte sie Abigail, die ungläubig nickte, als hätte sie gar nicht gewusst, dass es Telefone ohne diesen Service gab.

Die Jugend von heute …

»Dann sieht sie Ihren Namen, wenn ich Ihr Telefon benutze, Shelley. Ich kann auch mein Handy nehmen, wenn es Ihnen lieber ist.«

»Nein, machen Sie nur«, knurrte Shelley. »Wenn dieser Glen Ärger macht, dann wird es ihm noch leidtun.«

Eve grinste, auch wenn sich ihr Magen vor Angst zusammenzog. »Wie heißt deine Mom, Abigail?«

»Leah Oakes.«

»Telefonnummer?« Sie tippte die Zahlen ein, die Abigail ihr nannte, auch wenn sie immer noch nicht wusste, was sie sagen sollte. Sie fühlte sich irgendwie desorientiert, als würde das alles gar nicht wirklich passieren.

Er klingelte ein Mal.

Zwei Mal.

Die Anspannung in der Küche erreichte beinahe komische Ausmaße. Sogar Marx hob den Kopf und beobachtete sie erwartungsvoll.

»Hallo?« Die Stimme eines Mannes, ziemlich hoch und nasal, aber durchaus freundlich. Eve sah die Anzughose vor sich.

»Hallo, ist … ist Leah Oakes da?«

»Wer spricht da?« Er klang bereits schärfer.

»Shelley Grainger.« Sie versuchte, so demütig und sanft wie

möglich zu klingen, und stellte erleichtert fest, dass ihr Kopf jetzt, wo die Sache ins Laufen gekommen war, vollkommen klar war. »Ich ziehe mit meinem Mann und unserem Baby nach Milwaukee. Ich habe Leahs Namen und Telefonnummer von der …«

Sie riss die Augen auf und legte eilig eine Hand über den Hörer. »Wie heißt die Kirche?«

»Kirche des Höheren Glaubens«, flüsterte Abigail.

»… Kirche des Höheren Glaubens.« Eve ließ sich mit gespielter Erleichterung gegen die Wand sinken und formte ein »Danke« mit den Lippen. Sie erinnerte sich plötzlich wieder an die Scherzanrufe, die Olivia mit Jillians pinkfarbenem Prinzessinnentelefon gemacht hatte, während Eve und Rosalind vor Angst und Aufregung nicht aus dem Lachen herausgekommen waren.

Bloß, dass dieser Anruf kein Scherz war.

»Einen Moment«, meinte Mr Anzughose.

Eve gab Shelley und Abigail ein Daumenhoch, und die beiden nickten. Marx legte den Kopf wieder auf die Pfoten, als stünde außer Frage, dass alles glattlaufen würde.

»Hallo?« Die Stimme klang kräftig und warm, nicht so eingeschüchtert und gehetzt, wie Eve es erwartet hätte. Sie schluckte ein Knurren hinunter. Leah wirkte durchaus stark genug, um sich für ihre Tochter einzusetzen.

»Hi. Hier spricht Shelley Grainger aus dem Door County.«

»Hallo, Shelley, was kann ich für Sie tun?«

»Ich wollte Ihnen nur sagen, dass Abigail hier bei mir ist und dass es ihr gut geht. Lächeln sie und atmen sie normal weiter. Und dann sagen Sie etwas wie: ›Aber ja. Natürlich.‹«

»Aber ja … natürlich.« Es war deutlich zu hören, wie sehr sich Leah bemühte.

»Sie wohnt im Moment bei mir und wird morgen mit Clayton Marshall reden. Aber ganz egal, wie das Gespräch ausgeht, sie kann danach hierbleiben, bis sie wieder nach Hause kommen darf.«

Und Sie sorgen besser dafür, dass das bald der Fall sein wird, sonst komme ich persönlich vorbei und regle das.

Schweigen.

Eve biss die Zähne zusammen. »Sagen Sie etwas Unverfängliches. Keine Ahnung, was Sie sonst auch sagen. Zum Beispiel: ›Natürlich … wir heißen Sie und Ihre Familie sehr gerne bei uns willkommen.‹«

Leah wiederholte den Satz wie ein Roboter und kämpfte offensichtlich immer noch mit ihren Gefühlen. Wenn sie sich nicht bald zusammennahm, vermasselte sie alles. Immerhin hatte Eve keine Ahnung, was Leah sonst mit den neuen Gemeindemitgliedern besprach, und sie wollte auf keinen Fall, dass der *Daddy* Verdacht schöpfte.

»Vergessen Sie nicht zu atmen. Falls Sie weinen, sagen Sie, dass ich … dass ich Ihnen gerade von meiner Fehlgeburt erzählt habe. Oder dass mein Mann unter … einem unheilbaren Krebsgeschwür leidet. Okay?«

»Wirklich?« Shelley verzog das Gesicht. »An einem *unheilbaren Krebsgeschwür*?«

»Schhh.« Abigail brachte sie mit einer ungeduldigen Bewegung zum Schweigen und starrte Eve verzweifelt an, was ihre Wut auf die jämmerliche Person am anderen Ende der Leitung noch befeuerte.

»Danke.« Leah klang bereits gefasster. »Wir freuen uns, Sie in unserer Gemeinde begrüßen zu dürfen. Geben Sie mir doch bitte Ihre E-Mail-Adresse, dann sende ich Ihnen unser Informationsmaterial zu.«

»Klar. Meine E-Mail …« Sie riss erneut die Augen auf und sah Shelley hilfesuchend an.

Diese hatte sofort eine AOL-Adresse parat.

»*AOL?* Echt?«, fragte Abigail verächtlich.

Eve nannte Leah die Adresse. »Danke im Voraus für alles, was Sie mir schicken können.«

»Wir haben einige Angebote, die Sie interessieren könnten. Es gibt sogar eine Kindertagesstätte für Ihr Baby. Sie können mich jederzeit kontaktieren, wenn sich etwas an Ihrer Situation ändert. Und melden Sie sich auch jederzeit, wenn Sie Fragen haben, die ich noch beantworten soll.«

»Das mache ich gerne.« Eve biss sich auf die Lippe, um Leah nicht aufzufordern, in das erste Fahrzeug zu springen, das sie auftreiben konnte, um schnellstmöglich herzukommen und ihrem Kind beizustehen.

»Danke für Ihren Anruf, Shelley.« Die Stimme der Frau zitterte nur kaum merklich.

»Gerne.« Eve legte auf und rang sich ein Lächeln ab, obwohl sie am liebsten ihre Faust in die Wand gerammt hätte. Sie hatte gehofft, dass Leah mit ihrer Tochter reden wollte. »Alles gut gegangen.«

Abigail stiegen Tränen in die Augen. »Gut.«

»Deine Mom ist eine kluge Frau. Sie hat toll mitgespielt.« Shelley tätschelte Abigails Arm. »Sicher war sie von ihren Gefühlen überwältigt.«

»Ach du meine Güte!«, fauchte Eve. »Wenn sie tatsächlich so klug wäre, könnte Abigail heute noch nach Hause, und ihr *Vater* säße heulend in einer fremden Küche.«

»Ihr jungen Leute glaubt immer, das Leben wäre bloß schwarz oder weiß«, erwiderte Shelley sanft. »Und Menschen wären entweder gut oder böse. Aber es ist um einiges komplizierter. Je früher ihr beide das lernt, desto besser. Nur so macht euch das Leben nicht fertig und ihr verletzt auch andere nicht.«

Eve zählte bis zehn und weiter bis fünfzehn, während Abigail sich ein Plätzchen in den Mund steckte.

»Okay. Aber manchmal ist das Böse *so* übermächtig, dass es das Gute an einer Person einfach auslöscht.« Eve ballte die Hände zu Fäusten. Sie wusste, dass sie aufhören musste, doch sie schaffte es nicht. »Wenn sich etwa ein brillanter, überaus talentierter Mann einer Frau aufdrängt, dann ist er zwar immer noch talentiert, aber das Böse … das Böse ist einfach stärker. Er muss bestraft werden, und alles, was er je getan hat, darf keine Bedeutung mehr haben.«

Shelley hob eine Augenbraue und betrachtete Eve eingehend. »Solche Taten schmälern aber nicht seine Brillanz. Ich mag diesen Menschen vielleicht nicht mehr, aber ich kann immer noch das mögen, was er erschaffen oder erreicht hat.«

Eve umklammerte die Rückenlehne des Küchenstuhls. Ihr war klar, dass sie das Thema fallen lassen musste. Dass sie den Mund halten sollte. »Niemand verdient, damit durchzukommen, ohne den vollen Preis für sein Verbrechen zu bezahlen.«

»Da stimme ich Ihnen zu hundert Prozent zu. Aber wir dürfen nicht alles verdammen, was dieser Mensch erschaffen oder erreicht hat, denn dann würden wir alle verlieren.«

Eve wurde immer wütender und wütender. Ihr Atem ging zu schnell; ein vertrautes Zittern nahm von ihr Besitz. »Nein! Es ist wie bei den Flitzern, die während eines Footballspiels übers Spielfeld laufen. Wenn sie niemand filmt und fotografiert, machen sie es nicht mehr. Er sollte verschwinden und …«

»Eve.« Shelleys ruhige Stimme brachte sie noch mehr in Rage.

»Was?« Sie zwang sich, die ältere Frau anzusehen.

»Es war nicht okay. Sie müssen wissen, dass ich …«

»*Was* war nicht okay?«

»Was auch immer Ihnen angetan wurde.«

Eve öffnete den Mund und schloss ihn wieder. Abigail sah beunruhigt zwischen den beiden hin und her. Sie hielt noch immer das halbe Plätzchen in der Hand.

Eve hätte das Thema niemals ansprechen sollen. Nicht jetzt und überhaupt nie – und schon gar nicht vor Abigail, die gerade mit ihren eigenen Problemen zu kämpfen hatte.

Trotzdem hatte Shelley eine Grenze überschritten, und es war sehr viel schlimmer, als Abigail zu verraten, dass Eve Jillian Crofts Tochter war.

»Okay.« Shelley trat an die Spüle. »Sie haben gekocht, also räume ich auf.«

Abigail eilte ins Esszimmer, um das restliche Geschirr zu holen. »Ich helfe Ihnen. Und danke, dass Sie meine Mom angerufen haben, Eve.«

Marx kam zu ihr und stieß mit der Schnauze gegen ihren Oberschenkel. Er sah fragend zu ihr hoch, während sie versuchte, sich zu beruhigen und sich daran zu erinnern, wer sie war und was sie hierhergeführt hatte. Was auf dem Spiel stand, wenn sie Shelley beleidigte oder kränkte.

Marx hatte recht. Sie sollte sich entschuldigen. »Es tut mir leid.«

»Es gibt keinen Grund, sich zu entschuldigen.« Shelley sah sie gewohnt ausdruckslos an, doch ihre Stimme klang sanft. »Sie hatten jedes Recht dazu.«

Aber das hatte sie nicht. Nicht im Haus einer Fremden – einer Klientin – und nicht, nachdem sie sich so viele Jahre unter Kontrolle gehabt hatte.

Sie holte Frischhaltefolie für den Plätzchenteller und hatte das Gefühl, als stünde sie kurz davor, den Verstand zu verlieren.

Sie würde nicht zulassen, dass die lange begrabenen Gefühle wieder die Kontrolle übernahmen. Nachdem alles aufgeräumt war, würde sie mit Marx einen Spaziergang machen und sich anschließend in ihr Zimmer zurückziehen, um Mike anzurufen, der ihr auf herrlich normale Art von seinem herrlich normalen Tag erzählen würde, wie er es zu Hause auch immer machte. Danach würde sie ein wenig lesen und sich schlafen legen. Und morgen wäre wieder alles beim Alten.

»Eve?«

Eve trat zur Seite, um Abigail Platz zu machen. Sie hatte gar nicht bemerkt, dass sie gedankenverloren mitten in der Küche gestanden hatte.

»Kommen Sie morgen mit?« Haselnussbraune Augen voller Hoffnung. »Zu meinem Dad?«

Eve bemühte sich um ein freundliches Gesicht. Hatte sie sich nicht gerade vorgenommen, dass sie morgen wieder voll zurechnungsfähig sein würde? Als sie Massachusetts und Mike verlassen hatte, hatte sie gehofft, dem ewigen Trott zu entkommen, zu dem sich ihr Leben entwickelt hatte. Es war nicht geplant gewesen, alles ins Chaos zu stürzen.

Aus dem Augenwinkel sah sie, wie Shelley mit dem Geschirrtuch in der Hand innehielt und auf ihre Antwort wartete.

Verdammt.

»Ja, klar. Ich komme mit.«

Die Erleichterung und Dankbarkeit in Abigails Augen waren die Sache beinahe wert.

Beinahe.

Sobald es ging, floh Eve mit Marx aus dem Haus, und als sie wiederkam, sagte sie nur schnell gute Nacht zu Abigail und Shelley, die auf der Veranda saßen, und ging nach oben.

Sie betrat ihr blau-gelbes Zimmer, holte ihr Telefon heraus

und rief Mike an. Seine vertraute Stimme beruhigte sie, sodass die Spannung in ihren Schultern nachließ. »Hallo, du.«

»Hallo, Fremde.«

Sie setzte sich grinsend aufs Bett und zog die Strümpfe aus. »Was machst du so?«

»Ich sitze vor dem Fernseher und sehe mir *Ragnarök* an.« Wie immer zog er das bizarre, fremde Wort seltsam in die Länge.

Eve kicherte, warf ihre Strümpfe in Richtung Schrank und ließ sich rücklings aufs Bett fallen. »Hast du die Serie nicht schon mal gesehen?«

»Hast du *Casablanca* nicht auch schon mal gesehen?«

»Das ist nicht dasselbe.«

»Warum nicht?«

Eve streichelte Marx' Kopf und wünschte, Mike hätte die Frage nicht ernst gemeint. »Hast du getrunken?«

»Nur ein paar Flaschen Bier.«

Ihr Magen zog sich zusammen. Ein paar Flaschen bedeutete eine Menge. »Okay.«

»Wie ist es dort oben?«

»Stressig.« Eve wollte ihm von ihrem Tag erzählen. Von dem Tagebuch. Von Abigail. Von dem Gespräch nach dem Abendessen. Aber sie hatte heute nicht die Kraft für eine weitere anstrengende Unterhaltung. »Ich werde in nächster Zeit einiges zu tun haben. Die Projekte sind interessant. Das Haus für Shelley wird sicher spannend, aber mein zweiter Klient will einen Wintergarten für sein Haus, und es gibt keinen hundertprozentig geeigneten Ort dafür. Es ist eine ziemliche Herausforderung.«

»Dein zweiter *Klient*?«

»Ja, es hat sich herausgestellt, dass Shelleys Freundin ein Mann ist.«

»Okay …« Er klang nicht gerade begeistert. Eve wappnete

sich für einen Angriff. »Du schaffst das sicher. Ich glaube an dich. Du bist unheimlich talentiert. Und wunderschön.«

Sie lächelte erleichtert. Hätte er solche Dinge bloß auch zu ihr gesagt, wenn er nüchtern war. Im nächsten Moment hasste sie sich dafür, dass sie bei allem, was er tat, sofort das Negative sah. »Danke.«

»Du klingst niedergeschlagen. Ist alles in Ordnung?«

»Ich bin nur müde. Es war ein langer Tag.« Sie sollte ihm davon erzählen. So etwas taten Partner. Sie erzählten einander alles. »Ich habe Angst, dass mir alles über den Kopf wächst.«

»Dir doch nicht, Harvard-Girl.«

Sie lachte aus Gewohnheit, auch wenn die Harvard-Witze schrecklich abgedroschen waren. »Was hast *du* heute so gemacht?«

»Ich bin mit Rog nach der Arbeit noch auf ein Glas Bier.« Es war seltsam, wie stark ihr sein Akzent mittlerweile vorkam, nachdem sie nicht ständig von Leuten umgeben war, die genauso redeten wie er. »Er glaubt, dass seine Frau es sich von einem Kerl aus dem Büro besorgen lässt.«

Eve schnappte nach Luft und stemmte sich auf die Ellbogen hoch. Roger war ein netter Kerl und Sportlehrer an Mikes Schule. Seine Frau war eine erfolgreiche Anwältin. Sie kannten sich seit ihrer Jugend. »Der Arme. Was hat er jetzt vor?«

»Ich würde den Mistkerl erschießen.«

»Also, ich würde zuerst eine Therapie vorschlagen. Danach kann er immer noch zur Waffe greifen.« Eve ließ sich wieder zurücksinken. Sie wusste nur zu gut, dass man mit Mike nicht diskutieren sollte, wenn er getrunken hatte. »Wenn die Situation einmal passt, richte ihm bitte aus, dass es mir leidtut und er zu gut für sie ist.«

»Mach ich. Wann kommst du nach Hause?«

Sie presste sich eine Hand auf die Stirn. »Keine Ahnung. Die Situation ist komplizierter, als ich dachte.«

»Warum?« Seine Stimme wurde schärfer; es erinnerte sie absurderweise an Glen, als sie vorhin mit Leah sprechen wollte.

Sie kniff die Augen zusammen und ärgerte sich, dass sie so einen Vergleich überhaupt angestellt hatte. Dann beschloss sie, ihm zumindest einen Teil der Geschichte zu erzählen. »Hier sind gerade einige merkwürdige Dinge am Laufen.«

»Was? Was ist denn los, Eve?«

Seine Sorge war echt, und sie schämte sich dafür, dass sie sich ihm nicht sofort anvertraut hatte. Sie trug definitiv eine Mitschuld an ihren Beziehungsproblemen.

»Ich habe da ein Mädchen kennengelernt …« Sie fasste die Geschichte und das Abendessen zusammen und erzählte ihm von dem Anruf, den er nicht so amüsant fand, wie sie gehofft hatte. Am Ende berichtete sie ihm von Abigails Bitte, dass Eve sie am nächsten Tag zu ihrem Vater begleiten sollte.

»Was? Willst du mich verarschen? Sag ihr, sie soll sich verpissen. Du bist ihr nichts schuldig.«

Die Heftigkeit seiner Reaktion schockierte sie, auch wenn er betrunken war. »Nein, aber …«

»Nichts aber! Sie könnte eine Betrügerin sein, eine Kriminelle, eine Drogenabhängige, eine notorische Lügnerin oder total verrückt. Und diesen Kerl kennst du doch auch nicht. Ruf die Polizei. Die kennen sich mit so was aus.«

Tief durchatmen. »Es klingt seltsamer, als es ist, wenn man es nur am Telefon hört. Aber …«

»Nein, nein. Hör mir zu. Das Mädchen zieht dich nur runter. Ich garantiere dir, dass ihre Geschichte totaler Schwachsinn ist. Sie wird dir nur wehtun, Eve. Wenn sie will, dass dieser Kerl ihr Daddy ist – ich bezweifle stark, dass es stimmt –, dann muss sie ihren Schnuller ausspucken und selbst mit ihm reden. Vertrau mir, es steckt sicher viel mehr dahinter, als sie dir erzählt hat.«

Eve schloss die Augen und flehte Gott um etwas Geduld an. »Wenn du sie kennengelernt hättest, wüsstest du …«

»Ich muss sie nicht kennenlernen. Sag ihr, dass sie alleine klarkommen muss. Du hast genug um die Ohren, ohne dich auch noch um ihren Scheiß zu kümmern.«

Mike hatte Angst um sie. Er war nicht da und konnte sie nicht beschützen. Sie wünschte bloß, er hätte einen vernünftigeren Ansatz gefunden, um es ihr zu zeigen. »Vielleicht hast du recht.«

»Natürlich habe ich recht.«

»Ich werde es mir noch einmal durch den Kopf gehen lassen, okay?« Sie versuchte, unbekümmert zu klingen. »Danke, dass du dir Sorgen um mich machst. Aber ich muss jetzt weitermachen.«

»Bitte sei vorsichtig.«

»Ja, versprochen.« Eve legte auf und öffnete das Fenster, um den kalten Wind zu spüren, der vom See hochwehte.

Der Abend hatte sie eine Menge Kraft gekostet, und das Telefonat mit Mike hätte sie eigentlich *beruhigen* sollen.

Sie legte ihr Gesicht auf das kühle Glas, schloss die Augen und versuchte, langsam und gleichmäßig zu atmen.

Sie versuchte es weiter. Und immer weiter.

Wann würde sie endlich den Schmerz abstreifen, den das Versagen ihrer Mutter ihr zugefügt hatte? Sie hatte gedacht, sie hätte es hinter sich. Sie hatte gedacht, sie wäre stark genug, um allein mit den Folgen fertigzuwerden. Vielleicht sollte sie den Therapeuten anrufen, den sie am Strand kennengelernt hatte, auch wenn sie sich nicht einmal mehr an seinen Namen erinnerte. Es war unerträglich, dass sie immer und immer wieder gegen diese dämliche Angst ankämpfen musste und nicht mehr wie ein normaler Mensch funktionierte. Was hatte sie so weit zurückgeworfen? Das Video, das Mike und seine Freunde sich angesehen hatten? Der Kummer, den Abigail gerade durchlebte?

Sie löste sich vom Fenster, hob ihre Strümpfe vom Boden auf und marschierte zum Schrank, um sie in den Koffer zu stopfen, den sie als Wäschekorb benutzte. Sie fielen auf die Schachtel mit dem Tagebuch ihrer Mutter.

Eve hielt sich an der Schranktür fest und starrte darauf hinunter, als hätte sie Angst, das Tagebuch könnte sie anspringen und ihr den Kopf abreißen.

An einem Tag wie heute hätte es sie nicht überrascht.

Sie legte sich eine Hand auf die Stirn und atmete tief ein.

Vielleicht half es, wenn sie ein wenig darin las?

Sie beugte sich zögerlich nach unten, als könnte ihr das Tagebuch tatsächlich den Kopf abreißen, nahm es und blätterte es durch, bevor sie auf einer beliebigen Seite innehielt und zu lesen begann.

Ich muss es einfach schaffen. Die Welt war lange genug unfair zu mir.

Ich weiß, dass ich Daniel überzeugen kann. Er würde alles für mich tun.

Eve wurde übel. Sie schlug das Buch zu, warf es zurück in den Schrank und schloss eilig die Tür.

Okay. Die Erinnerung daran, was für ein egoistischer Albtraum ihre Mutter gewesen war, half wirklich ungemein. Wer auch immer ihr das Tagebuch geschickt hatte, war sich offensichtlich nicht klar, dass Eve kein Interesse an dem hatte, was in Jillians verrücktem Kopf vor sich gegangen war.

Sie wusste schon genug.

Kapitel 9

20. November 1979 (Dienstag)

Ich habe jetzt lange Zeit nichts geschrieben. Es war nicht einfach, aber jetzt ist A Dangerous Fall *abgedreht. Das Wetter hat uns ständig einen Strich durch die Rechnung gemacht. Ich habe für diesen Film wochenlang alles gegeben! Am Ende wurde es eine meiner besten Arbeiten, und ich bin sehr zufrieden damit. Ich war mir nicht sicher, ob ich neben James Coburn bestehen kann. Er spielt so intensiv und ist gleichzeitig so natürlich, und ich hatte Angst, dass er sich von meiner Berühmtheit abgestoßen fühlt und mich als Schauspielerin nicht ernst nimmt. Aber dann stellte sich heraus, dass unsere Art zu arbeiten perfekt zusammenpasst. Es war wundervoll, neben ihm vor der Kamera zu stehen. Das Drehbuch war so rührselig – mein Gott! Ich hatte die ganze Zeit das Gefühl, als müsste ich mich vor Anspannung übergeben, aber es gab nur einen Weg, diese Frau zu spielen, und zwar mit tief empfundener, alles offenbarender Ehrlichkeit. Und ich habe es geschafft.*

Daniel ist unglaublich beschäftigt. Er ist ein erfolgreicher und durch und durch bemerkenswerter

Mann. Seine Studenten lieben ihn, und ich bin sehr stolz auf ihn! Er schreibt gerade an einem Buch über die Schauspielerei, und ich wette, es wird sich millionenfach verkaufen. Er hat versprochen, es mir zu widmen. Das ist so süß!

Ich habe ihn überzeugt, meinem raffinierten Plan, doch noch Eltern zu werden, eine Chance zu geben. Im absolut schlimmsten Fall kommt heraus, was wir getan haben, aber dann können wir immer noch alles abstreiten und die Frau wegen Verleumdung verklagen oder sie bestechen. Mit genügend Geld ist alles möglich. Oder zumindest fast. Nicht einmal alles Geld der Welt kann mich heilen – sonst wäre es längst so weit gewesen.

Aber wenn ich schon im echten Leben nicht geheilt werden kann, kann ich zumindest in einer herrlichen Fantasiewelt leben, in der niemand verletzt wird.

Daniel hat versprochen, sich schon bald auf die Suche nach einer Leihmutter zu machen. Es ist nur fair, dass er die Frau aussuchen darf, denn immerhin muss er …

O Gott, ich darf gar nicht daran denken! Es wird eine riesige Hürde sein, die ich überwinden muss. Und wie viel kann ich noch ertragen? Ich wünsche mir verzweifelt ein Leben, das mir nicht so viel Kraft abverlangt.

Ich habe Glück, dass ich so stark bin.

In Liebe,

Ich

Eve stand früh auf, um laufen zu gehen. Sie lief weiter als üblich und auch schneller als sonst, während das Adrenalin durch ihre Adern jagte. Sie hatte kaum geschlafen. Sie war einfach nicht die Richtige, um einem pubertierenden Mädchen dabei zu helfen, einem Mann in den Dreißigern – der außerdem noch ihr Klient war – zu sagen, dass er eine obdachlose Tochter hatte.

Sie war sich immer noch nicht sicher, wie sie in diese Sache hineingeraten war. Ihre ganze Kindheit und Jugend über hatte ein verrücktes Erlebnis das andere gejagt, und als im letzten Sommer die Wahrheit über den körperlichen Zustand ihrer Mutter herausgekommen war, hatte sie beinahe den Verstand verloren. Und jetzt das? Bezahlte sie womöglich für die Sünden ihrer Vorfahren? Litt sie für eine Ahnin, die ihre Kinder in die Sklaverei verkauft oder sich selbst dem Satan verschrieben hatte?

Nachdem sie wieder in Shelleys Zufahrt gebogen war, nahm sie sich einen Moment Zeit, um ihre Muskeln zu dehnen, und wischte sich mit dem Pullover den Schweiß von der Stirn. Vielleicht war es besser, zuerst allein mit Clayton zu sprechen und ihn auf den Schock vorzubereiten. Oder war es einfacher, Abigail gleich mitzunehmen und ihn ins kalte Wasser zu werfen? Würde Clayton Eve die Sache übel nehmen? Obwohl ihre Karriere natürlich nicht gleich den Bach runterging, wenn er sie doch nicht engagierte. Tatsächlich hätte es ihr das Leben sogar erleichtert. Denn ohne Claytons Auftrag konnte sie sich ausschließlich auf Shelleys Haus konzentrieren und danach so schnell wie möglich von hier verschwinden.

Was, wenn der übermisstrauische und besitzergreifende Mike recht hatte und Abigail sie hinters Licht führte?

Es war einfach zu viel Drama. Genau nach Olivias Geschmack.

Eve ging nach oben, duschte und legte frische Klamotten zurecht. Was zog man an, um eine Bombe platzen zu lassen, die das ganze Leben eines Menschen ins Chaos stürzen würde? Sie schlüpfte in einen lohfarbenen Pullover und wünschte sich gerade, sie hätte ein sauberes Oberteil in einer fröhlicheren Farbe, als das Telefon klingelte. Es war ihre Schwester.

»Hey, Rosalind. Du bist ja früh wach.«

»Nö. Hier ist es schon neun, weißt du? *Du* bist diejenige in der anderen Zeitzone.« Rosalinds fröhliche Stimme breitete sich wie eine weiche Decke über Eve. Sie wollte sie sich über den Kopf ziehen und schlafen – vielleicht hatten sich alle Probleme einfach in Luft aufgelöst, wenn sie wieder aufwachte.

»Was hast du heute vor?« Bei Rosalind war jeder Tag interessant und anders. Sie malte, unternahm einen spontanen Ausflug, ging in einen neuen Club, suchte sich ein neues Hobby …

»Mein Agent kommt später vorbei, um sich ein paar Bilder anzusehen, die ich endlich fertiggestellt habe. Oder besser gesagt: Bei denen ich endlich das Gefühl habe, dass sie fertig sind.«

»Cool.« Sie freute sich, dass ihre Schwester diesen neuen Pfad eingeschlagen hatte, so steinig und unsicher er auch war. »Wie geht's Bryn?«

»Gut. Er arbeitet.« Rosalinds Stimme klang so liebevoll, dass Eves Lächeln noch breiter wurde. Es war schön, daran erinnert zu werden, dass ein normales, sesshaftes Leben möglich war. »Du klingst irgendwie durcheinander, Evie, was ist denn los?«

»Nicht viel.« Sie schloss genervt die Augen. Mein Gott, wenn sie nicht einmal ihrer Schwester gegenüber ehrlich sein konnte … »Na ja, es ist alles ein wenig seltsam.«

Sie erzählte Rosalind die ganze Geschichte und hörte ihre Schwester immer wieder nach Luft schnappen und mitfühlend vor sich hin murmeln. Sie versuchte, Rosalinds Reaktion nicht mit Mikes harscher Ablehnung zu vergleichen.

»O mein Gott, das arme Ding! Was ist bloß mit ihrem Dad los? Sie ist lesbisch, aber sie ist doch immer noch dasselbe Mädchen, das er zehn Sekunden vor dem Outing über alles geliebt hat.«

»Ja, ich weiß. Ich verstehe es auch nicht.«

»Es ist jedenfalls gut, dass du ihr hilfst. Sie wird jemanden brauchen, falls Clayton ausflippt.«

»Genau davor habe ich Angst.« Eve setzte sich aufs Bett. Das Mitgefühl und Verständnis ihrer Schwester taten gut, und das Gespräch machte die Situation weniger surreal und überschaubarer. »Ich habe ihn bis jetzt erst einmal getroffen, und er schien mir sehr nett zu sein, aber solche Neuigkeiten sind doch ziemlich extrem.«

»Was du nicht sagst. Wann geht ihr zu ihm?«

»Nach dem Frühstück.«

»Bist du nervös?«

»Was glaubst du?«

»Ich weiß, du stehst nicht gerade auf Drama. Doch auch wenn es gönnerhaft klingt: Ich bin stolz auf dich.«

»Weil ich mich in eine verrückte Angelegenheit eingemischt habe, die mich absolut nichts angeht?«

»Genau«, erwiderte Rosalind liebevoll. »Weil ich weiß, dass du lieber durch heiße Lava schwimmen würdest, und weil du dich trotzdem dazu bereit erklärt hast.«

»Ich hatte nicht unbedingt eine Wahl«, knurrte Eve, doch das Lob ihrer Schwester tat dennoch gut. Alles an Rosalind tat ihr gut. Dank ihr hatte Eve die Hoffnung, dass Clayton sich riesig darüber freuen und ihr überschwänglich danken würde, wenn sie ihm von seiner Tochter erzählte. »Aber trotzdem danke. Ich hatte deinen Blickwinkel dringend nötig. Mike hatte Angst, dass Abigail mich in einen groß angelegten Betrug hineinzieht.«

Rosalind schnaubte verächtlich, und Eve wünschte sich sofort, sie hätte nichts gesagt. »Kennt Mike die Kleine denn?«

»Nein. Aber du musst zugeben, dass es ziemlich verrückt klingt.«

»Findest du? Hältst du es nicht für möglich, dass konservative Christen ihre homosexuellen Kinder verstoßen?«

»Doch. Aber da ist ja auch noch der Vater, der keine Ahnung von seiner Tochter hat …«

»Was die Sache echt vertrackt macht. Aber denk nur mal an die Geschichte mit Mom. Vorgetäuschte Schwangerschaften? Geheime Leihmütter? Wer würde so etwas glauben?«

»Gutes Argument.« Eve massierte sich die Schläfe. Langsam bekam sie Kopfschmerzen.

»Was sagt dir dein Instinkt?«

»Dass Abigail ein kluges, ehrliches Mädchen ist, das sehr unter der Situation leidet.«

»Und mehr musst du nicht wissen. Mike ist kein guter Maßstab, und ich denke, das weißt du, sonst hättest du mir die Geschichte nicht auch noch erzählt.«

»Was hast du eigentlich gegen ihn?« Eve biss die Zähne zusammen, weil sie sich vor der Antwort fürchtete. Sie stellte sich diese Frage schon einige Zeit, hatte aber nie den Mut gehabt, sie auch laut auszusprechen.

»Gar nichts. Ich glaube nur nicht, dass er zu dir passt.« Rosalinds Stimme wurde weicher. »Und wenn du mich schon fragst: Ich finde ehrlich gesagt, dass dich der Kerl runterzieht. Und ich frage mich, ob du vielleicht nur noch aus Gewohnheit mit ihm zusammen bist.«

Wut stieg in Eve hoch. »Und das sagst ausgerechnet du? Am glücklichen Beginn einer Partnerschaft?«

»Berechtigte Frage. Aber ich hatte andere Partnerschaften, und diese hier folgt keinem bekannten Muster. Deine Beziehung mit Mike allerdings schon. Diese Dinge sind typisch für erwachsene Kinder von Alkoholikern. Olivia und du, ihr habt Angst, eine kriselnde Beziehung zu beenden, und ich hatte lange Zeit Angst davor, eine gute Beziehung zu führen.«

Na toll. Jetzt kontrollierte ihre Mutter auch noch Eves Liebesleben? »Ich glaube, es ist ein bisschen komplizierter als das.«

»Jetzt bist du wütend auf mich.«

»Nein, nein.« Sie zwang sich, freundlicher zu klingen. Ihre Schwester wollte ja bloß helfen. »Ich bin nur nicht für diesen emotionalen Kram geschaffen.«

»Doch, das bist du. Erinnerst du dich an den Tag, als Mom starb? Ich war zu nichts zu gebrauchen, und Olivia hatte im Krankenhaus einen Nervenzusammenbruch und war total hysterisch. Dad wollte sogar, dass die Ärzte ihr ein Beruhigungsmittel spritzen, weißt du noch?«

»Mein Gott, ja. Das war schlimm. Ich dachte, ihr würde gleich eine Arterie platzen.«

»Aber du hattest die Situation im Griff. Wie alt warst du? Elf? Du hast dich vor sie gestellt und sie in die Arme geschlossen, bis sie sich beruhigt hatte. Ich konnte nicht glauben, dass du stark genug dafür warst. Aber in dem Moment brauchte sie genau das.«

»Es half jedenfalls nicht, dass Dad sie anschrie, endlich still zu sein. Das wusste sogar ich. Es war ja nicht so, dass sie unbedingt die Nerven verlieren *wollte*.« Die Erinnerung daran war schrecklich und legte sich wie eine eiserne Faust um ihr Herz. »Es war eine grauenvolle Nacht.«

»Und dann damals, als wir das erste Mal mit Dad und Lauren zu Abend gegessen haben? Es war schrecklich, und Dad war wütend auf uns, weil wir nicht netter zu ihr waren. Aber du hast ihn zur Rede gestellt. Weißt du noch? Du warst vollkommen ruhig und höflich, aber es war das erste Mal, dass du dich gegen ihn aufgelehnt hast, und er gab nach. Lauren sorgte dafür, dass er sich entschuldigte.«

»Das hatte ich ganz vergessen.«

»Und dann noch damals, als …«

»Hast du etwa eine ganze Liste?«

»Damals auf der Oscar-Gala irgendwann in den Neunzigern. Es war Moms letzte Nominierung, und Dianne Wiest schlug sie in der Kategorie *Beste Nebendarstellerin.* Sie wollte gerade einen riesigen Aufstand veranstalten, aber dann hast du die Kamera gesehen, die auf uns zuschwenkte, und hast leise ›Kamera‹ gezischt. Du warst erst fünf oder so, aber du wusstest damals schon genau, worauf es ankam. Ich habe Mom noch nie so schnell lächeln gesehen.«

Eve lachte. »Sie freute sich *wahnsinnig* für Dianne.«

»Zumindest war es das, was die Welt zu sehen bekam. Und das war das Wichtigste. Sie war dir so dankbar!«

Das war Jillian tatsächlich gewesen. Eve war ganz schwindelig geworden, weil ihre Mutter ihr endlich die volle Aufmerksamkeit geschenkt hatte. Jillians Launen waren kräftezehrend gewesen, aber wenn sie ihre Medikamente nahm, konnte sie auch witzig sein. Ihren eigenen Vorstellungen folgend und immer darauf bedacht, ihren Willen durchzusetzen. Aber trotzdem witzig. Sie verfügte über eine beinahe magnetische Anziehungskraft, und jeder, der sich in ihrem inneren Kreis aufhielt, kam sich vor, als wäre er etwas Besonderes – selbst wenn es nur für ein paar Stunden war. Wenn man dieses Gefühl einmal genossen hatte, war man verloren und wollte es immer und immer wieder erleben. Schon als Kind hatte Eve erkannt, wie unbeständig die Zuneigung ihrer Mutter war, auch wenn sie die destruktiven und egoistischen Muster dahinter noch nicht verstanden hatte.

»Danke, Rosalind. Das hat gutgetan. Du solltest dich als Antidepressivum verschreiben lassen.« Eve stand auf und ging zum Schrank, um ihre Schuhe zu holen. »Jetzt bin ich zuversichtlicher.«

»Gerne geschehen. Ich hoffe, es geht alles gut. Sag mir dann Bescheid.«

»Mach ich. Es wird wahrscheinlich …« Sie stand wie erstarrt vor dem Schrank und blickte auf die Schachtel hinunter, der einen bisher unbekannten Teil des Lebens ihrer Mutter enthielt.

»Wahrscheinlich was? Bist du noch da? Hallo?«

Eve lehnte sich an die Wand. »Rosalind?«

»Ja-a?«

Eve schluckte krampfhaft. »Erinnerst du dich an das … Tagebuch, das du in der Post hattest?«

»*Moms* Tagebuch?« Ihre Schwester klang begeistert. »Willst du es lesen? Ich kann es dir schicken …«

»Nein. Ich … ich habe auch eines bekommen.«

Rosalind schnappte nach Luft. »Im Ernst? Wann?«

»Es war bereits hier, als ich ankam.«

»Was steht drin?«

»Ich habe es nicht gelesen.«

»Was? Wieso nicht?«

»Einfach so.«

Rosalind seufzte frustriert. »Du und Olivia – ihr seid Meisterinnen der Verdrängung. Ich konnte es nicht erwarten, meines zu lesen, und habe beinahe die ganze Nacht wachgelegen. Lies es, Eve! Du wirst eine Menge über sie erfahren. Sie war so menschlich. Total verkorkst und unglaublich unsicher, aber …«

»Das weiß ich doch alles.«

»Ja, aber da ist noch so viel mehr. Darf ich dir vielleicht etwas erzählen? Nur ein Beispiel?«

Eve seufzte, war aber zugegebenermaßen neugierig. »Okay. Leg los.«

»Als Mom – in ihrem Junior-Jahr an der Highschool – aus Maine fortging, hat sie sich weder von Grandma Betty noch von Grandpa Arnold und auch nicht von Tante Christina verabschiedet. Sie verließ das Haus wie jeden Morgen, um zur Schule zu gehen, doch stattdessen nahm sie einen Bus nach New York. Ganz allein. Sie wohnte in einem Frauenwohnheim, in einem winzigen Zimmer, arbeitete als Kellnerin in einem italienischen Restaurant und versuchte, an der Schauspielschule von Stella Adler aufgenommen zu werden. Sie war der festen Überzeugung, einmal ein Star zu werden. Es ist unglaublich zu lesen. So naiv und gleichzeitig voller Selbstvertrauen. Und sieh nur, was passiert ist …«

»Wow.« Eve konnte sich ihre Mutter nicht als naives Mädchen vorstellen, aber allein der Gedanke, dass sie aus einer Kleinstadt mit weniger als tausend Einwohnern nach New York gegangen war, war bemerkenswert.

»Es ist interessant zu lesen, was sie alles durchgemacht hat und welcher Mensch sie damals war. Ich frage mich, welche Zeitspanne dein Tagebuch umfasst. Ob es vor meinem Teil spielt oder danach. Vielleicht beginnt es nach dem Ende meines Bandes? Nachdem Dad und sie sich verlobt haben.«

Eve verzog das Gesicht, auch wenn sich langsam Neugierde in ihr breitmachte. »Ich bin mir nicht sicher, ob ich das wissen will.«

»Vielleicht steht sogar etwas über Helen drin.«

»Über wen?«

»Über deine leibliche Mutter. Helen Phillips.«

Die Neugierde wich Entsetzen. »Woher weißt du, wie sie heißt? Und warum erzählst du mir das ausgerechnet jetzt?«

»O Gott, Eve, das hatte ich total vergessen! Es tut mir leid.« Rosalind seufzte frustriert. »Es wäre alles viel einfacher, wenn du mir erlauben würdest, dir die ganze Geschichte zu erzählen. Ich weiß oft nicht mehr, was okay und was verboten ist. Was ich dir schon erzählt habe und was nicht …«

Eve ließ sich aufs Bett sinken. *Helen Phillips.* »Ich komme eben nicht gut mit solchen Dingen klar.«

»Ihr Name stand in den Kontobüchern, die ich letzten Sommer gefunden habe. Genau wie Leilas Name. Olivias Mutter kam auch vor, aber ihr Name war durchgestrichen und unlesbar, also habe ich keine Ahnung, wie sie hieß. Unser Vater hat den Frauen monatlich Geld überwiesen, nachdem sie uns auf die Welt gebracht hatten. Es war eine ansehnliche Summe.«

O mein Gott. Eve zwang sich, die Schultern nicht zu sehr anzuspannen. Sie zitterte und hatte keine Ahnung, ob sie ihre Schwester auffordern sollte, den Mund zu halten oder fortzufahren. »Okay.«

»Das Seltsame ist, dass die Zahlungen an Helen im April zweitausendzwei eingestellt wurden. Vielleicht wollte sie kein Geld mehr. Vielleicht hat sie einen unglaublich reichen Mann geheiratet und brauchte es nicht. Vielleicht haben Dad und sie eine neue Vereinbarung getroffen, vielleicht ist sie aber auch gestorben.«

»Du hast dir bereits einige Gedanken darüber gemacht.«

»Natürlich, Eve.« Rosalinds Stimme wurde sanfter. »Es ist ja auch wichtig.«

Eve stand abrupt auf und ging zum Fenster. Ihr Magen zog sich zusammen, während sie auf den unruhigen See hinausschaute. *Helen Phillips. April 2002.* Und ein wohlhabender Mann, der ihr monatlich Geld überwiesen hatte. Was wollte sie sonst noch wissen?

Alles.

Und nichts.

»Hallo? Bist du noch da?«

»Ja, ich bin noch da. Tut mir leid, Rosalind. Ich weiß … ich weiß, du findest es unvernünftig, aber ich bin noch nicht bereit, mir über meine leibliche Mutter Gedanken zu machen. Ich hatte genug Schwierigkeiten mit der Mutter, die wir hatten. Außerdem ist es hier gerade auch so stressig genug.«

»Tut mir leid.« Rosalinds Entschuldigung klang ernst gemeint. »Ich hatte großes Glück, dass ich meine leibliche Mom und ihre Familie in Princeton gefunden habe, aber natürlich war es stressig und kräftezehrend. Und du hast gerade andere Probleme.«

»Kann man wohl sagen.«

»Eins nach dem anderen. Ich bin überzeugt, dass du Abigail eine große Stütze sein wirst. Du wirst eines Tages eine wundervolle Mom sein.«

»Danke, Rosalind.« Eve griff nach ihren Schuhen und schloss die Schranktür. Sie war schockiert, wie sehr sie das Kompliment freute. »Ich hoffe wirklich, ich kann ihr helfen.«

»Du musst mir nachher alles genau erzählen!« Rosalind kicherte. »Es macht um einiges mehr Spaß, wenn die Dramen sich nicht in deinem eigenen Leben abspielen.«

Eve schnaubte. »Wem sagst du das. Dein Abenteuer in Princeton war besser als jede Reality-Soap.«

»Pass auf dich auf, Eve, und denk positiv. Vielleicht freut sich Clayton, dass er eine Tochter hat. Nimm mich zum Beispiel. Ich habe eine ganze Familie dazugewonnen und war noch nie glücklicher.«

Eve legte lächelnd auf. Gott segne ihre Schwester. Er hielt ganz sicher einen Erste-Klasse-Platz im Himmel für sie bereit.

Sie zog sich an und versuchte, an Rosalinds positiver Energie festzuhalten. Dann ging sie nach unten in die Küche, wo Shelley bei einer Schüssel Cornflakes die Regionalzeitung las.

»Guten Morgen, Shelley. Gut geschlafen?«

»Nein.«

Eve unterdrückte ein Grinsen. »Ich auch nicht.«

»Kein Wunder.« Shelley wandte sich wieder der Zeitung zu. »Egal was passiert – diesen Tag werden wir nicht so schnell vergessen.«

»Ja, das ist wohl wahr.«

Sie machte sich Kaffee aus dem Pulver, das sie im Laden gekauft hatte, gab etwas Erdbeerjoghurt, eine geschnittene Banane und eine Handvoll Müsli in eine Schüssel und toastete ein Vollkornbrötchen vom Vorabend, das sie mit Erdnussbutter und Konfitüre bestrich.

Nervennahrung, von der sie nur hoffte, dass sie nicht zu nervös war, um sie hinunterzuwürgen.

Abigail war nirgendwo zu sehen, und so versuchte Eve, sich auf das Schwappen des Sees und das gelegentliche Kreischen der Möwen zu konzentrieren, während sie aß. Das Haus und der Rasen, der sanft zum Wasser abfiel, waren in strahlenden Sonnenschein getaucht. Wenigstens das Wetter würde ihnen die heutige Aufgabe erleichtern – wenn man das überhaupt so sagen konnte.

Wie konnte man jemanden auf eine derartige Enthüllung vorbereiten? Es war nur ein Satz, der Claytons Leben für immer verändern würde. In etwa so, wie es auch Eve und ihre Schwestern im vergangenen Sommer erlebt hatten, als sie über die Diagnose ihrer Mutter gestolpert waren, weil irgendwann jemand den unscheinbaren Zettel falsch eingeordnet hatte. Der wesentliche Unterschied war jedoch, dass Eve die Wahrheit ignorieren konnte, wenn sie nicht wollte, dass sie in ihrem Leben eine Rolle spielte. Clayton hingegen würde einem lebendigen Teenager gegenüberstehen, der dringend Hilfe brauchte.

Sie trank den letzten Schluck Kaffee und überlegte, sich noch einen Becher zu kochen, doch dann wurde ihr klar, dass es ihr gar nicht um den Kaffee ging, sondern bloß um die relative Ruhe, hier zu sitzen und ihn zu trinken. Je länger sie es hinausschob, desto länger war es eine Belastung. Am besten, sie brachte Abigail jetzt sofort zu Clayton und ließ die beiden den Rest alleine regeln.

Shelley ließ die Zeitung sinken. »Ist Abigail noch gar nicht wach?«

»Nein, ich glaube nicht. Ihre Tür war zu.«

»Dann wecken wir sie besser, damit ihr es hinter euch bringen könnt.«

»Ich habe mir gerade dasselbe gedacht.«

Shelleys Lächeln machte ihre stumpfen Gesichtszüge weicher. Doch dann war es plötzlich, als hätte sie sich selbst bei etwas Verbotenem ertappt; sie runzelte die Stirn und stand abrupt auf. »Na gut. Sie können Marx gerne hierlassen. Er ist ein guter Hund. Wir kommen schon klar.«

»Danke. Das ist eine gute Idee. Falls jemand zu weinen beginnen sollte …«

»Das war eine tolle Showeinlage.«

»Also, ich habe ihm das nicht beigebracht …«

Eve stellte das Geschirr in die Spülmaschine, ging nach oben und klopfte an Abigails Tür. »Bist du wach?«

Keine Antwort.

Eve verdrehte die Augen. Teenager. Sie klopfte erneut. »Hey, Abigail.«

Noch immer keine Antwort.

Sie öffnete die Tür und erstarrte. Das Zimmer war leer. Das Bett war gemacht. Hatte Abigail überhaupt hier geschlafen?

Eve sah in den beiden Badezimmern nach und ging dann wieder nach unten. »Sie ist nicht da.«

Shelley erhob sich erneut. »Ich habe gar nicht gehört, dass sie fortgegangen ist. Sind ihre Sachen noch oben?«

»Ich habe nichts gesehen.« Sie sahen einander an.

»Vielleicht ist sie nach Hause zurück.«

Shelley hob eine Augenbraue. »Ohne uns etwas zu sagen?«

»Sie schuldet uns nichts.«

»Sie schuldet uns eine Menge, und ich glaube, das weiß sie auch.«

Eve seufzte und nahm ihre Jacke von dem Haken neben der Tür. »Wenn ich sie finde, rufe ich an.«

»Und wenn sie zurückkommt, melde ich mich ebenfalls.«

An der Tür blieb Eve noch einmal stehen. »Wie ist es eigentlich dazu gekommen, dass wir uns hier um einen Teenager in Nöten kümmern?«

Shelley zuckte mit den Schultern. »Es gibt überall Menschen in Not. Und diesen hat Gott uns geschickt.«

Eve nickte und fühlte sich mit einem Mal winzig klein. Aus irgendeinem Grund war sie nicht mit einer fürsorglichen, einfühlsamen Seele geboren worden. Nicht wie Rosalind oder Olivia. Früher hatte Rosalind immer mit ihren Heart-Family-Puppen gespielt, die gemeinsam allerlei Glücksmomente erlebten. Olivia hatte Ken und Barbie hübsch angezogen und auf erste Dates geschickt, wo sich die beiden schließlich küssten. In ihren Gesprächen ging es um Ehe und Kinder, und oft auch darum, dass Ken Barbie bei ihrer Filmkarriere unterstützte.

Eve hingegen hatte Häuser entworfen, in denen die Plastikpuppen ihrer Schwestern wohnen und ihre Kinder großziehen konnten. Sie war immer davon ausgegangen, dass sie ihre Kaltherzigkeit von ihrer Mutter geerbt hatte, doch mittlerweile hatte sie keine Ahnung mehr, von wem sie sie hatte.

Von Helen Phillips vielleicht?

Eve schloss die Tür und ging zu ihrem Auto. Was hatte sie vor? Wollte sie auf der Insel herumkurven und nach Abigail suchen wie nach einem entlaufenen Hund? Abigail war clever. Wenn sie nicht gefunden werden wollte, würde es ihr nicht schwerfallen, sich zu verstecken. Nicht einmal auf einer so kleinen Insel wie dieser.

Aber sie hatte kein Geld. Und kein Dach über dem Kopf.

Das hatte sie zumindest behauptet.

Eve legte den Rückwärtsgang ein, wendete und fuhr Shelleys Zufahrt entlang. Am Ende gab es zwei Möglichkeiten.

Rechts oder links.

Sie bog nach rechts und entdeckte kurz darauf den roten Hoodie. Abigail saß gegenüber von Claytons Zufahrt.

Du meine Güte!

Eves Herz schlug ihr vor Wut und Nervosität bis zum Hals, als sie das Auto am Beginn von Claytons Zufahrt abstellte und Shelley anrief.

Sie stieg aus, knallte die Autotür zu, und ihre Schritte klangen in dem zarten Rauschen des Windes seltsam laut. Auf dieser Insel war es unglaublich still.

Sie blieb vor Abigail stehen und verschränkte die Arme vor der Brust. »Wo hast du geschlafen?«

»Bei Shelley.«

»Dein Bett war unbenutzt.«

Abigail warf ihr einen mürrischen Blick zu. »Ich hab es gemacht.«

Oh.

In Büchern und Filmen bedeutete ein makelloses Bett immer, dass niemand darin geschlafen hatte. Warum war noch nie jemand auf die Idee gekommen, dass der Besitzer das Bett gemacht hatte, bevor er verschwunden war?

»Und deine Sachen waren auch fort.«

»Sie sind im Schrank.«

Mann! Jetzt hatte sie nur noch eine Wut-Karte, die sie ausspielen konnte. »Du hast dich nicht verabschiedet.«

»Ich wollte zuerst allein mit Clayton reden und dann wieder zurückkommen.«

Eves Magen zog sich zusammen. Sie ging neben Abigail in die Knie. »Und er hat es nicht gut aufgenommen?«

»Nein, das nicht. Ich habe es wieder nicht geschafft.«

Puh! Es war also noch nichts verloren. Es gab immer noch Hoffnung. Eve setzte sich auf den feuchten, braunen Boden. »Und wie sah dein Ersatzplan aus? Dass du so lange wartest, bis Shelley und ich merken, dass du fort bist, in Panik geraten und dich suchen? Wenn ja, dann hat er funktioniert.«

»Tut mir leid«, murmelte Abigail.

»Schon gut.« Eve klopfte ihr verlegen auf den Rücken. »Wir haben's überlebt. Aber das nächste Mal redest du mit uns, bevor du verschwindest. Wir haben uns auf dich eingelassen, und das war nicht gerade ein tolles Dankeschön dafür.«

»Ich habe ja schon *gesagt*, dass es mir leidtut.«

»Stimmt.« Eve nahm die Hand von Abigails Rücken und musste leise lachen. »Das erinnert mich daran, wie sehr ich es gehasst habe, wenn Dads Moralpredigten einfach nicht enden wollten.«

Abigail sah sie neugierig an. »War Ihr Dad auch so ein Arsch wie Glen?«

»Nicht so wie Glen, aber er hatte seine Momente. Er ist wie dein Dad – und viele andere Männer – der Meinung, er hätte verstanden, wie die Welt funktioniert. Oder er tut zumindest so. Ich vermute, sie fühlen sich dadurch sicherer. Stärker. So, als hätten sie alles unter Kontrolle.«

»Das ist doch lächerlich.«

»Ja, schon.« Sie nahm einen Grashalm vom Vorjahr und strich mit den Fingern über die spröde Oberfläche. »Bist du jetzt bereit? Mit mir gemeinsam?«

»Nein.«

»Gott sei Dank. Ich nämlich auch nicht.« Sie stand auf und streckte die Hand aus. »Komm, wir gehen zurück zu Shelley.«

»Ich kann nicht.«

Eve verdrehte die Augen, obwohl sie insgeheim stolz war, dass Abigail nicht so leicht aufgab. »Aber wir können nicht den ganzen Tag hier herumsitzen …«

»Ich werde *nie* so weit sein. Aber ich schiebe es schon die ganze Woche vor mir her. Ich muss es tun.«

»Okay, dann los!«

Abigail erhob sich ebenfalls und sah Eve an. »Ja, dann los.«

»Wie willst du es machen?«

»Ich?« Abigail sah sie gespielt entsetzt an. »Ich dachte, *Sie* hätten eine Idee.«

»Ich?« Eve legte sich eine Hand auf die Brust. »Soll das ein Scherz sein? Woher soll ich wissen, wie man so etwas macht?«

»Keine Ahnung, gibt es keine Erwachsenen-Schule?«

Sie stießen beide ein nervöses Kichern aus.

»Komm.« Eve nahm Abigails Arm und führte sie Claytons Zufahrt entlang. »Uns wird schon etwas einfallen. Im schlimmsten Fall platzen wir einfach damit heraus und sehen zu, wie er an einem Herzinfarkt stirbt.«

»Nein.« Abigail machte sich los. »Im schlimmsten Fall will er nichts von mir wissen.«

Eve zog scharf die Luft ein und versuchte, sich den Schmerz nicht anmerken zu lassen. Es wäre eine Katastrophe gewesen, wenn Abigail innerhalb eines Monats gleich von drei Eltern verstoßen worden wäre. Sie hätte darauf bestehen sollen, zuerst allein mit Clayton zu reden, um seine Reaktion auszutesten. Ihr Fehler hatte womöglich dazu geführt, dass Clayton und Abigail sich gegenseitig verletzten. Sie hätte sich mehr einbringen sollen, statt sich herauszuhalten.

»Du hast recht. Das wäre schlimmer.« Sie trieb Abigail weiter die schmale Straße entlang. »Aber nicht schlimmer als die Situation, in der du dich jetzt befindest. Du hast immer noch Shelley.«

»Und Sie.«

»Ja, aus irgendeinem Grund bin ich auch noch da.« Sie stellte zufrieden fest, dass sie Abigail mit ihrer gespielten Genervtheit zum Lachen gebracht hatte, und das Vertrauen des Mädchens brachte etwas in ihr zum Schmelzen.

Sie schwiegen, bis sie Claytons Eingangstür erreicht hatten.

»Bereit?« Eve streckte die Hand nach der Glocke aus.

»Nicht einmal annähernd.«

»Ich auch nicht.« Sie klingelte und wartete dann nervös blinzelnd auf eine Antwort.

»Mein Gott, sagen Sie jetzt nicht, dass er nicht zu Hause ist«, jammerte Abigail.

»Vielleicht ist er im Garten vor dem Haus?«

»Nein.« Sie machte einen Schritt rückwärts. »Ich kann das nicht. Gehen wir. Bevor er …«

Ein Gaubenfenster wurde geöffnet. Eve und Abigail zuckten zusammen, umklammerten einander und lachten dann leise über sich selbst.

»Ich komme gleich runter.« Clayton schloss das Fenster.

»Verdammt! Er kommt!«

»Schhh.« Eve legte beruhigend eine Hand auf Abigails Schulter und wünschte, sie könnte mehr tun. »Es wird alles gut. Er ist ein netter Kerl. Er wird dir nicht wehtun.«

Das hoffte sie zumindest.

»Wie sehe ich aus?« Abigail presste sich die Hände auf die Wangen. Ihre Haut war gerötet, ihre Augen vor Angst geweitet.

Eve lächelte beschwichtigend. »Du bist wunderschön. Ich würde dich sofort adoptieren.«

»Vielleicht müssen Sie das auch.«

»Ich wäre eine schreckliche Mom.« Sie bemühte sich Abigail zuliebe um ein lockeres Geplänkel. »Aber Shelley hat schon einen Haufen Kinder. Eines mehr würde sicher nicht auffallen.«

Sie hörten Schritte, und Abigail packte Eves Arm, als wäre sie dem Ertrinken nahe. »Aber Sie mag ich lieber.«

Die Wärme hatte kaum Zeit, sich in Eves Brust auszubreiten, denn im nächsten Augenblick schwang die Tür auf. Abigail lehnte sich gegen Eve.

»Hey, Eve. Und … Abigail, nicht wahr?« Clayton lächelte freundlich. Sein Gesicht war gerötet, und seine Haare klebten feucht an seiner hohen Stirn. »Ich hoffe, ihr steht noch nicht allzu lange hier herum. Ich war laufen und dann unter der Dusche. Kommt rein.«

»Danke. Äh … tut mir leid, dass wir so unangemeldet hier auftauchen.« Eve hätte sich am liebsten selbst geohrfeigt. Sie hätte ihm eine Nachricht schreiben sollen, dass sie vorbeikommen wollte. Und sie hätte sich Gedanken darüber machen sollen, was sie zu ihm sagen wollte, anstatt Abigail zu beruhigen. »Wir waren spazieren, und … Abigail wollte sich die Stelle für den Wintergarten ansehen, also … dachten wir, wir sehen nach, ob Sie zu Hause sind und ob es Ihnen etwas ausmacht. Und hier sind wir nun. Wenn das okay ist.«

Mist! Verdammter Mist! Sie lächelte gezwungen und merkte, dass Abigail sie anstarrte. Vermutlich dachte sie, dass sie es allein besser hinbekommen hätte.

Und vermutlich stimmte das auch.

»Sicher. Macht nur.« Er ging wieder zurück ins Haus.

Verdammt noch mal!

Abigail warf Eve einen vernichtenden Blick zu. »Er kommt nicht …«

»Entschuldigung.« Er war wieder da. »Ich musste nur den Schlüssel holen. Ist es okay, wenn ich mitkomme?«

»Ja, sicher.« Eve wartete, während Clayton die Tür abschloss, und warf Abigail einen besserwisserischen Blick zu. *Hab ich dir's nicht gleich gesagt?*

Abigail streckte ihr die Zunge heraus.

Gut. Das war das Mädchen, das Clayton als seine Tochter kennenlernen sollte, und nicht das Häufchen Elend mit dem hängenden Kopf, das Eve auf der Straße aufgelesen hatte.

»Ich habe ein paar Stühle auf die Terrasse gestellt. Es ist zwar noch ziemlich kühl, aber wärmer als vor ein paar Tagen. Und in der Sonne … na ja, ich kann den Frühling kaum erwarten. Er zieht jedes Jahr so verdammt langsam ins Land, und jedes Mal regen sich die Leute in Wisconsin maßlos darüber auf, als wäre es eine bodenlose Frechheit.«

»Das kann ich mir vorstellen.« Eve wusste nicht einmal genau, was er gesagt hatte. Irgendetwas über Stühle? Und den Frühling? Sie wollte nur schnell mit der Wahrheit herausrücken und diese schreckliche Angst loswerden.

Stattdessen zeigte sie Abigail die Terrasse und erklärte ihr in Grundzügen, was Clayton wollte und warum es schwierig war, einen Wintergarten in ein bestehendes Konzept zu integrieren, sodass es nicht nur vom Design her, sondern auch für die Familie passte – die allerdings im Moment nur aus Clayton bestand.

Und schon bald auch aus seiner Tochter.

Abigail nickte pflichtbewusst und warf ihrem leiblichen Vater immer wieder nervöse Blicke zu. Offensichtlich hörte sie Eve genauso wenig zu, wie Eve vorhin Clayton.

Als Eve keine architektonischen Informationen mehr einfielen, wandte sie sich an Clayton.

Okay.

»Würde es Ihnen etwas ausmachen, wenn wir uns kurz hinsetzen?« Sie deutete auf einige Gartenstühle um einen Gartentisch, die allesamt aufs Wasser hinausblickten. »Abigail möchte etwas mit Ihnen besprechen.«

»Klar.« Er wirkte überrascht, führte sie aber liebenswürdig zu den Sitzmöbeln. »Kein Problem.«

Eve legte eine Hand auf Abigails Schulter und drückte sie, um dem armen Mädchen ein wenig Kraft zu spenden. Abigails eben noch rosige Wangen waren leichenblass geworden.

Die drei saßen auf der weitläufigen Terrasse in der Vormittagssonne und sahen auf den See hinaus, der zwischen den Birken und Zedern aufblitzte, die dem Haus im Sommer die nötige Privatsphäre boten, wenn unzählige Boote daran vorbeifuhren.

Abigail sah Eve flehend an, die sich zwischen ihr und Clayton niedergelassen hatte. Eve richtete sich auf. Offenbar musste sie den Anfang machen.

»Clayton …« Sie tat, als würde sie der See vollkommen in seinen Bann ziehen. Sie konnte ihm nicht ins Gesicht schauen. »Abigail hat mir gestern erzählt, dass Sie ihre Mom kannten.«

Es war beinahe biblisch.

»Wirklich?« Sie spürte, dass er sich zu Abigail beugte. »Wer ist denn deine Mom?«

»Leah Oakes. Damals hieß sie aber noch Leah Billings.«

»Leah Billings, genau. Ich erinnere mich an sie. Sie war ein paar Klassen über mir. Wow, die Welt ist klein, nicht wahr?« Er sah zwischen ihnen beiden hin und her, dann wurde er blass. »Geht es ihr gut?«

»Ja«, erwiderte Abigail. »Ich schätze, Sie und meine Mom ...«

Clayton sah sie verwirrt an. »Ich und deine Mom?«

»Sie wissen schon ...«

Eve wand sich in ihrem Stuhl. »Abigail, das ist vielleicht nicht der beste Weg ...«

»*Das* hat sie dir erzählt?« Clayton war verständlicherweise überrascht. Und er wurde rot, was irgendwie süß war.

»Die Sache ist die ...« Abigail stand auf und trat ans Geländer. Sie wandte ihnen den Rücken zu, als sie weitersprach. »Mom wurde damals schwanger.«

Eve wollte Abigail sagen, dass sie es langsamer angehen sollte, doch sie hielt sich zurück. Das hier war Abigails Show. Sie machte es so, wie sie es für richtig hielt.

Mutiges Mädchen. Viel mutiger als Eve, die alles ignorierte, was ihre leibliche Mutter betraf.

Clayton erhob sich langsam und hielt den Blick auf Abigails Rücken gerichtet.

»Wie bitte?«

»Ich sagte, sie wurde schwanger.«

»Das ist unmöglich. Ich habe ein ... Ich meine, ich habe etwas verwendet.«

Abigail warf einen verächtlichen Blick über ihre Schulter. »Ich weiß, was ein Kondom ist. Es hat nicht funktioniert.«

»Woher weißt du das? Ich meine ...« Er wirkte beschämt. »Sie hat nie etwas gesagt.«

Eve hielt den Atem an und fühlte sich wie ein Eindringling.

»Sie wollte nicht, dass Sie es erfahren.«

»Offensichtlich.« Er sah sich gehetzt um, als müsste er sich gleich übergeben und wäre auf der Suche nach einer Toilette.

Abigail drehte sich um und sah ihn ungläubig an. »Wollen Sie gar nicht wissen, was mit dem Baby passiert ist?«

»Was? Nein, ich bin …« Er brach ab und starrte Abigail mit offenem Mund an. »Sie hat das Baby *bekommen*?«

»Ja, sie hat sie bekommen.« Abigail senkte den Blick, aber ihre Stimme klang immer noch klar. »Es war ein Mädchen.«

»Ein Mädchen.« Er fuhr sich mit den Händen übers Gesicht. »Was … wo ist Leah? Warum sagt sie mir das nicht selbst?«

Abigail hob den Blick. »Raten Sie mal.«

»Ist sie krank? Nein, du hast gesagt, dass es ihr gut geht. Hat sie … vielleicht Angst?«

»*Ich* bin dieses Baby, Mann.«

Clayton starrte sie an. Und Eve konnte ebenfalls nicht anders. Es war, als hätte Abigail eine Maske abgenommen, so offensichtlich waren die Ähnlichkeiten zwischen Vater und Tochter. Als Ganzes betrachtet war es zwar nicht viel, aber einzeln gesehen … die hohen Wangenknochen, die großen Augen, das kantige Kinn, die großen Zähne. Abigail war Claytons markante Nase erspart geblieben, und auch ihre Haare waren heller. Aber ansonsten war die Ähnlichkeit nicht von der Hand zu weisen.

Clayton trat einen Schritt auf Abigail zu. »Mein Gott.«

»Jap«, erwiderte Abigail. »Da staunen Sie, was?«

»Mein Gott.«

»Sie sind nicht der Einzige, der schockiert ist. Ich habe es erst vor einer Woche erfahren.« Sie sprach ohne Rücksicht auf Verluste einfach weiter, als wäre ihr mittlerweile alles egal. »Ich dachte, der Arsch, der mich großgezogen hat, wäre mein Vater. Aber dann stellte sich heraus, dass er es doch nicht ist. *Sie* sind es. Und sagen Sie nicht noch mal ›mein Gott‹, das ist beleidigend.«

»Mein G…« Er brach ab. »Das hier passiert gerade nicht wirklich.«

»Doch, tut es. Und es wird noch schlimmer.« Sie sah ihn herausfordernd an. »Meine Eltern haben mich rausgeworfen, und jetzt sind Sie alles, was ich noch habe.«

»Moment, Moment, gib ihm etwas Zeit.« Eve hob die Hand. »Du hattest schon ein paar Tage, um es zu verdauen.«

»Du … du kannst nirgendwohin?« Clayton sprach langsam, als hätten die Neuigkeiten sein Gehirn in Matsch verwandelt.

»Im Moment wohnt sie bei Shelley und mir, und es geht ihr gut.« Eve versuchte, so zu tun, als wäre es keine große Sache, dass Abigail im Grunde obdachlos war. »Und vielleicht kommen ihre Eltern zur Vernunft und nehmen sie wieder bei sich auf.«

»Und wenn nicht?«

»Das wäre durchaus möglich …«, mischte Abigail sich ein.

»Wenn nicht …« Sie konnte nicht mehr länger so tun, als wäre alles in Ordnung. Sie war nicht Rosalind. »Dann … dann wäre sie obdachlos.«

Clayton ließ sich wieder auf den Stuhl sinken und starrte ins Leere.

Eve ging zu Abigail und legte dem unglücklichen Mädchen eine Hand auf die Schulter. Sie sprach leise, damit Clayton sie nicht hören konnte. »Abigail, lass mich mal ein paar Minuten mit ihm allein, okay? Du warst nicht du selbst, als dein angeblicher Dad die Bombe platzen ließ. Und deinem Dad geht es jetzt genauso. Machen wir eine Pause, bevor hier Dinge gesagt werden, die niemand wirklich so meint.«

»Was werden Sie ihm sagen?«

»Nichts, was du nicht weißt. Ich werde einfach zulassen, dass er einen Moment die Nerven verliert, wenn es notwendig ist. Du hast das toll gemacht und warst wirklich sehr mutig.« Sie deutete in Richtung Wasser. »Aber jetzt wäre es besser, wenn du ein bisschen am See spazieren gehst.«

»Na gut.«

»Aber mach keinen Blödsinn, hörst du? Das Schlimmste ist schon vorbei.«

Sie klopfte Abigail auf den Rücken und hoffte, dass sie recht hatte. Für sie alle.

Sie wartete, bis das Mädchen die Terrasse verlassen hatte, und ging dann langsam auf Clayton zu.

»Also.« Eve schlang sich die Arme um die Mitte. »Wie geht es Ihnen?«

Er hatte die Ellbogen auf die Oberschenkel gestützt und lehnte sich nach vorne, als hätte er Angst, in Ohnmacht zu fallen. »Ich glaube, ich stehe ein bisschen unter Schock.«

»Ich wäre überrascht, wenn nicht.« Sie war verblüfft, wie sehr sie sich wünschte, dass Clayton es so schnell wie möglich verdaute. Für Abigail. Und für sich selbst. Und vielleicht auch für Eve.

Sie fragte sich, warum sie sich so viel aus zwei Menschen machte, die sie gerade erst kennengelernt hatte. »Es ist ja auch eine große Sache.«

»Ja, schon irgendwie.« Er rieb sich mit den Händen übers Gesicht und fuhr sich anschließend durch die Haare, sodass sie zu Berge standen. »Wie konnte Leah mir verschweigen, dass sie schwanger war?«

»Keine Ahnung.« Diese Frage konnte nur eine Person beantworten, doch die versteckte sich in Wisconsin. »Nach dem, was Abigail mir erzählt hat, kam Glen – der Kerl, den sie liebevoll als *Arsch* bezeichnet hat – auf seinem weißen Hengst angeritten, hat Leah geheiratet und ihre Tochter adoptiert.«

»Aber sie ist mein Kind. Hätte ich nicht von Anfang an eine Rolle in ihrem Leben spielen sollen?«

»Ja.«

»Ich hätte Leah doch unterstützen können, oder … ich weiß auch nicht.« Er sprang auf, als könnte er es nicht mehr ertragen, einfach so rumzusitzen. »Alles wäre besser, als plötzlich damit überfallen zu werden. ›Ach ja, und übrigens: Du hast ein Kind.‹ Das ist doch Scheiße!«

»Stimmt. Aber vielleicht dachte Leah …« Eve warf die Hände hoch. Es war nicht ihre Aufgabe, eine Entschuldigung für diese Frau zu finden. Zumal ihr ohnehin nichts einfiel. »Keine Ahnung, was sie sich dabei gedacht hat.«

»Es ist unverzeihlich.«

Eve seufzte. Ja, aber … »Menschen machen oft schlimme Dinge, weil es sich für sie in diesem Moment richtig anfühlt.«

»Ja, das ist vermutlich wahr.«

Eve wusste nicht, ob es Clayton klar war, aber er stand genau an derselben Stelle wie vorhin seine Tochter. Am Geländer, den Blick auf den See gerichtet. Obwohl er groß und stattlich war, wirkte er mit dem gesenkten Kopf und den hängenden Schultern verletzlich und verloren.

Eves Herz schlug bis zum Hals. Sie trat neben ihn, und die Angst in ihr kämpfte gegen das Bedürfnis, ihm irgendwie zu helfen. »Meine Eltern … sie haben auch etwas ziemlich Abartiges getan.«

»Was haben sie dir angetan?« Er war nebenbei zum Du übergegangen, und sie beschloss, nicht zu widersprechen.

»Nicht nur mir. Auch meinen beiden Schwestern. Es ist … unmöglich, es zu verstehen und sich in ihre Lage zu versetzen. Wir hätten es nie erfahren sollen. Ich schätze, sie haben darauf gebaut, dass es ein Geheimnis bleibt. Genau wie Leah.«

»Aber wie *hat* Abigail es herausgefunden?«

Eve beschloss, dass es das Beste war, die Wahrheit zu sagen. »Sie hat ihrer Mom und ihrem Dad gestanden, dass sie lesbisch ist. Ihr Dad ist ausgerastet, hat sie als die Brut Satans oder so bezeichnet und sie rausgeworfen.«

»Mein Gott.« Er sah sie entsetzt an. »Er hat seine Tochter rausgeworfen?«

»Ja, aber er hat auch *deine* Tochter rausgeworfen.« Sie sah, wie er zusammenzuckte, und hatte sofort ein schlechtes Gewissen.

»Meine Tochter.« Er lachte schmerzerfüllt auf. »Das ist nicht möglich. Ich meine, biologisch gesehen schon. Das ist mir klar. Aber … ich kenne sie doch gar nicht. Ich hatte nie die Gelegenheit, sie kennenzulernen. Sie ist eine Fremde. Und jetzt wird von mir erwartet, dass ich einen traumatisierten Teenager großziehe?«

»Ja, sieht ganz so aus«, erwiderte Eve fröhlich und war erleichtert, als er grinste.

»Du bist nicht gerade eine große Hilfe.«

»Aber ich versuche es zumindest.«

»Mein Gott.« Er ballte die Hände zu Fäusten. »Das ist echt vertrackt.«

»Ja.«

»Okay. Also …« Er öffnete die Fäuste wieder. »Hat sie genug Geld?«

»Nicht mehr lange.«

»Hat Leah ihr denn nichts mitgegeben? Hat sie gar nicht versucht, ihr zu helfen?«

Eves Gesicht wurde hart. Sie musste sich bemühen, normal weiterzureden. »Ich schätze, ihr Mann hält sie an der kurzen Leine.«

»Ist er gewalttätig?«

»Auf jeden Fall ist er kontrollsüchtig. Abigail hat erzählt, dass er sehr religiös und deshalb extrem intolerant ist. Sogar noch intoleranter, als seine Kirche es ihm vorgibt.«

Clayton stöhnte. »Was ist bloß mit Leah passiert? Sie war ein witziges Mädchen. Für jeden Spaß zu haben.«

»Offensichtlich.«

»Ich weiß, ich weiß. Aber ich war *sechzehn*.«

»Also in etwa in Abigails Alter.« Sie legte ihm eine Hand auf den Arm, als er entsetzt einen Schritt zurückwich. »Du warst fast noch ein Kind und hast getan, was alle Jungen tun. Und die meisten Männer. Wenigstens hast du an Verhütung gedacht.«

»Anscheinend nicht genug.« Er wandte dem See den Rücken zu und lehnte sich gegen das Geländer. »Ich kann mir nicht vorstellen, dass Leah so grausam ist.«

»Vielleicht will sie Glen bloß ein wenig Zeit geben, um sich zu beruhigen, und versucht in der Zwischenzeit, ihn umzustimmen. Sie weiß, wo Abigail ist und dass es ihr gut geht.«

Er stand eine Zeit lang mit hängendem Kopf da, und Eve ließ ihn in Ruhe. Sie versuchte, langsam zu atmen, und stellte zufrieden fest, dass das Bedürfnis, ihm zu helfen, das Verlangen überstieg, so schnell wie möglich zu verschwinden. Clayton nahm die Situation recht gut auf, und sie bewunderte ihn dafür.

»Sagtest du nicht, du hättest Abigail gerade erst kennengelernt?«

»Sie hat mich gestern im *Red Cup* angequatscht, und irgendwie wurde ich kurz darauf zur Mitwisserin. Keine Ahnung, wie es dazu gekommen ist.« Eve lehnte sich neben ihm gegen das Geländer und beobachtete fasziniert die verschiedenen Gefühle, die sich auf seinem Gesicht abzeichneten, während er das Haus betrachtete. Er gab ihnen nicht nach und unterdrückte sie auch nicht. Er ließ sie einfach kommen und gehen.

Dann drehte er sich plötzlich zu ihr um und sah sie mit dunklen, verletzlichen Augen so an, dass sie sich zusammennehmen musste, um nicht zurückzuweichen. »Das ist echt nett von dir. Du bist hergekommen, um einen Wintergarten zu planen, und jetzt …«

Sie blinzelte unschuldig. »Stecke ich bis zum Hals in deinem Melodram?«

Sein lautes, herzhaftes Lachen freute sie ungeheuer, als würde es sämtliche Probleme lösen. Wenn sie jetzt auch noch Abigail mit einem witzigen Kommentar zum Lachen brachte, wäre alles wieder in Ordnung und sie könnte zu ihrer eigentlichen Aufgabe zurückkehren.

»Mein Gott, das ist einfach verrückt. Ich wollte mein ganzes Leben lang Kinder. Vermutlich war es ein seltsamer Zwang, die Fehler meiner Eltern wiedergutzumachen. Aber nachdem meine Ehe in die Brüche gegangen war und nach der gescheiterten Beziehung mit Christie … habe ich die Hoffnung aufgegeben. Und jetzt habe ich eine Tochter und … ich weiß nicht, was ich dazu sagen soll.«

»Du hast es doch erst vor zehn Minuten erfahren, Clayton! Ich würde mir erst nach – sagen wir mal – fünfzehn Minuten Sorgen machen.«

Er stöhnte und klang ein wenig irr. »Danke, dass du da bist.«

»Warte nur, bis du meine Rechnung siehst.« Sie lächelte und wünschte sich, sie könnte genauso direkt und emotional sein wie er. Stattdessen witzelte sie herum.

»Okay …« Clayton schüttelte die Arme und stieß die Luft aus, wie ein Sportler, der vor dem nächsten Durchgang die letzten Verspannungen löst. »Und was jetzt? Soll ich einen Anwalt einschalten? Ihr einen Schlafplatz anbieten? Gibt es ein Handbuch für Leute, die von einem Moment auf den anderen Vater sind?«

Eve legte ihm einen Augenblick lang beruhigend die Hand auf die Schulter. »Sie kann sicher noch eine Weile bei Shelley und mir bleiben. Das ist also bereits geklärt. Was den Rest angeht, weiß ich genauso viel wie du. Aber ein wenig Zeit mit ihr zu verbringen kann sicher nicht schaden, oder?«

»Ja, stimmt.« Er stieß sich vom Geländer ab und wanderte die Terrasse auf und ab. »Ja, das wäre gut. Glaube ich.«

»Wir werden Leah kontaktieren und nachfragen, wie es mit dem Idioten vorangeht. Bestenfalls gibt Gott ihm zu verstehen, dass er ein Arsch ist, und er beruhigt sich und lässt Abigail nach Hause zurückkommen.«

»Ja, das wäre super«, meinte Clayton, doch dann wirkte er mit einem Mal unsicher und ließ sich wieder auf den Stuhl sinken. »Oder?«

»Ich weiß es genauso wenig wie du.« Eve setzte sich auf den Stuhl neben ihm und sie schauten beide in angenehmes Schweigen gehüllt auf den See hinaus. Es kam ihr so vor, als würden sie Kraft aus der Gegenwart des anderen ziehen. Es war vielleicht eine abstruse Vorstellung, aber trotzdem nett.

»Was haben deine Eltern angestellt? Wenn ich fragen darf?«

Es machte ihr nichts aus, dass er danach fragte, aber sie konnte es ihm unmöglich erklären, ohne ihm zu sagen, wer ihre Eltern waren.

Sie hörte Shelleys Stimme in ihrem Kopf, die sie fragte, was daran so schlimm wäre.

Eve befahl der Stimme, den Mund zu halten. Die Angewohnheit, ihre Herkunft zu verschweigen, war zu tief verwurzelt, um sie mit logischen Argumenten zunichtezumachen. »Sagen wir so: Ich weiß genau, wie man sich fühlt, wenn man herausfindet, dass die eigenen Eltern nicht die leiblichen Eltern sind.«

»Wann hast du es herausgefunden?«

Sie schaute ihn an und sah nur Sorge in seinem Gesicht und keine gierige Sensationslust. »Letzten Sommer.«

»Mann. Das ist hart, Eve. Es tut mir leid.« Er sah sie so lange an, dass sie den Blick senkte. »Hast du deine leiblichen Eltern schon gefunden?«

Sie rutschte unruhig hin und her. »Nein.«

»Und du hast auch kein Bedürfnis, sie kennenzulernen?«

Eve zuckte mit den Schultern und starrte immer noch zu Boden. Sie steckte die Hände in die Taschen und spürte eine kleine Karte, die sie erst einen Augenblick später als die Visitenkarte des Therapeuten vom Strand identifizierte. »Nicht genug.«

»Also, ich wäre schon neugierig.«

»Ich bin aber nicht du.«

Er schwieg so lange, bis sie den Blick hob. Es tat ihr leid, dass sie so ruppig gewesen war. Er musterte sie nachdenklich. »Hast du Angst?«

»Nein.« Ihre Stimme klang hoch und trotzig, wie bei einem Kleinkind.

»Ich verurteile dich nicht. Ich verstehe es ja.« Er runzelte die Stirn. »Nein, eigentlich verstehe ich es nicht. Wenn ich früher von Abigail erfahren hätte, hätte ich sie sofort kennenlernen wollen. Aber wie du schon sagtest, ich bin nicht du.«

»Es ist eine andere Situation.«

»Wie meinst du das?«

Sie bemühte sich, etwas in Worte zu fassen, das sie noch nie zuvor laut aussprechen – oder auch nur in zusammenhängenden Gedanken formulieren – musste. »Weil es die Aufgabe der Eltern ist, ihre Kinder zu beschützen. Zumindest sollte es das sein. Und Kinder erwarten, dass ihre Eltern sie beschützen. Es ist also ganz klar, dass du Abigail helfen willst. Aber meine leibliche Mutter hat mich weggegeben.«

»Kennst du die genauen Umstände?«

Eve musste den Blick abwenden und wünschte sich, ihre Stimme hätte nicht so gezittert. Ja, sie kannte die Umstände verdammt gut. Aber sie würde die grauenhaften Details mit niemandem teilen. Manchmal wäre sie gerne wie Olivia gewesen, die einfach ignorierte, wie ihre Schwestern und sie gezeugt worden waren. Dann konnte sie sich eine hübsche junge Frau im Teenageralter vorstellen, die mit Tränen in den Augen ein Baby zur Adoption freigibt, um das sie sich aufgrund ihres Alters nicht kümmern kann. Ein kleines Mädchen, das sie aber trotzdem für immer in ihrem Herzen tragen wird.

Helen Phillips' Schwangerschaft war Teil eines Geschäftsdeals gewesen. *Hier ist das Baby, und jetzt überweist ihr mir für den Rest meines Lebens die vereinbarte Kohle.* Eine Win-win-Situation.

»Nicht ganz.«

»Dann kannst du dir also nicht sicher sein, warum sie dich fortgegeben hat und ob es überhaupt ihre eigene Entscheidung war.« Ein schneller Blick zeigte ihr, dass er sie immer noch ganz genau beobachtete. Sie versuchte, ihren Körper und ihre Gefühle noch besser unter Kontrolle zu halten. »Vielleicht wollte sie dich beschützen, und es war ein großes Opfer für sie. Ich will damit nicht sagen, dass du nach ihr suchen solltest, wenn du es nicht selbst willst. Aber … ich schätze, ich bin …«

»Ein Journalist, der will, dass die ganze Geschichte ans Licht kommt?«

Er grinste. »Da hast du vermutlich recht.«

Eve lächelte, auch wenn ihre Kehle noch wie zugeschnürt war und sie die Hände zu Fäusten geballt hatte. Gleichzeitig war ihr aber auch klar, dass Clayton und sie gerade eine komplizierte und emotionale Unterhaltung ohne gegenseitige Schuldzuweisungen und Verletzungen hinter sich gebracht hatten. Sie wünschte,

Mike und ihr würde dasselbe gelingen. Aber das funktionierte nicht, und es wurde langsam Zeit, dass sie es akzeptierte.

Die Bestürzung über diese Erkenntnis war so groß, dass sie aufstand, auch wenn Clayton offenbar noch nicht am Ende war.

»Wir sollten mal nach Abigail sehen.«

Er gab sich übertrieben erschrocken, als wäre ihm gerade wieder eingefallen, dass das Mädchen auch noch da war. »Müssen wir sie da wirklich mit reinziehen?«

Eve lachte. »Ich glaube schon.«

Er streckte ihr die Hand entgegen, damit sie ihn hochzog, auch wenn er es ganz leicht allein geschafft hätte. »Na gut. Ich schätze, ich bin jetzt ein Dad … was auch immer das bedeutet.«

»Ja, das bist du, und ich habe auch keine Ahnung, was das heißt. Aber du wirst es sicher herausfinden.« Sie versuchte, ihm die Hand zu entziehen, doch er hielt sie fest. Sie schaute zu ihm hoch, legte sich die Hand über die Augen, um ihn besser zu sehen. Sein Blick war ernst, aber warm.

»Danke, Eve. Ich … ich hoffe, du findest einen Weg, dein eigenes Familienchaos in den Griff zu bekommen.«

Sie war überrascht von seinen Worten und fühlte sich gefangen. »Danke.«

»Ich überschreite damit wahrscheinlich eine Grenze, nachdem ich dich im Grunde ja gar nicht kenne, aber wenn ich mir dich so ansehe … ich glaube, dass die Suche nach deiner leiblichen Mutter vielleicht der Schlüssel zur Lösung deiner Probleme ist.«

Sie schnappte verdutzt nach Luft. »Ja, du hast recht.«

»Wirklich?«, fragte er fassungslos. »So einfach ist das?«

»Nein.« Sie entzog ihm sanft die Hand. »Du hast recht damit, dass du mich nicht kennst. Und jetzt gehen wir runter zum See und machen uns auf die Suche nach Abigail.«

Kapitel 10

25. Februar 1980 (Montag)

Wir haben Frau #1 bei einem Werbe-Casting für eine Nebenrolle in meinem nächsten Film gefunden, der in Maine gedreht werden wird. Mir gefiel die Gewinnerin, aber Daniel hat sich für eine andere Kandidatin entschieden. Sie ist nicht so glamourös, wie ich es gerne gehabt hätte, aber trotzdem recht hübsch, und Daniel hat recht, dass die ausgefalleneren Typen eher Probleme bereiten als eine bescheidenere Frau, die sich leichter einschüchtern lässt und tut, was wir von ihr verlangen. Sie wird ihr ganzes Leben lang Geld bekommen, wenn sie niemandem etwas verrät. Wir sorgen für die bestmögliche medizinische Versorgung und werden ihr helfen, die Schwangerschaft in ihr Leben zu integrieren. Wenn sie neun Monate lang verschwinden will, werden wir es ihr ermöglichen. Und wenn sie eine Totgeburt vortäuschen will, unterstützen wir sie auch dabei.
Am Anfang nannte ich sie meinen Engel der Barmherzigkeit (natürlich nur gegenüber mir selbst). Doch als Daniel gestern von seinem ersten Tête-à-tête mit ihr nach Hause kam, hätte ich ihn am liebsten

umgebracht. Ich habe mich wutentbrannt auf ihn gestürzt; noch nie war ich so zornig. Ein paar Minuten lang war ich kein Mensch mehr. Es hat uns beiden große Angst eingejagt.

Mein Mann, meine große Liebe, der Grundstein meiner Existenz war mit einer anderen Frau zusammen, und ich musste zu Hause warten und es mir vorstellen. Ich habe ihm gesagt, dass ich ihm die Augen auskratzen werde, wenn er den Sex über den notwendigen Orgasmus hinaus genießt, doch er hat mich bloß daran erinnert, dass die ganze Sache meine Idee war. Aber was haben solche logischen Überlegungen damit zu tun? Gefühle sind nicht logisch. Man fühlt, was man fühlt. Ich musste mich besinnungslos trinken, sonst hätte ich mich umgebracht. Und ich nehme meine Medikamente. Sonst würde ich es nicht überstehen.

Von jetzt an nenne ich diese Frau nicht mehr Engel der Barmherzigkeit, sondern engelhafte Schlampe.

Aber wenigstens ist es jetzt vorbei, und mein zweiter großer Traum wird in Erfüllung gehen. Die Welt wird keinen Zweifel daran hegen, dass ich eine richtige Frau bin, die neues Leben hervorbringen kann, so wie es allen Frauen in die Wiege gelegt sein sollte. Und ich werde ein Kind in den Armen halten, das ich lieben und zu meinem Ebenbild erziehen kann – oder zu Daniels Ebenbild.

Ein Kind, dessen Leben glücklich und voller Freude und Akzeptanz sein wird.

Ich bete zu Gott, dass es geklappt hat. Ich weiß nicht, ob ich es überlebe, wenn er noch einmal zu ihr muss.

In Liebe,

Deine zukünftige Mommy

PS: Ich muss mir diese intensive Wut merken, falls ich sie einmal in einem Film verwenden will.
PPS (10. März): Es hat nicht geklappt. Ich würde mir am liebsten die Pulsadern aufschneiden. Was ist los mit dieser Frau? Daniel muss noch einmal zu ihr.
PPPS (12. April): Und noch einmal.
PPPPS (13. Mai): Und noch einmal.
PPPPPS (15. Juni): Und noch einmal.

Zurück in Shelleys Haus ging Eve erst einmal in ihr Zimmer und zog ihren Mantel aus. Da fiel ihr Joseph Simingtons Visitenkarte wieder ein. Sie holte sie heraus, um sie wegzuwerfen, hielt dann aber inne. In Anbetracht der emotionalen Turbulenzen, in die sie in letzter Zeit geraten war, sollte sie sie vielleicht doch behalten. Sie überlegte noch eine Sekunde länger, dann steckte sie die Karte in die Außentasche ihres Koffers.

Nachdem Clayton und sie die gereizte und offensichtlich verängstigte Abigail am Seeufer aufgelesen hatten, hatte Eve noch gewartet, bis das Mädchen sich ein wenig sicherer gefühlt und Clayton sich entspannt hatte, bevor sie ihnen eröffnete, dass sie sich langsam an die Arbeit machen musste. Sie hatte Abigails flehenden Blick und Claytons sorgenvolles Gesicht ignoriert, sich zusammengenommen und die beiden alleine gelassen. Sie mussten die Situation als Vater und Tochter klären. Entweder kamen sie zu einer Lösung und entwickelten eine Beziehung zueinander oder eben nicht. Sie wäre auf jeden Fall nur im Weg gewesen.

Außerdem konnte sie so dem Drama entfliehen und sich wieder der Architektur widmen – auch wenn sie deshalb ein schlechtes Gewissen hatte.

Sie ließ sich auf der gepolsterten Fensterbank nieder, dachte an den Platz, den Shelley sich für ihr zukünftiges Haus ausgesucht hatte, und versuchte, sich ein Gebäude vorzustellen, das sich in die Landschaft einfügte und zur Insel, dem bestehenden Haus und zu Shelley passte. Ihre Gedanken sprangen wie Steine über die Wasseroberfläche, unter der die Ideen schlummerten, doch im Gegensatz zu den Steinen kamen sie nicht an den Punkt, an dem sie schließlich untergingen und sich zu einem annehmbaren Konzept entwickelten. Natürlich stand sie noch ganz am Anfang, und es war zu früh für eine perfekte Lösung, vor allem, weil sie von der Sorge um Abigail und Clayton abgelenkt war.

Sie war dem Drama wohl doch nicht ganz entkommen.

Irgendwann wurde sie hungrig und ging nach unten, um die übrig gebliebene Tortellini-Suppe und ein halbes Schinkensandwich zu essen. Es hatte mittlerweile gut zehn Grad, also schlüpfte sie in einen Pullover und setzte sich mit dem Essen auf die Veranda, um den Wellen zuzusehen, während sie weiter über Shelleys Haus nachdachte. Versteckt zwischen den Bäumen, abgeschieden, mit vielen Rückzugsmöglichkeiten.

Das Haus der Familie Braddock in Beverly Hills war ein Labyrinth und fast alle Räume viel zu groß gewesen, um darin so etwas wie Geborgenheit zu empfinden. Eve hatte sich immer verloren gefühlt, als hätten sie der Luxus und der viele unnötige Platz verschluckt. Nur im Sommerhaus in Maine war sie wirklich zu Hause gewesen.

Sie bereute nicht zum ersten Mal, dass ihre Schwestern und sie es verkauft hatten.

So war es auch kein Wunder, dass sie sich auf den ersten Blick in das Haus in Swampscott verliebt hatte. Es war kleiner als die anderen Häuser in der Straße, und der biedere New-England-Stil war so ziemlich das genaue Gegenteil der riesigen, pinkfarbenen Villa ihrer Eltern. Nahe der Küste, in einer sicheren, ruhigen Gegend mit einer lebendigen, pulsierenden Großstadt in weniger als einer Stunde Entfernung. Es war perfekt. Doch als sie jetzt hier saß und über Shelleys neues Haus nachdachte, erkannte sie, dass sie sich nach einem kleinen, gemütlichen Häuschen in Maine sehnte. Gerade groß genug für sie und Marx.

Sie und Marx? War das mittlerweile die Kategorie, in der sie dachte?

Mit einem Mal war sie unglaublich traurig, legte ihren Löffel in die Schüssel und starrte auf das blaugraue Wasser hinaus, das sich bis zum Horizont erstreckte.

»Hi.« Abigail kam mit beschwingten Schritten auf die Veranda, und ihre haselnussbraunen Augen leuchteten vor Aufregung. »Oh, Sie essen gerade.«

Eve rang sich ein Lächeln ab. »Hungrig?«

»Klar.«

»Es gibt noch etwas Suppe und Zutaten für ein Sandwich. Brauchst du Hilfe?«

»Shelley ist in der Küche, die kann ich auch fragen.« Abigail blieb in der Tür stehen und sah Eve grinsend an. Offensichtlich wollte sie unbedingt etwas loswerden.

Eve lehnte sich nach vorne. »Ja-a?«

»Ich wollte nur Danke sagen. Clayton ist echt cool. Er will am Nachmittag mit uns die Insel erkunden.«

Eve blinzelte. »Mit *uns*?«

»Mit Ihnen und mir. Sightseeing.«

»Ich bin zum Arbeiten hier, Abigail. Ich kann nicht …«

»Sicher können Sie.« Shelley trat mit einem Tablett auf die Veranda. »Mein Haus läuft Ihnen nicht davon. Genießen Sie die Zeit auf der Insel.«

Eve hätte am liebsten abgelehnt und suchte verzweifelt nach einer Entschuldigung. »Was gibt es denn zu sehen?«

»Ach, so einiges.« Shelley setzte sich und stellte das Tablett auf ihren Oberschenkeln ab. »Na ja, *viel* ist es nicht. Aber ein paar Sachen gibt es. Die Stavkirke, ein Nachbau einer alten norwegischen Holzkirche, den Schoolhouse Beach, Jackson Harbor, die Lavendelfarmen … Es ist zwar noch zu früh, um sich ein Fahrrad auszuleihen, aber es ist ein herrlicher Tag zum Kajakfahren. Und sagt Clayton, dass ihr unbedingt Death's Door sehen wollt.«

Abigail sah sie erschrocken an. »Ein Todestor?«

»Ja, so nennen die Leute hier den Streifen zwischen der Insel und dem Festland. Dort gibt es jede Menge Schiffswracks, und das Wetter kann von einem Moment auf den anderen umschlagen. Es ist schrecklich gefährlich.«

»Sie schicken uns hin, obwohl Sie wissen, dass es uns umbringen könnte?«

»Sicher.« Shelley biss in ihr Sandwich. »Dem Tod ins Auge zu sehen kann sehr charakterbildend sein.«

»Das soll wohl ein Witz sein.«

»Klar war das ein Witz. Glaubt ihr, ich bin nicht ganz bei Trost? Aber ihr hättet eure Gesichter sehen sollen.«

Abigail stieß ein schrilles Kichern aus, und Shelley begann zu lachen. Eve grinste und hätte am liebsten ein lautes *Ho-Ho-Ho* von sich gegeben.

»Sie sollten wirklich mitfahren, Eve.« Shelley nahm ihre Zeitung vom Tablett und warf einen schnellen Blick auf Abigail, die in ihr Telefon vertieft war. »Es bleibt noch genug Zeit, um an den Plänen zu arbeiten.«

Eve zögerte immer noch, bis Shelley unauffällig mit dem Kopf in Abigails Richtung deutete. Die Botschaft war klar: um ihretwillen.

»Aber Marx …«

»Marx und ich machen es uns hier gemütlich. Er fühlt sich wohl bei mir.« Shelley sah Eve in die Augen. »Ich gehe nachher auch mit ihm spazieren.«

»Na gut.« Eve seufzte. Offensichtlich konnte sie diesem Vater-Tochter-Ding nicht so schnell entkommen. Andererseits hatte sie sich die Insel früher oder später ohnehin genauer ansehen wollen. »Ich komme mit.«

»Super.« Abigails Daumen huschten über das Display. »Ich schreibe ihm, dass wir nach dem Mittagessen rüberkommen.«

»Mach lieber ein bisschen langsamer.« Shelley deutete mit dem Löffel auf Abigail, bevor sie ihn erneut in die Suppe tauchte. »Lass dem Mann Zeit, um sich an alles zu gewöhnen.«

Abigail ging sofort auf Angriff. »Er hat *mich* eingeladen. Es war *seine* Idee.«

»Du weißt genau, was ich meine.« Shelley aß weiter und ließ Abigail mit ihrer Wut alleine, bis sie sich beruhigt hatte.

Eve war beeindruckt. Die Frau war ein Profi.

Abigail ging in die Küche, holte sich etwas zu essen und vertiefte sich dann wieder in ihr Handy. Shelley las Zeitung, während Eve gemütlich ihre Suppe und das Sandwich verspeiste, bevor sie aufstand, um das Geschirr in die Küche zu tragen.

Sobald sie sich rührte, schoss Abigails Kopf hoch. »Sind Sie so weit?«

Eve lächelte. »Ich brauche noch eine Tasse Kaffee und ein anderes Paar Schuhe. *Dann* bin ich so weit.«

Das Kaffeetrinken dauerte fünfzehn Minuten, das Umziehen zwei. Als sie wieder nach unten kam, wartete Abigail ungeduldig neben der Tür.

»Kann es losgehen?«

»Ja, jetzt kann es losgehen.« Eve tätschelte ihr freundlich den Kopf. »Immer langsam mit den jungen Pferden.«

»Mit den jungen Pferden?«

»Ein typischer Spruch für Mütter.«

Abigail machte große Augen. »Sie haben *Kinder*?«

»Typisch für *meine* Mutter.«

»Oh.« Sie öffnete die Tür. »Gehen wir.«

»Auf Wiedersehen, Shelley.« Eve wartete auf eine Antwort von der Veranda, dann rief sie: »Soll ich etwas zum Abendessen mitbringen?«

»Wenn es Ihnen nichts ausmacht, gerne. Danke.« Shelley trat aus der Küche und wischte sich die Hände an der mit Katzen bedruckten Schürze trocken. »Dann kann ich endlich Großtante Lurene fertigmachen.«

Eve sah sie übertrieben schockiert an. »Sie wollen sie fertigmachen?«

»Sie *schreibt* über ihre Großtante.«

Eve musterte Abigail interessiert. »Woher weißt du das?«

Abigail warf ihr einen genervten Blick zu. »Sie hat es mir *erzählt*.«

»Ich arbeite an meinem Familienstammbaum.« Shelley nahm die Schürze ab und faltete sie. »Das machen anscheinend alle Leute ab einem gewissen Alter.«

Abigail verdrehte die Augen. »Sie tun so, als wären Sie uralt! Dabei sind Sie sicher nur ein paar Jahre älter als mein Dad. Als Glen meine ich.«

Shelleys Augen wurden schmal. »Wie alt ist er denn?«

»Fünfundvierzig.«

»Okay«, seufzte Shelley amüsiert. »Ich werde im Sommer sechzig.«

»Oh.« Abigail wirkte peinlich berührt. »Sie sehen aber jünger aus.«

»Du musst dich nicht dafür entschuldigen, dass du mich auf

fünfundvierzig geschätzt hast.« Shelley scheuchte die beiden zur Tür hinaus. »Und jetzt hab Spaß und lern deinen Dad kennen, aber bedräng ihn nicht.«

»Ja, o-kay.«

Eve und Shelley wechselten einen schnellen Blick und grinsten, bevor die Tür ins Schloss fiel.

»Ich mag sie.« Abigail hüpfte die Stufen hinunter. »Sie ist irgendwie seltsam, aber trotzdem cool.«

»Shelley?« Eve klopfte sich auf die Hosentasche, um sicherzugehen, dass sie ihr Handy dabeihatte. »Ich mag sie auch.«

»Gestern Abend hat sie mir von ihrer Familie erzählt. Zum Beispiel von dieser Lurene, über die sie gerade schreibt. Sie war die erste Frau in Kanada, die eine Bücherei leitete. Und ihr Ururgroßvater hat behauptet, dem Mann begegnet zu sein, der Lincoln erschossen hat. Allerdings erst *nach* dem Attentat, als alle glaubten, er wäre tot.«

»Er hat einen Geist gesehen?«

»Keine Ahnung, aber die Geschichte war cool. Hat sie Ihnen auch aus ihrem Leben erzählt?«

»Nein.« Einen kurzen Moment lang war Eve lächerlich eifersüchtig darauf, dass Shelley sich Abigail gegenüber so offen zeigte, doch dann rief sie sich in Erinnerung, dass sie ihre Gastgeberin im Gegensatz zu dem Mädchen nicht mit Fragen gelöchert hatte.

Vielleicht sollte sie auch damit anfangen. »Hast du sie etwa interviewt?«

»Ich habe nur ein paar Fragen gestellt.«

»Du solltest Journalistin werden.« Sie warf Abigail einen seitlichen Blick zu. »Wie Clayton.«

Abigail sah sie erfreut an. »Das ist es! Ich bin nicht neugierig, sondern ein Profi. Es liegt mir im Blut.«

»Kommt immer darauf an, wie man es sieht.« Sie gelangten ans Ende der Zufahrt und bogen nach rechts ab.

»Jedenfalls hat Shelleys Mann sie verlassen, als sie mit ihrem dritten Kind schwanger war. Das hat sie uns ja schon erzählt. Danach hat sie noch mal studiert, um Lehrerin zu werden. Als ihre Eltern starben, erbte sie nichts, weil sie alles ihrer Schwester zugesteckt hatten. Sie musste noch zehn Jahre lang als Unternehmenstrainerin arbeiten, bis sie genug Geld hatte, um sich hier in diesem Haus zur Ruhe zu setzen. Vorher hat ihre Schwester hier gewohnt, aber die ist tot. Sie war offenbar eine totale Versagerin.«

»Eine Versagerin?«

»Drogensüchtig und vollkommen durch den Wind.«

Autsch. »Das ist ein ziemlich hartes Urteil, Miss Abigail.«

»Shelley mochte sie nicht sonderlich.«

»Aha.« Eve hatte denselben Eindruck gewonnen, wechselte aber trotzdem lieber das Thema. Süchte jeglicher Art waren komplizierte Bestien, mit denen auch Jillian Croft wiederholt zu kämpfen gehabt hatte. Trotzdem war ›Versagerin‹ nicht das Wort, das sie für Suchtkranke gewählt hätte. Nicht einmal für ihre Mutter.

Sie deutete die Straße hoch in Richtung Claytons Zufahrt. »Sieh mal, er wartet schon.«

Clayton winkte ihnen zu, und Abigail winkte zurück. Sofort machte sich das vertraute Verlangen in Eve breit, sich eilig abzuwenden und nach Hause zu gehen. Sie hasste diesen feigen, jämmerlichen Teil in ihr, der sich ihrer Kontrolle entzog und vollkommen unlogisch handelte. Es war mehr als unwahrscheinlich, dass an diesem Nachmittag etwas passierte, mit dem sie nicht zurechtkam. Trotzdem wurde sie das ungute Gefühl einfach nicht los.

»Hey.« Clayton stieg aus und kam auf sie zu. Er trug ein langärmeliges, gestreiftes Hemd mit aufgekrempelten Ärmeln über einem schwarzen T-Shirt, Jeans und Wanderschuhe. Er bewegte sich behände und fühlte sich offensichtlich wohl in seinem Körper. Mike war ebenfalls groß, aber er bewegte sich schwerfällig, als hätte er Probleme, überhaupt voranzukommen, und müsste ständig auf sein Gleichgewicht achten.

Eve ermahnte sich, sofort mit diesen Gedanken aufzuhören. Sie stand kurz davor, Mike zu verlassen, und jetzt gefiel ihr nicht einmal mehr die Art, wie er sich bewegte? Das war nicht okay.

»Hi, Clayton.« Abigail lief auf ihn zu. »Ich habe Eve mitgebracht.«

»Das sehe ich.« Er lächelte zur Begrüßung. »War es schwierig?«

»Ich habe mich mit Händen und Füßen gewehrt«, erwiderte Eve.

»Cool! Ich war noch nie mit einem Pick-up unterwegs!« Abigail lief zu dem staubig roten Chevrolet Colorado. »Wir haben einen Toyota Camry. In Weiß. Mein Va… ich meine: *Glen* flippt bei jedem noch so kleinen Fleck aus.«

»Aha.« Clayton warf Eve einen schnellen Blick zu, als wollte er sagen, dass er sich da auf keinen Fall hineinziehen lassen würde. Dann öffnete er die Beifahrertür für seine Tochter. »Spring rein. Oder sitzt du lieber hinten?«

»Nein, auf keinen Fall. Vorne ist viel cooler.«

Sie stiegen alle drei in den Wagen; Abigail saß in der Mitte, als Clayton den Motor anließ. »Erster Halt, die Stavkirke.«

»Die was?« Abigail wollte süß und unwissend wirken, dabei hatte ihnen Shelley vorhin doch schon von der Kirche erzählt.

»Das ist die coolste Sehenswürdigkeit hier auf der Insel.« Er bog nach links ab. »Es gab früher jede Menge Einwanderer aus Skandinavien und Island im Door County. In den frühen

Neunzigern beschlossen einige Bewohner, hier auf Washington Island eine Nachbildung einer norwegischen Kirche zu bauen. Das Original steht in … ähm … irgendwo in Norwegen und wurde … irgendwann in irgendeinem Jahrhundert erbaut.«

»Das sind ja sehr präzise Infos.«

»Hey, lass den Tourguide in Frieden.« Er warf Abigail ein schnelles Grinsen zu. »Wenn wir da sind, kannst du dir ja einen Folder nehmen.«

Im Inneren der Insel wechselten sich dieselben dichten Wälder, die Eve bereits von der Küste kannte, mit weitläufigen Feldern ab, von denen einige offenbar brachlagen, während andere bereits für eine Bepflanzung im Frühling bereit waren.

Hinter einer riesigen roten Scheune, in der laut Clayton die erste Lavendelfarm der Insel beheimatet gewesen war, bog er schließlich auf einen Parkplatz ab, der zwischen der Straße und dem Wald verlief. Auf der anderen Seite der Fahrbahn entdeckte Eve eine hübsche, aber stinknormale Kirche. Eigentlich hatte sie sich die norwegische Architektur *irgendeines vergangenen Jahrhunderts* anders vorgestellt. Doch ihre Enttäuschung hielt nicht lange an, denn Clayton führte sie an der Kirche vorbei und weiter die Straße entlang, bis sie zu einem Pfad gelangten, der auf einer Lichtung endete.

Die Stavkirke übertraf alle ihre Erwartungen. Sie war klein – nicht größer als ein Cottage mit maximal einem Schlafzimmer – und bestand vollständig aus Holz. Die verschiedenen Etagen der Kirche waren übereinandergestapelt, und den Abschluss bildete ein Gebilde, das vage an einen Kirchturm erinnerte. Aus dem obersten Dach ragten Drachenköpfe, die auf die unteren Dächer und die mit Schindeln verkleideten Wände hinunterblickten. Die Kirche sah aus wie ein verrücktes Hexenschloss.

Eve fand sie wunderschön.

»Wow.« Abigail stand mit offenem Mund davor. »So eine Kirche hab ich ja noch nie gesehen. Sogar unser Gotteshaus ist zehn Mal größer.«

»Das ist wahrscheinlich auch nicht von den Wikingern inspiriert.« Clayton führte die beiden Frauen in den überdachten Laubengang und schließlich in das – im Moment menschenleere – Innere der Kirche.

Eve atmete tief den herrlich süßen Holzgeruch ein, nahm sich einen Folder und sah sich um. Der verschachtelte Innenraum schien zu leuchten, und das Licht, das durch die kleinen Fenster fiel, ließ das Holz im Zusammenspiel mit den unauffällig angebrachten Wandleuchten golden schimmern. Die Wände bestanden aus vertikalen Latten – Dauben – die von überkreuzten Balken fixiert wurden. Das Langhaus wurde ebenfalls von solchen x-förmigen Balken begrenzt, sodass es aussah, als gäbe es noch einen höher gelegenen Laubengang oder ein zweites Stockwerk. In der Mitte hing das Holzmodell eines Schoners mit gesetzten Segeln, und mehrere Reihen einfache Holzstühle zeigten in die Richtung eines sorgsam von Hand bemalten Holzaltars, der aussah, als wäre er aus Marmor.

»Es ist unglaublich.« Abigails strahlendes Gesicht wirkte mit einem Mal sehr viel reifer. »Ich kann verstehen, warum die Leute hier gerne zum Gottesdienst gehen. Da ist einfach so ein … Gefühl.«

»Die Stavkirke wird heutzutage hauptsächlich für Hochzeiten genutzt.« Clayton ließ die Hand über einen deckenhohen Stützbalken gleiten. »Die normalen Gottesdienste finden in der neuen Kirche auf der gegenüberliegenden Straßenseite statt.«

»Schade.« Abigail sah nach oben und lächelte kaum merklich.

Eve riss sich vom Inneren der Kirche los und betrachtete stattdessen das Mädchen. Die Braddock-Schwestern waren als

Kinder nicht regelmäßig zur Messe gegangen. Als Jillian noch in ihrer Heimatstadt Jackman gelebt hatte, hatten ihre Eltern sie jede Woche in die Kirche geschleppt, doch nachdem sie aus Maine und vor ihrem alten Leben geflüchtet war, hatte sie kein Interesse mehr daran gezeigt, auch wenn sie immer noch gläubig gewesen war. Dad war zwar ebenfalls katholisch aufgewachsen, doch seine wohlmeinenden Eltern waren oft zu müde oder zu beschäftigt gewesen, um mit ihm am Sonntag in die Kirche zu gehen. Zusammen mit Lauren hatte er bereits in Beverly Hills und später auch in Maine den Weihnachts- und Ostergottesdienst besucht und seinen Töchtern sogar ab und zu Geschichten aus der Bibel erzählt. Abgesehen davon, hatte er Olivia, Rosalind und Eve selbst überlassen, woran sie glauben wollten.

Während sie Abigail in ihrer hingebungsvollen Ruhe betrachtete, fragte sich Eve unwillkürlich, wie es wohl war, einem höheren Wesen zu vertrauen, das in allen Aspekten so kompliziert und widersprüchlich war. Wenn sie Abigails Gesichtsausdruck richtig deutete, war es ein euphorisches Gefühl.

Ihr Blick wanderte zu Clayton, der sich vorhin ebenfalls in der Kirche umgesehen hatte, mittlerweile aber Eve betrachtete. Nicht anzüglich, sondern mit ruhigem, gedankenverlorenem Gesicht. Sie wandte sich abrupt ab. Sie hatte das unheimliche Gefühl, als könnte er ihre Gedanken lesen, und das behagte ihr nicht. Mike war immer auf sich selbst …

Nein! Sie durfte Clayton nicht länger mit Mike vergleichen, obwohl sie annahm, dass das nach einer derart langen Beziehung normal war. Auch wenn sie noch nicht ganz vorüber war.

Die drei verließen die Kirche schweigend und in der unausgesprochenen Übereinkunft, dass es Zeit war, weiterzufahren. Zurück im Pick-up seufzte Abigail zufrieden. »Das war wirklich cool. Und total wichtig für mich. Ich hatte Angst, dass ich keine

Verbindung mehr zu Gott finden würde, wenn ich das nächste Mal eine Kirche betrete. Ich konnte ihn in unserer Kirche zu Hause nicht mehr hören, weil ich wahrscheinlich in meinen negativen Gedanken und Ängsten gefangen war. Ich meine, ist doch logisch, oder?«

»Sicher.« Clayton bog aus dem Parkplatz. »Das ist verständlich.«

»Aber hier in dieser Kirche habe ich ihn wieder gespürt. Es war wunderschön. Als hätte er mich hierher geführt, damit ich genau das erlebe. Und als wäre es wichtig, mir eine neue Kirche zu suchen – egal, wo ich am Ende lande.«

»Das ist super.« Eve verstand, was Abigail meinte, auch wenn sie es anders ausgedrückt hätte. »Warst du immer in derselben Kirche?«

»Ich hatte ja keine Wahl. Glen und Mom haben darauf bestanden.« Sie sah sich um. »Mann, auf dieser Insel ist wirklich gar nichts los. Wo fahren wir denn als Nächstes hin?«

»Schoolhouse Beach.«

»Was gibt es dort zu sehen?«

»Einen Strand. Aber kein Schulhaus.«

Abigail kicherte überdreht. Eve hatte Angst, dass die Landung ziemlich hart ausfallen würde, wenn sie wieder auf den Boden der Tatsachen zurückkehrte. »Klingt ja spannend.«

»Auf unserer schönen Insel gibt es jede Menge Spannung.« Clayton wurde langsamer, sah auf einer menschenleeren Kreuzung nach links und rechts und bog dann nach rechts ab. »Ich würde dich gerne etwas fragen. Wenn ernste Dinge hier erlaubt sind.«

»Klar«, erwiderte Abigail.

»Wie hast du es über dich gebracht, weiter in diese Kirche zu gehen, nachdem du erkannt hattest, wie du tickst und wie die

Kirche über diesen Teil von dir denkt?« Er klang unbekümmert, als hätte er sie nach ihrem Lieblingscracker gefragt.

Abigail wandte sich abrupt zu Eve herum, die aufmunternd nickte. *Ja, sie hatte es ihm gesagt. Und ja, es war okay für ihn.*

Abigail sah ihren Vater sichtlich erleichtert an. »Ich habe mir das Gute herausgeholt und den Rest ignoriert.«

»Guter Plan«, meinte Clayton. »Aber leichter gesagt, als getan.«

»Ja, manchmal war die Anspannung nach der Predigt so groß, dass ich mich am liebsten übergeben hätte. Es war, als hätte ich ein riesiges L auf meiner Stirn, das jeder sehen konnte. Ich hatte Angst, dass man mich jeden Moment rauswerfen würde – oder noch schlimmer: Dass sie versuchen würden, mich zu *heilen.*« Sie verdrehte die Augen. »Glaubt mir, wenn es eine Heilung gäbe, würde ich jetzt zu Hause in meinem Bett liegen und mit irgendeiner Freundin Nachrichten über heiße Jungs schreiben.«

»Du bist ohne sie vermutlich besser dran«, flüsterte Eve.

»Hey.« Clayton warf ihr einen Blick zu. »Das habe ich gehört.«

Abigail kicherte.

»Es war sehr mutig, dich gegenüber deinen Eltern zu outen, obwohl du wusstest, dass sie vielleicht nicht damit einverstanden sein würden.«

»Das hat Eve auch gesagt.«

»Eve ist eben schlau.«

»Klar bin ich das«, meinte Eve und fragte sich, ob Abigail bemerkt hatte, dass sie kaum merklich zu ihrem Vater gerückt war.

»Ich wollte es ihnen eigentlich nicht sagen. Zumindest nicht, solange ich noch in ihrem Haus wohnte.« Abigail warf die Haare zurück. »Aber dann habe ich während eines Kurses für fortgeschrittene Mathematik an der UWM eine Frau kennengelernt, die ihre Homosexualität offen auslebt.«

»UWM?«

»*University of Wisconsin*. Sie fühlte sich wohl in ihrer Haut und wusste sofort, was mit mir los war. Sie sah es mir an, obwohl ich dachte, ich würde es gut verbergen. Ich trug Kleider, Make-up, Schmuck und so. Wir freundeten uns an. Sie war der erste Mensch, mit dem ich reden konnte. Über alles.«

»Hat sie dich dazu gebracht, es deinen Eltern zu sagen?«

»Nein, nicht direkt. Sie meinte, es wäre meine Sache, ob und wann ich es ihnen sage. Es war eher die Art, wie ich mich in ihrer Gegenwart gefühlt habe, und was sie gesagt hat. Zum Beispiel: ›Der Hass steckt in den Menschen, nicht in Gott. Wenn Gott Liebe ist und Liebe gut ist, wie kann er dann etwas gegen die Art der Liebe haben, die wir Menschen empfinden?‹« Abigail legte den Kopf an die Nackenstütze, als hätte ihre Ansprache sie erschöpft. »Also habe ich beschlossen, es auch so zu sehen, und es half – bis mein Vater zu brüllen anfing.«

»Er hat dich *angebrüllt*?«

Abigail seufzte. »Wie ein Verrückter.«

»Hmm.« Clayton setzte den rechten Blinker. »Ich finde, deine Mom hätte eingreifen sollen.«

»Ja, das finde ich auch«, stimmte Eve ihm zu, wohl ein wenig zu verbittert, denn Clayton sah sie an und versuchte wahrscheinlich wieder einmal, ihre Gedanken zu lesen.

Abigail richtete sich auf. »Wie war meine Mom eigentlich damals, als du sie kennengelernt hast?«

»Leah? Sie war süß und nach außen hin schüchtern, aber im Inneren loderte ein helles Feuer. Ihre Eltern waren unglaublich streng.«

»Oma und Opa? Da war es so streng wie beim Militär. Wie habt ihr euch kennengelernt?«

»Wir spielten gemeinsam in dem Stück *Der kleine Horror-*

laden. Ich war in der Unterstufe, sie in der Oberstufe. Ich spielte eine fleischfressende Pflanze, und sie gehörte zu den drei Erzählern. Sie hatte eine tolle Stimme und war sehr talentiert.«

»Sie singt manchmal noch in der Kirche.«

»Ich war ein Ausdruck ihrer Rebellion gegen ihre Eltern.« Er stieß Abigail sanft gegen die Schulter. »Irgendwann macht das jeder durch.«

»Und was hast du getrieben?«

Eve hörte genau hin, auch wenn sie inständig hoffte, dass die Antwort nicht »Mit deiner Mutter« lautete.

»Nicht viel. Ich hab ab und zu getrunken, obwohl ich noch zu jung war, hab ein bisschen Pot geraucht – die üblichen Dinge eben. Meine Eltern waren nicht greifbar, daher konnte ich mich nicht gegen sie auflehnen. Aber *jetzt* habe ich das Haus übernommen, werde es erweitern, werfe einiges weg … ich mache daraus einen Ort, an dem *ich* mich wohlfühle.«

Abigail sah ihn enttäuscht an. »Das ist ja total langweilig.«

»Abwarten. Eines Tages wirst du voller Bewunderung zu mir aufschauen.«

»Wenn du meinst.« Abigail stieß ihm ebenfalls in die Seite. »Ich wünschte, *du* hättest sie geheiratet und nicht Glen.«

Clayton zeigte keine Reaktion. »Dein Stiefvater.«

»Der hat sich sicher nie gegen etwas aufgelehnt.« Abigails Verachtung war deutlich zu hören. »Er würde nicht einmal bei Rot die Straße überqueren und hält sich ganz genau an alle Geschwindigkeitsbegrenzungen. Es macht mich verrückt! Als würde er ständig versuchen, *noch* strenger zu sein.«

»Hmm.« Clayton bog auf eine Straße, die mitten durch einen Friedhof führte. »Einem Mann wie ihm eine solche Sache zu gestehen, muss echt hart sein. Aber du hast das Richtige getan.«

Sie lächelte. »Danke, Dad.«

»Ähm …« Er kratzte sich am Kinn. »Ich bin mir nicht sicher, ob ich für diese Anrede schon bereit bin.«

»Okay, Papa.« Sie grinste spöttisch, dann sah sie sich um. »Moment mal, wo fahren wir eigentlich hin?«

»Der Strand ist gleich dort vorne.« Er deutete in die entsprechende Richtung. »Man sieht den See schon durch die Bäume blitzen.«

»Der *Friedhof* befindet sich direkt am Strand?«

»Besser, du fragst nicht nach.«

Eves Lachen wurde von ihrem Handy unterbrochen, das »The Ballad of Michael Valentine« von den Killers spielte. *Mike.* Ihre gute Laune war dahin, als ihr klar wurde, dass sie sich vor Abigail und Clayton ganz normal mit ihm unterhalten musste, obwohl sie mit dem Gedanken spielte, genau das zu tun, was er vorhergesehen hatte – nämlich mit ihm Schluss zu machen und ihn aus ihrem Haus zu werfen.

Ihr Magen zog sich zusammen. Wo sollte er hin? Er wäre am Boden zerstört. Und sie auch.

»Wer ist das?«, fragte Abigail.

»Mein Freund.«

»Das ist ein Scherz.«

»Nein, warum?«

Abigail warf einen schnellen Blick auf Clayton, als bräuchte sie die Erlaubnis, weiterzureden. »Weil Sie das Gesicht so verzogen haben.«

Clayton nickte. Natürlich hatte er es auch gesehen.

»Ich dachte, es wäre ein Telefonvertreter«, fuhr Abigail fort. »Sind Sie wütend auf ihn?«

»Nein.« Eve spürte, wie sie rot wurde, und ärgerte sich, dass ihr Gesicht, das doch eigentlich unergründlich sein sollte, ihre

Gefühle so einfach preisgab. »Wenn es wichtig ist, ruft er noch mal an. Aber wahrscheinlich will er nur Hallo sagen. Ich rufe ihn später zurück.«

»Okay.« Abigail musterte sie noch immer. »Wie lange sind Sie schon zusammen?«

»Drei Jahre. Wolltest du nicht etwas über meine rebellische Phase hören?«

»Ja! Unbedingt!«

Clayton wirkte amüsiert über ihren abrupten Themenwechsel. »Ja, Eve. Schieß los.«

»Ich war ein Grufti.«

»Ein Grufti? Sie?« Abigail klang so erstaunt, dass es Eve einen Stich versetzte.

»Schwarzes Leder, Eyeliner, drei Löcher in jedem Ohr, Nasenring – das volle Programm.«

»Also *das* nenne ich eine anständige Rebellion. Ihre Eltern sind sicher ausgeflippt.«

»Mein Dad und meine Stiefmutter waren nicht gerade begeistert. Aber sie ließen es mich aussitzen. Irgendwann wurde es mir zu langweilig, und ich schätze, das wussten sie von Anfang an.«

Sie bogen auf einen Parkplatz ein, der von Zedern begrenzt wurde. Dahinter blitzte der See hervor. Clayton öffnete die Tür. »Da sind wir. Die zweite Sehenswürdigkeit der Insel. Schoolhouse Beach.«

»Cool.« Eve und Abigail stiegen aus und gingen zum Strand hinunter. Auf dem Weg blieben sie vor einer alten Telefonzelle stehen, in der ein Tastentelefon anstatt des alten Münzapparates hing. »Wow. Eine Antiquität.«

»Wahnsinn!«

Abigail rannte voraus, kam allerdings im nächsten Moment

auch schon wieder zurück und sah Clayton entsetzt an. »Da sind ja bloß Steine!«

Die Bucht war groß und sah im Sonnenschein wunderschön aus. Sie wurde von noch mehr Zedern begrenzt, deren Äste alle in derselben Höhe anfingen, als hätte sie jemand mit der Kettensäge beschnitten. Das blaugrüne Wasser war kristallklar und einladend, aber der Strand bestand tatsächlich aus Steinen. Weißgraue Steine, so groß wie kleine Kartoffeln.

Eve dachte an die Strände in Kalifornien und auch in Boston, und war dementsprechend enttäuscht. »Das soll ein Strand sein?«

»Klar.« Clayton machte eine ausladende Handbewegung. »Erstklassig zum Schwimmen und sehr beliebt. Es ist ein toller Strand, glaubt mir.«

Eve tat, als müsste sie den Fuß auf eine instabile, unbequeme Unterlage stellen, verzog das Gesicht und ruderte mit den Armen. »*Au, au, au!* Wow, ihr Leute aus dem Mittleren Westen wisst, was Spaß bedeutet.«

»Denk dir einfach, dass daraus irgendwann einmal Sand wird.« Clayton stemmte die Hände in die Hüften und sah Abigail nach, die sich auf den Weg zum Wasser gemacht hatte.

Eve nutzte die Gelegenheit und meinte leise: »Du kommst gut klar. Zumindest sieht es so aus.«

Er stieß die Luft aus. »Ich bin total fertig. Ich habe letzte Nacht kaum geschlafen und dann beschlossen, zuerst einmal so zu tun, als wäre sie meine Nichte. Aber irgendwann ist mir eingefallen, dass meine Nichten in *meinem* Alter sind. Also rede ich mir stattdessen ein, dass sie die Tochter eines Freundes ist, der in Urlaub gefahren ist und uns gebeten hat, ein paar Tage auf sie aufzupassen.«

Uns?

Eve beschloss, es auf die Aufregung zu schieben und zu ignorieren.

»Nette Überlegung.« Sie hielt ihr Gesicht in den Wind – der Duft des Meeres fehlte ihr immer noch, aber die Luft war herrlich frisch. »Wie lange glaubst du, dass das funktioniert?«

»So lange, bis es nicht mehr funktioniert.« Er nahm einen Stein und schleuderte ihn beeindruckend weit auf den See hinaus. »Dann überlege ich mir etwas anderes.«

»Und das geht?« Sie tat es ihm nach und kam zwar nicht so weit wie er, blamierte sich aber auch nicht. »Du kannst einfach so tun, als wäre etwas anders, als es tatsächlich ist?«

»Es erfordert einiges an Konzentration, aber ja. Es ist eine Art Überlebensmechanismus. Früher habe ich mir eingeredet, dass mich meine Eltern nicht freiwillig verlassen haben. Sie wurden von Aliens entführt und vermissten mich genauso wie ich sie. Es half. Zumindest ein bisschen. Irgendwann habe ich aufgehört, sie zu vermissen, und damit war die Sache erledigt.«

»Kreativ. Aber schmerzhaft.«

Er warf einen weiteren Stein und sah ihm nach. »Sie muss zu ihren Eltern zurück.«

»Ich weiß. Ich hoffe, dass sie bald zur Vernunft kommen.«

»Armes Mädchen.« Er rieb sich den Kopf und brachte die vom Wind zerzausten Haare noch mehr durcheinander. »Eve, ähm … ich habe überlegt …«

Eve winkte Abigail, die am Strand hockte und etwas betrachtete. Als Clayton nicht weitersprach, sah sie ihn fragend an. »Warum mache ich mir Sorgen darüber, was jetzt kommt?«

»Weil du eine kluge Frau bist?« Er grinste. »Ich habe überlegt, dass ich Abigail zurück nach Wisconsin fahren könnte. Mal sehen, wie ihre Eltern wirklich sind. Und ob ihre Geschichte wahr ist.«

Eves Lächeln verblasste. »Du denkst, sie lügt?«

»Nein, nicht unbedingt. Aber … wir haben nur ihr Wort.«

»Stimmt.« Etwas in Eve sträubte sich bei dem Gedanken, dass Abigail möglicherweise bloß eine Show abzog.

»Du vertraust ihr, oder?«

Sie nickte.

»Und was hältst du von meiner Idee, sie nach Hause zu bringen?«

»Das wäre vielleicht die beste Lösung.« Sie sah zu, wie Abigail Steine übereinanderstapelte. »Glaubst du, sie wäre einverstanden?«

»Keine Ahnung. Aber ich glaube schon. Sie haben sie zwar sehr verletzt, aber ich vermute, sie will trotzdem wieder zurück. Es klang, als wäre sie vor dem Zwischenfall recht glücklich gewesen. Sofern sie und ihre Eltern die große Kluft zwischen ihrem Glauben und der Tatsache überbrücken können, dass Abigail lesbisch ist.«

»Hey!«, rief Abigail. »Seht euch mein Steinmännchen an!«

Eve machte einen Schritt auf sie zu, doch Clayton legte ihr eine Hand auf die Schulter. »Moment noch.«

Sie wandte sich zu ihm herum. »Was denn?«

»Wegen der Fahrt nach Wisconsin. Wenn ich fahre, dann …« Seine Mundwinkel zuckten. »Mann, ist das schwer.«

»Was denn?«

»Wenn ich fahre, dann …«

»Jetzt kommt schon!«, rief Abigail.

»Gleich!« Eve warf Clayton einen ungeduldigen Blick zu. »Wenn du fährst, dann was?«

Er verzog das Gesicht, als müsste er all seinen Mut zusammennehmen. »Dann will ich, dass du mich begleitest.«

Kapitel 11

15. Juli 1980 (Dienstag)

Es hat endlich funktioniert! Die engelhafte Schlampe wird mein Baby zur Welt bringen! Ich kann es kaum erwarten, die Babybauch-Attrappen zu tragen, die ich bestellt habe. Vor ein paar Monaten bin ich einer der Kostümbildnerinnen aus dem Studio auf einem AA-Treffen begegnet und habe ihr den Namen der Firma abgeschwatzt, von der sie die Attrappen beziehen. Ich habe mir eine ganze Reihe verschiedener Größen unter meinem richtigen Namen bestellt. Sie sind total realistisch und einfach perfekt! Niemand wird etwas merken, nicht einmal, falls er oder sie meinen Bauch berührt, was ich ohnehin so gut es geht vermeiden möchte. Endlich war mir Gott einmal gnädig.
Schon bald kann ich es allen »zeigen«. Ich werde am Anfang verschämt reagieren, rot werden und mich dann unendlich glücklich geben. Hals über Kopf verliebt in meinen Mann, der in dieser besonderen Zeit an meiner Seite steht, und in das Leben, das in mir wächst.
Wie soll er oder sie denn heißen? »Oh«, werde ich sagen

und geheimnisvoll lächeln. »Lassen Sie sich überraschen.« Sie werden alle darauf brennen, es zu erfahren. Sie werden sich so sehr für uns freuen.
Wir haben vor, die erste Story über die Schwangerschaft an das People Magazine zu verkaufen. Sie sind die Nettesten.
Schwanger! Endlich schwanger! Ich werde bald ein Baby in den Armen halten!
Ich liege nachts wach und kann nicht schlafen. Ich war nicht mehr so glücklich, seit ich damals in den Bus gestiegen bin und Maine verlassen habe. Seit ich Daniel kennengelernt habe! Seit ich meine erste Rolle bekommen habe! Ich bin so glücklich, dass ich die ganze Nacht singend durchs Zimmer tanzen möchte.
Doch dann dreht sich Daniel zu mir herum und fordert mich auf, meine verdammten Medikamente zu nehmen. Er bringt mich vor Freude zum Lachen, auch wenn er wütend auf mich ist.
Ein Baby!

»Ich soll mitkommen?« Eve konnte nicht glauben, dass er sie das gerade gefragt hatte. »Clayton, ich …«

Plötzlich fiel ihr ein Lieblingsspruch ihres Vaters ein: *Ich habe auf keines der Pferde in diesem Rennen gesetzt.* Obwohl es vermutlich keine gute Idee war, Claytons Tochter mit einem Pferd zu vergleichen.

»Okay. Schon gut. Es ist nicht dein Problem, ich hätte nicht fragen sollen.« Er machte einen Schritt zurück, und sein Blick wanderte in Richtung Abigail, während er sorgenvoll die Stirn runzelte.

Er hatte recht. Es war nicht ihr Problem. Er hätte diese Frage niemals stellen sollen, denn er hatte Eve damit bloß in Verlegenheit gebracht.

Trotzdem hatte sie ein wahnsinnig schlechtes Gewissen.

»Also?«, rief Abigail, die gerade über die Steine auf sie zulief. »Wohin geht's als Nächstes?«

Eve dankte Gott für die Unterbrechung. So konnte sie die Antwort hinauszögern, bis sie ihre Gefühle geordnet hatte.

»Jackson Harbor.«

Abigail zog die Nase kraus. »Ist es dort spannender als hier?«

»Nö«, antwortete Clayton fröhlich. Offenbar konnte er seine Sorgen einfach so abschütteln – zumindest nach außen hin.

»Und wann zeigst du uns die aufregenden Sachen?« Abigail bemühte sich, mit ihrem Vater Schritt zu halten, der auf seinen Pick-up zueilte.

»Die gibt's hier nicht.«

»Aber warum kommen dann immer noch Leute hierher?«

»Rate mal.«

»Keine Ahnung. Weil sie Langweiler sind?«

»Hmpf.« Er drehte sich um und wartete, bis Eve zu ihnen aufgeschlossen hatte. »Was sagst du dazu?«

Sie überlegte kurz und war froh, dass er ihr ihre Unschlüssigkeit nicht übel nahm. »Ich schätze, sie kommen, gerade *weil* es nichts Aufregendes zu sehen gibt. Tolle Sehenswürdigkeiten würden mehr Touristen anziehen, und man müsste mehr Häuser und Hotels bauen, was wiederum zu mehr Läden und Restaurants führen würde. Am Ende sähe Washington Island genauso aus wie die kleinen Städtchen, die ich beim Herfahren auf der Halbinsel gesehen habe und die Gefahr laufen, an ihrer eigenen Liebenswürdigkeit zu ersticken.«

»Bingo.« Clayton stieg ein, und Abigail und Eve folgten ihm. »Verstehst du das, Abigail?«

»Ja, schon irgendwie.«

Clayton bog aus dem Parkplatz. »Ich wette, du wirst ausrasten, wenn du vom Kirschen-Zug hörst.«

»Ooh.« Abigail wurde sofort hellhörig. »Was ist denn das?«

»Ein oben offener Wagen, der von einem Pick-up gezogen wird.«

Sie schnaubte. »Also doch kein Zug.«

»Na ja, der Wagen sieht aus wie ein Eisenbahnwaggon. Du hast so etwas sicher schon mal gesehen.«

»Und warum sollte ich *dabei* ausrasten?«

»Weil er in zwei Stunden einmal um die ganze Insel fährt und du jede absolut nicht aufregende Sehenswürdigkeit bestaunen kannst. Außerdem erhältst du jede Menge Informationen und historische Details zu den absolut nicht aufregenden Sehenswürdigkeiten. *Und* es gibt einen Halt im Stadtzentrum, damit du etwas essen oder shoppen gehen kannst.«

Eve konnte sich ein Schnauben nicht verkneifen. »Im Stadtzentrum?«

»Ja!« Clayton tat, als wüsste er nicht, was daran so witzig war. »Es umfasst eine ganze Straßenkreuzung!«

»Du hast recht.« Abigail verdrehte die Augen. »Da würde ich wirklich verrückt werden.«

»Dann bist du sicher untröstlich, dass die Winterpause erst in ein paar Wochen beendet ist.«

Abigail zog eine Schnute und erzählte ihnen dann fünf Minuten lang – also während der gesamten Fahrt nach Jackson Harbor –, was sie tatsächlich zum Ausrasten brachte. Zum Beispiel der Klassenausflug nach Chicago, um sich das Musical *Hamilton* anzusehen.

Als sie fertig war, bog Clayton auf den Parkplatz des kleinen, malerischen Hafens, der beinahe menschenleer war. Es gab ein

Fischereimuseum, ein altes Eishaus und ein paar der schrägsten Fischerboote, die Eve je gesehen hatte. Sie sahen aus wie bizarre, klobige U-Boote, die die Besitzer mit verschraubten Metallplatten vor Wind und Wetter geschützt hatten.

»Voilà, Jackson Harbor. Die Rock-Island-Fähre legt dort drüben ab.« Clayton deutete auf einen Anlegeplatz und dann auf eine kleine Insel dahinter. »Ein toller Ort. Klippen und ein Leuchtturm auf der einen Seite, ein herrlicher Sandstrand auf der anderen.«

»Ooh, ein Leuchtturm!«, rief Abigail. »Können wir uns den ansehen?«

»Nein. Der Fährbetrieb startet erst im Mai.« Er machte den Motor aus und verschränkte die Arme vor der Brust. »Also Abigail, ich habe nachgedacht.«

Sie runzelte zuerst missmutig die Stirn, doch dann sah sie ihn neugierig an. »Worüber?«

»Was hältst du davon, wenn wir nach Wisconsin fahren und zusammen ein Wörtchen mit deiner Mom und deinem Dad reden?«

Sie riss die Augen auf. »Aber … wow!«

»Ich kann dir nicht garantieren, dass alles gut werden wird. Aber wir müssen es versuchen. Es ist dein Zuhause.«

Ihr Gesicht verdüsterte sich, sie starrte auf ihre Hände hinunter. »Nicht, wenn sie mich nicht mehr dort haben wollen.«

»Auf mich kannst du immer zählen. Aber ich habe keine Erfahrung als Vater und im Moment auch keine gesetzlichen Ansprüche, einer zu sein. Idealerweise geht es dir bei deinen Eltern besser und du bist dort sicherer als bei mir.«

Eine Träne tropfte von Abigails Nasenspitze. Eve legte den Arm um sie und sah Clayton voller Mitleid und Bewunderung an. Das war wirklich ein mutiger und vernünftiger nächster

Schritt. »Ich glaube, er hat recht, Abigail. Es wäre viel besser, als noch einmal ganz von vorne anzufangen. Neue Freunde, ein neuer Vater, eine neue Stadt. Das wäre krass.«

Abigail senkte den Kopf noch tiefer. »Aber was, wenn Glen mich nicht wiederhaben will?«

Clayton schien die Panik zu packen.

Eve sprang ein. »Das kann ich mir wirklich nicht vorstellen. Vielleicht kommt deine Mom ja doch noch zur Vernunft und macht ihm ein ordentlich schlechtes Gewissen. Es wäre jedenfalls einen Versuch wert.«

Abigail nickte. Noch mehr Tränen tropften von ihren Wangen auf ihre Hände und hinterließen dunkle Kreise auf ihrem roten Hoodie.

»Kommen Sie auch mit, Eve?«

O Mann! »Ich … ich glaube, ich wäre nur im Weg. Und ich muss arbeiten.« Sie hörte selbst, dass das nur faule Ausreden waren, und es war ihr peinlich, wie feige sie war. »Aber … ich rede mit Shelley, und vielleicht …«

Abigail sah sie so hoffnungsvoll an, dass Eve beinahe das Herz brach. Sie hatte keine Ahnung, warum sie für das Mädchen eine derartige Vertrauensperson geworden war. Warum nicht Clayton, der viel warmherziger und nicht so abweisend war? Vielleicht war ihre Beziehung zu belastet durch die Vorgeschichte, sodass Abigail ihm gegenüber nicht richtig loslassen konnte, und Eve war eine Art Puffer. Vielleicht vertraute Abigail aber auch Frauen mehr als Männern. Eve konnte es ihr nicht verübeln. Ihr ging es genauso.

»Und?« Abigail wischte sich mit dem Ärmel die Tränen von den Wangen. »Wann soll es losgehen?«

»Bald. Ich warte derzeit bei drei Projekten auf die Rückmeldung des Kunden, also vermutlich am Wochenende. Wir sollten mit deinen Eltern Kontakt aufnehmen und nachfragen, wann es ihnen am liebsten wäre.« Clayton startete den Wagen.

»Okay.« Abigail schniefte und wischte sich noch einmal über die Wangen. »Was machst du eigentlich so? Das habe ich dich noch gar nicht gefragt.«

»Ich schreibe Firmenhandbücher für ein Investmentunternehmen.«

»O Gott.« Abigail lachte, obwohl sie immer noch schniefte. Scheinbar wollte sie das Gespräch unbedingt wieder auf normale Bahnen lenken. »Kein Wunder, dass du es hier aufregend findest.«

»Action ist mein zweiter Vorname.« Er grinste und klopfte ihr auf die Schulter, dann wendete er und machte sich auf den Weg in südöstliche Richtung.

Sie waren erst ein paar Hundert Meter gefahren, als Abigail bereits nach ihrem Handy griff. Sie hatte sich offenbar wieder unter Kontrolle. »Stehst du deiner Familie sehr nahe, Clayton?«

»Nicht wirklich. Meine Eltern leben in Spanien, meine Schwestern in Seattle und Portland, Oregon.«

»Das ist ja weit weg.« Abigail warf einen Blick auf Eve. »Und Sie?«

»Ich stehe meinen Schwestern schon sehr nahe. Meiner Stiefmutter eher weniger, obwohl wir uns relativ gut verstehen. Ich liebe meinen Dad, aber er kann ziemlich ...«

»Was ist mit Ihrer Mutter, *Jillian Croft*?«

»Ihre Mutter hieß Jillian Croft?« Clayton amüsierte der Zufall sichtlich.

Eve bereitete sich innerlich auf die Enthüllung vor. »Ähm ...«

»Ihre Mutter *war* Jillian Croft.« Abigail sah ihn erstaunt an. »Wusstest du das nicht?«

»Nein.« Er warf einen Blick auf Eve. »Das wusste ich nicht.«

Abigails Augen wurden groß. »Warum haben Sie es ihm nicht erzählt?«

»Vielleicht wollte sie nicht, dass ich es erfahre.«

»Es hatte nichts mit dir zu tun«, protestierte Eve müde. »Ich will nicht, dass es *irgendjemand* erfährt.«

»Shelley hat es mir gesagt«, erklärte Abigail. »Aber wenn Sie nicht wollten, dass ich es weitererzähle, hätten Sie etwas sagen müssen.«

»Ja, das hätte ich. Du hast recht.«

»Warum willst du nicht, dass es jemand erfährt?«

»Weil es die Leute nichts angeht …« Eve schloss die Augen und lehnte den Kopf gegen das Fenster. Ihre Reaktion war ihr peinlich. Sie schuldete Clayton eine bessere Erklärung. »Weil es unerträglich ist, die vielen Fragen über meine Mom zu beantworten. Und darüber, wie es war, als ihre Tochter aufzuwachsen. Ich werde nicht durch meine Mutter definiert. Es wäre mir lieber, wenn die Leute mich als eigenständige Person wahrnehmen.«

»Okay.«

Sie schwiegen alle drei.

Na toll. Sie hatte wieder einmal ein Gespräch an die Wand gefahren.

»Ich finde es falsch, dass die Gesellschaft Familien dazu zwingt, zusammenzuleben«, meinte Abigail.

»Wie meinst du das?«, fragte Eve.

»Es gibt zu viele Familien, in denen die Leute nicht miteinander klarkommen, sich nicht mögen und einander nicht einmal wertschätzen. Zum Beispiel mein Dad und ich. Oder Clayton und seine Familie. Eve und ihre Mom, und Shelley und ihre Schwester. Wir sollten uns unsere Familie selbst aussuchen dürfen.«

»Ich hatte ganz vergessen, dass Shelley eine Schwester hatte.«

Clayton wurde vor einer weiteren leeren Kreuzung langsamer, sah nach rechts und links und fuhr dann weiter. »Sie hat vor Shelley in dem Haus gewohnt. Meine Eltern kannten sie. Sie wirkte immer irgendwie traurig. Wie hieß sie noch gleich? Helen?«

»Helen Phillips«, erwiderte Abigail. »Shelley hat mir von ihr erzählt. Sie ist schon vor längerer Zeit gestorben. Irgendwann Anfang zweitausend.«

Eve rührte sich nicht. Sie konnte nicht. Ihre Hand umklammerte die Türklinke. Ihr Nacken spannte sich an. Shelleys Schwester, die drogensüchtige Versagerin.

Helen Phillips. Die Zahlungen an sie wurden im April 2002 eingestellt.

Die hübsche, sanfte und blondhaarige Mutter, die sich Eve erträumt hatte, wurde von einer hageren Suchtkranken mit struppigen Haaren, faulen Zähnen und eingesunkenen Augen verdrängt.

Eve wohnte also derzeit in dem Haus, das ihrer leiblichen Mutter gehört hatte. Sie hatte in derselben Küche gegessen, vielleicht sogar im selben Zimmer geschlafen. Möglicherweise gab es immer noch verlorene DNA-Spuren in der Luft, auf der Veranda …

Moment.

Bedeutete das, dass Shelley Grainger ihre *Tante* war?

Eve schloss die Augen und schob den Gedanken von sich. Das war unmöglich. Solche Zufälle gab es nicht …

Lauren.

Rosalind hatte schon vor ihrer Reise nach New Jersey gewusst, dass Leila ihre leibliche Mutter war, weil Lauren es ihr gesagt hatte. Und wenn Lauren über Leila Bescheid wusste, dann wusste sie auch von Helen und vermutlich auch von Olivias Mutter. Was bedeutete, dass es hier gar nicht um den Plan für ihr zukünftiges Haus ging. Lauren hatte sie absichtlich hierhergeschickt, damit sie rein zufällig auf die Wahrheit stieß – obwohl Eve sie gar nicht finden wollte.

Wusste Shelley Bescheid? Hatte sie sich deshalb Abigail anvertraut, während sie Eve auf Abstand hielt? Sie waren verwandt, also war es nicht schwer vorstellbar, dass sie auf die gleichen Abwehrmechanismen zurückgriffen. Auch wenn diese nicht immer funktionierten.

Kein Wunder, dass es Shelley egal war, wie lange Eve für den Auftrag brauchen würde. Kein Wunder, dass sie eine vollkommen Fremde aus einem anderen Bundesstaat ohne jede Erfahrung engagiert hatte.

Eves Schock verwandelte sich in Wut. Lauren und Shelley hatten kein Recht, sie unwissentlich in diese Position zu bringen! Kein Recht, sie zu zwingen, sich diesem Teil der Vergangenheit zu stellen. Diese Entscheidung oblag Eve. Und nur Eve.

Wie konnten sie so etwas tun?

Dunkle Angst breitete sich in ihr aus. Verdammt. *Verdammt!*

Ihre Bemühungen, tief ein- und auszuatmen, brachten nicht den erwünschten Effekt. Die Panik nahm viel zu schnell von ihr Besitz, durchflutete ihren Körper und geriet außer Kontrolle.

Sie musste raus aus diesem Auto. Sie konnte nicht mehr sitzen bleiben. Sonst würde sie sich zum Narren machen.

»Eve.« Clayton fuhr an den Straßenrand. »Was ist denn los? Hast du Schmerzen? Ist dir übel?«

»Mir geht es gut.« Ihre Stimme dröhnte in ihrem Kopf, doch als sie die Worte aussprach, klangen sie meilenweit entfernt. Sie presste die Lippen aufeinander und bemühte sich um ein beruhigendes Lächeln, während sie die Tür öffnete. Ihr Herz raste, ihr Atem ging abgehackt. »Ich brauche frische Luft. Ich gehe den Rest zu Fuß.«

»Das sind über acht Kilometer.«

»Schon gut.« Sie stieg aus, kam beinahe zu Fall und hörte, wie Abigail erschrocken aufschrie.

»Alles okay.« Sie stolperte ein paar Schritte vom Auto fort; vor ihren Augen tanzten Sterne. Verdammt. Verdammt! Sie konnte hier niemanden hinters Licht führen. Dazu war es zu spät. Die beiden hielten sie sicher für verrückt. Und es konnte durchaus sein, dass sie recht hatten.

»Ruhig.« Clayton legte einen Arm um sie, und sie brach beinahe zusammen. »Wirst du ohnmächtig?«

Eve nickte. Sie spürte seinen Arm und hörte seine Stimme, doch der Rest der Welt verschwamm.

»Hock dich hin und steck den Kopf zwischen die Knie. Dann fließt das Blut zurück ins Gehirn.« Er drückte sie sanft nach unten und breitete seine Jacke über ihren Rücken. »Atme langsam in den Bauch. Deine Brust sollte sich nicht bewegen.«

»Geht es ihr gut?« Abigails Stimme war schrill vor Angst.

»Keine Ahnung. Hier ist mein Handy. Ruf einen Krankenwagen und …«

»Nein. Nicht nötig.« Sie wollte nicht, dass irgendjemand sie untersuchte und Fragen stellte. Ihr Blick wurde schon wieder klarer, und das Blut kehrte in den Kopf und ihr Gesicht zurück, obwohl ihr Herz immer noch raste. Sie musste sich selbst genauso davon überzeugen, dass es ihr gut ging, wie Clayton und Abigail. »Es wird schon besser.«

»Unerklärliche Ohnmachtsanfälle können gefährlich sein. Du musst das abklären lassen.«

»Ich weiß … woran es liegt.«

»Was ist denn passiert?«

»Nichts.«

Clayton stöhnte frustriert auf. »Entweder du beweist mir auf der Stelle, dass es dir gut geht – und zwar auf eine Art, die mich überzeugt –, oder ich rufe einen Krankenwagen. Ich meine es ernst.«

Sie hob den Kopf und warf ihm einen bösen Blick zu. Er hockte vor ihr, und ihre Knie berührten sich beinahe. »Ich hatte einen Schock.«

Er wirkte erstaunt. »Einen elektrischen Schock? In meinem Auto?«

»Nein, emotional gesehen.«

»Was …« Jetzt wirkte er bestürzt. Der arme Mann. Er wollte sicher nicht mehr, dass sie mit zu Abigails Eltern kam. Er brauchte nicht noch eine Irre im Gepäck. »Aber wir haben doch bloß über Shelley gesprochen …«

Eve versuchte, das Zittern unter Kontrolle zu bringen und etwas zu erwidern. Im Grunde ging Clayton die Sache nichts an, doch sie konnte die Worte nicht aufhalten, genauso wenig wie die Erkenntnis, dass sie es nicht mehr alleine schaffte. Wenn sie nach Hause kam, würde sie Joseph Simington anrufen, und bis dahin hatte sie bloß zwei vollkommene Amateure an ihrer Seite. Allerdings waren die beiden Menschen, auf die sie sich verlassen konnte.

Und das bedeutete ihr sehr viel.

»Helen Phillips … war meine leibliche Mutter. Ich kannte nur ihren Namen, aber ich wusste nicht, dass sie Shelleys Schwester war. Meine Stiefmutter muss es gewusst haben. Sie hat mich hierher geschickt. Ich hatte keine Ahnung.«

»Mein Gott.« Clayton legte seine Hände auf ihre Knie.

»Gott ist sicher nicht glücklich darüber, dass du seinen Namen so oft missbrauchst.« Abigail kniete sich neben Eve nieder und legte liebevoll einen Arm um sie.

Eine herzzerreißende Traurigkeit packte Eve, als sie erkannte, dass diese beiden Menschen, die sie kaum kannte, liebevoller und einfühlsamer waren als manche alten Freunde. Nur ihre Schwestern zeigten ihr derart bedingungslose Unterstützung – und sie hatte sie ihr ganzes Leben lang auf Abstand gehalten.

Sie hatte sich mit Menschen umgeben, die ihr nicht zu nahekommen konnten.

An der Highschool hatten ihr die Jungen den Spitznamen Eisprinzessin verpasst, und Eve hatte sich eingeredet, dass sie keine Ahnung hatten. Sie war nicht kaltherzig, sie hatte nur zu lange versucht, sich vor der Tatsache zu schützen, dass sie Jillian Crofts Tochter war. Sie hatte ihre Gedanken und Gefühle hinter einem Schutzschild verborgen und war sich immer der Bürde bewusst gewesen, aus einer berühmten Familie zu stammen. Sie wusste, wie grausam Gerüchte sein konnten, und dass es »Freunde« gab, die nur mit ihr zusammen waren, um etwas von dem Glanz ihrer Mutter abzustauben, selbst lange nach Jillians Tod. Sogar in Beverly Hills, wo Berühmtheit alltäglich war, war ihre Mutter eine Urgewalt gewesen. Ihre Sucht, ihre psychischen Probleme, ihr Tod. Es gab Gerüchte, es wurde geflüstert, es wurde mit dem Finger auf sie gezeigt. Und auch auf ihre Töchter.

Während Olivia die Aufmerksamkeit genossen und Rosalind sie mit überzeugt zur Schau gestellter Fröhlichkeit ertragen hatte, hatte Eve eine Schutzschicht nach der anderen aufgebaut wie eine russische Matrjoschka mit einem aufgemalten Lächeln.

Vielleicht war sie doch kaltherzig?

»Es tut mir leid, Eve«, murmelte Abigail. »Ich hatte keine Ahnung. Ich wusste nicht, dass du adoptiert bist.« Auch sie war in dem Schock zum Du übergegangen.

»Natürlich nicht.« Eve zwang sich, ihre Gedanken von ihren Gefühlen zu lösen, und darin war sie mittlerweile Meisterin. Ihr Herzschlag beruhigte sich langsam, das Zittern ließ nach.

»Wann hast du es herausgefunden?«

»Vergangenen Sommer.«

Abigail schnappte nach Luft. »Ich *wusste* es.«

Eve sah sie ungläubig an. »Woher willst du das gewusst haben?«

»Nein, nein.« Abigail rutschte ein wenig zur Seite, sodass sie Eve ansehen konnte. »Ich wusste, dass es einen Grund gibt, warum ich in dem Café unbedingt mit dir reden wollte.«

Eve schüttelte den immer noch in Watte gepackten Kopf. »Ich kann dir gerade nicht ganz folgen.«

»Gott hat dich geschickt. Gott wusste, dass du verstehen würdest, was ich durchmache.« Sie sah aus wie Jeanne d'Arc, die bei ihrem Auftritt vor den französischen Truppen nichts als Kraft und Überzeugung ausstrahlte. »Es war sein Plan.«

Eve seufzte. »Ich wünschte, er hätte es mir früher verraten.«

Abigail verdrehte die Augen und war wieder ihr ironisches Selbst. »Damit verdienst du dir einen Sonderplatz in der Hölle.«

»Geht es dir besser, Eve?« Clayton drückte ihr Knie. »Du siehst jedenfalls besser aus.«

»Du warst vorhin ganz grau.« Abigail erhob sich. »Ich dachte, du stirbst.«

»Das ganze Drama tut mir leid.«

»Ich verbiete dir, dich zu entschuldigen.« Clayton richtete sich ebenfalls auf und streckte ihr die Hand entgegen. »Kannst du aufstehen?«

»Ja, sicher.« Es war ihr peinlich, wie genervt sie klang. Und dass sie einen derart lächerlichen Auftritt vor zwei Menschen hingelegt hatte, die sie kaum kannte. »Danke. Euch beiden.«

»Wir machen alle gerade die Hölle durch.« Clayton legte unnötigerweise die Hand auf ihren Ellbogen und half ihr hoch. »Drei Menschen, drei lebensverändernde Überraschungen.«

»Auf die Gefahr hin, dass ich mich wieder zum Gespött

mache: Gott hat uns zusammengeführt.« Abigail warf die Stirnfransen zurück und sah Eve herausfordernd an. »Damit wir uns gegenseitig helfen können.«

Eve rang sich ein Lächeln ab. »Hätte er uns stattdessen nicht einen Urlaub in der Karibik spendieren können?«

Abigail grinste. »Wir werden besser und stärker aus der Sache herausgehen. Du wirst schon sehen. Er weiß, was er tut.«

»Das wäre super.«

Eve schlurfte zitternd und erschöpft zurück zum Wagen. Sie wollte bloß noch in ihr hübsches, gemütliches Zimmer mit Blick auf den See und den ganzen Tag nichts mehr sagen oder fühlen. Aber …

»Wartet mal!«

»Was denn?«

»Ich habe Shelley versprochen, mich ums Abendessen zu kümmern. Ich muss in den Laden und …«

»Nein, musst du nicht.« Clayton stand hinter ihr und hatte die Arme ausgestreckt, um sie aufzufangen, falls ihr erneut schwindelig wurde. »Abigail und ich gehen einkaufen. Wir bringen dich zu Shelley und fahren anschließend in den Laden.«

»Gute Idee.« Abigail strahlte ihn an.

»Einverstanden, Eve?«

»Ja, danke.« Sie sah ihn erleichtert an. »Als du mich engagiert hast, hattest du sicher keine Ahnung, dass du bald Therapeut, Koch und Pfleger in einem sein würdest.«

»Kein Problem.« Er schloss die Tür und beugte sich zum heruntergelassenen Fenster hinein. Sein Blick war offen und warm. »Geht es dir ganz sicher besser?«

»Ja, ganz sicher. Danke.« Eve spürte eine plötzliche, unpassende Anziehungskraft zwischen ihnen. Das war das Letzte, was sie jetzt brauchte. Sie senkte den Blick. »Es wäre nett, wenn ihr beide die ganze Sache für euch behalten könntet, bis ich mich ein wenig an den Gedanken gewöhnt habe.«

»Klar.« Abigail drückte ihre Hand.

»Natürlich«, meinte auch Clayton.

»Danke. Ich schulde euch was. Falls ihr auch einmal in meiner Gegenwart einen Nervenzusammenbruch erleidet, könnt ihr auf mich zählen.«

»Ich hatte meinen doch schon.« Abigail verdrehte die Augen. »Mehr als einen.«

»Und mir schuldest du bloß den Wintergarten.« Clayton klopfte aufs Autodach und ging um den Wagen herum zur Fahrerseite.

Sie legten den Rest der Strecke schweigend zurück, und dafür war Eve dankbar. Es kostete sie weiterhin all ihre Kraft, gegen die Panik anzukämpfen, auch wenn sie langsam schwächer wurde. Vor Shelleys Haus meinte Clayton: »Sollen wir mit reinkommen?«

»Nein, nein, das geht schon.« Sie schaffte es, heil aus dem Wagen zu klettern, während die beiden sie beobachteten, als könnte eine falsche Bewegung zum Zusammenbruch führen. Sie winkte ihnen bemüht fröhlich zu und betrat das Haus.

Marx begrüßte sie schwanzwedelnd. Es war ihr peinlich, dass sie ihn vorhin auf der Liste der Lebewesen, die ihr bedingungslose Liebe schenkten, vergessen hatte. Marx war in der glücklichen Lage, dass sein Gehirn zu klein war, um das Chaos zu begreifen, in das die Menschen sich manchmal manövrierten.

»Hallo.« Shelley trat von der Veranda ins Haus. Eve versuchte so gut wie möglich, sich normal zu verhalten, aber nachdem sie noch nie darauf geachtet hatte, wie sie sich im entspannten Zustand benahm, war das nicht gerade einfach. »Hatten Sie einen schönen Nachmittag? Wo ist Abigail?«

»Ja, wir hatten viel Spaß. Abigail und Clayton sind noch einmal in den Laden gefahren, um fürs Abendessen einzukaufen.« Sie schlug sich ganz gut und klang nur ein wenig atemlos. Sie musterte ihre Tante so unauffällig wie möglich, als würde sie sie zum ersten Mal sehen, und verglich Shelleys Gesichtszüge mit ihren eigenen.

»Dann kommen Vater und Tochter also gut miteinander klar?«

»Ja, das tun sie. Wir hatten viel Spaß.« Du meine Güte, das hatte sie doch gerade erst gesagt! Sie fühlte sich ihrer Tante gegenüber vollkommen nackt. Musterte Shelley sie eindringlicher als sonst? Wusste sie, dass Eve es wusste? Gab es irgendwo im Haus Fotos von Helen?

Der letzte Gedanke überraschte sie so sehr, dass sie sich rasch nach unten beugte, um Marx zu streicheln. »War er artig?«

»Er ist ein angenehmer Zeitgenosse. Wir sind erst seit ein paar Minuten von unserem Spaziergang zurück. Vielleicht lege ich mir auch mal einen Hund zu.«

»Hunde sind auf jeden Fall der beste Freund des Menschen.« Eve erhob sich zu schnell und schwankte kaum merklich. »Ich muss kurz nach oben und ein paar Telefonate erledigen.«

»Klar.« Shelley sah sie mit schiefgelegtem Kopf und gerunzelter Stirn an. »Sie sehen blass aus.«

»Ich bin bloß müde. Es war ein verrückter Tag.« Das war die Untertreibung schlechthin. Zwei emotionale Ausnahmesituationen, und es war noch nicht einmal Zeit zum Abendessen.

»Sie haben Großartiges für dieses Mädchen geleistet. Gut gemacht.« Shelley zog ein zusammengefaltetes Stück Papier aus ihrer Jeanstasche. »Ich habe eine E-Mail von Leah Oakes bekommen und für Sie ausgedruckt.«

Eve stöhnte leise auf. Wenn das Gottes Plan war, hätte sie gerne ein paar Änderungen vorgenommen. Ihr Plan wäre gewesen, zuerst Rosalind anzurufen, um ihre Gedanken zu ordnen, und danach Lauren, um alles wieder durcheinanderzuwirbeln.

»Danke. Ich lese sie dann oben.«

Sie verzog sich so schnell wie möglich in ihr Zimmer, und Marx sprang neben ihr her. Als sie sich aufs Bett fallen ließ, blieb er verloren davor stehen. Er wusste genau, dass er nicht hineindurfte. »Marx, entschuldige meine Ausdrucksweise, aber heute ist ein echt beschissener Tag.«

Er wedelte aufgeregt mit dem Schwanz.

»Komm her.« Sie rutschte näher an den Rand, streichelte seinen Kopf und den Hals, vergrub ihre Nase in seinem weichen, flauschigen Fell und redete liebevoll murmelnd auf ihn ein, bis sie sich stark genug fühlte, um die E-Mail zu lesen.

Und natürlich war sie auch neugierig.

Als ihr Blick auf den Absender fiel, verdrehte sie die Augen. Leah und Glen hatten eine gemeinsame E-Mail-Adresse, was bedeutete, dass Leah sich auch hier nicht frei verständigen konnte.

Liebe Shelley,
noch einmal danke für Ihren Anruf. Ich freue mich darauf, Sie und Ihre Familie in unserer Gemeinde willkommen heißen zu dürfen. Im Anhang finden Sie einige Folder über die Mission unserer Kirche und Priester und unser neuestes Mitteilungsblatt.
Während unseres Gesprächs erwähnten Sie, dass Ihr Mann aus der Kirche des Höheren Glaubens in Michigan ausgetreten ist und noch immer Bedenken hat, was das spirituelle Leben Ihrer kleinen Tochter anbelangt. Ich kann Ihnen versichern, dass er Freude und Bereicherung erfahren wird, wenn er zurückkehrt und sein Vertrauen in die Vergebung und die Liebe unseres Herrn legt.

Zögern Sie bitte nicht, mich zu kontaktieren, falls Sie weitere Fragen haben. Ich freue mich darauf, Sie kennenzulernen und mit Ihnen die Freude über das Wort Gottes zu teilen.
Der Herr sei mit Ihnen,
Leah Oakes

Eve warf den Brief neben sich aufs Bett. Die Wut, die in ihr hochstieg, vertrieb den letzten Rest der Erschöpfung. Was zum Teufel sollte das bedeuten? Leah wollte, dass Abigail zurückkam, aber … wer sollte sich in Vergebung üben? Abigail? Oder Glen?

Warum hatte Leah nicht einen kostenlosen E-Mail-Account eröffnet und Shelley eine anonyme Mail geschrieben, in der sie klang wie ein Mensch mit echten Gefühlen?

Zumindest schien die Mail zu bedeuten, dass man Clayton und Abigail nicht sofort rauswerfen würde, wenn sie dort auftauchten. Und das war gut.

Glaubte sie zumindest.

Zum ersten Mal sehnte sie sich beim Anblick des blau-gelben Zimmers nach den gedämpften Farben ihres Schlafzimmers in Swampscott. Sie drehte sich auf den Bauch und zog sich die Decke über den Kopf.

Eine halbe Stunde später wachte sie ruckartig auf. Sie schlief sonst nie untertags. Ihr Körper und ihr Geist waren offenbar so erschöpft gewesen, dass sie eine Zeit lang dichtgemacht hatten.

Sie lag einige Sekunden blinzelnd da, dann zog sie sich das Haarband aus den Haaren und holte ihr Handy heraus.

Rosalind hob nach dem ersten Klingeln ab. »Hey, wie ist es gelaufen?«

»Ganz gut, eigentlich. Clayton hat es so gelassen hingenommen, wie es in einer solchen Situation möglich ist. Aber dann …« Sie hatte keine Ahnung, wie sie es formulieren sollte, also platzte sie einfach damit heraus: »Ich habe herausgefunden, dass Shelley Helen Phillips' Schwester ist. Shelley ist meine Tante.«

Rosalind stieß einige unverständliche Silben aus, dann hatte sie sich wieder unter Kontrolle. »Was? Wie kann das sein?«

»Lauren hat mich hierhergeschickt. Shelley und sie sind befreundet. Sie muss es gewusst haben.«

»Aber … so viel Hinterhältigkeit sieht ihr gar nicht ähnlich … oder?«

Eve hatte genau dasselbe gedacht. »Welche andere Erklärung sollte es geben? Lauren kennt Shelley seit ihrer Kindheit und hat vermutlich auch Helen gekannt. Sie wusste, wie deine leibliche Mutter heißt, warum sollte sie meine nicht auch kennen? Dad muss ihr alles erzählt haben.«

»Ach, Liebes, das ist ja grauenvoll! Es gibt doch keinen Grund, warum sie es dir nicht einfach gesagt hat.«

»Doch, den gibt es. Und er ist relativ einfach.« Eve drehte sich um und blickte auf den See hinaus. »Ich wäre nicht hergekommen.«

»Ach ja. Genau.«

»Ja, genau.« Eve richtete sich auf und zog die Knie an die Brust. »Es ist schon komisch. Lauren ist den Großteil meines bisherigen Lebens meine Mutter gewesen, aber für mich ist sie immer noch die nette Frau, die Dad geheiratet hat.«

»Ja, sie ist ziemlich verschlossen. Aber sie hat auch in eine Familie eingeheiratet, in der ihre Vorgängerin über allem und jedem aufragte.«

»Während Lauren sich gaaanz klein macht.« Rosalinds Kichern brachte Eve zum ersten Mal seit einer gefühlten Ewigkeit zum Lächeln. »Ich werde sie gleich mal anrufen. Danke, dass du mich runtergeholt hast, Rosalind.«

»Gerne. Hast du Moms Tagebuch eigentlich schon gelesen?«

Eve verdrehte die Augen. »Ja, sicher, weil ich gerade noch mehr emotionalen Aufruhr brauche.«

»Schon klar. Aber du solltest es trotzdem tun. Ich habe eine Menge darüber nachgedacht. Mom war eine Liga für sich, aber du warst immer am unnachgiebigsten, wenn es um sie ging. Sie war nicht nur schlecht. Das ist niemand.«

Eve spürte, wie die Wut in ihr hochstieg. Rosalind wusste nichts von Mr Angel. Das war natürlich allein Eves Schuld – aber es bedeutete auch, dass ihre Schwestern keine Ahnung hatten, wie tief ihre Mutter gesunken war. »Ich weiß, aber …«

»Es gibt so viele wirklich schöne Erinnerungen. So viele Geschichten und positive Dinge, nicht nur negative. Aber du sprichst nie davon. Es ist, als wolltest du nichts hören, was dich vielleicht dazu bringen könnte, deine Meinung zu ändern.«

Eve wollte bereits widersprechen, aber sie fand nicht die richtigen Worte und seufzte bloß. Marx hob schwanzwedelnd den Kopf.

Rosalind hatte recht. Eve klammerte sich an ihre Wut und an die Vorstellung, dass ihre Mutter die böse Hexe ihrer Kindheit gewesen war. Das war einfacher, als der schmerzhafteren und komplizierteren Wahrheit ins Auge zu sehen.

Und es war mit der Art zu vergleichen, wie Abigails Vater Glen auf die Nachricht reagiert hatte, dass seine Tochter lesbisch sei.

»Okay.« Eve seufzte. »Touché.«

»Lies es. Warte, bis sich die Sache mit Abigail und Helen beruhigt hat – aber dann musst du es lesen.«

»Und die Sache mit Lauren.«

»Ach ja. Die auch. Sei nett zu ihr.«

»Das bin ich doch immer.«

Ihre Schwester schnaubte. »Übrigens: Ich mache mir Sorgen um Olivia, und morgen ist ja ihr Geburtstag …«

»O Mann!« Eve schlug sich an die Stirn. »Danke. Ich habe zwar kurz daran gedacht, es dann aber total vergessen. Die Zeit vergeht so schnell. Ich schicke ihr einen Blumenstrauß oder so.«

»Okay, gut. Ich habe mich gefragt, ob es irgendeine Möglichkeit gibt, dass wir drei uns bald wiedersehen? Vielleicht zu deinem Geburtstag im Mai? Meiner ist ja schon bald. Du bist nächste Woche sicher noch auf deiner Insel, und Bryn möchte mit mir an die Jersey-Küste fahren. Für ein eisiges Strandwochenende.«

Eves Laune besserte sich kaum merklich. »Es wäre schön, wenn ihr beide vorbeikommt. Bis Ende April, Anfang Mai bin ich sicher wieder zurück in Boston.«

Ohne Job. Und Single. Da würde eine Geburtstagsparty mit ihren Schwestern genau das Richtige sein.

»Super. Und jetzt ruf Lauren an. Alles Gute. Ich weiß, es ist schwer zu glauben, aber es wäre durchaus möglich, dass du am Ende glücklicher bist als vorher. Bei mir war es definitiv der Fall.«

»Ich hoffe es.«

Eve legte auf und blieb eine Weile lang sitzen, um sich zu sammeln und sich einen Plan zu überlegen, der es ihr ermöglichen würde, das folgende Gespräch zivilisiert zu führen, obwohl sie am liebsten gebrüllt hätte.

Am Ende entschied sie, dass sie wohl nie bereit dazu sein würde und es schlauer war, es einfach durchzuziehen. Sie band ihre Haare wieder zu einem Pferdeschwanz zusammen und wählte die Nummer ihrer Stiefmutter.

»Hallo, Eve.«

Alles, was sie sagen wollte, verschwand unter einer Welle der Wut. »Du wusstest von Helen und Shelley.«

Ein Seufzen. »Ja.«

Eve sprang auf und wanderte im Zimmer auf und ab. »Du hast mich ohne Vorwarnung hierhergeschickt und mich nicht einmal gefragt, ob ich es will oder nicht.«

»Ja.«

»Weiß Shelley, dass ich ihre Nichte bin?«

»Nein.«

Wenigstens etwas. »Und Dad?«

»Was genau meinst du?«

»Weiß er, dass ...« Mein Gott, das war so verwirrend. »Dass Shelley Helens Schwester ist?«

»Nein.«

Eve trat ans Fenster. Eine steife Brise hatte Wolken vor die Sonne getrieben, und die Oberfläche des Sees kräuselte sich. Der Anblick passte zu ihrer Stimmung. »Also hast du mich hinter seinem Rücken hierhergeschickt.«

Lauren schnaubte genervt. »Wenn du mir Schuldgefühle einreden willst, kannst du dir die Mühe sparen. Ich habe es aus gutem Grund getan, und ich bereue es nicht.«

Eve sah ihre Stiefmutter in dem kleinen Häuschen vor sich, in dem sie mit Dad wohnte. Die blauen Augen, die hinter den dicken Brillengläsern besonders groß wirkten, die von weißen Strähnen durchzogene Dauerwelle, die sie sich machen hatte lassen, nachdem ihre Haare im Alter immer dünner geworden waren. Der Inbegriff einer molligen, freundlichen, weichen Frau – mit einem Rückgrat aus Eisen und den dazu passenden Regeln.

Olivia war bereits ausgezogen gewesen, als Dad und Lauren geheiratet hatten, und Rosalind war kurz darauf aufs College verschwunden, weshalb Eve die Unnachgiebigkeit ihrer Stiefmutter am meisten zu spüren bekommen hatte. Am Anfang hatte sie sich beschwert, doch nachdem sie sich einmal daran gewöhnt hatte, war ihr klar geworden, dass die Struktur und die Routine ihrer Persönlichkeit sehr viel besser entsprachen als das Auf und Ab, zu dem Jillians Launen und Stimmungsschwankungen geführt hatten. Der Haushalt wurde mit knallharter Effizienz geführt, und das Abendessen stand jeden Tag um halb sieben auf dem Tisch. Von Lauren selbst gekocht, da sie sich immer geweigert hatte, Geld für einen Koch zum Fenster hinauszuwerfen, solange sie die Küche auch allein im Griff hatte.

Lauren hatte als Angestellte am Kassenschalter der Bank gearbeitet, auf der Dad immer gewesen war, wenn sie den Sommer in Maine verbracht hatten. Die beiden kannten sich von dem einen oder anderen Gespräch, bis sie sich etwa ein Jahr nach Jillians Tod bei dem jährlich stattfindenden Bohnen-Essen der Gemeinde getroffen hatten. Er war einsam und auf der Suche nach einem freundlichen Menschen, also lud er sie am Tag darauf zum Mittagessen ein, und ab diesem Tag hatte sich die Beziehung beständig vertieft.

Dad war ein neuer Mensch geworden, nachdem er mit Lauren zusammengekommen war. Ein sehr viel glücklicherer Mann. Und in vielerlei Hinsicht ein jüngerer.

Eves Wut verpuffte und machte einer tiefen, erschöpften Traurigkeit Platz. »Wirst du Olivia auch verraten, wer ihre leibliche Mutter ist?«

»Erst wenn sie dazu bereit ist.«

»Ich war auch noch nicht bereit. Warum hast du mir das angetan und nicht ihr?«

»Du bist aus härterem Holz geschnitzt, als du dir eingestehen willst, Eve. Shelley ist ein wunderbarer Mensch und es wert, dass du sie kennenlernst. Egal, ob als Klientin einer Architektin, als Freundin oder als Tante.«

»Ziemlicher Zufall, dass sie gerade jetzt einen Auftrag zu vergeben hatte. Hattest du da auch deine Finger im Spiel?«

»Ich beantworte deine Frage, wenn du sie höflicher formulierst.«

Eve streckte ihrem Handy die Zunge heraus. Wirklich sehr erwachsen. »Wie kam es dazu, dass Shelley eine Architektin suchte?«

»Sie hat sich beklagt, dass es so laut ist, wenn ihre Kinder und Enkel zu Besuch kommen. Also habe ich vorgeschlagen, dass sie sich doch ein kleines Häuschen bauen soll. Der Rest ergab sich mit der Zeit. Es sind hier keinerlei böse Mächte am Werk, Eve.«

Eve verzog das Gesicht. Sie hasste es, wenn ihre Stiefmutter ihr das Gefühl gab, ein uneinsichtiges Kind zu sein. Vor allem, wenn sie sich gerade genauso verhalten hatte. »Abgesehen davon, dass du mich ohne Vorwarnung einer belastenden Situation ausgesetzt hast. Es ist hier alles unglaublich kompliziert und emotional.«

»Versuch, es gechillt anzugehen.«

Der moderne Ausdruck klang so fremd und seltsam aus dem Mund der überkorrekten Lauren, dass Eve auflachte.

»Und jetzt genug davon. Du hast alle Infos, die du brauchst. Du bist ein schlaues Mädchen.«

»Nein, nein.« Sie würde sich nicht abwimmeln lassen. »Hast du mir Moms Tagebuch geschickt?«

»Was? Nein. Dein Vater ist gerade aufgewacht. Ich muss Schluss machen.«

Das Freizeichen erklang.

Eve hätte am liebsten geknurrt. Diese starrköpfige Person!

Aber zumindest hatte sie ein paar Antworten bekommen. Shelley wusste nicht, dass Eve und sie verwandt waren. Diese Tatsache würde erst ans Tageslicht kommen, wenn Eve dazu bereit war, und das war eine große Erleichterung, denn sie wollte in den nächsten Tagen einfach einmal dem Drama entfliehen und mit der Arbeit beginnen.

Abigails laute Stimme drang aus dem Erdgeschoss nach oben.

Ach ja, das auch noch.

Sie musste einen Weg finden, Clayton und Abigail klarzumachen, dass sie alleine nach Milwaukee fahren mussten. Wenn sie das Gefühl gehabt hätte, Clayton würde es vermasseln, oder dass ihre Anwesenheit entscheidend für den Erfolg des Unternehmens wäre, hätte sie keine Sekunde lang gezögert.

Na ja, *eine* vielleicht doch …

Sie legte das Handy beiseite, holte tief Luft und ging nach unten. Nachdem sie angeboten hatte, sich ums Abendessen zu kümmern, und den Einkauf dann einfach jemand anderem überlassen hatte, würde sie jetzt wenigstens das Kochen übernehmen.

»Hallo, Eve.« Der Anblick des großgewachsenen Mannes in Shelleys Küche ließ sie einen Moment innehalten. So viel Maskulinität schien nicht in Shelleys bescheidenes Haus zu passen. »Der Einkauf ist da.«

»Wir haben Burger und alles, was dazugehört«, erklärte Abigail. Sie hatte rote Backen und grinste, doch ihre Augen waren verhangen und sie wirkte erschöpft. Das waren sie alle.

»Nichts Besonderes.« Clayton holte eine Packung Hackfleisch aus der Tüte.

»Du brauchst nicht auszupacken«, protestierte Eve. »Das übernehme ich.«

»Clayton.« Shelley trat mit einem derart liebevollen Lächeln in die Küche, dass Eve sprachlos war. »Sie bleiben doch zum Abendessen?«

Sein Blick wanderte zu Eve und dann wieder zu Shelley. »Klar. Danke. Aber nur, wenn Eve mich helfen lässt.«

»Von mir aus gern«, erwiderte Shelley. »Ich habe kein Problem, wenn andere die Arbeit für mich erledigen.«

Eve holte einen Behälter mit frischem Tomatensalat heraus. Sie hatte auf eines von Shelleys angenehm schweigsamen Abendessen gehofft.

»Ich helfe euch auch, aber zuerst muss ich pinkeln.« Abigail machte sich auf den Weg zur Toilette.

Shelley schnaubte. »Danke für die Info.«

»Eve.« Clayton berührte ihre Schulter. »Hast du eine Minute?«

»Die Veranda ist frei«, erklärte Shelley. »Ich mache hier weiter. Abigail kann mir ja helfen, wenn sie zurück ist.«

»Danke.« Er sah Eve an und hob eine Augenbraue, woraufhin sie die Zwiebel beiseitelegte und ihm folgte. Aber nur, weil es unhöflich gewesen wäre, es nicht zu tun. Wenn er den Tag jetzt noch komplizierter und emotionaler machte, würde sie explodieren.

Clayton trat auf die Veranda, wandte sich um und wartete. Eve folgte ihm zögerlich. »Was ist denn los?«

»Also erstens, geht es dir gut? Ist alles okay?«

»Ja, ich komme klar.« Sie hörte selbst, wie abwehrend sie klang, und hatte sofort ein schlechtes Gewissen. »Danke noch mal, dass du für mich da warst. Du und Abigail. Das bedeutet mir eine Menge.«

»Schon gut.« Er verzog das Gesicht. »Es war eine ziemlich ungewöhnliche Situation.«

»Findest du?«

Er grinste kaum merklich, dann wurde er wieder ernst und wischte sich über die Stirn. »Also, ähm … ich habe mit Abigail gesprochen.«

»Ja?«

»Sie hält die Fahrt für eine gute Idee. Sie ist bereit, es noch einmal mit ihrem Dad zu versuchen. Vielleicht kannst du ihre Mom anrufen oder ihr eine E-Mail schreiben und ihr sagen, dass wir kommen?«

»Witzig, dass du sie erwähnst.« Sie erzählte ihm von Leahs E-Mail und sah zuerst die Hoffnung und dann die Verwirrung in seinem Gesicht.

»Und ist das … gut?«

Sie seufzte. »Keine Ahnung. Wann wollt ihr fahren?«

»Am Samstag. Da ist Abigails Dad zu Hause.«

»Willst du nicht lieber zuerst mit Leah allein reden?«

»Das dachte ich zuerst auch.« Er zuckte mit den Schultern. »Aber ich habe beschlossen, dass es besser ist, gleich ins kalte Wasser zu springen und zu sehen, was passiert.«

Eve stieß einen leisen Pfiff aus. »Du bist ein mutiger Mann.«

»Hmm, ja, wo wir gerade davon reden …«

»Was?«, fragte Eve vorsichtig.

»Abigail ist meiner Meinung.«

»Dass …?«

»Dass es eine gute Idee wäre, dich mitzunehmen.«

Ihr Magen zog sich zusammen. »Clayton …«

»Ich weiß, ich weiß. Es ist nicht … es ist nicht dein Problem. Aber Abigail meint, dass es hilfreich wäre. Ihr Dad würde vielleicht nicht so leicht die Beherrschung verlieren, als wenn ich allein mit ihr aufkreuze. Der Kerl, der seine Frau geschwängert hat.«

»Moment mal.« Eve sah ihn misstrauisch an. »Du willst doch nicht behaupten, dass wir zusammen sind, oder?«

»Nein, nein.« Clayton wurde tatsächlich rot, was sie überraschte und auch irgendwie süß fand, aber Gott sei Dank war die Anziehungskraft, die sie vorhin gespürt hatte, wieder auf ein rein platonisches Niveau abgesunken. »Aber du hast Abigail von Anfang an geholfen, und wahrscheinlich vertraut dir Leah mehr als mir. Du kannst vielleicht helfen, etwas Spannung abzubauen.«

»Hmm.« Der Feigling in ihr wollte schon die üblichen Ausreden auftischen, aber ein anderer Teil fand es an der Zeit, dem Feigling nicht ständig nachzugeben. Sie musste die Situation als Ganzes betrachten und nicht nur ihre Angst. Es ging um die Leute, die auf sie zählten, und nicht darum, sich selbst zu schützen. Sie war hier nicht diejenige, die sich in Gefahr befand. Das war Abigail. Und Clayton. Die beiden waren so stark und mutig, und sie würde schrecklich feige und kalt wirken, wenn sie ihnen ihren Wunsch abschlug.

Wie eine Eisprinzessin.

»Ich habe vor, am Samstagmorgen loszufahren und am Abend wieder zurückzukommen. Ich möchte nur über Nacht bleiben, wenn ich wirklich das Gefühl habe, dass sich die Situation mit etwas mehr Zeit doch noch klären lassen würde.«

»Und wenn das bedeutet, dass ihr länger als eine Nacht bleiben müsst?«

Er legte sich eine Hand in den Nacken und massierte die Muskeln. »Dann werden Abigail und ich gemeinsam entscheiden, was für sie das Beste ist.«

Eine Welle des Mitgefühls überrollte Eve; sie legte eine Hand auf Claytons Arm. »Es hängt ziemlich viel von dieser Reise ab.«

»Aber nein, gar nicht.« Er grinste reumütig. »Es könnte bloß mein ganzes Leben von einem Moment auf den anderen und für immer verändern.«

Sie drückte seinen Arm und befahl dem Feigling in ihr, endlich die Klappe zu halten. »Wenn du wirklich glaubst, dass es etwas bringt, dann komme ich mit.«

Kapitel 12

5. Oktober 1980 (Sonntag)

Es ist noch früh, aber ich konnte nicht mehr länger warten. Ich trage schon die erste Schwangerschaftsbauchattrappe, und wenn ich in der Öffentlichkeit unterwegs bin, lege ich immer wieder »gedankenverloren« die Hand darauf, als müsste ich mein ungeborenes Kind schützen, auch wenn da in Wahrheit nur eine verdorrte Ödnis ist. Ich weiß, dass mich die Leute beobachten – egal, wo ich hingehe, ich werde immer *beobachtet –, und ich weiß, wie schnell die Gerüchteküche zu brodeln beginnen wird.*

Was macht sie da? Ist diese wahnsinnig weibliche, vollkommen normale Frau etwa schwanger? Natürlich ist sie das! Amerikas attraktivstes Paar wird berühmten und wunderschönen Nachwuchs in die Welt setzen. Die einzige Frage ist: Warum haben sie sich so lange damit Zeit gelassen?

Wahrscheinlich wollten sie ihrem Kind das bestmögliche Umfeld bieten. Angeblich will Jillian eine Drehpause einlegen, um die Schwangerschaft so gesund wie möglich zu verbringen. So gewissenhaft! So fürsorglich! So liebevoll! Wahre Traumeltern. Ach, könnten wir doch so sein wie sie!

Natürlich steigere ich mich in die Sache hinein, aber es ist witzig. Es ist alles so witzig! Ich lache den ganzen Tag. Eines der Schlafzimmer wird in ein Kinderzimmer umgebaut, und wenn der Geburtstermin erst einmal näher rückt, werden rund um die Uhr Maler bereitstehen, um es je nach Geschlecht des Babys auszumalen. Gelb für ein Mädchen, blaugrün für einen Jungen. Ich habe ein Fotoalbum begonnen, das mich in den verschiedenen Stadien meiner Schwangerschaft zeigt. So kann ich meinem Kind später zeigen, wie wunderschön ich als schwangere Frau aussah, und ihm oder ihr erklären, wie aufgeregt ich war. Mein Kind (Kinder!) darf niemals erfahren, dass Mommy keine richtige Frau ist. Koste es, was es wolle. Ich schrecke sogar vor einem Mord nicht zurück, und das ist nur halb im Scherz gemeint.

In Liebe, deine zukünftige Mommy,

Jillian

PS: Ich befinde mich in einer schrecklich komplizierten Situation. Christina, meine kleine Schwester, hat sich von irgendeinem Kerl schwängern lassen und weigert sich, ihn zu heiraten. Mom ist angeblich außer sich, und das wundert mich nicht. Aber wir haben bereits einen Vertrag mit der engelhaften Schlampe (die, wie ich mit Freude verkünden darf, wie eine Verrückte reihert), und ich kann Daniels Kind, das in ihr wächst, nicht den Rücken zukehren. Aber genauso wenig kann ich die einmalige Chance ausschlagen, ein Kind aus meinem eigenen Fleisch und Blut großzuziehen.

Ich kenne mich selbst gut genug, um zu wissen, dass ich

mich nicht um zwei Babys gleichzeitig kümmern kann. Also muss ich eine Wahl treffen.
Aber wie könnte ich das jemals tun?
Zum ersten Mal in meinem Leben habe ich nicht die geringste Ahnung, wie ich mich entscheiden soll.

»Du machst *was*? Was zum Teufel soll das, Eve?«

Eve seufzte. Mike hatte wieder getrunken. Sie hätte den Anruf nicht so lange hinausschieben sollen, aber sie hatte den bisherigen Tag ohne jeden Konflikt verbracht, mit Ideen gespielt, recherchiert und erste Skizzen für Shelleys neues Zuhause gezeichnet. Natürlich war es eine Verzögerungstaktik gewesen, aber nach allem, was gestern – vor und nach der Sightseeingtour – passiert war, hatte sie sich ihrer Meinung einen relativ stressfreien Tag verdient.

Sie hatte wieder einmal nicht an den Zeitunterschied gedacht und den späten Nachmittag als idealen Zeitpunkt für einen Anruf auserkoren. Aber offensichtlich hatte Mike schon früh zur Flasche gegriffen. Sie würden nach ihrer Rückkehr zwar kein Paar mehr sein, aber im Moment waren sie theoretisch immer noch zusammen, was bedeutete, dass er über die Reise nach Milwaukee Bescheid wissen sollte. Es war vorhersehbar gewesen, dass ihn die Hintergründe nicht interessierten. Für ihn zählte nur, dass sie mit einem anderen Mann unterwegs sein würde.

»Mike, beruhige dich. Es ist nichts …«

»Sag mir nicht, dass ich mich beruhigen soll! Meine Freundin fährt durchs halbe Land, lernt einen Mann kennen und verbringt mit ihm schon kurz darauf einen Liebesurlaub in Milwaukee.«

»Wir verbringen doch keinen …«

»Ich weiß, wie Kerle ticken, Eve. Er will dir an die Wäsche. Vertrau mir.«

»Warum vertraust du nicht einmal *mir*? Ich schwöre dir, dass es nicht …«

»Ich sage ja nur, dass es nicht gut aussieht.«

»Für wen?«

»Für mich, was glaubst du denn? Wie würdest du dich fühlen, wenn ich mit einer fremden Frau in einem Motel übernachten würde, nachdem ich dir eine total schwachsinnige Geschichte darüber aufgetischt habe, dass sie ein Kind hat, von dem sie bis jetzt nichts wusste … oder was auch immer da gerade bei dir abläuft.«

Eve hatte ihm ganz genau erklärt, was los war. Zumindest hatte sie es versucht, obwohl er sie ständig wütend unterbrochen hatte. Sie versuchte mit aller Kraft, ihre Gefühle im Zaum zu halten. So viel war sie ihm vermutlich noch schuldig. »Ich würde mich wahrscheinlich unwohl dabei fühlen, aber ich würde nicht …«

»*Unwohl*, ich glaub, ich spinne. Du denkst nicht …«

»Lässt du mich endlich einmal einen verdammten Satz zu Ende bringen? Du hörst mir nicht einmal zu, bevor du mir an den Kopf wirfst, was ich falsch mache. Und das nennst du Gespräch?«

»Alles klar. Jetzt ist es also *meine* Schuld. Wieder einmal.«

»Mike.« Sie schloss die Augen. »Das funktioniert so nicht. Wenn ich zurückkomme, müssen wir …«

»Ich wusste es. Ich wusste es verdammt noch mal! Wahrscheinlich kanntest du den Kerl schon vorher, und jetzt machst du mit mir …«

Eve hielt das Telefon mit ausgestrecktem Arm von sich und betrachtete es angewidert. Es hatte keinen Sinn, wenn er so war. Seine Wutausbrüche richteten sich normalerweise gegen einen Kollegen, einen Politiker, einen Star oder irgendeinen Regierungsbeschluss. Sie ignorierte sie meistens, denn sie wusste, dass er die Wut und Frustration rauslassen musste, bevor er wieder klar denken und sich beruhigen konnte. So war seine Familie seit jeher mit Konflikten umgegangen, und es war alles, was er kannte.

Der Unterschied heute war, dass sie innerlich zum Zerreißen angespannt war und mit einem Mal deutlich erkannte, dass dies nicht die Beziehung war, die sie sich vorstellte, und dass sie aufgrund ihrer Persönlichkeit mit einem solchen Gespräch nicht zurechtkam. In guten Zeiten war auch die Beziehung mit Mike gut gelaufen. Aber Beziehungen leben und sterben mit der Frage, wie das Paar in schlechten Zeiten zurechtkommt. Mike und sie hatten Glück gehabt. Abgesehen von seiner Depression im vergangenen Sommer – die sie ihm nie zum Vorwurf gemacht hatte –, hatten sie keine schlechten Zeiten erlebt. Aber jetzt ging es nicht mehr.

»Mike. *Mike.*« Sie musste schreien, damit er aufhörte. »Lass uns später darüber reden, okay? Wir müssen uns beide beruhigen.«

»Worüber willst du denn reden? Ich habe doch gehört, was du gesagt hast. Du bist fertig. Es ist aus. Ich ziehe aus. Danke für die schöne Zeit.«

Eve biss sich auf die Lippe. Das war ihre Chance. Sie konnte sagen, was er von ihr erwartete.

Nein, nein. Bleib. Wir können doch über alles reden, wenn ich wieder da bin.

Aber sie schaffte es nicht.

Sie hatte durchaus einen Anteil daran, dass Mike sich in diesen wutentbrannten, eifersüchtigen Grobian verwandelt hatte, den sie kaum wiedererkannte. Ihre Gefühle für ihn hatten sich mit der Zeit verändert, und er hatte es gespürt, aber sie hatte nicht mit ihm darüber geredet und war ihm auch sonst nicht entgegengekommen. So war es einfacher gewesen. Doch mittlerweile wusste sie, wie egoistisch und zerstörerisch es gewesen war, zuzulassen, dass er die Lücken, die ihr Schweigen hinterlassen hatte, mit seiner eigenen Version der Wahrheit füllte.

»Es tut mir leid, Mike. Ich weiß nicht, was sich verändert hat. Wir haben lange Zeit verdammt gut zusammengepasst, aber dann … plötzlich nicht mehr. Ich wusste nicht, was ich dagegen unternehmen sollte, und es hat mir Angst gemacht. Also habe ich mich zurückgezogen, und das tut mir wirklich sehr leid. Ich bereue es.«

»Moment, machst du etwa wirklich … ist es das jetzt tatsächlich gewesen? Du machst echt Schluss mit mir? Ich dachte …«

Sie hörte, wie er zu weinen begann, und auch ihr stiegen Tränen in die Augen. »Ach, Mike!«

»Es tut mir leid.« Er stieß ein betrunkenes, rührseliges Schluchzen aus, das ihr allerdings nicht wirklich naheging. »Ich weiß … es läuft nicht. Es läuft nicht mehr zwischen uns beiden. Es tut mir leid. Es tut mir leid, dass ich … Es tut mir leid.«

Das Freizeichen erklang, und Eve legte das Handy beiseite und betrachtete blinzelnd die fröhlich bunten Wände ihres Zimmers. Dann senkte sie den Kopf und ließ den Tränen freien Lauf. Entschlossen, erleichtert und unendlich traurig.

Marx sprang sofort auf und begann zu heulen, was ihr trotz der Trauer ein Lächeln aufs Gesicht zauberte. Sie rutschte zu ihm und umarmte ihn. »Jetzt gibt es nur noch uns beide.«

Ihre Kehle zog sich zusammen, und sie merkte, wie ihr Tränen in die Augen stiegen. Sie war plötzlich wütend auf sich selbst. Derart pathetische Gedanken machten die Traurigkeit nur noch schlimmer und waren nicht zielführend.

Sie war nicht allein, sie hatte bloß keinen Partner mehr. Sie hatte ihre Schwestern, ihre Eltern, ihre Freunde – egal ob alt oder neu. Und vielleicht hatte sie auch ein neueres, besseres Selbstverständnis gewonnen. Vielleicht half ihr der Weg, der vor ihr lag, ein besserer Mensch zu werden.

Mein Gott, sie klang wie die Hauptfigur in einem Jillian-Croft-Film. Jetzt fehlte nur noch die anschwellende dramatische Musik.

Marx leckte ihr übers Gesicht.

»Eve?« Shelley klopfte an die Tür. »Soll ich reinkommen oder wieder verschwinden?«

Eve hätte sie am liebsten fortgeschickt und sie gebeten, später wiederzukommen, doch dann hielt sie inne. Es war keine Schande, wenn man weinte, nachdem eine Beziehung in die Brüche gegangen war. Sie musste sich nicht verstecken. Und Shelley war einer der Menschen, die sie immer noch um sich hatte. »Kommen Sie rein.«

»Ich hab den Hund gehört.« Shelley hatte eine Schachtel Taschentücher dabei. »Und ich konnte mir vorstellen, was das bedeutet.«

»Mein Freund und ich haben Schluss gemacht.«

»Du meine Güte, das tut mir leid.« Sie zog ein Taschentuch heraus und reichte es Eve. »Ich habe schon vermutet, dass etwas zwischen Ihnen beiden nicht stimmt.«

Eve, die sich gerade die Nase putzte, sah sie verblüfft an. »Warum?«

»Sie haben nichts über ihn erzählt. Keine Schwärmerei, keine *witzigen Geschichten*, keine zähen, endlosen Monologe darüber, wie toll er ist.«

Eve nickte, putzte die Nase zu Ende und tupfte sich dann mit der trockenen Seite des Taschentuches die Augen ab. »Es läuft schon eine Weile nicht mehr rund. Ich hätte es früher beenden sollen. Und nicht übers Telefon. Du meine Güte!«

»Ich hätte, ich hätte nicht – das können Sie gleich streichen.« Shelley winkte ab. »Sie haben gewartet, bis Sie bereit waren.«

»Ja, wahrscheinlich.« Eve rang sich ein Lächeln ab. »Danke. Sie hätten wohl nicht damit gerechnet, eine Packung Taschentücher für die Architektin bereithalten zu müssen, oder?« Und für die *Nichte*.

»Sie sind auch nur ein Mensch. Und zwar ein netter. Das hier macht mir nichts aus. Es sei denn, Sie hören jetzt wochenlang nicht damit auf, dann muss ich Sie rauswerfen.«

»Da besteht keine Gefahr.« Eve stellte überrascht fest, dass sie sich bereits ein wenig beruhigt hatte. Wahrscheinlich hatte sie der Beziehung schon eine ganze Weile hinterhergetrauert, bevor es zu diesem Bruch gekommen war. Oder Shelleys Auftauchen hatte sie davon abgehalten, in ihrer Trauer zu versinken. Vielleicht kam alles erst später wieder hoch. Bis dahin würde sie jeden Moment der Ruhe und des Friedens genießen.

»Würden Sie gerne darüber reden oder das Thema wechseln?«

»Das Thema wechseln, bitte.« Sie nahm ein weiteres Taschentuch und putzte sich noch einmal die Nase. »Zu dem Thema gibt es eigentlich nichts mehr zu sagen.«

»Okay, dann reden wir darüber, dass ich Abigails Eltern geschrieben und ›Shelley Grainger‹ mit ihrer süßen kleinen Familie noch für diese Woche angekündigt habe. Leahs Antwort kam mehr oder weniger sofort. Samstag ist okay. Ich würde vorschlagen, Sie nehmen sich ein oder zwei Tage Zeit, um zu trauern, und dann geht es mit neuer Kraft weiter.«

»Danke, Shelley. Aber ich werde nicht so lange brauchen. Und ich habe heute schon Fortschritte mit den Plänen gemacht. Vor dem Anruf.«

»Das meinte ich gar nicht. Es besteht kein Grund zur Eile.« Sie blieb an der Tür stehen. »Ist es in Ordnung, wenn ich Abigail sage, was los ist? Das Heulen hat ihr Angst gemacht.«

»Sie sollten mich mal hören, wenn ich den Eichhörnchen hinterherbelle.« Eve öffnete ihren Pferdeschwanz und dachte bei sich, dass es kein schlechtes Gefühl war, wenn sich diese schrullige Truppe um sie sorgte. »Ja. Sagen Sie es ihr ruhig.«

»Gut. Ich halte das Mädchen eine Zeit lang auf Trab. Und Sie nehmen es nicht zu schwer.«

»Danke, Shelley.« Eve schenkte ihrer Tante ein warmherziges Lächeln und wünschte sich, Shelley wäre ihre Mutter gewesen und nicht die beiden problembelasteten, selbstzerstörerischen Frauen, die das Schicksal ihr zugeteilt hatte. Vielleicht würde sich irgendwann eine ehrliche Freundschaft zwischen ihnen entwickeln. Im Moment hatte Eve jedoch auch so genug um die Ohren, ohne sich darüber Gedanken zu machen, wie ihre Tante auf die Tatsache reagieren würde, dass sie verwandt waren. Vielleicht sah Shelley sie als willkommene Erweiterung ihrer Familie – oder als unangenehme Erinnerung an ihre Schwester, die sie gehasst und dann auch noch verloren hatte. »Das weiß ich zu schätzen.«

Shelley schüttelte den Kopf – *Sie müssen mir nicht danken* – und verschwand.

Eve wusch sich das Gesicht und legte ein wenig Make-up auf, um den Schaden in Grenzen zu halten, bevor sie eine Bestandsaufnahme machte. In den letzten drei Tagen hatte sie eine Mutter dazugewonnen und gleich wieder verloren, mit ihrem Freund Schluss gemacht und ihre Tante sowie zwei neue Freunde kennengelernt, von denen mindestens eine in Schwierigkeiten war und ihre Hilfe brauchte, weshalb sie eine lange Autofahrt vor sich hatte, um einem wütenden Fanatiker und seiner erbärmlichen Frau gegenüberzutreten.

Wenn man bedachte, dass sie kein Fan von komplizierten Gefühlen war, stellte sich die Situation echt krass dar. Wenigstens konnte sie sich die nächsten Tage in die Arbeit stürzen und sich auf ihre Projekte konzentrieren. Die vertraute Tätigkeit würde ihr helfen, ihr inneres Gleichgewicht wiederzufinden. Heute Abend würde sie Olivia anrufen, um ihr alles Gute zum Geburtstag zu wünschen, und danach würde sie vierzehn Stunden lang durchschlafen. Und wenn Marx es nicht so lange aushielt und auf den Boden pinkelte, dann war es eben so.

Die nächsten Tage arbeitete Eve an den Plänen für Shelleys zukünftiges Haus, probierte verschiedene Grundrisse am Computer aus, den sie in dem Büro neben dem Wohnzimmer aufgestellt hatte, oder zeichnete mit Bleistift und Papier auf der Veranda, wenn ihr die Decke auf den Kopf fiel. Es bereitete ihr Schwierigkeiten, eine befriedigende Lösung zu finden, und sie musste das gesamte – und ohnehin bereits geschwächte – Vertrauen in ihre Fähigkeiten mobilisieren. Viele der Projekte, die sie im Laufe ihrer Ausbildung betreut hatte, waren nicht geradlinig verlaufen. Hindernisse waren Teil des Arbeitsprozesses, und eigentlich machte es ihr Spaß, an Problemen zu arbeiten, verschiedene Varianten auszuprobieren und vollkommen in der Suche nach der perfekten Lösung aufzugehen. Obwohl sie in diesem Fall das Gefühl hatte, immer bloß auf Möglichkeiten zu stoßen, die *nicht* funktionierten. Außerdem war es während der Ausbildung bloß um Noten gegangen. Hier stand viel mehr auf dem Spiel. Shelleys Glück. Und Eves Stolz.

Viele kleine, gemütliche Räume klangen zwar verlockend, vor allem wenn man an die langen Winter auf der Insel dachte, aber bis jetzt hatten Eves Versuche bloß zu verschachtelten handschuhfachgroßen Zimmern in einer unzusammenhängenden Aufteilung und mit ungenügend natürlichem Lichteinfall geführt. Natürlich war sie nicht davon ausgegangen, auf Anhieb die perfekte Lösung zu finden, aber dieses Projekt sträubte sich ungewohnt heftig. Na und? Dann würde sie genauso heftig dagegen ankämpfen – sowohl gegen die Ideenlosigkeit als auch gegen die tief verwurzelte, irrationale Angst, dass sie nie eine Lösung finden würde. Es gab *immer* eine Lösung.

Während Eve arbeitete, hörte Abigail entweder in ihrem Zimmer Musik, machte lange Spaziergänge mit Marx oder spielte Klavier und sang dazu. Ihre sichere, glockenhelle Sopranstimme war ein unerwartetes, aber sehr erfreuliches Talent. Außerdem verbrachte sie Zeit mit Shelley und half ihr, über vergilbte Familienfotos nachzugrübeln oder uralte Briefe zu entziffern. Clayton hatte die Rückmeldung bekommen, dass er seine derzeitigen Projekte fortsetzen konnte, und war ebenfalls beschäftigt, auch wenn er einmal zum Abendessen kam und Abigail auch einmal in ein Restaurant ausführte.

Am Freitag beschloss Eve, sich zur Abwechslung Claytons Wintergarten zu widmen. Oft half es, sich von einem unlösbaren Problem abzuwenden, damit das Unterbewusstsein weiter daran arbeiten konnte. Wenn sie dann wieder zu ihrem ursprünglichen Projekt zurückkehrte, fand sich die Lösung oft recht schnell.

Innerhalb weniger Stunden hatte sie aus einem brillanten Einfall – wenn sie das so sagen durfte – einen Plan entwickelt. Nachdem sein Haus in Hanglage gebaut worden war, wollte sie den Wintergarten unter die bestehende Terrasse bauen, sodass er vom Keller des Hauses oder über eine Treppe von der Terrasse aus erreichbar war.

Ihre Wangen glühten vor Freude, während sie eilig ein Modell am Computer zeichnete, das sie Clayton zeigen konnte. Es war ohnehin keine schlechte Idee, noch einmal mit ihm zu reden, bevor sie am nächsten Morgen zu Abigails Eltern aufbrachen.

Obwohl es Eve nichts ausgemacht hätte, wenn er doch allein mit seiner Tochter gefahren wäre und sie mit Marx und ihren Zeichenprogrammen auf der Insel bleiben hätte können.

Er antwortete sofort auf ihre Nachricht.

Du kannst gerne rüberkommen. Nach einem Tag mit einem extrem langweiligen Projekt habe ich dringend Abwechslung nötig. Nach dem Abendessen vielleicht?

Sie lächelte. *Wir essen um 5:30.*

Okay. Dann um 8?

Bis dann.

Sie verband den Computer mit dem Großformatdrucker, den sie mitgebracht hatte, druckte den ersten Entwurf aus, nahm einige Änderungen vor und wiederholte den Vorgang. Clayton würde verstehen, was sie meinte. Es war ein wenig unorthodox, aber ihr gefiel die Vorstellung, dass sich der Wintergarten unter der Terrasse versteckte und man denselben Blick auf den See genießen konnte, ohne einen weiteren Teil des Grundstücks dafür zu opfern.

Das Abendessen verlief nicht so gesprächig wie sonst – zumindest nicht so, wie sie es alle gewöhnt waren, seit Abigail bei ihnen wohnte. Das Mädchen schien bedrückt, was angesichts des Schocks zu Hause, des Nachlassens der Euphorie nach dem ersten Zusammentreffen mit ihrem Vater und der Angst vor dem morgigen Tag nur allzu verständlich war.

Nachdem der Abwasch erledigt war, zog sich Shelley mit ihren Familienunterlagen auf die Veranda zurück und Abigail setzte sich mit Kopfhörern in den Ohren zu ihr. Eve ging noch einmal ins Büro, um einen letzten Blick auf den Plan zu werfen, entschied sich dann aber dagegen. Ein Professor hatte ihr einmal gesagt, dass man mit einer Arbeit fertig war, wenn man nur noch Planteile löschte, um sie anschließend an derselben Stelle wieder einzufügen.

Sie hatte immer noch eineinhalb Stunden Zeit, bis sie losmusste, und dieser Stillstand im Tagesablauf war immer der Zeitpunkt, in der sie die Trauer am heftigsten packte. Dann vermisste sie Mike, war sich nicht sicher, ob sie das Richtige getan hatte, und wollte ihn anrufen und bitten, wieder zurückzukommen. Große Veränderungen waren nie leicht.

Am Ende griff sie tatsächlich nach dem Telefon, doch sie rief nicht Mike an, sondern Olivia, die am Montag – an ihrem Geburtstag – nicht abgehoben und seitdem auch nicht zurückgerufen hatte.

»Hey, Olivia.«

»Eve! Ich bin schrecklich! Du hast mir so wunderschöne Blumen geschickt und sogar angerufen, und ich habe mich nie gemeldet.«

»Vergeben und vergessen. Ich hoffe, dein Geburtstag war …«

»Er war schön. Sehr schön. Bist du schon der neue I.M. Pei?«

Eve runzelte die Stirn. Normalerweise quälte Olivia sie mit jedem schauderhaften Detail ihrer Feierlichkeiten. Offenbar war es nicht der beste Geburtstag aller Zeiten gewesen.

»Fast.«

»Läuft es gut?«

»Es ist … eine Herausforderung.« Sie ertappte sich dabei, dass sie das Thema wechseln wollte, und verdrehte die Augen. Die neue, mitteilsame Version ihrer selbst war ganz schön anstrengend. Wenigstens fühlte sie sich nicht verpflichtet, Olivia etwas über ihre leibliche Mutter zu erzählen, denn ihre Schwester wollte von der ganzen Sache ohnehin nichts wissen. Also berichtete sie ihr in kurzen Zügen von Abigail und Clayton.

»Wow. Das klingt nach Seifenoper.«

»Was du nicht sagst.«

»Das arme Mädchen. Ich hoffe, ihre Eltern nehmen sie wieder bei sich auf. Oder vielleicht auch nicht …«

»Es wäre wahrscheinlich das Beste, wenn sie zu ihnen zurückgeht.«

»Ich kann mir nicht vorstellen, mein Kind für etwas zu hassen, woran es keine Schuld hat. Was, wenn sie mit nur einem Bein geboren worden wäre? Würden sie sie dann auch verachten?«

Eve kniff die Augen zusammen. Sie war sich nicht sicher, ob dieser Vergleich standhielt, aber Olivia hatte zumindest die richtige Einstellung. »Ich weiß. Aber ihr Dad ist nun mal mit diesem Glauben aufgewachsen. Okay, Themenwechsel. Ich bin wieder Single.«

»Moment, was hast du gesagt?« Olivias hoffnungsvoller Tonfall war wie Salz in Eves Wunden.

»Mike und ich haben uns getrennt.« Sie konnte immer noch nicht daran denken, ohne in Tränen ausbrechen zu wollen.

»Juhu!«

Eve knirschte mit den Zähnen. Ihre Schwester meinte es nur gut, aber … »Erinnere mich daran, dasselbe zu sagen, wenn du dich scheiden lässt.«

»Tut mir leid. Tut mir echt leid, Eve.« Sie klang ehrlich zerknirscht. »Es ist nur … Mike war einfach nicht der Richtige für dich.«

»Was offensichtlich jeder wusste, nur ich nicht.«

»Du wusstest es auch. Ich meine, tief im Inneren musst du es gewusst haben.«

»Ja, vielleicht.« Aber Eve war sich nicht so sicher. In letzter

Zeit vielleicht. Am Anfang war sie davon ausgegangen, dass Mike Mr Right war. »Was ist mit dir? Wie läuft es bei euch? Besser?«

»Nein. Ich habe an meinem Geburtstag meine Periode bekommen. *Jippie.*« Olivia stieß ein trockenes Lachen aus. »Weißt du noch, dass Derek mit einer IVF einverstanden war? Im Moment sieht es danach aus, als würde er einen Rückzieher machen. Gleichzeitig stürzt meine Show immer weiter ab. Ich glaube, dass sie bald eingestellt wird. Und was mache ich dann? Keine Karriere, keine Kinder. Ich habe auf ganzer Linie versagt.«

»Nein, du hast nicht *versagt.*« Eve war so aufgebracht, dass sie aufstand. »Ein weiser Mann hat einmal gesagt: ›Versagen kann nur …‹«

»›… wer es gar nicht erst versucht.‹ Danke, Dad.«

»Gern geschehen. Aber im Ernst, Olivia. Du hattest unglaublichen Erfolg. Deine eigene Show. Es werden ständig irgendwelche Sendungen eingestellt. Du kehrst zur Schauspielerei zurück oder bekommst ein neues Format. Es ist normal, dass es in einer Karriere auf und ab geht. Aber irgendetwas wird klappen. Du bist wunderschön und talentiert.« Na gut, *mäßig* talentiert. Sie hatte eine gute Bildschirmpräsenz, war aber keine herausragende Schauspielerin. Allerdings hatten Leute schon mit weniger Karriere gemacht.

»Hier in der Stadt gibt es so viele wunderschöne und talentierte Menschen, dass es nicht mehr witzig ist.«

»Aber es gibt nur eine wunderschöne und talentierte Olivia Croft.«

»Das stimmt«, gab Olivia ihr recht, klang aber ganz und gar nicht fröhlicher, was Eve ihr nicht verübeln konnte. Olivia machte gerade eine schwere Zeit durch. »Vielleicht solltet ihr eine Leihmutterschaft oder Adoption …«

»Es gibt absolut keinen körperlichen Grund, warum ich

nicht schwanger werde. Ich mache Yoga, meditiere und versuche, mich nicht hineinzusteigern. Aber ich bin gerade neununddreißig geworden, da passiert so etwas unweigerlich. Andere Frauen werden schon schwanger, wenn sie nach dem Aufwachen einmal tief Luft holen.«

»Ach, Olivia.« Eve ließ sich auf den Stuhl sinken. »Es tut mir so leid.«

»Ich jammere bloß rum. Dabei hast du selbst genug um die Ohren. Wie ist Shelley denn so?«

Eve überlegte, wie sie ihre Tante beschreiben sollte. Olivia und Shelley würden wohl nie beste Freundinnen werden. »Introvertiert, kurz angebunden, menschenscheu.«

»Dann geht bei euch beiden sicher die Post ab.«

»Aber ich mag sie.« Sie machte sich nicht die Mühe, sich über den Vergleich zu ärgern. Es stimmte ja. Wirklich überraschend war jedoch, wie sehr ihre Zuneigung zu dieser seltsamen, ruppigen Frau gewachsen war, nachdem sie Shelleys großzügige, fürsorgliche und humorvolle Seite kennengelernt hatte.

»Also … du bist wieder Single. Und Clayton hat auch niemanden?«

Eve winkte ab, obwohl ihre Schwester sie nicht sehen konnte. »Da läuft nichts.«

»Warum? Sieht er nicht gut aus?«

Eve verdrehte die Augen. Das war ein weiterer Grund, warum sie LA den Rücken zugekehrt hatte. Dort zählte nur perfektes Aussehen. »Es ist grauenhaft. Er hat nur die Hälfte der Zähne, seine Haare fallen aus, und ein Bein ist kürzer als das andere.«

»Wäh, aufhören!«

Sie musste unwillkürlich lachen. »Er ist ein netter Kerl. Aber wir haben beide viel um die Ohren.«

»Trotzdem könnte etwas daraus werden.«

»Wenn, dann erfährst du es als Erste.« Ein leises Klopfen an der Tür ließ sie aufschauen. »Hey, Olivia, da ist jemand an der Tür. Oh, warte – komm doch nach Boston! Rosalind und ich haben überlegt, meinen Geburtstag im Mai zusammen zu feiern. Was hältst du davon?«

»Ich sehe im Kalender nach.«

»Komm rein«, rief Eve über die Schulter hinweg und hielt sich das Handy wieder ans Ohr, während sie Abigail zu sich winkte. »Mach das. Es wäre sicher lustig. Du brauchst mal wieder eine Auszeit.«

Ihre Schwester verabschiedete sich und versprach, darüber nachzudenken.

Eve legte das Telefon beiseite. »Hey, Abigail.«

»Was machst du?« Sie war noch immer mies gelaunt.

»Ich habe mit meiner Schwester Olivia telefoniert.«

»Cool.« Eve nahm die Heftmaschine und betrachtete sie. »Wie ist sie so?«

»Glamourös. Wie ein richtiger Filmstar. Ein bisschen überspannt, aber im Grunde sehr nett.«

»Ich wollte auch unbedingt eine Schwester, aber Mom wollte keine weiteren Kinder. Zumindest hat sie das gesagt, aber vielleicht stimmt es gar nicht. Es würde mich nicht wundern, wenn Glen keinen hochbekommt.«

»Das ist aber *nett.*«

»Ich weiß.« Sie legte die Heftmaschine beiseite und lehnte sich mit verschränkten Armen an den Schreibtisch. »Ist Olivia auch Helens Tochter?«

»Ich weiß es nicht genau.«

»Du weißt es nicht *genau*?«

Eve warf Abigail einen ungeduldigen Blick zu und hoffte, dass sie verstand. »Man hat nicht mit uns darüber geredet.«

»Wie habt ihr es dann herausgefunden?«

»Das sind zu viele Fragen, Abigail.«

»Okay, okay.« Sie beugte sich über den Plan. »Was ist das?«

»Die nächste Frage.«

»Ach, komm schon. Das ist doch nicht privat.«

»Schon gut.« Eve drehte den Ausdruck, damit Abigail ihn besser sehen konnte. »Das ist ein erster Entwurf für Claytons Wintergarten. Ich will ihn ihm später noch zeigen.«

Ihre Augen begannen zu leuchten. »Darf ich mitkommen?«

Damit hätte Eve wohl rechnen sollen. Sie wollte mit Clayton nicht nur den Plan besprechen, sondern an einer Strategie für das Treffen mit Abigails Eltern arbeiten. Außerdem hatte sie sich ehrlich gesagt auf einen Abend unter Erwachsenen gefreut. »Heute nicht.«

Abigails Gesicht fiel in sich zusammen, und sie presste trotzig die Lippen aufeinander. »Warum nicht?«

»Weil …« Eve suchte nach einer anderen Erklärung außer: Weil du noch ein Kind bist. »Es ist ein geschäftliches Treffen.«

»Du hast doch gesagt, dass du mir etwas über deine Arbeit beibringst. Ich sitze auch nur ganz leise daneben, versprochen.«

»Natürlich tust du das.« Sie kleisterte sich ein Lächeln aufs Gesicht und hoffte, damit gegen Abigails rebellisch verzogene Lippen anzukommen. Die Diskussion mit dem Teenager überforderte sie. »Aber Clayton hat mich eingeladen.«

»Du könntest anrufen und ihn fragen, ob ich auch mitkommen darf.«

»Nein, das kann ich nicht.« Eve versuchte es mit sanfterer Stimme. »Oder besser gesagt: Das *werde* ich nicht.«

Abigail hob verwirrt die Augenbrauen. »Warum nicht?«

»Weil ich heute Abend … mit ihm allein sein will.«

Das Mädchen runzelte die Stirn.

Eve stöhnte innerlich. Das war genau die falsche Erklärung gewesen. »Nicht romantisch gesehen, bloß … miteinander abhängen. Als Erwachsene. Und als Freunde.«

»Oh. Klar. Verstehe.« Abigail schnaubte verärgert und wandte sich ab.

Eve stand auf. Wenn die Auseinandersetzungen mit Pubertierenden immer so abliefen, dann taten ihr sämtliche Eltern auf dieser Welt schrecklich leid. »Abigail, das hat nichts mit dir zu tun.«

»Jaaa, das sehe ich. Ich habe absolut *nichts* damit zu tun.«

»So war das nicht gemeint.« Doch, genau so war es gemeint gewesen. Abigail hatte den Nagel auf den Kopf getroffen. »Ich meinte, es hat nichts damit zu tun, dass ich dich nicht dabeihaben will.«

Abigail warf ihr einen wissenden Blick zu. »Ganz offensichtlich willst du mich *nicht* dabeihaben, sonst würdest du mich mitnehmen.«

Sie hatte schon wieder recht. Wie machte man das mit diesen jungen Leuten? Vielleicht sollte sie Shelley holen und sich Notizen machen.

Der Gedanke war wie aus dem Nichts gekommen. *Notizen* machen? Wofür? Falls Eve selbst einmal Kinder bekommen würde?

»Es tut mir leid. Mir fallen keine Erklärungen mehr ein. Ich mag dich. Er mag dich. Das ist kein Wettbewerb. Du hast Zeit mit ihm verbracht, ich habe Zeit mit ihm verbracht, und heute Abend bist nicht *du* eingeladen, sondern ich. Mehr gibt es dazu nicht zu sagen.«

»Gut. Während du versuchst, meinem Vater an die Wäsche zu gehen, bleibe ich zu Hause und schaue mit deiner *Tante* fern.«

Abigail rannte aus dem Zimmer und knallte die Tür zu.

Eve seufzte entnervt. Die sanfte Tour hatte nicht funktioniert. Lügen hatte nicht funktioniert. Und die Wahrheit genauso wenig. Welche Möglichkeiten hätte es noch gegeben? Und sollte sie Abigail jetzt nachlaufen oder sie in Frieden lassen?

Ehrlich gesagt, konnte Eve sogar verstehen, wie Abigail sich fühlte. Ihr ganzes Leben war aus den Angeln gehoben worden, und nun planschte sie planlos im Ozean umher und klammerte sich an jeden Stein, den sie finden konnte. Und Clayton war ein ziemlich großer, massiver Felsen. Kein Wunder also, dass sich seine Tochter derart zu ihm hingezogen fühlte.

Aber trotzdem ... Eve und ihre Schwestern hatten von Anfang an gelernt, dass ihre Wünsche nicht erfüllt wurden, sobald sie zu jammern und schmollen begannen, und dabei war es egal gewesen, ob es sich nur um eine Kleinigkeit gehandelt hatte oder ob sie es sich wirklich verdient hatten.

Es hatte nur eine Ausnahme gegeben. Eve sank weiter in den Stuhl und erinnerte sich. Sie war neun Jahre alt gewesen und hatte in einer Architekturzeitschrift eine Werbung für einen kleinen schwarzen Zeichenkoffer entdeckt. Er enthielt eine Zeichenplatte, Bleistifte, Lineale in verschiedenen Größen, mehrere Radiergummis – kurz gesagt alles, was eine aufstrebende Architektin brauchte. Sie wünschte ihn sich mehr als alles andere und bekniete ihre Eltern unermüdlich, ihn ihr zu Weihnachten zu schenken. Doch sie bekam immer nur dieselbe quälende Antwort: *Mal sehen.*

Weihnachten kam und ging, doch der Koffer lag nicht unter dem Baum. Eve gab ihr Bestes, nicht vor Enttäuschung zu weinen, und erinnerte ihre Eltern gefasst an ihren Wunsch. Ihre Mutter wurde blass. *Tut mir leid, Liebling, Mommy und Daddy haben es ganz vergessen. Du bekommst ihn zum Geburtstag.*

Zum Geburtstag!? Aber der war erst in fünf Monaten!

Ihr Vater korrigierte sie mit gelassener Miene: *Viereinhalb.*

Sie war am Boden zerstört und schrecklich wütend. Sie begann zu weinen und zu toben, was ihr Vater sofort unterband. *Kein Mucks mehr, sonst …*

Eves Lippen waren plötzlich wie versiegelt. Sie wusste, was das bedeutete. *Sonst …* bekam sie das Geschenk gar nicht.

An ihrem zehnten Geburtstag war sie um fünf Uhr morgens wach und platzte beinahe vor Aufregung. Den ganzen Tag quälte sie die Ungewissheit, doch ihre Manieren waren vorbildlich: zu Hause, in der Schule, während des Abendessens. Es gab ihr Lieblingsessen – Hotdogs, gebackene Bohnen und Brot aus der Dose. Dinge, die es sonst nie gab, außer im Sommerhaus in Maine. Sie beschwerte sich nicht einmal, als ihre Mutter nach dem doppelten Gin mit Eis auch noch eine ganze Flasche Wein trank und schließlich auf dem Fußboden einschlief.

Nach dem Kuchen mit Schokoladenglasur war es endlich so weit. Die Geschenke warteten. Ihr Vater rüttelte Jillian sanft wach, und Eve stürzte sich auf die Päckchen. Doch sie erkannte schnell, dass ihre Eltern den Zeichenkoffer erneut vergessen hatten. Dieses Mal konnte sie ihren aufgestauten Frust nicht mehr im Zaum halten. Sie ließ ihren Vater ihre ganze Wut und allen Kummer spüren und wurde auf ihr Zimmer geschickt, um sich zu beruhigen.

Am nächsten Morgen erwachte sie in dem Wissen, dass sie wieder einmal bei ihren Eltern in Ungnade gefallen war, und folgte widerstandslos, als ihre Mutter ihr befahl, in den Wagen zu steigen. Sie fragte nicht, wohin sie fuhren, und es war ihr auch egal. Bis sie auf den Parkplatz eines bekannten Ladens für Künstlerbedarf bogen. Doch selbst da unterdrückte sie einen spontanen Freudenschrei, weil sie Angst hatte, dass sie sich irrte. Dass ihr wertvolles Geschenk für immer verloren war, wenn sie nur einen Laut von sich gab oder irgendwelche Gefühle zeigte.

Ihre Mutter schwebte in den Laden und stand sofort im Mittelpunkt der Aufmerksamkeit. Ausnahmsweise machte es Eve nichts aus. Ihre Mutter war wegen *ihr* hier.

Sie kehrten mit dem hübschen schwarzen Koffer zum Wagen zurück, und Eve fehlten die Worte, als sich Jillian plötzlich zu ihr hinunterbeugte, das hübsche Gesicht leicht aufgedunsen von dem Alkoholexzess am vergangenen Abend. »Damit eines klar ist: Das hier ist unser Geheimnis. Du sagst es weder deinem Vater noch deinen Schwestern. Wenn wir zu Hause sind, stellst du den Koffer in den Schrank. Und du spielst nur damit, wenn du vorher die Tür abgeschlossen hast, okay?«

Eve machte sich nicht die Mühe, ihre Mutter zu korrigieren. Sie würde nicht damit *spielen*. Stattdessen nickte sie feierlich, und dann tat ihre Mutter etwas Unglaubliches: Sie schloss ihre Tochter in eine lange, nach Flieder duftende Umarmung und drückte ihr einen schnellen Kuss auf den Scheitel. Nicht der Öffentlichkeit zuliebe, sondern auf einem leeren Parkplatz ohne jegliche Zeugen. »Und jetzt holen wir uns ein Eis. Was hältst du davon, Eve?«

Der Koffer war immer noch irgendwo in ihrem Haus in Swampscott. Das Brett zerkratzt und abgegriffen, die Bleistifte und Radiergummis abgenutzt, die Lineale aufgrund des technischen Fortschritts mittlerweile überflüssig. Auch wenn Eve wahnsinnig wütend auf ihre Mutter war, hatte sie es nicht geschafft, ihn wegzuwerfen.

Die Erinnerung traf sie tief in ihrem Inneren, und sie dachte an Rosalinds Theorie, dass sie die guten Zeiten mit Jillian absichtlich verdrängte. Sie saß eine halbe Stunde einfach nur da und starrte auf den Plan für den Wintergarten, dann gab sie es auf. Sie musste bald los. Sie warf einen vorsichtigen Blick in den Flur, ob Abigail irgendwo lauerte, doch es war alles ruhig.

Als sie auf die Veranda trat, verstummten Shelley und Abigail sofort. Abigail liefen Tränen über die Wangen.

»Hi.« Eve stand unsicher vor ihnen und wusste nicht, was sie tun sollte.

»Machst du dich auf den Weg?«, fragte Shelley ruhig.

»Ja.«

»Wir kommen hier schon klar«, erklärte sie und tätschelte bestimmt Abigails Hand.

»Es tut mir leid, Abigail. Mir war nicht klar, dass es so eine große Sache für dich ist. Wenn du willst …«

»Ich gehe nirgendwohin, wo ich nicht erwünscht bin.«

Shelley nickte. »Vollkommen richtig. Die beiden sollen sich zum Teufel scheren. Denn in Wahrheit schuldet dir Eve rein gar nichts, oder? Sie hat immer und immer wieder bewiesen, wie egoistisch sie ist und wie wenig sie sich für dich und deine Lage interessiert.«

Nun galt Abigails böser Blick auch Shelley. »Hören Sie auf, mir ein schlechtes Gewissen einzureden.«

»Schon klar, denn du würdest so etwas ja nie tun, oder? Du redest Eve kein schlechtes Gewissen ein, weil sie einen netten Abend mit einem Freund verbringen will, nicht wahr? Nachdem du ständig bei ihm bist und auch mit ihm Essen warst.«

Abigails Augen wurden schmal. Sie zog die Knie an die Brust und legte den Kopf darauf. »Verschwinde, ich will mich in Ruhe in meiner Wut suhlen.«

»Das klingt nach einem perfekten Plan.« Shelley zwinkerte Eve zu. »Viel Spaß. Aber um neun ist Schluss.«

Eve sah sie mit offenem Mund an. »Um neun?«

Shelley kicherte. »Sie müssten Ihr Gesicht sehen. Und jetzt gehen Sie. Viel Spaß, und liebe Grüße an Clayton.«

»Danke.« Eve wollte bereits gehen, doch dann hielt sie inne. Ohne lange nachzudenken schloss sie die erstaunte Abigail in eine lange Umarmung und drückte ihr einen schnellen Kuss auf den Scheitel.

Kapitel 13

30. März 1981 (Montag)

Was für ein unglaubliches, perfektes, noch nie da gewesenes Glück. Ich halte mein wunderschönes kleines Mädchen in den Armen, während ich das hier schreibe. Sie ist so winzig und so neu auf dieser Welt, dass ich mir unmöglich vorstellen kann, wie ungeheuerlich sie schon bald wachsen wird. Dann wird sie ein Teenager, eine Erwachsene, eine alte Frau sein. Ich kann es nicht erwarten zu sehen, zu welchem Menschen sie sich entwickelt. Ich kann es nicht erwarten, ein Teil dieser wunderbaren Reise zu werden. Dieses Kind wird niemals die Notwendigkeit verspüren, das Leben hinter sich zu lassen, das Daniel und ich ihm bieten.
Ich lege immer wieder den Stift beiseite, um sie anzusehen. Sie ist in so vieler Hinsicht einzigartig. Die witzige, zuckende, unkontrollierte Art, sich zu bewegen. Ihr wundervoller Duft. Sie hat Daniels Kinn, und ich rede mir ein, dass sie meine Augen hat, und glaube es beinahe. Mit der Zeit werde ich es vielleicht wirklich tun.
Die Geburt war die Hölle, aber nichts im Vergleich zu dem Moment, als ich meine Tochter aus den Armen der

Frau entgegennahm, die sie empfangen, ausgetragen und zur Welt gebracht hat. Es war schrecklich. Ich habe bis zu diesem Zeitpunkt nie verstanden, was es bedeutet, und hätte nie gedacht, dass es so sein wird. Ich habe ständig nur an mich gedacht und daran, wie sehr ich mir dieses perfekte kleine Baby in meinem Leben wünsche. Es gab keinen anderen Weg, um mich endlich vollständig zu fühlen.

Ich dachte, ich könnte keinen Menschen mehr lieben als Daniel, doch die Liebe zu meinem Kind ist so rein, mächtig und gut, dass sie direkt von Gott kommen muss. Es war dumm von mir, seine Pläne infrage zu stellen.

Willkommen, Olivia Claudette Braddock. Ab heute gehörst du mir.

Eve ging mit großen Schritten Claytons Zufahrt entlang, genoss das letzte Licht des Tages und die milden Temperaturen und wünschte sich, sie wäre auch untertags mehr im Freien und würde nicht ständig vor dem Computer sitzen. Shelley hatte ihr erklärt, dass dieses Wetter zu dieser Jahreszeit *nicht* der Norm entsprach und ihr aufgetragen, eine dicke Jacke mitzunehmen, weil es urplötzlich kalt werden konnte. Eve hatte ihr einen amüsierten und zugleich gerührten Blick zugeworfen und nach ihrer Jacke gegriffen.

Sie ging um Claytons Haus herum und stieg die steile Treppe zur Terrasse hoch, die von mehreren geschmackvollen Wandleuchten in sanftes Licht getaucht wurde. Clayton wartete in einem gemütlich aussehenden Lehnstuhl auf sie, den er wohl angesichts des warmen Wetters auf die Terrasse getragen hatte.

Er stand auf, als er sie sah; ein großes Lächeln breitete sich auf seinem Gesicht aus.

Als Eve es erwiderte, wurde ihr warm ums Herz. Sie mochte diesen Mann. Er war der Einzige auf dieser Insel, mit dem sie eine unkomplizierte Beziehung verband. »Bleib sitzen. Das sieht echt gemütlich aus.«

»Ich habe die Stühle rausgetragen, sobald es warm genug war. Ich habe sie letzten Sommer gekauft. Man fühlt sich beinahe schwerelos.«

»Aber ich fliege nicht davon, oder?«

»Probier es aus.«

Er wartete, bis sie ihre Jacke über die Stuhllehne gelegt und die Pläne für den Wintergarten in einen Spalt in dem integrierten Tisch gesteckt hatte, der vermutlich für Zeitschriften gedacht war. Sie ließ sich nieder. Es war tatsächlich sehr gemütlich. »Nett.«

»Das Beste kommt noch.« Clayton lehnte sich über sie und drehte an ein paar Knöpfen am Rahmen des Stuhles. Das Verlangen, sich so klein wie möglich zu machen, verschwand, als sie seine Wärme spürte und das Aftershave roch. Sie hatte nichts zu befürchten.

»Jetzt lehn dich zurück.«

Sie drückte den Rücken nach hinten, und zur selben Zeit gingen ihre Beine nach oben. Jeder Muskel in ihrem Körper entspannte sich mit einem Mal, sogar die wenigen, von denen sie keine Ahnung gehabt hatte, dass sie existierten. Sie hatte keine Kontrolle über ihre Reaktion. Die hatte der Stuhl übernommen. »O mein Gott.«

»Mhm.«

Eve drehte ihren Kopf kaum merklich zur Seite, um Clayton anzusehen. »Ich gehe hier nie mehr weg.«

»Das kann ich dir nicht verübeln. Möchtest du ein Glas Wein?«

»Sehr gerne. Aber erwarte nicht, dass ich dir helfe. Ich kann mich vor Wonne nicht mehr bewegen.«

Clayton machte sich kichernd auf den Weg ins Haus. »Keine Sorge, ich habe alles vorbereitet und muss es nur noch holen.«

Eve rutschte auf dem Stuhl herum, bis alles dort war, wo es sein sollte, und hätte am liebsten zufrieden aufgestöhnt, doch das kam ihr dann doch unpassend vor. Wenn sie wieder zu Hause in Massachusetts war, musste sie sich sofort einen solchen Stuhl für den Garten kaufen.

Einen. Ihr Herz wurde schwer. Mike hätte diese Stühle geliebt. Er hätte sich einen davon in den Schatten gezogen und einen faulen Samstagnachmittag darauf verbracht …

Und er hätte ein Bier nach dem anderen getrunken, bis er streitlustig und irrational geworden wäre.

Der Gedanke vertrieb die sentimentalen Erinnerungen, aber nicht den Schmerz. Das würde noch eine Weile dauern.

»Bitte sehr.« Clayton brachte ein Tablett mit einer Flasche Weißwein, zwei Gläsern und einem Teller mit runden Plätzchen auf die Terrasse und stellte sie auf den Tisch zwischen den beiden himmlischen Stühlen. »Das ist ein Vin Santo, ein italienischer Dessertwein. Und dazu gibt es Zitronen-Butterkekse von meiner Mom aus Spanien.«

»Sehr nobel.« Die körperliche Entspannung und die aufkeimende Traurigkeit machten es ihr schwer, unbekümmert zu klingen.

»Mein Dad hat eine umfangreiche Weinsammlung im Keller, und ich habe kein Problem damit, sie zu plündern.«

»Dann trinke ich gerne mit. Danke.«

»Gern geschehen.« Er schenkte ihnen beiden ein, setzte sich und prostete ihr zu. »Cheers.«

Eve stieß mit ihm an und nippte an dem Wein. Er hatte

genau die richtige Kühle und schmeckte süß, aber nicht klebrig, mit herrlich komplizierten Geschmacksnoten im Abgang. »Der ist echt gut.«

»So ist Dad nun mal.« Er klang bitter. »Perfekt in allem, was er tut.«

»Na ja, das ist ja auch nicht schwer«, spottete sie. »Man verzichtet einfach auf die Dinge, die man nicht so gut kann.«

»Das gefällt mir.« Er bot ihr ein Plätzchen an und nahm ebenfalls eines. »Wie geht es Abigail?«

Eve nahm einen Bissen von dem reichhaltigen, bröseligen und herrlich nach Zitrone schmeckenden Gebäck. »O mein Gott, sind die lecker!«

»Das versteht meine Mutter unter Fürsorge. Sie schickt ihren Kindern Postkarten und irgendein Zeugs.«

»Das tut mir leid.« Sie sah ihn mitfühlend an. »Ich kann mich nicht erinnern, wann ich das letzte Mal eine Postkarte bekommen habe.«

»Ja, heutzutage schreibt jeder nur noch Handynachrichten.«

Er wischte sich die Brösel vom Schoß. »Abigail?«

»Ach ja, genau. Tut mir leid. Der Butterkeks hat mich abgelenkt.« Eve nahm schweren Herzens einen letzten Bissen. »Abigail war heute … ziemlich durch den Wind.«

»Wirklich.« Clayton hob den Kopf und sah sie an, was wohl bedeutete, dass er sich Sorgen machte. Einen anderen Grund, sich zu bewegen, gab es nicht. »Warum?«

»Sie wollte mit zu dir kommen. Es war irgendwie süß. Und irgendwie auch wieder nicht.«

»Sie ist eben in einem Alter, in dem alles irgendwie süß ist – und irgendwie auch wieder nicht.«

»Da hast du vermutlich recht. Außerdem hat sie in letzter Zeit einiges durchgemacht.«

»Das kann man wohl sagen.« Clayton lehnte sich wieder zurück. »Kann ich irgendetwas tun?«

»Ich glaube nicht. Shelley – unsere Teenager-Expertin – meinte, dass sie es verkraften wird.«

»Es ist seltsam …« Clayton legte eine Hand hinter seinen Kopf und sah hinaus in die Dunkelheit. »Da trifft man einen Menschen, der mehr oder weniger dieselbe DNA hat wie man selbst, und man denkt sich … dass man ihn doch kennen sollte. Auf eine tiefe, ursprüngliche Art. Jedes Mal, wenn ich Abigail sehe, halte ich nach diesem Gefühl Ausschau. Aber da ist nichts. Sie ist ein nettes Mädchen, und wenn ich die Chance bekomme, werde ich sie eines Tages lieben lernen, aber … man möchte doch meinen, dass es bei einer so tiefen, grundlegenden Beziehung wie zwischen uns beiden etwas gibt. Eine Verbindung. Ich habe das Gefühl, unfähig zu sein, auch wenn ich weiß, dass ich zu viel hineininterpretiere und zu hart zu mir bin. Ich habe Angst, dass ich vielleicht genauso gefühllos bin wie meine Eltern.«

»Nein.« Eve schüttelte teilnahmsvoll den Kopf. »Vertrau mir, dir fehlt nicht das winzigste bisschen an Fürsorglichkeitsgenen.«

»Danke, Eve.« Er schenkte ihr ein Lächeln. »Ich bin froh, dass ich dich kennengelernt habe.«

Es war ein wunderschönes Kompliment, und es hätte einen perfekten Moment des Vertrauens und der Intimität geschaffen, wenn sie es erwidert hätte.

Aber das konnte sie nicht.

»Ich weiß, was du meinst.« Sie plapperte einfach weiter. Albern, beschämt. »Shelley ist meine Tante, und wir sind uns in gewisser Weise sehr ähnlich, aber ich habe auch keine tiefe Verbindung gespürt. Keine Ahnung, ob dir das etwas hilft. Vielleicht bin ich genauso verkorkst.«

Ja, das war sie. Und sie hatte neunundzwanzig Jahre und elf Monate gebraucht, um es zu erkennen.

»Na gut.« Clayton nahm sich noch ein Plätzchen und hielt ihr den Teller hin. »Dann sind wir eben beide Mängelexemplare.«

Sie saßen eine Weile schweigend da und hörten dem Gluckern der Wellen zu, während Eve darüber nachgrübelte, warum sie nicht fähig gewesen war, nach seiner ausgestreckten Hand zu greifen.

Aber wenigstens in einer Sache konnte sie ehrlich sein: »Mike und ich haben Schluss gemacht.«

»Tatsächlich?« Er sah sie mitfühlend an. »Das tut mir leid.«

»Nein, nein. Schon in Ordnung. Ich bin zwar noch nicht ganz darüber hinweg, aber es ist okay. Ich bereue es nicht. Es war das Richtige.«

»Ihr wart drei Jahre zusammen. Vollkommen klar, dass du noch nicht darüber hinweg bist. Es wäre sogar verständlich, wenn du stündlich in Tränen ausbrechen würdest.«

»Abgesehen davon, dass *ich* es beendet habe. Das ist einfacher, als wenn man selbst derjenige ist, der verlassen wird.«

»Vielleicht nicht wesentlich einfacher, aber ja.«

Eve nahm noch einen Schluck von dem herrlichen Wein und genoss seine Süße. Durch die dunklen Wolken war kein einziger Stern zu sehen, aber sie konnte sich vorstellen, dass der Himmel hier voll davon war. Wie in Maine. In den warmen Sommernächten waren ihre Familie und sie oft noch zu den Steinen unter ihrem Haus gewandert und hatten nach Sternschnuppen Ausschau gehalten, die vor allem während des Perseidenschauers unglaublich anzusehen gewesen waren. Ihr Vater hatte sie mit wissenschaftlichen Fakten versorgt, und ihre Mutter hatte ihnen von Tinkerbells Schwestern erzählt, die über den Himmel flitzten. Die Mädchen hatten Wettkämpfe ausgetragen, wer von ihnen am meisten sah. Sie lagen oft minutenlang schweigend nebeneinander und stießen alle gleichzeitig ein bewunderndes *Ooh* aus, wenn wieder ein heller Blitz durch das Dunkel schoss.

Irgendwo im Wald hinter ihnen schrie eine Eule, ein schwermütiges, unheimliches Geräusch, das Eve eine Gänsehaut bescherte. Clayton sagte nichts, sondern legte bloß eine Hand auf ihren Arm, während sie beide dem Rufen lauschten.

Die Eule meldete sich ein weiteres Mal, dann herrschte Stille.

»Ich bin auch froh, dass ich dich kennengelernt habe.« Es war lächerlich einfach. »Vor allem, weil wir uns beide in einer emotional sehr seltsamen Situation befinden. Es ist beruhigend, dass wir zusammen den Verstand verlieren.«

»Ja, das finde ich auch.« Er zog seine Hand zurück. »Ich habe das Gefühl, als könnte ich dir alles anvertrauen. Das hatte ich von Anfang an.«

»Ja.« Ihr Herz klopfte, und sie wusste nicht, ob vor Angst oder Begeisterung. Der Rausch war derselbe.

»Nachdem wir uns nach deiner Abreise wahrscheinlich nie mehr wiedersehen, ist es vollkommen gefahrlos. Wie ein Bier mit einem Fremden in einer Flughafenbar.«

Eve lachte und war seltsam enttäuscht. »Bloß, dass der Wein sehr viel besser ist als Bier und die Terrasse sich nicht einmal ansatzweise mit einer Flughafenbar vergleichen lässt.«

»Amen.« Er schenkte ihr ein Lächeln. Dieses Mal erwiderte sie es, und auch wenn sie einige Male blinzeln musste, hielt sie seinem Blick gut zwei Sekunden lang stand.

Das war ein Fortschritt.

»Mein Gott, Eve. Du bist wunderschön.«

Sie verzog das Gesicht und war entsetzt über den Stolz und die Freude, die das Kompliment in ihr auslösten. Ihr ganzes Leben lang hatte sie Jillian – und danach Olivia – dabei zugesehen, wie sie ihre Schönheit als Überlegenheit ausspielten, die ihnen von allem das Beste sicherte und das Recht einräumte, jederzeit im Zentrum der Aufmerksamkeit zu stehen. »Clayton …«

»Ich weiß, ich weiß.« Er richtete sich in seinem Stuhl auf und stellte das Weinglas ab. »Schluss mit dem ernsten Gerede. Zeig mir, was du dir für den Wintergarten überlegt hast.«

»Hier.« Sie zog erleichtert den Plan heraus und hatte das Gefühl, als würde sie ihm ein Foto von sich selbst übergeben, damit er es beurteilte. *Zu wenig Make-up, keine erkennbare Frisur. Und woher hast du nur diese Klamotten, Schätzchen?* »Anstatt den Wintergarten auf derselben Ebene wie die Terrasse zu bauen, wo er hervorstechen und mit den anderen Designelementen in Konkurrenz treten würde, dachte ich mir, dass er unter der Veranda besser funktionieren würde. Mit einem Zugang von der bereits existierenden Treppe oder vom Keller aus. Er wäre trotzdem genauso luftig und hell wie hier oben.«

Er nahm den Plan und betrachtete ihn.

»Es ist erst mal nur eine grobe Skizze.« Sie hörte selbst, wie entschuldigend sie klang, und legte mehr Härte in ihre Stimme. »Ich wollte nicht zu viel Zeit in eine Idee investieren, die dir vielleicht nicht gefällt.«

»Ja, klar.« Er betrachtete den Plan noch ein wenig länger, dann warf er ihr einen vernichtenden Blick zu, der sie zusammenzucken ließ. »Du weißt aber schon, was das bedeutet?«

»Ähm … nein.«

»Es bedeutet, dass ich aufstehen muss, um es mir von unten anzusehen.«

»Oh!« Sie grinste erleichtert. »Als Wiedergutmachung würde ich sogar mitkommen.«

Sie brauchte ein paar Sekunden, bis sie herausgefunden hatte, in welche Richtung man den Knopf des Stuhles drehen musste, dann stellte sie ihn widerwillig in eine aufrechte Position, stand auf und griff nach ihrer Jacke. Shelley hatte recht gehabt, es war tatsächlich kalt geworden.

Sie stiegen gemeinsam die Treppe hinunter, und unten angekommen verschränkte Clayton die Arme vor der Brust und ging mit gerunzelter Stirn auf und ab. Sie hoffte nur, dass er sich konzentrierte und es nicht abwertend gemeint war.

»Hier ist mehr als genug Platz für einen ganzen Raum.« Eve deutete in Richtung See. »Die Aussicht ist herrlich, und es wird eine Klimaanlage geben, wenn es draußen mal zu heiß sein sollte. Falls das hier jemals vorkommt.«

»Nicht wirklich.«

»Man könnte vorne auch noch eine Veranda anbauen, wenn du willst. Allerdings hast du mit der vorhandenen Terrasse bereits einen tollen Outdoorbereich.«

»Ja.« Er schritt noch einmal die gesamte Länge ab, dann wandte er sich zufrieden zu ihr um. »Das könnte funktionieren.«

»Ja?« Sie bemühte sich, nicht zu euphorisch zu klingen. »Du kannst den Raum natürlich auch heizen und im Winter zusehen, wie der Schnee auf den See fällt.«

»Nett.« Er setzte sich wieder in Bewegung. »Ja, sehr nett.«

»Moment mal.« Sie deutete in die Dunkelheit. »Das dort ist Süßwasser. Das heißt, der See friert zu.«

Er kicherte. »Ja, das passiert jeden Winter ein oder zwei Mal. Mal ist das Eis dicker, dann wieder nicht. Es muss dazu immer ein paar Tage hintereinander Minusgrade haben.«

»Das heißt, die Leute sitzen hier fest, bis das Eis taut? Wie halten sie das bloß aus? Woher bekommen sie ihr Essen? Was, wenn jemand ernsthaft krank wird?«

»Keine Sorge, Kleines.« Er hob den Finger und riss die Augen auf, als wollte er etwas Spektakuläres enthüllen. »Die Fähre wird zum Eisbrecher und fährt zweimal am Tag.«

»Pfuh.« Sie presste sich erleichtert eine Hand auf die Brust. »Ich würde den Verstand verlieren.«

»Hey, du bist hier in Wisconsin. Da fischen die Leute eben. Sie fahren raus und holen Anwälte aus dem Wasser.«

Jetzt verstand sie gar nichts mehr. »Du meinst Mordopfer, die an der Oberfläche treiben?«

»Nein, Anwälte sind Fische. Eigentlich heißen sie Quappen, aber hier nennt man sie auch *Lawyer*, oder eben Anwälte. Sie schmecken angeblich wie Hummer, aber ich habe noch nie welche gegessen. Es sind Gründler, das heißt, sie fressen den Dreck vom Boden.«

»Deshalb der Name?«

»Ja, genau deshalb.«

Es fühlte sich gut an, endlich wieder zu lachen. Das Leben war in den letzten Wochen viel zu kräftezehrend gewesen. Genau genommen schon in den letzten sechs Monaten. »Danke, das Bild bekomme ich jetzt nie wieder aus dem Kopf.«

»Gern geschehen.« Er lächelte sie an, und sie wurde mit einem Mal ernst. Etwas in seinen Augen hatte sich verändert. Genauso wie ihre Reaktion darauf.

Na toll. Wirklich. Das war genau das, was sie brauchte. Ein rührseliger Moment mit ihrem ersten … nein, eigentlich mit ihrem *zweiten* Klienten. Sie wandte sich abrupt ab.

»Eve.«

»Ja.« Sie sah ihn nicht an.

»Ich mag dich. Das war gerade ziemlich witzig, und wir haben gemeinsam gelacht. Ende der Geschichte. Okay?«

»Ja.« Es war ihr peinlich, aber sie war auch erleichtert. Und immer noch erstaunt, dass er ihre Gefühle sofort einordnen konnte und mit so großer Leichtigkeit genau das sagte, was notwendig war. Sie musste ihm genau zusehen und von ihm lernen. »Danke.«

»Gern geschehen. Komm, wir gehen wieder hinauf. Es ist noch jede Menge Wein da. Und du willst unsere morgige Reise doch sicher mit einem grauenhaften Kater antreten, oder?«

»Klar doch.« Sie folgte ihm zurück auf die Terrasse. Mittlerweile war es stockdunkel geworden, doch in Eve brannte ein helles Licht. Clayton mochte ihre Idee. Sie hatten ein offenes, angenehmes Verhältnis zueinander. Alles war gut. »Dann willst du also, dass ich einen detaillierteren Plan zeichne?«

»Auf jeden Fall. Ich glaube, es würde gut funktionieren. Danke für den tollen Lösungsvorschlag.«

Zurück in dem himmlisch bequemen Stuhl griff Eve nach einem weiteren Butterkeks und ließ sich von Clayton noch ein halbes Glas Wein einschenken.

»Okay.« Er lehnte sich mit einem zufriedenen Seufzen zurück. »Jetzt zu einem anderen Thema. Wie stellst du dir diese verrückte Reise vor, in die wir beide hineingeraten sind?«

»Ich dachte, wir stürmen das Haus, zeigen mit dem Finger auf Abigails Vater und brüllen: ›Sie hatten unrecht, Sie Unmensch.‹«

»Hmm …« Er tat, als müsste er nachdenken. »Das wäre eine Möglichkeit.«

»Hast du eine bessere Idee?«

»Ja. Ich dachte, ich nehme ihn beiseite … und mache ihn fertig.«

Eve hätte beinahe den Wein ausgespuckt. »Noch so ein toller Plan!«

Clayton zuckte mit den Schultern. »Ich habe ehrlich gesagt gar keinen Plan. Das ist das erste Mal, dass ich dem frömmelnden Vater meiner neu gewonnenen Tochter gegenübertreten muss.«

»Ich würde sagen, wir entscheiden spontan und sehen, was passiert. Wir kennen diese Leute nicht. Wir haben keine Ahnung, was uns erwartet, deshalb können wir auch nicht wirklich etwas planen. Vielleicht hat ihr Dad seine Meinung inzwischen sogar schon ohne unser Zutun geändert.«

»Das wäre super. Dann sehen wir uns die Wiedervereinigung in Ruhe an und applaudieren, und danach lade ich dich in eines der besten Restaurants Milwaukees ein.«

»Zu Bratwurst und Burger?«

»Was war denn das?« Er legte sich eine Hand hinters Ohr. »Das Kreischen eines versnobten Ostküstlers?«

»Ups.« Sie bemühte sich um einen möglichst zerknirschten Gesichtsausdruck. »Schuldig im Sinne der Anklage.«

»Wir Einheimischen hassen das Zeug in Wahrheit.«

»Tut mir echt leid.« Der Wind frischte auf, und sie schlang ihre Jacke enger um die Schultern.

»Ist dir kalt?«

»Ein bisschen. Aber es ist zu schön, um reinzugehen.«

»Finde ich auch.« Clayton stellte den Wein ab und stand auf. »Warte hier.«

Er verschwand im Haus und kam mit zwei Decken zurück. Er warf ihr eine zu und breitete die andere über seine Beine.

»Oh, das ist fantastisch. Danke.« Ihr war wieder warm – von außen durch die Decke und von innen dank des Weines und der netten Gesellschaft.

»Ich habe gerade über etwas nachgedacht …« Clayton sah in den Himmel hinauf, wo die Wolken mittlerweile dünner geworden und ein paar vereinzelte Sterne zu sehen waren. »Über das Konzept der Familie.«

»Du meine Güte, wie kommst du jetzt ausgerechnet darauf?«

»Ist mir einfach so eingefallen.«

Sie drehte sich zu ihm herum und schob die Kapuze ihrer Jacke etwas nach hinten, um ihn besser sehen zu können. »Was hast du dir denn überlegt?«

»Man sagt ja, dass zur Familie nicht nur die Menschen gehören, mit denen man verwandt ist. Wenn man so etwas hört, denkt man sich: ›Ja, klar, und was gibt es sonst noch Neues?‹ Aber wenn so etwas passiert wie hier …«

»Ja.« Er musste nicht weitersprechen, aber sie hoffte, dass er es trotzdem tun würde. Ihr gefiel, wie er immer langsamer sprach und seine Stimme sanfter und tiefer wurde, wenn er sich über eine Sache Gedanken machte.

»Man dachte, man wüsste es, man hielt es für selbstverständlich, und plötzlich erkennt man … dass es tatsächlich stimmt.«

»Und paradoxerweise dauert es eine Weile, bis man es wirklich akzeptiert, auch wenn man immer dachte, man würde es verstehen.«

»Ja, genau. Abigail und ich. Du und Shelley. Meine Eltern, meine Geschwister und ich – wir sind blutsverwandt, aber wir sind keine Familie.«

»Während meine Schwestern und ich eine Familie sind, auch wenn wir nur ein gemeinsames Elternteil haben.«

»Ja.« Er runzelte die Stirn. »Ich weiß nicht, ob es eine tiefgreifende Erkenntnis ist oder nur albern.«

»Das ist egal, denn außer uns ist ja niemand da. Diese Entscheidung treffen wir alleine.«

»Gutes Argument.« Er starrte auf den See hinaus, der leise mit dem Wind flüsterte. »Ich schätze, Abigails Verhalten heute Abend ist Teil dieses Durcheinanders.«

»Ja, ganz sicher. Sie hat Glück, dass sie jung genug ist, um das

Gesicht zu verziehen und mit dem Fuß aufzustampfen, wenn ihr danach ist. Ich würde das auch gerne öfter tun.«

»Ich auch. Außer, dass ich mir etwas Männlicheres überlegen würde. Ein Loch in die Wand schlagen, vielleicht.«

»Klar doch.«

Sie saßen in angenehmes Schweigen versunken nebeneinander, sahen zu den Sternen hoch, die immer mehr wurden, nippten an dem exzellenten Wein und genossen den Abend. Eve fiel niemand außer ihren Schwestern und Mike ein, mit dem sich die Stille so behaglich anfühlte.

Und bei Mike war eigentlich nur sie es gewesen, die geschwiegen hatte, während er redete.

Eve schickte ein liebevolles Lächeln in den Himmel, auch wenn ihr Herz sich erneut zusammenzog. Sie hoffte, dass Mike eine Frau fand, mit der er glücklich wurde. Natürlich nicht zu bald, sonst musste Eve sie umbringen, aber irgendwann einmal. Genauso, wie sie es für ich selbst hoffte. Und für Clayton.

»Standest du der Familie deiner Ex-Frau eigentlich nahe?«

»Nein, und Felicia auch nicht.«

»Aber das bedeutet …« Eve richtete sich auf und drehte sich zu ihm herum. »Dass du nie Teil einer wirklichen Familie warst. Egal, ob biologisch oder sonst wie.«

»Na ja … Christie – meine Ex-Freundin – hatte eine fantastische Familie. Sie lebten in Milwaukee, und wir haben sie fast jede Woche besucht. Ich vermisse sie mehr als Christie.«

»Das tut mir leid.« Eve konnte sich vorstellen, wie hart es gewesen war, endlich eine Familie gefunden zu haben und sie dann wieder zu verlieren.

»Ja, es war hart. Ich gebe zu, dass es außer der Wohnungsrenovierung ein weiterer Grund war, warum ich hierhergekommen bin. Ich wollte meine Wunden lecken.«

»Trennungen sind scheiße.«

»Ja, das sind sie. Darf ich fragen, was zwischen dir und Mike schiefgelaufen ist?«

»Klar.« Sie streckte eine Hand unter der Decke hervor und nahm noch ein Plätzchen. »Ich war ein großer Teil des Problems.«

»Zu so was gehören immer zwei.«

»Schon, aber ich konnte nicht über meine Gefühle reden – und kann es immer noch nicht. Als es schlimmer wurde, redete ich nicht mit ihm, sondern schloss ihn aus. Aus Angst, nicht aus Feindseligkeit. Ich konnte den Gedanken nicht ertragen, dass es letzten Endes doch nicht geklappt hat.«

»Es ist einfacher, nichts zu sagen. Deshalb macht es die Hälfte aller Leute auf dieser Welt so. Übrigens finde ich, dass du ganz gut über deine Gefühle reden kannst.«

»Mit dir fällt es mir leichter. Wie du vorhin gesagt hast: Es besteht kein Risiko.«

»Oder er hat dir nicht die nötige Sicherheit gegeben.«

Eve lehnte sich zurück und dachte eine Weile darüber nach. Mike war es so wichtig gewesen, im Recht zu sein und die Oberhand zu haben, weil er früher ständig von seinem Vater niedergemacht worden war. Er hatte sie an ihren Vater erinnert, und diese Kombination hatte es ihr noch schwerer gemacht, sich zu öffnen. Es ist kaum möglich, Gefühle mit jemandem zu teilen, wenn man danach beinahe jedes Mal gesagt bekommt, dass sie falsch sind.

»Ich wäre gerne mehr wie Abigail.« Sie schwemmte das Plätzchen mit einem Schluck Wein hinunter, der perfekt damit harmonierte. »Sie trägt ihr Herz vor sich spazieren.«

»Stimmt. Andererseits wurde es ihr mehr oder weniger aus der Brust gerissen. Ihre Gefühle zu verbergen ist vielleicht keine Option für sie.«

»Manchmal frage ich mich …« Eve hob unentschlossen die Hände. »Das ist jetzt echt schräg …«

»Ist mir egal.«

Sie glaubte ihm. »Manchmal frage ich mich, wie viele der Leute, die ich täglich sehe und denen ich in Gedanken ein normales, glückliches Leben andichte, in Wahrheit mit einem dunklen Geheimnis leben, das sie noch nie jemandem erzählt haben.«

Er schnaubte. »Wahrscheinlich jeder Einzelne.«

»Glaubst du?«

»Klar. Hast du kein dunkles Geheimnis?«

Eves erste Reaktion war Rückzug, und sie wünschte, sie hätte das Thema nie angesprochen. Doch dann riss sie sich zusammen und hörte stattdessen auf die tapfere Stimme in ihrem Inneren. *Er ist wie ein Fremder in einer Flughafenbar.* »Es … kommt manchmal hoch. Wie bei einem hübschen Park, der direkt über einer ehemaligen Müllkippe errichtet wurde und in dem plötzlich giftige Dämpfe an die Oberfläche dringen.«

»Toller Vergleich.«

Eve lachte. Clayton war wohl der einzige Mensch auf dieser Welt, der sie zum Lachen brachte, obwohl sie gerade an den dunkelsten, schrecklichsten Moment ihres Lebens zurückgedacht hatte. »Ich hoffe immer noch, dass ich alles sicher und tief in mir begraben habe, aber es bleibt einfach nicht dort, wo es hingehört.«

»Vielleicht steckt es fest. Wie die Menschen auf Washington Island im Winter.«

»Du meinst, ich sollte die Eisbrecher holen?«

Er stellte sein leeres Weinglas auf dem Tisch ab und zog seine Decke zurecht. »Willst du es mir erzählen?«

Unterbewusst wollte sie das vermutlich. Warum hatte sie das Thema sonst angeschnitten? Warum zitterte sie und fragte sich, ob sie sich tatsächlich überwinden würde? Warum vertraute sie diesem Mann so sehr, obwohl sie es nicht einmal Mike oder ihren Schwestern erzählt hatte? War es wirklich deshalb, weil sich ihre Wege nur vorübergehend kreuzten?

»Ich sag dir was.« Clayton sah zu den Sternen hoch, die immer mehr wurden. »Ich erzähle dir *mein* dunkelstes Geheimnis, und wenn es dir dann leichter fällt, dann bist du an der Reihe. Wenn nicht, ist es auch kein Problem.«

Eve sah ihn erstaunt an. »Warum willst du es mir erzählen?«

»Ich bin mir nicht sicher, ob ich darauf eine Antwort habe, aber ich kann ja mal raten … Die Geschichte ist lange her und ich bin alt genug und weiß inzwischen, dass sie mir nichts mehr anhaben kann. Außerdem bekommt man nicht oft die Chance, ein dunkles Geheimnis loszuwerden, das man sein ganzes Leben lang mit sich herumgeschleppt hat.«

Eve schnaubte. »Bleiben deine Kollegen nicht an deinem Schreibtisch stehen und fragen dich danach?«

»Nicht wirklich.«

»Okay.« Ihr Herz klopfte schneller, Adrenalin schoss durch ihre Adern, um sie auf eine potenziell brenzlige Situation vorzubereiten. »Leg los.«

»Als Junge habe ich eines Tages ein paar Dosen Bier auf mein Zimmer geschmuggelt und mit einem Freund ein Gelage veranstaltet. Wir sahen uns das *Penthouse* oder etwas in der Art an, und die Situation entwickelte sich in eine seltsame Richtung. Wir waren beide hetero, aber … wir waren allein, die Bilder machten uns an, es passierte … und ehe wir uns versahen, war es auch schon wieder vorbei.«

Er stieß die Luft aus. »So. Ich hab's getan. Jetzt musst du mir ganz schnell sagen, dass du nicht schockiert bist.«

»Nein, ich bin nicht schockiert. Nicht einmal annähernd.« Sie war im Grunde erstaunt, wie *wenig* schockierend die Sache war. Sie war sich nicht sicher, was sie erwartet hatte. »So etwas passiert sicher häufig.«

»Natürlich sprachen der Junge und ich den Rest des Schuljahres kaum noch miteinander. Es hat eine tolle Freundschaft kaputtgemacht.«

»Und jetzt …?« Eve richtete sich auf und musterte ihn eingehend. »Wie fühlst du dich nach dieser Beichte? Leichter? Besser? Soll ich ein *Ave Maria* zur Vergebung anstimmen? Oder eine Jubelhymne?«

Clayton ließ die Schultern kreisen und tastete nach seinen Armen und Beinen unter der Decke. »Weißt du was? Ich glaube, ich bin okay. Ich habe weder meine Haare noch meine Gliedmaßen und auch keine Zähne verloren. Es ist seltsam, aber ich frage mich wirklich, warum ich dachte, es wäre eine große Sache. Es ist bloß etwas, was vor langer Zeit passiert ist. Es definiert und kontrolliert mich nicht.«

Seine Worte drangen bis in ihr Innerstes. Und plötzlich drängte die hässliche Geschichte, die sie so lange in sich begraben hatte, mit einer Macht an die Oberfläche, die sie nie für möglich gehalten hätte. Jetzt, in diesem Moment, hatte sie die Chance, es jemandem zu erzählen. Die Chance, die Bürde abzustreifen und nicht mehr unter dem Einfluss ihrer Mutter und Mr Angels zu stehen. Vielleicht funktionierte es nicht, aber es bestand zumindest kein Risiko. Clayton würde die Geschichte nicht gegen sie verwenden. Im schlimmsten Fall erzählte er sie irgendwann weiter: *Ich kannte mal eine Frau, die …* Und auch das konnte ihr nichts anhaben.

»Ich wurde als Kind missbraucht.« Sie platzte damit heraus und wartete darauf, dass die Welt zusammenbrach, doch sie hörte nur, wie Clayton scharf Luft holte.

»Mein Gott, das tut mir leid.«

»Ja, es war scheußlich.« Scheußlich, aber nicht unmöglich, ihm davon zu erzählen. Es war überschaubar, und es bestand keine Gefahr, dass es sie verschluckte und in Panik versetzte. Es war einfacher, weil sie nicht allein auf der Terrasse war. Vielleicht war es aber auch *dieser* Mann, auf den es ankam.

»Er war ein Freund meiner Mutter. Und sie hat nichts dagegen unternommen.«

»Was?« Das Entsetzen in seiner Stimme ließ sie ihre Offenheit nun doch bereuen. »Sie war *dabei*, als es passierte?«

»Nein, aber sie ließ mich allein mit ihm auf mein Zimmer gehen. Er wollte eines meiner Weihnachtsgeschenke sehen – ein Puppenhaus, das ich selbst entwerfen und anschließend bauen konnte.« Sie konnte ihre Verbitterung nicht verbergen. »Es war eine verspätete Weihnachtsparty, zu der keine anderen Kinder eingeladen waren, und dieser kinderlose, unverheiratete Kerl wollte sich mein Puppenhaus ansehen? Er hat mir Angst gemacht. Also habe ich meine Mutter gefragt, ob sie mit nach oben kommt, und ihr gesagt, dass ich nicht alleine mit ihm sein wollte. Sie hat gemeint, dass ich mich nicht so anstellen soll, immerhin hätte sie Gäste, um die sie sich kümmern müsse. Dass ich meine Schüchternheit endlich überwinden müsse. Dass Mr Angel harmlos wäre.«

»Mr *Angel*?«

»Ja, widerwärtig, nicht wahr?«

»Frevelhaft.«

»Er war Filmproduzent.« Sie hatte nicht vorgehabt, derart ins Detail zu gehen, aber jetzt, wo sie damit angefangen hatte, sprudelten die Worte aus ihr heraus und sie konnte – und wollte – nicht aufhören, obwohl ihre Stimme und ihr ganzer Körper vor Anspannung zitterten. »Er hatte Jillian eine Rolle versprochen, und sie wollte sie unbedingt.«

»Nein.« Clayton richtete sich auf. »Das kann nicht sein.«

Eve blies die Luft aus. »Nein. Vielleicht. Ich weiß es nicht.«

»Mein Gott.«

»Du sollst doch den Namen Gottes nicht so frevelhaft verwenden!«

Er ging nicht weiter auf den Scherz ein. »Was hat sie sich nur dabei gedacht?«

»Keine Ahnung.« Eve winkte ab. »Ich wusste nie wirklich, was gerade in ihr vorging.«

Sie dachte an das Tagebuch. In Shelleys Schrank. In ihrem Koffer. Neben Joseph Simingtons Visitenkarte.

»Warum vermutest du, dass der Missbrauch etwas mit der Rolle zu tun hatte, die deine Mutter haben wollte?«

»Mr Angel hat mir erzählt, dass meine Mom in letzter Zeit sehr traurig gewesen wäre, weil sie nach längerer Zeit wieder einmal in einem Film mitspielen wollte. Er versprach, mir nicht wehzutun, aber wenn ich ein bisschen nett zu ihm wäre und schön leise, dann könnte er meine Mutter wieder glücklich machen.«

»Eve.« Seine Stimme klang heiser.

»Danach lag ich in meinem Zimmer und weinte. Ich erinnere mich noch gut daran, denn es schüttete, und das kam nicht oft vor. Es war, als würde die ganze Stadt mit mir weinen.«

Sie konnte nicht glauben, dass sie ihm das alles erzählte, aber die Worte ließen sich nicht aufhalten. Bis jetzt hatte sie oft nicht einmal die Erinnerung an die Dinge ertragen, die jetzt aus ihrem Mund sprudelten. Das gelbe Abendkleid ihrer Mutter. Mr Angels blutrotes Taschentuch. Ihr nach Alkohol stinkender Atem. »Das klingt alles so absurd.«

»Nein, das tut es nicht.« Seine Stimme war leise und warm. »Keine Bewertung. Weder von dir noch von mir.«

Eve zog die Decke bis unters Kinn. Sein Angebot machte sie nervös und unsicher. Sie musste objektiv bleiben, sonst …

Sonst was? Hatte sie Angst, dass er sah, wie durcheinander sie war?

»Ich habe meiner Mutter erzählt, dass er mich angefasst und … sich dabei selbst befriedigt hat.« Es waren nur Worte. Schmerzhaft zwar, aber nur Worte. »Sie meinte: ›Es ist deine Entscheidung, was mit deinem Körper passiert. Aber du bist ein hübsches Mädchen. Die Männer werden dein ganzes Leben lang hinter dir her sein. Beim ersten Mal ist es beängstigend, aber er hat dir nicht wehgetan, obwohl er die Gelegenheit dazu gehabt hätte. Du kannst jetzt entweder zusammenbrechen und dich zum Opfer erklären, oder du kannst die Tatsache annehmen, dass du als schöne Frau unglaubliche Macht hast, mit der du alles bekommen wirst, was du dir erträumst. Ich will, dass du stark bist, aber es ist deine Entscheidung.‹«

Clayton schwieg, und Eve spürte, dass er versuchte, seinen Zorn im Zaum zu halten. Keine Bewertungen …

»Ich sagte zu ihr, dass ich sie hasse. Sie meinte, dass ich darüber hinwegkommen und eines Tages erkennen würde, dass sie recht gehabt hatte. Und dann würden wir gemeinsam über die armseligen, schwachen Männer lachen, die so einfach zu manipulieren sind. Eine Woche später erfuhr sie, dass sie die Rolle trotz allem nicht bekommen hatte, und brachte sich um.« Eves Stimme brach, obwohl sie sich dagegen wehrte. »Wir haben diesen besonderen Mutter-Tochter-Moment also nie erlebt.«

Sie schloss die Augen und ließ sich in dem herrlichen Lehnstuhl zurücksinken. Es war vorbei. Sie hatte es erzählt und fühlte sich tatsächlich leichter, auch wenn sie nicht wusste, ob es endgültig war oder nur die momentane Freude, dass sie es hinter sich gebracht hatte.

»Es ist erstaunlich, dass wir von unseren Eltern erwarten, Eltern zu sein, obwohl sie ganz normale Menschen sind. Manche sind gute Eltern und tun das Richtige. Andere sind beschissene Eltern, und wir werden verletzt. Es tut mir leid, dass du so etwas erleben musstest und danach nicht die Unterstützung bekommen hast, die du verdient hättest.«

»Danke.« Dafür bekam sie jetzt etwas davon.

»Und? Wie fühlst du dich, nachdem du es mir erzählt hast?«

Eve atmete langsam ein und aus. »Traurig. Wegen mir. Und wegen ihr. Sie war eine kranke, unglückliche Frau.«

Claytons Stuhl quietschte, als er aufstand und seine Hand ausstreckte. Eve erhob sich ungeschickt und ließ sich von ihm in die Arme schließen. Sie legte ihre Wange auf seine Schulter. Er roch angenehm nach Waschmittel und Clayton. Der Wind umfing sie und strich kühl über ihren Rücken, doch dort, wo sie sich aneinanderschmiegten, war es warm.

In diesem Moment wurde ihr klar, dass Jillian die Letzte gewesen war, die sie in eine derart lange, platonische Umarmung geschlossen hatte.

Kapitel 14

7. Mai 1981 (Donnerstag)

Ich hasse es. Das Muttersein ist eine niemals enden wollende Plackerei. Ich sehe beschissen aus und rieche noch schlimmer. Daniel und ich hassen einander – und das alles nur wegen dieses plärrenden, fordernden, unmöglich zufriedenzustellenden Balgs. Warum habe ich mich so sehr danach gesehnt? Warum sehnt sich irgendjemand danach? Ich bin seit sechsunddreißig Stunden wach, und sie ist erst etwas über einen Monat alt! Es ist also kein Ende in Sicht. Ich würde sie am liebsten dem Erstbesten in die Hand drücken, der sie haben möchte, nur damit ich endlich schlafen kann.
PS: Olivia hat mich gerade angelächelt. Absichtlich. Mich. Nur, weil sie mein Gesicht gesehen hat und wusste, dass ich ihre Mutter bin. Ich bin dahingeschmolzen. Dieses Lächeln ist wohl das Erste, worauf Babys programmiert sind, denn sonst hätten sie die Steinzeiteltern sicher aus der Höhle und den wilden Tieren zum Fraß vorgeworfen und die Menschheit wäre schon lange ausgestorben.
Sobald sie alt genug ist, werde ich sie einpacken und meine Eltern besuchen. Ich werde meinen Besuch nicht

ankündigen, sonst sagen sie vielleicht, dass ich nicht kommen soll. Ich werde einfach vor der Tür stehen. Ich habe seit dreizehn Jahren nicht mehr mit ihnen gesprochen und auch nichts von ihnen gehört.
Es ist Zeit.

Als Eve Shelleys Haus betrat, hatte sie das Gefühl, als hätte sie tonnenschwere Gewichte an den Beinen und auf den Schultern. Dabei hatte sie geglaubt, dass man sich frei und schwerelos fühlte, nachdem man eine derartige Last losgeworden war. Vielleicht, nachdem sie sich ausgeschlafen hatte. Im Moment war sie einfach nur erschöpft. Sie bereute es zwar nicht, sich geöffnet zu haben, fühlte sich aber trotzdem nicht ganz wohl damit. Sie war noch immer überzeugt, dass ihre Offenheit ihr nicht irgendwann zum Verhängnis werden würde, aber sie wurde das Gefühl nicht los, dass sie sich gerade einem Fremden gegenüber entblößt hatte.

Wie auch immer, es war geschehen. Sie konnte das Ungeheuer nicht wieder zurück in den Käfig sperren.

»Eve? Sind Sie das?«, dröhnte Shelleys Stimme von der Veranda.

Sie war also immer noch wach. Eve seufzte und machte sich auf den Weg durchs Wohnzimmer, wobei sie sanft über die Klaviertasten strich, die Abigail so viel Freude bereitet hatten. Sie war ein talentiertes Mädchen.

»Ja, hi.« Eve trat auf die Veranda. Shelley hatte eine Holzkiste mit Karteikarten auf dem Schoß. Noch mehr davon lagen auf dem Tisch verteilt. Sie waren in ordentlicher Handschrift beschriftet oder mit vergilbten Zeitungsausschnitten beklebt. »Rezepte?«

»Ja.« Die Augen hinter den Brillengläsern funkelten ungewohnt. »Ich habe die Kiste ganz unten in einem Karton gefunden. Sie gehörte meiner Großmutter. Sehen Sie sich das an.«

Shelleys Großmutter. Eves Urgroßmutter.

Mein Gott.

Eve schüttelte die Gewichte von den Schultern und zog einen Stuhl heran. »Welche Großmutter?«

»Mütterlicherseits. Janet McDonald. Sie war Kanadierin. Hören Sie sich das an: ›Zunächst geben Sie das geschnittene, kalte Fleisch, das Eiweiß, die Gurke, den Estragon und die Schalotten in eine Terrine. Danach mischen Sie das Senfpulver, den Zucker, die Sahne und das Eigelb mit *einer Flasche Wein* und einem Viertelliter Soda. Anschließend gießen Sie die Mischung in die Terrine.‹ Das soll eine *Suppe* sein!«

Eve sah sie erstaunt an. »Klingt eher nach einem Cocktail. Witzig.«

»Oder das hier.« Shelley betrachtete den vergilbten Zeitungsausschnitt mit zusammengekniffenen Augen, hielt ihn weiter weg und versuchte es noch einmal. »›So können Sie Ihre Gäste trotz der Lebensmittelrationierung verwöhnen. Lesen Sie hier ein Rezept für ein köstliches Abendessen für zwölf Personen um weniger als fünfzehn Punkte. Ihre Ochsenzunge wird alle begeistern.‹«

»Ochsenzunge!«

»Sie wird *viereinhalb Stunden* in ungewürztem Wasser gekocht.«

»Bäh.« Eve würgte und war froh, dass sie auf die Veranda gekommen war und keine Ausflüchte gesucht hatte. Sie hatte Shelley noch nie so aufgeregt erlebt. Die Beschäftigung mit der Vergangenheit hatte ihr offenbar einen Energieschub verschafft. »Können Sie sich vorstellen, so etwas heutzutage Ihren Gästen zu servieren? Alle zwölf würden sich sofort durch die Hintertür aus dem Staub machen.«

»Ganz genau.« Sie reichte die Karte an Eve weiter, die sie ehrfürchtig entgegennahm und die winzige Schrift las.

»Das ist lebendige Geschichte. Natürlich haben wir in der Schule von den Rationierungen gehört, aber wenn man so etwas sieht, begreift man es erst richtig. Fünfzehn Punkte. Für eine Zunge.« Sie gab die Karte zurück und fragte sich, was ihre Mutter und ihr Vater von ihren Vorfahren aufbewahrt hatten. Sie wusste bloß, dass die Eltern ihres Vaters – die beide vor ihrer Geburt gestorben waren – aus New York stammten und einer reichen Reedereifamilie entsprangen. Die Familie ihrer Mutter kam aus Jackman. Wahrscheinlich waren in den Kartons, die sie und ihre Schwestern in Maine durchgesehen hatten, weitere Informationen versteckt gewesen. Wohin waren diese Sachen bloß verschwunden? Wenn sie wieder zu Hause war, würde sie sich auf die Suche danach machen. Und bis dahin … war auch das hier ihre Familie.

»Die Leute glauben immer, der Krieg hätte nur in Europa stattgefunden, dabei patrouillierten deutsche U-Boote vor der Ostküste. Meine Mutter hat erzählt, dass sie nachts die Fenster verdunkeln mussten. Angeblich hat es ein paar Nazis nach Hancock in Maine verschlagen, nicht weit entfernt von dem Ort, in dem Lauren und ich aufgewachsen sind. Sie marschierten durch die Stadt, als würden sie dorthin gehören. Sie trugen schwarze Anzüge, und die Leute sahen sie zwar, trauten sich aber nicht, sie aufzuhalten. Kurz darauf waren sie wieder verschwunden. Wer weiß, was sie im Schilde geführt haben?«

Eve musterte das vor Begeisterung strahlende Gesicht, und ihr wurde klar, dass sie gerade eine vollkommen neue Version von Shelley kennenlernte. »Vermissen Sie Maine?«

»Manchmal. Den Geruch, die Geräusche, das Meer. Aber mein Leben dort war … nicht immer einfach. Ich wollte fort.«

»Nicht einfach, weil … Sie Ihre Kinder alleine großziehen mussten?«

»Unter anderem.«

Eve starrte auf ein Rezept für hausgemachten Wein aus Reis, Wasser, Rosinen und Hefe, den sie nie im Leben getrunken hätte. Sie hätte Shelley gerne mehr Fragen gestellt, aber es war, als wollte sie einen Schmetterling fangen, der sich auf ihrer Schulter niedergelassen hatte. Wenn sie zu unbedacht an die Sache heranging, würde sie ihn vielleicht zerdrücken.

Wütend auf sich selbst legte sie die Karteikarte auf den Tisch zurück. Abigail stellte alle Fragen, die ihr in den Sinn kamen, und Shelley war ihr noch nie ausgewichen. *Eve* war diejenige, die Angst hatte, zerdrückt zu werden. »War … hatten einige der Schwierigkeiten auch mit Ihrer Schwester Helen zu tun?«

Shelley lachte, aber es klang nicht fröhlich, sondern leise und schmerzerfüllt. »Nicht alle, aber man könnte sagen, dass sie an sehr vielen davon Schuld hatte.«

Eve klemmte die Hände zwischen die Knie. »Wollen Sie mir von ihr erzählen?«

»Ob ich will?« Shelley lachte erneut. »Nein, aber es ist seltsam, dass Sie mich ausgerechnet heute nach ihr fragen. Da bekomme ich beinahe eine Gänsehaut. Als ob ihr Geist im Moment besonders präsent wäre.«

»Was meinen Sie damit?«

»Ihr Todestag jährt sich bald. Am vierzehnten April.« Sie schüttelte den Kopf. »So eine Verschwendung. Sie war eine außergewöhnliche Schönheit. Wie Sie.«

Eve zuckte zusammen. Das Verlangen, ein Foto ihrer leiblichen Mutter zu sehen, war plötzlich unglaublich groß.

»Sie sehen ihr sehr ähnlich, wissen Sie?« Shelley schloss die Kiste auf ihrem Schoß und hielt sie fest umklammert. »Das ist mir gleich aufgefallen, als ich Sie zum ersten Mal gesehen habe. Ich dachte, Gott hätte Helen zu mir zurückgebracht.«

Irgendwie schaffte Eve es, weiterzuatmen, obwohl sie die Hände zwischen den Knien hervorziehen musste, sonst hätte sie sie zerquetscht. »Ein schöner Gedanke.«

»Ja, vielleicht. Ich schätze, sie hätte eine zweite Chance verdient.« Shelley stellte die Kiste auf den Tisch und verschränkte die Arme vor der ausladenden Brust. »Ich nehme an, dass es in Los Angeles haufenweise hübsche Frauen wie Sie gibt, aber in Machias war es, als wäre ein Engel vom Himmel herabgestiegen, und das wusste Helen verdammt gut. Sie nutzte ihr gutes Aussehen zu ihrem Vorteil. Bei meinen Eltern, bei ihren Freunden und vor allem bei Männern. Sie war wie ein schwarzes Loch, sehnte sich in einem fort nach Bestätigung und konnte nie genug davon bekommen, dass die Leute ihr ihre Zuneigung bewiesen. Mitte zwanzig kam sie mit Drogen in Berührung. Sie begann zu stehlen und zu lügen. Sie hatte ein paar schreckliche, gewalttätige Partnerschaften. Sie warf ihr Leben zum Fenster hinaus, und mit ihm den Großteil des Geldes meiner Eltern, die immer wieder versucht haben, ihr zu helfen. Außerdem ging eine Menge von meinem Ersparten drauf.« Shelleys Tonfall wurde immer schärfer. »Ich ließ sie bei mir wohnen, und sie dankte es mir, indem sie mich bestahl. Alle, die ihr helfen wollten, verbrannten sich die Finger. Dieses Haus war in einem grauenerregenden Zustand, als ich einzog.«

»Aber … es muss doch auch Zeiten gegeben haben, in denen es ihr besser ging, oder?« Eve war entsetzt, wie verzweifelt sie versuchte, etwas Mütterliches und Bewundernswertes an dieser Person zu finden.

»Definieren Sie *besser.*«

»Na ja, trocken vielleicht? Clean?«

»Zwischen ihren Anfällen der Selbstzerstörung war sie ab und zu auch mal clean, ja. Sie war sogar einige Male in einer dieser noblen Entzugskliniken. Die haben wohl meine Eltern bezahlt, obwohl ich keine Ahnung habe, wie sie sich das leisten konnten. Genauso wenig, wie Helen sich den Rest ihres Lebens finanzierte. Soviel ich weiß, hatte sie nie einen richtigen Job. Ab und zu arbeitete sie Teilzeit, aber sie hasste es immer schon nach kurzer Zeit und fand es unter ihrer Würde.« Shelley lachte trocken und schüttelte den Kopf. »Was hat sie sich denn erwartet? Einen Managerposten? Meine Eltern hatten keinen Cent mehr, als sie starben. Vielleicht stammte das Geld doch von ihnen. Es schien jedenfalls immer weiterzufließen. Keine Ahnung, ob sie gedealt oder ihren Körper verkauft hat. Oder beides.«

Eve stieß ein mitfühlendes Seufzen aus, wenn auch mit zusammengebissenen Zähnen. Sie hatte die Büchse der Pandora geöffnet und wünschte sich nichts sehnlicher, als sie wieder zu schließen. Zuzunageln. Und unter einem tonnenschweren Gewicht zu begraben. Sie wusste, woher das Geld gekommen war, das Helens Sucht finanziert hatte: Von Eves liebender Mutter und ihrem Vater, für die sexuellen Gefälligkeiten, für die sie sich zur Verfügung gestellt hatte.

Im Gegensatz zu Rosalind, die in ihrer leiblichen Mutter eine Seelenverwandte gefunden hatte, würde Eve Jillian Croft nicht durch eine brauchbarere Mutterfigur ersetzen können.

»Wie auch immer.« Shelley zeichnete gedankenverloren die gemalte Rose auf dem Deckel der Kiste nach. »Ich habe versucht, ihr zu verzeihen, und oft gedacht, ich hätte es geschafft. Aber in Momenten wie diesem kommt die Wut wieder hoch.«

Eve nahm eine weitere Karte und las den verwirrenden Titel. *Wie man Sauerkraut kocht, ohne dass die Nachbarn es bemerken.* Sie wusste genau, wie Shelley sich fühlte. Unglaublich, dass

Clayton und sie gerade über dasselbe gesprochen hatten. Vielleicht war die Erfahrung aber auch so normal, dass man dieses Gespräch mit jedem beliebigen Fremden auf der Straße führen konnte. »Wie vielen Leuten haben Sie von Helen erzählt?«

Shelley sah sie verwundert an. »Nicht vielen. Eigentlich niemandem. Meine Kinder wissen Bescheid. Zumindest teilweise. Ich fand es nicht notwendig, ihnen auf die Nase zu binden, wie sie wirklich war. Ich ließ ihnen die Tante Helen ihrer Fantasie.«

»Glauben Sie, dass diese Art Wut in uns feststeckt, bis wir sie rauslassen?«

Shelley schnaubte und kratzte sich am Ellbogen. »Das klingt nach Schmonzes.«

»Schmonzes!« Eve lachte auf und war erleichtert, dass sie es noch konnte. »So wie Quatsch mit Soße?«

»Absoluter Quatsch mit Soße.« Shelley grinste. »Oder besser noch: papperlapapp.«

»Hören Sie sich das mal an.« Eve hob feierlich die Rezeptkarte und war froh, das Thema wechseln zu können. »Damit die Sauerkrautdämpfe Ihre Nachbarn nicht stören, sollten Sie das Kraut auf einer elektrischen Herdplatte kochen und diese im offenen Kamin platzieren. So kann der Geruch über den Schornstein entweichen.«

»Toller Tipp.« Shelley sammelte die Karten zusammen. »Wir sollten ein Abendessen aus einigen der Rezepte zusammenstellen, sobald sich alles beruhigt hat.«

»Das wäre sicher witzig.« Eve reichte ihr einen Stapel und dachte bei sich, wie schön es wäre, hier zu sein und sich nur noch auf den Job zu konzentrieren, für den sie engagiert worden war.

»Ich sollte zu Bett gehen. Es ist spät.« Shelley fixierte den Stapel mit einem Gummiband. »Haben Clayton und Sie sich eine Strategie überlegt?«

»Ja klar.« Eve erhob sich fröhlich grinsend. »Sie lautet: ›Schauen wir mal, dann sehen wir schon.‹«

Shelleys Gähnen wich einem Lächeln. »Die ist sicher so gut wie jede andere. Wann geht es aufs Festland?«

»Mit der Fähre um sieben – sofern wir es rechtzeitig schaffen. Clayton kommt um halb sieben.«

»Ich werde da sein.«

»Okay.« Eve legte ihrer Tante einen Augenblick lang die Hand auf die Schulter, dann machte sie sich auf den Weg nach oben. »Gute Nacht.«

»Sie sollten mit Abigail sprechen, bevor Sie zu Bett gehen.«

Eve unterdrückte ein Stöhnen: Shelley hatte recht. Sie musste noch ein wenig länger die Erwachsene mimen. Und wahrscheinlich schlief sie besser, wenn sie sicher war, dass zwischen ihnen alles wieder in Ordnung war. »Wird gemacht.«

Sie trat vor Abigails geschlossene Tür und zögerte. Als sie nichts hörte, ging sie in die Knie, um zu sehen, ob noch Licht brannte.

Ja. Das Mädchen war also noch wach.

Eve klopfte leise. »Abigail?«

»Ja.« Die Stimme klang leise und gedämpft.

»Ich bin zurück.«

»War nicht zu überhören.«

Eve knurrte in sich hinein. Kinder waren der offensichtlichste Grund, keine Kinder haben zu wollen. »Woher willst du wissen, dass nicht nur meine Stimme zurückgekehrt ist?«

»Haha.«

»Ich schätze, du willst nicht mit mir reden.«

Schweigen.

»Weißt du was, du musst gar nichts sagen. Wenn es okay ist, dass ich reinkomme, dann … blinzle einfach dreimal.« Ein leises

Schnauben über den lahmen Witz war Erlaubnis genug, die Tür zu öffnen. Abigail lag seitlich im Bett und hatte einen Arm um die Mitte geschlungen. Mit dem anderen hielt sie sich das Handy vor die Nase.

Am einfachsten wäre es, wenn man den Teenagern die Displays gleich in die Augen implantieren würde …

Eve trat ans Bett und nahm es als gutes Zeichen, dass Abigail die Füße beiseiterückte, um Platz zu machen. »Also …«

»Also?«

»Also … dann bist du noch immer wütend auf mich.«

Abigail zuckte mit den Schultern. »Shelley meinte, ich würde dir zu sehr auf den Arsch gehen.«

»Echt? *Das* hat sie gesagt?«

»Sie meinte ›auf den Senkel‹.«

»Das klingt schon eher nach ihr. Und? Was glaubst du? Stimmt es?«

Abigail ließ das Handy sinken. Ihre Augen waren verschwollen und rot. Eves Herz zog sich zusammen. So viele seelische Verletzungen in so kurzer Zeit bei einem so jungen Mädchen! Ihre eigene Geschichte war anders gewesen, aber das Gefühl, von den Eltern verraten worden zu sein, kannte sie genauso. Sie beneidete Abigail nicht um das, was noch vor ihr lag, auch wenn sie forscher und selbstbewusster war, als Eve es jemals gewesen war. Das würde ihr zumindest helfen, die Sache durchzustehen.

»Ich habe ein Recht auf meine Gefühle.«

Eve nickte und ließ die Antwort eine Weile so stehen, damit Abigail nicht das Gefühl bekam, sie wollte ihr widersprechen. »Ich hatte eine Lehrerin, die immer meinte: ›Alle Gefühle sind okay, aber nicht alle Verhaltensweisen.‹ Du fühlst, was du fühlst. Dagegen kannst du nichts machen. Die wichtige Frage ist, wie du mit diesen Gefühlen umgehst.«

Abigail verzog das Gesicht. »Okay.«

»Aber weißt du was? Du bist ein junges Mädchen, das sich mit einigen echt harten Dingen herumschlagen musste. Was will man da erwarten? Nicht einmal Erwachsene kommen mit einer solchen Situation klar. Nimm nur mal deinen Dad. Also Glen.«

Abigail zuckte erneut mit den Schultern.

»Deine Schultern sind gesprächiger als du.«

Das Mädchen legte das Handy fort, setzte sich auf und lehnte sich gegen das Kopfteil des Bettes. »Es hat sich angefühlt, als würdet ihr mich ausschließen.«

»Das haben wir ja auch. Aber das war unser Recht, okay? Ich meine, du bist ja auch nicht jedes Mal eingeladen, wenn deine Freunde etwas unternehmen, oder?«

Abigail senkte den Blick. »Nein. Aber es hat trotzdem wehgetan.«

»Das tut mir leid. Das war nicht unsere Absicht.«

»Worüber habt ihr geredet?«

»Über dich. Die ganze Zeit. Wie sehr du mir auf den Senkel gehst.« Eve streckte die Zunge heraus, um klarzumachen, dass das nur ein Scherz gewesen war. »Nein, wir haben über den Wintergarten geredet. Ich hatte die Idee, ihn unter der Terrasse zu platzieren.«

Abigail sah sie ungläubig an. »Das ist aber seltsam.«

»Warum?«

»Als wollte man sich verstecken.«

Eve zahlte es ihr mit einem genauso ruppigen Schulterzucken heim. Es fühlte sich gut an.

»Worüber habt ihr sonst noch geredet?«

»Über morgen.«

»Was werdet ihr zu meinem Dad sagen?«

»Keine Ahnung.«

Abigail zog ihre Knie hoch und legte ihr Kinn darauf ab. »Ich muss dir etwas erzählen.«

»Okay.« Eve wartete schweigend, obwohl sie am liebsten losgebrüllt hätte, dass es besser nichts Tragisches war, weil sie sich sonst aus dem Fenster stürzen musste.

»Mein Dad hat mich nicht *wirklich* rausgeworfen.« Sie schlang die Arme um die Knie. »Ich meine, er hat mich schon rausgeworfen, aber er hat auch gesagt, dass ich eine Weile bei einer Freundin bleiben und erst wiederkommen soll, wenn ich mich beruhigt habe.«

Der letzte Satz ließ Eves Wut über Abigails Lüge verpuffen. »Wenn *du* dich beruhigt hast?«

»Na ja, ich ... ich hab auch ein paar Dinge gesagt, die ich lieber nicht gesagt hätte.«

»Wie zum Beispiel ...?«

»Zum Beispiel ... dass Leute, die Schwule hassen, oft selbst schwul sind.« Sie zog die Nase kraus. »Nur weniger jugendfrei.«

»Was *genau* hast du denn gesagt?«

Abigail ließ den Kopf hängen. »Keine Ahnung ... irgendetwas darüber, dass Leute, die Schwule hassen, es selbst gerne von hinten ...«

»O-kay, alles klar. Verstanden.« Eve musste sich bemühen, ernst zu bleiben. Ihrer persönlichen und nicht mit Abigail zu teilenden Meinung nach hatte Glen sich diese Widerrede durchaus verdient. »Das war wohl etwas zu hart.«

»Ich bin auch nicht stolz darauf. Aber es war kurz, nachdem er mich als Schande für die Familie und Missgeburt in den Augen des Herrn bezeichnet hat.«

»Das hat er also wirklich gesagt.«

»Ja.«

»Und du wolltest es ihm heimzahlen.«

»Ja.«

»Sollte man in diesem Fall nicht die andere Backe hinhalten?« Sie blieb todernst. »Ich meine … die *Wange*.«

Sie kicherten beide los.

»Wir sind schrecklich.« Abigails Tränen kamen nicht nur vom Lachen.

»Das dürfen wir auch. Schwarzer Humor kann sehr heilsam sein.« Eve tätschelte Abigails Bein. »Gibt es noch was zu erzählen?«

Abigail sah sie an und senkte dann wieder den Blick.

Eve seufzte. »Also ja. Raus damit.«

»Bevor ich ging, habe ich wohl irgendwie die Bibel aus dem Wohnzimmerfenster geworfen.«

Eve rang erneut um Fassung und schaffte es auch dieses Mal nicht. Sie würde niemals eine gute Mutter sein. »Du hast sie *irgendwie* hinausgeworfen?«

»Ja, schon irgendwie.« Abigails Schamesröte war um einiges süßer, als wenn sie eine Schnute zog.

»Und dabei ist wohl auch *irgendwie* das Fenster zu Bruch gegangen?«

»Sie ist zumindest irgendwie auf den Büschen vor dem Haus gelandet.« Sie wurde wieder ernst. »Es war dumm, und ich habe seitdem oft um Vergebung gebetet.«

Eve schüttelte den Kopf. »Du hast es getan, weil du schrecklich verletzt warst.«

»Ja, schon.«

»Also …« Eve setzte ein angemessen erwachsenes Gesicht auf. »Warum hast du uns das nicht schon früher erzählt? Du hast uns die ganze Zeit in dem Glauben gelassen, dass dich deine Eltern nicht mehr sehen wollen, obwohl sie dich nach ein paar Tagen zurückerwartet haben. Im Grunde bist du nicht rausgeflogen, sondern ausgerissen.«

Abigail presste die Lippen aufeinander, steckte den Kopf zwischen die Knie und murmelte etwas Unverständliches.

»Wie bitte?«

»Ich dachte, ich würde euch eher leidtun, wenn ihr glaubt, dass ich für immer rausgeflogen bin.«

»Warum wolltest du uns *noch mehr* leidtun? Die Geschichte ist auch so schrecklich genug.«

»Ich hatte Angst, dass ihr die Polizei verständigt, wenn ihr herausfindet, dass ich abgehauen bin. Ich war noch nicht bereit, wieder zurückzugehen. Ich weiß auch nicht. So klang die Geschichte irgendwie besser.«

»Du hast Menschen angelogen, die dir vertrauen und denen du etwas bedeutest. Einschließlich deines leiblichen Vaters.«

Abigail starrte missmutig auf die Decke hinunter. »Mich hat nur interessiert, wo ich etwas zu essen und einen Unterschlupf herbekomme. Und Hilfe dabei, meinem Dad näherzukommen.«

Sie war ein typischer Teenager, der nur von einem Moment auf den anderen lebte. Eve war nie so gewesen. Sie hatte immer einen Plan gehabt. Sich von ihrer Familie abnabeln. Architektin werden. Mike heiraten. Doch jetzt saß sie genauso zwischen den Stühlen wie Abigail. Und vermutlich auch wie Clayton, obwohl er nichts dergleichen gesagt hatte.

»Hast du noch nie gelogen?« Abigails feindseliger Tonfall bedeutete, dass sie Eves Schweigen falsch gedeutet hatte.

»Nein, noch nie. Kein einziges Mal. Seit ich sprechen kann, war alles, was ich gesagt habe, immer nur die absolute Wahrheit, weil ich nun mal perfekt bin.« Sie stand auf, als Abigail die Augen verdrehte. »Aber das ist nicht der Punkt. Der Punkt ist, dass wir nach Milwaukee gefahren wären und deinen Vater für etwas verurteilt hätten, dessen er sich nicht schuldig gemacht hat. Ein solcher Fehler hätte unserem wütenden Auftritt sicher einiges an Durchschlagskraft genommen.«

»Deshalb habe ich es dir ja jetzt erzählt.«

»Ist da noch etwas? Versprichst du mir, dass wir jetzt ein klares Bild vor Augen haben?«

»Ja.«

»Siehst du, das ist das Problem beim Lügen. Im Moment habe ich keine Ahnung, ob ich dir glauben kann.«

»Du kannst mir glauben.« Abigail umklammerte ihre Knie und wiegte sich vor und zurück; dann hielt sie abrupt inne, als hätte sie lange gebraucht, sich diese Bewegung abzugewöhnen, und wäre jetzt wieder in ein altes Muster verfallen.

»Wirst du es Clayton sagen? Heute noch?«

»Nein, das machst du. Gleich morgen früh.«

»Glaubst du, er ist wütend auf mich?«

»Er wird sicher nicht begeistert sein. Aber *wütend* wahrscheinlich auch nicht.«

Abigail stiegen Tränen in die Augen. »Ich hab es vermasselt.«

»Ja.« Eve setzte sich wieder und legte Abigail den Arm um die Schulter. »Aber wem passiert das nicht ab und zu? Und jetzt heul nicht, sonst heult der Hund wieder mit.«

Das zauberte Abigail ein Lächeln aufs Gesicht, wenn auch nur kurz. »Werdet ihr meinen Eltern erzählen, dass ich euch angelogen habe?«

»Ähm …« Eve riss die Augen auf und musste sich zwingen, nicht in Panik zu geraten. Wie zum Teufel trafen Eltern derartige Sekundenentscheidungen? »Darauf kommen wir noch zurück.«

»Bitte, sagt es ihnen nicht. Es würde alles nur noch schlimmer machen.«

»Ja, wahrscheinlich.« Sie strich die Fransen aus Abigails Stirn und wiederholte die Geste, als sie sofort dem Gesetz der Schwerkraft folgten und wieder nach unten hingen.

Zu ihrer Überraschung lehnte Abigail den Kopf zurück und drückte die Wange an Eves Handfläche. Eve hielt inne und genoss den Moment. Sie verspürte ein tiefes, zärtliches Glücksgefühl, das sich mit nichts Bekanntem vergleichen ließ.

»Danke, Eve. Für alles.«

»Weißt du …« Eve erhob sich und umarmte Abigail, weil sie Angst hatte, sonst selbst loszuheulen. »Wenn mir vor ein paar Wochen jemand gesagt hätte, dass ich hier in eine derartige Situation geraten würde, hätte ich ihm erklärt, dass ich das auf keinen Fall schaffen würde. Auch wenn du mir tierisch auf den Senkel gehst, muss ich mich also auch bei dir bedanken.«

Abigail zog die Nase kraus. »Das ist schräg.«

»Was du nicht sagst.« Sie tätschelte Abigails Kopf und ging zur Tür. »Versuch ein wenig zu schlafen. Morgen wird sicher ein total lustiger und extrem entspannender Tag. Trotzdem rechne ich mit einem Happy End.«

»Ich hoffe es.«

»Ich auch. Gute Nacht, Abigail.«

Eve ging in ihr Zimmer auf der anderen Seite der Treppe und stand lange im Dunkeln, ohne das Licht anzumachen. Sie brauchte die Dunkelheit und das Gefühl der Geborgenheit. Allein mit ihren Gedanken.

Sie war im Begriff, sich zu verändern, und entdeckte neue Seiten an sich, von denen sie gedacht hatte, dass sie sie gar nicht besaß. Sie streifte nach und nach ihre Rüstung ab und tauschte sie gegen einen neuen, dünneren, durchlässigeren Mantel.

Draußen auf dem See sah sie ein Licht, den einzig sichtbaren Teil eines Schiffes, das durch die Dunkelheit glitt. Auf der anderen Seite des Wassers lebten Menschen, deren Leben sich ausbreiteten und auf komplexe Art miteinander verbanden wie ein Streifen Mondlicht, der plötzlich eine mysteriöse Landschaft offenbart.

Und in ihrem Schrank lag ein Tagebuch, das ein Licht auf die genauso mysteriöse Seelenlandschaft ihrer Mutter werfen konnte.

Sie öffnete die Tür und den Koffer, zog das Buch heraus und ließ die Hand über den Umschlag gleiten. Sie dachte an ihr Gespräch mit Abigail, die unerwarteten Offenbarungen und die Notwendigkeit, sekundenschnell zu entscheiden, was man einem Kind sagen will und was man für sich behält.

Sie dachte an ihr Gespräch mit Clayton unter dem sternenbedeckten Himmel. Wie es sich angefühlt hatte, ihm ihre Geschichte zu erzählen. Das Begreifen, als er ihr gesagt hatte, dass es mittlerweile nur noch ein lange vergangenes Erlebnis war, auch wenn die Narben noch immer zu spüren waren.

Okay, Jillian.

Sie warf das Tagebuch auf die Bettdecke, ging ins Bad, um sich bettfertig zu machen, kroch unter die behagliche Decke und steckte sich ein Kissen in den Rücken. Sie wollte sich vollkommen sicher und geborgen fühlen, wenn sie zu lesen begann.

Nach einiger Zeit stieß sie auf einen Eintrag, in dem ihre Mutter über den Umgang mit aufdringlichen Männern schrieb.

Ich werde ihr so früh wie möglich beibringen, sich nie als Opfer zu fühlen, sondern auf diese armseligen Kreaturen hinabzusehen. Sie kommen zu uns, weil wir Göttinnen sind und sie selbst nichts als Abschaum. Ich werde ihr erklären, wie sie sich verhalten muss, wie sie sich emotional abgrenzt und wie sie ihren wunderschönen und hundertprozentig weiblichen Körper in solchen Situationen als Waffe einsetzt und am Ende triumphiert, ohne sich selbst und ihre Überzeugungen zu verlieren.

Eve schlug das Buch zu und presste die Augen zusammen. Sie konnte nicht mehr weiterlesen. Nicht heute Abend, und vielleicht nie mehr, auch wenn sie das im Moment nicht sicher sagen konnte.

Die Geschichte aus der Sicht ihrer Mutter zu hören – falls eine Schauspielerin wie Jillian überhaupt ein wahres Ich besaß – hatte eine unbekannte, tiefgehende Neugierde in ihr entfacht.

Sie griff nach dem Handy und wählte Rosalinds Nummer.

Kapitel 15

2. Oktober 1981 (Freitag)

Ich bin mit Olivia nach Maine geflogen und habe Mom und Dad besucht. Sie waren fassungslos, als ich an die Tür klopfte. Dad hat aufgemacht. Doch er sagte nichts, sondern drehte sich bloß um und rief nach Mom. Sie trat in den Flur, musterte mich mit kaltem Blick und wollte uns bereits die Tür vor der Nase zuschlagen, als Olivia ein hinreißendes Krähen ausstieß. Sie hielt inne und starrte ihre Enkeltochter an. Es war offensichtlich, dass unsere Zukunft in ihrer Hand lag. Dann meinte sie auf ihre ruppige Art: »Na gut, dann kommt eben rein.«

Und das taten wir auch. Ich weinte, wir alle weinten, und dann begann Olivia zu brüllen, was uns zum Lachen brachte. Meine Eltern lieben ihre Enkelin. Entweder hat das Alter sie sanftmütiger gemacht, oder sie haben mich genauso geliebt, als ich noch klein war und ihnen nicht widersprechen konnte. Es ist schwer vorstellbar, aber ich bilde es mir gerne ein.

Es schockiert mich, wie sehr sie gealtert sind. Aber abgesehen davon sind sie noch dieselben. Mom brachte kaum etwas Nettes über die Lippen, und Dad war schweigsam wie eh und je. Aber sie haben einen Narren an Olivia gefressen, und sie haben mich nicht rausgeworfen. Auf mehr hatte ich nicht gehofft.

Na ja, vielleicht doch. Vielleicht habe ich auf eine Entschuldigung gehofft, dass sie mich so viele Jahre ignoriert haben. Aber das wäre einem Wunder gleichgekommen.

Sie haben nicht nachgefragt, wie ich es zustande gebracht habe, ein Baby zu bekommen, noch dazu eines, das mir so ähnlich sieht, aber ich will dieses schmerzhafte Thema nicht wieder aufrollen. Es war herrlich, wieder nach Maine zurückzukehren. Die herrlichen Bäume und das Wasser zu riechen, die Ruhe zu genießen. Selbst Jackman, dieser Albtraum im Nirgendwo, aus dem ich stamme, schien mir plötzlich wunderschön. Vielleicht hat es sich verändert, vielleicht wurden meine Erinnerungen aber auch durch meine Unzufriedenheit verfälscht.

Daniel war noch nie in Maine, und es hat ihm sehr gut gefallen. Nach unserem Besuch in Jackman haben wir die Küste erkundet und beschlossen, uns ein abgelegenes Häuschen zu kaufen. Einen perfekten Ort, an dem wir ein paar Sommerwochen lang so tun können, als wären wir eine ganz normale Familie. Wo wir aufs Wasser hinausschauen können, ohne dass uns jemand beobachtet. Wo wir Spaziergänge unternehmen und unser Essen selbst kochen können.

Ich freue mich sehr darauf, noch ein weiteres Kind zu bekommen, aber ich möchte noch eine Weile warten. Zum ersten Mal seit langer Zeit bin ich zufrieden. Ich könnte

mir vorstellen, dass ich nun länger nicht mehr Tagebuch schreiben werde.
Mom Jillian

Eve wachte früh auf, nachdem sie die ganze Nacht von seltsamen Träumen geplagt worden war, in denen sie Prüfungen bestehen musste, für die sie nicht gelernt hatte, oder von einem bizarren Monster verfolgt wurde, das aussah wie Grandma Betty.

Bevor sie das Licht ausgemacht hatte, hatte sie noch eine Stunde lang mit Rosalind telefoniert – wobei vor allem Rosalind das Reden übernommen und Eve zugehört hatte, wie ihre Schwester den Inhalt des Tagebuches zusammenfasste, das sie im Sommer bekommen hatte.

Jillians Kindheit – oder besser gesagt Sylvia Moores Kindheit, da sie ihren Künstlernamen zu jener Zeit noch nicht getragen hatte – war von Kälte geprägt gewesen. Grandma Betty hatte ihrer Tochter nichts von ihrem körperlichen Zustand erzählt, sodass sie erst von ihrer Unfruchtbarkeit und der fehlenden Vagina erfahren hatte, als sie zum ersten Mal mit ihrem damaligen Verlobten Daniel Braddock schlafen wollte. Und schlimmer noch: Als Sylvia mit sechzehn die im Bauchraum sitzenden Hoden entfernt worden waren, hatte ihre Mutter – und auch der Arzt! – ihr weisgemacht, dass es sich um zwei Tumore im Frühstadium gehandelt hatte.

Anstatt ihrer Tochter zu sagen, dass sie unter einer seltenen, aber im Prinzip ungefährlichen genetischen Störung litt, hatte Grandma Betty sie also lieber in dem Glauben gelassen, dass sie an Krebs erkrankt war.

Eve konnte sich unmöglich in ihre Großmutter hineinversetzen, um ihre Entscheidung zu verstehen, selbst wenn sie bedachte, dass es damals eine andere, weniger aufgeklärte Zeit gewesen war und man Dinge wie Geschlechteridentität, aber auch einfache sexuelle Fragen sehr viel zögerlicher diskutiert hatte. Rosalind glaubte, dass das Trauma, erst als Erwachsene von ihrer Androgenresistenz erfahren zu haben, Jillians bipolare Störung zum Ausbruch gebracht hatte. Aber hätte es Jillians Leben wirklich einfacher und sie selbst psychisch stabiler gemacht, wenn sie von der Pubertät an gewusst hätte, dass sie nicht wie andere Frauen war? Unmöglich zu sagen.

Doch zum ersten Mal – vielleicht sogar in ihrem ganzen Leben – empfand Eve so etwas wie Mitgefühl für ihre Mutter. Als kleines Mädchen, das Jillian dabei zusehen musste, wie sie sich selbst zerstörte, hatte sie keine Ahnung von dem eisernen Griff der Abhängigkeit und der psychischen Erkrankung gehabt, sondern war nur von ihrem eigenen Bedürfnis nach einer seelisch stabilen, liebenden Mutter geleitet worden.

Eines Tages würde sie sich überwinden und auch den Rest des Tagebuches lesen, das Lauren ihr geschickt hatte – Eve vermutete noch immer, dass ihre Stiefmutter dahintersteckte –, aber sie brauchte mehr Zeit, um die Informationen zu verarbeiten, die Rosalind ihr gegeben hatte.

Und das geschah bestimmt nicht heute. Der heutige Tag war auch so kompliziert genug.

Sie duschte eilig und schlüpfte in das einzige elegante Outfit, das sie eingepackt hatte – zur Abwechslung tatsächlich ein guter Tipp ihrer Mutter. Danach zwang sie sich zu einem kleinen Frühstück, das Abigail und sie die meiste Zeit über schweigend hinunterwürgten. Sie waren gerade mit dem Aufräumen fertig, als sie Claytons Pick-up in die Zufahrt einbiegen hörten.

Eve deutete in Richtung Eingangstür und fixierte Abigail mit strengem Blick. »Geh du schon mal raus, ich komme in fünf

Minuten nach. Bis dahin hast du ihm erzählt, was du mir gestern gebeichtet hast.«

»Schon gut, schon gut.« Abigail zog den Griff ihres Koffers heraus, um ihn zur Tür zu ziehen, schulterte ihren Rucksack und machte sich schlurfend auf den Weg.

»Worum ging es gerade?« Shelley trat in einem übergroßen T-Shirt in die Küche; ihre kurzen weißen Haare standen in alle Richtungen. Eve musste sich ein Grinsen verkneifen, so zerzaust sah sie aus.

»Gestern Abend hat mir Abigail freundlicherweise gestanden, dass ihr Dad sie zwar aus dem Haus geworfen hat, allerdings unter der Vorgabe, ein paar Tage bei einer Freundin zu verbringen und danach wieder zurückzukommen, sobald sie sich wieder beruhigt hat. Sie ist fort, um es ihm heimzuzahlen.«

Shelleys dicke Augenbrauen wanderten nach oben. »Okay …«

»Jap.« Eve wischte die Arbeitsplatte sauber, obwohl sie sie bereits gereinigt hatte. »Das ändert einiges. Nicht viel, aber genug.«

»Kann man wohl sagen.« Shelley ging zum Kühlschrank und holte den echten Orangensaft heraus, den Eve gekauft hatte. »Das macht es Ihnen zumindest leichter. Ihre Eltern werden sie also auf jeden Fall zurücknehmen.«

»Zu günstigen Bedingungen, hoffe ich.«

»Und das bedeutet?« Shelley schenkte sich ein Glas ein.

»Dass ihr Vater Frieden damit findet, wer sie ist.«

»Das schaffen die meisten nicht einmal bei sich selbst.«

Dieses Mal hob Eve die Augenbrauen. »Na ja …«

Shelley grinste und setzte sich das Glas an die Lippen. »Aber ich habe recht, geben Sie's zu.«

»Vielleicht.« Eve warf einen Blick auf die Uhr. »Noch zwei Minuten, dann gehe ich raus.«

»Sie sehen gut aus.« Shelley deutete auf die blau gemusterte

Tunika und die schwarze Hose. »Ich habe Sie bis jetzt nur in Jeans gesehen.«

»Da sind wir schon zwei.«

Shelley schnaubte. »Ich habe mich nie gerne schön angezogen. Als ich noch gearbeitet habe, habe ich mich jeden Tag wie verkleidet gefühlt. Aber ich habe auch nicht Ihr Aussehen.«

»Aber Shelley! Sie verstrahlen so viel *innere* Schönheit. Und darauf kommt es an«, erwiderte Eve mit unbewegter Miene und lächelte.

»Jaja, schon gut. Und jetzt raus aus meinem Haus.« Shelley deutete auf die Eingangstür. »Ich erwarte Sie heute Abend zurück, es sei denn, Sie bleiben über Nacht, oder?«

»Wir geben Ihnen auf jeden Fall Bescheid.«

»Viel Glück.« Shelley kam mit ausgestreckten Armen auf sie zu, doch gerade, als Eve dachte, ihre Tante wolle sie umarmen, klopfte ihr diese zweimal auf die Schulter. »Sie machen das Richtige. Ich schätze, dass Glen jede Menge gebetet hat und sich mittlerweile über einige Dinge klar geworden ist. Oder dass er zumindest bereit ist, Ihnen zuzuhören. Es ist einfacher, an Prinzipien festzuhalten, wenn sie niemand infrage stellt.«

»Ich hoffe, Sie haben recht.«

»Wenn nicht, dann … na ja …« Sie deutete auf Eve. »Dann müssen Clayton und Sie Abigail eben zusammen großziehen.«

Eve schnappte entsetzt nach Luft und erkannte erst einen Sekundenbruchteil vor Shelleys typischem Lachen, dass sie reingelegt worden war. Sie wusste genau, was ihre Tante als Nächstes sagen würde.

»Sie hätten Ihr Gesicht sehen sollen!«

»Das war's. Ich bin weg.« Sie grinste ihre Tante an. »Danke für die guten Wünsche. Die können wir sicher gut gebrauchen. Komm, Marx! Gehen wir!«

Marx' wedelnder Schwanz verriet, dass er mehr als bereit war. Tatsächlich war er das schon die ganze Zeit und fragte sich vermutlich, was Eve so lange gemacht hatte. Eve nahm ihre Tasche, warf Shelley ein weiteres Lächeln zu, überkreuzte die Finger und trat hinaus in den eisigen, grauen Morgen.

Clayton und Abigail saßen im Wagen und starrten geradeaus. Es war schwer zu sagen, ob sie sich anschwiegen oder unterhielten.

Sie öffnete die Tür und stieg ein. »Hallo. Habt ihr euch nett unterhalten?«

Abigail warf ihr einen wütenden Blick zu.

»Man lernt jeden Tag etwas dazu.« Clayton startete das Auto. »Wie hast du geschlafen, Eve?«

»Bescheiden.«

»Ich auch. Abigail?«

»Dann sind wir schon drei.«

»Tolle Voraussetzungen für eine lange Autofahrt.« Er fuhr Shelleys Zufahrt entlang und bog dann nach links ab Richtung Detroit Harbor.

Sie schafften es ohne Probleme auf die Sieben-Uhr-Fähre und legten eine halbe Stunde später am Northpoint Pier an. Als sie nach weiteren eineinhalb Stunden die Halbinsel verließen und auf die I-43 bogen, hatten sie etwa vier Sätze gesprochen, wobei es sich vor allem um nichtssagende Beobachtungen zur Verkehrslage gehandelt hatte.

»Hey, wisst ihr was?«, meinte Abigail plötzlich vom Rücksitz aus. Sie hatte beschlossen, Marx Gesellschaft zu leisten, der wie immer in seiner Box reiste.

»Was?« Eve drehte sich zu ihr herum, sah sie lächeln und fühlte sich gleich besser.

»Ich habe mir gerade ein Lied für Glen überlegt. Es heißt *Jesus kam zu mir hin.*«

Clayton warf einen Blick in den Rückspiegel. »Lass hören.«
»Okay.« Abigails klare Sopranstimme erfüllte den Wagen.

Jesus kam zu mir hin,
doch er verschwand, als er hörte, dass ich lesbisch bin.
Ehre sei Gott am Himmelstor.
Wenn du rein willst, sag, du bist hetero, und lüg ihm was vor.

Einige Sekunden lang war es still, und Eve versuchte vergeblich, nicht loszulachen. Clayton war offenbar der einzige Erwachsene hier.

»Was haltet ihr davon?«

Clayton schüttelte den Kopf. »Ich würde damit noch ein bisschen warten. So circa vierzig, fünfzig Jahre.«

»Ja?« Abigail tat enttäuscht. »Ich dachte, das wäre der Knaller.«

»Du darfst die Sache nicht nur aus deiner Sicht sehen, Abigail. Glen ist nicht nur böse, und du bist nicht nur gut, okay? Du hast versucht, uns die Geschichte auf diese Art zu vermitteln, aber du musstest dafür lügen. Es ist eben nicht so einfach.«

Abigail schnaubte. »Ich dachte, du bist auf meiner Seite.«

»Das ist genau das, was ich meine.« Er sah ihr über den Rückspiegel mit ernstem Blick in die Augen. »Es geht hier nicht um Seiten, wer recht hat und wer nicht, wer der Täter und wer das Opfer ist. Wenn du so an die Sache herangehst, kommt es unweigerlich zum Streit. Du solltest dich lieber fragen, wie du am besten mit den Menschen auskommst, die du liebst, beziehungsweise mit denen du zusammenwohnst.«

Abigail murmelte etwas vor sich hin; Eve vermutete, dass es besser war, es nicht zu verstehen.

»Auf der anderen Seite ...«, Clayton wechselte die Spur, um

ein langsameres Auto zu überholen, »... war das sicher das witzigste Kirchenlied, das ich jemals gehört habe.«

»Sehe ich auch so«, nickte Eve. »Aber ich bin diesbezüglich nicht schwer zu beeindrucken. Und du musst ja nur noch zwei Jahre bei deinen Eltern bleiben. Danach darfst du selbst bestimmen.«

»Ich werde nicht meinen Glauben und meine Identität aufgeben, nur um Glen glücklich zu machen.«

»Das habe ich auch nicht verlangt«, erwiderte Clayton. »Das Gespräch heute wird hart werden. Aber der Lohn dafür ist, dass du und deine Eltern euch in den nächsten zwei Jahren wieder näherkommen und ihr lernen könnt, einander besser zu verstehen – auch wenn ihr nicht einer Meinung seid. Wenn du bloß an deiner Sicht festhältst, weil du recht hast und er nicht, dann stehen dir zwei traurige Jahre bevor, in denen du jeden Tag zählst.«

»Warum weißt du so viel darüber, obwohl deine eigene Familie genauso verkorkst ist?«

»Abigail ...« Eve warf ihr einen mahnenden Blick zu.

»Entschuldigung«, murmelte sie missmutig.

»Andererseits hast du irgendwie recht.« Eve ignorierte Claytons gestöhnten Protest. Seine Worte hatten auch sie mitten ins Herz getroffen. Wenn ihre Mutter noch am Leben gewesen wäre, hätte Eve es zugelassen, dass sie sich versöhnten und wieder besser verstanden? »Ich hatte auch große Probleme mit meinen Eltern. Sieh es doch so, dass wir beide dir eine Chance geben möchten, am Ende nicht so verkorkst dazustehen wie wir.«

»Häh?« Clayton sah sie amüsiert an. »*Das* tun wir?«

»O Mann, so weit darf es auf keinen Fall kommen.« Abigail erschauderte und bekreuzigte sich.

Danach besserte sich die Stimmung deutlich. Abigail hatte ihre natürliche Fröhlichkeit wiedergefunden und schlug ein Alphabet-Spiel vor. Sie mussten der Reihe nach alle Buchstaben des Alphabets auf Tafeln und Plakaten am Straßenrand finden, und wer als Erstes bei Z war, hatte gewonnen. Danach erfanden sie eine Geschichte, zu der jeder nacheinander einen Satz beisteuerte, und kicherten bald über ihre eigene Albernheit.

Sie waren definitiv alle ein wenig verrückt.

Sie hielten in der Nähe von Sheboygan, um sich zu erleichtern und mit Koffein und Snacks einzudecken, bevor sie weiterfuhren. Abigail spielte ihnen auf ihrem Handy Lieder ihrer Lieblingsbands vor und steuerte entweder Erklärungen bei oder sang lauthals mit.

Doch je näher sie Milwaukee kamen, desto mehr geriet die Stimmung erneut auf Talfahrt, bis sie auf denselben Level gesunken war wie zu Beginn der Reise.

Als sie schließlich in Abigails Auffahrt in Shorewood bogen, war der Motor das einzige Geräusch, und auch das verstummte kurz darauf.

Abigails Elternhaus war ein bescheidener, gemauerter Bungalow mit weißen Fensterläden in einer schattigen Straße und unterschied sich in Farbe und Design kaum von den Nachbarhäusern. Mindestens eine Stunde verging, ohne dass jemand etwas sagte. Zumindest fühlte es sich so an. In Wahrheit waren es wohl eher dreißig Sekunden gewesen.

»Ich glaube, wir sind da«, meinte Clayton.

»Sieht so aus.«

Erneutes Schweigen.

»Sind alle bereit?«

»Nein!«, riefen Eve und Abigail gleichzeitig.

»Ich auch nicht.« Clayton öffnete die Fahrertür. »Aber irgendwer muss hier offensichtlich der Mann sein.«

»Ha!« Eve stieg ebenfalls aus und öffnete die hintere Tür, um

Marx herauszulassen. Während er den Rasen bewässerte, ging sie um den Wagen herum zu Abigail, die sich noch nicht vom Fleck bewegt hatte.

»Hey.« Sie streckte die Hand aus und war überrascht, als Abigail sich ein paar Sekunden daran festklammerte und sie mit großen Augen und blassem Gesicht ansah. Sie war so klug und selbstbewusst, dass man oft vergaß, dass sie noch ein Kind war und ihr ganzes weiteres Leben von dem folgenden Gespräch abhing.

»Glaubt ihr, sie haben uns gehört?« Clayton wartete vor dem kurzen Weg zur Haustür auf die beiden.

»Ich denke schon.« Eve hatte zwar niemanden an dem offensichtlich neu eingesetzten Wohnzimmerfenster gesehen, aber sie konnte sich nicht vorstellen, dass Abigails Eltern heute noch etwas anderes getan hatten, als angespannt auf ihre Ankunft zu warten. Sie legte eine Hand auf Abigails Schulter und erwartete, dass sie sie abschüttelte, doch überraschenderweise tat sie es nicht.

Die drei stiegen gerade die Treppe hoch, als sich die Eingangstür öffnete. Glen sah genauso aus, wie Eve ihn sich vorgestellt hatte. Groß, dünn, schütter werdendes rotes Haar, große Ohren und ernste Augen. Er trug ein blaues Poloshirt und – natürlich – braune Anzughosen und Slipper. Es fehlte nur die Strickweste mit Reißverschluss.

Leah stand hinter ihrem Mann – und Eve wurde den Gedanken nicht los, dass sie dort den Großteil ihrer Zeit verbrachte. Sie hatte dunkle Haare, war jünger als gedacht und sehr hübsch. Ein besorgtes Lächeln umspielte ihre Lippen.

Abigail machte einen Schritt zurück und stieß mit Eve zusammen, deren Hand immer noch auf ihrer Schulter lag. Clayton trat neben Eve und stellte damit klar, dass sie beide hinter Abigail standen.

»Abby.« Leah begann zu weinen und wollte offenbar an ihrem Mann vorbeitreten, doch der streckte den Arm aus. Clayton stieß ein Zischen aus, das beinahe beängstigend klang, und Abigail erstarrte.

»Warte, Leah.«

»Hi, Mom. Dad.« Abigails Stimme war so leise und zittrig, dass Eve ihre Schulter drückte, auch wenn sie selbst die Angst packte. Abgesehen von Claytons kurzer Ansprache im Auto hatten sie sich nicht im Geringsten auf das Kommende vorbereitet. Was, wenn ihr nur ihr selbst gedichtetes Lied einfiel? »Ich bin zurück. Es tut mir leid, wenn ich euch Sorgen bereitet habe. Das ist meine Freundin Eve, und das ist mein leiblicher Vater.«

Gut gemacht.

Glens Blick schoss zu Clayton. *»Was?«*

Eve stöhnte innerlich. Offenbar hatte Leah ihm nicht gesagt, dass Clayton mitkommen würde.

Clayton ging mit ausgestreckter Hand auf Glen zu. »Ich bin Clayton Marshall. Ihre Tochter ist ein bemerkenswertes Mädchen.«

Glen wandte sich an seine Frau. »Wie hat Abigail von ihm erfahren?«

Eve sah Leahs verängstigtes Gesicht und versuchte, ihr die Antwort telepathisch zu übermitteln. *Ich habe es ihr gesagt, du Idiot!*

»Ich wollte … dass sie an einem sicheren Ort unterkommt.«

»Sicher? Bei einem Mann, den sie nicht kennt? Und wir auch nicht? Dort soll sie sicherer sein als bei ihren Freunden oder zu Hause bei uns?«

Abigail stieß ein frustriertes Knurren aus. Eve wurde das Gefühl nicht los, dass ihr das in Gegenwart ihres Vaters öfter passierte. »Dad, mir geht es gut. Clayton ist ein guter Mann, und Mom wusste das.«

Leah sagte nichts, sondern stand bloß da und sah ihre Tochter sehnsüchtig und mit Tränen in den Augen an, nachdem ihr Mann ihr verboten hatte, sich ihr zu nähern.

Clayton verharrte immer noch mit ausgestreckter Hand vor Glen.

Dem war es offensichtlich zu peinlich, sie einfach zu ignorieren, weshalb er sie eilig schüttelte und seine Hand danach ruckartig sinken ließ, als könnte er sich eine Krankheit einfangen.

»Bitte, kommen Sie doch herein«, bat Leah. »Ich habe Eistee und Limonade. Und später können wir ja gemeinsam zu Mittag essen, wenn wir … wenn wir …«

»… wenn wir einander bis dahin nicht umgebracht haben«, murmelte Eve. Clayton und Abigail lachten leise. Ihr Kommentar war ein taktischer Fehler gewesen, den sie sofort bereute, als sie Leahs und Glens Gesichter sah. Sie hatte sie drei unwissentlich in eine höhnische Clique cooler Kids verwandelt, während Glen und Leah die wehrlosen Außenseiter waren. Sie musste vorsichtiger sein.

Glen trat beiseite und hielt ihnen die Tür auf. Abigail fiel ihrer Mutter in die Arme, und die beiden umklammerten einander so lange, dass Eve die Tränen in die Augen stiegen. Sie war nicht überrascht, dass Clayton ebenfalls mehrmals hintereinander blinzelte. Glen versuchte erst gar nicht, die Tränen zurückzuhalten, und damit verdiente er sich einige Pluspunkte.

»Bitte, kommen Sie rein«, meinte er mit rauer Stimme. »Leah, lass unsere Gäste vorbei.«

Leah trat mit ihrer Tochter im Arm ins Haus und warf Clayton ein schüchternes Lächeln zu. »Danke, dass du sie zurückgebracht hast.«

Er berührte kurz ihre Schulter. »Gern geschehen. Sie ist ein tolles Mädchen.«

»Ja.« Leah nickte nervös, während Marx sich bei ihr vorstellte, indem er seinen Kopf in ihren Oberschenkel rammte. »Oh, so ein hübscher Kerl. Ich vermisse Hunde. Ich bin mit ihnen aufgewachsen. Aber sie machen so viel Arbeit, und wir haben nie …«

»Leah?« Glen stand noch immer an der Tür. »Hast du nicht gesagt, dass du Limonade vorbereitet hast?«

»Ja, natürlich. Ich begrüße nur noch unsere Gäste. Hallo, Eve.« Sie nahm Eves ausgestreckte Hand in beide Hände. Aus der Nähe betrachtet sah man den Stress der letzten Woche in ihren Augen und an den Falten auf ihrer Stirn. »Du meine Güte, Sie sind wunderschön.«

»Danke.« Eve hasste es, wenn ihr jemand Komplimente für ihr Aussehen machte. Es klang immer so, als wäre es ihr Verdienst, dabei war sie einfach nur damit auf die Welt gekommen. »Sie auch.«

»Aber nein, nicht so wie Sie.«

»Die *Limonade*, Leah?« Glen war an ihnen vorbeigetreten und stand nun unbehaglich neben Abigail, die sich so weit wie möglich von ihm weglehnte.

Es würde wirklich ein toller Vormittag werden.

»Ja, Glen, tut mir leid. Ich hole sie gleich.«

»Ich helfe dir.« Abigail folgte ihrer Mutter in die Küche, wodurch Glen, Clayton und Eve allein zurückblieben. Und Marx natürlich, der die unbekannte Umgebung erkundete und nur ab und zu einen Blick auf Eve warf, um sicherzugehen, dass er hier richtig war.

»Kommen Sie rein. Kommen Sie nur.« Glen führte sie in ein ungewöhnlich langes, dafür aber seltsam schmales Wohnzimmer, das von einer ausladenden braunen Ledercouch dominiert wurde, die nicht in das bescheidene Haus passte. Es gab zwei beigefarbene Lehnstühle, und über dem Kamin hing ein

Bild von Jesus mit Heiligenschein, der sein blutrotes Herz in der Hand hielt, von dem blaue Lichtstrahlen ausgesandt wurden. Über der Couch entdeckte Eve ein farbenfrohes Bild von Jesus am Kreuz und ein weiteres, das eine Kirche an einem Bergsee zeigte. Es waren angenehme und ungewöhnliche Farbtupfer in dem sonst so gedämpften Raum.

»Die Limonade kommt sofort. Bitte setzen Sie sich doch. Setzen Sie sich.«

Clayton und Eve ließen sich auf den braunen Riesen sinken. Marx beschnüffelte Glen und wedelte mit dem Schwanz, als der Herr des Hauses ihm gedankenverloren den Kopf tätschelte.

»Hübsches Haus.« Clayton schlug die Beine übereinander und stellte sie gleich darauf wieder nebeneinander ab. »Ich liebe Bleiglas.«

Eve stieß ihm diskret in die Seite. *Streu lieber kein Salz in die Wunde.*

»Danke.« Glen holte einen Holzstuhl aus dem Esszimmer, stellte ihn vor den Kamin, setzte sich und verschränkte die Hände im Schoß. »Exzellente deutsche Handarbeit. Eine solche Qualität bekommt man heutzutage nicht mehr. Nein, nein.«

»Nein, nein.« Clayton warf Eve einen belustigten Blick zu. Wie konnte er nur so ruhig bleiben? Sie stand kurz vor einem Nervenzusammenbruch. »Wie lange wohnen Leah und Sie schon hier?«

»Seit wir verheiratet sind.« Glen wurde rot. Er ahnte wohl, dass sie sich gerade vorstellten, wie er mit Leah vor dem Altar gestanden hatte, die Claytons Tochter unter dem Herzen getragen hatte. »Es muss einiges renoviert werden. Nächstes oder übernächstes Jahr ist ein neues Dach geplant.«

»Das kostet sicher, nicht wahr?«

»Ja. Ja, es ist ziemlich teuer. Wir mussten lange dafür sparen.«

»Besser als ein undichtes Dach.« Eve konnte nicht zulassen, dass Clayton das armselige Gespräch alleine bestritt.

»Jaja. Da haben Sie recht.« Glen kicherte höflich und deutete auf Marx, der beinahe auf seinem Fuß saß und seinen pelzigen Kopf in seinen Schoß gebettet hatte. »Netter Hund. Wie heißt er?«

»Marx.«

»Marx. Ha. Toll. Das ist toll. *Leah*?«

»Ich bin schon da.« Sie trat mit einem Tablett mit fünf Gläsern eisgekühlter Limonade ins Zimmer, und Abigail folgte ihr mit einem Teller mit offensichtlich selbstgemachten Butterkeksen. Sie reichten das Tablett und den Teller weiter, und unerträglich lange waren nur das Klimpern der Eiswürfel und das Knuspern der Plätzchen zu hören.

»Na«, meinte Leah, die sich auf einem der Lehnstühle niedergelassen hatte und deren Augen vor aufgesetzter Fröhlichkeit leuchteten. »Ist das nicht nett?«

»Nein«, erwiderte Abigail mit Nachdruck.

Leah sank in sich zusammen. »Du hast recht. Das war jetzt reine Gewohnheit. Einfach dämlich.«

»Schon gut.« Eve streckte die Hand nach ihr aus, auch wenn sie auf der gegenüberliegenden Seite des Zimmers saß. »Das ist verständlich. Wir sind alle angespannt. Die Plätzchen sind übrigens sehr lecker.«

»Danke.« Leah strahlte und rieb sich die Hände. »Das Rezept stammt von meiner Mutter und …«

»Darf ich ein kurzes Gebet vorschlagen, bevor wir uns unterhalten?«

»Oder ein Lied …«, schlug Abigail treuherzig vor.

Eve hob die Hand. »Ich bin für das Gebet.«

»Ich auch«, meinte Clayton eilig.

Abigail warf ihnen einen Blick zu und senkte widerstandslos den Blick.

Unverschämtes Gör.

»Herr, wir heißen unsere Tochter wieder in unserer Mitte willkommen und bitten dich, ihren … ähm … leiblichen Vater Clayton und seine Frau …«

»Freundin«, korrigierte Abigail.

»… seine Freundin, ähm … also …«

»Eve«, half Eve aus.

»… Eve zu segnen. Wir bitten dich um deine Liebe und Führung, wenn wir gleich über unsere Familie reden werden. Und über die derzeitigen … Schwierigkeiten, die wir überwinden müssen. Wir bitten dich um deinen Segen für jegliche Lösung, die wir zusammen finden. Amen.«

»Amen«, wiederholten die anderen im Chor.

»Ich fange an.« Glen erhob und räusperte sich, und Eve fragte sich, wie lange er diese Rede schon vorbereitet hatte und warum es für ihn selbstverständlich war, dass er auch in diesem Gespräch das Sagen hatte. »Zuerst möchte ich Clayton und Eve danken, dass sie unsere Tochter sicher nach Hause gebracht haben. Und dir, Abigail, möchte ich sagen, wie froh ich bin, dass du wieder hier bist.«

Abigail hielt den Kopf immer noch wie zum Gebet gesenkt. Leah streckte die Hand über den Tisch zwischen den beiden Lehnstühlen und legte eine Hand auf ihre Schulter, doch ihre Tochter rührte sich nicht.

»Außerdem will ich … mich bei dir entschuldigen.« Er hielt sich die Faust vor den Mund und hüstelte. »Für die Art, wie ich an jenem Tag mit dir geredet habe. Es tut mir abgrundtief leid.«

Es war unangenehm, eine öffentliche Entschuldigung zu einem so privaten Thema mit anzuhören. Aber vielleicht fiel es Glen sogar leichter, als mit seiner Tochter allein zu sein. Auf jeden Fall war es ein Schritt in die richtige Richtung.

»Ich hoffe, du vergibst mir.«

»Ja.« Abigail sah immer noch nicht auf. »Mir tut es auch leid. Das, was ich zu dir gesagt habe. Und die Sache mit dem Fenster.«

Glen setzte ein doofes Grinsen auf und atmete zwei Mal hintereinander hastig ein, was Eve als Ausdruck der Erleichterung deutete. Noch ein gutes Zeichen. Beinahe liebenswert.

»Ihr wart beide durcheinander.« Leah wandte sich beschwichtigend an ihren Mann und anschließend an ihre Tochter. »Wichtig ist, dass wir wieder zusammen sind.«

»Aber genauso wichtig ist …« Abigail zog die Schultern hoch. »… dass wir einander so respektieren, wie wir sind.«

Glen räusperte sich erneut. »Wir respektieren dich. Deine Mutter und ich respektieren dich beide, aber …«

Abigail hob endlich den Blick und sah ihm trotzig in die Augen. »Aber?«

Er setzte sich, presste die Knie aneinander, beugte sich nach vorne und starrte mehrere Sekunden lang zu Boden. Dann hob er den Kopf. »Aber unser Glaube hat genauso Respekt verdient.«

»Glen …«, seufzte Leah flehentlich.

»In diesem Punkt werde ich ganz sicher nicht nachgeben.«

Abigail stand auf. »Und wenn du mich deswegen verlierst?«

»Glen. Leah.« Clayton erhob sich ebenfalls. Seine Größe und Statur ließen ihn in dem schmalen Raum wie einen starken Fels in der Brandung erscheinen. Eves Herz machte einen Sprung, der ihr in diesem Moment gar nicht recht war. »Es wäre vielleicht hilfreich, wenn wir Klartext reden. Abigail ist homosexuell. Ihr Glaube hält Sie davon ab, es zu … billigen. Trotzdem ist sie Ihre Tochter. Ich verstehe, dass Sie das in eine schreckliche Lage bringt. Sie stehen zwischen den beiden

Dingen, die Ihnen auf dieser Welt am meisten bedeuten. Da sind einerseits die Liebe zu und der Gehorsam gegenüber Gott; und andererseits die Liebe zu Ihrer Tochter und das Bedürfnis, sie zu beschützen.«

Eve war sich sicher, dass sich auf ihrem Gesicht gerade ein genauso bewundernder Ausdruck breitmachte wie bei Leah und Abigail.

Glen war allerdings offenbar anderer Meinung.

»Wie wäre es, wenn jede Seite damit beginnt, was er oder sie auf keinen Fall tolerieren kann.« Clayton sah sich um. »Wenn es euch leichter fällt, fange ich an. Ich werde …«

»Entschuldigen Sie, aber Sie haben in dieser Angelegenheit gar nichts zu sagen. Auf Abigails Geburtsurkunde steht *mein* Name.« Glen hatte sich wieder erhoben. Er war einen Kopf kleiner als Clayton, und sein Gesicht wurde langsam rot. »Sie sind kein Teil dieser Familie.«

»Biologisch gesehen bin ich das«, erwiderte Clayton freundlich. »Abigail ist meine leibliche Tochter. Und moralisch gesehen bin ich es auch. Im Übrigen kann ich meine Vaterschaft jederzeit beweisen, und dann bin ich es auch rechtlich gesehen.«

Die beiden Männer starrten einander in Grund und Boden. Glen mit vorgeschnellter Brust, Clayton mit verschränkten Armen. Sie konnten nicht anders, das Testosteron ließ ihnen keine andere Wahl. Sogar Marx stand auf, sah sich um und wedelte unsicher mit dem Schwanz.

»Ich möchte hören, was Clayton zu sagen hat«, erklärte Abigail.

»Ich auch.« Eve war ganz sicher kein Teil dieser Familie, weder biologisch noch moralisch und auch nicht rechtlich gesehen, aber sie fand Clayton unheimlich mutig und wollte ihn unterstützen.

»Danke.« Clayton schenkte seiner Tochter ein Lächeln. »Ich will, dass Abigail hierher zurückkehrt. Es ist das Beste für sie. Ihr seid die Eltern, mit denen sie aufgewachsen ist, und das ist das Leben, an das sie gewöhnt ist. Aber wenn sie hier behandelt wird, als verlangte ein wesentlicher Bestandteil ihrer Persönlichkeit Heilung, dann bin ich bereit, sie bei mir aufzunehmen.«

»Was? O nein! Nein!« Leah presste sich die Hände auf die Brust und sah ihren Mann flehend an. »Glen!«

Gute Frau. Eve wartete darauf, dass sie fortfuhr, doch ein böser Blick des gottesfürchtigen Rotschopfes, und sie senkte ergeben den Kopf.

Es war zum Verrücktwerden.

»Glen, ich glaube, wir alle wissen ziemlich genau, wie Ihr Standpunkt aussieht.« Clayton setzte sich wieder. »Aber erklären Sie uns doch, was für Sie verhandelbar wäre.«

»Das Wort Gottes ist nicht verhandelbar.«

»Und das bedeutet im Hinblick auf unser Problem *was* genau?« Claytons Geduld ließ langsam nach.

»Abigail ist hier willkommen, solange sie …« Glen schluckte. »… solange sie dem Wort Gottes folgt.«

»Was bedeutet, dass …«

»Was bedeutet, dass ich lesbisch sein, aber es nicht leben darf.« Abigail stieß ein bitteres Lachen aus. »Lesbisch ist okay, solange ich nichts tue, was Lesbischsein ausmacht. Was dasselbe ist, als würde er es mir verbieten.«

»Es ist nicht dasselbe«, entgegnete Glen. »Du bist in unserem Haus willkommen. Und in Gottes Haus ebenso.«

»Solange ich meine Liebe zu Frauen an der Tür zurücklasse?«

Schweigen.

»Seht ihr?« Abigail lachte erneut; es war ein quälender Laut. »Es ist dasselbe.«

Glen machte einen Schritt auf Abigail zu. Aus seinem Blick sprach so viel Schmerz, dass Eve ihn selbst spürte, auch wenn sie seinen Ansichten aufs Schärfste widersprach. »Abigail. Dieser … Teil von dir definiert nicht, wer du bist. Gott hat dich erschaffen und liebt dich … trotz dieses Teils.«

»Und welcher Teil soll das sein, Dad? Mein Gehirn? Meine Wut? Meine Vagina?«

»Abigail!« Leah stieß sich an diesem ihrer Meinung nach frevelhaften Wort, während sie zu dem sehr viel schlimmeren Vergehen immer noch nichts zu sagen hatte.

Glen wurde noch röter. »Ich meine den Teil von dir, der kein Teil Gottes ist. Der sündige Teil, den er dir als Prüfung aufgebürdet hat, wie er anderen Menschen Krankheiten oder körperliche und geistige Behinderungen aufbürdet. Er tut es, damit du dagegen ankämpfst und ihn um Heilung bittest. Und auch wenn du es in deinem kurzen irdischen Leben nicht schaffst, musst du weiter Gottes Herrlichkeit suchen, denn dann wirst du am Ende Heilung und Frieden erfahren.«

Abgesehen davon, was Glen sagte, gab Eve die Art, *wie* er sprach, Hoffnung. Es klang, als würde er etwas rezitieren, was er irgendwann irgendwo gehört hatte, aber selbst nicht unbedingt spürte.

Sie hoffte, dass er bereits den entscheidenden Schritt über den Abgrund gemacht hatte, und auch wenn er sich immer noch mit beiden Händen daran festklammerte, war er vielleicht doch bereit, loszulassen.

»Wenn ich also mein Innerstes unterdrücke und mein ganzes Leben lang keine Gefühle für eine Frau entwickle oder sogar Sex mit ihr habe, dann komme ich in den Himmel?«

Glen sah sie an. »Homosexualität ist nicht normal.«

»Ich wurde so geboren, wie kann sie da nicht normal sein?«

»Sie ist nicht normal. Sie ist nicht das, was Gott mit uns vorhat.«

»Aber er hat mich so erschaffen!«

»Er hat auch Serienmörder erschaffen.«

Marx' Schwanz erstarrte. Eve hatte genug gehört.

»Ich sage Ihnen, was nicht normal ist.« Sie stand auf und war überrascht, dass sie sich stark wie ein Felsen fühlte. »Es ist nicht normal, ein Kind hinauszuwerfen. Es ist nicht normal, die Verantwortung abzustreifen. Es ist nicht normal, einem Kind die bedingungslose Liebe zu verweigern, auf die es ein Anrecht hat. Einem wunderschönen, talentierten und klugen Mädchen zu sagen, dass etwas, woran es nichts ändern kann, schrecklich, schändlich und falsch ist, ist *nicht* normal. Das kann doch verdammt noch mal nicht Gottes Plan gewesen sein!«

Schweigen.

Clayton kratzte sich am Kopf. »Ich muss sagen, dass ich Eves Meinung bin. Ich glaube, George Bernard Shaw hat einmal gesagt: ›Alle großen Wahrheiten beginnen als Blasphemie.‹«

Noch mehr Schweigen. Eves Blick wanderte zu Leah; sie sah sie flehend an. *Unterstützen Sie Ihre Tochter. Sagen Sie etwas. Helfen Sie ihr.*

Leah wandte den Blick ab, die Hände in ihrem Schoß bewegten sich unablässig. »Möchte noch jemand Limonade?«

Das brachte das Fass zum Überlaufen. Eve schnappte ihr Glas. »Ja, ich. Aber ich komme mit und dann unterhalten wir uns ein bisschen. Okay?«

Leahs hübsche Augen wurden groß. »Nein, nein, ich schaffe das schon.«

»Kein Problem. Kommen Sie nur.« Sie wartete, bis Leah sich langsam hochstemmte, ihrem Mann einen verzweifelten Blick zuwarf, den er mit steinerner Miene erwiderte, und sie anschließend in die altmodische Küche führte. Hier war offenbar nichts verändert worden, seit das Haus in der ersten Hälfte des vorigen Jahrhunderts gebaut worden war. Wäre Eve nicht so wütend gewesen, hätte sie sich liebend gerne genauer umgesehen.

»Eve, es ist schrecklich nett, dass Sie helfen wollen, aber ich ...«

»Sind Sie derselben Meinung wie Ihr Mann? Glauben Sie auch, dass Abigail als homosexuelle Frau in diesem Haus nichts verloren hat?«

»Sie ist ... noch ein Mädchen.«

»Okay, dann eben als homosexuelles Mädchen.« Eve stellte das Glas ab. »Sind Sie derselben Meinung wie er?«

»Ich ... Er hat lange über alles nachgedacht, und ...«

»Mich interessiert nicht, was er denkt. Sondern was *Sie* denken.«

Leahs Blick gefror einen Moment lang zu Eis, bevor sie wieder in ihrer üblichen Teilnahmslosigkeit versank. »Ich werde nicht zulassen, dass Sie einen Keil zwischen mich und meinen Mann treiben. Falls es das ist, was Sie vorhaben.«

»Ich möchte Sie nur bitten, Ihrer Tochter beizustehen, damit sie nicht aus ihrem vertrauten Umfeld fort und bei einem Fremden einziehen muss. Einem sehr netten Fremden zwar, aber trotzdem. Sie sollte nicht gezwungen sein, ihre Freunde, ihre Heimatstadt und ihre Schule aufzugeben. Glauben Sie, dass Gott das will? Will er, dass ein Kind so etwas durchmacht? Wollen *Sie* das?«

Leah wandte Eve den Rücken zu und öffnete die Kühlschranktür. »Die Kirche hat klare Regeln ...«

»Vergessen Sie die Kirche! Was ist mit Ihnen? Haben Sie auch eine eigene Meinung, die Ihnen nicht von Ihrem Mann oder der Kirche eingepflanzt wurde?«

Leah wirbelte herum. Ihre Augen blitzten. »Natürlich.«

»Dann lassen Sie mal hören. Es geht hier nämlich um Ihre Tochter. Um Ihre *Tochter*! Nicht nur in diesem Moment, sondern auch darum, wie ihr weiteres Leben verlaufen wird. Und Ihres ebenfalls. Ich weiß das, weil ich es selbst erlebt habe. Ich habe meiner Mutter nie verziehen, dass sie tatenlos zugesehen hat, als ich verletzt wurde.«

Leah presste sich den Limonadenkrug an die Brust. »Sie sind auch … lesbisch?«

Eve verdrehte die Augen. »Nein, ich bin *nicht* lesbisch, es ging um etwas vollkommen anderes. Sie hätte mich beschützen können, aber sie hat es nicht getan. Ich leide heute noch unter den Auswirkungen. Lassen Sie nicht zu, dass Abigail dasselbe durchmacht. Wenn Sie glauben, dass Ihr Mann auch nur ansatzweise falschliegt, dann sagen Sie etwas!«

Leah griff mit zitternden Händen nach Eves Glas und schenkte ihr ein. »Es ist kompliziert. Ich bin gefangen zwischen der Liebe und dem Respekt für meinen Mann und der Liebe und dem Respekt für meine Tochter. Ich weiß nicht, was richtig ist.«

»Doch, ich glaube, das wissen Sie. Es ist nur einfacher, nichts zu sagen.«

Ihre eigenen Worte trafen Eve bis ins Mark.

Es war einfacher für Leah gewesen, Abigail nicht zu sagen, dass sie nicht Glens leibliche Tochter war. Es war einfacher für Jillian und Dad gewesen, ihren drei Töchtern zu verschweigen, dass sie von drei verschiedenen Müttern abstammten. Einfacher für Eve, Mike nicht zu gestehen, dass ihre Beziehung vor dem Aus stand. Einfacher für Grandma Betty, nicht mit ihrer Tochter über deren körperlichen Zustand zu reden. Einfacher für Jillian, Eve mit dem Mann nach oben zu schicken, der ihre Filmkarriere wiederbeleben konnte, statt ihrem Kind zu helfen und ihn vor den Kopf zu stoßen.

Dieses »einfacher« führte zu verdammt vielen Schwierigkeiten.

Leah stand lange Zeit nur da und wandte den Blick nicht von der Kanne ab. »Ja, es ist vielleicht wirklich einfacher. Ich bin nicht so stark wie Sie. Meine Gefühle kommen mir richtig vor, doch dann sagt Glen etwas, und ich bin sofort verwirrt und mir nicht mehr sicher. Wer bin ich, dass ich zu wissen glaube, was Gott will oder meint?«

»Glauben Sie nicht, dass er auch mit Ihnen spricht?«

Leah drehte sich ein wenig zur Seite, und Eve sah, wie verzweifelt sie war. »Ich habe in letzter Zeit einige … andere Interpretationen von Gottes Wort gehört, die genauso schön sind. Ich weiß nur nicht, welche richtig sind.«

»Es gibt vermutlich so viele Ansichten zu Gott, wie es Menschen auf dieser Welt gibt. Sie müssen Glens Wahrheit nicht als die einzig gültige akzeptieren. Außerdem bedeutet es ja nichts anderes, als dass Sie in diesem einen Punkt nicht seiner Meinung sind. Und zwei Menschen können gar nicht immer einer Meinung sein, oder?«

»Für Glen wäre es mehr als eine kleine Unstimmigkeit.«

»Aber ist die Sache es wirklich wert, Ihre Tochter zu opfern?« Eve hasste sich dafür, dass sie Leah derart unter Druck setzte, aber sie wusste, dass sie sich noch mehr hassen würde, wenn sie es nicht tat.

Leah lehnte noch immer an der Arbeitsplatte, mit dem Glas in der einen und der Kanne in der anderen Hand. Ihr dunkles, mit Blumen bedrucktes und wadenlanges Kleid erinnerte Eve an eine Hausfrau aus den Fünfzigerjahren, die zwar die Küche regierte, aber ansonsten nicht eigenständig denken durfte.

Offensichtlich waren die Fünfziger mancherorts immer noch sehr lebendig.

Leah stellte Eves Glas auf die Arbeitsfläche und ließ den Arm sinken. »Nehmen Sie die Limonade. Ich komme gleich nach.«

»Okay.« Eve griff nach dem Glas, schlang einen Arm um Leahs Schulter, um sie kurz und spontan an sich zu drücken, und kehrte anschließend ins Wohnzimmer zurück, wo sich Clayton und Glen über die Vorzüge von Washington Island gegenüber dem Rest des Door Countys unterhielten. Abigail saß zusammengesunken auf ihrem Stuhl, und Marx lag wieder auf Glens Füßen.

Die Männer verstummten, als Eve ins Zimmer trat, und sahen sie an.

»Alles okay?«, fragte Clayton.

»Das werden wir bald sehen.«

Glen runzelte die Stirn. »Was soll denn das bedeuten?«

»Das bedeutet, dass Ihre Frau ein wenig Zeit braucht, um nachzudenken.«

»Darüber, was Sie zu ihr gesagt haben?«

»Darüber, was sie glaubt, dass richtig ist.«

Glen erhob sich, und Marx tat es ihm nach. »Was haben Sie zu ihr gesagt?«

»Das geht Sie nichts an.«

»Sie ist meine Frau.« Er richtete sich stolz auf. »Wir haben keine Geheimnisse voreinander.«

»Aber *ich* bin nicht Ihre Frau, also habe ich viele.«

Sie warf einen schnellen Blick auf Clayton, der ihr ohne Worte zu verstehen gab, dass sie das Richtige getan hatte. Seine stille Unterstützung machte es ihr einfacher, vor Glen zu stehen und ihm ruhig und gelassen ihre Meinung zu sagen, ohne sich darum zu kümmern, wie er reagierte oder ob er ihr zustimmte. Ihr war mittlerweile klar geworden, dass sie sehr wohl auf ein Pferd in diesem Rennen gesetzt hatte – und sie wollte um Abigails willen siegreich daraus hervorgehen. Außerdem hing auch ihr eigenes Wohlergehen auf eine Weise davon ab, die sie nie für möglich gehalten hätte.

»Glen.« Leah trat ins Wohnzimmer. »Ich habe etwas zu sagen.«

Abigail hob den Kopf, Eve drückte im Verborgenen die Daumen.

»Worum geht es, Leah?« Glens Stimme war sanft, als wäre Leah eine hirnlose Aufständische, der man zeigen musste, wie falsch sie lag.

»Ich habe sehr viel über die Sache nachgedacht.«

»In der Küche? Zwei Minuten lang?« Er sah sich um, ob irgendjemand über seinen Scherz lachte.

Niemand verzog eine Miene.

Leah schüttelte den Kopf. »Seit ich zum ersten Mal den Verdacht hatte, dass Abigail lesbisch ist. Damals war sie zwölf.«

»*Zwölf!*« Glens Lächeln verblasste. »Aber du hast kein Wort gesagt.«

Es wäre der perfekte Moment für Eve gewesen, um ihm unter die Nase zu reiben, dass er doch gerade behauptet hatte, er und seine Frau hätten keine Geheimnisse voreinander. Es wäre zwar unnötig und grausam gewesen, aber sie hätte es genossen.

Leahs Blick huschte zu Eve. »Ich nehme an, es war … einfacher, nichts zu sagen. Ich war mir ja nicht sicher. Nicht ganz. Aber ich habe viel darüber gelesen. Und ich habe einen … Homosexuellen in der Bibliothek kennengelernt. Er geht in eine andere Kirche. Sein Glaube ist wunderschön, Glen, und sein Leben ist davon erfüllt. Genau wie unseres. Wir haben uns oft unterhalten.«

Glen sah sie an, als hätte sie ihm einen Schlag in die Magengrube verpasst. »Du hättest mir davon erzählen sollen. Ich hätte mit dir dorthin gehen sollen.«

Leah öffnete den Mund, doch es dauerte eine Weile, bis sie etwas sagte. »Damit du ihm hättest beweisen können, dass er unrecht hat? Oder weil du auch etwas von ihm lernen hättest wollen?«

Glen presste die Lippen so fest aufeinander, dass sie kaum noch zu sehen waren. »Glaubst du, was dieser Mann sagt?«

Leah trat hinter Abigails Stuhl und legte ihr eine Hand auf den Scheitel. »Es ist schwer vorstellbar, dass er ein Sünder sein soll. Genauso schwer vorstellbar wie bei meiner Tochter. Ich glaube, dass unsere Kirche aus einem tiefen Glauben heraus handelt, aber ich …« Sie schluckte, und es war deutlich zu sehen, wie sie zitterte. »Glen, ich frage mich langsam, ob es der richtige Weg ist.«

Glen richtete sich zu voller Größe auf. Seine Nasenflügel bebten, sein Gesicht wurde knallrot. Wenn es nicht so schrecklich gewesen wäre, wäre es witzig gewesen. »Dann stellt ihr euch also alle gegen mich? Gegen Gott?«

»Dad«, meinte Abigail leise. »Wir stellen uns nicht gegen dich oder Gott.«

»Komm doch mit und rede mit ihm, Glen.« Leah hatte nun das Sagen. Ihre Stimme war noch immer leise und sanft, aber da war eine neue Autorität, die Eve an Abigails Gesicht in der kleinen norwegischen Kirche erinnerte. »Er wäre einverstanden, aber ich hatte zu viel Angst, mit dir darüber zu reden. Das war ein Fehler. Es tut mir leid.«

»Leah, ich weiß nicht, was mit dir passiert ist, aber es war falsch, mich auszuschließen. Es war falsch, diesen anderen Weg ohne … ohne mich einzuschlagen.«

Eve hielt den Atem an und hoffte inständig, dass Leah sich nicht entschuldigen würde.

»Genauso falsch, wie meine Tochter auszuschließen.« Leah

wirkte immer noch ruhig und stand mit hocherhobenem Kopf hinter Abigail. Ihre Hand ruhte auf dem Kopf ihrer Tochter, und sie strahlte eine Herrlichkeit aus, die nur von Gott kommen konnte, und die selbst Glen nicht verleugnen konnte. »Sorg bitte dafür, dass ich mich nie wieder zwischen euch beiden entscheiden muss.«

»Mom«, flüsterte Abigail, stand auf, schlang ihre Arme um Leahs Mitte und vergrub ihren Kopf an deren Brust. Dann brachen Mutter und Tochter in Tränen aus.

Eve schloss sich ihnen an, und Clayton legte einen Arm um sie. Seine Augen waren ebenfalls feucht. Der ganze Raum war von einem leisen Schluchzen erfüllt.

Und Marx begann zu heulen.

Kapitel 16

16. Mai 1984 (Mittwoch)

Ich hatte recht, liebes Tagebuch, ich habe dich in den letzten Jahren vernachlässigt! Das Leben war ein Auf und Ab, aber das ist bei einer bipolaren Störung normal. Ist das nicht ein guter Witz? Nein, wohl eher nicht.
Frau #2 ist uns zufällig in den Schoß gefallen. Sie war bei einer von Daniels Signierstunden in LA. Sie ist wunderschön und steht selbst auf der Bühne. Wir haben sofort Vertrauen in ihre hübschen braunen Augen gefasst.
Ich dachte, es wäre dieses Mal einfacher zu ertragen, wenn Daniel zu ihr geht. Man möchte meinen, dass ich mich daran gewöhnt und meinen Frieden damit gemacht hätte, nachdem ich weiß, welche Freude daraus entspringt. Aber das ist nicht der Fall. Es ist sogar noch schlimmer. Frau #2 ist schön, gebildet und talentiert – die Art Frau, in die er sich womöglich verlieben könnte. Ich sollte eine liebende Ehefrau sein, die Daniel unterstützt und dankbar ist, dass er bei dieser verrückten Scharade mitspielt, doch auch dieses Mal hätte ich ihn am liebsten umgebracht, als er von ihr

nach Hause kam. Ich habe geschrien und Dinge nach ihm geworfen. Ich habe meine ganze Kraft gebraucht, um nicht wieder mit dem Trinken anzufangen. Ich war so fertig, dass ich Dr. Townsend anrief, damit er mir mehr von meinem wunderbaren Valium verschreibt, obwohl ich es geschafft hatte, eine Weile davon loszukommen. Ich habe ihm versprochen, es nur eine Woche lang zu nehmen. Es hilft mir, den Schmerz durchzustehen. Ich muss jetzt auch an Olivia denken – mein allerliebstes, ungestümes, immer fröhliches Mädchen, das mit solcher Bewunderung zu mir aufsieht. Ich darf nicht einfach zusammenbrechen. Es geht nicht mehr nur um mich.

Ich muss einen Weg finden, um nicht den Verstand zu verlieren.

Ich werde mich einfach auf das Baby konzentrieren. Vielleicht wird es dieses Mal ein Junge? Oder vielleicht noch ein Mädchen. Mir ist es egal, solange er oder sie bald in meinen Armen liegt.

Als Clayton und Eve das Haus in Shorewood hinter sich ließen, herrschte Schweigen im Auto. Nach einer derart erschöpfenden Erfahrung gab es schlichtweg nichts zu sagen.

Im Anschluss an Leahs Ultimatum hatten sie sich bei Schinkensandwiches und Kartoffelchips weiter unterhalten. Das Gespräch war zwar immer wieder ins Emotionale abgerutscht, aber jedes Mal schnell wieder objektiv geworden. Glen war langsam, aber sicher von der festen Überzeugung abgewichen, dass Abigail sich von jeglichen »homosexuellen Praktiken« lossagen musste, wenn sie weiter unter seinem Dach leben wollte, und als Clayton und Eve gegangen waren, hatte es so ausgesehen, als hätten sie eine Möglichkeit gefunden, bei der niemand einen Kompromiss eingehen musste, was seinen Glauben und seine Einstellung betraf.

Es ging im Wesentlichen darum, dass in Zukunft niemand nachfragen und im Gegenzug auch niemand etwas ausplaudern würde.

Theoretisch eine gute Idee. Eve hoffte nur, dass alle der Versuchung widerstehen konnten, den anderen doch noch zu bekehren.

Glen hatte Clayton widerwillig ein Besuchsrecht eingeräumt. Abigail konnte im Sommer einige Wochen mit ihrem leiblichen Vater auf Washington Island verbringen und ihn während des Schuljahres in Chicago besuchen, sofern es sich terminlich vereinbaren ließ. Außerdem hatte Clayton ihr zumindest ein Baseball-Wochenende im Wrigley Field bei den Cubs versprochen, was den Fans der Milwaukee Brewers natürlich entsetzte Blicke entlockt hatte.

Wenigstens war Abigail nun wieder zu Hause bei ihrer Familie. Und auch Marx war bei ihnen geblieben, damit Clayton und Eve sich in Ruhe die Stadt ansehen und etwas essen konnten. Außerdem hatten sie so beim Abholen noch einmal die Chance, nach Abigail zu sehen, bevor sie sie endgültig bei ihren Eltern ließen. Eve hatte riesige Angst vor dem Abschied. Clayton würde seine Tochter natürlich wiedersehen, aber Eve war sich da nicht so sicher. Sie wusste nur, dass sie Abigail sehr vermissen würde – ihren Mut, ihre Klugheit und sogar ihren pubertären Trotz.

»Wenn du willst, können wir an die East Side fahren.« Clayton wurde langsamer und verließ den Highway. »Ich führe dich ein bisschen herum. Am Seeufer gibt es einige tolle Villen. Und kennst du den Erweiterungsbau des Kunstmuseums von Santiago Calatrava schon?«

Eve schickte schnell eine Nachricht an Shelley, um sie auf den neuesten Stand zu bringen, dann wandte sie sich zu ihm herum. »Ich habe davon gelesen, ihn aber noch nicht gesehen. Das wäre toll.«

»Super. Magst du Austern?«

»Sehr.«

»Mit Bier oder Champagner?«

Sie tat überrascht. »Was ist denn das für eine Frage?«

»Ähmm …« Er sah sie abschätzend an. »Dann wohl Champagner?«

»Meine Mutter hat nichts anderes zugelassen. Sie meinte immer: Wenn man schon so viel Geld für Weichtiere ausgibt, dann sollte man auch nicht beim Getränk sparen.« Eve war sieben oder acht Jahre alt gewesen, als sie zum ersten Mal eine Auster probiert hatte. Jillian hatte darauf bestanden, dass sie sie mit Champagner hinunterspülte, und Eve hatte beide Geschmäcker grässlich gefunden. Jillian hatte gelacht, und Eve hatte vor Scham das Gesicht verzogen. »Sie hat auch verfügt, dass es nur einen standesgemäßen Ort auf der Welt dafür gibt: ein Café oder Bistro in Paris.«

»Warst du schon einmal dort?«

»Nein, leider nicht. Aber meine Familie ist kurz vor meiner Geburt hingeflogen, also war ich irgendwie auch …« Eve brach ab.

Ihre Mutter war nie schwanger gewesen.

Was bedeutete, dass sie noch nie in Paris gewesen war.

»Nein«, sagte sie schnell. »Ich war noch nie in Paris.« Wie viel von ihrem Leben musste sie im Laufe der Zeit wohl noch umschreiben?

»Dann fahren wir hin!«

»Wie bitte?« Sie sah ihn an, als wäre er verrückt geworden.

»Wir fliegen hin, essen Austern, trinken Champagner und fliegen wieder zurück.«

»Gute Idee.« Eve lachte und war froh, dass er sie aus ihrem Tief befreit hatte. »Warst du schon einmal dort?«

»Ich war überall.« Er bog nach rechts in eine Siedlungsstraße. »Es war die einzige Möglichkeit, Zeit mit meinen Eltern zu verbringen. Das hier ist der Lake Drive. Eine sehr gefragte Adresse.«

»Was du nicht sagst.« Sie nahm an, dass sich der Lake Michigan zu ihrer Linken befand, doch während sie auf Washington Island hauptsächlich bescheidene Häuser und eine eher ländliche Umgebung vorgefunden hatte, wurde die Straße hier von prächtigen Herrenhäusern gesäumt.

Nachdem sie die Bauten eine Zeit lang mit offenem Mund bewundert hatte, bog Clayton nach links in Richtung See ab. Hier störten keine weiteren Häuser die Aussicht auf das weitläufige Binnengewässer.

»Wir können nach dem Museum im *Harbor House* essen. Das ist mehr oder weniger nebenan. Ein elegantes Fischrestaurant mit herrlichem Blick auf den See. Sie haben auch eine Austern-Bar. Zum Abendessen können wir uns dann ein exklusiveres Restaurant aussuchen.« Er warf ihr einen schelmischen Blick zu. »Oder hättest du lieber Bratwurst oder Burger?«

»Nein, danke.« Eve grinste. Sie fühlte sich unglaublich wohl in Claytons Gegenwart und freute sich auf den Abend. Nobelrestaurants hatten Mike immer eingeschüchtert, und Eve hatte immer Angst gehabt, eines der Paare zu sein, die sich in einem Restaurant gegenübersaßen, einen Gang nach dem anderen aßen und jeglichen Blickkontakt vermieden, weil sie einander nichts zu sagen hatten. Heute machte sie sich deswegen keine Gedanken.

»Außerdem müssen wir uns noch ein Hotel suchen.«

Eve zuckte zusammen und wurde rot, auch wenn es absolut unnötig war. Die Nacht in einem Hotel – in zwei getrennten Zimmern – zu verbringen, war eine rein praktische Überlegung, aber es fühlte sich trotzdem zu vertraut an. Gute Nacht, schlaf gut, und dann: Guten Morgen am gemeinsamen Frühstückstisch, die Haare noch feucht von der Dusche …

»Genau. Eins, wo Hunde erlaubt sind.«

Sie würde das schaffen. Nach allem, was Clayton und sie bereits erlebt hatten, lag die Latte für eine peinliche Situation relativ hoch.

Sie fuhren eine lange, kurvenreiche Straße hinunter bis ans Seeufer. Hier gab es Parks, unerwartet hübsche, kilometerlange Sandstrände, und auch die bescheidene Skyline der Stadt erhob sich immer weiter in den Himmel, je näher sie kamen.

»Ich hatte keine Ahnung, dass es in Milwaukee so schön ist.«

Clayton seufzte laut. »Ihr Küstenleute habt ja *keine* Ahnung.«

Da er zweifellos recht hatte, sagte sie nichts darauf.

Nach einigen Kilometern fuhren sie über eine Überführung und sahen dann zu ihrer Linken den Museumsanbau. Eve hatte als Teenager zum ersten Mal in einem Architekturmagazin davon gelesen. Es war ein atemberaubendes Anblick, der an eine schnittige Jacht erinnerte, deren Segel in den Himmel stachen. Ein fantastischer Sonnenbrecher beschattete das darunterliegende Gebäude. Er galt als eines der Wahrzeichen der Skyline von Milwaukee.

Sie parkten in der Garage gegenüber und betraten das majestätische Museum aus weißem Marmor, in dem eine farbenfrohe, skurrile Skulptur von Dale Chihuly einen herrlichen Kontrast zu der vorherrschenden Eintönigkeit bot.

In dem Café im Untergeschoss holten sie sich einen Becher Kaffee, bevor sie durch das Museum schlenderten. Sie ließen sich in jedem der unzähligen Räume gleich viel Zeit, sowohl im neuen Flügel als auch in dem ursprünglichen, älteren Teil des Museums mit den breiten Treppen und dem herrlichen Parkettboden auf allen drei Stockwerken. Nach dem erschöpfenden Vormittag im Haus der Oakes' war der gemächliche Spaziergang zwischen den Gemälden, Skulpturen, Fotografien und Antiquitäten genau das, was Eve brauchte, um wieder zu Kräften zu kommen.

Menschen konnten wirklich kräftezehrend sein – aber sie konnten auch sehr komplexe Schönheit erschaffen.

Als sie genug gesehen hatten, kehrten sie auf Eves Bitte hin noch einmal in den Anbau von Calatrava zurück, wo sie erneut die ungewöhnlichen Linien und die Art studierte, wie die festen Teile mit dem Licht und den Spiegelungen spielten. Es war bemerkenswert, und sie musste unwillkürlich daran denken, dass dieser Ort sogar ihrem architektonisch konservativen Vater gefallen hätte.

Draußen wurden die Wolken von einer steifen Brise über den Himmel getrieben; als sie in den hellen Sonnenschein traten, fühlte sich Eve wie ein neuer Mensch.

»Glaubst du, dass du eines Tages auch einmal so etwas planen wirst?« Clayton ging mit eiligen Schritten in Richtung Süden, das erhöhte Tempo fühlte sich nach dem Umherwandern und ständigen Anhalten im Museum angenehm an.

»Nein. Ich finde es brillant und betrachte es gerne von außen und innen, aber es entspricht mir nicht einmal ansatzweise.«

Er deutete auf ein rechtwinkliges Gebäude, das in den See ragte. Der untere Teil war von einer Glasfront umgeben, die oberen Stockwerke schienen darüber zu schweben. »*Discovery World.* Ein Mitmach-Museum. Echt witzig. Und dort vorne befindet sich das Sommerfestgelände.«

»Sommerfest?«

»Ein zehn- oder elftägiges Musikfestival mit etwa achthundert Bands. Es ist riesig.«

»Du machst Witze.«

»Nein. Es gibt auch viele Kulturfestivals. Ein deutsches Fest, ein polnisches Fest, die Festa Italiana …« Er bog auf eine Straße zwischen dem Museum und der *Discovery World* ab. »Es gibt einige davon, über die ganze Stadt verteilt. Milwaukee ist als Veranstaltungsort sehr beliebt.«

»Ich hatte ja keine Ahnung!«

Clayton grinste. »Natürlich nicht.«

»Jaja, wir Leute von der Küste.« Eve blieb noch einmal stehen, um einen letzten Blick auf den Museumsanbau und den Sonnenbrecher zu werfen, der in den Himmel ragte. Die ganze Struktur wirkte, als sei sie in Bewegung und würde jeden Moment in die Luft steigen. Oder über den See davonschwimmen. Oder sich zur Seite rollen und am Strand liegen bleiben. Es war ein fantasievoller, gewagter und aufsehenerregender Entwurf.

Plötzlich drängte ein Gedanke aus den Tiefen ihres Gehirns an die Oberfläche und störte ihre Zufriedenheit. War es etwa Eifersucht auf dieses Meisterwerk?

Nein, das war unwahrscheinlich. Sie wollte mit ihrer Arbeit keinen architektonischen Durchbruch erzielen und sah zeitlich lieber in die Vergangenheit als in die Zukunft, was den Stil ihrer Arbeiten betraf. Sie wollte, dass sich die Leute in ihren Häusern wohlfühlten, statt sie damit aus der Reserve zu locken. Das war einer der Gründe, warum sie von LA nach Boston gezogen war, wo ein traditionellerer Stil gelebt wurde.

Aber irgendetwas an dem Gebäude nagte an ihr. Etwas …

»Sammelst du Ideen?«

Eve wandte sich abrupt um. Ihr war nicht bewusst gewesen, dass sie einige Zeit bloß dagestanden hatte.

»Ich überlege, ob wir deinem Haus Flügel verpassen.«

»Ähm …«

Sie sah noch einmal zu dem Gebäude hinüber, machte einige Fotos mit dem Handy und wandte sich anschließend ab, um Clayton an der *Discovery Word* vorbei in Richtung See zu folgen, den die langsam untergehende Sonne strahlend blau erscheinen ließ.

Als sie fast keine andere Möglichkeit mehr hatten, als ins Wasser zu steigen, bog er nach links ab. »*Harbor House*. Wir sind da. Ich glaube, es ist gerade Happy Hour.«

»Ich bin gerne happy.«

Das Lokal war trotz der frühen Stunde gut besucht, doch Eve behielt sämtliche Kommentare über die örtliche Angewohnheit, ungewöhnlich früh zu Abend zu essen, für sich. Schließlich fanden sie einen Platz an der Austern-Bar, wo sie den Köchen bei der Arbeit zusehen konnten.

Nach einem Dutzend Austern auf Eis und einem Glas hervorragendem Champagner konnte Eve mit Sicherheit sagen, dass sie *happy* war. Clayton und sie hatten sich angeregt über die Exponate im Museum unterhalten, bevor sie mögliche Restaurants für ihr gemeinsames Abendessen durchgegangen waren – er konnte sich nicht entscheiden, und am Ende hatten sie die Idee, nacheinander alle infrage kommenden Lokale zu besuchen, bis sie entweder betrunken oder vollgefressen waren.

»Weißt du was?« Clayton betrachtete sein leeres Glas und drehte es gedankenverloren zwischen den Fingern. »Ich hätte nie gedacht, dass wir nach dem Vormittag mit Abigails Familie hier sitzen und einen derart amüsanten Abend planen würden.«

»Ja.« Eve zog die Schultern hoch. »Das war echt hart.«

Er sah sie mit seinen durchdringenden dunklen Augen an. »Ich wollte dir noch sagen, wie dankbar ich bin, dass du dabei warst.«

Sie wandte den Blick ab. »Ich bin auch froh, dass ich mitgekommen bin.«

»Moment. Wirklich?«

Eve lachte. Er verstand es, intensiven Momenten die Spannung zu nehmen. »Ich musste der armen Leah ordentlich die Meinung sagen.«

»Und du hast dabei offenbar echt gute Arbeit geleistet.«

Eve trank den letzten Tropfen, der sich am Boden des Glases gesammelt hatte. »Ich hoffe, dass es für Abigail passt. Und für den Rest der Familie.«

»Ich auch. Es ist schwer, lebenslange Überzeugungen abzulegen. Aber noch schwerer, eine lebenslange Bindung deswegen aufzugeben. Obwohl ich nicht glaube, dass es so weit kommt.« Er nahm die Austerngabel und zog sie durch die Cocktailsoße. »Ich wollte auch noch sagen, dass … ach, ich werde alles versauen …«

Eve runzelte die Stirn und dachte einen Augenblick lang, dass er von der Soße sprach. »Versauen?«

»Ich habe nachgedacht …«

»Das sagst du oft.«

»Weil ich es oft tue.« Er nahm noch mehr Soße auf die Gabel und steckte sie sich in den Mund. »Deshalb bin ich nach Washington Island geflohen. Ich wollte herausfinden, wer ich bin und was ich brauche, auch wenn es egoistisch klingt.«

»Es klingt gesund. Und clever.«

»Außerdem wollte ich die Garage entrümpeln.«

»Das ist genauso wichtig.«

»Ich habe über meine Beziehungen nachgedacht. Über Christie und Felicia. Über meine Freundin an der Highschool und meine Freundin vor der Highschool. Ich war immer mit jemandem zusammen. Nicht, dass ich eine dieser Beziehungen bereue, sie waren alle wichtig für mich.« Er legte die Gabel wieder auf den Teller. »Ich glaube, dass es keine Fehler im Leben gibt. Bloß zweite Chancen, um zu lernen, wie verkorkst man ist.«

Die hübsche blonde Kellnerin griff nach der Austernplatte. »Alles in Ordnung bei Ihnen? Wollen Sie noch ein Glas?«

»Nur die Rechnung bitte.«

»Kommt sofort.« Sie verschwand hinter ihnen.

»Also, ich wollte sagen ...« Clayton runzelte die Stirn und wirkte ungewohnt nervös. »Worüber habe ich gerade geredet?«

Eve setzte ein zuckersüßes Lächeln auf. »Darüber, wie verkorkst du bist.«

»*Genau.* Danke.« Er drehte seinen Stuhl herum, damit er sie ansehen konnte. »Ich will es in Zukunft langsam angehen lassen, was Beziehungen betrifft. Ich will verstehen, warum ich mich zu jemandem hingezogen fühle. Sichergehen, dass ich aus den richtigen Gründen mit einer Frau ausgehe, nicht bloß aus Angst vor dem Alleinsein.«

Es gefiel ihr, dass er sich ihr anvertraute. Sie hatte noch nie einen männlichen Freund gehabt, mit dem sie über so persönliche Dinge sprechen konnte. Ihre Freunde waren allesamt Frauen, denn mit den Männern, die sie kennengelernt hatte, war sie früher oder später in einer Beziehung gelandet. Das hier war nett.

»Das ist ziemlich klug.«

»Das dachte ich auch. Der perfekte Plan. Ein Jahr Auszeit, um einfach bloß ich zu sein. Oder länger, falls es gut funktioniert.« Er hob die Augenbrauen. Er wirkte verletzlich und – sie hatte keine Ahnung, wie es dazu kommen konnte – absolut hinreißend. »Aber dann habe ich dich kennengelernt.«

Eve erstarrte. Das war nicht das, was sie erwartet hatte. Nicht das, was sie wollte. Sie waren gute Freunde und funktionierten hervorragend ohne die Komplikationen, die …

Mein Gott, ihr war heiß.

Warum war ihr das vorher nicht aufgefallen? Ihr Kopf drehte sich, und daran war nicht nur der Champagner schuld.

»Clayton …«

»Ich weiß, ich weiß. Du erwiderst meine Gefühle nicht, und das ist okay. Wirklich. Ich bin zufrieden, wenn wir bloß Freunde bleiben. Eigentlich *will* ich es sogar. Ich will mich an den Plan halten. Es ist nur … vielleicht war es einfach der heutige Tag. So viele Gefühle, so nah an der Oberfläche. Ich bin es müde, alles unter Verschluss zu halten.« Er rieb sich über den Kopf und sah dadurch noch süßer aus.

Die aufkeimende Angst machte Eve sprachlos. Sie starrte auf die Theke hinunter und schaffte es nicht, ihre Gedanken zu ordnen. Sie hatte keine Ahnung, wie sie auf sein Geständnis reagieren sollte. Sie wusste ja nicht einmal, was sie wirklich fühlte. Seit der Trennung von Mike war zu wenig Zeit vergangen. Es war verrückt und das Letzte, was sie jetzt brauchte. Aber wie sagte man das jemandem, der einem nach so kurzer Zeit bereits so viel bedeutete?

Die Kellnerin brachte die Rechnung. Eve kramte nach ihrer Geldbörse, doch Clayton hatte seine Kreditkarte bereits gezückt.

»Danke«, meinte sie lahm. »Ich übernehme die nächste Runde.«

»Klar.« Er wandte sich zu ihr um; das entspannte Grinsen war wieder da. »Gut, nachdem wir das jetzt geklärt hätten: Was hältst du von einem schicken Abendessen?«

Sie konnte den Themenwechsel akzeptieren und ihm folgen. Der Sache einfach entkommen. Sie war nicht verpflichtet, ihre eigenen Gefühle zu benennen. Er machte es ihr leicht.

»Weißt du, was mich interessieren würde?« Sie umklammerte die Handtasche in ihrem Schoß. »Für jemanden, der als Kind so oft alleine war, fällt es dir unglaublich leicht, über deine Gefühle zu reden. Bist du erblich vorbelastet oder hast du gezielt daran gearbeitet?«

»Ich war nicht *wirklich* alleine.« Sein ruhiges Grinsen weckte in ihr den Wunsch, ebenfalls zu lächeln, obwohl er nichts Witziges gesagt hatte. »Ich hatte einen imaginären Freund.«

»Tatsächlich?« Sie hängte sich die Tasche über die Schulter. »Ich glaube nicht, dass ich schon einmal jemandem begegnet bin, der einen hatte.«

»Zumindest hat es niemand zugegeben. Meiner hieß Barney – und nein, er hatte nichts mit der Fernsehserie zu tun und war auch kein violetter Dinosaurier. Erstaunlicherweise waren wir immer derselben Meinung. Meine Geschichten, die Spiele und die Spleens langweilten ihn nie. Wir hatten so viele gemeinsame Interessen, dass es schon fast unheimlich war.«

»Oh!« Eve rieb sich die Arme. Es tat ihr immer noch leid, dass sie ihn hatte hängen lassen. »Ich bekomme eine Gänsehaut.«

»Bitte sehr.« Die Kellnerin reichte Clayton die Quittung. Er unterschrieb sie schwungvoll und legte den Stift beiseite.

»Gehen wir?«

»Ja. Danke.« Eve stand auf und beschloss für sich, sein Geständnis nicht einfach im Raum stehen zu lassen. Sie hatten den Rest des Tages und die Heimfahrt am nächsten Tag. Sie würde sich Zeit nehmen, um über eine geeignete Antwort nachzudenken, und dann nach dem Prinzip *Besser spät als nie* handeln. Das war sie ihm schuldig. Und sich selbst ebenfalls.

Vor dem Restaurant war die Dämmerung hereingebrochen. Sie gingen schweigend nebeneinander her, bis das Kunstmuseum vor ihnen auftauchte. Die Flügel waren mittlerweile zusammengefaltet, doch sie ragten immer noch in die Höhe und zeichneten sich als Silhouette vor dem weiten Himmel ab.

Eve blieb stehen. Der Anblick zog sie in ihren Bann.

Die Flügel stachen nach oben, als würden sie die Arme ausstrecken.

Der Gedanke, der ihr vorhin gekommen war, durchbrach die Oberfläche. Sie plante kleine, private Räume für Shelley. Sie hatte vor, Claytons Wintergarten unter der Terrasse zu verstecken. In ihren Entwürfen ging es darum, sich zurückzuziehen und einzuschließen, während das Gebäude vor ihr sich öffnete und seine Besucher zu sich einlud.

»Wunderschön, nicht wahr?« Clayton stand so nahe hinter ihr, dass Eve sich am liebsten an ihn gelehnt hätte.

Ohne einen weiteren Gedanken sprudelten die Worte aus ihr heraus: »Ich habe Mike vor drei Jahren kennengelernt. Wir haben uns nie gestritten, wir mochten dieselben Dinge und waren bereit, die Meinung des anderen zu akzeptieren, wenn wir sie einmal nicht teilten. Ich hatte das Gefühl, als hätte ich noch nie mit jemandem so gut zusammengepasst. Doch im letzten Jahr haben wir uns voneinander entfernt. Wir genossen die Gesellschaft des anderen immer weniger. Es war die erste Beziehung, die ich selbst beendet habe.

Vor Mike hatte ich zwei feste Freunde. Der erste machte Schluss, nachdem er den Highschoolabschluss in der Tasche hatte. Der zweite verließ mich, nachdem er mit dem College fertig war. Ich war beide Male traurig, aber ihre Gründe waren verständlich, und ich kam darüber hinweg. Nach allen drei Trennungen funktionierte ich innerhalb weniger Tage wieder normal.

Mittlerweile weiß ich, dass keine der Beziehungen wirklich wichtig für mich war. Keiner der Männer kam mir nahe oder wurde gar ein Teil von mir. Warum hätte ich sie sonst so leicht loslassen können? Ich dachte, es hätte an ihnen gelegen. Dass sie einfach nicht die Richtigen waren – und das waren sie ja wirklich nicht. Aber inzwischen denke ich, dass ich genauso schuld war. Ich habe mein Leben lang alle Menschen ausgeschlossen. Ich wollte ganz bleiben und nicht an meinen Gefühlen oder meiner Verletzlichkeit zerbrechen. Selbst die Pläne für Shelley und deinen Wintergarten sind nach innen gerichtet und sollen im Verborgenen existieren.« Sie atmete tief ein und zwang sich zu sagen, was sie unbedingt sagen wollte. »Aber dann habe ich …« Sie schluckte und hätte beinahe zu husten begonnen. »… dich kennengelernt.«

Er legte die Hände auf ihre Schultern und lachte. »Ich dachte gerade, du müsstest dich übergeben.«

Sie wandte sich um und sah ihn an. Es war ein intensiver, furchteinflößender Moment, aber sie zwang sich dazu. »Es war hart.«

Er berührte ihre Wange. »Ich habe es ernst gemeint, als ich sagte, dass ich im Moment keine Beziehung möchte.«

»Ich doch auch nicht. Ich erhole mich noch von der letzten. Es wäre dumm, sich auf etwas einzulassen.«

»Okay, gut.« Er sah sie mit warmem, offenem Blick an, der ihr Angst machte, während ihr gleichzeitig warm ums Herz wurde. Große Nase? Große Zähne? Sie sah nichts davon. Er war groß, hatte herrlich dunkle Locken, war sehr männlich und roch wirklich gut.

Clayton streckte den Arm aus. »Dann würde ich sagen, wir klappern jetzt nacheinander ein paar Restaurants ab, fahren morgen früh nach Washington Island zurück und verbringen die nächsten, zweifellos amüsanten Wochen damit, einander noch besser kennenzulernen. Danach können wir entscheiden, ob wir uns für immer oder nur auf Zeit voneinander verabschieden.«

Eve hakte sich bei ihm unter. Ein weiterer emotional heikler und komplizierter Moment, den sie überstanden hatten, und dieses Mal war sie nicht nur heil geblieben, sondern fühlte sich gestärkt und beschwingt.

»Klingt nach einem perfekten Plan.«

Kapitel 17

8. April 1985 (Montag)

Rosalind Greer Braddock ist wunderschön. Wenn auch nicht so atemberaubend schön wie Olivia als Neugeborene. Sie hat mollige Babybäckchen, einen stämmigen Körper und kaum Haare. In dem Moment, als sie aus Frau #2 herauskam, begann sie wie am Spieß zu schreien. Selbst die Krankenschwester war überrascht. Ich hoffe, dass alles okay mit ihr ist. Mit Rosalind meine ich, die Krankenschwester ist mir egal!

Es war einfacher als beim ersten Mal, das Baby aus den Armen seiner Mutter zu nehmen. Frau #2 wirkte traurig und sehnsüchtig, aber nicht so, als würde ich ihr das Herz aus der Brust reißen. Ich werde den Gesichtsausdruck von Frau #1 mein Leben lang nicht vergessen. Jedes Mal, wenn ich es vor mir sehe, bin ich demütig und dankbar für das Opfer, das die beiden gebracht haben.

Zumindest demütiger als sonst. Ich bin eine zu große Diva für solche Dinge.

Ich werde mein Bestes geben, um beide Kinder unter einen Hut zu bringen, aber ich habe Angst vor den Tagen, an denen mir alles zu viel wird und ich es nicht mehr aus dem Bett schaffe. Oder wenn Olivias Stimme Löcher in meinen Schädel bohrt. Daniel möchte eine Nanny einstellen, aber ich weigere mich. Die Mädchen sollen nie das Gefühl haben, dass ich sie nicht bei mir haben will oder dass mir etwas an ihnen nicht passt. Also werde ich versuchen, ihnen klarzumachen, dass ich eben manchmal müde bin. Ich werde versuchen, Geduld mit der plärrenden Rosalind und mit Olivias Stimmungsschwankungen und ständigen Betteleien zu haben. »Mommy, sieh nur! Mommy komm!« Wie lange dauert es, bis das, was sie dir zeigen wollen, auch nur ansatzweise interessant ist?

Ich bin so schrecklich müde, dabei hat es gerade erst angefangen …

Ich

Eve trat mit Marx durch Shelleys Eingangstür und warf einen Blick auf die Uhr. Viertel vor sechs. Sie hatte Shelley eine Nachricht geschrieben, dass sie das Abendessen mitbringen würde. Auf dem Heimweg von Milwaukee hatten Clayton und sie in Sister Bay haltgemacht, einem der letzten hübschen Städtchen auf der Door County Halbinsel. Sie hatten eine Flasche annehmbaren Rotwein, Steaks, Pilze und Spinat besorgt und in einer kleinen Bäckerei am Stadtrand einen herrlich duftenden Laib Vollkornbrot gekauft.

In Milwaukee hatte Clayton sie der Reihe nach in einige richtig gute Restaurants geführt, und sie war angenehm überrascht gewesen. Sie hatten zwei Zimmer im Hotel Metro im Stadtzentrum bekommen, in dem auch Hunde erlaubt waren, und nach dem Essen hatten sie Marx bei den Oakes' abgeholt. Sie hatten sich mit überschwänglichen Umarmungen und zugeschnürter Kehle von Abigail verabschiedet, und Eve hatte auf der Fahrt ins Hotel kein einziges Wort über die Lippen gebracht, weil sie Angst gehabt hatte, in Tränen auszubrechen. Clayton war es offenbar ähnlich ergangen.

Die Nacht im Hotel war überhaupt nicht unbehaglich gewesen; am Vormittag hatten sie ein spätes Frühstück eingenommen und anschließend einen weiteren Spaziergang durch das Zentrum und entlang des Milwaukee River gemacht, wobei sie sich unterhalten hatten, als würden sie einander schon ihr ganzes Leben lang kennen.

Zurück in Shelleys Haus fühlte Eve sich wie verwandelt. Gestern war ein Tag der Erleuchtungen, der komplizierten Gespräche und der erwachsenen Lösungen gewesen. Erschöpfend, aber gleichzeitig auch inspirierend. Und nachdem sie mittlerweile verstand, wie destruktiv es sein konnte, andere auszuschließen, war sie fest entschlossen, Shelley von den Umständen ihrer Geburt und ihrem Verhältnis zueinander zu erzählen, bevor sie ihre Freundschaft durch ihr Schweigen aufs Spiel setzte.

Bemerkenswerterweise jagte ihr die Vorstellung kaum noch Angst ein.

Ein Fortschritt.

»Shelley?«

»Willkommen zurück.« Shelley trat in ihrer üblichen Uniform aus Jeans und kariertem Hemd aus dem Wohnzimmer. Marx schoss auf sie zu, um sich seine verdienten Streicheleinheiten abzuholen. »Mission erfüllt?«

»Ja, Gott sei Dank.« Eve zog die Tür hinter sich zu. »Es wird zwar einige Zeit dauern, bis Abigails Vater sich an die Situation gewöhnt hat, aber nachdem ich ihn jetzt persönlich kenne, bin ich zuversichtlich.«

»Das haben Sie gut gemacht.« Shelley nahm Eve eine der Einkaufstüten ab. »Sie hätten nicht unbedingt einkaufen müssen. Ich habe immer genug Fleischwurst und Ketchup im Haus, falls es einmal eng wird.«

Nachdem Shelley ihr direkt ins Gesicht sah, hielt Eve ihr Entsetzen im Zaum. »Oh. Okay. Ich hoffe, es macht Ihnen nichts aus. Ich dachte, heute wäre ein perfekter Abend, um …«

»Fleischwurst!«, lachte Shelley und klopfte sich auf den Oberschenkel.

Eve stöhnte. »Schon gut, schon gut. Ich hätte mein Gesicht sehen sollen.«

»Unbezahlbar.« Shelley musterte sie genauer. »Sie wirken sehr viel fröhlicher als gestern.«

Eve entzog sich der eingehenden Untersuchung ihrer Tante und stellte die Einkaufstüte auf die Arbeitsplatte. »Ich bin einfach froh, dass Abigail wieder zu Hause ist. Dort, wo sie hingehört.«

»Mhm.« Shelley klang skeptisch. »Hat Clayton heute Abend keine Zeit?«

»Nein, er muss noch einiges an Arbeit nachholen.« Sobald sie es gesagt hatte, wurde ihr klar, dass sie gerade zugegeben hatte, ihn eingeladen zu haben.

Na und? Sie waren gute Freunde. Sollte Shelley doch denken, was sie wollte.

»Schade. Ich habe ihn gerne um mich.«

»Ich habe auch sehr viel Arbeit mitgebracht.« Eve legte die Steaks auf die Arbeitsplatte, damit sie Raumtemperatur annahmen. »Milwaukee hat mich zu ein paar vollkommen neuen Plänen für Ihr Haus inspiriert. Und für Claytons Wintergarten.«

»Was war denn an den anderen nicht okay?«

Eve lächelte geheimnisvoll. Nachdem sie sich noch nicht ganz sicher war, wie sie ihre Ideen umsetzen sollte, wollte sie nicht viel dazu verraten. »Sie werden schon sehen.«

»Ich kann es kaum erwarten.« Shelley zog die Weinflasche heraus. »Mein Gott, der sieht teuflisch aus.«

»Das ist ein Cabernet. Er wird Ihnen schmecken.«

Hoffte sie zumindest.

Der Wein schmeckte Shelley. Und Eve auch. Tatsächlich aßen sie alles auf und tranken beinahe die ganze Flasche, was bedeutete, dass Shelley während des Essens nicht so schweigsam war wie sonst und Eve von Kate, Kenny und Keith junior erzählte. Von ihren Leistungen, Fehlern, Talenten und Krankheiten. Von den Stunden in der Notaufnahme und ihren Eskapaden – egal, ob gut oder schlecht. Eve saugte die Geschichten in sich auf. Immerhin ging es um ihre Cousine und ihre Cousins. Irgendwann würde sie die drei gern einmal kennenlernen.

Sie spülten gerade das Geschirr, als Shelley endlich einmal innehielt, um Luft zu holen. Eve nutzte die Gelegenheit. »Fühlen Sie sich manchmal einsam hier auf der Insel?«

»O nein. Ich habe drei Kinder allein großgezogen. Ich bin gerne alleine.« Shelley griff nach einem der klobigen Weingläser, um es zu spülen, und warf Eve einen schrägen Blick zu. »Was ist mit Ihnen? Haben Sie vor, irgendwann einmal zu heiraten?«

»Ich glaube schon.« Eve wartete bereits mit dem Geschirrtuch und gab sich die größte Mühe, nicht rot zu werden. »Aber nachdem ich keine Kinder will, eilt es nicht.«

»Das ist aber schade. Kinder sind ein toller Weg, um sich selbst besser kennenzulernen und sich seiner Stärken bewusst zu werden. Genauso wie der …« Ein lautes Klirren erklang. Das Glas war Shelley aus der Hand gerutscht. »Oh, jetzt sehen Sie sich das an!«

Eve eilte zu ihr. »Haben Sie sich geschnitten?«

»Nein, nein, alles in Ordnung. Das geschieht mir recht. Es

war eben doch zu viel Wein. Der macht mich ungeschickt.« Shelley betrachtete die Scherben in der Spüle. Teile des goldenen Gs funkelten immer noch tapfer vor sich hin. Sie schniefte und wischte sich über die Augen. »Schon seltsam. Ich habe diese Gläser gehasst. Und jetzt werde ich ganz sentimental wegen eines Geschenks zu einer dem Untergang geweihten Ehe. Von Leuten, die mir nichts bedeutet haben, und ich ihnen genauso wenig.«

»Trotzdem waren die Gläser ein Teil Ihrer Vergangenheit.«

»Ich schätze, ich habe mich an sie gewöhnt. Vielleicht gefiel mir ihre Scheußlichkeit sogar.« Shelley holte den Mülleimer, und Eve half ihr, die größeren Scherben einzusammeln. »Manchmal überlege ich, ob ich mir vielleicht zu wenig Mühe gegeben habe, meinem Mann oder seinen Eltern zu verzeihen. Und ich meine nicht wegen der Gläser.«

Eve grinste. »Das dachte ich mir schon.«

»In der Bibel steht, dass man einander vergeben soll, aber ich frage mich, ob das wirklich möglich ist.«

»Keine Ahnung.« Eve zuckte zusammen, als sich eine spitze Scherbe in ihre Fingerkuppe bohrte. »Man kann sich einreden, man hätte jemandem vergeben, aber wenn das Unterbewusstsein nicht mitspielt, funktioniert das nicht. Nicht, wenn der Grund für das Zerwürfnis wirklich schrecklich war oder man betrogen wurde.«

»Haben Sie schon einmal versucht, jemandem zu vergeben?«

»Ja.« Eve kämpfte gegen das vertraute Verlangen an, sich zurückzuziehen. »Aber nicht mit letzter Konsequenz, das muss ich zugeben.«

»Hmm.« Shelley nahm eine weitere Scherbe und warf sie in den Müll. »Wem wollten sie verzeihen?«

Eve schloss müde die Augen. »Meiner Mutter.«

»Ah, die Eltern.« Shelley lachte. »Jedes Kind hat etwas, das es seinen Eltern nie verzeihen wird. Ich bin mir sicher, dass es bei meinen Kindern eine ganze Liste ist.«

Eve hatte nicht vor, den Irrtum klarzustellen. Bei ihr ging es nicht um Dinge, die ihre Eltern ihr nicht erlaubt oder zu denen sie sie ständig gezwungen hatten.

Sie arbeiteten schweigend weiter. Shelley wischte mit einem Papiertuch um die Spüle, um die restlichen Scherben zu entfernen, während Eve verstohlen eine Papierserviette auf ihren blutenden Finger presste.

Als die Spüle sauber war, griff Shelley nach dem zweiten Glas, betrachtete es, ließ den Daumen über das Gold gleiten und warf es anschließend ohne großes Aufhebens in den Müll. »Erledigt. Setzen wir uns nach draußen?«

»Klar.« Eve füllte zwei Gläser mit Wasser, um den Wein zu verdünnen, und nahm sie mit auf die Veranda, wo Shelley bereits die Heizung angemacht hatte. Es war wieder eine kalte Nacht. Marx folgte ihnen mit wedelndem Schwanz und war offensichtlich froh, wieder zurück zu sein. Er hatte Shelley ins Herz geschlossen.

»Netter Abend.«

»Ja.« Eve setzte sich auf die Korbcouch; Marx ließ sich neben ihr auf dem Boden nieder. Sie legte eine Hand auf seinen weichen Rücken. Es gab ihr Sicherheit, und sie brauchte seine Unterstützung bei dem, was sie vorhatte. »Shelley.«

Shelley sah sie alarmiert an. Offensichtlich hatte sie an Eves Stimme gehört, dass etwas im Busch war. »Ja?«

»Ich weiß nicht, ob Sie darüber Bescheid wussten, aber ich wurde adoptiert.«

Shelley blinzelte. »Adoptiert? Aber … ich weiß noch, wie ich von der Schwangerschaft Ihrer Mutter gelesen habe. Oder nicht? Aber vielleicht war das eine Ihrer Schwestern?«

»Mein Vater ist mein leiblicher Vater. Aber meine Mutter … konnte keine Kinder bekommen. Also hat sie … sie hat sich auf die Suche nach geeigneten Frauen gemacht. Mein Vater und sie haben Frauen engagiert, die Dads Kind austrugen, während Jillian so tat, als wäre sie schwanger. Sie haben es nie irgendjemandem erzählt.«

»Du meine Güte.« Shelleys Mund stand weit offen. »Das ist … ich weiß gar nicht, was das ist.«

»Es ist vieles. Feige. Egoistisch. Verrückt.«

»Es … na ja.« Shelley wusste nicht, wo sie hinsehen sollte. »Es ist auf jeden Fall ungewöhnlich.«

»Ich kann immer noch nicht glauben, dass sie es tatsächlich durchgezogen haben. Meine Mutter wollte mit allen Mitteln verhindern, dass jemand von ihrer Unfruchtbarkeit erfährt.«

»Das ist schlimm.« Shelley schüttelte den Kopf und presste die Lippen aufeinander. »Ich schätze, damals gingen den Frauen solche Dinge noch sehr viel näher. Ich habe mir nie Gedanken darüber gemacht. Ich wurde einfach schwanger. Für die meisten Paare sind Kinder eine Selbstverständlichkeit.«

»Genau.« Eve zog die Schultern hoch, doch dann entspannte sie sich wieder und ließ Marx los. Sie hatte sich an sein Fell geklammert wie an eine Rettungsboje. »Ich erzähle Ihnen das alles, weil … nachdem meine Mutter und mein Vater beschlossen hatten, dass sie noch ein drittes Kind wollten, machten sie sich auf die Suche nach einer weiteren Leihmutter … und sie haben sich Ihre Schwester Helen ausgesucht.«

Shelleys Augen weiteten sich. »Das ist nicht möglich.«

»Nein?« Eve wartete. Sie wusste nur zu gut, dass es eine Weile dauerte, bis alle Puzzleteile an den richtigen Platz fanden. Sie hoffte nur, dass Shelley es gut aufnahm.

»Helen war … ich hab sie doch relativ regelmäßig gesehen.

Sie konnte nicht ...« Shelley runzelte die Stirn. »Woher soll sie Jillian Croft gekannt haben? Und warum sollten Ihre Eltern sich ausgerechnet jemanden wie ... Sind Sie sicher?«

Eve nickte ernst. »Das bin ich. Und Sie haben selbst gesagt, dass ich ihr sehr ähnlich sehe, wissen Sie noch?«

»Großer Gott.« Shelley starrte Eve an, als wäre sie eine Außerirdische. »Großer Gott.«

»Ich kenne die Details nicht. Wir verbrachten jedes Jahr unseren Sommerurlaub in Maine. Wahrscheinlich sind sie sich dort über den Weg gelaufen. War Helen irgendwann mal in Stirling? Ich weiß nur, dass meine Eltern ab und zu in Machias waren. Sie aßen liebend gerne in *Helen's Restaurant*.«

»Ihre Namensvetterin.« Shelley schüttelte den Kopf und umklammerte ihr Handgelenk, als hätte sie Angst, die Hand würde abfallen. »Helen hat dort als Kellnerin gearbeitet.«

»Vielleicht haben sie sich dort kennengelernt.«

Shelley schwieg einen Augenblick lang und war offensichtlich in Gedanken versunken. »Sie war so wunderschön. Wahrscheinlich konnten sie ihr genauso wenig widerstehen wie alle anderen. Und sie war damals gerade clean. Das haben sie sicher vorab gecheckt. Obwohl sie den Leuten weiß Gott was verkaufen konnte, wenn sie etwas wirklich wollte.«

Eve starrte hinaus auf den im Dunkeln liegenden See und fragte sich, ob Helen es unter anderen Umständen vielleicht auch zur Schauspielerin gebracht hätte, nicht bloß zur Diebin und Betrügerin.

In diesem Moment schnappte Shelley nach Luft und drehte sich mit einem breiten Grinsen zu ihr herum. »Aber das bedeutet ja ... dass Sie ... dass *du* meine Nichte bist!«

»Ja.«

»Du liebe Güte!« Shelleys Augen füllten sich mit Tränen, und

Eve ging es genauso. Am Ende saßen sie sich lachend und weinend zugleich gegenüber.

Eve schniefte. »Pass auf, dass Marx nichts bemerkt, sonst …«

»Stimmt.« Shelley tupfte sich die Augen trocken. »Ich kann es nicht glauben. Du bist das Kind meiner Schwester.«

»Ich habe es auch erst letzte Woche herausgefunden.«

»Wie bitte? Aber du bist hergekommen, um … ich dachte …« Erkenntnis machte sich auf Shelley Gesicht breit. »*Lauren*. Sie hat dich hergeschickt.«

»Ja.«

Shelley verschränkte die Arme vor der Brust. »Sie hätte es mir sagen müssen. Oder besser gesagt: uns. Wir haben so viele Jahre verloren.«

»Dad hat ihr das Versprechen abgenommen, nichts zu sagen. Ich nehme an, sie hat mich hergeschickt, damit wir es selbst herausfinden, ohne dass sie ihr Versprechen brechen muss.«

»Ah.« Shelley schüttelte bedächtig den Kopf. »Sie hat schon immer gerne im Hintergrund die Fäden gezogen.«

Eve hob die Augenbrauen. Das überraschte sie nicht. Allerdings war es interessant. Sie hatte drei Mütter – Helen, Jillian und Lauren –, und auf alle drei traf dieselbe Beschreibung zu. »Sprichst du aus Erfahrung?«

»O ja. Wir waren ja ständig zusammen.« Shelley massierte sich gedankenverloren den Ellbogen. »Ich erinnere mich an das eine Mal, als ihr Bruder zu viel getrunken hatte und unbedingt trotzdem mit dem Auto fahren wollte. Anstatt sich mit ihm anzulegen und einen Streit zu riskieren, schlüpfte Lauren nach draußen und ließ die Luft aus seinen Reifen. Anschließend verbrachte sie die Nacht bei mir und meinen Eltern, damit er es nicht an ihr auslassen konnte, wenn er es herausfand.«

Eve stellte beschämt fest, dass sie rein gar nichts über Laurens

Kindheit und Jugend wusste. Sie hatte sie immer als selbstverständlich erachtet und sich über Dads Anweisung, nicht mehr als ein paar oberflächliche Fragen zu ihrem Leben zu stellen, keine großen Gedanken gemacht.

»Ein anderes Mal hatte mich ein Mädchen aus der Schule auf dem Kieker. Sie nannte mich Lesbe und so. Eines Tages sollte sie vor der ganzen Schule einen irischen Tanz aufführen, doch während des Gestampfes und Herumgehopses löste sich plötzlich ihr Kostüm auf. Sie lief halb nackt von der Bühne. Und ich wusste zufällig, dass Lauren hervorragend mit Nadel und Faden umgehen konnte.« Shelley kicherte und wischte sich über die Augen. »Ich fand nie heraus, wie sie es fertiggebracht hatte, aber ich bin mir sicher, dass sie dahintersteckte. Ich vermisse sie, diese raffinierte Schlange.«

»Warum hast du uns nie besucht?« Eve konnte sich nicht erinnern, Shelley schon einmal gesehen zu haben.

»Ich kann deinen Vater nicht ausstehen.« Die Worte platzten aus Shelley heraus, bevor sie sich wieder unter Kontrolle hatte. »Nichts für ungut.«

»Es ist manchmal schwer, ihn sympathisch zu finden.«

»Und Lauren wollte ihn nicht alleine lassen, um mich zu besuchen.« Shelley zuckte mit den Schultern, aber es war deutlich zu hören, wie verletzt sie war. »Ich habe nichts für Frauen übrig, deren einziger Lebenszweck es ist, ihre Männer zufriedenzustellen.«

»Nein.« Eve kam der Gedanke, dass Shelley womöglich unsterblich in Lauren verliebt gewesen und nie wirklich darüber hinweggekommen war. Weshalb sie umso mehr hoffte, dass Abigail ihren Weg machen und eine wunderbare Frau finden würde, die sich mit ihr zusammen auf die Reise durchs Leben machte.

»Okay, genug davon.« Shelley erhob sich. »Ich hole dir ein Foto von Helen.«

Sie ging ins Haus, gefolgt von Marx' Blick, während Eve atemlos auf ihre Rückkehr wartete. Sie war sich nicht sicher, ob sie schon bereit war, ihre Mutter kennenzulernen – auf die einzige Art, die ihr noch geblieben war. Aber sie hatte sich geschworen, schwierigen Situationen nicht mehr auszuweichen. Sie würde sich das Bild ihrer toten Mutter ansehen und sich sämtlichen Emotionen stellen, die es bei ihr auslösen würde.

»Das hier ist gut getroffen.« Shelley trat mit einem gerahmten Foto und einem großen braunen Fotoalbum auf die Veranda. Auch wenn sie so tat, als hätte sie ihrer Schwester nie verziehen, war sie schnell wieder da gewesen, was bedeutete, dass das Bild und das Album nicht irgendwo vergraben, sondern leicht zugänglich gewesen waren.

Helen war tatsächlich wunderschön gewesen. Blond, mit etwas lockigeren Haaren als Eve. Ihre Augen hatten eine ähnliche Form, und auch die hervortretenden Wangenknochen hatte sie von ihrer Mutter. Helens Lippen waren perfekt geschwungen, während Eve den breiteren Mund ihres Vaters und die etwas dickere Unterlippe geerbt hatte. Aber sie hatten dasselbe ovale Gesicht und zarte Kinn.

Hi, Mom.

»Hübsch, nicht wahr?« Shelley klang verbittert und stolz zugleich. »Hab ich's dir nicht gesagt?«

»Ja.« Eve konnte den Blick nicht von dem Foto abwenden und saugte jeden Millimeter in sich auf, als könnte sie ins Innere dieser Frau sehen, die in Wahrheit nicht mehr war als eine chemische Reaktion auf einem Stück Papier.

»Das Foto stammt aus der Zeit, bevor sie zu tief in die Sache hineingeriet. Sie war etwa Anfang zwanzig. Sie hatte bereits einige Probleme mit Alkohol und Marihuana hinter sich, aber sie war davon losgekommen. Genug für einen Collegeabschluss, auch wenn sie nie etwas daraus gemacht hat. Das war vermutlich, als … Wann bist du geboren?«

»Neunzehnneunzig.«

»Da war Helen … vierundzwanzig. Dann wurde dieses Foto also circa ein Jahr vorher gemacht. Wahrscheinlich nur wenige Monate, bevor sie mit dir schwanger wurde. Einer ihrer Freunde hat es geschossen. Einer der netteren, der sie nicht in Schwierigkeiten gebracht hat. Er wollte Fotograf werden. Ich glaube, er hatte später ein Atelier in Bangor.« Shelley starrte gedankenverloren ins Leere. »Wann genau hast du Geburtstag?«

»Am zwölften Mai.«

»Ich erinnere mich. Ich habe sie kurz danach getroffen. Sie hatte Machias einige Monate zuvor verlassen und war gerade wieder zurückgekommen. Sie hat behauptet, bei einem Mann gewohnt zu haben, aber in Wahrheit hat sie wohl ihre Schwangerschaft vor uns versteckt. Sie meinte, der Kerl hätte sie rausgeworfen.« Shelleys Stimme wurde lauter, die Worte sprudelten aus ihr heraus. »Mein Gott, jetzt ergibt alles einen Sinn! Sie wohnte in einem hübschen Häuschen am Meer in Machiassport. Ich weiß noch, dass ich mich gefragt habe, woher sie das Geld hat.«

»Von meinem Dad.«

»Ja. Genau. Jetzt erinnere ich mich.« Shelley ließ sich auf den Stuhl fallen, als würden ihre Erinnerungen zu schwer auf ihr lasten. »Sie hatte zugenommen und war furchtbar depressiv. Sie weinte immer wieder und sagte sehr seltsame Dinge. ›Ich vermisse es so.‹ – ›Ich habe mich noch nie so leer gefühlt.‹ – ›Ich hätte nie gedacht, so lieben zu können.‹«

Eve rührte sich nicht. Sie wollte den Bann nicht brechen, unter dem Shelley offenbar stand. Sie durfte nicht aufhören zu reden.

Ihre Mutter hatte sie geliebt. Es war schrecklich für sie gewesen, ihr Baby fortzugeben. Es war nicht einfach ein Geschäft gewesen. Kein einfacher Weg, sich ihre Drogensucht zu finanzieren.

Ich hätte nie gedacht, so lieben zu können.

»Ich dachte, sie redet von einem Mann. Es widerte mich an und ich verlangte von ihr, doch endlich darüber hinwegzukommen. Sie sah mich an, als hätte ich …« Shelleys Augen füllten sich erneut mit Tränen. »Als hätte ich die Tatsache heruntergespielt, dass sie gerade ein Kind verloren hatte.«

»Nein, bitte gib dir nicht die Schuld daran.« Eve schaffte nicht mehr als ein Flüstern. Sie hasste ihre Eltern dafür, dass sie so vielen Menschen so viel Leid zugefügt hatten. »Du konntest es unmöglich ahnen.«

»Nein, wahrscheinlich nicht. Aber es verfolgt mich immer noch.« Shelley hob die Brille an, um sich über die Augen zu wischen. »Kurz darauf begann sie wieder zu trinken. Dann kamen die Drogen. Harte Drogen, die immer härter wurden. Ich war so wütend auf sie! Sie versuchte ein oder zwei Mal halbherzig, davon loszukommen, aber sie wurde nie wieder clean.«

»Es tut mir so leid.«

»Na ja.« Shelley faltete die Hände im Schoß. »Vielleicht verstehe ich sie jetzt ein bisschen besser.«

Eve senkte den Kopf. Sie war furchtbar wütend auf ihre Mutter und ihren Vater, die sich aus purem Egoismus in das Leben anderer Menschen eingemischt hatten. Ein Spiel, das sich nur die Privilegiertesten leisten konnten. Helen hatte zwar gewusst, was von ihr verlangt werden würde, und sich freiwillig auf das teuflische Duo eingelassen, doch sie konnte unmöglich voraussehen, was es sie am Ende kosten würde.

»Das hier habe ich nach Helens Tod zusammengestellt.« Shelley deutete auf das Fotoalbum. »Ich war so wütend auf sie, dass ich es manchmal am liebsten zum Fenster hinausgeworfen hätte. Aber ich hatte Angst, dass ich es eines Tages bereuen würde. Du kannst es dir gerne ansehen. Aber ich muss dich warnen, es sind nicht nur schöne Momente.«

»Danke.« Eve nahm das Album. Sie blätterte es durch, betrachtete einige Bilder länger als andere und versuchte, ein Gefühl dafür zu bekommen, wer Helen Phillips gewesen war. Auf den allerersten Fotos war sie unglaublich süß – ein zahnloses, grinsendes Baby, das dem Säugling auf den Fotos ähnelte, die Eve von sich selbst gesehen hatte. Ein schmuddeliges, breit grinsendes Kleinkind, das einen winzigen Fisch hochhielt, bei dessen Fang es wahrscheinlich geholfen hatte. Ein kleines Mädchen im Sonntagskleid mit einer pinkfarbenen Schleife in den blonden Haaren, die perfekt zum Kleid passte. Daneben stand ein älteres Mädchen in einem identischen blauen Kleid. Es lächelte nicht und trug die Haare zu einem langweiligen Pixie geschnitten.

»Das bist du, oder?« Eve deutete auf das Foto.

»Ja, das bin ich«, schnaubte Shelley. »Der Tramp und der Engel.«

»Ihr seht beide hinreißend aus.«

Shelley verdrehte die Augen. »Mutter hat die Kleider genäht. Wir bekamen jedes Jahr neue. Für die Kirche. Helens war immer pink, meins immer blau. Ich habe sie alle gehasst. Deshalb durften meine Kinder immer anziehen, was sie wollten. Solange es halbwegs vernünftig war.«

Eve blätterte weiter und sah zu, wie sich ihre leibliche Mutter von einem süßen kleinen Mädchen in eine atemberaubend schöne junge Frau verwandelte. Ihre Posen wirkten durchdachter, ihr Lächeln weniger natürlich. Die Bilder wurden weniger, je deutlicher die Sucht von ihr Besitz ergriff und je mehr ihre Gesundheit darunter litt. Sie verlor an Gewicht, und das Leuchten in ihren Augen verschwand. Die Haut war fleckig, und auf den letzten Fotos, die an Weihnachten entstanden waren, hatte sie mehrere Verletzungen auf der Stirn und einige Zahnlücken.

Eve schloss das Album. »Danke, dass du es mir gezeigt hast. Es ist sehr … ehrlich.«

»Ich beschönige nicht, wer sie war. Nicht einmal für dich.«

»Das ist auch nicht nötig.«

Shelley erhob sich abrupt. »Möchtest du sie besuchen?«

Eve verstand kein Wort. »Wie bitte?«

»Möchtest du deine Mutter besuchen? Ihre Asche ist hier auf dem Grundstück begraben.«

Eve war sich nicht sicher, wie viele schockierende Enthüllungen sie noch verkraften würde, bevor sie zusammenbrach. »Helen wurde *hier* begraben?«

»Sie hat hier seit neunzehnhundertfünfundneunzig gelebt und ist zweitausendeins auch hier gestorben.«

Eve presste sich eine zitternde Hand auf die Stirn. »Weißt du … eigentlich bin ich hergekommen, um ein Haus für dich zu planen.«

Shelley legte den Kopf in den Nacken und stieß ein lautes Lachen aus, das Marx aufschreckte und Eve kichern ließ, obwohl sie nicht gedacht hätte, dass sie heute noch dazu fähig sein würde.

»Und jetzt sieh dir an, was du bekommen hast. Armes Ding. Wir gehen am besten durch die Küche, dann kann ich die Taschenlampe gleich mitnehmen. Ich werde dich jetzt deiner Mom vorstellen.«

Helens Grab befand sich nicht weit von der Stelle entfernt, wo Shelleys neues Haus einmal stehen würde. Direkt vor einer wunderschönen Gruppe Birken, deren weiße Stämme im Licht der Taschenlampe leuchteten. Das Gras um die einfache Steinplatte wirkte gepflegt, eine sanfte Brise wehte, und man hörte das leise Schwappen des Sees. Es war ein idyllischer Ort.

Eve trat auf das Grab zu, um die Inschrift zu lesen. Die Platte selbst war oval und eine mit Blättern geschmückte Rebe rankte sich um den Rand. Die Worte waren einfach, aber eindrucksvoll:

Wir sind wie der strahlende Mond. Wir haben alle eine dunkle Seite.

»Das ist …« Eve schluckte. » … ein schönes Zitat.«

»Von Khalil Gibran, dem libanesischen Philosophen.«

Eve beugte sich nach unten und berührte die Steinplatte. »Wie ist sie gestorben?«

»An einem Gehirnaneurysma. Sie war sechsunddreißig. Ihr Körper hielt die ständige Belastung nicht mehr aus. Das Geld, das Daniel Helen für ihr Schweigen gezahlt hat, hat es ihr letztlich ermöglicht, sich selbst ins Grab zu bringen. Ein trauriges Leben.«

»Du hast gesagt, dass sie auf dem College war. Was war ihr Hauptfach?«

»Musik. Obwohl meine Mutter dagegen war. Aber sie hatte ein Stipendium der University of Maine bekommen, also konnte Mutter nichts dagegen tun. Außerdem wusste sie wahrscheinlich, dass es keinen Sinn hatte, Helen von etwas abzuhalten, wenn sie es sich erst einmal in den Kopf gesetzt hatte.«

Musik. Allmählich wurde so einiges klar. »Das Klavier hat ihr gehört?«

»Ja. Sie hat es gebraucht bei einer Haushaltsauflösung gekauft. Sie hat mir davon geschrieben. Es war eine der wenigen E-Mails, die ich von ihr bekommen habe, nachdem sie hierher gezogen war. Sie hatte Talent, aber sie nutzte es nicht. Sie hat auch gerne gezeichnet. Am liebsten abstrakte Muster. Ich habe wahrscheinlich noch Arbeiten auf dem Dachboden, falls du sie sehen willst.«

»Sehr gerne.« Eve schlang die Arme um ihren Oberkörper. Hatte sie das Zeichentalent von ihrer Mutter geerbt? Die Liebe zu besonderen Formen stammte jedenfalls von Daniel. Genauso wie der Hang zur Logik und Sachlichkeit, die schwerer wogen als jedes Gefühl. Sie hatte jedoch nie etwas gefunden, was sie mit Jillian verband.

Kein Wunder.

»Wir haben vorhin über das Vergeben gesprochen.« Shelley beugte sich nach unten und hob ein Blatt auf, das der Wind auf die Steinplatte geweht hatte. »Nach Helens Tod habe ich alles über Suchterkrankungen gelesen, was ich in die Finger bekam. Ich nahm an, dass sie von ihren Freunden misshandelt worden war, also informierte ich mich über Gewalt, Traumata und Depression. Es half, diese Aspekte ihres Lebens besser zu verstehen. Du hast mir weitere Einblicke in die damalige Situation ermöglicht, und auch das wird wohl hilfreich sein. Ich weiß nicht, ob ich ihr jemals verzeihen werde, dass sie mich belogen und mir böse Dinge an den Kopf geworfen hat. Aber ich bin mittlerweile bereit, den Großteil ruhen zu lassen.«

Eve dachte an Leah, die mit der sexuellen Orientierung ihrer Tochter umzugehen gelernt hatte, nachdem sie mit dem Mann in der Bibliothek gesprochen und Einblicke in Abigails Gefühlswelt erhalten hatte. »Ich glaube, ich weiß, was du meinst.«

»Was weißt du über die Beweggründe deiner Mutter? Und ich meine jetzt Jillian.«

Die Frage hallte in Eves Kopf wider. Plötzlich erkannte sie mit außergewöhnlicher Klarheit, dass sie Jillian – in einem seltsamen Umkehrschwung – unrecht getan hatte. Es war allerdings ziemlich einfach, diesen Fehler wiedergutzumachen.

»Gar nichts.« Sie schenkte ihrer Tante ein Lächeln, und sie sahen einander einen Augenblick lang liebevoll in die Augen. »Aber ich glaube, es wird Zeit, dass sich das ändert.«

Kapitel 18

3. Juni 1989 (Samstag)

Das Leben ist schön! Ich habe einen wunderbaren Mann, immer noch eine fantastische Karriere und ein perfektes Haus. Ich bin clean, gehe zu den Anonymen Alkoholikern und nehme meine Medikamente. Das Beste sind jedoch meine beiden bezaubernden, klugen Mädchen. Und dass jeder glaubt, sie hätten meine DNA und ich hätte sie zur Welt gebracht.

Olivia ist mir in allem sehr ähnlich. Sie ist stark, leidenschaftlich, gewitzt und einfach umwerfend. Sie ist mein Schatz. Rosalind ist energiegeladen, süß und immer fest entschlossen. Ich liebe sie, wie nur eine Mutter ein Kind lieben kann, das ihr ein vollkommenes Rätsel ist.

Ich will noch eines. Nur noch ein Mal. Ich will diese tiefe, animalische Zärtlichkeit beim Anblick eines winzigen neugeborenen Wesens noch einmal spüren. Dieses Gefühl, das so stark ist, dass ich es am liebsten in mich aufgesaugt hätte, um es so nah wie möglich bei mir zu tragen. Ich habe mich beide Male auf den ersten Blick in meine Töchter verliebt.

Eines noch, nur eines! Daniel sagt Nein, aber ich weiß, dass ich ihn umstimmen kann.
Falls es dieses Mal ein Junge wird, werde ich ihn Clark Gregory nennen, nach Gable und Peck. Bei einem Mädchen wäre es Eve Grace, nach Arden und Kelly.
Wir müssen uns auf die Suche nach einer weiteren Leihmutter machen. Das ist der Teil, den ich hasse.

Nach dem Gespräch am Grab ihrer leiblichen Mutter blieb Eve noch mehrere Stunden lang wach und las den Rest von Jillians Tagebuch. Es war teilweise schmerzhaft und herzzerreißend, es machte sie wütend, und es war schockierend, dass Tante Christina möglicherweise Olivias leibliche Mutter war und Olivia es vielleicht nie herausfinden würde oder wollte. Es war aber auch ehrlich, witzig und letzten Endes vor allem niederschmetternd.

Aber es ging um ihre Mutter – und um die einzige Möglichkeit, sie besser kennenzulernen. Allerdings gab es auch einen guten Grund, warum Kinder nichts von den intimsten Gedanken ihrer Eltern erfahren sollten, und Eve hatte mehrere Male das Gefühl gehabt, sie hätte Sperrgebiet betreten. Trotzdem hatte Shelley recht gehabt. Die Welt durch die Augen ihrer Mutter zu sehen – und wenn es auch ein noch so unvollständiger Blick war und sie sich absolut nicht mit dieser Sichtweise anfreunden konnte –, hatte ihr zumindest ermöglicht, einen ersten Schritt auf Jillian zu zu machen und den schrecklichen Graben zwischen ihnen zu überwinden.

Eve hatte Frauen wie Jillian Croft noch nie bewundert oder ihnen nachgeeifert, und das tat sie noch immer nicht. Aber zusammen mit dem, was Rosalind ihr über Jillians Leben in Maine und über die psychischen Folgen ihres körperlichen Zustandes erzählt hatte, kam sie einem Verständnis für ihre Mutter immer näher.

Am nächsten Morgen erwachte sie seltsamerweise gestärkt, obwohl sie nicht viel geschlafen hatte, und startete energiegeladen zu ihrem täglichen Morgenlauf. Wenn es nicht zu weiteren lebensverändernden Entdeckungen kam, war sie optimistisch, dass sie die nächste Zeit ernsthaft an den beiden Projekten würde arbeiten können, die sie hierher geführt hatten.

Ehrlich gesagt konnte sie es kaum erwarten, sich von den kräftezehrenden Gefühlen zu verabschieden und sich der unbeseelten Schönheit der Linien und Formen zu widmen. Die architektonische und persönliche Erleuchtung im Kunstmuseum von Milwaukee hatte ihren Gedanken eine völlig neue Richtung gegeben, und sie freute sich darauf, ihre Vorstellungen zu Papier zu bringen.

Ihre Ideen waren zwar noch immer nicht ganz klar, aber sie stellte sich ein offeneres Konzept für Shelleys Haus vor. Licht, Luft und Raum, um sich zu bewegen. Ein Ort der Farbe – viel Farbe! – und der Bewegung. Claytons Wintergarten stellte immer noch ein Problem dar, aber zumindest wusste Eve, dass sie ihn nicht unter der vorhandenen Terrasse verstecken würde.

Die folgenden drei Wochen arbeitete sie rund um die Uhr, wenn sie nicht gerade mit Clayton oder Shelley oder beiden zusammen zu Abend aß beziehungsweise mit Abigail schrieb oder telefonierte, die bis jetzt weder Glen noch ihre Mutter umgebracht hatte – was zumindest ein gutes Zeichen war. Sie aß, atmete und schlief für ihre beiden Projekte und wurde dabei vor allem in der ersten Woche nur durch einige notwendige, aber sehr schmerzhafte Gespräche mit Mike unterbrochen, der gerade aus ihrem Haus auszog. Es ging vor allem darum, was er mitnahm und was nicht. Um die grauenhafte Logistik einer gescheiterten Beziehung. Dank ihres neu gefassten Selbstvertrauens schaffte Eve es allerdings, seinen Versuchen zu widerstehen, ihr die Schuld an seiner vorübergehenden Obdachlosigkeit zu geben. Am Ende bot ihm ein Freund aus seiner Therapiegruppe einen Unterschlupf an, bis er etwas gefunden hatte, und Eve geriet nicht in Versuchung, ihm Geld für ein Airbnb zu geben.

Der Gedanke an die Überreste ihres Lebens in Boston befeuerte ihren Wunsch, ihre Projekte abzuschließen und sich auf den Rückweg zu machen. Sie würde Shelley und Clayton zwar vermissen, aber sie hatte natürlich vor, wiederzukommen, wenn die Bauarbeiten begonnen hatten. Nach der Kündigung und der Trennung von Mike wollte sie sich erst an ihr neues Leben gewöhnen, bevor sie die Beziehung zu den beiden vertiefte.

Bei den ersten Entwürfen war ihre Unsicherheit von Minute zu Minute gewachsen, doch jetzt war das Gegenteil der Fall. Eve wurde sich von Tag zu Tag sicherer, dass die Entwürfe nicht nur zu Shelley und Clayton passten, sondern dass sie dem Job voll und ganz gewachsen war.

Je größer die Überzeugung, desto leidenschaftlicher und unaufhaltsamer ging sie an ihre Aufgabe heran. Sie stand früh auf und arbeitete bis spät in die Nacht, und ihre Ideen kamen ihr nicht einfach, sondern forderten ihre Aufmerksamkeit regelrecht ein. Manchmal sogar im Schlaf, wenn sie sich auf die andere Seite drehte. Dann wachte sie ruckartig auf, griff nach ihrem Handy und sprach den Einfall – oder zumindest Teile davon – auf Band, um am nächsten Tag über ihre schlaftrunkene Stimme zu lachen. Wenn sie bei einem Projekt in eine Sackgasse geriet, machte sie mit dem anderen weiter, wobei Shelleys Haus immer mehr Aufmerksamkeit einforderte.

Nach zwei Wochen unermüdlicher Arbeit waren die Pläne fertig, und sie konnte sie ihrer Tante vor Ort präsentieren. Es war warm, um die fünfzehn Grad, der Frühling ließ sich nicht mehr aufhalten. Krokusse und Narzissen blühten, auf den Bäumen zeigten sich erste rötlich grüne Knospen. Abgesehen von ihrem täglichen Morgenlauf und ein paar Brainstorming-Einheiten auf der Veranda hatte sich Eve die meiste Zeit in ihrem Büro eingesperrt. Die Rückkehr in die freie Natur fühlte sich an, als hätte sie den Winter dort zurückgelassen.

Unter Shelleys aufmerksamem Blick rollte Eve die Pläne auf einem flachen Stein aus und erklärte ihrer Tante, was sie vorhatte. Äußerlich wirkte das Haus immer noch traditionell und ähnelte dem Haupthaus: weiß mit schwarzen Fensterläden und Gauben auf der Seeseite. Im Inneren reichte der Großteil des Erdgeschosses jedoch bis hinauf zu der gewölbten Decke, und die offene Küche sowie der Essbereich gingen nahtlos ins Wohnzimmer über. Neben dem urigen Steinherd samt Kamin führte eine gusseiserne Wendeltreppe zu einem Schlafzimmer mit angeschlossenem Bad, unter dem sich im Erdgeschoss ein kleiner Lagerraum und eine Toilette befanden.

Shelley betrachtete die Zeichnungen eingehend und hörte Eves Erklärungen aufmerksam zu. Erst als Eve vor Anspannung beinahe zu brüllen begonnen hätte, atmete sie tief ein und stieß ein langes Seufzen aus.

War das ein gutes oder schlechtes Zeichen?

»Also …« Sie sah Eve an, und ihre Augen funkelten. »Das ist toll!«

»Wirklich?« Eve stieß einen albernen Jubelschrei aus. »Hurra!«

»Der erste Entwurf hat mir auch gefallen. Er war so …« Shelley schlang die Arme um den Oberkörper und sah Eve argwöhnisch an. »Gemütlich und klein. Genau das, was ich eigentlich wollte. Aber das hier …« Sie breitete die Arme aus und richtete den Blick lachend in den Himmel.

»Genau das ist es.« Eve nickte viel zu oft hintereinander und musste sich zwingen, damit aufzuhören. »Ich bin froh, dass es dir gefällt.«

»Ich liebe es.« Shelley überraschte Eve, indem sie die Arme um sie schlag. »Danke, meine liebe Eve. Für alles. Ich werde dich vermissen, wenn du nicht mehr da bist.«

Eve schloss die Augen und erwiderte die Umarmung ihrer Tante. »Ich werde dich auch vermissen. Aber ich komme ja wieder. Ich gehöre doch jetzt zur Familie. Außerdem fahre ich erst in einer Woche.«

»Ich weiß. Ich habe nur Angst vor dem Unvermeidlichen.« Shelley ließ sie los. »Du musst unbedingt meine Kinder kennenlernen. Ich habe ihnen von dir erzählt, und sie freuen sich, dich zu treffen. Kate kommt im Juni. Und im August sind alle mit ihren Familien da.«

Eve lächelte weiter und schob die Panik von sich, die instinktiv in ihr hochstieg, wenn sie daran dachte, diesen ruhigen Rückzugsort mit drei fremden Familien zu teilen. Vielleicht durfte sie bei Clayton übernachten. »Wenn es passt, komme ich gerne.«

»Gut.« Shelley sah lachend auf Marx hinunter, der sie anstieß und um ihre Aufmerksamkeit bettelte. »Ja, du darfst natürlich auch mitkommen. Dann können wir dir Prinzessin Leia vorstellen, das ist die Katze meiner Tochter. Wir sperren euch einfach gemeinsam in ein Zimmer und warten ab, wer lebend herauskommt.«

»Super Idee.« Eve verdrehte die Augen. Mittlerweile hatte sie sich an den trockenen Humor ihrer Tante gewöhnt. »Eine weitere Katze für seine Sammlung.«

»Er wird vor Stolz platzen.« Shelley streckte Eve den Arm entgegen. »Das muss gefeiert werden. Gehen wir doch rein und trinken ein Glas. Was hältst du davon?«

Eve grinste und hakte sich bei ihr unter. »Guter Plan.«

Es war tatsächlich ein guter Plan, genauso wie die Idee, danach zum Essen ins *KK Fiske Restaurant* zu fahren, wo sie frische Quappen aßen, sich Geschichten aus ihrer Kindheit erzählten und bei der Erinnerung an ihr erstes, schweigsames Abendessen herzhaft lachten. Eve hatte einen Anker, eine Freundin und eine mütterliche Vertraute in Shelley gefunden – und einige neue Verwandte, um ihren kärglichen Stammbaum aufzupeppen.

Sie hatte wieder Freude daran, sich in neue Projekte zu stürzen und ihre Ideen und Pläne dem Urteil anderer auszusetzen. Auch wenn sicher nicht jeder Job ein derartiger Volltreffer sein würde. Mal sehen, was Clayton zu der neuen Idee für seinen Wintergarten sagte. Im Moment fühlte sie sich jedenfalls wie eine richtige Architektin – ein schönes Gefühl.

In der nächsten Woche versank sie erneut fieberhaft in ihrer Arbeit und zeichnete wie besessen an den Entwürfen für Claytons Wintergarten. Sie räumte da und dort letzte Hindernisse aus dem Weg und war am Ende überzeugt, dass es funktionieren würde. Der April ging langsam seinem Ende zu. Das Gras war grün, die Blumen blühten und die Vögel kehrten aus dem Süden zurück, und so sehr sie Shelleys und Claytons Gesellschaft genoss, wurde die Sehnsucht nach ihrem Haus in Swampscott immer größer.

Am späten Vormittag des 28. April warf sie einen letzten Blick auf den Wintergartenentwurf und beschloss, dass alles perfekt war. Es waren keine Änderungen mehr notwendig, die sie dann ohnehin wieder rückgängig machen würde. Sie druckte die Pläne aus und wählte Claytons Nummer.

»Eve!« Seine Stimme klang so herzlich, dass sie dahinschmolz. Ihre gemeinsame Zeit – ein schnelles Mittagessen, ein Drink und ab und zu ein gemeinsames Abendessen – war wunderbar gewesen. Es kostete sie immer mehr Mühe, sich nicht Hals über Kopf in ihn zu verlieben. Aber es hatte keinen Sinn. Immerhin lebten sie in zwei verschiedenen Städten, und das würde sich auch in absehbarer Zukunft nicht ändern.

»Ich bin fertig. Willst du die Pläne sehen?«

»Klar will ich sie sehen! Bist du verrückt?«

»Noch nicht ganz.« Mein Gott, es war schön, seine Stimme zu hören. Sie hatten letztes Wochenende zusammen zu Mittag gegessen, aber er stand kurz vor der Abgabe eines weiteren Mitarbeiterhandbuches und damit genauso unter Zeitdruck wie sie. »Ich bringe sie dir gleich rüber.«

»Nein. Warte. Nicht jetzt.«

»Nicht?« Sie konnte ihre Enttäuschung kaum verbergen.

»Heute Abend. Sechs Uhr. Zum Abendessen.«

»Oh.« Sie grinste breit, und die Enttäuschung löste sich in Luft auf. »Ich rede noch mal mit Shelley, aber das klingt herrlich. Was soll ich mitbringen?«

»Die Pläne. Und dich.«

»Wird gemacht. Bis später.«

»Warte.«

Sie hielt sich das Handy wieder ans Ohr. »Ja?«

»Ich war kurz nicht bei der Sache. Heißt das, du fährst bald?« Er klang so wehmütig, dass ihre Glücksblase platzte.

»Ja. Ich muss mich mal wieder um mein Leben kümmern.«

Oder besser gesagt um das, was davon noch übrig war. Sie musste sich neu formieren, einen Job finden und ihr Sozialleben wiederaufnehmen, indem sie erstens neue Leute kennenlernte und zweitens alte Freundschaften wiederbelebte, die die Trennung von Mike überstanden hatten. Vielleicht kaufte sie sich endlich ein Abo für die *Boston Symphony Hall*, damit sie öfter hinging. Sie würde neue Restaurants ausprobieren, eine Therapie beginnen, irgendwann wieder mit Männern ausgehen …

Bäh.

Clayton seufzte. »Das sollte ich auch tun.«

Eve verknüpfte seine Antwort mit ihrem letzten Gedanken und dachte einen Moment lang, dass er sich ebenfalls wieder verabreden wollte. Ihr Magen zog sich zusammen. Und er beruhigte sich auch nicht, als ihr klar wurde, dass zwar Shelley immer hier sein würde, wenn sie zu Besuch kam, dass Clayton aber nur einige Wochen im Jahr auf der Insel verbrachte. Es würde reiner Zufall sein, wenn sie sich trafen, es sei denn, sie verabredeten sich. Und dazu waren sie beide noch nicht bereit.

Sie zwang sich, weiterhin fröhlich zu klingen. »Wir können uns leider nicht ewig hier verstecken.«

Er schnaubte. »*Ich* bin derjenige, der sich versteckt. Du wurdest von allen Seiten von der Realität eingeholt.«

»Die letzten paar Wochen nicht.« Sie trat aus dem Büro in Shelleys Wohnzimmer, da sie es in dem beengten Raum nicht mehr aushielt. »Ich kann es kaum erwarten, dir meine Idee zu zeigen. Es ist außergewöhnlich, aber ich glaube, es wird dir gefallen.«

»Darauf wette ich. Bis sechs.«

Sie legte auf und war plötzlich genauso schwermütig, wie sie vorhin fröhlich gewesen war. Sie würde ihn schrecklich vermissen – es hatte keinen Sinn, etwas anderes zu behaupten.

Wenn sie bloß nicht so weit voneinander entfernt wohnen würden!

Um sechs hatte Eve ihre und Marx' Sachen in ihren Wagen geladen. Zu Beginn hatte es nur sanft genieselt, doch mittlerweile schüttete es. Sie steckte die gefalteten Pläne in einen braunen Umschlag, den sie wiederum mit einer Plastikhülle schützte und unter ihrem Regenmantel verstaute. Nach dem kurzen Weg zum Auto war sie außen patschnass, aber unter dem Mantel immer noch trocken.

Bei Clayton angekommen, sprintete sie zur Haustür, die sich so schnell öffnete, als hätte er dahinter auf sie gewartet.

»Hi, du.« Sein Blick ging an ihr vorbei, und sein Grinsen verschwand. »Du hast schon gepackt?«

»Ja. Es war grauenhaft im Regen. Aber ich muss morgen früh los.«

»*Morgen?* Das ist aber plötzlich.«

»Nicht wirklich.« Sein klagender Ton überraschte sie. »Ich bin mit der Arbeit fertig. Und ich habe dir doch am Telefon gesagt, dass ich nach Hause fahre.«

»Du hast gesagt ›bald‹.« Er wirkte aufgebrachter, als … na ja, als sie es wollte.

»Aber … ich meine … ich komme ja wieder, wenn … ich glaube, es ist nicht …« Sie seufzte und machte eine ausladende Handbewegung. Es gab keinen Ausweg aus diesem Gespräch, sie verfing sich nur noch tiefer darin. »Es tut mir leid. Ich hätte dir früher Bescheid geben sollen. Ich habe nicht nachgedacht.«

Er fuhr sich mit der Hand durch die Haare. Seine Augen waren leicht verschwollen, als hätte er den ganzen Tag vor dem Bildschirm verbracht. Genau wie sie. »Wir hatten beide viel zu tun. Es ist nur … du und ich … wir befinden uns in einer seltsamen Situation. Wir sind nicht zusammen, aber auch nicht wirklich *nicht* zusammen. Trifft es das in etwa?«

Warum fiel es ihr nicht auch so leicht, das Offensichtliche auszusprechen?

»Freunde ohne gewisse Vorzüge.«

»Genau.« Er wirkte irgendwie peinlich berührt. »Willst du dort draußen in deinem klatschnassen Regenmantel stehen bleiben, während wir weiter darüber reden?«

»Nicht wirklich.«

»Es tut mir leid. Ich dachte einfach, ich hätte dich noch ein wenig länger, das ist alles. Komm rein.« Er trat beiseite. »Lass mich zuerst einmal sehen, was du dir überlegt hast. Es wäre schön, draußen zu sitzen, aber ...«

Sie setzten sich ins Wohnzimmer, wo sie wenigstens den zukünftigen Platz für den Wintergarten im Blick hatten. Eve rollte die Pläne auf dem Couchtisch aus, bei dem es sich sicher um eine Antiquität handelte, und dachte wieder einmal, wie wenig die Einrichtung zu Clayton passte.

»Hier.« Sie deutete auf den Plan. »Anstatt den Wintergarten unter der Terrasse zu verstecken, schlage ich vor, dass wir die komplette bestehende Terrasse verglasen und davor eine zweite Terrasse bauen. Ich weiß, das ist etwas ausgefallen, und als mir die Idee zum ersten Mal kam, hatte ich tatsächlich ein wenig Angst davor. Aber je länger ich darüber nachdachte, desto überzeugter wurde ich, dass wir am Ende einen sehr gemütlichen und hübschen Ort schaffen. Es wäre dadurch möglich, den Wintergarten von jedem Zimmer an der Rückseite des Hauses zu betreten. Also vom Wohnzimmer, vom großen Schlafzimmer und von der Küche aus. Du kannst morgens aufstehen, in den Wintergarten gehen und den Blick auf den See genießen. Du kannst das Frühstück von der Küche direkt in den Wintergarten tragen. Er würde die Räume an der Rückseite des Hauses miteinander verbinden. Ein großer Raum, zu dem jeder Zugang hat.«

Sie verstummte. Normalerweise war es besser, nicht zu viel zu sagen. Sie wollte die Pläne für sich sprechen und der Fantasie ihrer Klienten freien Lauf lassen, damit diese selbst entscheiden konnten, wie das vorgeschlagene Konzept in ihr Leben passte.

Aber heute war sie nervös. Sie wollte, dass Clayton ihre Idee gefiel. Und mehr noch. Sie wollte, dass er ihr Können und ihre Entscheidungen schätzte.

»Hmm.« Sein Blick wanderte von den Plänen durch die regennassen Fenster hinaus auf die Terrasse. »Das ist … interessant.«

»Ja?« Ihr Herz wurde schwer. War es falsch, seine Ehrlichkeit zu lieben und zu bewundern und gleichzeitig darauf zu hoffen, dass er ihr in dieser Angelegenheit ins Gesicht log?

Sein Blick wanderte weiter zwischen dem Couchtisch und der Terrasse hin und her.

Eve betrachtete sein Gesicht. Ihre Brust zog sich zusammen, als ihr klar wurde, wie viel er ihr bedeutete. Sie kannten sich noch nicht lange, aber sie hatten einander in einigen sehr außergewöhnlichen Situationen beigestanden.

»Eigentlich …« Er wandte sich unvermittelt zu ihr um und ertappte sie dabei, wie sie ihn anstarrte, was ihr noch vor ein paar Wochen schrecklich peinlich gewesen wäre. »Eigentlich finde ich es absolut genial.«

»Ah.« Eve versuchte, ihre Begeisterung zu verbergen, doch dann fiel ihr kein Grund ein, es zu tun, und ihr Gesicht verzog sich zu einem breiten Grinsen. Sie klatschte in die Hände. »*Natürlich* ist es genial.«

»Ich meine, ehrlich …« Er betrachtete die Pläne, die ihr keine Ruhe gelassen hatten, bis sie eine zusammenhängende, praktische Ästhetik vermittelt hatten. »Es würde den Charakter des Hauses vollkommen verändern.«

»Und das wäre gut, oder?«

»Das wäre *unglaublich* gut.« Er sah sich um, als würde er das

Haus gerade zum ersten Mal sehen. »Ich habe draußen mit dem Aufräumen begonnen, dabei braucht es die Veränderung im Inneren. Das Haus ist seit jeher so … mir fällt das richtige Wort nicht ein.«

Langweilig? Abweisend? Gekünstelt? »Als müsste es sich mal entspannen?«

»Ja.« Er sah sie an. »Es sollte sich entspannen. Sich öffnen. Ein Gemeinschaftsgefühl bekommen. Habe ich schon gesagt, dass du brillant bist?«

»Ich bin so froh, dass es dir gefällt.«

Er betrachtete die Pläne noch etwas länger, dann tippte er mit dem Finger darauf. »Gekauft. Wenn es okay ist, sehe ich sie mir später noch mal genauer an, und dann können wir weiterreden. Ich will an deinem letzten Tag keine Zeit verschwenden und …« Er runzelte die Stirn. »Solltest du nicht bei deiner Tante sein?«

Eve schüttelte den Kopf. »Shelley hat mich mehr oder weniger rausgeworfen. Ich glaube, sie will uns verkuppeln.«

»Ah, das ist nett. Ich wünschte, ich würde jemanden kennen, mit dem ich *sie* verkuppeln kann.« Er machte sich auf den Weg in die Küche und winkte Eve mit sich. »Darf ich dir ein Glas eines weiteren exzellenten Weines anbieten, den ich meinem Dad geklaut habe?«

»Du darfst.« Eve folgte ihm in die Küche, lehnte sich an die Arbeitsplatte und sah zu, wie er die Flasche öffnete. In der Küche war es warm, es roch nach Rosmarin und Salami. Zusammen mit dem Regen, der auf das Dach und an die Fenster prasselte, machte dieser Duft den strengen Raum beinahe heimelig.

»Ich werde dich vermissen.« Die Worte waren unbedacht, unendlich mutig und kamen von Herzen.

»Ich dich auch.« Er sah ihr kurz in die Augen, dann wandte

er sich wieder dem Wein zu. »Ich glaube, wir müssen uns irgendwann irgendwo wiedersehen.«

»Gute Idee.«

»Dann trinken wir jetzt auf zwei gute Ideen.« Er reichte ihr ein Glas und griff nach seinem eigenen. »Auf ein Treffen in der Zukunft und die neuen Wintergartenpläne.«

»Cheers.« Eve nippte am Wein. Es war ein geschmeidiger Roter mit Tiefe und Charakter. Sie musste wirklich damit aufhören, immer dieselbe Marke im selben Supermarkt zu kaufen. »Mhm. Was würden wir trinken, wenn dir die Pläne nicht gefallen hätten?«

»Schmutziges Wasser.« Er öffnete einen Küchenschrank und holte eine Dose Cashewnüsse heraus. »Willst du es locker angehen lassen und es dir einfach hier in der Küche gemütlich machen?«

»Gerne. Kann ich dir irgendwie helfen?«

»Ich muss nur noch das Nudelwasser kochen, und das dauert nicht lange, weil ich es bereits erhitzt habe, bevor du gekommen bist.« Er machte den Herd an. »Die Soße ist schon fertig.«

Sie setzte sich an den kleinen Tisch und erinnerte sich, wie nervös sie gewesen war, als sie genau hier gesessen und seine somalische Hühnersuppe gegessen hatten. Es kam ihr vor, als wären seitdem Monate vergangen. »Woher hast du denn die Zeit genommen?«

»Um das Wasser zu kochen?« Er setzte sich ihr gegenüber.

»Haha.«

»Die Soße ist aus dem Gefrierschrank.« Clayton nahm sich einige Cashews, warf eine davon hoch und fing sie mit dem Mund auf. »Vom letzten Monat.«

»Sehr clever.« Eve warf ebenfalls eine Nuss hoch und öffnete den Mund, doch sie prallte an ihrem Schneidezahn ab. »Aua.«

»Also, ich habe nachgedacht …«

Sie suchte am Boden nach der Nuss und griff eilig danach. »Schon wieder?«

»So bin ich nun mal.« Er warf eine weitere Nuss hoch und fing sie erneut auf. »Ich lebe schon sehr, sehr lange in Chicago. Ich habe mir eingeredet, dass ich dorthin gehöre. Dass jemand, der keine Familie hat, wenigstens irgendwo zu Hause sein sollte. Ich war in Illinois auf dem College und habe Jobangebote in anderen Städten ausgeschlagen. New York, Boston, Seattle – es fühlte sich einfach nicht richtig an.«

»Und jetzt?« Sie warf ebenfalls noch eine Nuss hoch. *»Aua.«*

»Jetzt glaube ich, dass ich mich dort versteckt habe, genau wie hier. Im letzten Monat hat sich einiges verändert. Ich habe Abigail kennengelernt und musste mich ihr und mir selbst stellen. Ich habe jetzt ein klareres Bild davon, was ich will.« Er senkte den Blick. »Und dann habe ich auch noch dich getroffen.«

Eve hatte keine Ahnung, wovor sie Angst hatte, aber ihr ganzer Körper schaltete auf Alarmstufe Rot. Sie legte die Nüsse beiseite und griff nach dem Wein.

»Und … also … was … was willst du?« Sie steckte ihre Nase in das Glas. So gewann sie Zeit und musste erst reagieren, wenn sie seine Antwort verdaut hatte.

»Eve …« Er sah sie mit schmachtendem, ernstem Blick an. Ein wenig zu schmachtend. »Ich will in dein Haus in Swampscott einziehen und so viele Kinder mit dir bekommen, dass wir sowohl dieses als auch Shelleys Haus damit füllen können.«

Eve schnappte nach Luft und erwischte dabei genug Wein, um einen filmreifen Hustenanfall zu bekommen. Als sie wieder sprechen konnte, deutete sie anklagend auf sein breites Grinsen. »Das war gemein!«

»Ich weiß.« Er stand auf und gab etwas Salz und ein paar

Hände Vollkornspaghetti in den dampfenden Topf. »Aber ich habe nur davon gesprochen, Chicago zu verlassen, und du hast mich angesehen, als würde ich jeden Moment über den Tisch springen und dich erdrosseln.«

»Okay, okay. Ich hab so meine Macken.« Eve klopfte sich auf die Brust, bis sie wieder normal atmen konnte. Es war ihr peinlich, dass sie so paranoid gewesen war. »Ich arbeite daran. Wo willst du hinziehen?«

»So weit bin ich noch nicht.« Er stellte den Kurzzeitwecker ein. »Meinen Job kann ich mehr oder weniger überall machen, aber ich glaube, in dieser Hinsicht werde ich mich auch verändern.«

»Was machst du denn stattdessen?«

Er stemmte die Hände in die Hüften und sah sie mit gespielter Empörung an. »Mein Gott, *musst* du mir derart auf die Nerven gehen?«

Eve presste sich eine Hand auf den Mund, bis sie ihren Wein ohne weiteren Zwischenfall geschluckt hatte. »Warum weißt du das alles noch nicht?«

»Na ja, ich bin mir über die Zeitspanne noch nicht im Klaren. Vielleicht verkaufe ich meine Wohnung und miete mich eine Zeit lang irgendwo ein. Vielleicht auch länger. Es hängt viel davon ab, wo Abigail aufs College geht und wo sie sich letzten Endes niederlässt.« Er streckte sich und ließ die Schultern kreisen. Vermutlich waren sie nach einem langen Tag vor dem Computer genauso verspannt wie ihre. »Es ist seltsam, dass ich plötzlich auch an meine Tochter denken muss.«

»Wie steht's mit heiraten?«

»War das etwa ein Antrag?« Ihre Cashew prallte von seiner Brust ab, und er fing sie tatsächlich auch noch auf. »Das wäre ein weiterer Punkt, den es zu bedenken gilt. Aber ich habe auch da keine Eile.«

Eve hob ihr Glas. »Auf dein neues Leben.«

»Danke.« Clayton trat an den Tisch und griff nach seinem Glas. »Wie wird denn *dein* neues Leben aussehen? Neuer Job? Neuer Freund?«

»Mein Gott, *musst* du mir derart auf die Nerven gehen?«

Sie liebte sein Lachen, wenn er sich nicht zurückhielt. »Weißt du was, Eve? Wenn ich eine Entscheidung getroffen habe, lasse ich es dich wissen. Und du mich umgekehrt auch.«

»Einverstanden.«

»Und bis dahin bleiben wir in Verbindung, ja?« Er hob fragend die Augenbrauen, und einen Moment lang blitzte die Anspannung unter seinem lässigen Gehabe hervor.

»Ja.« Hoffentlich war es kein Fehler, an einer Freundschaft auf Distanz festzuhalten, aus der vielleicht nie mehr werden würde. Andererseits konnte sie sich nicht vorstellen, ihn vollkommen aus ihrem Leben zu streichen.

»Okay.« Er begann den Tisch zu decken. »Dann höre ich jetzt auf, dir Angst zu machen.«

»Du machst mir …« Eve verdrehte die Augen und stand auf, um ihm zu helfen. Er wusste es ohnehin, warum sollte sie ihm etwas vormachen?

Das Essen war köstlich. Eve mochte Vollkornnudeln normalerweise nicht, aber Claytons Soße bestand aus italienischer Salami, Tomaten und Rosmarin, und der intensive Geschmack überdeckte die Nudeln perfekt. Zur Pasta gab es einen einfachen grünen Salat und zur Nachspeise einen traditionellen Door-County-Kirschkuchen, den Clayton auf dem Festland gekauft und dem Anlass zu Ehren aufgetaut hatte.

Sie unterhielten sich während des Essens und des Abwaschs, und anschließend setzten sie das Gespräch im Wohnzimmer bei einem Glas Brandy fort.

Irgendwann wurde Eve schließlich klar, dass sie stundenlang – oder vielleicht sogar tage- oder jahrelang – mit Clayton reden konnte, ohne jemals sagen zu müssen: »Okay, Schluss jetzt. Es ist alles gesagt.«

Und deshalb konnte sie genauso gut gleich gehen, auch wenn sie traurig war und zu zittern begann, wenn sie nur daran dachte.

»Ich sollte mich auf den Weg machen.« Sie stellte das Glas auf den Couchtisch und stemmte sich hoch. »Ich will mich heute Abend noch von Shelley verabschieden, falls sie morgen länger schlafen möchte.«

»Klar.« Er stand auf und wirkte ungewohnt verloren.

»Danke fürs Abendessen.« Eves Kehle zog sich zusammen, obwohl sie versuchte, fröhlich zu klingen. Sie deutete auf die Zeichnungen. »Die lass ich dir hier. Melde dich, wenn du Änderungsvorschläge oder Fragen hast.«

»Okay.« Er brachte sie zur Tür, und sie wurden beide mit jedem Schritt langsamer. »Besteht die Möglichkeit, dass du im Sommer wiederkommst, um dir den Baufortschritt anzusehen? Vielleicht, wenn Abigail auch da ist?«

»Das wäre schön. Ich habe Shelley bereits gesagt, dass ich versuchen werde, im August da zu sein, wenn ihre Kinder kommen.« Als sie die Tür öffnete, stellte sie fest, dass der Regen aufgehört hatte. Ein feuchter Wind wehte durch die Bäume, überall tropfte es leise. »Und falls du einmal nach Boston kommst …«

»Klar.« Er breitete die Arme aus und sie trat zu ihm und ließ sich umarmen. Es war nicht wirklich überraschend, dass Traurigkeit in ihr hochstieg und sich ihre Kehle zusammenzog. Auch wenn es klischeehaft klang, er war in all den Stürmen der letzten Wochen ihr Fels in der Brandung gewesen. »Melde dich, wenn du sicher zu Hause angekommen bist.«

»Wird gemacht.« Sie trat einen kleinen Schritt zurück, sah zu ihm hoch und suchte nach den perfekten Worten, um ihm zu sagen, wie viel ihr ihre Freundschaft bedeutete.

Doch er beugte sich so schnell nach unten, dass sie keine Zeit hatte, um zu reagieren.

Der Kuss war tief und lang, und ein plötzliches, unwiderlegbares sexuelles Begehren durchfuhr sie.

Verdammt.

Als er sich von ihr löste, sah er genauso traurig und hoffnungslos aus, wie sie sich fühlte. »Gute Fahrt.«

»Danke.« Sie hob die Hand zu einem geistlosen Winken. »Für alles.«

Sie schaffte es bis ins Auto, bevor die Tränen zu fließen begannen, und als sie in ihr neues Leben davonfuhr, hatte sie das Gefühl, als hätte sie gerade einen Teil von sich zurückgelassen.

Kapitel 19

3. August 1989, Donnerstag

Daniel hat Frau #3 hier in Maine aufgetrieben. Sie war unsere Kellnerin, als wir in Machias zum Abendessen waren. Schon seltsam, wie solche Dinge sich manchmal ergeben. Sie ist sehr, sehr attraktiv, aber ihre Augen sind schrecklich leer und traurig. Daniel mag sie und vertraut ihr, aber ich habe Bedenken, dass sie uns womöglich Schwierigkeiten bereiten wird. Sie hat den Vertrag bereits unterschrieben, aber wir sind übereingekommen, noch ein bisschen zu warten. Daniel hat Angst, dass ich wieder zu trinken anfange. Aber dieses Mal werde ich es schaffen, da bin ich mir ganz sicher. Ich hatte in den letzten Wochen nicht mehr als ein oder zwei Gläser.
Ich muss frühzeitig aus Maine abreisen, was mir gar nicht gefällt. Andererseits werde ich einen Western mit Burt Reynolds drehen! Ich bin schrecklich verliebt in ihn – natürlich nur platonisch, denn mein Herz gehört einzig und allein Daniel. Ich musste sogar reiten lernen. Es ist vollkommen unnatürlich, derart auf und ab zu hüpfen. Ich habe keine Ahnung, wie ich es schaffen soll, die ganze Zeit zu lächeln und auch noch meinen Text zu sagen.

Meine Oberschenkel brennen vor Schmerz, und ich habe überall blaue Flecken. Schon der Anblick des Tieres ist schmerzhaft. Aber ich werde durchhalten. Es geht schließlich um die Kunst. Und ich würde alles dafür tun, dass mir dieser Film perfekt gelingt.
Mom und Dad haben uns letzte Woche in Stirling besucht. Die Fahrt dauert beinahe vier Stunden – für sie hat es sich vermutlich so angefühlt, als wären sie ans Ende der Welt unterwegs! Es ist so anstrengend in ihrer Nähe. Ich weiß nicht, ob sie das Leben überhaupt jemals genießen. Falls es irgendwann irgendetwas geben sollte, das sie glücklich macht, wird es sein, als würde Materie auf Antimaterie treffen. Sie werden beide sofort explodieren. Olivia und Rosalind plapperten in einem fort, was die Peinlichkeit wenigstens überdeckte. Hier in Maine verbringen wir die schönsten Stunden als Familie. Ich hoffe sehr, dass ich mich zusammenreißen kann, wenn Daniel losfährt, um es mit Frau #3 zu treiben. Ich muss stark sein. Für die Mädchen.
In Liebe,
Jillian

Marx war begeistert, wieder zu Hause zu sein, und hetzte sofort in den Garten, um die Eichhörnchen zu vertreiben, die seine Abwesenheit gut genutzt hatten. Eve trug das Gepäck ins Haus, das ohne Mike schrecklich leer und still war. Der Großteil der Möbel war noch da, aber ein paar Stücke, die Mike mitgenommen hatte, mussten ersetzt werden, und ihr Schrank und das Badezimmer wirkten beinahe gespenstisch. Eve konnte nichts gegen die Tränen tun, die plötzlich wieder da waren. Sie hatte ihn geliebt, und jetzt war er fort. Aber ihr restliches Leben lag wie eine breite, verlassene Ebene vor ihr, die sie mit beständigen Zukunftsplänen füllen wollte.

Auf Washington Island hatte sie erste Erfahrungen als eigenständige Architektin gesammelt, und beide Projekte waren erfolgreich verlaufen. Sie würde sich ein paar Wochen Zeit nehmen, um die Lücken im Haus zu füllen und mehr Farbe und Leben einziehen zu lassen, bevor sie sich nach einem neuen Job umsah. Vielleicht versuchte sie auch, sich online zu etablieren und mehr Solo-Projekte an Land zu ziehen. Sie würde Joseph Simington anrufen und ausprobieren, ob sie mit ihm harmonierte; sonst konnte er ihr sicher einen anderen Therapeuten empfehlen. Sie würde den Kontakt zu alten Studienkollegen wieder aufleben lassen und nachfragen, ob sie diese oder auch nächste Woche mit ihr ausgehen wollten. Sie würde ins Kino gehen. Ins Museum, ins Theater, zu Konzerten. Oh, und sie würde Shelley ihren Lieblingstee schicken und vielleicht auch einen Silberrahmen für das Foto von Helen und eine lange, von Herzen kommende Dankeskarte. Für das Vertrauen, das sie ihr bei der Planung ihres zukünftigen Hauses entgegengebracht hatte, aber auch für so viele andere Dinge. Außerdem wollte sie Clayton eine Nachricht schreiben, dass sie gut angekommen war, obwohl so ein Kontakt zu ihm vielleicht den Wunsch aufkommen ließ, sofort wieder ins Auto zu springen und zu ihm zurückzufahren.

Sie wünschte, sie hätte sich angesichts des Neuanfangs energiegeladen und enthusiastisch gefühlt, doch stattdessen war ihr seltsam unbehaglich zumute, als wäre noch immer etwas nicht ganz am richtigen Platz.

An ihrem ersten Morgen zu Hause wachte sie früh auf und dachte zuerst, sie wäre noch auf der Insel, doch dann merkte sie, dass die Wände nicht mehr strahlend blau und gelb waren und dass sie sich in ihrem eigenen Haus befand.

Sie schlug die Decke zurück, begrüßte Marx, der in seinem Hundebett neben der Tür lag, und machte sich bereit für ihren Morgenlauf. Es schien ein herrlicher Tag zu werden. In ihrer Abwesenheit hatte der Frühling Einzug gehalten, und das hob die Stimmung.

Als sie zurückkam, schenkte sie sich ein Glas Orangensaft ein und sah, dass sie einen verpassten Anruf hatte. Clayton?

Nein, Mike. Er hatte keine Nachricht hinterlassen.

Tief durchatmen. Okay. Sie würde das schaffen. Aber zuerst wollte sie unter die Dusche und frühstücken. Das Gespräch würde sicher emotional anstrengend werden, und sie wollte es nicht stinkend und hungrig hinter sich bringen.

Nach dem Duschen schlüpfte sie in schwarze Jeans und das farbenfroheste Oberteil, das sie besaß – Petrol mit schwarzen Streifen. Sie aß Toast und Joghurt mit Erdbeeren und Müsli zum Frühstück, machte sich eine Tasse Kaffee und trank die Hälfte davon.

Dann hielt sie es nicht mehr länger aus und rief ihn zurück.

Mike ging nicht ran.

Es war noch zu früh für den Weg in die Schule. Vielleicht war er im Bad?

Sie ging mit Marx in den Wintergarten, um ihren Kaffee fertig zu trinken; etwa eine Minute später klingelte ihr Handy. Eve nahm sich einen Moment Zeit, um sich zu entspannen und sich um eine fröhliche Stimme zu bemühen.

»Hey, Mike!«

»Hi.« Seine tiefe Stimme ließ ihr Herz kaum merklich schneller schlagen. Sie waren lange zusammen gewesen. Es war so vertraut, mit ihm zu reden, dass sie das Gefühl hatte, sie könnte sich umdrehen und das Haus wäre wieder so wie vorher. »Willkommen zurück aus dem wilden Wisconsin.«

Sie runzelte die Stirn und trat ans Fenster. Die grün gestreiften, spätblühenden Tulpen, die Mike und sie letzten Herbst gepflanzt hatten, waren aufgeblüht. »Woher weißt du, dass ich …«

»Ich habe nicht viel Zeit. Ich wollte nur, dass du es von mir erfährst. Ich … treffe mich mit jemandem.«

Eve wandte den Tulpen abrupt den Rücken zu. »Okay. Das ging ja schnell.«

»Jaaa, ich … ja. Ich kenne sie schon … eine Weile.« Er klang elend. Oder beschämt. Oder schuldbewusst. Vielleicht aber auch alles zusammen.

Eve zählte eins und eins zusammen; das Frühstück kam beinahe wieder hoch.

O Mike.

»Du hast dich mit jemandem getroffen, während du und ich …«

»Nein, nicht so, wie du denkst. Da ist nichts gelaufen. So glaub mir doch, Eve. Mein Gott!«

»Sag nicht ›mein Gott‹«, fauchte sie, ohne nachzudenken, und auch wenn es wehtat, musste sie sich zusammennehmen, um nicht aufzulachen. »Seit wann geht das schon?«

»Eve … tu das nicht.«

Scheiße.

Das Lachen war ihr vergangen. Sie wanderte den Wintergarten auf und ab und machte sich bereit für den Schlag, der sie gleich treffen würde. »Ich will es einfach nur wissen.«

»Ich habe sie bei einer Gruppentherapiesitzung letzten Sommer kennengelernt. Wir haben Zeit miteinander verbracht. Aber ich schwöre, dass da nichts Körperliches war, bevor du gefahren bist.«

Nichts Körperliches, dafür umso mehr Emotionales. Machte das wirklich einen so großen Unterschied?

Plötzlich traf es sie wie der Blitz. *Gruppentherapiesitzung?*

»Du wohnst jetzt bei ihr, oder? *Sie* ist der *Freund*, der dir einen Platz zum Schlafen angeboten hat.«

»Ich … du wolltest es ja unbedingt wissen.«

»Mann, das ist aber echt nobel von dir, Mike.«

»Jetzt bist du wütend auf mich.«

»Und das wundert dich?« Sie wandte dem Garten und den Blumen erneut den Rücken zu. Pfingstrosen, Gänseblümchen, Rhododendren, Rosen – in einem Monat würde hier alles in einem Farbenmeer versinken. »Ich habe mir die ganze Zeit Gedanken darüber gemacht, was mit uns schiefgelaufen ist. Ich wollte es wiedergutmachen, ich habe mir Sorgen um dich gemacht und mir die Schuld an allem gegeben. Dabei warst du längst mit einer anderen zusammen.«

»Nein, du hast mir nicht zugehört. Damals war sie bloß eine Freundin. Eine gute Freundin. Ich habe dich immer noch geliebt, aber du warst so seltsam und abweisend. Ich brauchte jemanden, Eve.«

Seine egoistische Grausamkeit verblüffte sie immer noch.

»Seltsam und distanziert? Vielleicht, weil mein Vater einen schweren Schlaganfall hatte und beinahe gestorben wäre, und weil ich danach auch noch rausgefunden habe, dass ich *adoptiert* bin? Und *du* warst derjenige, der jemanden gebraucht hat?«

»Ja, und ich habe jemanden gefunden. Das ist doch kein Verbrechen!«

Eve hielt inne und atmete tief durch. Es hatte keinen Sinn. Er war schon immer so gewesen. Er hatte nie die Verantwortung übernommen, und das würde auch so bleiben. Es war nicht notwendig, sich in einen Strudel zu reden, bloß um sich ihm zu erklären und eine Beziehung zu retten, die bereits beendet war. Mike war nicht mehr länger ihr Problem, abgesehen davon, dass sie diese Beziehung in einer Therapie aufarbeiten musste, um zu vermeiden, dass sie jemals wieder bei einem Mann wie ihm landete.

»Okay. Ich freue mich für dich. Wirklich. Ich habe nur kurz die Nerven verloren.«

»Ach, Eve, ich weiß. Für mich ist es auch nicht leicht.« Seine Stimme klang sanft, reumütig. Menschlich.

Eve beugte sich nach unten, um Marx zu streicheln, und schloss ihn in eine Umarmung, die sie zweifellos dringender nötig hatte als er. »Mach's gut. Ich hoffe, du …«

»Ups, ich muss auflegen.« Seine Stimme war nur noch ein Flüstern. »Patty will nicht, dass ich mit dir rede. Ich musste mich rausschleichen, damit sie nichts merkt.«

Es war so herrlich, dass Eve tatsächlich auflachte. »Das klingt ja *wirklich* vielversprechend, Mike.«

»Eve …«

Sie legte auf und ließ Marx in den Garten, bevor sie in Tränen ausbrach. So ersparte sie sich wenigstens das Heulen ihres Hundes.

Als sie sich – kurze Zeit später – beruhigt hatte, war sie ungeheuer erleichtert, dass sie sich nie mehr durch eines dieser verrückt und wütend machenden Gespräche quälen musste, bei denen Mikes Gefühle ausnahmslos im Mittelpunkt standen. Und sie war gleichzeitig ungeheuer traurig, dass sie jemals gedacht hatte, so etwas wäre eine angemessene Form der Kommunikation.

Sie wischte sich die Augen trocken, schwor sich, dass sie die nächsten sechs Monate keine einzige Träne mehr vergießen würde, und griff erneut nach ihrem Handy, um Joseph Simington anzurufen.

Eine Woche später fühlte sich Eve wie ein neuer Mensch. Sie hatte eine Sitzung mit Joseph hinter sich, Distanz zu ihrem Exfreund gewonnen, den sie nicht mehr vermisste, und sie schrieb Nachrichten mit Clayton und Abigail und E-Mails mit Shelley, was besser war als nichts, obwohl sie alle drei sehr vermisste. Sie fühlte sich nicht mehr so verloren, aber immer noch seltsam aufgekratzt. Sie war mit einer Freundin in einem trendigen Club in der Innenstadt zum Tanzen gewesen, hatte dann aber beschlossen, dass sie eine Woche vor ihrem dreißigsten Geburtstag endlich zugeben durfte, dass sie trendige Clubs in der Innenstadt hasste. Sie tanzte lieber zu Hause in ihrem Wohnzimmer, wo sie nicht halb taub wurde und genug Platz hatte. Wo es keine unheimlichen Kerle und keinen klebrigen Fußboden gab.

Weitaus mehr hatte sie das nette Abendessen mit Barbara, einer ehemaligen Kollegin bei Atkeson, Shifrin & Trim, genossen, die ihr erzählt hatte, dass die Stimmung im Büro einen neuen Tiefpunkt erreicht hatte. Robert war ein schrecklicher Fehler gewesen, und alle wollten sie zurück.

Ha! Diese Freude!

Den Rest der Woche hatte sie auf Flohmärkten und in Antiquitätenläden verbracht, wo sie nicht nur neue Möbel für die Lücken gefunden hatte, die Mike hinterlassen hatte, sondern auch für die Möbel, die sie einer Wohltätigkeitsorganisation für Obdachlose gespendet hatte.

Sie hatte wie verrückt umdekoriert. Die Grauschattierungen und Olivtöne waren verschwunden; Marineblau, Rot, Blaugrün und Weiß hatten Einzug gehalten. Wenn sie einen Raum betrat, zauberten ihr fröhliche Zierkissen und Tagesdecken ein Lächeln aufs Gesicht, und selbst Marx hatte ein neues Halsband in leuchtendem Königsblau bekommen. Nicht nur, weil es sie an ihr Zimmer in Shelleys Haus erinnerte, sondern auch, weil er extrem gut damit aussah.

Am mutigsten war jedoch gewesen, dass sie sich einen neuen Haarschnitt zugelegt hatte. Ihre Haare waren nur noch kinnlang und umrahmten ihr Gesicht, sodass sie auch wie ein neuer Mensch aussah.

Ihr dreißigster Geburtstag war in einer Woche – und sie war bereit.

Den heutigen Freitagabend wollte sie glücklich und allein zu Hause verbringen. Sie würde sich etwas zum Essen bestellen, die Füße auf ihren neuen Couchtisch aus Glas und Messing legen, eine Flasche des exquisiten Weines öffnen, den sie sich neuerdings gönnte, einen Film ansehen und vielleicht Clayton anrufen, um mal wieder Hallo zu sagen. Sie vermisste seine Stimme. Sie vermisste … alles an ihm.

Wie lange würde es dauern, bis die Sehnsucht genug abgeflacht war, um auch allein zufrieden und glücklich zu sein? Genug, um zu wissen, dass sie nicht nur so fühlte, weil sie in einer einsamen, schwierigen Situation einem netten Kerl über den Weg gelaufen war?

Nachdem sie sich ein bisschen verwegen fühlte und außerdem hungrig war, bestellte sie Sushi – und zwar mehr, als sie vermutlich hinunterbrachte. Die Frau am Telefon redete von dreißig Minuten, doch schon nach zwanzig Minuten läutete es an der Tür. Eve war so ausgehungert, dass sie darauf zueilte und sie schwungvoll aufriss.

Ihre Augen weiteten sich. *»Das kann nicht sein!«*

»Happy Birthday, wenn auch eine Woche zu früh!« Olivia schlang die Arme um sie. »Oooh, und ich *liebe* deine neue Frisur! So elegant!«

»Happy Birthday! Hier ist deine Überraschungsparty!« Rosalind hielt eine Flasche mit einer gelben Schleife in die Höhe. »*Un peu de champagne.* Bryn hat die Marke empfohlen, also ist sie sicher hervorragend.«

»O mein Gott, danke!« Eve konnte gar nicht mehr aufhören zu grinsen. »Ich kann nicht glauben, dass ihr hier seid!«

»Wir wollten nächste Woche zu deinem richtigen Geburtstag kommen, aber Olivia kann nicht.« Rosalind stieß ihrer Schwester anklagend in die Seite.

»Dereks Mutter hat am selben Wochenende Geburtstag.« Olivia verzog das Gesicht. »Obwohl ich es natürlich viel lieber mit dir als mit der Schreckschraube verbringen würde.«

»Ich freue mich so, dass ihr gekommen seid!« Ihre Schwestern! Eve war sich nicht sicher, wann sie das letzte Mal so glücklich gewesen war, die beiden zu sehen. Sie fühlte sich wie eine Kriegsheimkehrerin. Eine siegreiche Soldatin mit einer leichten posttraumatischen Belastungsstörung. Ihr Abend mit Sushi und Netflix erschien ihr nun genauso friedlich und einsam, wie er tatsächlich gewesen wäre.

»Hey, du hast allerlei verändert.« Rosalind sah sich um. Die bunten Akzente, die neue Farbe, die neuen Möbel. »Sogar eine ganze Menge. Es sieht toll aus.«

»Danke.« Eve ließ lächelnd den Blick durch das Erdgeschoss schweifen. »Es fühlte sich so trostlos an.«

»Weil es trostlos *war*«, erwiderte Rosalind, die in ihrem typisch bizarren Outfit umwerfend aussah. Sie trug gelbe Haremshosen und ein pinkfarbenes Glitzertop und stand damit im krassen Gegensatz zu Olivias klassisch schickem Aufzug in Schwarz und Weiß.

»Neue Haare, neue Wohnung, kein Mike mehr.« Olivia nickte anerkennend. »Sieht so aus, als wolltest du mit voller Kraft ins neue Jahrzehnt starten.«

»Ja.« Eve nahm Rosalind den Champagner aus der Hand und führte die beiden in die Küche. »Ganz genau.«

»Schön für dich.« Olivia öffnete der Reihe nach die Küchenschränke. Sie fühlte sich immer sofort wie zu Hause. »Ich sollte mal darüber nachdenken, dasselbe zu tun, wenn ich nächstes Jahr die vierte Hürde überwinde. Gläser?«

»Dort.« Eve deutete auf den Schrank mit den Champagnerflöten und dachte wehmütig an Shelleys schrecklich klobige Gläser zurück. »Bleibt ihr über Nacht?«

»Mein Gott, nein, das würden wir dir nie antun.« Olivia holte drei Gläser heraus. »Wir haben Zimmer im *Coach House Inn* in Salem.«

»Wegen der Hexenprozesse«, erklärte Rosalind.

»Haha.« Olivia entfernte das Drahtgestell und ließ den Korken knallen. Der Champagner schoss aus der Flasche. »Hoppla.«

»Du machst das immer falsch.« Eve schob ihr ein Glas hin, damit sie den Schaum auffangen konnte. »Du musst …«

»Ich weiß, was ich muss. Aber so macht es mehr Spaß.«

Rosalind und Eve sahen sich grinsend an.

Es läutete an der Tür.

»Das ist mein Essen.« Eve holte es eilig und war froh, dass sie so viel bestellt hatte. Es neutralisierte den Alkohol und war der perfekte Appetithappen.

Sie trugen den Champagner und das Essen in den Wintergarten, aber erst, nachdem Olivia das Sushi auf mehreren Limoges-Tellern angerichtet hatte. Sie stammten noch von Dads Eltern, und Eve hatte vollkommen vergessen, dass sie sie besaß.

Rosalind und Eve ließen sich auf die Couch sinken, Olivia zog einen dazu passenden Korbsessel auf die andere Seite des Tisches.

»Also, schieß los.« Olivia steckte sich einen Edamame zwischen die gebleichten Zähne und drückte die Bohnen heraus. »Was zum Teufel ist in Wisconsin passiert, dass du gleich mit Mike Schluss gemacht, dir eine neue Frisur zugelegt und das ganze Haus umgekrempelt hast?«

Eve spürte, wie sie tiefer in den Kissen versank. »Ich weiß es ehrlich gesagt nicht so genau.«

»Ach, komm schon!« Olivia warf die leere Bohnenschote auf ihren Teller und griff nach der nächsten. Sie war immer noch zu dünn, und Eve beschloss, sie dieses Wochenende gut durchzufüttern. »Du hast doch sicher wenigstens eine Ahnung.«

»Es ist kompliziert.« Eve betrachtete gedankenverloren ihren Champagner. »Der Abstand zu Mike hat mir gezeigt …«

»Dass er den letzten Funken Lebensfreude in dir mit Füßen getreten hat?«

»Lass sie doch mal ausreden, Olivia«, meinte Rosalind sanft.

»Dass wir das Schlechteste aneinander zum Vorschein brachten, und nicht das Beste.« Eve dachte an die Frau, zu der sie wurde, wenn sie mit Clayton zusammen war, und schickte ihm ein leises Danke. Sie hatte die ganze Woche krampfhaft versucht, ihn nicht zu vermissen, aber es hatte nur bedingt funktioniert.

»Sehr diplomatisch.« Olivia nahm ein Lachs-Sushi und tauchte es in Sojasoße, bevor sie es sich in den Mund steckte.

»Mike hat mich kurz nach meiner Rückkehr angerufen.« Eves Gesicht wurde hart. »Er hat bereits eine Neue. Sie haben sich letzten Sommer kennengelernt. Er wohnt sogar schon bei ihr.«

Rosalind und Olivia erstarrten. Rosalind ragte eine halbe Thunfischrolle aus dem Mund.

»Scheiße«, meinte Olivia.

»Schätzchen, das tut mir leid.«

»Eigentlich ist es okay.« Sie meinte es ehrlich, und es tat kaum noch weh. »Ihm geht es gut – und ich habe nicht mehr das Gefühl, sein Leben ruiniert zu haben.«

»Du bist viel zu nett«, erwiderte Olivia. »Ich hätte ihm einen Tritt verpasst. In die …«

»Und du bist viel zu voreingenommen«, konterte Eve.

»Ganz ruhig, Ladys.« Rosalind schenkte Champagner nach. »Wo ist eigentlich Marx?«

»Der beweist seine Männlichkeit bei der Eichhörnchenjagd.« Wie auf ein Stichwort hetzte Marx hinter einem felligen Blitz durch den Garten. »Ich lasse ihn rein, damit er euch abschlabbern kann. Aber erst, wenn das Sushi alle ist.«

»Super.« Olivia leckte sich die Finger sauber und wischte sie sich an einer Cocktailserviette trocken. »Ich lasse mich gern abschlabbern.«

»Olivia.« Eve hatte mit einem Mal ein schrecklich schlechtes Gewissen. Sie war so mit ihren eigenen Problemen beschäftigt gewesen, dass sie nicht auf dem Laufenden war, was ihre älteste Schwester betraf. »Was ist mit den Rollen, für die du vorgesprochen hast?«

»Nichts. Niemand will mich engagieren. Meine Show wird eingestellt. Ich werde meinen Kinderwunsch wohl bald aufgeben. Mein Ehemann hasst mich, und ich bin auch nicht gerade gut auf ihn zu sprechen.« Sie strahlte, als wären das großartige Neuigkeiten. »Im Grunde ist mein Leben im Arsch.«

Rosalind verzog missmutig das Gesicht.

»Oh, Olivia.« Eve stellte den Champagner ab. Das schlechte Gewissen verwandelte sich in eine tiefe Traurigkeit. Es war nicht fair, dass ihre wunderbare Schwester derart leiden musste. Sie musste ihr altes Leben ad acta legen und noch einmal von vorne beginnen. Eve wusste aus eigener Erfahrung, wie schwer das sein konnte – und dass es Olivia von sich aus wollen musste. Sie konnten sich nur geschlossen hinter sie stellen und sie so gut es ging nach vorne schubsen.

»Nein, nein! Das hier soll eine Party werden! Kein Mitleid, um Himmels willen.« Olivia sprang auf. »Ich hole die Geschenke aus dem Auto.«

Sie verschwand auf ihren hochhackigen Schuhen im Haus und bewegte sich dabei schnell und sicher, während Eve nach zehn Sekunden reif für die Notaufnahme gewesen wäre.

»Wie schlimm ist es wirklich?«, fragte Eve leise.

»Ziemlich schlimm, glaube ich. Aber ich bin mir nicht sicher.« Rosalind schüttelte offensichtlich besorgt den Kopf. »Sie sieht aus wie ein Skelett. Ich habe mich schon gefragt, ob eine Intervention notwendig ist.«

»Ich mich auch. Aber vielleicht fangen wir erst einmal damit an, dass wir eine Familienpizza mit Pfefferoni und Extra-Käse bestellen.« Eve griff nach ihrem Handy. Pizza war Olivias Lieblingsessen. Sie hatte als Kind ständig darum gebettelt, doch Jillian hatte kein einziges Mal nachgegeben. Entweder hatte der Koch die Pizza selbst gebacken, wobei der Rand jedes Mal schrecklich pampig gewesen war. Oder sie hatte eine Pizza mit gesundem Belag bestellt: nur die Hälfte vom Käse, Brokkoli, Pilze, Spinat …

»Gute Idee.«

Eves Lieblingspizzeria meldete sich nach dem ersten Klingeln, und sie konnte die Bestellung aufgeben, bevor ihre Schwester zurück war.

»Jetzt geht's los!« Olivia schleppte eine Einkaufstasche von Dolce & Gabbana in den Wintergarten und ließ sie vor Eves Füßen auf den Boden fallen. »Alles Gute zum Dreißiger, Schwesterchen.«

»Danke! Das war eine unglaubliche Überraschung. Es ist so schön, euch beide zu sehen.«

»Das konnten wir uns doch nicht entgehen lassen.« Rosalind lächelte liebevoll.

»Amen.« Olivia setzte sich und leerte ihr Glas. »Und jetzt hör auf mit der Sülzerei und mach die Geschenke auf!«

»Ja, Ma'am.« Eve zog zuerst ein kleines Päckchen in einem cremefarbenen Papier mit Goldverzierungen heraus.

»Das ist von mir.« Olivia wartete stolz, während Eve einen wahnsinnig erotischen BH aus schwarzer Spitze und das dazugehörige Höschen von Dolce & Gabbana auspackte. Vermutlich hatte das Set mehr gekostet, als Eve das ganze Jahr lang für Unterwäsche ausgab. Ihre einzige andere Wäsche von Gabbana war ebenfalls ein Geschenk von Olivia gewesen. »Um einen neuen Abschnitt in deinem Leben zu feiern.«

»Oooh, wow.« Eve hielt das Set bewundernd hoch. »Die sind umwerfend, Olivia. Danke.«

Rosalind grinste anzüglich. »Hast du ihr nicht auch sexy Unterwäsche gekauft, nachdem sie mit Mike zusammengekommen ist?«

Olivia sah sie mit gespieltem Entsetzen an. »Klar. Man kann doch nicht dieselbe Unterwäsche bei zwei verschiedenen Männern tragen!«

Rosalind hob sichtlich amüsiert die Augenbrauen. »Ich hatte ja keine Ahnung. Gibt es da jemanden, von dem ich nichts weiß? Vielleicht …«

»Clayton?«, beendete Olivia den Satz für sie.

»Nein. Er ist einfach ein sehr guter Freund. Aber die hier sind toll. Echt heiß.« Eve befahl ihrem Gehirn, sich nicht vorzustellen, wie Clayton reagieren würde, wenn sie den BH und das Höschen für ihn trug. An so etwas würden »Freunde« doch nie denken. Außerdem wollte sie die besondere und komplizierte Beziehung zu Clayton nicht mit ihren Schwestern diskutieren. »Danke, Olivia.«

»Gerne geschehen.« Sie schenkte sich noch ein Glas Champagner ein. »Wir haben doch zwei Flaschen mitgebracht, oder Rozzy?«

»Jap.« Rosalind und Eve wechselten einen Blick.

Olivia deutete auf die Geschenke. »Und jetzt das nächste.«

Eve griff nach einem weiteren Päckchen.

»Das ist von mir.« Rosalind hatte Schwierigkeiten, ernst zu bleiben.

Eve warf ihr einen misstrauischen Blick zu und entfernte das Papier. Es war … eine Creme gegen Scheidentrockenheit. Olivia verteilte den Champagner prustend im ganzen Zimmer. »Wow. Was bekomme ich dann zum Vierziger? Windeln?«

»Das ist toll, Rosalind. Ich danke dir so sehr. Wirklich. Das ist das beste Geschenk überhaupt.«

»Sehr gerne.« Rosalind klimperte mit den Wimpern und hob ihr Glas. »Auf dich, Schätzchen!«

»Und weiter geht's …« Eve verdrehte die Augen und griff erneut in die Tasche.

Das nächste Geschenk war wieder von Olivia. Es handelte sich um ein in herrliches grünes Leder gebundenes Fotoalbum, in das in Silber Eves Name eingraviert war.

»Mach es auf«, befahl Olivia.

Eve blätterte durch die ersten Seiten. Es enthielt Familienfotos, und auf jedem einzelnen war Eve zu sehen. Es war ein Abbild ihres Lebens mit ihren Schwestern und Eltern.

»Oh, wow! Olivia, das ist unglaublich. Das perfekte Geschenk nach so einem komplizierten Jahr.« Eve drückte sich das Album an die Brust und schenkte ihrer Schwester ein strahlendes Lächeln. Olivia hatte sich trotz ihres stressigen Lebens so viel Zeit genommen, um dieses wunderbare Geschenk für Eve zusammenzustellen. »Ich danke dir sehr. Ich werde große Freude damit haben.«

»Kommt.« Olivia stand auf und setzte sich zu ihren beiden Schwestern auf die Couch, sodass Eve in der Mitte saß. »Sehen wir es uns gemeinsam an.«

Sie saßen zusammen – blond, brünett und rothaarig – und blickten auf ein ganzes Leben voller Erinnerungen zurück. Sie blätterten das Album durch, lachten und erzählten sich Geschichten, von denen Eve – die Jüngste in der Familie – teilweise noch nie gehört hatte oder an die sie sich nicht mehr erinnern konnte.

Im ganzen Album gab es immer wieder Fotos von Jillian Croft, manchmal glamourös und elegant als Filmstar, aber viel öfter in normalen Klamotten, wie sie mit ihren Töchtern lachte, Eve als Baby in den Armen hielt und ihr in einem geheimen Moment einen Kuss auf die rundliche Wange drückte.

»Ach, Olivia.« Eve lehnte sich an ihre Schwester. »Das ist wirklich etwas Besonderes.«

»Ich denke, das haben wir alle drei gebraucht.« Rosalind schniefte verräterisch.

»O nein!« Olivia hob warnend den Finger. »Werdet ja nicht sentimental. Ihr zieht mich sonst mit runter.«

»Entschuldige.« Rosalind wischte sich über die Augen. »Es war ein höllisch kompliziertes Jahr.«

»Was du nicht sagst.« Zur Abwechslung klang Olivia nicht sarkastisch.

Eve blätterte weiter und erstarrte. Die Party. Ein Bild von ihr in dem schrecklichen blauen, schulterfreien Kleid, in dem sie neben ihren Schwestern und Jillian posierte. Es musste von dem eigens bestellten Fotografen gemacht worden sein.

»Oh, das ist auf einer unserer Weihnachtspartys!«, rief Rosalind.

»Ich habe diese Partys geliebt. Sie waren so unglaublich, so elegant, so *Hollywood*. Und sie haben Mom so glücklich gemacht.«

Eve konnte nichts sagen. Sie starrte auf das schüchtern lächelnde Mädchen auf dem Bild und konnte nur daran denken, was kurz darauf mit ihr passiert war.

»Hey.« Rosalind stieß ihr sanft in die Seite. »Was ist denn los? Du siehst aus, als hättest du einen Geist gesehen.«

Eve zog die Schultern hoch, und ihr Atem ging schneller. Gleich würde die Panik einsetzen.

Doch dann hörte sie plötzlich Claytons Stimme, als hätte er direkt neben ihr gestanden.

Es ist bloß etwas, was vor langer Zeit passiert ist. Es definiert und kontrolliert mich nicht.

»Eve?« Olivia beugte sich vor, um ihr ins Gesicht zu sehen. »Was ist los?«

Es definiert und kontrolliert mich nicht.

Eve stellte ihr Glas auf den Couchtisch, griff nach den Händen ihrer beiden Schwestern und holte tief Luft. Sie war noch nicht bereit, ihnen die ganze Geschichte zu erzählen. Sie würde den Teil für sich behalten, als sie ihre Mutter angefleht hatte, mit ihr zu kommen. Und auch Jillians Reaktion am Abend, nachdem Eve ihr erzählt hatte, was passiert war – dass sie sich daran gewöhnen und härter werden würde. Erstens hätte es ihre Schwestern wohl zu sehr aus der Bahn geworfen, und zweitens glaubte Eve nicht mehr, dass ihre Mutter grausam oder egoistisch gehandelt hatte. Ihre Mutter war einfach sie selbst gewesen.

»Erinnert ihr euch an Mr Angel?«

»Klar.« Olivia musterte Eves Gesicht. »Der Produzent.«

»Der Arsch, der Mom eine Rolle versprochen und sie dann doch einer anderen gegeben hat«, fügte Rosalind hinzu.

»Er war doch kein Arsch!«, brauste Olivia auf.

»Er wollte meine Weihnachtsgeschenke sehen. Er ging mit mir nach oben in mein Zimmer …«

»Eve …«, murmelte Rosalind entsetzt.

»Mhm. Es war schlimm. Es hätte zwar schlimmer sein können – es waren ›nur‹ Berührungen und andere abstoßende Dinge –, aber es war schlimm.« Selbst nach all den Jahren war ihre Stimme zäh vor Trauer, doch die Panik blieb aus.

Ihre Schwestern schnappten nach Luft.

»Mr Angel? Bist du dir sicher?«

Eve schickte einen wutentbrannten Blick zu Olivia, die sich sofort die Hand vor den Mund schlug. »Ich kann selbst nicht glauben, dass ich das gerade gesagt habe! Es ist, wie wenn du vom Tod eines Bekannten erfährst, und du sagst: ›Aber nein, ich habe ihn doch gerade erst gesehen!‹ Ehrlich, es tut mir leid.«

»Das war sicher die Hölle für dich.« Rosalind legte einen Arm um Eve. »Hast du es Mom und Dad erzählt?«

»Jillian wusste es.«

»Ich kann es nicht glauben!« Olivia verzog das Gesicht. »Scheiße, ich mache es schon wieder. Es ist nur … ich mochte ihn. Er schien nett und so …«

»Ekelerregend?«, schlug Rosalind vor.

»So … interessiert an dem, was ich tat.« Olivia sah aus, als müsste sie sich gleich übergeben. »Er hat ständig versucht, mich alleine zu erwischen … o mein Gott, du armes Ding.«

»Schätzchen.« Rosalind drückte Eves Schulter. »Ich bin so froh, dass du es uns erzählt hast. Das war sicher schwer.«

Eve blies die Luft aus. »Es war nicht gerade witzig.«

»Echt nicht?« Rosalind umarmte sie fest. »Das überrascht mich irgendwie.«

»Es ist ätzend, dass in solchen Situationen wir diejenigen sind, die sich schämen und schuldig fühlen und die jahrelang mit dem Schmerz leben müssen, obwohl vielmehr der Mann es verdient hätte. Ich bin stolz auf dich, dass du es uns erzählt hast, Eve.« Olivia stand auf und hob ihr Glas. »Trinken wir darauf, dass du zugeben konntest, wie verkorkst du bist.«

»Sie ist doch nicht verkorkst«, meinte Rosalind.

Olivia verdrehte die Augen. »Jeder ist verkorkst.«

»Okay, aber wenn man es weiß, dann ist man wenigstens in der Lage, etwas daran zu ändern.« Rosalind ließ Eve los und schloss sich Olivia an. »Auf die Leute, die nicht wissen, wie verkorkst sie sind. Denn sie sind die *wirklich* Verkorksten auf dieser Welt.«

Eve musste kichern, ihre Schultern entspannten sich. Sie hatte es Clayton erzählt, ihrem Therapeuten, und jetzt auch ihren Schwestern. Und die Welt war nicht untergegangen. Die Panik hatte sie nicht fortgerissen. Der Missbrauch war ein schreckliches Erlebnis gewesen und würde sie noch lange beschäftigen – in der Therapie und im normalen Leben. Aber sie würde nicht mehr zulassen, dass er die Kontrolle über sie gewann.

Vielleicht hatte ihr ihre Mutter damals genau das sagen wollen.

Es läutete an der Tür. Olivias Gesicht, als sie die Schachtel öffneten und ihr der Geruch der Pizza in die Nase stieg, war unbezahlbar. Sie stürzte sich wie eine hungrige Löwin darauf und hielt nicht inne, bis nur noch drei Stücke übrig waren. Die zweite Flasche Champagner war mittlerweile ebenfalls leer, und sie hielten sich alle stöhnend die Bäuche.

»Bitte sagt jetzt nicht, dass es auch noch Kuchen gibt«, stöhnte Eve. »Ich krieg nichts mehr runter.«

»Kein Kuchen. Aber noch ein letztes Geschenk. Von mir.« Rosalind zog ein Päckchen in der Form eines Buches aus ihrer Tasche. »Olivia, Augen zu.«

»Warum?«

»Weil es mit dem Thema zu tun hat, über das du nicht reden willst.«

Olivia sah sie verwirrt an. »Es gibt kein Thema, über das ich nicht reden will.«

»Moms Unfruchtbarkeit«, erklärte Rosalind.

»Oh. *Das.*« Olivia seufzte schwer. »Mach schon. Ich lösche es einfach später aus meinem Gedächtnis.«

Rosalind reichte Eve das Päckchen. »Ich weiß nicht, ob du jetzt schon bereit dafür bist. Aber wenn es irgendwann so weit ist ...«

Eve entfernte das Papier, und ihr Blick fiel auf ein handgebundenes Buch. Darauf stand in der gestochen scharfen Handschrift ihrer Schwester ein einziges Wort: *Sylvia.*

Eve öffnete das Buch und blätterte die ersten Seiten durch, bis sie endlich verstand. »Du hast ihr Tagebuch abgetippt.«

»Wessen Tagebuch?«, fragte Olivia.

»Moms«, antwortete Rosalind. »Von ihrem Leben als junges Mädchen bis zur Diagnose der ...«

»Lalalala.« Olivia presste sich die Hände auf die Ohren.

»Ach, du meine ...« Rosalind wandte sich entnervt ab. »Eve, ich glaube, du wirst es ... na ja, ich weiß, dass es nicht einfach werden wird, aber ich hoffe, dass du dem Buch – und Mom – noch eine Chance gibst.«

»Danke, Rosalind.« Eve hielt das hübsche kleine Buch in der Hand und dachte an den Abend auf Washington Island zurück, an dem sie einen ersten Blick in Jillians Seele geworfen hatte.

Vielleicht war es an der Zeit. Vielleicht würde sie es tatsächlich lesen.

Der Rest des Wochenendes verging in einer herrlichen Mischung aus Spaß und tiefgreifenden Gesprächen. Irgendwie hatte Olivia es geschafft, am Samstagabend einen Tisch in einem der besten Restaurants von Boston – *Alden & Harlow* – zu ergattern, wo sie auf ihre Einladung hin ein fantastisches Abendessen genossen. Inklusive Kuchen zum Nachtisch. Sie verbrachten einige eisige Stunden am Strand, kauften viel zu viel ein, sahen sich einen schnulzigen Film im Kino an, von dem sie sich bei einem Becher Eiscreme am Harvard Square erholen mussten, und genossen es, abgesehen von der einen oder anderen kleinen Kabbelei, Schwestern zu sein. Etwas, das sie viel zu viele Jahre lang nicht mehr getan hatten.

Sie verabschiedeten sich am Sonntag und schworen, sich in Zukunft öfter zu treffen.

Eve hoffte ehrlich, dass sie es auch tun würden.

Zurück zu Hause legte sie sich mit Marx zu ihren Füßen auf die Couch im Wintergarten. Die ständige Gesellschaft hatte sie erschöpft, aber das war bei introvertierten Menschen normal, und außerdem hatte ihr das Wochenende auch Auftrieb gegeben. Ihre Schwestern hatten sie ermutigt, sich beruflich selbstständig zu machen, und sie hatte vor, ernsthaft darüber nachzudenken, auch wenn sie im Moment noch nicht bereit dazu war. Trotzdem stimmte die Möglichkeit – die sie selbst nie in Betracht gezogen hätte – sie optimistisch. Als läge ein richtig gutes Leben tatsächlich in Reichweite.

Einer inneren Eingebung folgend, griff sie nach dem Buch, das Rosalind ihr geschenkt hatte und das immer noch auf dem Couchtisch lag. Sie las von Sylvia Moores Kampf mit der Gewissheit, dass ihr Körper anders war, ohne dass sie verstanden hätte, in welcher Hinsicht und warum. Von ihrer schwierigen Beziehung zu ihrer Mutter, die ihr die Diagnose verschwiegen hatte, und von ihrer daraus resultierenden Flucht aus ihrem Elternhaus. Sie las von Sylvias ersten Erfolgen als Schauspielerin und davon, wie sie den Mann kennen und lieben gelernt hatte, der später der Vater ihrer drei adoptierten Töchter geworden war.

Stunden später legte Eve das Buch tief bewegt beiseite und lag danach so lange regungslos auf der Couch, dass Marx kam, um zu sehen, ob sie noch lebte.

Kurz darauf griff sie zu ihrem Telefon. Sie wusste ganz genau, wo sie ihren Geburtstag verbringen wollte.

Kapitel 20

5. Oktober 1989 (Donnerstag)

Mutter #3 und ich sind schwanger. Gott sei Dank. Es dauerte wieder ewig. Ich wollte, dass Daniel es abbläst und uns eine andere Frau sucht, aber er wollte nichts davon hören. Es war die reinste Folter, auch wenn ich mich dieses Mal besser unter Kontrolle hatte. Zumindest habe ich ihm nichts nachgeworfen, wenn er nach Hause kam, obwohl es mir schwerfiel, freundlich zu ihm zu sein. Es gibt nun schlimmere Dinge, über die ich mir Gedanken machen muss.
Ich glaube, Daniel hat eine Affäre. Ich weiß nicht, ob es Mutter #3 ist oder eine andere Frau. Ein Teil von mir kann es ihm nicht verübeln. Mein Körper ist nicht das, was Männer wollen. Ich versuche zu verstehen, dass er mit einer echten Frau zusammen sein muss. So will Gott es nun mal. Ich habe seinen Hunger angefacht, indem ich ihn gebeten habe, diese Kinder zu zeugen. Natürlich will er mehr. Aber es tut trotzdem schrecklich weh, und manchmal ist es unerträglich.
Ich trinke wieder zu viel. Ich habe geglaubt, ich hätte es im Griff, aber ich habe mich geirrt. Und ich kann die

Finger nicht von meinen herrlichen Pillen lassen. Ich habe Angst davor, dass ich bald wieder Hilfe brauchen werde. Die Leute werden davon erfahren. Sie werden sich wieder das Maul zerreißen. Ich werde bald vierzig. Es wird nicht mehr lange Arbeit für mich geben. Ich darf nicht zulassen, dass den Leuten meine Sucht in Erinnerung bleibt und nicht meine Filme.
Das Einzige, was ich mehr hasse als das Verlangen nach einem Drink, ist das Wissen, bald damit aufhören zu müssen.
Möge Gott mir helfen. Und allen, die ich liebe.

Jackman nannte sich selbst auch »die Schweiz von Maine« – was auch immer das bedeutete. Jedenfalls war es die Heimatstadt von Grandma Betty und hatte in etwa gleich viele Einwohner wie Washington Island. Es lag im Westen des Bundesstaates an der Route 201, nahe der kanadischen Grenze mitten in den dicht bewaldeten Longfellow Mountains, in denen man auf der Straße genauso häufig einem Elch begegnete wie einem Menschen. Gut, das war vielleicht etwas übertrieben. Auf alle Fälle hatte Sylvia Moore, die berühmteste Bürgerin der Stadt, hier ihre Kindheit und Jugend verbracht, bevor sie sich als Jillian Croft auf die Suche nach Ruhm und Reichtum gemacht und beides gefunden hatte.

Eve war schon lange Zeit nicht mehr bei Grandma Betty gewesen. Jillians Mutter hatte jahrelang keinen Kontakt zu ihrer älteren Tochter gehabt, und nach der Versöhnung, die laut Jillians Tagebuch sehr unbehaglich verlaufen war, hatte sie sich auch nicht sonderlich um ihre Enkeltöchter gekümmert. Die Mädchen selbst hatten die Abneigung immer gespürt, und so hatten sie auch nach Jillians Tod nur das notwendige Minimum an Zeit in Bettys unangenehmer Gegenwart verbracht. Olivia war von allen noch am häufigsten dort gewesen, denn sie besuchte Betty jedes Jahr an ihrem Geburtstag und würde wohl auch den folgenden neunundachtzigsten Ehrentag mit ihr feiern. Die älteste Braddock-Tochter war Grandmas erklärter Liebling und der Grund, warum es Jillian letztlich gelungen war, so etwas wie Frieden mit ihrer Mutter zu schließen.

Offenbar hatte der Konflikt zwischen Mutter und Tochter in diesem Fall keine Generation übersprungen.

Eve war sich nicht sicher, was sie erwartete, doch nach der Lektüre des Tagebuchs, das Rosalind zugeschickt worden war, hatte sie das Gefühl gehabt, als könnte Betty etwas Licht in das Leben ihrer Tochter und auch in ihren Tod bringen. Außerdem war Jillian Crofts Asche in ihrer Heimatstadt begraben, was die Braddock-Familie erfolgreich vor der Öffentlichkeit geheim gehalten hatte.

Die Mädchen hatten lange und erbittert mit ihrem Vater darüber diskutiert. Warum sollte man Jillian an einem Ort begraben, den sie gehasst hatte? Warum nicht auf dem Grundstück in Maine, das sie so geliebt hatte? Oder in LA, wo ihre Fans ihr weiterhin die Ehre erweisen konnten? Am Ende hatte Dad einen Kompromiss gefunden. Er hatte ein leeres Grab in LA erstanden und mit einem Grabstein versehen, während die Asche seiner Frau in ihre Heimat gebracht worden war.

Nachdem die Schwestern das Sommerhaus in Maine nicht lange nach dem Schlaganfall des Vaters verkauft hatten, war es letztlich doch die richtige Entscheidung gewesen.

Die Fahrt von Swampscott nach Jackman dauerte etwa viereinhalb Stunden mit einer kurzen Mittagspause und mehreren Zwischenstopps, bei denen Marx sich die Beine vertreten konnte.

Eve wollte unbedingt einen Blick auf den Wood Pond

werfen, der an der Stadtgrenze lag, und so fuhr sie zuerst an der Abbiegung zu Grandma Bettys Haus vorbei, um den hübschen, von Tannen gesäumten See und die Berge im Hintergrund zu bewundern. Der See wirkte kleiner, als sie ihn in Erinnerung hatte. Vielleicht trübte aber auch ihre kürzliche Bekanntschaft mit dem Lake Michigan ihre Sicht.

Kurz darauf fuhr sie ein Stück zurück und bog zweimal links ab, bis sie vor dem weißen Haus mit den waldgrünen Fensterläden stand, in dem Sylvia Moore aufgewachsen war und Grandma Betty immer noch wohnte.

Eve fuhr die kurze Auffahrt hoch, nahm das Geschenk, das sie mitgebracht hatte, stieg aus und atmete die herrliche Bergluft ein. Das Wetter war perfekt. Im Sommer konnte es hier schrecklich feucht sein und die Winter waren hart, aber der Frühling war wunderschön, wenn auch oftmals kalt.

Marx sprang aus dem Auto und reckte wie Eve die Nase in die Luft. Maine roch einfach herrlich. Jedes Mal, wenn Eve die hoch aufragende Brücke von New Hampshire in den südlichsten Teil des Bundesstaates überquerte, hatte sie das Gefühl, nach Hause zu kommen. Denn hier war ein Ort, an dem sie mehr Glück erlebt hatte als irgendwo sonst.

Die Haustür ging auf und flog gleich wieder zu.

»Hallo, Eve.« Die Stimme ihrer Großmutter war tief und rau, als hätte sie ihr ganzes Leben lang geraucht und getrunken. Dabei lehnte sie Alkohol ab und konnte den Gestank von Zigaretten nicht ausstehen.

Eve stieg die Treppe zur Veranda hoch, wo sich die alte Frau auf einen Gehstock stützte. Sie sah genauso aus, wie Eve sie in Erinnerung hatte. Wie lange war ihr letzter Besuch her? Drei Jahre? Der Unterschied zwischen sechsundachtzig und neunundachtzig war wohl nicht so dramatisch.

»Hi, Grandma.« Eve umarmte Bettys zarte Gestalt vorsichtig, um sie nicht aus dem Gleichgewicht zu bringen, und drückte ihr einen Kuss auf die faltige Wange. Die Augen ihrer Großmutter waren immer noch dunkel, und ihre weißen Haare sahen aus, als hätte sie sie mit der Küchenschere geschnitten, bis sie ihr nicht mehr länger im Weg gewesen waren. Sie trug eine ausgebleichte, blau-weiß karierte Hose und eine abgetragene weiße Bluse unter einem beigen Pullover, der ebenfalls schon bessere Zeiten gesehen hatte.

Wie immer war es beinahe unmöglich, diese zusammengesunkene Frau mit der eleganten, überlebensgroßen Mutter in Verbindung zu bringen, die Eve gekannt hatte. Bettys zweite Tochter Christina hatte irgendwo zwischen ihrer jeglichen Glamour meidenden Mutter und ihrer glamoursüchtigen Schwester gestanden. Sie hatte Jillian und Daniel als Hebamme bei ihren Plänen geholfen, die Mädchen danach aber mehr oder weniger ignoriert, bis sie 2010 in Maine an den Folgen ihrer Zuckerkrankheit gestorben war.

»Du siehst gut aus, Grandma.«

Betty hob eine graue Augenbraue, und ihre Mundwinkel wanderten kaum merklich nach oben. »Du solltest mal zum Augenarzt.«

Offenbar war Grandma Betty heute bester Laune.

»Die Fahrt war toll. Ich hatte vergessen, wie schön die Gegend ist.«

»Findest du? Deine Mutter war anderer Meinung.«

»Ja. Sie hat es gehasst.« Eves gelassene Reaktion wurde mit einem überraschten Blick quittiert. Sie hielt das kleine Päckchen hoch, das sie aus Massachusetts mitgebracht hatte. »Ich hab ein Geschenk für dich, Grandma.«

»Was ist das?«

»Lass uns reingehen, dann zeig ich es dir.«

»Gut.« Betty wandte sich ab und ging voran, während Eve die Tür hinter ihnen schloss. Vielleicht würde Eve mit beinahe neunzig auch zusehen, dass sie als Erste ankam und alle hinter ihr sich selbst überlassen.

Sie hoffte es allerdings nicht.

Unmittelbar hinter der Eingangstür befand sich das Wohnzimmer, dessen Möbel Betty und Arnold vermutlich nach ihrer Hochzeit 1950 gekauft hatten. Auf der durchgesessenen Couch lag eine Häkeldecke in Braun, Gold und Grün, und an den am häufigsten frequentierten Stellen des schmuddeligen Teppichs sah man bereits die groben Strukturfäden. Eve war sich sicher, dass Jillian regelmäßig Geld geschickt hatte. Der Raum war der sichtbare Beweis für Bettys starrköpfigen Stolz. Eve hatte keine Ahnung, wo das Geld hingekommen war, und es war ihr auch egal.

Großmutter und Enkelin setzten sich gemeinsam auf die unebene Couch. »Also, wo ist das Geschenk?«

»Hier, bitte.« Eve reichte Betty das Päckchen und sah zu, wie sie das Papier entfernte.

Eve hatte ein Foto aus Olivias Album kopiert, das bei einem Familienausflug nach Jackman entstanden war. Eve war noch ein Baby gewesen, und alle Familienmitglieder waren darauf versammelt. Betty, ihr Mann Arnold, die drei Mädchen, Jillian, Daniel und die ihr Leben lang unverheiratet gebliebene Christina standen mit einem eingefrorenen Lächeln auf den Gesichtern in der Küche. Es war ein tolles Bild. Drei Generationen der Moores und Braddocks.

»Hmm.« Betty gab Eve das Foto zurück, die es entsetzt entgegennahm, bis ihr klar wurde, dass ihre Großmutter beide Hände brauchte, um ihre Kleidung nach ihrer Brille abzutasten.

Schließlich fand sie sie in der rechten Tasche ihres Pullovers und setzte sie auf. »Lass mich noch mal sehen. Oh. Aha. Du meine Güte.«

»Ich war mir nicht sicher, ob du überhaupt ein Foto der ganzen Familie hast.« Eves Mutter oder Vater hatten ihr vielleicht welche geschickt, aber Betty hatte sie ganz sicher nicht irgendwo für alle sichtbar aufgestellt.

»Nein, habe ich nicht.« Sie betrachtete jedes einzelne Gesicht, während ihr eigenes ausdruckslos blieb. »Danke, dass du es mitgebracht hast. Es ist sehr hübsch.«

»Gerne.« Eve ließ sich nicht von Bettys augenscheinlicher Gleichgültigkeit täuschen. Ihre Großmutter freute sich über das Foto.

Doch die Situation machte Eve auch klar, wie fremd sich Jillian in diesem Haus gefühlt haben musste. Ein Mädchen, das ständig – und schonungslos – seine Gefühle zur Schau gestellt und diese Angewohnheit auch als Erwachsene nicht abgelegt hatte. Für Betty war ihre Tochter wohl unergründlich gewesen, und wenn Eve sich recht erinnerte, war Arnold seiner Frau sehr ähnlich gewesen.

»Kannst du dich noch erinnern, wer das Foto gemacht hat?«

Betty hielt den Blick immer noch gesenkt. »Ich schätze, das war Phoebe. Sie war eine gute Freundin von Christina und auch von mir, bis sie nach New York gezogen ist und einen Mann geheiratet hat, den sie im Internet kennengelernt hat. Willst du etwas zu Mittag essen?«

Eve warf einen verstohlenen Blick auf die Uhr. »Nein, danke, ich habe schon gegessen. Du hast doch nicht auf mich gewartet, oder?«

»Natürlich nicht. Da wäre ich schon verhungert.«

»Okay.« Das war ein Grund, warum die Schwestern selten

und auch nie sehr lange bei Betty gewesen waren. »Dann passt es für beide.«

»Willst du etwas trinken?«

»Ein Glas Wasser wäre nett. Ich kann es mir aber auch selbst holen.«

Betty wirkte schwer beleidigt. »Ich werde wohl noch fähig sein, meiner Enkelin ein Glas Wasser zu holen.«

»Natürlich. Ich komme mit.«

Sie begleitete Betty in die kleine Küche, die Eve von allen Räumen im Haus am liebsten mochte, auch wenn sie seit den Tagen ihrer Kindheit einiges an Charme eingebüßt hatte. Die rot und weiß karierte Tischdecke, die mittlerweile voller Flecken war, der Vorhang mit den aufgedruckten und bereits verblassten Kirschen, die Schale mit den verstaubten Wachsäpfeln und die fröhlichen Zierteller an den Wänden waren für sie immer der Inbegriff einer gemütlichen Großmutterküche gewesen. An manchen Tagen hatte sogar ein Kuchen auf dem Regal unter dem Fenster gestanden – duftende Früchte in einem harten, geschmacklosen Plunderteig. Für die kleine Eve aus Beverly Hills war es wie ein Besuch in einem ihrer Kinderbücher gewesen.

Sie setzte sich mit ihrem Glas an den Küchentisch, und Betty holte eine Dose mit selbst gemachten Haferflockenplätzchen heraus, die sicher zu lange im Ofen gewesen waren und seltsam schmeckten. Ihre Großmutter zeigte keinerlei Talent in der Küche. »Backst du immer noch?«

Betty runzelte die Stirn. »Warum nicht?«

Weil du verdammt alt bist? »Ich dachte nur …«

»Ich koche noch immer für mich, und ich backe für andere Leute. Ich bin noch nicht tot.« Sie legte leise vor sich hin murmelnd ein paar Plätzchen auf einen Teller und stellte ihn auf den

Tisch, bevor sie sich gegenüber von Eve auf den Sessel fallen ließ. »Wie geht es deinen Schwestern?«

»Gut.« Eve griff pflichtschuldig nach einem Plätzchen. »Wir haben gerade meinen Geburtstag zusammen gefeiert.«

Betty sah sie panisch an. »Habe ich den etwa vergessen?«

»Nein, nein.« Sie würgte den ersten Bissen hinunter. Wenigstens waren die Rosinen lecker. »Er ist morgen.«

»Jetzt weiß ich es wieder. Ich habe deine Karte schon abgeschickt. Ich hatte vergessen, dass du kommst.«

»Kein Problem.« Eve lächelte und fragte sich, ob Betty der Karte dieses Mal wieder einen Dollar beigelegt hatte. Oder fünf. Oder gar nichts. Es änderte sich von Jahr zu Jahr.

»Ich backe aber keine Kuchen mehr.«

Gott sei Dank. »Ich brauche keinen Kuchen.«

»Niemand *braucht* einen Kuchen. Ich kann dir einen Kuchen backen.«

»Das brauchst du nicht. Ich meine: Das musst du nicht.«

»Natürlich *muss* ich nicht. Ich mache es, weil ich es will.«

»Na gut, dann danke.« Eve zwang sich, den Rest des Plätzchens zu schlucken, nahm einen großen Schluck Wasser und atmete tief durch. Sie konnte genauso gut gleich ansprechen, weshalb sie hergekommen war, denn es hatte keinen Sinn, auf ein Wunder zu hoffen, das ihre Großmutter in eine freundliche und aufmerksame Frau verwandelte. »Rosalind hat mir zum Geburtstag ein Tagebuch geschenkt. Sylvia hat es geschrieben, als sie …«

»Warum nennst du sie beim Vornamen?«

Eve presste die Lippen aufeinander. »Ein Tagebuch, das meine Mutter geschrieben hat, als sie noch auf der Highschool war.«

Das schien Betty nicht zu überraschen. »Sie hat ständig geschrieben. Und immer über sich selbst.«

»Sie erzählt darin auch von ihrem körperlichen Zustand.« Eve zwang sich weiterzureden. »Von der kompletten Androgenresistenz.«

»Ah.« Bettys Mund war nur noch ein Strich. »Nimm doch noch ein Plätzchen.«

»Danke.« Eve griff danach und hoffte, irgendeine Möglichkeit zu finden, es nicht essen zu müssen. »Sie schreibt, dass ihr euch nie damit auseinandergesetzt habt.«

»Das hat sie geschrieben? Dass ich mich nicht damit *auseinandergesetzt* habe?«

»Nicht genau dieses Wort. Aber dass du nie mit ihr darüber geredet hast …« Eve legte das Plätzchen wieder zurück. Ihre Beine zitterten unter dem Tisch, doch sie würde keinen Rückzieher machen, bis sie erfuhr, was sie wissen wollte. »Du hast ihr nicht geholfen, es zu verstehen.«

»Es gab nichts zu bereden. Gott hatte sie mit einer Missbildung gestraft. Ich konnte nichts tun, um es wiedergutzumachen, und sie war noch zu jung, um es zu kapieren.«

Eves Augen wurden schmal, ihr Magen zog sich vor Abscheu zusammen. »Hast du das jetzt gerade wirklich gesagt?«

»Was hätte ich denn tun sollen?« Bettys Augen schienen dunkler, ihr Blick stechender. »Du hast keine Kinder. Was weißt du schon?«

Eve war sich nicht sicher, ob es einen Sinn hatte, Geduld zu bewahren. Eines hatte ihr der Besuch auf jeden Fall beschert, und das war mehr wert als das Tagebuch und vermutlich auch mehr als alles andere: Er hatte sie dazu gebracht, für ihre Mutter einzustehen und sich an ihrer Seite einem scheinbar übergeordneten Feind zu stellen. »Du hättest es ihr erklären können. Ihr helfen zu verstehen, was mit ihrem Körper passierte. Oder was *nicht* passierte.«

Betty senkte den Blick. »Damals hat man über solche Dinge nicht geredet. Meine Mutter hat mir nie erzählt, dass … ich hatte keine Ahnung. Es wurde Stillschweigen bewahrt.«

»Du hättest den Arzt bitten können, mit ihr zu reden.«

»Sie war noch zu jung. Ich wollte warten, bis sie älter ist. Alt genug, um zu heiraten. Sie war noch ein Kind. Und dann ist sie ohne ein Wort verschwunden. Sie hat niemandem etwas gesagt, nicht einmal ihrer Schwester. Ich muss wohl nicht beschreiben, wie es ist, wenn dein Kind plötzlich verschwindet. Ich kann nicht sagen, wie viele Nächte ich wach lag und mir das Schlimmste ausmalte. Bloß um irgendwann herauszufinden, dass sie die Zeit ihres Lebens in der großen Stadt verbrachte und tat, was ihr gefiel.«

Eve war entsetzt, wie viel Wut aus ihrer Großmutter sprach. Nach all den Jahren, den vielen Geschenken und den zahllosen Versuchen, es wiedergutzumachen. Dabei hatte Jillian genauso gelitten.

»Ich habe mich so gut ich konnte um dieses Kind gekümmert. Sie war schwierig. Mehr als das. Sie hat mir zu Hause sehr viel Kummer bereitet, manchmal auch in aller Öffentlichkeit. Wenn du die Anrufe aus der Schule gehört hättest! Diese schrecklichen Geschichten, die alle erzählten! Die Leute dachten sicher, es wäre meine Schuld. Sie hielten mich für eine schlechte Mutter.« Betty schüttelte den Kopf, dass ihr Kinn über ihrem hochgeschlossenen Blusenkragen schwabbelte. »Es war nicht meine Schuld. Sie war von Geburt an von einem Dämon besessen, den ich nicht verstand und ihr auch nicht austreiben konnte, ganz egal, wie sehr ich es versuchte.«

»Sie war psychisch krank, Grandma!«

Betty zuckte zusammen und schüttelte den Kopf. »Das ist keine Entschuldigung für das, was sie getan hat. Ich habe gebetet und Gott angefleht, mir zu helfen, aber ich habe ihr nie verziehen, dass sie uns ohne ein Wort verlassen hat.«

»Sie hat euch geschrieben«, sagte Eve leise. »Jede Woche, dreizehn Jahre lang. Aber du hast nie geantwortet. Kein einziges Mal.«

»Bist du deshalb gekommen?«, wollte Betty wissen. »Um mir die Schuld am Unglück deiner Mutter zu geben?«

»Nein.« Eve legte eine Hand auf den Arm ihrer Großmutter und stand auf. Sie würde hier nichts bewirken. Betty hatte vor Jahrzehnten ihre Einstellung gefunden, und wenn der Tod ihrer Tochter – ihrer beiden Töchter und ihres Mannes – ihr Herz nicht erweicht hatte, dann würde Eve es auch nicht schaffen. Es war möglich, dass ihr der Scharfsinn fehlte und sie sich deshalb nur noch auf diesen einen Aspekt ihres Verlusts fixierte. Oder sie war schlichtweg eine Narzisstin, die sich nur für ihren eigenen Schmerz interessierte.

»Ich bin hier, weil ich zu ihr wollte.«

Der Friedhof St. Anthony's lag nördlich von Jackman, und Eve hielt auf der gegenüberliegenden Straßenseite, mehrere Kilometer von der Kirche St. Anthony's entfernt, die vor etwa zehn Jahren abgerissen und neu aufgebaut worden war, was Betty großen Kummer bereitet hatte. Sie hatte die alte Kirche geliebt, war damit aufgewachsen, hatte darin geheiratet und die Taufe ihrer beiden Mädchen gefeiert.

Eve blieb einen Moment lang sitzen und wandte sich dann zu Marx um, der hechelnd auf dem Rücksitz saß und offenbar zu jeder Schandtat bereit war. »Hey, mein Junge, du bleibst im Auto, okay? Nichts für ungut, aber das hier könnte ziemlich emotional werden. Du hast zwar eine echt tolle Stimme, aber … ich glaube, ich gehe besser alleine.«

Sie öffnete die Autotür und schritt über den Rasen, der nach den letzten Regenschauern herrlich grün und weich war. Betty hatte ihr den Weg zum Grab ihrer Mutter genau beschrieben. Es hatte keine offizielle Urnenbeisetzung gegeben, und Eve hatte bei ihren bisherigen Besuchen in Jackman nie den Wunsch verspürt, hierher zu kommen.

Sie fand den Grabstein ohne Probleme. Es war ein Rechteck aus poliertem Granit mit einem gewölbten Abschluss und ohne Bild oder aufwendige Dekoration. Die einzige Inschrift war der Name ihrer Mutter, ihr Geburtstag und ihr Todestag.

Sylvia Moore, 17. Oktober 1950–31. Dezember 2001

Ein Auto fuhr vorbei, aber sonst war es ruhig und ehrfurchtsvoll, wie es auf einem Friedhof sein sollte. Eve wischte ein loses Blatt vom Grab, bevor sie sich niederkniete und eine Hand auf den von der Sonne gewärmten Stein legte.

»Hi.« Sie kam sich reichlich albern vor. Immerhin sprach sie mit einem Stein und glaubte, ihre Mutter könne sie hören, aber irgendetwas hatte sie hierhergeführt, also war es nun mal so. »Es tut mir leid, dass ich noch nie hier war. Ich war wütend. Damals auf der Weihnachtsparty …« Sie brach ab und senkte den Blick auf ihre Finger, die nervös miteinander rangen. »An dem Abend … ich wollte nur … du warst …«

Ach, verdammt. Sie hatte mit Clayton darüber gesprochen. Mit ihrem Therapeuten und auch mit ihren Schwestern, aber einem *Stein* konnte sie es nicht erzählen?

Die Erinnerung stieg in ihr hoch. Ihre Mutter in dem gelben Abendkleid. Mr Angel im Smoking mit dem blutroten Taschentuch in der Brusttasche. Ihre Angst. Seine Hände. Die klebrige Schweinerei auf ihrem Oberschenkel. Ihre Mutter in ihrem abgedunkelten Zimmer, die sich über sie beugte, während sie weinte.

Und da wurde ihr klar, warum sie Probleme hatte, die richtigen Worte zu finden. Warum die Tränen nicht flossen. Warum da keine Panik mehr war und nur ein weit entfernter Schmerz.

Es gab nichts mehr zu sagen. Nicht, weil alles wieder in Ordnung war – das würde noch Zeit und einige Therapiesitzungen brauchen –, aber weil es nur noch Eve betraf und niemanden sonst.

Sie konnte ihre Mutter in Frieden ruhen lassen.

Ein lautes Lachen stieg in ihr hoch. Die Spannung in ihrer Brust löste sich, und sie wurde von einer ungeheuren Energie erfüllt. Sie lief zum Auto, riss die Tür auf und ließ Marx herausspringen.

Sie rannten gemeinsam über die Wiese, jagten einander zwischen den Grabsteinen. Eve hüpfend, tanzend und jubelnd; Marx bellend und springend – beide vollkommen außer sich.

Schließlich rief sie ihn zu sich und ließ sich vor dem Grab ihrer Mutter auf den Boden sinken. Ihr Gesicht glühte, ihr Arm lag über Marx' schwer atmendem Körper.

Eve würde Grandma Betty anrufen und ihr sagen, dass sie nicht mehr zurückkommen würde. Sollte die alte Frau sich doch in ihrer eigenen narzisstischen Wut suhlen. Stattdessen würde sie Dad anrufen und fragen, ob Lauren und er damit einverstanden wären, wenn sie nach Blue Hill kam. Sie würde ihren Geburtstag mit den beiden verbringen und sie am Abend zur Feier des Tages zum Essen ausführen. Vielleicht rief sie sogar Clayton und Abigail an, um zu sehen, wie es den beiden ging. Abigails Nachrichten klangen fröhlich und manchmal sogar ausgelassen, was Eve als gutes Zeichen wertete. Aber vielleicht wusste Clayton mehr.

Und wenn sie schon telefonierten … dann konnte sie ihn auch gleich fragen, ob er sie an einem der kommenden Wochenenden besuchen wollte, um sich Boston anzusehen. Das würde sicher nett werden.

Als sie wieder zu Atem gekommen war, stemmte sie sich auf die Ellbogen hoch. Auch Marx richtete sich auf.

»Entschuldige, mein Junge, ich hätte sie dir vorstellen sollen. Das ist Sylvia Moore, auch bekannt als Jillian Croft.« Eve deutete auf den Stein im Licht der untergehenden Sonne. Ein ruhiges, friedliches Denkmal für ein turbulentes Leben. »Auch bekannt als Mom.«

Kapitel 21

11. Mai 1990 (Freitag)

Ich nenne meine letzte Tochter nach meiner Heldin, der wundervollen Ms Arden. Aber auch nach der ersten Frau der Welt. Eve Grace Braddock hat heute früh das Licht der Welt erblickt. Sie ist etwas so Besonderes, dass ich weine, wenn ich sie nur ansehe. So klein, so zerbrechlich. Wie sehr wird diese grausame Welt sie verletzen! Und ich kann so wenig tun, um ihr für immer Sicherheit zu geben, so wie jetzt gerade, während ich sie in den Armen halte. Sie schmiegt sich an mich, während ich schreibe, und macht süße Babygeräusche an ihrem allerersten Tag hier draußen. Ich kann ihr bloß beibringen, stark zu sein, und zu Gott beten, dass er ihr nur Glück und Freude bescheren möge.

Ich liebe dich so sehr, kleines Mädchen, mehr als du jemals ahnen wirst, bis du einmal auf dein eigenes Kind hinabblickst. Erst dann wirst du verstehen, wie gewaltig dieses Gefühl ist, selbst wenn man es zum dritten Mal erlebt.

Willkommen in dieser hässlichen, kaputten Welt, meine wunderschöne, perfekte Eve.

Wie viel Mut braucht es für einen Neubeginn?

Tabea Bach
DIE SEIDENVILLA
Roman
DEU
368 Seiten
ISBN 978-3-404-17962-6

Nach einem Schicksalsschlag folgt Angela der Einladung ihrer Tante, sie in Asenza in Veneto zu besuchen. Doch die Auszeit nimmt eine überraschende Wendung, als die „Seidenvilla“, die letzte traditionelle Seidenweberei des Ortes, kurz vor dem Aus steht. Angela beginnt, mit ihrer Tante Pläne zu schmieden, wie man die Seidenvilla retten könnte. Der Besitzer würde Angela die Weberei verkaufen, allerdings sind daran einige Bedingungen geknüpft. Und dann trifft sie unerwartet einen Mann, in den sie sich auf den ersten Blick verliebt ... Doch ist sie bereit für einen Neuanfang in Italien und eine neue Liebe?
»Wie geschaffen für entspannte Leseabende!« Christiane Beel, BRIGITTE WIR über Die Kamelien-Insel

Lübbe

Lesejury